U0463106

《文選》學經典書系

文選導讀

屈守元 著

長江出版傳媒
崇文書局

圖書在版編目（CIP）數據
文選導讀 / 屈守元著. -- 武漢 : 崇文書局, 2025.
3. --（《文選》學經典書系）. -- ISBN 978-7-5403
-7531-7
Ⅰ. I206.2
中國國家版本館 CIP 數據核字第 20257KH806 號

策劃編輯　陶永躍　李艷麗
責任編輯　陳金鑫
責任校對　董　穎
責任印製　馮立慧

文選導讀
WENXUAN DAODU

出版發行　長江出版傳媒 | 崇文書局
地　　址　武漢市雄楚大街 268 號 C 座 11 層
電　　話　(027)87677133　　郵 編　430070
印　　刷　湖北新華印務有限公司
開　　本　710mm × 1000mm　1/16
印　　張　26
字　　數　412 千
版　　次　2025 年 3 月第 1 版
印　　次　2025 年 3 月第 1 次印刷
定　　價　118.00 圓

屈守元先生像贊

屈守元先生，名愛艮，守元其字也。號麐翁。四川成都華陽人。幼失怙恃，長遇名師，專尚乾嘉，篤學博聞。晴窗點讀，丹黄滿紙；兔穎澄心，奇文疊出。好沈博絶麗之文，繼江淮汴鄭之業。齠齡治《韓詩》，已成巨帙；耄耋研《文選》，海内同欽。育天下之英才，允稱良師；窮石渠之墳典，遂成大儒。杏壇弦歌，昔不絶於晨昏；蘭蕙桃李，今已秀於四方。其平生文字，尚半待整理；刊布流行，永沾溉後人。

弟子黎孟德辛卯歲槐月敬撰

再版弁言

五四運動以來，《文選》一書，可謂命途多舛。“五四”提倡新文學，反對舊文學，“桐城謬種，《選》學妖孽”，並在掃蕩之列。“五四”以後，提倡平民文學，反對貴族文學，《文選》所載，除極少數作品如《古詩十九首》等作者爲中下層人士屬平民外，大都爲貴族之作，故亦爲社會所排斥。一九四九年以後，强調文學的人民性，《文選》當然得不到學界重視。《文選》一書，從“五四”以來，一直處於尷尬地位，未能發揮其應有的作用。屈守元先生在撥亂反正後的二十世紀八十年代初，出任四川師範學院（今四川師範大學）古代文學研究所所長，招收古代文學專業研究生，在研究生教學中開設“《文選》學”課程，並將授課講義擴充爲專著《選學椎輪》（天津古籍出版社一九八八年六月出版時，編輯認爲書名太陽春白雪，便改爲《昭明文選雜述及選講》）。嗣後，屈先生又應巴蜀書社之約，將該書改名《文選導讀》，内容約增廣一倍，納入該社《中華文化要籍導讀叢書》之中，於一九九三年九月出版。屈先生此書，填補了當時國内《文選》學著作出版的空白，充分體現了屈守元先生的學術膽識。因之，此書具有前瞻性。

《文選導讀》一書，在《導言》部分，簡介了《文選》的編纂過程，强調了“昭明十學士”在《文選》的編纂中的重要性，並對唐代《文選》學的形成，宋、元、明《文選》學的發展和遞變，作了簡明扼要而又深中肯綮的介紹。清代《文選》學在中國《文選》學史上的地位頗爲重要，故《導言》部分將此作爲重點，從何焯（1661—1722）《義門讀書記》中五卷關於《文選》“精該簡要”的點評開始，將惠棟弟子余蕭客（1729—1777）《文選音義》《文選紀聞》和汪師韓（1707—?）《文學理學權輿》，孫志祖（1737—1801）《文選理學權輿補》《文選考異》《文選李注補正》，許巽行（1727—?）《文選筆記》，胡克家（1757—1817）《文選考異》，張雲璈（1747—1829）《選學膠言》，朱珔（1769—1850）《文選集釋》，梁章鉅（1775—1849）《文選旁證》，胡紹煐（1792—1860）《文選箋證》等一批考訂《文選》字句、補正善注闕失、録存有關史料的《文選》學專著，作了提要鈎玄的簡介，這實際上是爲讀者開具了研治《文選》學的必讀書目。因之，《文選導讀》一書，又具有指導性。

《文選導讀》的“作品選讀”部分，選録賦、詩、文各體作品十六篇，録文採自胡刻《文選》（清嘉慶間胡克家翻宋淳熙八年尤袤刊李善注本《文選》），並以日本藏古鈔卷子白文無注本《文選》（清末楊守敬鈔件過録本）、原書藏於日本並爲彼邦影印之《文選集注》（《嘉草軒叢書》）、原書藏日本足利學校並爲彼邦汲古書院影印的宋明州州學刊五臣李善注本《文選》和《四部叢刊初編》影宋建州刊李善五臣注本《文選》（屈先生徑稱爲“贛州本”，實爲建州翻贛州州軍刊李善五臣注本《文選》，若稱作“翻贛州本”，則合符實際情況。屈先生稱“贛州本”，當作“翻贛州本”）與之比勘，校其異同，擇善而從。胡克家翻刻尤刻本，所依據者乃一宋、元、明疊加增補的遞修本，屈先生同時也以中華書局影尤刻的一個早印本與之參同比較，以補胡刻之不足。同時録存李善注，於每條注語之引文，一一覆檢原書，詳注篇名卷次，考校其異同，使善注的作用得以彰顯，同時對善注略作疏解。對善注的考核和疏解，其學術途徑與高閬仙《文選李注義疏》並無二致，但更簡要，實爲李善注之功臣。因之，此書具示範性。

《文選導讀》一書，將傳統的義理與考據合而爲一。其《導言》部分，走的是清人汪師韓《文選理學權輿》和現代人駱鴻凱《文選學》的路子，即對《文選》及“《文選》學”作宏觀的研究。“作品選讀”部分，走的是高步瀛先生《文選李注義疏》的路子，即對《文選》作微觀研究。對《文選》一書的研究，將宏觀和微觀兩種研究合而爲一，在當代的《文選》學研究界，具有開創性。

聊書數語，弁於卷首，讀者幸察焉。

羅國威

二〇二四年十月於四川大學竹林村思藻齋

目　録

自　　序

《文選》是現存傳統文化典籍中的“總集”之首，它已流傳了一千五百多年。對它的研究，成爲一種專門的“《文選》學”（或稱“《選》學”），也已經一千四百年了。不僅中國歷代，即鄰邦日本和韓國，也有這種“《選》學”。到今天，更不止中國海峽兩岸，“《選》學”已成爲遍及歐美的世界性學科了。巴蜀書社編輯《中華文化要籍導讀叢書》，要我承擔《文選導讀》的編寫任務，我不自量力，欣然接受了。六朝（特別是齊梁時代）是中國傳統文學發展的一個高峰。僅僅是文學批評就有《詩品》《文心雕龍》等，已成爲家傳户誦的經典。而文學作品的總彙——《文選》，却顯得研究者有些冷落。這是很不正常的現象。《詩品》《文心雕龍》的研究熱潮，近來似乎有點轉向《文選》了。這是十分應該，而且必要的。

我寫這本書，按照《叢書》的體例，分作《導言》和《選讀》兩部分。兩百年前汪師韓（韓門）的《文選理學權輿》，是我寫《導言》部分的向導，而六十年前高閬仙（步瀛）先生的《文選李注義疏》，則是我寫《選讀》部分之所取法。當然，今天的新材料，例如日本古鈔無注三十卷本、唐寫《集注》本，以及新印的淳熙池陽郡齋本、日本足利學校遺迹圖書館後援會影印的明州本、《古籍叢殘》影印的敦煌寫本，這些前輩學者未見到或未全見到的，自然宜有所紹介，或加以採掇。“前修未密，後出轉精”，學術的發展，本應該如此。衹可惜我没有做好我這個“後出”的工作而已。

舊作《“昭明太子十學士”説》，載在《昭明文選研究論文集》中，引起“《選》學”者的注意。對於“十學士”的設置時間，有同志關心，提出異議。竊謂當時東宫既無此職官，設置時間，似不必過泥。本書所寫，姑仍舊説。

《文選》的編輯，是很注意文學發展趨向的。它那個時代的“當代文學”，即是齊梁文學。可現在仍有些習慣於“口耳四寸之學”的人，一提到齊梁，不顧一切，就要扣一頂“形式主義”的帽子，不分青紅皂白，一律鄙棄。按此推理，《詩品》《文心雕龍》的作者，鍾、劉兩位先生也無法伸腰了。其實一般所謂“古文”家都吹捧的作品，不一定能代表《文選》，因此，《選讀》部分，特選了齊梁文人如劉峻、任昉、陸倕、王巾等的作品。這些作品應該如何評價，可能有争議。但有個前提：就是要請冷静下來，認真多讀幾遍。不然，就得取消發言權。

我的“《文選》學”，是從先師向宗魯（承周）先生學來的。宗魯先生有志於全部爬梳整理《文選李注》。美志不遂，中年殞落。我蠢然進入中壽，有生之年，必爲完成先師遺志盡力。先師命我全部過録他所詳校的日本古鈔無注三十卷本的二十一卷全書，現今已成爲唯一的這個本子的影子了。寫作此書，不勝今昔源流之感！

此書的稿子三十萬字，全由老伴管舜英手抄。她本是“步趨齊梁”的《駢體文鈔》五十年前的研究者。對此稿獻疑起予，功超游、夏。藜床吟病婦之行，暗牖寫仙姬之韻。白頭著書，得此良侶，書生之幸，亦太平之象也。

一九九二年十二月十九日寫成，再過十三日，即舊曆壬申臘月初八，賤降八十周歲之日也。成都屈守元記。

導　　言

梁昭明太子蕭統主持編輯的《文選》，不僅是古代文學的必讀之書，也是傳統文化的重要典籍；不僅影響隋、唐以來中國文學的發展，也波及七八世紀後以日本爲代表的東方文學創作。近代以來，我國港、澳地區和新加坡、朝鮮、英、法、德、美諸國，都興起了《文選》學研究的熱潮；鄰邦日本九州大學《文選》學史研究會編印了《文選研究論著目録》；我國臺灣也出版了《選學叢刊》。弘揚民族文化，必須注意到《文選》這樣一部文學經典巨著的整理和研究，這是無疑的。要誦習、研治這部書，非短篇小册所能盡言；講到導讀，更非淺聞陋見所可勝任。下面衹準備談點個人學習的體會，供愛好這部書、有志於研讀這部書的同志參考。

第一　關於《文選》産生時代的文化氛圍

（一）建安以來"文學"概念的改變

"文學"一詞，出現很早，孔子門下的四科，便有文學。《論語・先進》："文學：子游、子夏。"皇侃《義疏》："范甯曰：文學，謂善先王典文。……侃案：文學指博學古文。"根據這樣的概念，文學不過是文獻典籍之學，通曉文獻，誦習文獻，寫作文獻，潤色文獻，都叫文學。當然，孔門所學的文獻，主要指儒家經典。孔子作《春秋》，"筆則筆，削則削，子夏之徒不能贊一辭"（《史記・孔子世家》）。可以見得，文學的功能之一在於修訂經典。

直到漢代，所謂“賢良文學”“文學掌故”（見《漢書·公孫弘傳》《儒林傳》及《鹽鐵論》等），“文學”的含義，基本與《論語》相同。但事物的發展，並不能老是按照孔門四科的規定，正像“賦”本“六義附庸”，却“蔚成大國”（見《文心雕龍·詮賦》）一樣，文學也逐漸擺脱它作爲經、史、諸子的附屬地位，各自獨立了。建安時代（公元三世紀初期）的這種變化，比較顯著。這個時代，曾被稱爲“文學的自覺時代”（魯迅《而已集》）。“自覺”就是自我感到它是獨立存在的，並不衹能作爲某些經典著述的附屬品。

不過，文學的自覺，似乎還不能就算是“爲藝術而藝術”。西方十九世紀初期的“爲藝術而藝術”一派理論，究竟如何，我無權發言。如果作爲文學自覺，中外歷史，都要經過這麼一段歷程，本有共同之點，或者不無道理。但是建安時代的文學主張，却並不是十九世紀的西方模式。

魏文帝曹丕（187—226）是建安時代提倡文章華麗的代表人物，他的《典論·論文》（見《文選》卷五十二）説：“蓋文章經國之大業，不朽之盛事。年壽有時而盡，榮樂止乎其身，二者必至之常期，未若文章之無窮。是以古之作者，寄身於翰墨，見意於篇籍，不假良史之辭，不託飛馳之勢，而聲名自傳於後。”這段話既闡明了文學自覺的觀點，也强調了文章的作用：它是“經國之大業，不朽之盛事”，與“爲藝術而藝術”的理論是不相同的；它“不託飛馳之勢”，不是經、史、諸子的附屬品。

建安時代文學概念的改變，就在於它脱離作爲經、史、諸子附屬品的地位，認識了文學本身存在的價值；它重視了“翰墨”“篇籍”的作用，也没有忽略它“寄身”“見意”的功能。劉勰叙述建安時代的文學特徵説：“觀其時文，雅好慷慨。良由世積亂離，風衰俗怨，並志深而筆長，故梗概而多氣也。”（《文心雕龍·時序》）用這段話與《典論·論文》所説，互爲補充，對於建安時代文學概念改變的歷史真實的認識就更爲全面了。

建安以後，文學發展的主流，正是按照它擺脱經、史、諸子的附屬地位，而又自己選擇了它的意向，發揮了它的功能，獨立前進的。

建安時代還出現了與文學概念的改變相配合的一種現象，那就是綜輯單篇文學作品的典册，開始稱之爲“集”了。《後漢書·文苑傳》大抵是本之西晋張騭《文士傳》(張騭爲西晋人，説見姚振宗《隋書經籍志考證》卷二十）一類材料寫成的。《文苑傳》所載人物的作品，都祇説賦、詩、頌、銘、碑、誄等若干篇。可見東漢時代還没有人把這些單篇作品，編成什麽集子。曹丕《與吴質書》（《文選》卷四十二)，談到“徐、陳、應、劉，一時俱逝”，却説：“頃撰其遺文，都爲一集。”又説：“觀其姓名，已爲鬼録。”匯聚作品，記載姓名，稱之爲“集”，“集”這個名稱的出現，此處恐怕是很早的了。事隔五十年，西晋荀勖編《中經新簿》，把“詩賦、圖贊、汲冢書”編在丁部（見《隋書·經籍志》，事在泰始十年，即公元 274 年)，文學作品已與“六藝，小學”“古子，近子”“史記”平行。又隔五十年左右，東晋李充編《四部目》，更把丁部的“詩賦”與甲部“五經”、乙部“史記”、丙部“諸子”等分，基本上形成了“經”“史”“子”“集”分類格局（見《文選·王文憲集序》注引臧榮緒《晋書》）；但“詩賦”仍然沿襲了《七略》分類之名，是否並包韻語以外的文章，還不可知，而且也没有用“集”這個稱呼。可能文學作品在當時以單篇形式存在的情況仍然没有多大改變。又隔一百多年，南齊王儉編《今書七志》，有了“文翰志”的專名（南齊元徽元年，即公元 473 年，見《隋書·經籍志》)〔1〕，這就在劉宋以“儒”“玄”“史”“文”四學分立（元嘉十六年，即公元 439 年，見《南史·宋本紀》）後的三十四年。正式稱之爲“文集録”，却出現在五十年後梁阮孝緒編的《七録》(事在梁普通中，即 520—527 年，見《廣弘明集》卷三)。那就離《文選》編輯的時間很近了。文學概念的改變，與集部（别集、總集）在文獻學史上四分法中獨占一分地位的形成，是有密切關係的。文獻學史上的文集一類的獨立，反映了文學的脱離附庸地位，作品的增多，編集之風的盛行。

（二）總集的出現及其體例的完成

《隋書·經籍志》是史志中按經、史、子、集四部分類編纂的第一種。

---

〔1〕 按（編者按，後同)，“元徽”爲宋後廢帝劉昱的年號，非南齊，此處或爲作者誤記。又，《隋書·經籍志》載“元徽元年，祕書丞王儉又造目録，……儉又别撰《七志》”；《南史·王儉傳》載儉“年十八，……超遷秘書丞。依《七略》撰《七志》四十卷，表獻之。又撰定《元徽四部書目》”。

它的叙釋明確地説，集部即是《漢書·藝文志》詩賦略的繼承。集部分三種，即“楚辭”“别集”“總集”。叙釋説：“别集之名，蓋漢東京之所創也。”這個話是否有依據，今不可知。按之上文，《後漢書·文苑傳》記載各家的文學作品，實無集稱。《隋志》著録的《魏太子文學徐幹集》以上，凡有四十三部，屬於東漢以前的别集（包括西漢以前的《楚蘭陵令荀况集》《楚大夫宋玉集》）就有十七部。説東漢始創别集，叙釋與著録内容本身就矛盾。其所著録東漢杜篤諸人之集，又與《後漢書·文苑傳》所載全不相應。可見東漢創别集之説，是靠不住的。把單篇作品編次爲集，不可能出現在建安以前。凡建安以前人物的别集，都屬於魏、晋以後的人所纂輯。

《隋志》著録的總集，以摯虞《文章流别集》和《文章流别志論》爲首，叙釋説：“總集者，以建安之後，辭賦轉繁，衆家之集，日以滋廣，晋代摯虞苦覽者之勞倦，於是採擿孔翠，芟剪繁蕪，自詩、賦下，各爲條貫，合而編之，謂爲《流别》。是後又（元大德本“又”字作“文”）集總鈔，作者繼軌。屬辭之士，以爲覃奥，而取則焉。”

這段話有值得注意之處：

第一，它把建安時代作爲文學繁盛的時代，而且認爲從此以後衆家之集滋廣。這是歷史的真實。特别是衆家之集滋廣，爲總集的編輯提供了可能，也爲總集的編輯點明了必要。衆家之集到建安後才日以滋廣，又説明了别集的編纂是此後重視文學作品，纔把前人流傳的單篇，匯成集子的。集的産生與文學自覺是相配合的。

第二，它指出了總集的編輯是要經過選揀，有所淘汰的。作品多了，表示文學創作的繁榮。從多中比較、鑒别，便會出現優勝者。這是自然規律。不如此，不能提高，也無所謂發展。覽者的勞倦，就在於劣品的充斥。《四庫全書總目提要》卷一百八十六的總集類序説：“文籍日興，散無統紀，於是總集作焉。一則網羅放佚，使零章殘什，並有所歸；一則删汰繁蕪，使莠稗咸除，菁華畢出。是固文章之衡鑒，著作之淵藪矣。”這段話講總集的産生是文學發展史上的必然，很有道理。至於選家的水平，是不是會出現棄周鼎而寶康瓠的現象，那是另外一個問題。

第三，摯虞的書，謂之《流别》，就在於它的以文體分類。“自詩、賦下，各爲條貫。”“條貫”，主要指按文體分類。《文章流别集》已經亡佚，有些情况，無法確知。但是據《藝文類聚》卷五十六所引及《詩・關雎》疏所述的《文章流别論》，摯虞談詩，是以三言至九言論列的。因此，他的“條貫”，恐怕不包括文體以外的事類（如像後來把賦分京都、畋獵，詩分行旅、贈答等）。《晋書・摯虞傳》説：“又撰古文章，類聚區分爲三十卷，名曰《流别集》。”（《隋志》四十一卷，云：梁六十卷）所謂“類聚區分”，當即指文體。總集按文體分類，既反映了作品的繁富，也反映了文學按自己發展的道路發展，脱離了作爲經、史、諸子附屬品的地位。這樣，就形成了總集（包括一些别集）的傳統體例。古代總集的模式，大都採用了摯虞之書。摯虞的《流别集》是總集，而《流别論》則屬於文體論範圍，與同時陸機的《文賦》，都應當是最早，而又最有影響的文體論的經典著作。

第四，摯虞《流别集》和《流别論》的出現，給文學發展的影響很大。不僅《集林》（劉義慶撰，一百八十一卷，梁二百卷）、《集鈔》（沈約撰，十卷）一類書不斷出現，使文章的搜輯工作更加推廣，總集的編纂體例也日益完善。更重要的是爲寫作者提供了典範，促進了文學創作的發展。上面已經提到，宋文帝元嘉十六年（439）即建立了“儒”“玄”“史”“文”四學，使謝元專領文學（《南史・宋本紀》），文學的獨立地位已經穩定下來了。即在這個時代，劉義慶主持編輯的《世説新語》，專有《文學》一目，“文學”的含義，遠遠不是孔門四科的概念，也不是漢代“賢良文學”“文學掌故”一類概念了。

總集的出現，從文獻學史上反映了文學概念的改變，這是文學在建安以後快速發展的一個重要現象。

有人認爲，杜預《善文》在《流别集》之前，總集不始於摯虞（見《太炎文録》卷一《文例雜論》）。這個説法值得商榷。第一，摯虞與杜預同時，他曾與杜預討論“諒陰”之制，載在《晋書》本傳。第二，杜預《善文》五十卷，《隋志》也著録，則作志之人並非不知有此書。第三，《史記・李斯列傳》的《集解》引秦辯士《遺章邯書》，謂在《善文》中，王應麟《玉海》卷五十四已經指出。（今按：《高祖本紀》的《索隱》也謂《善文》載此書。）據此，則《善文》收録的，並不是集部之文，而是讜言、史料。《説苑》有《善説篇》，《善文》也即此類。根據上列三項理由，把《善文》取代了《文章流別集》的總集之始地位，是不妥當的。

曹丕把徐、陳、應、劉的文章都爲一集（《與吴質書》，見上），這倒有似於總集。但它既没有流傳，又並未類聚條貫，也不一定有所揀選。祇像是後來的《篋中集》《中州集》一流，雖歸之總集，却不能和有理論指導、有去取標準的摯虞之書相比。

《隋志》所著録的總集，既有大量集鈔纂録的文章資料，又有《文心雕龍》一類詩文評論的著作，體例不淳，反映了晋、宋以來像樣的總集并不多，所以《隋志》祇好兼收並蓄。《詩品序》説："陸機《文賦》，通而無貶；李充《翰林》，疏而不切；王微《鴻寶》，密而無裁；顔延論文，精而難曉；摯虞《文志》，詳而博贍，頗曰知言。"這是對於諸家文論的評議，而頗稱許摯虞。又説："謝客集詩，逢詩輒取；張騭《文士》，逢文即書。"齊、梁以前，總集（包括詩文評論）的概况，這算是一個簡單的介紹了。總集的體制質量，還有待於進一步完善和提高。所以《流别集》以下、《文選》以前，著録在《隋志》的總集統統亡佚，這也屬於歷史的淘汰，必然的結果。

（三）《文選》纔是真正的總集，也是現存最早的總集

《梁書·武帝紀》稱贊蕭衍早期的統治，"治定功成，遠安邇肅"，又説："三四十年，斯爲盛矣；自魏晋以降，未或有焉。"《南史·文學傳》的序也説："自中原沸騰，五馬南渡，綴文之士，無乏於時。降及梁朝，其流彌盛。蓋由時主儒雅，篤好文章，故才秀之士，焕乎俱集。"蕭統主持編輯的《文選》，正是在這樣持續三四十年的安定環境和右文氣氛中完成的。

建安以來，文學自覺思潮的發展，經過劉宋元嘉時代儒、玄、史、文四種學科的並列，又經過王儉編纂"文翰志"、阮孝緒編纂"文集録"，梁初文學之士地位的提高，文學典籍的大量涌現，遠遠超越摯虞編輯《文章流别集》和《流别論》〔1〕的時代了。擁有藏書三萬卷的東宫太子蕭統，來認真

〔1〕按，《流别論》非摯虞編輯，乃後人將《文章流别集》中的評論摘出，匯成一書。

嚴肅地編輯一部名實相符的總集，是再恰當不過的人選了。

蕭統編輯《文選》，有許多優越條件：文學的概念已經逐漸明確，文學的獨立地位也得到了承認，總集的編纂已有摯虞以來的得失成敗可以總結，典籍——特别是文集一類的典籍已足够豐富，他又有一批學識淵博的東宫官屬，他也有編《正序》、《古今詩苑英華》和《文章英華》一類書的經驗。他利用這些優越條件編輯《文選》，也就出現了總集編輯工作的新的突破。

這里着重講一講關於總集體例的問題。《隋書·經籍志》所著録的總集，儘管以摯虞《文章流别集》爲首，但《流别集》是否便斷然排除經、史、諸子不加採録，却無法得知。根據嚴可均《全晋文》卷七十七所輯的《文章流别論》，則論詩已及《詩經》的三言至九言（《類聚》卷五十六），論誄又涉及見於儒家經典的魯哀公爲孔子誄（《御覽》卷五百九十六），還論及圖讖之屬，顯然可以看出《流别集》不限於集部。如果説“總集者，本括囊别集爲書，故不取六藝、史傳、諸子”，這是《流别集》以來的“總集之成法”（見《國故論衡》卷中《文學總略》）。那就似乎太武斷了。“總集之成法”，恐怕有一個形成的過程。《文選序》“若夫姬公之籍”以下一段，點明經書不能“芟夷”“剪截”；諸子“以立意爲宗，不以能文爲本”；史籍“不同”“篇翰”：三者皆不在選録之列。這就是文學脱離玄、儒、史而獨立的又一次宣言。黄侃曾説：“此序選文宗旨、選文條例皆具，宜細審繹，毋輕發難端。”（《文選平點》卷一）他似乎是有所指而云然的。這篇序文所宣布的，倒可以算作“總集之成法”。

不僅如此，序文在指明諸子不入選之後，説：“謀夫之話，辨士之端，冰釋泉涌，金相玉振。所謂坐狙丘，議稷下，仲連之却秦軍，食其之下齊國，留侯之發八難，曲逆之吐六奇。蓋乃事美一時，語流千載，概見墳籍，旁出子史。若斯之流，又亦繁博，雖傳之簡牘，而事異篇章。今之所集，亦所不取。”這一段話應該重視。既是“旁出子史”，《文選》已不録子、史，何必又作這一段説明呢？我認爲這是針對當時流行的《善文》之類總集而説的，上文已談到《善文》是録秦辯士《遺章邯書》，類乎《説苑》的《善説》，不是纂録文集中作品的書册。但是，《隋志》已收入總集類中，必當是《七志》的“文翰志”、《七録》的“文集録”對此書加以採録了。我懷疑蕭統在《文選》之前所編輯的《正序》，也屬此類。後來纂録《文選》，纔發見這類資料性質的東西，不是文學作品，抄入總集是不恰當的，所以專意講了這一節話。這節話，可以作爲蕭統創立“總集之成法”的一項貢獻。後來姚鼐輯《古文辭類篹》，列了“書説類”一目，專爲這種文章找到了在總集中的地位，那已是違背“總集之成法”了。至於章炳麟謂“蘇、張陳説，度亦先有篇章”（《國故論衡·文學總略》），則出於推測，可以存而不論。

還有一點須得説明。序文談到不選史籍，末後却有一節説：“若其讚論之綜緝辭采，序述之錯比文華，事出於沉思，義歸乎翰藻，故與夫篇什，雜而集之。”《文選》特别用“史論”和“史述贊”兩個類目抄録史書中的作品，這便是其説明。然而這一節話所説明的，却不止這一點。阮元以爲是全書選録的標準，“必沉思翰藻始名之爲文，始以入選也”（《揅經室三集》卷二《書梁昭明太子〈文選序〉後》，又見《與友人論古文書》）。這樣理解《文選》選文，排除經、史、諸子，專注意作品的藝術成就，讓文學徹底擺脱玄、儒、史而獨立，是有道理的。後來評論《文選》的文章，大都因襲阮元之説，把“沉思”“翰藻”作爲蕭統選文的總體標準。那就不限於但説史論贊述了。

序文又在不選游説縱横之辭後，指出它“事異篇章”。在論史書一節提到“方之篇翰，亦已不同”“與夫篇什，雜而集之”。“篇章”“篇翰”“篇什”，王運熙先生以爲即指别集中的作品（《〈文選〉選録作品的範圍和標準》，見《復旦學報》1988年第6期）。當然也不會排斥未編入别集的單篇文章（建安以前别集都是後人編纂的，已見上述）。從單篇文章和已編成的别集、總集中發掘選揀作品的資料，又加上沉思翰藻的入選標準。所以《文選》也選了《毛詩序》《尚書序》《春秋左傳序》和《過秦論》《典論·論文》，以及一些史論贊述作品。這些作品，或者本有單篇流行（如《後漢書·文苑傳》所記諸人所作賦詩之類若干篇，即本之單篇流行者。劉文淇《左傳舊疏考正》卷一云：“注《春秋序》者，古皆單行。《隋經籍志》云：劉寔等《集解春秋序》一卷；《春秋序》一卷，賀道養注；《春秋左傳杜預序集解》一卷，劉炫注。是則劉注本自單行，唐人引以列《集解》之端也。”這是説《春秋左傳序》本是單行的，《毛詩序》和《尚書序》準此），或已編入集中

(如《隋書·經籍志》所記梁有《賈誼集》四卷，又著録《魏文帝集》十卷，《晋征南將軍杜預集》十八卷，以及班固、沈約諸人都有别集；而《過秦論》與《賈子新書》,《謝靈運傳論》與《宋書》不少文字都不相同，此類例子甚多)。從編選範圍講，並不與《文選》作爲總集的體例背謬；從選揀標準講，也符合《文選》選文的“沉思”“翰藻”尺度。

《文選》的編輯既有許多超過摯虞的優越條件，又有明確理論指導的體例，所以説，它纔是六朝文學達到高峰時期的真正的總集，它奠定了“總集之成法”。

《文選》的出現，不比“各照隅隙，鮮觀衢路”的《流别集》《翰林論》之流（見《文心雕龍·序志》），更不是袛抄資料的《雜碑集》《雜詔》《雜露布》《政道集》《書集》《法集》一類典册（《隋志》皆入總集），也異於《類苑》《華林遍略》雜抄典故的類書（《隋志》皆入子部雜家）。它在文學發展史上是理論聯繫實際的經典性巨著。

歷史的選擇是不含糊的。唐以後，特别是雕版印刷的技術出現以後，《文選》淘汰了《流别集》《翰林論》和著録在《隋志》總集類的一百多種書册，而巋然獨存，並且對於它的研究，成爲了一個專門的學科。談到總集，《文選》是現存唯一最早的一部，也是最重要的一部。任何人也不能不承認。

（四）《文選》和當時文學理論與批評的關係

建安以來，文學理論和批評的著述風起雲涌。曹丕的《典論》專有《論文》一篇選入《文選》卷五十二。摯虞的《流别論》和李充的《翰林論》，雖已亡佚，但還有輯録之文可以窺其一斑（見《全晋文》卷七十七及卷五十三）。至於陸機《文賦》(《文選》卷十七)、顔延之《庭誥》(見《全宋文》卷三十六)、沈約《宋書·謝靈運傳論》(選入《文選》卷五十)、蕭子顯《南齊書·陸厥傳論》又《文學傳論》，對於自晋迄梁文章製作，都有影響。蕭統編輯《文選》當然受到了這些議論的啓示。而對於《文選》關係最密切的則是劉勰的《文心雕龍》和鍾嶸的《詩品》(或稱《詩評》)。

劉、鍾所作之書，成於齊、梁。這兩部書的出現，反映了那個時代的文學風氣，也可以窺見那個時代的文學思潮。他們都不例外，强調了詩歌和文學創作的功能。《文心雕龍·原道》説："故知道沿聖以垂文，聖因文而明道。旁通而無滯，日用而不匱。《易》曰：鼓天下之動者存乎辭。辭之所以能鼓天下者，乃道之文也。"《詩品序》説："氣之動物，物之感人，故摇蕩性情，形諸舞詠。照燭三才，輝麗萬有，靈祇待之以致饗，幽微藉之以昭告，動天地，感鬼神，莫近於詩。"蕭統編輯《文選》正是這種風氣、這種思潮的産物，《文選序》説："《易》曰：觀乎天文以察時變，觀乎人文以化成天下。文之時義遠矣哉！若夫椎輪爲大輅之始，大輅寧有椎輪之質；增冰爲積水所成，積水曾微增冰之凛。何哉？蓋踵其事而增華，變其本而加厲。物既有之，文亦宜然。隨時改變，難可詳悉。"這段議論，比之劉、鍾，似乎特别肯定文學的發展，其實劉、鍾著作，並没有忽略這一點，《文心雕龍·時序》説"時運交移，質文代變"，一開頭便闡述了文學發展的必然。不過，對於"其流彌盛"的梁代，蕭統顯然肯定的程度要比劉、鍾不同一點，他是贊成踵事增華、變本加厲的。

劉勰的《文心雕龍·序志》提出"選文以定篇"，鍾嶸《詩品序》舉出"陳思贈弟"以下二十二目，以爲"五言之警策"，由於他們都寫的是文學理論批評著作，無法把作品纂録下來，這項任務就衹有依靠《文選》來完成了。

《文選》選入了從先秦到梁代（約前450—526）將近一千年，一百三十位作家，四百七十六個篇題的作品（據汪師韓《文選理學權輿·撰人》統計，作家未計無名氏，作品未計首數）。劉、鍾書中評論所及，絶大部分都入選了。即以劉勰的《文心雕龍·詮賦》而論，他舉出"辭賦之英傑"十家："荀結隱語""宋發巧談""枚乘《兔園》""相如《上林》""賈誼《鵩鳥》""子淵《洞簫》""孟堅《兩都》""張衡《二京》""子雲《甘泉》""延壽《靈光》"。除"荀結隱語"以外，其他九家的作品都可從《文選》中讀到（《詮賦》稱枚乘《兔園》，而《文選》却選入他的《七發》）。鍾嶸《詩品序》所舉"五言之警策"二十二目："陳思贈弟、仲宣《七哀》、公幹思友、阮籍《詠懷》、子卿雙鳧、叔夜雙鸞、茂先寒夕、平叔衣單、安仁倦暑、景陽苦雨、靈運《鄴中》、士衡《擬古》、越石感亂、景純詠仙、王微風月、謝客山泉、叔源離宴、鮑照戍邊、太冲《詠史》、顔延入洛，陶公《詠貧》之製，惠連《搗衣》之作。”除“平叔衣單”“王微風月”（《文選》卷三十選入王景玄《雜詩》，無風月内容）而外，也都可以在《文選》中讀到（《詩品》稱“子卿雙鳧”，而《文選》蘇武《雜詩》未選此首）。没有《文選》，試想一想，那個時代的典籍流傳是十分艱難的，不比唐宋以後出現版刻，更不比現代印刷技術的進步，我們怎麽有條件去反復研究劉、鍾的文學評論思想，審核他們的評論對象呢？

當然，研讀《文選》也必須依靠劉、鍾的著作。黄侃説：“讀《文選》者，必須於《文心雕龍》所説能信受奉行，持觀此書，乃有真解。”（《文選平點》卷一）《文選》正是在劉、鍾評論著作影響下從事編輯的。鍾嶸與蕭統的關係，没有什麽直接材料了。至於劉勰，他曾任東宫通事舍人，蕭統對他深爲愛接（見《梁書·文學傳》）。他怎麽不會影響《文選》的編輯呢？

《文選》是蕭統晚年所編輯的總集，他曾對他早年所編輯的《詩苑英華》有遺憾（見《全梁文》卷二十所載他《答湘東王求〈文集〉及〈詩苑英華〉書》）。所謂遺憾，當指識别不精，搜採不廣，没有能够突出文學的發展趨向。在他的影響下，他的弟弟蕭綱（梁簡文帝）和蕭繹（梁元帝，即湘東王），更是加速了踵事增華、變本加厲的步伐。蕭綱給其弟繹的信説：“六典三禮，所施則有地；吉凶嘉賓，用之則有所。未聞吟詠情性，反擬《内則》之篇；操筆寫志，更摹《酒誥》之作；遲遲春日，翻學《歸藏》；湛湛江水，遂同《大傳》。”（見《梁書·文學傳》）蕭繹寫《金樓子》，在《立言》篇裏公開宣稱：“文者惟須綺縠紛披，宫徵靡曼；唇吻遒會，情靈摇蕩。”認爲這纔是“難”。梁末的文風，對於語言藝術（包括詞采和聲律）不免過於講求。因此長期以來，被目之爲“衰”；近世更給它扣上“形式主義”的帽子。

事物總應該看得全面點。没有結集八代文學作品的總集《文選》，就不會有唐詩，甚至於也不可能出現古文運動的韓、柳。宫體詩，據稱是形式主義的典範了，但是它對初唐時代的詩歌發展，仍然起了不可抹殺的作用（見聞一多《宫體詩的自贖》）。不管《玉臺新詠》的編輯，是否與宫體詩有關（蕭綱命徐陵撰《玉臺新詠》，見《大唐新語·公直》），它對民間樂府的搜採，總可補《文選》之不足，而且在文學發展史上發生過重要的影響，無論如何，是不應該被忘記的。踵事增華，變本加厲，這是不可避免的文學發展現象。在歷史上的功過，可以讓後人去評説。要是衹拿唐、宋以後的規範，去硬套八代，總不是實事求是對待《文選》的辦法。

對於《文選》的出現，應該全面地看到它的時代背景。

第二　《文選》的編輯

（一）昭明太子蕭統

梁昭明太子蕭統的本傳，載在《梁書》卷八和《南史》卷五十三。今以這兩部正史爲主，參考有關資料，略述其生平如下：

蕭統，字德施，小字維摩，梁武帝蕭衍的長子，蕭衍的前代本是南蘭陵（今江蘇武進）中都里人。統的生母姓丁。齊和帝中興元年（501）九月生於襄陽。當時襄陽爲僑置的雍州治所。蕭衍爲雍州刺史，擁立在雍州的南康王蕭寶融（即和帝）以討蕭寶卷（即東昏侯），率兵攻下建鄴（南京）。次年（502）四月丙寅（初八日），蕭衍自己做了皇帝，國號爲梁，改元天監。五月，群臣奏請封統母丁爲貴人，未拜，那時統和他的生母已經被接到建鄴了。八月，丁拜爲貴嬪。十一月甲子（初十日），統立爲皇太子。那時統年紀很小，依丁貴嬪於宫内。按照規定，任命的太子東宫官屬，都到宫内丁貴嬪住的永福省值班。

蕭統很聰明，三歲讀《孝經》《論語》，五歲遍讀“五經”。

天監五年（506）六月庚戌（十七日），始出居太子應住的東宫。蕭統仁孝，那時他也纔六歲，很思念父母。蕭衍知道這種情況，每五日蕭統入皇宫朝見，便留他住永福省，或五日，或三日，乃使還東宫。

天監八年（509）九月，蕭統在壽安殿講《孝經》，能够盡通大義。講畢，便在國學行釋奠禮。國學是貴族子弟學校，釋奠禮是春秋兩季祭奠先師孔子的儀節。這就表示蕭統正式入學了。蕭統十二歲時，在宫中看見獄官審判案件，問左右道："那著黑衣的是什麽人?"左右答道："是法官。"統命把案卷拿給他看，說："這都值得注意。我能判决麽?"獄官以爲統年幼，戲說："可以。"那些案屬於重刑範圍，統都判署爲"杖五十"。獄官没法處理，衹好上報蕭衍。衍笑而從之。從此常使統斷案，有準備寬容的，都令太子作出判决。一次，建康縣審判一案，是誣陷别人拐誘良民，這個案查實是誣告，平反了。縣官因爲太子仁愛，把誣陷良民的人處以輕刑，衹判"杖四十"。統審理此事，却下令說："這家伙誣陷良民，若果被誣陷的人罪得成立，便可能全家遭殺。現在縱使不以他誣陷别人之罪反罪其身，也不能如此輕罰。應當判去冶煉部門做苦工十年。"

天監十四年（515）正月乙巳朔（元旦），蕭衍親臨太極殿給蕭統舉行加冠典禮。按照過去的制度：太子頭戴遠游冠、金蟬、翠色緌纓。這次蕭衍特爲統的冠飾加上金博山。

蕭統的姿貌優美，善於舉止。讀書數行並下，記憶力很强。有什麽游宴應酬，餞行送别，作十幾韵的詩，或用難押的韵，都很快成篇，很少改易。蕭衍宏揚佛教，統也真心崇信，遍覽佛經。

普通七年（526）十一月，丁貴嬪有疾，蕭統還永福省，朝夕侍疾，衣不解帶。庚辰（十五日），貴嬪卒。統徒步從喪入殮。他守護靈柩，直至入殯，水漿不入口，每哭便慟絶。蕭衍使人勸告他說："毁不滅性。我還在，你怎麽要這樣!"他纔進食少量的粥糜。統的身體本來壯健，腰大十圍，從此減削過半。每次入朝，見者都爲之流泪。

丁貴嬪，襄陽樊城人，年十四即被鎮守襄陽的蕭衍納去作妾。蕭衍的嫡妻郗徽很嫉妒，對丁極爲暴虐，每天要使她舂米，不達到一定數量，即遭處罰。郗徽永元元年（499）八月卒。蕭衍未有男，此後丁生統，又生綱（簡文帝）。蕭衍雖然做了皇帝，統又立爲太子，但是丁出身微賤，所以衹封爲貴嬪。統這樣依戀、悼念她，是有理由的。

丁貴嬪死後，還有一件令蕭統很傷心的事。統曾派人爲丁貴嬪覓好埋葬的所在，已經準備整治地盤了。有人打算爲此事敲皇室的竹杠，求蕭衍寵幸的宦官俞三副向衍求賣地，許俞三副，若果賣得三百萬，即以一百萬賄賂俞三副。俞三副暗裹對蕭衍說："太子覓得的葬地，不如現在這塊好，這塊地對皇帝更吉祥些。”蕭衍老而多忌，便命俞三副把地買了，不用統所覓得的營葬之地。丁貴嬪葬入俞三副替蕭衍買得的地後，有道士自吹懂地形，説：“這塊地不利於長子。若果要長子獲利，就必須作法壓服。”蕭統便使這個道士做蠟製的鵝等埋在墓側的長子穴位。東宫的宦官鮑邈之和魏雅，原來都受到蕭統的寵愛。後來鮑邈之比魏雅疏遠了，於是暗中向蕭衍告密，説：“魏雅替太子做些壓服祈禱的事。”蕭衍秘密令人發掘，果得蠟鵝等物。他大爲驚駭，準備窮治其事。當時的中書令（宰相）徐勉力諫，始免，但還是處死了那個道士。蕭統從此慚愧、憤恨，他與蕭衍之間的隔閡無法消除。

蕭統行冠禮以後，蕭衍便讓他參與一些政事。東宫内外的官吏啓奏事情，常常絡繹不絶。統很精明，知識廣泛，大小事都能準確地判斷。有錯謬或故爲巧僞的稟奏，他都加以分析，並指出應該怎麽辦。從來不處罰人，衹令其改正而已。判斷案件，多從寬宥。天下都稱他爲仁慈的太子。他的性格和平容衆，喜怒不形於色。又喜歡接近有才能的讀書人，加意獎賞，久而不倦。經常與學士們商榷古今，討論書册。愛好文學作品，親自動手寫。他在東宫中藏書約三萬卷，並好集古器（這是陸緬告魏使尉瑾之語，見《酉陽雜俎》前集卷十一《廣知》）。當時的才學之士，集中在他那裏，從晋、宋以來，没有這種盛况。蕭統性愛山水，在東宫中建立池沼亭館，和朝士名流游覽其間。一次在池中泛舟，番禺侯蕭軌盛稱這個環境宜奏女樂。蕭統不表態，却吟誦左思的《招隱詩》説：“何必絲與竹，山水有清音。”蕭軌慚愧不再説了。在東宫二十餘年，不畜聲樂，閒暇讀書，著書爲務。

蕭統的仁慈寬恕性格，有些事實可以證明。他看見宫禁防衛人員有手執荆條的，問：“拿這來作什麽？”回答説：“用來清道，驅散路上的人。”蕭統認爲這樣會傷人，命令用象徵性的手版代替。幾次在飯食中發見蠅蟲之類，暗裏揀出，置之食几邊，恐厨下人因此得罪，不令人知。又看見東宫後閣小兒攤錢戲賭，後值戲賭者犯罪，判處士族徒刑流放，庶族徒刑監禁。蕭統説：“私錢自戲，没有侵犯公物，這樣處罰太重了！”令徒刑不過三年，士族免官而已。凡是判案量刑，應處死者他必然減爲無期徒刑；依此爲例，量刑皆減半。

普通年間（520—527），南北兩方面戰争加劇，建康糧食漲價。蕭統菲衣減膳，每逢久雨積雪，即派人到民間察訪。有流轉道路的貧困者，暗中振救賞給。又拿出棉布，多做襦褲，冬天用來施給貧凍者。死亡不能斂葬者，即施與棺木。但聽見遠近百姓賦役勤苦，便斂容正色，表示同情，常常認爲人民還不富實，應當多方安定，不宜侵擾。

中大通二年（530）春，蕭衍下詔派前交州刺史王弁征發吴、吴興、義興三郡民丁開漕以瀉浙江，避免吴興水灾。統上疏諫止，認爲這是擾民的一項不恰當舉動，“吴興未受其益，内地已罹其弊”。蕭衍優詔解答，但没有採納其議。

中大通三年（531）三月，蕭統游東宫後池，宫女蕩舟，不慎墮水，因此受寒得病。他怕蕭衍知道，處罰宫女，衹説感染時疾。蕭衍敕問，他力疾手書回答。病重，猶怕蕭衍傷心，不許左右稟報。四月乙巳（初六日）卒，年三十一。蕭衍親到東宫臨哭，下詔斂以帝王衮冕之服，謚爲昭明太子，葬安寧陵，並命王筠爲《哀策文》。這篇《哀策文》輯入《全梁文》卷六十五（據《梁書·昭明太子傳》及《藝文類聚》卷十六）。

蕭統的仁德素著，驟然逝去，朝野上下，都十分驚愕。京城建鄴的男女奔走宫門，滿街號哭。四方和邊地的各族人民，都聞喪慟悼。

蕭衍在統卒後，曾把他的長子南徐州刺史華容公蕭歡召到建康。按照封建統治制度，應該立他爲皇太孫，繼承帝位。但對於蕭統，蕭衍總以丁貴嬪葬地埋蠟鵝事爲恨，猶豫很久，决定讓蕭歡回任。後來另立統同母弟綱爲皇太子，即梁簡文帝。

蕭統七個弟弟：與他同母的除簡文帝蕭綱外，還有蕭續，另外有五個不同母的，即梁元帝蕭繹和綜、績、綸、紀。蕭綱先封晋安王，統死後繼位爲太子，後在侯景之亂中被擁立爲帝。蕭繹先封湘東王，後誅討侯景，自立爲帝。蕭綱和蕭繹都很有文學才能。蕭綱嗣位爲太子，曾撰《昭明太子别傳》五卷，並編《昭明太子文集》，表上於朝，《藝文類聚》卷五十五、《初學記》卷十都載有《上昭明太子集别傳等表》（《類聚》卷十六有蕭子範《求撰昭明太子集表》）。

《别傳》今已佚去。《文集》，《梁書》《南史》及《隋書·經籍志》《舊唐書·經籍志》《新唐書·藝文志》皆云二十卷，《宋史·藝文志》僅著録五卷之本。今傳有南宋池陽郡齋刻五卷本，前有劉孝綽序，後有淳熙八年（1181）袁説友跋文，《天禄琳琅書目後編》卷六著録。《常州先哲遺書》翻刻此本，有《補遺》一卷。明葉紹泰所刻六卷本，則出於明人摭拾，《四庫全書》所收入即此本。

蕭統曾撰古今典誥文言爲《正序》十卷，五言詩之善者爲《英華集》二十卷（《南史》如此，《梁書》稱爲《文章英華》）。《隋書·經籍志》著録《古今詩苑英華》十九卷，《文章英華》三十卷，則《英華集》爲兩種。《正序》及《英華集》唐代已亡。所主持編輯的《文選》三十卷，在隋、唐時普遍傳習，已成爲專門之學。他還曾編輯《陶淵明集》七卷，並撰《序》、作《傳》，爲後代《陶集》的第一個本子。

（二）“昭明太子十學士”和《文選》的編輯

蕭統在短短的三十一歲中，所編著的書籍竟達一百卷以上。帝子之貴，儲貳之尊，而勤奮如此，實在難得。但是他有很多優越的條件，除了東宫有書三萬卷（當時的書，全是寫本，三萬卷很不易得，梁元帝平侯景後搜去公私藏書也不過七萬卷）以外，還聚集了一批高才博學的師友。“十學士”便是在他左右作爲學術顧問的有名師友集團。

邵思《姓解》（1035年刊成，翻刻在《古逸叢書》中）卷二《弓》部“張”字下説：“張纘、張率、張緬並爲梁昭明太子及蘭臺兩處十學士。”又《刀》部“劉”字下説：“劉孝綽爲昭明太子十學士。”“到”字下説：“到洽爲昭明太子十學士。”又《阜》部“陸”字下説：“陸倕爲梁昭明太子十學士之一。”卷三《一》部“王”字下説：“王筠爲梁昭明太子十學士。”“昭明太子十學士”這個稱呼，《姓解》屢次提到，這是一個值得注意的問題。所謂“十學士”，除了張纘、張率、張緬、劉孝綽、到洽、陸倕、王筠七人之外，還有哪三人呢？這個答案，可以在《南史·王錫傳》裏找到。

《王錫傳》附《南史》卷二十三《王彧傳》之後（錫爲彧兄子份之孫）。《傳》稱錫再遷太子洗馬，時蕭統尚幼，蕭衍敕“錫與祕書郎張纘，使入宫，不限日數，與太子游狎，情兼師友。又敕陸倕、張率、謝舉、王規、王筠、劉孝綽、到洽、張緬爲學士，十人盡一時之選"。所謂"十學士"，原來除《姓解》所舉七人之外，還有王錫、謝舉、王規三人。

"十學士"是蕭統年幼時蕭衍替他揀選的師友，而昭明是蕭統死後的謚號，當時衹能稱"太子十學士"。所謂"昭明太子十學士"，那當然是後來的追稱。

"十學士"在《梁書》《南史》裏都有傳，而且都做過東宫官屬；除謝舉外，他們的生卒年代都可以弄清楚。

王錫字公嘏，琅邪臨沂人（這是史書記他的原籍，以下諸人同）。父琳，尚蕭衍同母妹義興長公主令嫕。錫是蕭統的表兄。他七八歲時，就隨長公主入宫。蕭衍很喜歡他聰敏，常常向朝士誇耀。後除太子洗馬。蕭統那時還很小，没有怎麽接觸臣僚。蕭衍敕統："太子洗馬王錫、祕書郎張纘，親表英華，朝中髦俊，可以師友事之。"因爲帝戚的關係，錫封爲永安侯，傳見《梁書》卷二十一（附《王份傳》）、《南史》卷二十三（附《王彧傳》）。

錫中大通六年（534）正月卒，年三十六。當生於齊東昏侯永元元年（499）。（年齡按我國古代習慣算法，以生年作一歲計，下悉同。）

張纘字伯緒，范陽方城人。尚蕭衍第四女富陽公主，纘是統的姐夫。性好學，兄緬有書萬卷，他晝夜披讀，幾乎不停手。遷太子舍人，轉洗馬、中舍人，並掌管書記，和王錫齊名。傳見《梁書》卷三十四（附《張緬傳》）、《南史》卷五十六（附《張弘策傳》）。

纘太清三年（549）爲岳陽王蕭詧所害，年五十一。亦當生於永元元年（499），與王錫同庚。

陸倕字佐公，吴郡吴人，他少勤學，善寫文章。曾在宅内建兩間茅屋，謝絶和人往來，這樣搞了幾年。所讀書衹一遍便能背誦。有一次借人《漢書》，丢失《五行志》四卷，默寫還給借主，幾乎没有脱誤。梁天監年間，制禮作樂，多出倕手。蕭衍賞愛倕才，敕撰《新刻漏銘》，其文甚美。遷太子中舍人，管東宫書記。又詔爲《石闕銘》，表上於朝廷。傳見《梁書》卷二十七、《南史》卷四十八。

倕普通七年（526）卒，年五十七。當生於宋明帝泰始六年（470）。在"十學士"中，年最長。

張率字士簡，吴郡吴人。他與陸倕幼相友狎，曾經同車拜會沈約，適值任昉在坐，約向昉介紹説："此二子後進才秀，皆南金也，卿可與定交。"由此他們與任昉也相友善。除太子僕，遷太子家令，與中庶子陸倕、僕射劉孝綽，對掌東宫管記，傳見《梁書》卷三十三、《南史》卷三十一（附《張裕傳》）。

率出爲新安太守，大通元年（527）卒，年五十三。當生於宋蒼梧王元徽三年（475）。率卒後，蕭統曾與弟綱令云："近張新安又致故，其人才筆弘雅，亦足嗟惜。"

謝舉字言揚，陳郡陽夏人。中書令覽之弟。幼好學，能清言，與覽齊名。世人爲之語云："王有養、矩，謝有覽、舉。"養是王筠的小字，矩是王泰的小字。舉累遷太子舍人、庶子、家令，掌東宫管記，深爲蕭統賞接。傳見《梁書》卷三十七、《南史》卷二十（附《謝弘微傳》）。

舉太清二年（548），侯景寇京師，卒於圍中。史不言其卒時歲數，因此不能確知其生年。但是舉爲覽弟，據《梁書》卷十五《覽傳》（附《謝朏傳》）説，覽天監十二年（513）爲吴興太守，卒於官，年三十七，則當生於宋順帝昇明元年（477）。假定舉比覽小兩歲，則當生於齊高帝建元元年（479）。舉的生年，大約在這個時候。（《南史》卷二十《覽傳》附《謝弘微傳》，不言其卒時歲數，但謂梁武帝平建鄴，覽時年二十餘。平建鄴在齊和帝中興元年，即501年，若覽生於昇明元年，則此時二十五歲，亦相符合。）

王規字威明，琅邪臨沂人。累遷太子舍人、洗馬、中舍人，與陳郡殷鈞、琅邪王錫、范陽張緬同侍東宫，俱爲蕭統所禮。傳見《梁書》卷四十一、《南史》卷二十二（附《王曇首傳》）。

規大同二年（536）卒，年四十五。當生於齊高帝建元十年（492）〔1〕。

王筠字元禮，一字德柔，琅邪臨沂人。尚書令沈約，當世詞宗，每見筠文，以爲不及。約作《郊居賦》，構思很多日子，没有寫完，乃邀請筠來，出示未成之稿。筠讀至"雌霓（五激反，入聲）連蜷"，約撫掌欣抃，説：

〔1〕按，公元492年爲齊武帝永明十年，此處或爲誤記。

“僕嘗恐人呼爲霓（五鷄反，平聲）。”又讀到“墜石磓星”及“冰懸埳而帶坻”，筠都擊節稱贊。約説：“知音者稀，真賞殆絶。所以相要，政在此數句耳。”筠累遷太子洗馬、中舍人，並掌東宫管記。蕭統愛文學士，常與筠及劉孝綽、陸倕、到洽、殷芸等游宴玄圃。統獨執筠袖，撫孝綽肩，説：“所謂左挹浮丘袖，右拍洪崖肩。”（用郭璞《游仙詩》）其見重如此。統死，蕭衍命筠爲《哀策文》。傳見《梁書》卷三十三、《南史》卷二十二（附《王曇首傳》）。

筠太清三年（549）在蕭子雲宅驚墜井卒，年六十九。當生於齊高帝建元三年（481）。

劉孝綽本名冉，字孝綽，彭城人。幼聰敏，十七歲能寫文章。他的舅父齊中書郎王融很稱賞他。他父親的朋友沈約、任昉、范雲聞其名，都特別坐車去拜會他。累遷太子舍人、洗馬、太子僕，掌東宫管記。蕭統修建樂賢堂，乃使畫工先畫孝綽的像。統文章繁富，衆學士都争取爲他編纂，統獨使孝綽收集而序之。傳見《梁書》卷三十三、《南史》卷三十九（附《劉勔傳》）。

孝綽大同五年（539）卒，年五十九。當生於齊武帝建元三年（481）〔1〕。

到洽字茂沿，彭城武原人。少知名，學行兼優。謝朓文章盛於一時，見洽深相稱賞，每日引與談論。累遷太子中舍人、中庶子，與庶子陸倕對掌東宫管記。傳見《梁書》卷二十七、《南史》卷二十五（附《到彦之傳》）。

洽大通元年（527）卒，年五十一。當生於宋順帝昇明元年（477）。洽卒後，蕭統與弟綱的令説：“明北兖（指明山賓）、到長史遂相係凋落，傷怛悲惋，不能已已。去歲陸太常（指陸倕）殂歿，今兹二賢長謝。陸生資忠履貞，冰清玉潔；文該四始，學遍九流；高情勝氣，貞然直上。明公儒學稽古，淳厚篤誠；立身行道，始終如一；儻值夫子，必升孔堂。到子風神開爽，文義可觀；當官莅事，介然無私。皆海内之俊乂，東序之祕寶。此之嗟惜，更復何論！”

張緬字元長，纘兄。累官太子舍人、洗馬、中舍人、中庶子。傳見《梁

---

〔1〕按，建元三年爲齊高帝年號，見上。

書》卷三十四、《南史》卷五十六（附《張弘策傳》）。

緬中大通三年（531）卒，年四十二。當生於齊武帝永明八年（490）。緬卒後，蕭統與纘書説：“賢兄學業該通，莅事明敏。雖倚相之讀墳典，郄縠之敦詩書，惟今望古，蔑以斯過。自列宫朝，二紀將及，義惟僚屬，情實親友。文筵講席，朝游夕宴，何曾不同兹勝賞，共此言寄？如何長謝，奄然不追！且年甫强仕，方申才力，摧苗落穎，彌可傷惋。”

上面是“十學士”的簡單介紹。

蕭衍爲統置“十學士”，應當在什麽時候呢？據上文，統天監元年（502）十一月，立爲皇太子，時年二歲；五年（506）六月，出居東宫，時年六歲；八年（509）九月，釋奠於國學，時年九歲。“十學士”的設置，這三個時間都有可能。但依史實記載，却還在這以後。

《南史·王錫傳》説，錫“十二爲國子生，十四舉清茂，除祕書郎，再遷太子洗馬”。然後説，“時昭明太子尚幼”云云，是“十學士”的設置當在王錫十四歲，或更在後。王錫十四歲時，爲天監十一年（512），這時蕭統十二歲。“十學士”的設置，如在這一年，則“十學士”的年齡應當是這樣的：

陸倕四十三歲，年紀最大。

張率三十八歲。

到洽三十六歲。

謝舉若生於479年，則當爲三十四歲。

王筠和劉孝綽都三十二歲。

張緬二十三歲。

王規二十一歲。

張纘和王錫都十四歲，年紀最小。

“十學士”的設置時間，可以作如上推定。

蕭統平生最大的著述事業是編輯《文選》。“十學士”對於《文選》的編輯有什麽關係，這是值得探討的問題。

《文選》選文，録不録生存人物的作品，須得先解決這個問題。晁公武的《郡齋讀書志》（衢州本）卷二十集部總集類在《文選》條下説：“竇常謂統著《文選》以何遜在世，不録其文，蓋其人既往，而後其文克定。然則所録皆前人作也。”這裏引用竇常的話，不知出於何處。有兩種可能，一是竇常曾纂韓翃至皎然三十人詩約三百六十篇爲《南薰集》三卷，此書也在《郡齋讀書志》卷二十總集類著録，是否序文中提到《文選》不録存者的體例，其書已亡，無從得知。一是“竇常”二字爲“常寶鼎”之誤，常寶鼎有《文選著作人名》三卷，見《郡齋讀書志》卷九史部書目類［《新唐書·藝文志》史部目録類作《文選著作人名目》三卷，《宋史·藝文志》集部總集類作《文選名氏類目》十卷，《崇文總目》（錢輯本卷二）史部目録類著録《文選著作人名目》三卷］，《太平御覽》卷六百二猶引其佚文，這個書也有提到《文選》不録存者體例的可能。但是“其人既往，其文克定，今所寓言，不録存者”，見於鍾嶸《詩品序》，蕭統的《文選序》中没有這樣的話。竇常或者常寶鼎用《詩品》的體例推論《文選》，依據雖嫌不足，但作爲同時出現的相類之書，理或當是如此。《文選》選文，不録存者，這個條例，如果成立，它的編輯時代便可以確定。

“十學士”中陸倕的《石闕銘》和《新刻漏銘》已經録入《文選》（卷五十六）。《文選》不録存者之作，則其成書當在普通七年（526）倕死已後。但蕭統卒於中大通三年（531）四月，《文選》的編輯又不會晚於此時。因此可以確定《文選》的編輯時限，應當是526—531這六年之間。這個時候，張率和到洽都相繼死亡（二人皆歿於527年）。“十學士”中便有三人不可能參加編輯工作。除這三人以外，其他七人是否全都參加，這是無法斷定的。

這裏應該特别提到劉孝綽。劉孝綽平時最爲蕭統所推重。他和到溉、到洽兄弟有怨隙，《梁書》《南史》的孝綽本傳都有記載。劉峻（孝標）的《廣絶交論》諷刺任昉門下之士忘恩，即影射的到氏兄弟。溉見此文，憤恨已極，投之於地，而孝綽却《與諸弟書》特别稱賞此文。《廣絶交論》李善注引劉璠《梁典》載此事頗悉（見《文選》卷五十五，今本“孝綽”誤爲“孝標”，據胡克家《考異》訂正）〔1〕。《文選》選入《廣絶交論》，可以作爲孝綽是在到洽亡後參與編輯工作的一個主要人員的佐證。日本所傳古鈔卷子本

〔1〕按，參見本書P237注②及P262注64。

《文選》，蕭統的《文選序》有旁注説："太子令劉孝綽作之云云。"我們前面已提到，《梁書·劉孝綽傳》曾有這樣的記載："太子文章繁富，群才咸欲撰録，太子獨使孝綽集而序之。"（《南史》略同）這篇序還載在今傳本的《昭明太子文集》前面。但是，這個旁注寫在《文選序》上，而且説"太子令劉孝綽作之云云"，與《梁書》《南史》所説集蕭統文章而作序的事完全不同，必定是兩回事。因此，這條旁注給我們提供了很重要的信息，即蕭統的著名古代文論經典著作《文選序》，也出於劉孝綽的代筆。劉孝綽在《文選》編輯工作上的地位，真太重要了！

劉孝綽是蕭統編輯《文選》的主要助手，還有材料。《文鏡秘府論·南集·集論》："或曰：晚代銓文者多矣。至如梁昭明太子蕭統與劉孝綽等撰集《文選》，自謂畢乎天地，懸諸日月。"［此用唐元兢（思敬）《古今詩人秀句序》，見友人王君利器《校注》。］這裏指明協助蕭統編輯《文選》的主要人物是劉孝綽。《玉海》卷五十四《藝文·總集文章》引《中興書目》："《文選》，昭明太子蕭統集子夏、屈原、宋玉、李斯及漢迄梁文人才士所著賦、詩、騷、七、詔、册、令、教、表、書、啓、牋、記、檄、難、問、議論、序、頌、贊、銘、誄、碑、誌、行狀等爲三十卷。"原注："與何遜、劉孝綽等選集。"也沿用劉孝綽助蕭統集《文選》的説法。

不過，這裏還要説明幾個問題。劉孝綽是蕭統編輯《文選》的主要助手，但不能因此抹殺蕭統是主持編輯者這一事實，更不能説劉孝綽是《文選》的實際編輯者。從蕭統的文學素養，他著述的豐富，他對於文學人材的尊重，怎麼能説他於《文選》衹是挂名，像一些專制帝王的"御纂""敕編"呢？蕭統和他的父親蕭衍有些矛盾，遠不止關於丁貴嬪葬地的問題，也不止關於吴興三郡勞民開漕的問題。劉孝標（峻）是蕭衍很不喜歡的文人，《南史》《梁書》本傳都載有他抵牾蕭衍之事（《梁書》較略）。《辯命論》是他點明針對蕭衍的議論而發的，這篇文章却選入《文選》（卷五十四）了。李善在題下注云："孝標植根淄右，流寓魏庭，冒履艱危，僅至江左。負材矜地，自謂坐致雲霄。豈圖逡巡十稔，而榮慚一命。因兹著論，故辭多憤激。"《辯命論》的入選，反映了蕭統對於文學作品的好惡並不以蕭衍的意志爲轉移。《廣絶交論》的入選，也絶不衹是劉孝綽借此報復到氏兄弟，蕭統對於任昉就有與他的父親蕭衍不同的態度。任昉（彦昇）替蕭衍寫的《天監三年策秀才文》，譚獻稱之爲“非獨代言，實寓諷諫”（《駢體文鈔》評語）。這三首文章使任昉落了個“居職不稱”的罪名，丢掉了“參掌大選”的權柄（《梁書》《南史》本傳），而《文選》却把它選入了（卷三十六）。爲任昉身後悲凉鳴不平的《廣絶交論》，它的入選，肯定也是蕭統的意旨。這些地方，可以看到蕭統的氣魄、卓識，劉孝綽是不可能有這種冒犯當時君主的膽量的。劉孝綽是蕭統的得力助手，這樣説没有錯；但因此而把《文選》的主編權從蕭統手上奪取給劉孝綽，那就完全錯了！

《玉海》引用《中興書目》注説《文選》是蕭統“與何遜、劉孝綽等選集”。這分明是襲用的元兢《古今詩人秀句序》，却無端地添上了何遜之名。何遜傳見《梁書》卷四十九、《南史》卷三十三（附《何承天傳》），他平生未做東宫官屬，史書也没出現過他和蕭統往來關係的材料。他是不可能參預蕭統所主持的編輯群書的工作的，《文選》的編輯找不到任何何遜參加的蹤迹。《梁書·何遜傳》説：“遜文章與劉孝綽並見重於世，世謂之何、劉。”（《南史》本傳略同）是不是因此由劉孝綽而牽扯到何遜？這條注文是没有依據的。

提到何遜和《文選》的關係，還有一個問題也須要辨别清楚。上面曾舉《郡齋讀書志》引竇常的話説：“統著《文選》，以何遜在世，不録其文。”這個話不確切。何遜生平，《梁書》《南史》所記甚略，且有抵牾。《梁書》説：“除仁威廬陵王記室，復隨府江州，未幾卒。”《南史》則説：“卒於仁威廬陵王記室。”考廬陵王蕭續曾兩次督江州諸軍事，一在天監十六年（517），一在大同元年（535）。若遜隨府江州在大同之年，則蕭統編輯《文選》，遜猶在世；若爲天監十六年，則《文選》編輯時遜逝去已久。今案：《梁書》《南史》並稱遜卒後東海王僧孺集其文爲八卷。王僧孺卒於普通三年（522）（見《梁書》卷三十三，《南史》卷五十九謂是普通二年），則何遜逝世的時間，以天監十六七年爲是。《南史》又謂南平王蕭偉“聞遜卒，命迎其柩而殯藏焉”。蕭偉卒在中大通四年（532）（見《梁書》卷二十二；《南史》卷五十二謂卒於大通四年，大通無四年，當脱一“中”字），若何遜大同元年以後始卒，蕭偉怎麽能迎其柩？王僧孺又怎能集其文呢？《文選》編輯的時候，何遜是早已死去了的。《顔氏家訓·文章》説："何遜詩實爲清巧，多形似之言，揚都論者恨其每病苦辛，饒貧寒氣，不及劉孝綽之雍容也。雖然，劉甚忌之，平生誦何詩，常云：蘧居響北闕，懽懽不道車。又撰《詩苑》，止取何兩篇，時人譏其不廣。"這就是當時對於何遜的看法。他的文章不入選，並不因爲他在世。竇常的話靠不住。《文選》編輯前十年，何遜已死去，這就完全否定了他參加《文選》編輯工作的可能。

蕭統著述繁富，没有"十學士"的協力幫助是不可能的；但不一定每部著述，都必然"十學士"全體參加。而且協助蕭統從事著述的，恐怕也不限於"十學士"。當時做過東宫官屬的，如明山賓、殷鈞、殷芸等，都可能在蕭統的著述事業上獻替可否，相助爲理。特别值得注意的是《文心雕龍》的作者劉勰。據《梁書·文學傳》稱勰除仁威南康王記室，即兼東宫通事舍人。南康王蕭績進號仁威將軍在天監十年（511，見《梁書·高祖三王傳》），這正是蕭衍爲蕭統置"十學士"的時候。後在天監十六年（517），勰又請二郊與七廟饗薦同用蔬果（時間據范文瀾《文心雕龍注》卷十推定），遷步兵校尉，仍兼舍人如故。而且史稱蕭統"好文學，深愛接之"（《梁書》《南史》同）。不管蕭統編輯《文選》時，劉勰在世與否（勰卒於蕭統逝世之前或後，有不同説法），他的文藝思想影響蕭統的選文標準，那是毫無問題的。

"昭明太子十學士"和《文選》編輯的關係，可以作上述的探討。

（三）關於《文選》編輯的謬説

蕭統生於雍州的襄陽，因此附會古迹的地理書，從唐代起即有關於襄陽地區《文選》編輯的謬説。《太平御覽》卷一百八十五引《襄沔記》説："金城内刺史院有高齋，梁昭明太子於此齋造《文選》。鮑至云：簡文爲晋安王鎮襄陽日，又引劉孝威、庾肩吾、徐防、江伯操、孔敬通、惠子悦、徐陵、王囿、孔鑠等於此齋綜覆詩集。於時鮑亦在數，凡十人。資給豐厚，日設肴饌，於時號爲高齋學士。《雍州記》云：高齋，其泥色甚鮮凈，故此名焉。南平王世子恪臨州，有甘露降於此齋前竹林。昭明太子於齋營集道義，以時相繼。"

這一段記載，有些問題，須要辨析清楚。

《襄沔記》三卷，陳振孫《直齋書録解題》（卷八，聚珍本，下同）史部地理類著録，説："唐吴從政撰。删宗懔《荆楚歲時記》、盛弘之《荆州記》、鄒閎甫《楚國先賢傳》、習鑿齒《襄陽耆舊傳》、郭仲産《襄陽記》、鮑堅《南雍州記》，集成此書。其紀襄漢事迹詳矣。景龍中人，自號棲閑子。"據此，知《襄沔記》是唐景龍中（707—709）所編輯的書。這個書的材料所出，頗爲凌雜。習鑿齒是晋人，鄒閎甫——姚振宗疑其爲鄒湛弟兄，也是晋人（《隋書經籍志考證》卷二十）；盛弘之爲劉宋時人（《隋書·經籍志》），郭仲産見於《史通·古今正史篇》、《太平廣記》卷一百四十一引《渚宫舊事》，也是劉宋時人：他們都不可能談到編輯《文選》之事。宗懔雖是梁人，但《荆楚歲時記》一書還存在，也没有關於《文選》的記載。《南雍州記》，《隋志》題爲鮑至撰，鮑至爲鮑泉弟客卿子，《南史》卷六十二《鮑泉傳》附有他的事迹。《新唐書·藝文志》著録《南雍州記》始署鮑堅之名，陳《録》同於《新唐志》。鮑堅不見於史傳，是否"堅"爲"至"字之誤（姚振宗説如此），姑且不論。即以《襄沔記》所引《雍州記》而論，亦未言及《文選》（《雍州記》爲《襄沔記》所引，不是《御覽》獨立條文）；而引鮑至之言，則亦僅謂簡文鎮襄陽集高齋學士。是所謂高齋"造《文選》""集道義"，皆唐人《襄沔記》始有此説。且蕭恪爲蕭衍弟南平王偉的世子，偉中大通五年（533）死（見《梁書·太祖五王傳》，《南史·梁宗室傳》紀年有誤），恪到雍州任刺史，若在中大通五年以後，蕭統早去世了，怎麽能把蕭統事寫在蕭恪之後，説"以時相繼"呢？吴從政《襄沔記》是一部信手亂凑的書，不足憑據。

從唐代以來，正式的地理書，如《元和郡縣圖志》《太平寰宇記》《元豐九域志》等談到襄陽地區都没有什麽關於蕭統的古迹，而專以搜尋遺聞佚事取勝的南宋王象之《輿地紀勝》，却把《襄沔記》中關於蕭統和《文選》的傳聞弄得更加混亂了。《輿地紀勝》卷八十二記京西南路襄陽古迹有"文選樓"，引《舊經》説："梁昭明太子所立，以撰《文選》，聚才人賢士劉孝感（威之誤）、庾肩吾、徐防、江伯撰（摇之誤）、孔敬通、惠（申之誤）子悦、徐陵（摛之誤）、王囿、孔爍（鑠之誤）、鮑至等十餘人，號曰高齋學士。"這個《舊經》，不知是什麽書（高步瀛《義疏》引作《舊圖經》）。祝穆的

《方輿勝覽》卷三十二京西路襄陽府襄陽也有“文選樓”，説：“梁昭明太子立，聚賢士共集《文選》。”大概所據亦是這類《舊經》吧。但是，明代號稱博學的楊慎，反把這些無稽之説視爲珍聞，《升庵外集》卷五十二《集〈文選〉文士姓名》説：“梁昭明太子統聚文士劉孝威、庾肩吾、徐防、江伯操、孔敬通、惠子悦、徐陵、王囿、孔爍、鮑至十人，謂之高齋十學士，集《文選》。今襄陽有文選樓，池州有文選臺，未知何地爲的。但十人姓名，人多不知，故特著之。”高步瀛《文選李注義疏》卷首指出楊慎因襲王象之《輿地紀勝》，謂：“此説乃傳聞之誤，昭明爲太子，當居建鄴，不應遠出襄陽。”“高齋學士乃簡文置而非昭明置。”“襄陽文選樓即果爲高齋學士集所，亦屬簡文遺迹，而無關昭明選文也。大抵地志所稱之文選樓，多不足信。揚州文選樓，在今江蘇江都縣東南，或云曹憲以教生徒所居；池州文選閣，在今安徽貴池縣西南，則後人因昭明太子祠而建者也。升庵狃於俗説，不能據《南史》是正，而反詡十學士姓名人多不知，陋矣。”〔1〕高步瀛駁斥楊慎，十分中肯。但是，這個問題，比楊慎生年稍晚的王世貞，已經提到了。《弇州山人四部稿》卷一百五十九説：“《襄沔記》稱襄陽城内刺史宅有高齋，梁昭明太子於齋造《文選》，今襄陽有文選樓。按：梁武帝破臺城後，昭明始生，未幾即立爲太子，何嘗出督襄陽?《文選》乃東宫所編次，於襄陽亦無關也。常熟虞山福地七星檜甚奇，中有臺，《志》以爲昭明太子讀書臺，檜乃昭明手植，蓋亦此類。”

王世貞和高步瀛的説法，都是對的。現在進一步把這些問題辨證明確。

關於“高齋學士”的問題，高步瀛已引《南史》，現在爲了把這個資料弄清楚，重引如下：

《南史》卷五十《庾易傳》：子肩吾“初爲晋安王（即簡文帝蕭綱）國常侍，王每徙鎮，肩吾常隨府。在雍州（即襄陽）被命與劉孝威、江伯摇、孔敬通、申子悦、徐防、徐摛、王囿、孔鑠、鮑至等十人，抄撰衆籍，豐其果饌，號高齋十學士〔2〕”。

---

〔1〕此處引《文選李注義疏》與高氏原書略有出入，見P387脚注。

〔2〕按，《南史》原作“高齋學士”，無“十”字，此處或與所引《升庵外集》相混。

蕭綱爲雍州刺史、平西將軍、寧蠻校尉，都督雍梁南北秦四州、郢州之竟陵、司州之隨郡諸軍事，在普通四年（523），見《梁書》卷四《簡文帝紀》。他在雍州（即襄陽）置“高齋十學士”，比他的哥哥蕭統置“十學士”遲十一年。地方既與蕭統東宫所在的建鄴有别，人物也與蕭統的“十學士”無一相同者。“高齋十學士”與蕭統編書無關，更與《文選》絲毫挂不上鈎。《襄沔記》《輿地紀勝》和楊慎的書，又把“高齋十學士”的姓名弄錯不少。“江伯摇”三書都誤作“江伯操”，“申子悦”三書都誤作“惠子悦”，“徐摛”三書都誤作“徐陵”，“王囿”《輿地紀勝》誤作“王�”〔1〕。這些展轉相沿的錯誤，説明他們都不檢讀正史。這些地志書，特别是自詡博聞的楊慎所著之書，把“高齋學士”説成是《文選》的編輯者，其錯誤的影響是很深遠的。通人如汪中，在他的《自序》裏也稱《文選》爲“高齋學士之選”（《述學·補遺》）。這個問題不澄清，貽害後世不淺。

“十學士”梁代即有三個，除“昭明太子十學士”外，《姓解》卷三《一》部“王”字下説：“王囿又爲高齋十學士。”又《一》部“申”字下説：“《南史》高齋十學士申子悦。”卷二《弓》部“張”字下説：“張纘、張率、張緬，並爲梁昭明太子及蘭臺兩處十學士。”又《刀》部“劉”字下説：“孝綽與劉苞、劉顯、劉孺又爲蘭臺十學士。”又“到”字下説：“梁有到溉爲蘭臺十學士。”《阜》部“陸”字下説：“陸倕爲梁昭明太子十學士之一，又爲蘭臺十學士之一。”“蘭臺十學士”是怎麽一回事呢？《南史》卷二十五《到溉傳》（附《到彦之傳》）説：溉“與兄沼、弟洽，俱知名”；“梁天監初，（任）昉出守義興，要溉、洽之郡，爲山澤之遊。昉還爲御史中丞，後進皆宗之。時有彭城劉孝綽、劉苞、劉孺，吴郡陸倕、張率，陳郡殷芸，沛國劉顯及溉、洽，車軌日至，號曰蘭臺聚。陸倕贈昉詩云：‘和風雜美氣，下有真人遊。壯矣荀文若，賢哉陳太丘。今則蘭臺聚，萬古信爲儔。任君本達識，張子復清修。既有絶塵到，復見黄中劉。’時謂任昉爲任君，比漢之三君。到則溉兄弟也”。從這段記載裏，我們知道“蘭臺十學士”即所謂“蘭

〔1〕 按，核文選樓影宋鈔本《輿地紀勝》“王囿”不誤，前所引已據改。

臺聚”，它包括任昉在內，共十人。蘭臺是御史中丞衙署的代稱，任昉作御史中丞在天監三年（504，據《通鑑》卷一百五十四）。那麼，“蘭臺十學士”要比蕭統“十學士”的設置早八年，比蕭綱“高齋十學士”的設置早十九年。“十學士”要算任昉的“蘭臺聚”最早的了。按照梁代官制，東宫官屬並無“學士”之名（參看《隋書》卷二十六《百官志上》）。任昉和蕭綱更没設置“學士”的權柄。“學士”不過是文學之士的一般習慣稱呼。梁代從天監三年到普通四年（504—523），不到二十年間，便有三個“十學士”，恐怕與蕭衍信佛，當時流行的“格義”（見陳寅恪《支愍度學説考》）有關。“十梵志”（即“十仙”，見《涅盤經》）、“十弟子”（《陀羅尼集經》卷十二）、“十哲”（《釋氏稽古録》卷二），都可能與“十學士”的稱號有影響。

衹知道“高齋十學士”，便硬拉來代替“昭明太子十學士”，並編造“高齋十學士”纂集《文選》的影響之談，殊不可取！

至於文選樓和有關蕭統的名勝古迹，確是不少，但大抵屬於依稀附會。襄陽的文選樓，王世貞、高步瀛已經講明。王世貞又談到常熟虞山昭明太子讀書臺，此恐與《茅山志》卷八《稽古篇》、卷十七《樓觀部篇》、卷十九《靈植檢篇》所説的蕭統勝迹福鄉井、讀書臺、故宅、手植古木本是一事，未知何以又出現在常熟虞山福地？揚州的文選樓，阮元已定爲曹憲著書之所（見《揅經室二集》卷二《揚州隋文選樓記》），可以不論。貴池的文選閣，高步瀛以爲是由有昭明太子祠而建，其實貴池的蕭統遺迹，也是一種没有什麼依據的傳説。《元和郡縣圖志》卷二十八江南道宣歙觀察使池州池陽，“本漢鄣郡之城，吴於此置石城縣。梁昭明太子以其水魚美，故封其水爲貴池，今城西枕此水”。《太平御覽》卷一百七十引《輿地志》，也有同樣的記載。昭明太子祠當緣此而建。這個傳説，也係仿佛之詞。近見《中國大百科全書·中國文學卷》頁 937，又有鎮江增華閣，傳爲蕭統編輯《文選》之處，更可見這類名勝之地無法説清。因駁正“高齋學士”纂《文選》之説，附論及此。

（四）《文選》成書前後蕭梁皇室所編輯的一些類書、總集

梁代文學是六朝燦爛文化的一個重要方面。崇尚詩賦、尊重博聞，已成

爲當時上層統治階級的風氣。《顏氏家訓·勉學》説："公私宴集，談古賦詩。"又在《勉學》和《雜藝》兩篇中都談到賽詩講武的"三九公宴""三九宴集"，徐鯤認爲"三九"指三公九卿（《讀書脞録》卷七引）。這可以説明權貴們的愛好。曹景宗凱旋，蕭衍要大臣賦韵作詩，景宗操筆寫成有名"競""病"韵詩："去時兒女悲，歸來笳鼓競。借問行路人，何如霍去病？"（《南史·曹景宗傳》）沈約和蕭衍比賽所記關於"栗"的典故，沈約故意讓蕭衍多三條，出外告訴别人説："此公護前，不讓即羞死。"以此觸怒蕭衍（《梁書》《南史·沈約傳》）。劉峻在蕭衍集合文士寫"錦被"典故的基礎上增加出十幾個條文，因而遭到蕭衍的厭惡（《南史·劉懷珍傳》）。這些故事都是那個時候統治者矜奇炫博的證明。鍾嶸嘲諷那個時候的詩歌熱説："今之士俗，斯風熾矣。纔能勝衣，甫就小學，必甘心而馳騖焉。於是庸音雜體，人各爲容。至使膏腴子弟，耻文不逮，終朝點綴，分夜呻吟。獨觀謂爲警策，衆睹終淪平鈍。"（《詩品序》）顏之推指出，那些無才之輩，曾被號爲"詅痴符"（《顏氏家訓·文章》）。以上種種，從側面也可以看到梁代文學的風靡一時。

在這種氣氛的籠罩下，首先就是皇室貴族，倚仗他們的權勢喧赫，財力雄富，大搞類書、總集的編纂。蕭衍的異母弟安成王蕭秀，好賢下士，聘請劉峻（孝標）撰《類苑》一百二十卷；尚未寫完，而其書已行於世（《梁書·太祖五王傳》《文學傳》，《南史·梁宗室傳》《劉懷珍傳》）。曾經與沈約、謝朓、王融、蕭琛、范雲、任昉、陸倕號爲齊竟陵王蕭子良"八友"的蕭衍（見《梁書·武帝紀》《南史·梁本紀》），是不能讓他的弟弟獨擅風雅之名的，何況編輯《類苑》的又是他所厭惡的劉峻。天監十五年（516），他命徐勉舉學士入華林園撰《遍略》，徐勉推薦了何思澄、顧協、劉杳、王子雲、鍾嶼等五人（《梁書·文學傳》）。其實不止這五人，據説華林園的學士竟有七百餘人之多（杜寶《大業雜記》）。而《隋書·經籍志》著録的《華林遍略》六百二十卷，便題徐僧權等撰，可見這個寫作班子的龐大了。有了這樣的類書，還不甘心，蕭衍又命其臣下編撰了六百卷的《通史》（此據《梁書·武帝紀》及《南史·梁本紀》，《隋書·經籍志》著録爲四百八十卷，《史通·六家篇》稱六百二十卷），甚至於誇耀説："此書若成，衆史可廢。"（《梁書·

蕭子顯傳》）蕭衍還撰集《歷代賦》十卷（周興嗣助周顒爲之注）、《連珠》一卷（沈約注）、《制旨連珠》十卷（蕭綸、陸緬注），這些書《隋書·經籍志》都在集部總集類著録。加上他敕編的群經講疏、吉凶軍賓嘉五禮、釋典義記等不下兩千卷（並見《梁書·武帝紀》）。帝王親自插手著述，其數量之大，可謂空前了！

位居儲貳的蕭統，又加上蕭衍爲他遴選了一批博學多才的師友，重視文籍，熱心編纂，是勢之所必然。從他主持編輯《正序》《古今詩苑英華》《文章英華》這些典籍看來，一直注意總集，對於類書，他是不感興趣的。《正序》纂集古今典誥文言，走的還是《善文》之類的路子，並没有脱净類書色彩。《古今詩苑英華》纂五言詩之善者，似乎更向總集靠近了一步。但是，蕭統不滿意於《英華》，他《答湘東王求〈文集〉及〈詩苑英華〉書》説："往年因暇，搜採《英華》，上下數十（疑當作千）年間，未易詳悉。猶有遺恨，而其書已傳。"（《全梁文》卷二十）及至編輯《文選》，他對於總集應該如何確定入選文學作品的範圍和標準，纔有了超越前人的認識。總集的編輯，從此以後，與文學理論和批評有了進一步的不可分離關係。《正序》《英華》諸書先成，《文選》後出，是毫無問題的。但認爲《文選》即是《英華》的改編，恐屬臆測；《文選》初成有一千卷，擇抉爲三十卷的説法（見朱彝尊《曝書亭集》卷五十二《書〈玉臺新詠〉後》），也係傳聞。《文選》是一部成功的總集，它不僅取代了《文章流别集》居總集之首的地位，也淘汰了蕭衍、蕭秀和蕭統自己早年所編的那些類書、總集，而且還爲此後的總集編纂、文論寫作導乎先路。它在一千多年前出現的最早總集中巋然獨存，冠冕衆製，是歷史對它所作出的公允評價。

緊接着《文選》之後，即出現了詩歌總集《玉臺新詠》。它選録以婦女爲題材的詩歌，"皆取綺羅脂粉之詞"（《四庫提要》卷一百八十六），被認爲是"宫體詩"的範本。編次婦女之作，或以婦女爲題材的總集，從古有之，著録在《隋書·經籍志》的即有《婦人集》三種（此外還有北朝的《雜文》十六卷爲婦人作），劉峻注《世説新語》也曾引《婦人集》。但《郡齋讀書志·總集類》（袁州本卷四下下）著録徐陵《玉臺新詠》十卷，引唐李康成説："昔陵在梁世，父子俱事東朝，特見優遇。時承平好文，雅尚宫體。

故采西漢以來詞人所著樂府艷詩，以備諷覽，且爲之序。”徐陵的序，是一篇藻采艷麗的文章，裏面並没有提到編輯這部書有什麽“皇太子”的“旨”“意”。然而李康成却點明他“父子俱事東朝”。劉肅的《大唐新語》卷三《公直》更明白地説：“梁簡文帝爲太子，好作艷詩，境内化之，浸以成俗，謂之宫體。晚年改作，追之不及，乃令徐陵撰《玉臺集》，以大其體。”這就使徐陵所撰的《玉臺新詠》出於蕭綱的指令確定下來了。蕭綱“篇章辭賦，操筆立成”（《梁書·簡文帝紀》），是屬於古代很有文學素養的太子、帝王之一。他與他的弟弟蕭繹寫信，肯定文學踵事增華、變本加厲的趨向，上文已經談到（見第一題《關於〈文選〉産生時代的文化氛圍》第四節《〈文選〉和當時文學理論與批評的關係》）。他的《答張纘謝示集書》説：“竊嘗論之：日月參辰，火龍黼黻，尚且著於玄象，章乎人事，而况文辭可止，詠歌可輟乎？不爲壯夫，揚雄實小言破道；非謂君子，曹植亦小辯破言。論之科刑，罪在不赦。”（《全梁文》卷十一）這樣重視文學的太子、皇帝，却没有編輯什麽類書、總集，殊不可解。舊史説他作詩“傷於輕艷，當時號曰宫體”（《梁書·簡文帝紀》《南史·梁本紀》）。侯景反梁，曾把“皇太子”（即指蕭綱）“吐言止於輕薄，賦詠不出桑中”，作爲蕭衍的一條罪狀（見《通鑑》卷一百六十二）。徐陵所撰這部“宫體詩”範本《玉臺新詠》，與蕭綱有關，恐非誑語。《玉臺新詠》所選入的“皇太子聖製”竟達七十六首（宋刻所無者不計），占全書六百九十首（據吴兆宜統計，減去宋刻所無者）的百分之十一有餘。這也是此書與蕭綱有關的一個旁證。儘管劉肅和李康成距《玉臺新詠》一書的編輯約有三百年之久，却不能説他們的話毫無依據。衹可惜這一部書從宋代傳刻以來，多次遭到竄改，比之《文選》，它的本來面目就傷殘得更多。好在它究竟還流存下來，除了《文選》，它在總集中的資格算很老的了。

《玉臺新詠》雖然受了入選題材的限制，但是它“去古未遠”，“未可概以淫艷斥之”（《四庫提要》卷一百八十六）。這十卷書，除開卷即選古詩、樂府，包括有名的《古詩爲焦仲卿妻作》（即《孔雀東南飛》）外，又特别用最後的九、十兩卷，收録樂府歌謡，重視流行民間的《近代西曲歌》和《吴歌》。比之《文選》，它自有其不可忽視之處，朱彝尊的《書〈玉臺新詠〉

後》（《曝書亭集》卷五十二）曾提到這一點。迄今僅存的兩部最古老的總集——《文選》和《玉臺新詠》，都出自蕭梁，能不説這是總集跨入新的里程的一個歷史時代嗎？

蕭統和蕭綱的弟弟蕭繹，是一位好學的藩王，聚書的天子。他曾作《金樓子》十卷，自序説："常笑淮南之假手，每嗤不韋之託人。"在皇室貴族中可以這樣自豪的，他倒還代表得了他的哥哥蕭統。《金樓子》的《立言篇》，在文學理論史上主張詩文要"綺縠紛披，宫徵靡曼，脣吻遒會，情靈揺蕩"，是有代表性的。蕭繹曾撰《西府新文》（《隋志》著録十一卷，署蕭淑撰，蓋繹令淑爲之），被顔之推詆爲"鄭衛之音"；又把王籍的《入若耶溪詩》，載在他所撰《懷舊志》（《隋志》著録九卷，《金樓子・著書篇》稱一卷）的《王籍傳》裏（並見《顔氏家訓・文章》）。可以證明他的著述是尊重人材，偏愛文采的，儘管他並没有編輯什麼大型的類書、總集。

就是這個好學聚書的蕭繹，竟成了焚毁典籍的狂人。承聖三年（554）十一月末的一個夜晚，魏于謹攻破江陵，蕭繹"入東閣竹殿，命舍人高善寶焚古今圖書十四萬卷"，並且嘆説："文武之道，今夜盡矣！"這十四萬卷書，包括江陵舊藏的七萬餘卷和王僧辯破侯景後從建康運來的八萬餘卷。後來有人問蕭繹爲何要焚書，他説："讀書萬卷，猶有今日，故焚之。"（見《通鑑》卷一百六十五）蕭繹的失敗，罪在讀書嗎？這真是悲憤已極的歇斯底里行動！庾信的《哀江南賦》説："五十年中，江表無事。"這便是蕭梁皇室撰次類書、編訂總集的安定環境。又説："宰衡以干戈爲兒戲，縉紳以清談爲廟略。"這便是他們文恬武嬉，没有認真去捍衛這個安定環境的錯誤。庾信總結性的追憶，是切合實際的。隋代牛弘上表請開獻書之路，曾把蕭繹的這次焚書作爲書之"五厄"的最末一厄。

古代典籍遭到這次大厄，倒要肯定蕭梁皇室纂集的那些類書、總集在網羅放佚舊聞方面的功績。例如《太平御覽》，我們今天都知道，它在古典文獻整理方面，是校勘的好本，更是輯佚的淵藪。它的底本却是北齊後主武平三年（572）祖珽等奏編的《修文殿御覽》（《玉海》卷五十四），而《修文殿御覽》又大量轉抄《華林遍略》（《御覽》卷六百一引《三國典略》，《直齋書録解題》卷十四）。《華林遍略》雖亡，但它的殘痕却還存在於《太平御覽》

中，爲我們今天的校勘工作也算有了貢獻。至於《玉臺新詠》和《文選》，特别是《文選》，它的功績更大。没有《文選》，梁以前的文學發展情況，我們有許多地方是弄不清楚的。

蕭衍奉佛，佛教典籍也往往在蕭梁皇室的支持下編纂。最有影響的僧佑所撰的《弘明集》十四卷，它便與總集相似。這十四卷書，不僅是宗教史的要籍，而且也是思想史的真實資料。此外如慧皎的《高僧傳》十四卷，雖非總集，却與《弘明集》一樣，爲後來的續作開創了一條道路，這些都是蕭梁時代重視編書的一個説明。

蕭梁皇室編書也影響了北方。北齊編《修文殿御覽》即受到蕭衍編《華林遍略》的影響，上文已經談到了。陽休之重編《陶淵明集》，即因襲蕭統所編的八卷本（本七卷，加序目誄傳爲八卷），而加上《五孝傳》及《四八目》（即《集聖賢群輔録》），成爲十卷。並在《序録》中稱統所撰“編録有體，次第可尋”。蕭梁皇室的著述，當時便已流傳到北方了。

蕭梁官府也很注意北方的文藝，特别是北方的民歌。《樂府詩集》卷二十五收入《梁鼓角横吹曲》前後七十七首，除少數爲文人擬作外，都屬北方民間歌謡，著名的《企喻歌辭》《捉搦歌》等悉在其中，而《木蘭詩》更爲北方民歌的傑作。《玉臺新詠》選録民歌，但是還没有注意到北方，或者徐陵編此書時，北方民歌還未進入蕭梁樂府吧？

上舉這些零碎資料，或者可以提供《文選》編輯時代的一個文化、文學環境，對於《文選》的研究不無裨益。

第三　《文選》學史略述

（一）蕭該《文選音》是研究《文選》的第一部著作

《文選》成書後約半個世紀，即出現了專門研究它的著作《文選音》。《文選音》的作者是蕭該。

蕭該事迹附在《隋書·儒林傳》叙述何妥事的後面，《傳》説：“蘭陵蕭該者，梁鄱陽王恢之孫也。少封攸侯。梁荊州陷（事在梁元帝承聖三年，即554年），與何妥同至長安。性篤學，《詩》《書》《春秋》《禮記》並通大義，尤精《漢書》，甚爲貴游所禮。開皇初（581），賜爵山陰縣公，拜國子博士。奉詔書與妥正定經史，然各執所見，遞相是非，久而不能就，上譴而罷之。該後撰《漢書》及《文選》音義，咸爲當時所貴。”（《北史·儒林傳》略同）又《經籍志》集部總集類：“《文選音》二卷，蕭該撰。”（兩《唐志》並作十卷）《文選音義》似當以從《經籍志》作《文選音》爲是。

高步瀛說：“鄱陽王恢即梁武帝之弟，是該即昭明太子從父兄弟之子。而《文選》注以該爲最先，亦可謂蕭氏家學矣。惜其書今不傳，不如《漢書音義》猶得見其大要也。”（《文選李注義疏》卷首）

鄱陽王蕭恢是蕭衍父順之的第九子（此據《梁書》，《南史》以爲第十子），母姓費，事迹見《梁書·太祖五王傳》《南史·梁宗室傳》。

蕭恢兩次任荊州刺史，後一次即在任内逝去，時爲普通七年（526）。接替他荊州刺史之職的便是蕭繹（《梁書·元帝紀》）。蕭恢之子範繼承了鄱陽王的爵位。範的世子嗣，他還另有十六子，爲其部將侯瑱劫持投降侯景部隊，全被殺害。

蕭範的弟弟見於《南史·梁宗室傳》的，有永、恬、諮、修。修字世和，封宜豐侯。十二歲即曾護衛其生母徐氏的靈柩自江陵返葬。後追隨蕭繹，任湘州刺史。蕭該可能便是修的兒子。蕭修在荊州破亡後死去，年五十二。如果蕭該是他的兒子，則入長安時不超過三十歲。他寫《文選音》時，也不會超過六十歲。

蕭該傳習《文選》，當是年少在荊州蕭繹幕府的時候。荊州號稱西府，是人文薈萃的地方，《文選》編成，已在這個地區流傳。蕭該撰寫《漢書》和《文選》兩書的《音義》或已入長安。此二書“咸爲當時所貴”，説明《文選》在文獻上的位置已和“專門受業”“與《五經》相亞”（《史通·古今正史篇》）的《漢書》並列了。

蕭該的《漢書音義》未被顔師古《集解》所採録，但是宋祁的《筆記》中，説他曾見若干篇。今傳《史記》《漢書》注中所引蕭該之説，都是宋祁校訂時採入的。説見姚振宗《隋書經籍志考證》卷十一。

蕭該的《文選音》今雖不傳，但還留下一些佚文：

尤刻本《文選》卷十五《思玄賦》："行頗僻而獲志兮，循法度而離殃。"注："頗，傾也。離，遭也。殃，咎也。蕭該《音》本作陂，布義切。《禮記》曰：商亂曰陂。鄭玄曰：陂，廣也。（此有誤。《禮記·樂記》："商亂則陂。"鄭注："陂，傾也。"）《周易》曰：無平不陂。《廣雅》曰：陂，邪也。"按：《思玄賦》注，摯虞《文章流别集》以爲張衡自爲，五臣從其説。李善不信，但稱"舊注"，並認爲"甚多疏略"；他保存了舊注，自己新增的，則按全書義例，稱"善曰"以爲分别。這條注文，贛州本（即《四部叢刊》影宋本）、明州本（日本足利學校遺迹圖書館後援會影印本）的六臣注稱"衡曰"，都衹到"殃，咎也"爲止，没有下面一段。尤刻本的"蕭該"云云以下，當是李善增入之注，脱去"善曰"二字。"蕭該《音》本作陂，布義切"，是知李善作注時，採用了蕭該《音》的。下面引《禮記》《周易》《廣雅》，都是據作"陂"之本爲注，則李善遵用的也是蕭該本。今本正文作"頗"，是用五臣注本淆亂李注本的一個例子。

日本所傳殘本《文選集注》卷九《吴都賦》："刷盪猗瀾。"《音决》："唰，蕭音所劣反。"（《音决》刷作唰）又："騰趠飛超。"《音决》："超，蕭吐予反。"又："驚透沸亂。"《音决》："透，蕭詩六反。"又卷六十三《離騷》："路曼曼其修遠兮，吾將上下而求索。"《音决》："曼，音萬。蕭武半反。"又卷六十六《招隱士》："偃蹇連卷兮枝相繚。"《音决》："繚，蕭音料。"又："青莎雜樹兮薠草靃靡。"《音决》："薠，音頻，案此即《字林》所謂青蘋草者也。蕭騫等諸音，咸以爲薠音煩，非。"又卷九十三《聖主得賢臣頌》："清水淬其鋒。"《音决》："淬，蕭子妹反。"《音决》是公孫羅所作，羅與李善同出曹憲之門。可見曹憲教授《文選》，推尊蕭該之書，所以門下之士，時有徵引。

敦煌所出殘帙，有《文選音》，已影印入《敦煌秘籍留真新編》，起《王文憲文集序》，訖《晋紀總論》。有人認爲是蕭該《文選音》，又有人認爲是許淹《文選音》（見王重民《敦煌古籍叙録》頁322—323），皆無確證，因此這裏不敢妄作判斷，定爲蕭、許遺書。

（二）曹憲建立“《文選》學”，其著作及其影響

蕭該是研究《文選》最早著書之人，而“《文選》學”的建立，則自曹憲始。

《大唐新語》卷九《著述》説：“江淮間，爲《文選》學者起自江都曹憲。貞觀初，揚州長史李襲譽薦之，徵爲弘文館學士。憲以年老不起，遣使就拜朝散大夫，賜帛三百尺。憲以仕隋爲秘書，學徒數百人，公卿亦多從之學。撰《文選音義》十卷，年百餘歲乃卒。其後句容許淹、江夏李善、公孫羅，相繼以《文選》教授。”

《大唐新語》作者劉肅，“元和中（806—820）江都主簿”（《新唐書·藝文志》史部雜史類注），關於“《文選》學”的記載，此爲最早。《舊唐書·儒學傳》《文苑傳》，《新唐書·儒學傳》《文藝傳》記載《文選》學家曹憲、李善等人教授《文選》的事，大抵本之於此。

《舊唐書·儒學傳》説：“曹憲，揚州江都人也。仕隋爲祕書學士。每聚徒教授，諸生數百人，當時公卿以下亦多從之受業。憲又精諸家文字之書，自漢代杜林、衛宏之後，古文泯絶，由憲此學復興。大業中（605—618），煬帝令與諸學者撰《桂苑珠叢》一百卷，時人稱其該博。憲又訓注張揖所撰《博雅》，分爲十卷，煬帝令藏於祕閣。貞觀中，揚州長史李襲譽表薦之，太宗徵爲弘文館學士，以年老不仕，乃遣使就家拜朝散大夫，學者榮之。太宗又嘗讀書有難字，字書所闕者，録以問憲，憲皆爲之音訓及引證明白，太宗甚奇之。年一百五歲卒。所撰《文選音義》甚爲當時所重。初，江淮間爲《文選》學者，本之於憲。又有許淹、李善、公孫羅，復相繼以《文選》教授，由是其學大興於代。”

《新唐書·儒學傳》記載曹憲的事迹，略與《舊唐書》同，衹是傳曹憲的《文選》學者，許、李、公孫之外，增一魏模。

李襲譽薦曹憲，《大唐新語》謂在“貞觀初”，兩《唐書》謂在“貞觀中”。襲譽事迹見《舊唐書》卷五十九、《新唐書》卷九十一，皆附其兄襲志傳後。他任揚州大都督府長史，兩《唐書》都没有説明具體時間。《舊唐

書·太宗紀》載貞觀八年（634）派往四方觀省風俗的大使十三人中有揚州大都督府長史李襲譽。襲譽薦曹憲當在此時，或更早一些。唐太宗李世民遣使就曹憲家中拜他爲朝散大夫，又曾録難字以問憲，則憲之卒必在此後。以其卒年一百零五歲推之，阮元《揚州隋文選樓記》（《揅經室二集》卷二，下同）定爲生於梁大同時（535—545），大體符合。李襲譽薦憲，兩《唐書》所記“貞觀中”似比《大唐新語》的“貞觀初”爲確切。李襲譽，在揚州好寫書，他推薦曹憲，是合情合理的。

曹憲所著的書，《桂苑珠叢》是隋煬帝楊廣命他與諸學者共撰的，當然成於隋時，但是《隋書·經籍志》並没有著録。阮元説：“《桂苑珠叢》久亡佚，間見引於他書。其書諒有部居，爲小學訓詁之淵海，故隋、唐間人注書引據便而博。”（兩《唐志》諸葛穎《桂苑珠叢》一百卷，又無名氏《桂苑珠叢略要》二十卷，皆在經部小學類著録，蓋前者爲改編之本，後者爲摘録之本。）《廣雅音》見於《隋志》《論語》類，《古今學圖雜録》見於《隋志》小學類。這兩部書可以確定爲隋時的著録。其餘如《爾雅音義》《文字指歸》《曹憲集》都著録在兩《唐志》。《文選音》，不見於《舊唐志》，而《新唐志》著録又無卷數。這些書當爲入唐以後所作，那時曹憲的年歲在七八十以上了，他的著述不少，然而至今衹存《博雅音》十卷（《博雅》即《廣雅》，以避楊廣諱改，《隋志》著録四卷，兩《唐志》作十卷，與今傳本合）。這十卷書，經王念孫校訂，附在《廣雅疏證》後面，因而得到普遍流傳。

阮元説：“古人古文小學，與詞賦同源共流。漢之相如、子雲，無不深通古文雅訓。至隋時曹憲在江淮間，其道大明，馬、揚之學傳於《文選》，故曹憲既精雅訓，又精《選》學。”阮元這個説法很有道理，《文選》學的創始人曹憲便是小學家，所以後來張之洞《書目答問》後附《國朝著述諸家姓名略》，特標“《文選》學家”一目，説，清代小學家皆深《選》學。

曹憲的《文選音》當是他在江淮間用以教授許、李、公孫、魏諸人的。這是有了“《文選》學”之名後的第一部著作。可惜《新唐志》已注云：“亡。”宋代更無其書了。日本所傳殘本《文選集注》中的《音决》，却還找得到它的佚文。《集注》殘本卷九《吴都賦》：“刷盪猗瀾。”《音决》：“唰，曹音子六反。”（《音决》刷作唰）又：“淵客慷慨而泣珠。”《音决》：“忼，曹何朗反。”（又《音决》慷爲忼）卷九十三《聖主得賢臣頌》：“清水淬其鋒。”《音决》：“淬，曹七對反。”這些便是曹憲《文選音》的佚文。又卷六十三《離騷》：“長減滛亦何傷。”《音决》：“顑，口感反，《玉篇》呼感反。頷，胡感反。曹減滛二音。”這也是曹憲《文選音》的佚文。現傳《文選》各本及《楚辭》，“減滛”二字皆作“顑頷”這兩個字，殘本《集注》所據的《音决》本，似乎也作“顑頷”，所以先爲“顑頷”二字作音，然後纔引曹憲本讀二字爲“減滛”（《集注》載陸善經曰：“顑頷亦爲咸滛。”是陸本也作“減滛”）。用曹憲之讀訂“顑頷”爲“減滛”二字，出自《鈔》、李善注本或是《文選》舊本，已不可知，但是今傳日本古鈔卷子三十卷本的《文選》卷十六，此二字也作“減滛”，其由來必定遠有依據。《鈔》和《音决》都是公孫羅所作，羅和李善皆爲曹憲弟子，曹憲的《文選音》，衹能從他們的傳本中見到一點影子。古鈔三十卷本或即傳自曹憲門下受業之徒，所以“減滛”二字，已從師讀改字。《集注》正文所據者也是這種傳本。而宋人刻書，不用此二字，遂使曹憲的授讀之本在中土久已絶迹。

曹憲建立《文選》學，使《文選》的研究進入一個新的階段。他自己著書，又培養了一批博聞好學的弟子，光大這門學科。錢鍾書先生説：“詞人衣被，學士鑽研，不舍相循，曹憲、李善以降，《文選》學專門名家。詞章中一書而得爲學，堪比經之有《易》學、《詩》學等或《説文解字》蔚成許學者，惟《選》學與《紅》學耳。寥落千載，儷坐儷立，莫許參焉。千家注杜，五百家注韓、柳、蘇，未聞標立杜學、韓學等名目。考據言鄭學、義理言朱學之類，乃謂鄭玄、朱熹輩著作學説之全，非謂一書也。”其實《紅樓夢》成書不過二百餘年，遠非傳習達一千四百餘年的《文選》之比；所謂《紅》學的互相標榜，不過百年，也非曹憲教授《選》學已有一千三百餘年之比，更何况師弟相召，有李善注那樣的煌煌大著，懸諸日月，歷劫千年，除《文選》以外，能有哪一部像這樣的文學書呢?

（三）李善注——《文選》學的權威著作

阮元説：曹憲“精《選》學，傳於一郡，公孫羅等皆有《選注》，至李善集其成。然則曹、魏、公孫之注，半存李善注中矣”。這個説法不準確。李善是曹憲門下的集大成者，如果指他在各方面都發展了師傳，這是可以的。如果説他的著述，把老師和同門的音注都收採進去了，這却不是事實。阮元没有見到殘本《文選集注》，所以公孫羅的書是什麽樣子，公孫羅書中引用曹憲之説又是什麽樣子，他都不知道，所以作了這種憑臆的推測。李善在《文選》學上的成就，不僅超過他的同門許、魏、公孫，而且比起他的老師曹憲來，也像冰之於水，青之於藍，有了大大的突變。

《舊唐書·儒學傳》説：“李善者，揚州江都人。方雅清勁，有士君子之風。明慶中（656—660），累補太子内率府録事參軍、崇賢館直學士，兼沛王侍讀。嘗注解《文選》，分爲六十卷，表上之，賜絹一百二十匹，詔藏於祕閣。除潞王府記室參軍，轉祕書郎。乾封中（666—667），出爲經城令〔1〕。坐與賀蘭敏之周密，配流姚州。後遇赦得還，以教授爲業，諸生多自遠方而至。又撰《漢書辯惑》三十卷。載初元年（689）卒。子邕，亦知名。”又《文苑傳》載李邕父善事，略與此同，謂善“爲左侍極賀蘭敏之所薦引，爲崇賢館學士，轉蘭臺郎。敏之敗，善坐配流嶺外。會赦還，因寓居汴、鄭之間，以講《文選》爲業”。

《新唐書·儒學傳》祇在叙述曹憲事迹下説傳他《文選》之學有“江夏李善”，而李善的事迹却附在《文藝傳》李邕事中。説：邕“父善有雅行，淹貫古今，不能屬辭，故人號書簏”。又謂善居汴、鄭間講授，諸生傳其業，“號《文選》學”。又説：“邕少知名，始善注《文選》，釋事而忘意，書成以問邕，邕不敢對。善詰之，邕意有所更。善曰：‘試爲我補益之。’邕附事見義，善以其不可奪，故兩書並行。”

兩《唐書》所記李善的事，須要有些説明。

李善是揚州江都人，《舊唐書·儒學傳》《文苑傳》，《新唐書·文藝傳》記善、邕父子事皆同。而《大唐新語》却稱“江夏李善”（參看第二節《曹

〔1〕經城，原作“涇城”，據《舊唐書》改。又《新唐書·文藝傳》作“涇城”。經城縣，唐屬貝州。涇城，非涇縣，作爲郡名，在蕭梁時曾短暫存在。參見錢振宇《李善“出爲經城令”若干問題新論》一文。

憲建立“〈文選〉學”，其著作及其影響》），與《新唐書·儒學傳》同。阮元説：“《唐書》於李善稱江夏人，而《李邕傳》則曰江都人，蓋江夏乃李氏郡望。《唐韻》載李氏有江夏望，《大唐新語》亦稱江夏李善，李白詩亦稱江夏李邕。是善、邕實江都人，爲曹、魏諸君同郡也。”阮元的説法是對的。所引《唐韻》見《廣韻·上聲·六止》。唐代詩人，不僅李白，杜甫的《八哀詩》題稱李邕爲《贈祕書監江夏李公邕》，詩中云：“嗚呼江夏姿，竟掩宣尼袂。”李白又有《題江夏修静寺》詩，原注云：“此寺是李北海舊宅。”詩云：“我家北海宅，作寺南江濱。空庭無玉樹，高殿坐幽人。書帶留青草，琴堂冪素塵。平生種桃李，寂滅不成春。”根據這首詩，善、邕父子，江夏尚有舊宅，已施作佛寺。鄧名世《古今姓氏書辯證》卷二十一《上聲·六止》“李”姓下云：“江夏李氏，漢酒泉太守護，次子昭，昭少子就，後漢會稽太守高陽侯，徙居江夏平春。六世孫式，字景則，東晋侍郎。生嶷。嶷生尚，字茂仲。生矩，字茂約，江州刺使。生充，字弘度，中書侍郎。生顒，郡舉孝廉。七世孫元哲，徙居廣陵。生善、昉。善，蘭臺郎，憙《文選》學，人謂之書簏。生邕，字泰和，北海太守，工文章，天下謂之李北海。昉生璞。璞生瑄，起居郎。生鄘、鄘。鄘字建侯，相憲宗，以吐突承璀所薦，耻之，辭相位去。”云云。鄧氏對於江夏李氏的叙述，本之《唐書·宰相世系表》（卷七十二上，表十二上），而有所增益。參驗這些記載，李善的家世里貫，便更清楚了。

潞王、沛王都指高宗李治和則天皇后武曌的兒子李賢（即章懷太子）。李賢在上元二年（675）立爲太子之前，永徽六年（655）封潞王，龍朔元年（661）徙封沛王。兩《唐書》記李善事謂兼沛王侍讀在前，除潞王記室參軍在後，“沛”“潞”兩字當有顛倒（高步瀛《文選李注義疏》卷首已如此説）。

又，顯慶元年（656）李治和武曌廢舊太子李忠，立他倆親生的兒子李弘爲太子。李善作東宫官屬當在李弘立爲太子後。他的《上〈文選注〉表》結尾署“顯慶三年九月十七日文林郎守太子右内率府録事參軍事崇賢館直學士、臣李善上注表”（據日本古鈔卷子本，顯慶三年爲公元658年。據《唐會要》卷三十六載，顯慶六年正月二十七日，右内率府録事參軍崇賢館直學士李善上注《文選》六十卷，藏於祕府。是李善表上此書後三年始正式詔令藏於祕府。顯慶六年即龍朔元年，公元661年。這個時候李善已經是東宫官屬，崇文館直學士）。疑兼潞王侍讀，在上《文選注》以後。後來除沛王府記室參軍，轉祕書郎，都與李賢有關。李賢是個好聚才士的賢王，他主持注《後漢書》在上元中（見《新唐書·張公瑾傳》）。李善雖已不可能參加，但他曾得到李賢的推重，是必然的。

李善因賀蘭敏之而獲罪是事實。賀蘭敏之是武曌姊韓國夫人的兒子。武曌把賀蘭敏之作爲武士彠之後，襲封周公，改姓武氏，在武曌哥哥武元慶等死後，那已經是乾封中（666—667）了（參看兩《唐書·外戚傳》及《通鑑》卷二百二）。《文苑傳》謂李善作崇賢館學士及蘭臺郎，都出於賀蘭敏之薦引，殊不符合事實，李善顯慶元年（656）即已任崇文館直學士，在乾封元年（666）賀蘭敏之襲封周公前十年。他除祕書郎在龍朔元年（661），也比賀蘭敏之襲封早五年，而且這個時候祕書省尚未改稱蘭臺（龍朔二年始改），也不應該稱蘭臺郎。《文苑傳》和《儒學傳》之間的矛盾，應以《儒學傳》爲是。

賀蘭敏之襲封周公，武曌命他“鳩集學士李嗣真、吴兢之徒，於蘭臺刊正經史并著撰傳記”（《舊唐書·外戚傳》）。李善在這個時候，是不可能不受到牽連的。他由祕書郎出爲經城令，官的品級自從六品上升爲正六品上，當借賀蘭敏之之力。

賀蘭敏之流放雷州在咸亨二年（671），李善流配姚州（今雲南姚安），也是這個時候。賀蘭敏之失敗，“朝士坐與敏之交遊流嶺南者甚衆”（《通鑑》卷二百二），李善便屬於這一群人中的一個。

李善遇赦得還，可能是上元元年（674）。據《舊唐書·高宗紀》載，上元元年秋八月壬辰（十五日），改咸亨五年爲上元元年，大赦。李善得還即在此次赦中。他此後寓居汴、鄭之間，以講授《文選》爲業，到載初元年（永昌元年十一月至次年九月爲載初元年，當以690年計）他逝世的時候，共有十六年。如果上推他顯慶三年（658）上《文選注》時，則已經是三十二年了。

《新唐書·文藝傳》所叙述李善生平事迹，頗有失誤，現在辯證如下：

《新唐書》説，李善居汴、鄭間講授《文選》，“諸生四遠至，傳其業，號《文選》學”。這個記載不準確。“《文選》學”名稱的建立，是曹憲授徒時的事，比李善在汴、鄭間講授，早半個世紀。怎麽能説李善在這個時候纔稱其學爲《文選》學呢？如果説，曹憲在江、淮間傳授《文選》，李善把這個事業擴展到人文薈萃的中心汴、鄭之間，使《文選》學發揚光大，這倒是事實。

《新唐書》説，李善“淹貫古今，不能屬辭”，“人號書簏”。“書簏”這種稱號，究竟有没有，姑且不論；即使有，也不始自李善，晋代“好廣讀書”的傅迪，已被“唯讀《老子》而已”的劉柳加上這個稱號（《晋書·劉喬傳》）。至於皇甫謐、劉峻號稱“書淫”（《晋書·皇甫謐傳》《梁書·文學傳》），陸澄號稱“書厨”（《南史·陸澄傳》），公孫景茂號稱“書庫”（《隋書·循吏傳》），如此等等，不一定便是惡名。更何况説李善“不能屬辭”，直是誹謗！高步瀛已經指出，李善的《上〈文選注〉表》，“閎括瑰麗，較之四傑，崔、李諸家，殊無愧色”（《文選李注義疏》卷首）。即以他的《文選》注文而論，第一條“賦甲”下的注説：“賦甲者，舊題甲、乙，所以紀卷先後。今卷既改，故甲、乙並除。存其首題，以明舊式。”這三十個字，既交代了《文選》三十卷舊本“賦”下有“甲”“乙”等字的原因，又説明了注本分一卷爲二卷後，必須改變舊有“甲”“乙”題號的理由，也聲明了保留首題，使讀者得見古本形式的用心。言簡意賅，甚得注家體要。這是“不能屬辭”的人所做得到的嗎？

《新唐書》又説，李善注《文選》，“釋事而忘意”；李邕“附事見義”：父子所作的《文選注》，“兩書並行”。這種説法，也是不足憑信的。然而却有人附和，《郡齋讀書志》（衢州本卷二十，袁州本卷四下下）即其一例，《四庫提要》卷一百八十六駁之，説：“《傳》（指《舊唐書·儒學傳》）稱善注《文選》在顯慶中，與今本所載進表題顯慶三年者合。而《舊唐書·邕傳》稱天寶五載坐柳勣事杖殺，年七十餘。上距顯慶三年，凡八十九年，是時邕尚未生，安得有助善注書之事？且自天寶五載，上推七十餘年，當在高宗總章、咸亨間。而《舊唐書》稱善《文選》之學，受之曹憲，計在隋末，年已弱冠，至生邕之時，當七十餘歲，亦决無伏生之壽，待其長而著書。”“《新唐書》喜采小説，未詳考也。”

《四庫提要》的說法，高步瀛以爲“甚是”，但他不同意李善七十餘歲始生李邕的推斷，也不同意隋末李善即從曹憲受《文選》的說法。他認爲顯慶三年表上之本，不是李善絶筆之本。“善卒在載初元年，即永昌元年，上推至貞觀元年，凡六十三年（627—690）。《舊書·儒學傳》言曹憲百五歲卒，《新書·文藝傳》亦言憲百餘歲卒。使貞觀元年，憲年七八十歲，尚有三二十年以外之歲月。善弱冠受業，當在唐初，不在隋末也。由此言之，假使善生貞觀初年，則總章、咸亨間，亦僅四十餘歲，安得謂七十餘歲始生邕哉!”（《文選李注義疏》卷首）

高步瀛同意《四庫提要》否定善、邕父子注《選》，兩書並行的說法，又認爲曹憲在貞觀初已七八十歲，都是對的。他說，李善從曹憲受《文選》，當在唐初，不在隋末，這也有可能。但他假定李善貞觀初始生，則未免武斷。曹憲卒於貞觀中，不是貞觀末。貞觀祇有二十三年（627—649），如果貞觀初李善始生，祇活到貞觀中的百歲老人曹憲，能等到他二十歲以後去受讀《文選》嗎？李善在曹憲門下學《文選》，可能正是李襲譽薦曹憲的時候（參看第二節《曹憲建立“〈文選〉學”，其著作及其影響》），假定那時他年方弱冠，則當生於隋大業六年（610）。顯慶三年（658）上《文選注》，年四十八歲，這正是他學成著書的時代。到他逝世的時候，也八十歲了（610—690）。總章、咸亨間，他六十歲左右，生李邕於此時，完全是可能的。他八十歲，李邕纔二十左右，不可能另寫《文選注》，兩書並行。這樣推斷，修正了《四庫提要》的失誤，又符合於其所指出的情理，是不是更恰當些？

高步瀛說：“《新書·文藝傳》亦言憲百餘歲卒。”這句話也不對。《新唐書》記曹憲事在《儒學傳》，不在《文藝傳》，説憲百餘歲卒即在《儒學傳》中。高步瀛搞混了！

李善的《文選注》是《文選》學史上無與倫比的權威著作。自從有了此書，《文選》學就應該是《文選李善注》之學。《文選李善注》之學，包括《文選李注》的文獻學，《文選李注》的小學（文字、聲韻、訓詁之學），《文選李注》的文論學。

汪師韓《文選理學權輿》卷二（分上、下）列《注引群書目録》一篇，《序》中說：李善“注所引書，新、舊《唐書》已多不載。至馬氏《經籍考》，十存一二耳。若經之三十六緯，史之晋十八家，每一雒誦，時獲異聞。其中四部之録：諸經傳訓且一百餘，小學三十七，緯候圖讖七十八；正史、雜史、人物别傳、譜牒、地理、雜術藝，凡史之類幾及四百；諸子之類百二十；兵書二十；道釋經論三十二。若所引詔、表、箋、啓、詩、賦、頌、贊、箴、銘、七、連珠、序、論、碑、誄、哀詞、弔祭文、雜文集，幾及八百，其即入《選》之文互引者不與焉"。駱鴻凱曾就汪氏所列，總計得一千六百八十九種（《文選學》頁62）[1]。其實仍有遺漏，至今還没一部李注引書的精確索引（燕京大學所編《引得》，據六臣本，又多誤失）。就其徵引典籍的繁富而論，從來就把李善注《文選》和裴松之注《三國志》、酈道元注《水經》並列（見《四庫提要》卷四十五）。若果論其涉及群書範圍的廣闊，裴、酈之書也不能與李善《選注》相比，更談不上劉峻的《世説新語注》了（沈家本欲爲《文選李善注書目》未成，《沈寄簃先生遺書》中有目無書，近聞其稿本在瀋陽）。李《注》所引群書，歷來的文獻學者都認爲是珍本的寶藏、古佚的淵藪。清儒搞校勘、輯佚，大大利用了李《注》。但是，精心整理李《注》，一一檢核其所徵引的存佚典籍，則仍然該做而没有做。高閬仙先生（步瀛）開啓了一個良好的端倪，可惜他的《文選李注義疏》衹完成了八卷，占六十卷全書不過百分之十三多點。先師向宗魯先生（承周）有志於此，壯懷未遂，溘爾長逝。拙作《選學椎輪初集》（即《昭明文選雜述及選講》，天津古籍出版社出版），刊布了敝篋存稿十九篇，十一之於千百而已。從文獻學的角度去整理李善《文選注》，鄙意認爲是當前《文選》學上的第一件大事，有必要，也有條件去做。這是實事求是的一項古籍整理巨大工程。其中甘苦，非下功夫深入實踐者無法理解。

蕭該、曹憲最早治理《文選》，都從文字、音義着手。李善是曾經在小學重要典籍《博雅》（即《廣雅》）上用過功夫，又曾爲李世民識奇字的小學大師曹憲的受業弟子。他的小學根柢是極爲深厚的。清儒鑽研《文選李注》，很重視它在文字、聲韻、訓詁方面所涉及的問題，除薛傳均（子韻）

〔1〕 此處所引駱鴻凱《文選學》爲中華書局1989年11月版。

《文選古字通疏證》、杜宗玉（午丞）《文選通假字會》等專書而外，著名的小學家段玉裁（懋堂）便曾細校過《文選》，他的遺説見於《文選旁證》《文選箋證》中。黄侃（季剛）對於《文選》的整理，很重視舊音。他的遺稿經門人所整理刊出者，屬於《文選李注》小學方面的不少。李善注除大量引用古代小學典籍，足供輯佚、考異之用而外，他專爲《文選》中文字所作的音釋，也是漢語史上的瑰寶。《文選李注》的小學仍有廣大的開拓園地。

李善對於文學的理論和批評，是很有見地的。注禰正平《鸚鵡賦》特别指出“時爲曹操所迫，故寄意以申情”。這就啓發了洪邁（景盧）説此賦是“自況”的議論（見《容齋三筆》卷十）。注郭景純《游仙詩》（卷二十一）説：“凡游仙之篇，皆所以滓穢塵網，錙銖纓紱；飡霞倒景，餌玉玄都。而璞之制，文多自叙。雖志狹中區，而辭無俗累。見非前識，良有以哉!”這就委婉地表達了不同於鍾嶸（仲偉）“乖遠玄宗”的意見（見《詩品》卷中）。注曹子建《七哀詩》（卷二十三）“明月照高樓，流光正徘徊”兩句，説：“夫皎月流輝，輪無輟照。以其餘光未没，似若徘徊。前覺以爲文外傍情，斯言當矣。”這是對於描寫技巧的精心剖析。注趙景真《與嵇茂齊書》（卷四十三），指出了“李叟入秦，及關而嘆；梁生適越，登岳長謡”的用典之後，解釋説：“然老子之歎，不爲入秦；梁鴻長謡，不由適越。且復以至郊爲及關，升邙爲登岳。斯蓋取意而略文也。”這是對於語言運用的規律探索。所有這一些，過去讀《文選李善注》的人，大都忽略了。黄侃説：“讀《文選》者，必須於《文心雕龍》所説能信受奉行，持觀此書，乃有真解。若以後世時文家法律論之，無以異於算《春秋》曆用杜預《長編》，行鄉飲儀於晋朝學校，必不合矣。”（《文選平點》卷一）李善對於《文選》入選之文所作的語言藝術規律方面的評論，是達到了黄氏所要求的標準的。可惜大山探寶，遠闊幽深，還没有引起一般治《選》者的注意。

有了李善注，在《文選》學方面，自然豐富了文獻學、小學和文論學的内涵。如果撇開李善注的研究，那麽所謂《文選》學，不僅顯得單薄和空疏，而且研究工作也無法進行。顔之推對於儒家經典的學習，提出“明練經文，粗通注義”八個字（《顔氏家訓・勉學》）。這八個字也適用於學習《文選李善注》的起碼要求。

至於李善注本身的義例，它的流傳，五臣注對它的竄亂，有許多規律、門路，我們將在下面有關的部分，隨宜闡述。

李善傳曹憲《文選》之學，既注《文選》，又教授《文選》之學於汴、鄭之間，但他的受業弟子，可考者却不多。《唐詩紀事》卷十“馬懷素”條下云：“懷素，字惟白，潤州人。師李善。武后時爲監察御史，李迥秀斂賕誖法，懷素劾罷之。轉禮部員外郎。開元初，爲昭文館學士。”李善的弟子，惟此記載而已。

（四）李善同時的《文選》學家——許淹、魏模和公孫羅

同李善一起，在曹憲門下受《文選》學之業的，有許淹、魏模和公孫羅。

《舊唐書·儒學傳》説：“許淹者，潤州句容人也。少出家爲僧，後又還俗。博物洽聞，尤精詁訓。撰《文選音》十卷。”（《新唐書·儒學傳》略同）

許淹的書，兩《唐志》都見著録：

《舊唐書·經籍志》：“道淹《文選音》十卷。”

《新唐書·藝文志》：“僧道淹《文選音義》十卷。”又：“許淹《文選音》十卷。”實一人一書而誤重。

許淹曾經做過和尚，所以稱“道淹”或“僧道淹”。

慧苑《新譯華嚴經音義》卷上：“淹師《文選音義》云：猗，美也。”（此據二卷本，四卷本則在卷二。）

“淹師”即許淹。慧苑是華嚴藏法師上首門人，他的《新譯華嚴經音義》在《開元釋教録》卷九著録，他的事迹見《宋高僧傳》卷六。華嚴藏即華嚴宗三祖，名法藏，字賢首，見《宋高僧傳》卷五。法藏卒於唐玄宗先天元年（712）。慧苑的《華嚴經音義》當作於中宗、睿宗時代（705—711），法藏逝後，慧苑曾寫《華嚴疏刊定記》，被訶爲叛師（見《華嚴玄談》及《佛祖統紀》），故知《音義》必作於法藏生時。關於法藏和慧苑的一些混亂記載，陳援菴（垣）先生的《中國佛教史籍概論》卷三，已作了考訂。慧苑是離許淹時代最近的和尚（淹與李善同時），所以他稱許淹作“淹師”，這是許淹書

僅有的一條佚文。

這條佚文，當屬於漢武帝《賢良詔》“猗歟偉歟”的音義。李善注本卷三十七的這一句下，採用了如淳注，與許淹全同。

根據這條佚文，可以確定許淹書名《文選音義》，不是《文選音》，因爲這條佚文是解釋字義的。這樣，也與史稱淹“尤精詁訓”相符。

《敦煌秘籍留真新編》中所印的《文選音》殘卷，有人認爲是蕭該之書的，又有人認爲是許淹之書的。以無確證，今不敢妄收（已見前第一節《蕭該〈文選音〉是研究〈文選〉的第一部著作》）。

魏模不見於《舊唐書》；《大唐新語・著述》記載曹憲《文選》學的受業者，也無模名。《新唐書・儒學傳》説：“（曹）憲始以梁昭明太子《文選》授諸生，而同郡魏模、公孫羅，江夏李善相繼傳授，於是其學大興。”又説：“（魏）模，武后時爲左拾遺。子景倩亦世其學，以拾遺召，後歷度支員外郎。”魏模父子傳《文選》學，其事僅見於此。他們的著述，都不可考。

《舊唐書・儒學傳》説：“公孫羅，江都人也。歷沛王府參軍，無錫縣丞。撰《文選音義》十卷，行於代。”（《新唐書・儒學傳》略同）

公孫羅是江都人。所以《新唐書・儒學傳》稱羅爲曹憲同郡。而《大唐新語・著述》云：“江夏李善、公孫羅。”“公孫羅”上當脱“江都”二字。

公孫羅曾任沛王府參軍，則龍朔元年（661）李賢徙封沛王後，他與李善同在李賢幕府中共事。龍朔元年，李善的《文選注》已表上三年了。

無錫爲常州所屬的望縣，無錫縣丞不過從八品下，公孫羅的官品比李善低。

公孫羅關於《文選》的著述，兩《唐書・儒學傳》衹舉《文選音義》。《舊唐書・經籍志》載：“《文選》六十卷，公孫羅撰。”又：“《文選音》十卷，公孫羅撰。”《新唐書・藝文志》載：“公孫羅注《文選》六十卷，又《音義》十卷。”

公孫羅的這兩部書，十卷者當爲音，六十卷者當爲注。《舊唐書・經籍志》所著録的《文選》六十卷，署“公孫羅撰”宜作“公孫羅注”。《新唐書・藝文志》及兩《唐書・儒學傳》所稱《音義》十卷，皆宜作《音》。

向宗魯先生説：“《唐語林・文學》：劉禹錫曰《南都賦》言春茆夏韭，

子卯之卯也。而公孫羅云：茆，鶏卵。非也。此公孫羅《南都賦》注之猶存者。從《唐語林》上下諸條推之，此當出《劉賓客嘉話録》。”

中土舊籍現存公孫羅《文選》遺説，衹有這一條了，而日本却一直流傳着公孫羅的書。

日本藤原佐世《見在書目》有《文選音决》十卷，《文選鈔》六十九卷，並公孫羅撰。今日本所傳《文選集注》的殘本，採入《鈔》和《音决》；古鈔三十卷本的旁注、標記，也時時引之（關於這兩種本子，詳下題《〈文選〉流傳諸本述略》中）。向宗魯先生認爲，《鈔》即兩《唐志》的六十卷本，《音决》即兩《唐書》的十卷本。《見在書目》稱《文選鈔》六十九卷，所多九卷，或爲後人附益，或“九”字誤衍。

《文選集注》今所刊印流傳者，共有二十三卷（原書爲一百二十卷），且多係殘帙，總計不過《文選》全書的百分之十九。但是公孫羅的兩部關於《文選》的著作，却借此讓我們知道了它的大概。

《鈔》是《文選》的注釋，今試舉其中任彦昇《奏彈劉整》的注文，和李善注作一比較（此文公孫羅的《鈔》，在《集注》殘本的卷七十九，今以羅振玉影印本爲據；李善的《注》在卷四十，今以中華書局影印尤刻本爲據）：

這篇彈文，公孫羅的注文九百四十字，李善的注文八百零五字。公孫羅注引書九種，李善注引書三十八種。公孫羅注屬於不引書而釋義的三百五十四字，約占全部注文的百分之三十七；李善注屬於不引書而釋義的五十四字，約占全部注文的百分之七。

從上舉幾個數字的比較，可以看出，公孫羅注比李善注更偏重於釋義。公孫羅所引的書，如《梁典》，李善未引，而《梁典》所叙情節，已在彈文中。“大杖”句下，公孫羅注所引《家語》，比李善注所引長些，然而不少是與本文無關的詞句。薛包、高鳳之事，李善注引范曄《後漢書》及《東觀漢記》，公孫羅注却一切不引，使讀者不能理解用事内容。公孫羅注的質量，遠遠不如李善注，它已經開啓了五臣注和陸善經注着重釋義的道路。“千載美談，斯爲稱首。”公孫羅注説：“言千載之後，爲美談者，用氾家爲稱首也。斯，此，此氾毓家。”“劉寅妻范詣臺訴列稱”云云，公孫羅注説：“臺，即謂御史臺也，已下皆是訴辭語也。”這類注語，顯然冗長。記得陳澧講《孟子·滕文公下》“予豈好辯哉，予不得已也”，引《莊子·徐無鬼》嘲弄“智士”“辯士”“察士”之流，説他們總要搞點自己歡喜的什麽東西。陳澧認爲這就是“得已而不已者”。“得已而不已，故天下之書汗牛充棟也”（《東塾讀書記》卷三）。用“得已而不已”來評論公孫羅這類注釋，似乎還恰當。

當然，公孫羅究竟是《文選》學的創始人曹憲的親傳弟子，《選》學大師李善的同門，他的書既體現了曹憲的講求音訓的精神，也略見了李善着眼事義的趨向，理應重視。從文獻學的角度，整理公孫羅的《文選鈔》所引用的古籍，也是《文選》學的一個方面。日本長谷川滋成先生的《〈文選鈔〉引書引得》（廣島大學《中國中世文學研究》15 期，1981 年），做的是值得注意的一項工程。

《音决》衹載字音，絶大多數是反切，也偶有直音。中間還收入蕭該、曹憲舊音（已見前），有很高的價值。

李善同時的《文選》學家，魏模著述已無可考見，許淹僅留下一條《音義》，公孫羅的《鈔》和《音决》，却有幸在《文選集注》中得睹其大概。他們的水平不同，似都不能與李善等量齊觀，然而却老老實實走的聲音訓詁、數典釋義的正路。

（五）《文選》學的庸俗化——五臣集注

李善表上《文選注》後六十年，逝世後二十八年，即唐玄宗開元六年（718），出現了工部侍郎吕延祚上《五臣集注文選》的事件。五臣注把《文選》學庸俗化了，使《文選》學在李善前進的征程上倒退了！

《新唐書·文藝傳》説：“吕向字子回，亡其世貫，或曰涇州人。”“嘗以李善釋《文選》爲繁釀，與吕延濟、劉良、張銑、李周翰等更爲詁解，時號五臣注。”又《藝文志》説：“《五臣注文選》三十卷，衢州常山尉吕延濟，都水使者劉承祖男良，處士張銑、吕向、李周翰注，開元六年工部侍郎吕延祚上之。”

吕延祚的《進〈集注文選〉表》，載在今《六臣注文選》前（明州本、贛州本皆同)。表中所記撰寫諸人,與《唐志》合。表説:“往有李善,時謂宿儒,推而傳之,成六十卷。忽發章句,是徵載籍。述作之由,何嘗措翰?使復精覈注引,則陷於末學;質訪指趣,則巋然舊文。衹謂攪心,胡爲析理?臣懲其若是,志爲訓釋。乃求得衢州常山縣尉臣吕延濟、都水使者劉承祖男臣良、處士臣張銑、臣吕向、臣李周翰等,或藝術精遠,塵游不雜,或詞論穎曜,巖居自修。相與三復乃詞,周知秘旨;一貫於理,杳測澄懷。目無全文,心無留義。作者爲志,森乎可觀。記其所善,名曰集注。并具字音,復三十卷。其言約,其利博。後事元龜,爲學之師。豁若撤蒙,爛然見景。載謂激俗,誠惟便人。”表後題:“開元六年九月十日工部侍郎臣吕延祚上表。”又記:“上(指唐玄宗李隆基)遣將軍高力士宣口敕:朕近留心此書,比見注本,唯只引事,不説意義。略看數卷,卿此書甚好,賜絹及綵一百段,即宜領取。”

從上面這些記載看來,五臣注本的出現,它的主要策劃者和中心人物是吕向,而使它直達皇覽,則是走的吕延祚的門路,延祚可能便是五臣中吕延濟的弟兄。

吕向是五臣中唯一的知名之士,他和房琯同隱陸渾山(見兩《唐書·房琯傳》),那是當時知識分子慣走的“捷徑”。獻《集注文選》後,他可顯耀了。開元十年(722)被召入翰林,兼集賢院校理。當時遣使採擇天下姝好,納於後宫,使者號爲“花鳥使”。向作《美人賦》以諷,李隆基很贊賞他,擢爲左拾遺,遷左補闕。朝廷勒石西岳,他做了鐫勒使。又以起居舍人從駕東巡,諫使突厥頡利發等入帳内賜弓矢射禽。遷主客郎中,再遷中書舍人,改工部侍郎,卒贈華陰太守(皆見《新唐書·文藝傳》)。他的官運是很亨通的。他的《美人賦》載在《文苑英華》卷九十六;《諫不許突厥入仗馳射表》載在《英華》卷六百二十(《新唐書·文藝傳》及《突厥傳》皆載其要略);《述聖頌》,刻石在華陰縣,收入《金石萃編》卷七十五。三篇文章都採録在《全唐文》卷三百零一。

五臣的《集注文選》要吕延祚出面爲他們表上於朝廷,是因爲吕延祚當時正走紅運。吕延祚曾用盧懷慎、李乂、蘇頲、魏奉古、高智静、侯郢璡、閻義顓等奉詔删正刑律的格令模式,開元三年(715)三月奏上,名爲《開元格》（《舊唐書·刑法志》《新唐書·藝文志》）。當年十月，他便由紫微（即中書）舍人遷爲靈州刺史，與薛訥等對付突厥（《新唐書·玄宗紀》又《突厥傳》）。到六年上《集注文選》表時，他已經是工部侍郎了。三年之内，遷升兩次，品級由正五品上，升到正四品下。兩《唐書》没有他的傳，但他是開元初的一個紅人，有綫索可尋。

《進〈集注文選〉表》儘管由吕延祚署名，但可能出於吕向之手。文章和吕向的其他作品一樣，並不出色。但對李善注的攻擊，對《集注》的自我吹捧，却達到肆無忌憚的地步。李隆基不學無術，出於對吕延祚的寵任，口敕褒揚，遂使五臣注的地位，大大提高，幾乎要奪李善注之席了。

唐代的有識之士，已經看出五臣的妄誕庸俗，李匡文（濟翁）的《資暇集》卷上，有《非五臣》一條，可以作爲這種見解的代表。

《非五臣》説："世人多謂李氏立意注《文選》，過爲迂繁，徒自騁學，且不解文意，遂相尚習五臣者，大誤也。"

他駁斥這種顛倒李善和五臣是非的時尚，先講李善注尊重文獻的原因，《非五臣》説："所以（以字原脱，今增）廣徵引，非李氏立意，蓋李氏不欲竊人之功。有舊注者，必逐每篇存之，仍題元注人之姓字，或有迂闊乖謬，猶不削去之。苟舊注未備，或興新意，必於舊注中稱臣善以分别。既存元注，例皆引據，李續之，雅宜殷勤也。"這是闡述李善注廣徵文獻的義例。李善在他的注文中，對於廣徵文獻，已不止一次作了聲明：《兩都賦序》注説："諸引文證，皆舉先以明後，以示作者必有所祖述也。他皆類此。"又説："諸釋義或引後以明前，示臣不敢專也。他皆類此。"《兩京賦》採用薛綜注，他加以聲明，説："舊注是者，因而留之，並於篇首題其姓名。其有乖謬，臣乃具釋，並稱臣善以别之。他皆類此。"《甘泉賦》注説："舊有集注者，並篇内具列其姓名，亦稱臣善以相别。他皆類此。"《藉田賦》注説："《藉田》《西征》，咸有舊注，以其釋文膚淺，引證疏略，故並不取焉。"李善注中，往往隨文聲明他的注例，後來習慣稱之爲李注義例。張雲璈《選學膠言》卷一有《注例説》，比較簡單，目的在依李氏注例以剔除五臣注及其他闌入李注之文。錢泰吉《曝書雜記》卷下有《文選注義例》，收採十七條，則較詳審。高步瀛説，他曾爲訂補，在《文選李注義疏》的《别録》中

(《文選李注義疏》卷一)。駱鴻凱《文選學·源流》(頁56—61)所列,則本之錢氏,略有增補。用李善注的這些義例,來衡量五臣注,可以看出他們公然剿襲、妄爲改竄的卑劣行徑。他們不但輕率地推倒了李善注,而且蹂踐了舊注。他們自吹自擂的所謂"析理""便人"的新注,却是一種不高明的剽竊。

《非五臣》説:"代傳數本李氏《文選》,有初注成者,覆注者,有三注、四注者,當時旋被傳寫之。其絶筆之本,皆釋音訓義,注解甚多。余家幸而有焉。嘗將數本並校,不唯注之贍略有異,至於科段,互相不同,無似余家之本該備也。因此而量五臣者,方悟所注盡從李氏注中出。開元中進表,反非斥李氏,無乃欺心歟?"這裏説李善注在他表上以後,陸續有所增益改訂。五臣注本出現在李善表上之後六十年,他們肯定是見過李注的增改本的。他們所謂"解文義""具字音"的新注,許多地方剿襲李注。他們毁謗李注,是欺騙那個衹看見顯慶三年表上之本的李隆基。却靠了這個淺見寡聞的皇帝口敕,提高他們新注的地位。李善《文選》,有覆注、三注、四注和絶筆之本,釋音訓義,愈改愈詳。從唐末人(李匡文是唐僖宗、昭宗時人,即九世紀下葉人,見余嘉錫《四庫提要辨證》卷十五)所見到的這種本子中,《四庫提要》卷一百八十六又曾據之來駁斥了李邕重注《文選》,父子"兩書並行"的謬説(參看第三節《李善注——〈文選〉學的權威著作》;第三節以避重複,省略了《資暇集》一例)。現傳的李注和一百二十卷的《集注》殘本所引李注、敦煌所出李注本,詳略不同,可以作爲李匡文説法的證驗(詳下題《〈文選〉流傳諸本述略》)。五臣剿襲李善注是無可争辯的事實;李邕補益李善注,也是附會牽强的流言:《非五臣》的這一節,研究李善《文選注》,非常重要。

《非五臣》還舉了些具體的例子。首先詳談李善所指明"未詳"的地方,五臣胡亂加注的狂妄。《非五臣》説:"且李氏未詳處,將欲下筆,宜明引憑證。細而觀之,無非率爾。今聊各舉其一端。至如《西都賦》説遊獵云:許(原誤詩,今改正)少施巧,秦成力折。李氏云:許少、秦成未詳。五臣云:昔之捷人壯士,搏格猛獸。施巧、力折,固是捷壯。文中自解矣,豈假更言,况又不知二人所從出乎?"案《西都賦》見李善注本《文選》卷一。李周翰注云："許少，古捷人。秦成，壯士也。"這裏説"許少、秦成未詳"，是李注未詳首見的第一個例子。汪師韓《文選理學權輿》卷五《選注未詳》一目，列舉了一百條。李善儘管博通群籍，但是十分謙遜，決没有强不知以爲知的地方。他聲明未詳，正是他實事求是美德的體現。五臣注在這些地方妄誕可笑之甚。這條例證，充分説明五臣注的庸俗，習尚五臣注是很大的錯誤。

《非五臣》又舉了《西都賦》的一條例子，説："又注'作我上都'云：上都，西京也。何太淺近忽易歟！必欲加李氏所未注，何不云'上都者，君上所居，人所都會'耶？况秦地厥田上上，居天下之上乎？"這是對五臣注文庸俗的嘲弄。"上都，西京"，是張銑的注文。李善不注，而張銑却故意要加這一條注，真是浪費紙墨！

《非五臣》還舉了些五臣妄改李氏本及其注文的例子，説："又輕改前賢文旨。若李氏注云：某字或作某字。便隨而改之。其有李氏不解，而自不曉，輒復移易。今不能繁駁，亦略指其所改字。曹植《樂府》云：'寒鱉炙熊蹯.'李氏云：今之臘肉謂之寒，蓋韓國事饌尚此法。復引《鹽鐵論》羊淹鷄寒，劉熙《釋名》韓羊、韓鷄爲證。寒與韓同。又李以上句云：'膾鯉臇胎鰕.'因注:《詩》曰：'炰鱉膾鯉.'五臣兼見上句有膾，遂改寒鱉爲炰鱉，以就《毛詩》之句。又子建《七啓》云：'寒芳蓮之巢龜，膾西海之飛鱗.'五臣亦改寒爲搴。搴，取也，何以對下句之膾耶？况此篇全説修事之意，獨入此搴字，於理甚不安。上句既改寒爲搴，即下句亦宜改膾爲取。縱一聯稍通，亦與諸句不相承接。以此言之，明子建故用寒字，豈可改爲炰、搴耶?"這一段所引的曹植（子建）《樂府》，指《名都篇》，見李善注本卷二十七。李注引《毛詩》"炮鼈膾鯉"，見《大雅・韓奕》〔1〕，本以注上句"膾鯉"二字，而五臣竟改下句"寒鼈"爲"炮鼈"（今六臣本皆作"炮鼈"，注云："炮，善本作寒。"炮即炰字，鼈即鱉字）。曹子建《七啓》見李注本卷三十四，李本"寒芳苓之巢龜"一句，五臣本改爲"搴芳蓮之巢龜"（今六

〔1〕 按，"炮鼈膾鯉"出自《詩・小雅・六月》,《詩・大雅・韓奕》爲"炮鼈鮮魚"。

臣本皆如此作，而注李本異文)。“今之臘肉謂之寒，蓋韓國事饌尚此法”，今本李注兩處皆作“本出韓國所爲”。《七啓》注云：“寒，今胵肉也。”其文字與《資暇集》所引不同。“胵”即《廣韵·下平聲·十四清》的“鯖”字異體，訓爲“煮魚煎食”。張雲璈、梁章鉅、胡紹煐諸人曾爲引證，其義非同“臘肉”。《鹽鐵論》“煎魚切肝，羊淹鷄寒”，見《散不足篇》。《釋名·釋飲食》云：“韓羊、韓兔、韓鷄，本法出韓國所爲也，猶酒言宜成醪、蒼梧清之屬也。”李注所謂“本出韓國所爲”亦引《釋名》之文。李注《名都篇》云：“寒與韓古字通。”注《七啓》云：“寒與韓同。”是此兩處寒字皆不能改。五臣既改“寒鼈”爲“炮鼈”，又改“寒芳苓”爲“搴芳蓮”，並由吕向注云：“搴，取也。”其爲妄誕，如李匡文所指斥者，實無法解辯。李匡文所謂“修事”，“修”即“脩”字，指膳食肴饌之事也。

《非五臣》末段總結説：“斯類篇篇有之，學者幸留意。乃知李氏絶筆之本，懸諸日月焉，方之五臣，猶虎狗鳳鷄耳。其改字也，至有翩翻對恍惚，則獨改翩翻爲翩翩，與下句不相收。又李氏依舊本不避國朝廟諱，五臣易而避之，宜矣。其有李本本作泉及年代字，五臣貴有異同，改其字，却犯國諱，豈唯矛楯而已哉!”這一段把李善注和五臣注作了比較之後，得出的很有憑證的結論。李匡文的意思很明白，不僅五臣音注的水平不能與李善比，即是兩種不同傳本，也多出於五臣竄亂。這是一千二百年前的結論，無徵不信，怎麽可以輕易動摇!

不僅李匡文的《資暇集》寫了這一則《非五臣》，而且和李匡文差不多同時的丘光庭(光庭爲唐末人，説見《四庫提要辨證》卷十五)，也在《兼明書》中明白表達了對五臣錯誤的指斥。

丘光庭《兼明書》卷四，整卷論《文選五臣注》的錯誤，凡有二十一題，有的一題中又包括幾條。第一題《吴都賦》下，講“端委”、講“無得”、講“克讓”、講“輔車”，就包括了四條五臣誤解的糾正。譬如“蓋端委之所彰”一句，劉逵(淵林)注已引哀七年《左傳》，並據杜注解釋“端委”爲禮衣。而吕延濟注却説：“端其志操，委棄其位。”其荒唐至於如此!丘光庭所指斥的，其他都與這一類相似。

丘光庭在卷首説：“五臣者，不知何許人也。所注《文選》，頗謂乖疏。

蓋以時有王張，遂乃盛行于代，將欲從首至末，搴其蕭稂，則必溢帙盈箱，徒費牋翰。苟蔑而不語，則誤後學習。是用略舉綱條，餘可三隅反也。”他對於五臣注的痛恨，不減於李匡文。這條發端之話當中，有兩處須加以説明：

“王張”是什麽含義，實不可解。但是駱鴻凱《文選學·源流》（頁67）引《兼明書》，却把“王”改爲“主”字，查對《寶顔堂祕笈》本、文淵閣《四庫全書》本以及《文選理學權輿·前賢評論》所載，這個字都作“王”，無作“主”者。“時有主張”既非貶語，也與下文不貫，不知駱氏竟何所據！

“蕭根”，駱引又作“蕭稂”，也與諸本不合。蕭原有邪義（《廣雅·釋詁》），既無依據，似亦不煩改字。

丘光庭所舉的其他例子，這裏不復詳列。

專舉唐代李、丘兩家的議論，不過略以説明五臣注在它出世不久，學術界便有定論。宋人指斥五臣的議論，汪師韓（《文選理學權輿·前賢評論》）、孫志祖（《文選理學權輿補》，專補《前賢評論》）、余蕭客（《文選紀聞》）諸家已採録不少，這裏衹好從略。

當然，五臣出現在唐代，距今已有一千二百多年，不管他是明偷暗襲，總還保留了一點難得的資料。黄季剛先生談到《文選》舊音的搜集，曾説：“五臣注既謭陋，亦必不能爲音。今檢覈舊音，殊無乖繆。而直音反切間用，又絶類《博雅音》之體。縱令出於五臣，亦必因仍前作。觀其杜撰故實，豈肯涉獵群書？襲舊爲之，寧非甚便！”這樣看待五臣，也就可以從無用中，找出它有用的東西來了。

這裏還要説明一點：吕延濟等的《集注文選》，爲什麽稱“五臣注”？其實這個注本又有“五家本”之稱，日本尚存的《文選集注》殘本，所標各本異文，即稱“五家本”（廣都裴氏所刻六臣注本亦稱六家，見朱彝尊《曝書亭集》卷五十二《宋本〈六家注文選〉跋》），所以稱“五臣”，是因爲他們這部書是由吕延祚表上給皇帝的，注中一律稱“臣延濟”“臣良”“臣銑”“臣向”“臣周翰”，《兼明書》的引文還可以見到這種情況。稱爲“五臣”，原來他們的名前都有“臣”字。後來傳本把“臣”字都給删去了，甚至雙名的“延濟”衹稱“濟”、“周翰”衹稱“翰”，於是連何以名爲“五臣”，也弄不清楚了。這裏得加以説明。

（六）唐開元、天寶間《文選》的注釋、修續熱潮——馮光震、蕭嵩、陸善經等

開元、天寶年間（713—755），號稱盛唐。那時候的詩人、文士没有不讀《文選》的。爲了趕潮流，所以《文選》的注釋工作也成了熱門。五臣把《文選》學庸俗化，正是這樣氣氛中的産物。五臣以後，又出現了馮光震、蕭嵩、陸善經等人注《文選》的事件。

《大唐新語·著述》説："開元中，中書令蕭嵩以《文選》是先代舊業，欲注釋之，奏請左補闕王智明、金吾衛佐李玄成、進士陳居等注《文選》。先是，東宫衛佐馮光震入院校《文選》，兼復注釋。解蹲鴟云：'今之芋子，即是着毛蘿蔔。'院中學士向挺之、蕭嵩撫掌大笑。智明等學術非深，素無修撰之藝，其後或遷，功竟不就。"

劉肅的這段叙述，大體依據《集賢注記》。《集賢注記》是韋述在天寶丙申（756）寫成，專記集賢院中人物、故事（見《郡齋讀書志》卷七）。其書雖亡，但寫這段故事的文字，却爲《玉海》卷五十四所引用，《注記》説："開元十九年（731）三月，蕭嵩奏王智明、李玄成、陳居注《文選》。先是，馮光震奉敕入院校《文選》，上疏以李善舊注不精，請改注。從之。光震自注得數卷。嵩以先代舊業，欲就其功，奏智明等助之。明年（732）五月，令智明、玄成、陸善經專注《文選》，事竟不就。"

根據這個記載，馮光震校注《文選》，在開元十九年前，當然在五臣上《集注文選》後，即718—730年間。這個不學無術的馮光震，他大膽狂妄，屬於五臣一流。他在五臣之後，又攻擊李善注，説明李注在當時仍有巨大影響。五臣和他先後都要改注《文選》，説明《文選》的誦讀者多，恰好給這些名利之徒提供了一個阿世取寵的機會。馮光震的下場比五臣更糟糕，自注的幾卷全亡佚了，却留下了"着毛蘿蔔"的笑話。蕭嵩稱《文選》爲"先代舊業"，他原來是昭明太子蕭統第七代後裔。統生詧，後梁宣帝；詧生巋，後梁明帝；巋生瑀，後梁封南海王；瑀生鈞，唐太子率更令；鈞生瓘，渝州

長史（“鈞”“璀”二字《表》作“鈞”“灌”，此據《舊唐書·蕭嵩傳》及《唐書·蕭瑀傳》）；嵩爲璀之子（以上據《唐書·宰相世系表》，參看《北史·附庸傳》）。《舊唐書》卷九十九有《蕭嵩傳》，《新唐書》卷一百零一，則嵩事附於《蕭瑀傳》後。嵩開元十七年（729）兼中書令，加集賢殿學士知院事；其罷相則在二十一年（733）。唐代每以宰相兼知集賢殿書院事（見《通典·職官三》），蕭嵩開元十九年上奏注《文選》，與《集賢注記》符合，罷相以後，不知院事，當然注《選》之事也就作罷了。史稱蕭嵩“開元初擢中書舍人，時崔琳、王丘、齊澣皆有名，以嵩少術學，不以輩行許也”（《新唐書·蕭瑀傳》，《舊唐書·蕭嵩傳》略同）。此次注釋《文選》，不僅王智明、李玄成、陳居等“學術非深”，就連蕭嵩本人也並不高明，儘管他嘲笑馮光震，但他對於馮光震的舊注，仍然抱定“欲就其功”的宗旨，他把自己看成馮光震事業的繼承者。這次注釋，没有結果，值不得惋惜，倒還是《文選》之幸。

《集賢注記》談注《文選》之事，除王智明、李玄成、陳居外，又提出陸善經來，這倒值得注意。

日本流傳的《文選集注》殘本，除了收李善注、五家注、公孫羅《鈔》和《音决》之外，還有陸善經注，並且注出陸善經本與諸本的異同；古鈔卷子本的標記和旁注也引用了陸善經的注語。蕭嵩主持的注《選》班子，並没有完成任務，而陸善經却獨自一人寫了《文選注》。

陸善經其人，馬國翰《玉函山房輯佚書》輯《孟子》注，謂“不詳何人”；日本森立之《經籍訪古志》卷六記舊鈔零本《文選》，也謂“注《文選》事，遍檢史志，不載其目”。向宗魯先生（承周）三十年代，曾草《書陸善經事》一文，據開成石刻《進〈月令注〉表》及《新唐書·藝文志》謂善經以河南府倉曹參軍入集賢院爲直學士，先參加《文選》注釋，開元二十二年（734）以後又曾參加李林甫等注《月令》。天寶五載八月一日，饒州刺史李良《薦〈蒙求〉表》，即陸善經爲之代筆，那時他已經是國子司業了（見《日本訪書志》所著録的日本古鈔卷子本《蒙求》）。陸善經著述，尚有《孟子注》，見兩《唐志》及《崇文總目》，孫奭《音義》、僞孫《疏》皆引用之，《新字林》《廣韻》多引之；《周易》《古文尚書》《周書》《三禮》《三傳》

《論語》《列子》等注，見日本藤原佐世《見在書目》；《續梁元帝古今同姓名録》，收入《四庫全書》，《函海》刻之。統計其數量，不能説不豐富。宗魯先生這篇文章，拙著《昭明文選雜述及選講》全部載入（見頁 21—23），可以參考。關於陸善經入集賢院似尚可補充一點，《新唐書·藝文志》史部職官類著録《六典》三十卷，子注云："蕭嵩知院，加劉鄭蘭、蕭晟、盧若虚；張九齡知院，加陸善經；李林甫代九齡，加苑咸。"是蕭嵩、李林甫間尚有張九齡，九齡知院據《宰相表》當在二十一年、二十二年間（733—734），善經參加《文選》注釋，亦在此時。

陸善經的《文選注》，應如何估價，也可用上文論述公孫羅之例，舉今存《集注》殘本卷七十九的《奏彈劉整》一文來説明。這篇文章的陸善經注文衹有一百二十八字，比之公孫羅的注文九百四十字，要少八百一十二字；比之李善注文八百零五字，也少六百七十七字。注文中引書三種，約計四十九字；其餘有七十三字，雖不引書，而却是彈文的本狀；釋義的衹有九字，占全部注文的百分之七，與李善注的比例相同。

還有三點須得説明：

一、陸善經在"前代外戚"一句下的注，引《齊書》提出高昭劉皇后、明敬劉皇后，未詳劉整爲誰族，這比公孫羅的《鈔》直接認爲是明敬劉皇后之族，似乎更謹慎些（李善不注，亦其謹也）。

二、這篇彈文，蕭統編入《文選》時，便有所删節，主要是彈文叙述劉整與嫂訟田事。李善注云："昭明删此文太略，故詳引之，令與彈相應也。"可以知道今本《文選》中的彈文，李善有所增益，五臣即用李本。而陸善經云："本注云奴教子當伯已下，並昭明所略。"《集注》的"今案"語中又云："陸善經本省却此下至息逡。"陸善經在下文注中也曾兩處引"本狀"以注彈文，足見他的注釋，遵用的昭明原本，態度是謹慎的。

三、彈文中"輒勒外收付廷尉法獄罰罪"一句，《集注》本云："今案：《鈔》、陸善經本罰爲治。"現在李注本、六臣本皆已無此異文，而陸善經本則與公孫羅本相同，可以窺見他和五臣隨意剽竊改字，是大不相同的。

從上面這些情況看來，陸善經注遠非五臣注之比，甚至於有時超過公孫羅《鈔》。應當是李善注以外，值得注意的一個注本。可惜留存者不多，除

《集注》殘本之外，衹有少量見於古鈔卷子本的標記、旁注而已。

蕭嵩對於《文選》，不僅有意注釋，而且還準備修續。《玉海》卷五十四引《集賢注記》説："燕公（指張説）初入院奉詔搜括《文選》外文章，別撰一部（指撰《文府》，其事也在開元中）。於是徐常侍（指徐堅）及賀（知章）、趙（冬曦）分部檢討，徐等且集詩、賦二類，獨簡雜文，歷年撰成三十卷。燕公以所撰非精，更加研考。及蕭令（嵩）知院，以《文選》是先祖所撰，喜於嗣美（原注：十九年嵩爲學士，知院事），奏皇甫彬、徐安正、孫逖、張環修續《文選》，徐、孫所取，與常侍相乖，別爲二十卷。張始興（九齡）嫌其取舍未允，其事竟寢。"

蕭嵩修續《文選》，像他想另搞注釋一樣，都没有結果。當時趕趁《文選》這個熱門從事著述的也不止他，據《新唐書・藝文志》集部總集類所載，有卜長福《續文選》二十卷（原注：開元十七年上，授富陽尉）；卜隱之《擬文選》三十卷（原注：開元處士）。另外還有康國安《注駁文選異義》二十卷，列在許淹書之前；孟利貞《續文選》三十卷。孟利貞是高宗時人，見《舊唐書・文苑傳》。這兩部關於《文選》的著作，更早於開元時期了。至於史部目録類所著録的常寶鼎《文選著作人名目》三卷，《宋史・藝文志》集部總集類猶有其書，稱爲《文選名氏類目》十卷。《太平御覽》卷六百二引所載曹植、謝靈運事，則題爲《文選人名録》。晁公武《郡齋讀書志》（衢州本）卷九著録其書，名稱卷帙悉與《唐志》同，這部書南宋時還存在。晁《志》但稱之爲唐人，也可能即在開元前後。

至於《舊唐書・裴潾傳》載他大和七年（833）"遷左散騎常侍，充集賢殿學士，集歷代文章，續梁昭明太子《文選》，成三十卷，目曰《大和通選》，並音義、目録一卷，上之。當時文士非素與潾游者，其文章少在其選，時論咸薄之"。這祇能是一種拉幫結黨的標榜，既非開元時代的風尚，也與《文選》之學没有什麼關係了。

（七）《文選》給唐代詩文的影響

唐代詩文創作，是中國文學發展史上的一個高峰。唐詩初、盛、中、晚四個時期，名家輩出。唐文既有弘揚六朝時期沉博華靡的初唐體和後來正式名之爲“四六”的駢儷之作，又有以韓、柳爲首的所謂“起八代之衰”的“古文”。現存唐詩有四萬九千四百七十五首，唐文有二萬二千八百九十六首（此據日本平岡武夫《唐代的詩人》《唐代的散文作品》兩書所統計，顯然有遺漏），在靠手工抄録流傳的時代，三百年間，有數量這樣龐大的文獻保留下來，正反映了唐人作品在文化史上生命力的强盛。這些詩文，如果探討它們在藝術創作上繼承、發展、改革、更新的綫索，都會牽涉到八代，而八代的文學作品寶庫，却是一部《文選》。唐代士人都要誦讀《文選》，而有成就的文學家，更是熟精《文選》。上面幾節所談到的《文選》學的興起，《文選》注釋和修續的熱潮，便是這種風尚的很好説明。初、盛唐時期此風尤盛。

李白和杜甫是唐代詩人中最有成就的兩位，他們都尊奉《文選》。《酉陽雜俎》前集卷十二《語資》稱李白“前後三擬《文選》（今本“文”誤作“詞”，此據王琦《李集》注引訂正），不如意，悉焚之，唯留《恨》《别賦》”。現傳《李太白集》卷一，猶有《擬恨賦》一篇，而《擬别賦》却又佚去了。李白三擬《文選》，可能是他少年苦學時期的事。

杜甫的《水閣朝霽奉簡嚴雲安》詩説：“呼婢取酒壺，續兒誦《文選》。”又《宗武生日》詩説：“熟精《文選》理，休覓彩衣輕。”宋代王欽臣的《王氏談録》記他的父親王洙校杜詩，“有‘草閣臨無地’（《草閣》）之句，它本又爲荒蕪之蕪，既兩存之。它日有人曰爲無字以爲無義，公（指王洙）笑曰：‘《文選》云飛閣下臨於無地，豈爲無義乎？’”這段記載，充分説明没有讀《文選》便没有整理校注杜詩的資格。王洙引用的《文選》，指《文選》卷五十九王簡棲（巾）《頭陁寺碑文》，原文作“飛閣逶迤，下臨無地”，王引微誤。

李白和杜甫都對於李善的兒子李邕甚爲推重，上文第三節《李善注——〈文選〉學的權威著作》我們已有所論述。李、杜幼學時代正是李善注《文選》盛行的時代，五臣注尚未流傳。毫無問題，他們傳習的《文選》是李善注本而絶非五臣注本。白居易《偶以拙詩數首寄呈裴少尹侍郎，蒙以盛製四篇一時酬和，重投長句，美而謝之》一詩中説：“《毛詩》三百篇後得，《文選》六十卷中無。”這首詩稱美裴少尹的詩，以《毛詩》與《文選》爲喻，可算是唐代詩人重《文選》的一例。他又稱“《文選》六十卷”，可見他讀的《文選》也是李注本。研究《文選》學史，這些倒是未經人道的有趣問題。

韓愈和柳宗元是唐代散文作家中最有名望的兩位，他們也熟精《文選》。李詳《媿生叢録》卷一説：“宋樊汝霖言，韓公《秋懷》詩十一首，《文選》詩體也。唐人最重《文選》學，公以六經之文爲諸儒倡，《文選》弗論也。獨於李邴墓志曰‘能暗記《論語》《尚書》《毛詩》《左氏》《文選》’（見《中大夫陝府左司馬李公墓志銘》）。而公詩如‘自許連城價’（《縣齋有懷》）、‘傍砌看紅藥’（《和席八十二韻》）、‘眼穿常訝雙魚斷’（《酒中留上襄陽李相公》），皆取諸《文選》，故此詩（指《秋懷》）往往有其體（見《五百家注韓集》引）。詳按：退之最精《選》理，樊氏僅舉其凡，未備。余有《韓詩證選》一書，另見。”李詳除《韓詩證選》以外，還有《杜詩證選》。其實這一類著述，尚可推之其他唐代作家，唐詩吸取大量營養於《文選》，豈止杜、韓而已。

柳宗元謫居後自叙身世，抒寫憤激之情的書札，如《寄京兆許孟容》《與蕭翰林俛書》《與李翰林建書》等，從來就認爲它們的藝術手法是自司馬遷《報任少卿書》、楊惲《報孫會宗書》、江淹《詣建平王上書》諸作中脱化出來的。而這些作品，都收入在《文選》裏面。朱熹説：“柳子厚文有所模仿者極精，如自解諸書，是仿司馬遷《與任安書》。”（《語類》卷一百三十九）這個説法，爲清代桐城派宗師姚鼐所襲用。姚鼐的《古文辭類篹序目》認爲“神理氣味”是“文之精”，“格律聲色”是“文之粗”，説：“苟舍其粗，則精者亦胡以寓焉。學者之於古人，必始而遇其粗，中而遇其精，終則御其精者而遺其粗者。”又説：“文士之效法古人，莫善於退之（韓愈），盡變古人之形貌，雖有摹擬，不可得而尋其迹也。其他雖工於學古，而迹不能忘，揚子雲（雄）、柳子厚（宗元）於斯蓋尤甚焉。以其形貌之過於似古人也，而遽擯之，謂不足與於文章之事，則過矣。然遂謂非學者之一病，則不可也。”姚鼐這段話講得比較全面。韓、柳效法古人，不管精粗程度、形貌變化如何，他們所效法的古人作品，有很大一部分存在於《文選》之中。撇開《文選》，就談不上效法古人。

韓、柳創作古文，是不是就不寫駢儷之體？衹要我們一翻開世傳《韓集》的第三十八、三十九、四十卷"表狀"一類（五百家注及世綵堂本皆同），《柳集》的第三十五、三十六、三十七、三十八、三十九卷"啓""表""奏狀"諸類（五百家注及世綵堂本皆同），就明白地可以知道，他們寫這種文章，基本上用的六朝模式，非熟精《文選》者，不會有此手筆。唐代作家所謂"制集"者，無不模效《文選》，遠遠不止韓、柳二人；韓、柳二人之作，也並没有自異於當時的風尚。

韓、柳以"古文"相號召。"古文"之稱和"古體詩"一樣，衹能是唐代文學體式的一個種屬。與"古體詩"相對立的有"今體詩"（或稱"近體詩"），與"古文"相對立的同樣有"今體"（或稱"近體"）。《舊唐書·韓愈傳》説："愈所爲文，務反近體。"李商隱的《樊南甲集序》叙述他先學"古文"，後來"敕定奏記，始通今體。後又兩爲祕省房中官，恣展古集，往往咽噱於任、范、徐、庾之間"。所謂"恣展古集"，《文選》當然是"古集"中最有代表性、權威性的一部。徐陵、庾信之作屬於當時流傳的典籍；而任昉、范雲的辭章，却主要存在於《文選》之中了。李商隱把這種"今體"文章，稱爲"四六"。柳宗元的《乞巧文》説："眩耀爲文，瑣碎排偶。抽黄對白，啽哢飛走。駢四儷六，錦心綉口。宫沉羽振，笙簧觸手。"這一段描寫文章的工巧，使用了"四""六"之詞。可見"四六"作爲"今體"文章的代稱，也像"今體詩"稱之爲"律詩"一樣，韓、柳當時，已經如此了。"四六"並不能概括《文選》裏的文章形式，然而《文選》對於唐代詩文的影響，這也算是一個可以追尋的踪迹。

《文選》對於唐代詩文的影響，例證很多，不能羅縷俱列。陸龜蒙是晚唐的代表作家，他的時代比李商隱更遲，但是，推崇《文選》，猶未衰歇。他寄另一個晚唐著名作家皮日休（襲美）的詩《襲美先輩以龜蒙所獻五百言，既蒙見和，復示榮唱，至於千字，提獎之重，蔑有稱實，再抒鄙懷，用伸酬謝》説："因知昭明前，剖石呈清琪。又嗟昭明後，敗葉埋芳蕤。"對蕭統從大量的文籍中擷取菁英的功勞，作了很高的評價。《文選》對唐代詩文的影響，對唐代作家的魅力，陸龜蒙的這幾句詩，很有代表性。錢鍾書的《管錐編》第四册第1400頁曾引用此詩來評價《文選》。

上文第五節《〈文選〉學的庸俗化——五臣集注》曾引據李匡文的《資暇集》、丘光庭的《兼明書》來駁斥五臣，李、丘也是唐末人，唐末《文選》學並未衰歇，這也是一個證明。

唐代對於《文選》的普遍傳誦，還可以從當時抄寫之本極爲繁富來説明。《舊唐書·裴行儉傳》説："高宗以行儉工於草書，嘗以絹素百卷，令行儉草書《文選》一部。帝覽之稱善，賜帛五百段。"這件事發生在上元二年（675）以後，距李善上《文選注》，不過二十年。敦煌石室中的各種抄寫《文選》的卷子，便是這種風尚的產物，下文《〈文選〉流傳諸本述略》一章中準備專門談一談。

唐代民間俗講，也反映了當時士子對於《文選》的重視，敦煌所發見的《秋胡變文》中把《文選》列爲士子求學的"十袟文書"之一。所謂"十袟文書"，即是《孝經》《論語》《尚書》《左傳》《公羊》《穀梁》《毛詩》《禮記》《莊子》《文選》（見《敦煌變文集》卷二）。《文選》與群經、《史記》、《莊子》並列，它的位置，十分尊崇。如果就唐代文學作品的語言資料而論，《文選》使用率還超過了《書》《禮》《公》《穀》之類。

當然，唐代也曾有過反對《文選》的人。《新唐書·選舉志》載李德裕向唐武宗進言，認爲進士憑借《文選》爲基礎典籍，吟詩作賦，獵取功名，太容易做官了。他提出選官當用公卿子弟，説："臣無名第，不當非進士。然臣祖（德裕父吉甫，祖栖筠）天寶末以仕進無他岐，勉强隨計，一舉登第，自後家不置《文選》，惡其不根藝實。然朝庭顯官，須公卿子弟爲之。何者？少習其業，目熟朝庭事，臺閣之儀，不教而自成。寒士縱有出人之才，固不能閑習也。"

這段話顯然説得不公正，也不誠實。

第一，李德裕和牛僧孺是代表士族集團和進士舉子集團争奪權位的兩個魁首，當時號稱"牛李黨争"。這一段是李德裕站在士族集團立場，爲公卿子弟吹噓的話。話裏充滿意氣。進士舉子，不根藝實，不能説没有這樣的情況。這種情況，難道是《文選》造成的嗎？

第二，李德裕本人並不屬於"起八代之衰"的"古文"一派。陳寅恪先生曾經指出，他不是"復古派之文雄，何以亦薄《文選》之書？推究其故，豈不以熟精《文選》理乃進士詞科之人，即高宗武后以後新興階級之所致力，實與山東舊族以經術禮法爲其家學門風者迥然殊異，不能相容耶?”（《唐代政治史述論稿》中篇）陳氏所謂的“新興階級”，即指進士舉子集團；所謂的“山東舊族”，即指士族集團。

第三，李德裕反對《文選》，完全是欺人的違心之談。他的《進新舊文十卷狀》說：“臣往在弱齡，即好詞賦。情性所作，衰老不忘。”（《文苑英華》卷六百四十一）好詞賦而不讀《文選》，能説得通嗎?他的《文章論》是一篇駁斥復古派反對“模寫古人”的著名文論，曾提出“譬諸日月，雖終古常見，而光景常新”的精到見解。這篇文章的“成篇不拘於隻耦”句下，有自注説：“《文選》詩有五韻、七韻、十一韻、十三韻、二十一韻；考今之文字，四韻、六韻，以至一百韻，類皆雙韻，無有隻韻者。”這段自注，《文苑英華》卷七百四十二、《唐文粹》卷三十六載此文都能見到。可見非後人所增入（傳本《李衛公集》即抄纂《會昌一品集》及諸總集、類書而成，故今所引用，皆以《英華》《文粹》爲據)。於此可見，他倒是一位熟精《文選》，而且依據《文選》譴責時弊的十足《文選》尊奉者！“家不置《文選》”就能掩蓋他對於《文選》的崇拜嗎?

李德裕的這段話，不能用來貶低《文選》影響唐代詩文的地位。

（八）唐代《文選》學給邊陲和域外的影響

唐人重視《文選》，不僅首都長安宫廷翰院屢有注釋、修續之役，江淮汴鄭，講肄不衰。即在邊陲，也有不少抄寫流傳的未注、李注諸本，至今還可看到一些（詳下《〈文選〉流傳諸本述略》)。《舊唐書·吐蕃傳》曾載開元十八年（730），金城公主［中宗所養雍王宗禮女，景龍三年（709）嫁吐蕃贊普棄隸蹜贊者］求索《文選》諸書之事，説：“吐蕃使奏云：公主請《毛詩》《禮記》《左傳》《文選》各一部。制令祕書省寫與之。”這不是很值得注意的《文選》與《詩》《禮》《左傳》幾種儒經流入西南少數民族地區的一樁史實嗎?

唐代《文選》學給鄰國的影響，以日本爲最有代表性。根據《續日本紀》的記載，唐人袁晋卿天平七年（唐開元二十三年，735）便從遣唐使到了日本。因爲他通《爾雅》、《文選》音，授大學音博士（見島田翰《古文舊書考》卷一）。這正是唐代《文選》注釋、修續之風達到高潮的時候。楊守敬曾説："蓋日本所得中土古籍，自五經外，即以《文選》爲首重，故其國唐代曾立《文選》博士，見其國《類聚國史》。"（《日本訪書志》卷十二）近世斯波六郎先生在日本振興《文選》之學，指出："平安朝文人，藤原常嗣熟誦《文選》，馳名一世；藤原賴隆亦因暗記《文選》之四聲切韻，推爲上座。"（《文選索引序》）所謂平安朝，指日本延曆十三年（794）遷都到京都，到建久三年（1192）鎌倉幕府建立。平安朝初期，當中唐時代，那時《文選》流行日本，已發生了很大的影響。

日本友人中村璋八教授贈我他最近注釋、整理的《都氏文集》（1988年汲古書院發行）。《都氏文集》的作者都良香（834—879），是平安朝初期寫作漢詩漢文的有名朝士，他在日本貞觀、元慶間（870左右），任文章博士，兼行大内記，越前介。這時正當唐代的大中、乾符間，已進入晚唐。從他的作品中，明顯地看到《文選》對日本文人寫作的影響。現存的《都氏文集》有賦、論、銘、贊、表、詔、敕、牒、狀、策諸體。編輯的規模，文章的程式，一望而知屬於蕭《選》的模式。策對中的《漏刻對》，有"鷄人曉唱，聲驚明主之眠；鳧鐘夜鳴，響徹暗天之聽"等句子，可以看到他對於《文選》揣摩的功夫是深厚的。平安朝文人都良香的這些作品，可以作爲一種風尚的例證。

《都氏文集》原有六卷，現在衹存卷三到卷五，共三卷。中村璋八先生對這三卷書做了科學的整理工作，除了對譯之外，又有"校異"（對校了十四種抄注本）、"通釋"（即串講）、"語釋"（即注解）諸項，還附有詳細的"解説"（即通論，包括都良香事迹、《都氏文集》的著録及存佚情況，都氏遺詩遺文、參考資料，並有作品、年譜兩個表）。這項重大的工程，真起了接通今古的橋梁作用。對於平安朝文人的作品，能多有這種整理過的版本，唐代《文選》學在東鄰日本的影響，就能很具體地清楚了。

日本所流行的《文選》傳本之多，也足以説明《文選》在日本的影響。三十卷的古鈔卷子無注本，包括李注、五臣注、公孫羅《鈔》《音决》、陸善經注在内的《文選集注》，似乎都先後出現在平安朝及鐮倉時代。這些不僅是現存《文選》的重要校勘文獻，而且還替我們保存了一定數量的中土已佚的公孫羅、陸善經音注。現在研究《文選》學，特别是研究唐代的《文選》學，不求諸東鄰，簡直是一種不可容恕的孤陋寡聞！

唐代《文選》學，掀起了文學史上唐詩、唐文的創作高潮，也波及了海外。這個學科出現的時代，也是我們優秀文化得到了弘揚的時代。我們值得自豪，但更要認真研究、借鑒。

（九）宋代以後《文選》學的衰落

宋代尚文，又加以雕版之術，印刷方便，《文選》的傳播、欣賞，仍未停止，但是注釋、研究，始終條理的《文選》學，却衰落下去了。

宋末王應麟的《困學紀聞》卷十七，曾總結宋代《文選》學的衰落，説："李善精於《文選》，爲注解，因以講授，謂之《文選》學。少陵有詩云'續兒誦《文選》'，又訓其子'熟精《文選》理'，蓋《選》學自成一家。江南進士試《天鷄弄和風》詩，以《爾雅》天鷄有二，問之主司，其精如此。故曰：《文選》爛，秀才半。熙豐之後，士以穿鑿談經，而《選》學廢矣！"

這段話反映了唐宋兩代《文選》學的盛衰，但具體情況，却並不都是準確、真實的。

説《文選》學始於李善，這就不準確。在李善之前，他的業師曹憲便在江淮建立了《文選》學，已詳第二節《曹憲建立"〈文選〉學"，其著作及其影響》。

杜甫的兩句詩，見《水閣朝霽奉簡嚴雲安》及《宗武生日》，已見上第七節《〈文選〉給唐代詩文的影響》。

江南試進士事，見鄭文寶《南唐近事》，那一段記載説："後主壬申，張佖知貢舉，試《天鷄弄和風》。佖但以《文選》中詩句爲題，未嘗詳究。有進士白云：'《爾雅》：螒，天鷄；鶾，天鷄。未知孰是？'佖大驚，不能對，亟取《爾雅》檢之。一在《釋蟲》，一在《釋鳥》，果有二，因自失。"（此據

《困學紀聞》卷八翁元圻注引，《南唐近事》的文淵閣《四庫全書》二卷本及《寳顔堂祕笈》一卷本皆無此條，《十國春秋》卷一百十五《拾遺》載此事，但未注出處。）

這事發生在南唐後主李煜統治的壬申年，即宋開寳五年（972），當時南唐已遵用宋王朝的年號了。張佖，常州人，任内史舍人，知禮部貢舉。《十國春秋》卷三十有傳。“天鷄弄和風”，是《文選》卷二十二謝靈運《於南山往北山經湖中瞻眺》詩中的句子，張佖用它來作試題。謝詩的上句説：“海鷗戲春岸。”這句的天鷄當然是《釋鳥》中的那個天鷄。這個故事説明張佖雖稱“雅好文事”（《十國春秋》本傳語），却對於《文選》之學十分疏陋了。李善已引《釋鳥》，怎麽不能答復應考進士的提問呢？

“《文選》爛，秀才半”的謡諺，見於陸游《老學庵筆記》卷八，《筆記》説：“國初尚《文選》，當時文人專意此書，故草必稱王孫，梅必稱驛使，月必稱望舒，山水必稱清暉。至慶曆後，惡其陳腐，諸作者始一洗之。方其盛時，士子至爲之語曰：‘《文選》爛，秀才半。’”

這個謡諺還見於《苕溪漁隱叢話》後集卷二引《雪浪齋日記》，《日記》説：“昔人有言：《文選》爛，秀才半。正爲《文選》中事多，可作本領爾。余謂欲知文章之要，當熟看《文選》，蓋《選》中自三代涉戰國、秦、漢、晋、魏、六朝以來文字皆有，在古則渾厚，在近則華麗也。”

這兩段文章相比較，似乎《雪浪齋日記》還在前。《雪浪齋日記》的作者不知是誰，但胡仔的《苕溪漁隱叢話》前集完成於紹興戊辰（十八年，1148），已引用了這個書，可知其寫成在此以前。紹興十八年，陸游纔六十二歲，還不是他晚年寫《老學庵筆記》的時候。可惜《雪浪齋日記》已無傳本，收入在宛委山堂本《説郛》卷十七的，是一個摘録本，可能即從《苕溪漁隱叢話》諸書中抄輯了幾條，而且没有這一段。

《雪浪齋日記》稱“昔人有言”，可見“《文選》爛，秀才半”這個謡諺來源久遠。唐人重秀才，秀才之名，乃舉進士者之所不敢當，不如後代以生員而冒呼此名，見《日知録》卷十六。《老學庵筆記》稱“國初”，又説“方其盛時”。我們是有理由把它推到唐五代時期的。

《雪浪齋日記》一方面提到《文選》中“事多”，一方面又稱贊它的“文章之要”特徵，從三代到六朝，“古則渾厚”“近則華麗”都有。總的傾向，是從文章的角度推崇《文選》的，已經不像初、盛唐時代的《文選》學風尚了。

《老學庵筆記》更認爲北宋時代文人專尚此書，不過是玩弄詞藻：草稱“王孫”，用的劉安《招隱士》（《文選》卷三十三）；月稱“望舒”，用的屈原《離騷》（《文選》卷三十二）；山水稱“清暉”，用的謝靈運《石壁精舍還湖中作》（《文選》卷二十二）。至於梅稱“驛使”，則是陸游搞錯了。《四庫提要》卷一百二十一指出：“驛使寄梅出陸凱詩，昭明所録，實無此作，亦記憶疏。”這裏倒反映了陸游對於《文選》，已不是那麽熟精了。

至於《文選》學的衰落，陸游認爲“至慶曆後，惡其陳腐，諸作者始一洗之”。這種説法是近於事實的。王應麟稱“熙豐之後，士以穿鑿談經，而《選》學廢”，則是詆訶王安石變法之詞。慶曆（1041—1048）以後，即指歐陽修極力提倡寫作的文風要“容與簡易”（蘇洵《上歐陽内翰書》）、“平淡造理”（韓琦《歐陽公墓志銘》）的時代。這時八代之文，多已束之高閣，歐陽修本人就不是一個熟精《文選》的作家。他的《集古録跋尾》卷七，謂顔真卿書《東方朔畫贊》，有二字與《文選》不同，似乎他校讀《文選》還不算魯莽。但是《跋尾》卷四竟説，王羲之寫的《樂毅論》“與《文選》所載，時時不同，考其文理，此本爲是”。《樂毅論》何嘗載入《文選》？如果是把當時流俗抄纂之書，也稱爲《文選》，那麽，他的《文選》學連起碼的常識也談不上了。《集古録跋尾》成於嘉祐八年（1063），歐陽修在熙寧五年（1072）即已逝世。在他身上看到的《文選》學衰落，與熙豐（指熙寧、元豐，即 1068—1085）變法有什麽關係？閻若璩曾舉了一個饒有趣味、值得深思的例子，他指出宋祁的《新唐書·蕭至忠傳》載，至忠“嘗出太平公主第，遇宋璟，璟戲曰：‘非所望於蕭傅。’”這是用的潘安仁《西征賦》（《文選》卷十）語。司馬光寫《通鑑》，在《唐紀》中載此事，改爲“非所望於蕭君也”（見《通鑑》卷二百一十）。這便不知唐人戲語也用《文選》；改“傅”字作“君”字，可以看到司馬光的《選》學水平，他已經比宋祁差遠了。閻若璩説：“宋景文（祁）自言，手抄《文選》三過矣。”（引閻語皆見《困學紀聞》卷十七翁注）宋祁著《新唐書》，事在嘉祐五年（1060）前；司馬光修《通鑑》，在治平二年到元豐七年（1065—1084）間。他們都不是熙、豐以後的人物，而對於《文選》之學，竟有這樣大的差異，能説因爲王安石變法，士以穿鑿談經，便造成《選》學衰落嗎？

宋元時代修續《文選》之事，也不是没有。宋初官纂《文苑英華》，宋末（或元初）陳仁子編《文選補遺》，便是較爲突出的兩個例子，而且這兩個例子很能説明一些問題。

《文苑英華》是宋太宗太平興國七年至雍熙三年（982—986）李昉、宋白等奉詔纂成的（見《宋會要輯稿·崇儒五》，新印本 2247 頁；周必大刻《文苑英華》卷首《纂修〈文苑英華〉事始》引《國朝會要》同）。它所選録的文章，“起於梁末，蓋即以上續《文選》；其分類編輯，體例亦略相同”（《四庫提要》卷一百八十六）。真宗景德四年（1007）本擬與李善注《文選》同在三館刻板，因爲編次未精，準備重加芟補换易，所以衹刻了《文選》（《宋會要輯稿·崇儒四》，新印本 2231 頁）。這種修補，還可以看到唐五代《文選》學的影響。陸游所謂“國初尚《文選》”，於此可以取證。所以《文苑英華》一書，在繼《文選》之後，保存六朝唐人文學作品的功績上，是不容抹殺的。儘管它“略其蕪穢，集其清英”，遠遠達不到《文選》水平，也總可以從中看到一些“隨時改變”的詩文風貌。

陳仁子的《文選補遺》則出現在宋末元初（約 1280 年），去《文苑英華》已近三百年。陳仁子，字同俌，號古愚，茶陵（在今湖南）人。他是一個宋代遺民，宋亡不仕。他的《牧萊脞語》十二卷，《二稿》八卷，《四庫全書總目提要》卷一百七十四作爲《存目》著録，他的行事在《提要》中蓋即據《脞語》略叙一二。今《脞語》已亡，《宋元學案補遺》卷八十一有他的小傳，便注明是根據《提要》寫的。陳仁子是個理學家，他爲《文選》作《補遺》，完全是按照真德秀《文章正宗》的宗旨辦的。他的朋友廬陵趙文的序説：“蕭統索古今文士之作，築臺而選三十卷，雖其去取不免失當，然收拾於散亡，微統之力不及此。作者之得傳，後人之得有所見，詎可謂統盡無功哉！……吾友陳同俌，少講學家庭，閲《文選》即以網漏吞舟爲恨。以爲存《封禪書》何如存《天人三策》；存《劇秦美新》何如存更生《封事》；存《魏公九錫文》何如存蕃、固諸賢論列；《出師表》不當删去《後表》；《九歌》不當止存《少司命》《山鬼》；《九章》不當止存《涉江》；漢詔令載武帝，不載高、文；史論贊取班、范，不取司馬遷；淵明詩家冠冕，十不存一二。又以爲詔令人主播告之典章，奏疏人臣經濟之方略，不當以詩賦先奏疏，矧詔令是君臣失位，質文先後失宜，遂作《文選補》，亦起先秦迄梁，間以先儒之説，及其所以去取之意，附於下方，凡四十卷。”這篇序文已充分説明陳仁子編書的宗旨，全是捍衛理學。這樣的修續工作，是與《選》學背道而馳的。陳仁子作《補遺》，還刊印了全部《文選》，但他採用的本子，却是李善在前、五臣居後的贛州《六臣注》本（胡克家《考異》稱之爲茶陵本）。於此即可以窺見他的《選》學水平了。

宋代著名的文化人物蘇軾，對於《文選》的評論，很有影響。汲古閣《津逮秘書》所輯的《東坡題跋》卷二，有關於《文選》者三則：一是《題〈文選〉》説："舟中讀《文選》，恨其編次無法，去取失當。齊梁文章衰陋，而蕭統尤爲卑弱。《文選引》斯可見矣。如李陵、蘇武五言皆僞，而不能去。觀《淵明集》，可喜者甚多，而獨取數首，以知其餘人，忽遺者甚多矣！淵明《閒情賦》，正所謂《國風》好色而不淫，正使不及《周南》，與屈、宋所陳何異？而統乃譏之，此乃小兒强作解事者。元豐七年六月十一日書。”一是《書謝瞻詩》説："李善注《文選》本末詳備，極可喜。所謂五臣者，真俚儒之荒陋者也，而世以爲勝善，亦謬矣。謝瞻《張子房詩》曰‘苛慝暴三殤’，謂上中下三殤，言暴秦無道，戮及孥稚也。而乃引苛政猛於虎，吾父吾子吾夫皆死於是，謂夫與婦（當作父，汪師韓《文選理學權輿》卷六引正作父）爲殤，此非俚儒之荒陋者乎？語如此甚多，不足言，故不言。”一是《書〈文選〉後》説："五臣注《文選》，蓋荒陋愚儒也。今日讀嵇中散《琴賦》云：‘間遼故音痺，弦長故徽鳴。’所謂痺者，猶今俗云敓聲也。兩手之間遠則有敓，故云間遼則音痺。徽鳴者，今之所謂泛聲也。弦虚而不按，乃可泛，故云弦長則徽鳴也。五臣皆不曉，妄注。又云：《廣陵》《止息》，《東武》《太山》，《飛龍》《鹿鳴》，《鵾雞》《游弦》。中散作《廣陵散》，一名《止息》，特此一曲爾，而注云：八曲。其他淺妄可笑者極多。以其不足道，故略之。聊舉此使後之學者勿憑此愚儒也。五臣既陋甚，至蕭統亦其流耳。宋玉《高唐》《神女》賦，自玉曰唯唯以前皆賦，而統謂之序，大可笑。相如賦首有亡是三人論難，豈亦賦序耶？其他謬陋不一，聊舉其一耳。”

統觀此三則題跋，可知蘇軾對於《文選》的議論，是有二重性的。他對於蕭統肆意攻擊，有許多偏激失實之詞，是不恰當的；對於李善和五臣的《選注》優劣，則頗爲公允，可以肯定。現在對此三則題跋，分别來談一談：

《題〈文選〉》與他後來寫的《答劉沔書》（見《經進東坡文集事略》卷四十六）内容基本相同。《答劉沔書》提到蘇過在海外寫《志隱賦》事，則已在建中靖國元年（1101）南歸後，比元豐七年（1084）作《題〈文選〉》時後十七年，故書中把後作的《書〈文選〉後》一些話一並寫入。書云："世之蓄軾詩文者多矣，率真僞相半，又多爲俗子所改竄，讀之使人不平，然亦不足怪。識真者少，蓋從古所病。梁蕭統集《文選》，世以爲工，以軾觀之，拙於文而陋於識者，莫統若也！宋玉賦《高唐》《神女》，其初略陳所夢之因，如子虚、亡是公等皆賦矣，而統謂之叙，此與兒童之見何異？李陵、蘇武贈别長安，而詩有江漢之語，乃陵與蘇武書，詞句儇淺，正齊梁小兒所擬作，决非西漢文，而統不悟，劉子玄獨知之。"今按：蘇軾前後兩文，所舉一二例，未嘗不是，然以此便謂"拙於文而陋於識者莫統若"，則不免是偏激失實之詞。劉知幾（子玄）《史通·雜説下》云："《李陵集》有《與蘇武書》，詞采壯麗，音句流靡。觀其文體，不類西漢人，殆後來所爲，假稱陵作也。遷史（指《史記》）缺而不載，良有以焉。編於李集中，斯爲謬矣。"按：《漢騎都尉李陵集》二卷，在《隋書·經籍志》集部别集類著録，何人所編，已無可考。《文選》所録《與蘇武書》，便取於此。《史通》所論，很有分寸。雖指爲擬作，却也稱賞它"詞采壯麗，音句流靡"。何嘗詆爲"儇淺"，更没有把不辨真僞的誤失加在蕭統身上。蘇軾輕率地判斷此書是"齊梁小兒所擬"，浦起龍以爲"彊坐"，曾駁之云："江文通《上建平王書》（《文選》卷三十九）已用少卿槌心之語，豈以時流語作典哉！當是漢季、晋初人擬爲之。"（《史通通釋》卷十八）蘇軾是歐陽修"古文"運動的追隨者，曾吹捧韓愈"文起八代之衰"，自然不能不借機會表示他輕視《文選》。章炳麟批評蘇軾"好爲大言""飛鉗而善刺"（《國故論衡·論式》《訄書·學蠱》），這正是此種批評的佐證。連蕭統《陶淵明集序》中的話，也拉在一起，駡統是"小兒强作解事"，這也是"飛鉗而善刺"的輕薄口吻。蕭統除在《文選》中極力破除當時輕視陶淵明的成見，選入《歸去來辭》及一些詩作外，還特别編訂了八卷本的《陶淵明集》，甚至於敵視南朝的北齊宰臣陽休之，也稱爲“編録有體，次第可觀”。如果没有蕭統，唐以後的人要讀陶淵明的作品，恐怕是不可能的了。捍衛陶淵明的功績，蕭統爲第一。怎麽能因爲他在序言中講了幾句不恰當的話，便駡爲“小兒强作解事”？何况這是《陶淵明集序》中語，本與《文選》無關。蘇軾這樣盲目攻擊《文選》，是没有什麽力量的。蘇軾曾作《擬孫權答曹操書》（《經進東坡文集事略》卷五十八），那完全是模仿《文選》的作品（《文選》卷四十二載阮瑀《爲曹公作書與孫權》，此擬爲答書），可見他攻擊《文選》是自命爲“古文”家的門面話，而暗地裏却在擬襲《文選》。駡“齊梁文章衰陋”，是一竿子掃盡的“古文”家大言，把《文選引》（即《文選序》，蘇軾的祖父諱序，故蘇洵父子的文章，都用“引”字代“序”）作爲蕭統文章“卑弱”的例證，他哪裏知道這篇文章不是蕭統所寫，而出於劉孝綽代作呢？

《書謝瞻詩》明確地表示他對李善注和五臣注孰優孰劣的看法，是十分正確的。李善此處無注，引《檀弓》爲注的是李周翰。他並未標出書名。贛州和明州兩刻本皆如此。而今傳尤刻李注本，却把李周翰作爲李善注竄入，而且標出《禮記》書名（汲古閣本同）。因此，方回《文選顔謝鮑詩評》認爲蘇軾誤把李善注誤爲五臣注，其實蘇軾未誤，他的這一題跋，倒可證明今傳尤刻本是錯謬的。方回所見，正是這種錯謬的本子。這裏可見蘇氏並非不讀《文選》的人，他斥駡蕭統，確是一種裝模作樣的假象。

《書〈文選〉後》一文，十足地體現了他對《文選》學的二重性。此文前面鄙薄五臣注，十分中肯。《廣陵》與《止息》實是一曲，則不得云“八曲”。吕延濟的注却説：“八者並曲名。”起碼的常識都没有。“間遼”兩句，蘇軾是懂彈琴的，所以講得很透辟。五臣衹有劉良注，什麽也没有説清楚。李善引了阮籍《樂論》和鄭玄《周禮注》、傅毅《雅琴賦》，講了“間遼”“音庫”和“徽”的含義，蘇軾並没有不同意見，他是認可了的。《琴賦》在《文選》中本是一篇難讀的文章，而蘇軾讀得這樣細緻，又足以説明，他是尊重《選》學的。至於此篇後段，竟把蕭統和五臣同等看待，那確是偏見。《神女賦》篇首之文稱序，《答劉沔書》又重複説了一遍。其實這不一定是蕭統的錯誤。何焯《義門讀書記》卷四十五，在《高唐賦》題下説："劉彦和云：'既履端於唱序，亦歸餘於總亂。序以建言，首引情本；亂以理篇，迭致文契。'則是一篇之中引端曰序，歸餘曰亂，猶人身中之耳目手足，各異其名。蘇子則曰莫非身也，是大可笑，得乎?"這段議論，批評蘇軾，很有道理。蘇軾攻擊蕭統，這一條不能成立。

蘇軾對《文選》的見解，在宋代頗有代表性。講到文采，宋代理學家總是十分小心，生怕以文害道。衹有朱熹比較開明。他除了作《楚辭集注》《韓集考異》這些專治文學典籍的著述外，又説："《選》中劉琨詩高，東晋時已不逮前人，齊梁益浮薄。鮑明遠才健，其詩乃《選》之變體，李太白專學之。"又説："李太白始終學《選》詩，所以好。杜子美詩好者亦多是效《選》詩，漸放手，夔州諸詩則不然也。"（並《語類》卷一百四十）這些話雖不都正確，但可以看到他對《文選》的尊重。宋代許多作者，都像蘇軾，不免對《文選》要説幾句鄙薄文采的話；但對於五臣注和李善注却大多能提出公正的論斷。爲汪師韓《文選理學權輿》採入《前賢評論》的宋人雜筆論著如洪邁的《容齋隨筆》、唐庚的《子西語録》、晁公武的《郡齋讀書志》、陳振孫的《直齋書録解題》、劉克莊的《後村詩話》、吴子良的《林下偶談》、王應麟的《困學紀聞》以及姚寬的《西溪叢語》、王楙的《野客叢書》等，都可以看到這種議論。《四庫提要》卷一百一十九論雜家類雜考之屬説："至宋而《容齋隨筆》之類，動成巨帙，其説大抵兼論經、史、子、集，不可限以一類，是真出於議官之雜家也。"這種出於議官之雜家著述，一般稱之爲宋人筆記，宋人的《文選》學，往往可以從數量龐大的筆記中，窺見其端倪。

由宋入元的方回，把江西詩派的尋章摘句、標榜字眼的評論方法，擴大到《文選》，編選了《文選顔鮑謝詩評》四卷，儘管《四庫提要》認爲它是方回晚年之作，較《瀛奎律髓》爲勝。但是評點詩文的惡習，冒充《選》學，却始於此書。在元末明初即發展爲劉履的《選詩補注》八卷、《補遺》二卷、《續編》四卷（合編爲《風雅翼》十四卷）。這些書的注釋則抄五臣，見解則遵真德秀。從此《選》學墮入明人評選時文的魔道，張鳳翼、孫鑛等的評注，不過如《儒林外史》所描寫的馬二先生之流而已。楊慎（《丹鉛録》）、王世貞（《弇州山人四部稿》）、周嬰（《卮林》）等雖稍異流俗，然矜才飾詐，錯謬叠出，《文選》學衰落，這個時代已無足稱道了！

（十）近世《文選》學的復興及其展望

明代文壇自李（夢陽）、何（景明）、王（世貞）、李（攀龍）先後標榜周秦兩漢，裒集唐宋以前詩文的總集累累出現，馮惟訥《詩紀》、梅鼎祚《文紀》、汪士賢《漢魏二十二名家集》、張燮《七十二家集》、張溥《漢魏六朝百三名家集》等等，充斥書林，似乎《文選》之學有所嗣音了。但是這些書既没有考慮到《文選》編輯所提出的採集範圍，也没有什麽收録標準，大而無當，高而不切，實在看不到八代文獻輝耀文林的踪影，更没有《選》學重光的一綫希望。在這樣的風氣下，什麽《廣文選》（劉節、馬繼銘兩種）、《續文選》（胡震亨）之類，儘管著録在《明史·藝文志》，其書若存若亡，其質量也不難推知。《文選》的翻刻雖多，但是"明人刻書而書亡"（語見陸心源《儀顧堂題跋》卷一《六經雅言圖辨跋》），竄改也很厲害。發展到張鳳翼的《文選纂注》、鄒思明的《文選尤》、閔齊華的《文選瀹注》（並見《四庫提要》卷一百九十一《存目》），幾乎把《文選》等同於村塾古文、科場墨卷，實《文選》和《文選》學之大厄矣！

及到明末，毛晋汲古閣始有李善注單行本之刻，《四庫提要》（卷一百八十六）斷爲"殆因六臣之本，削去五臣，獨留善注，故刊除不盡，未必真見單行本也"。然《四庫全書》纂修時，李善注唯見此本而已。

清儒重振古學，珍視文獻，《文選李善注》因而逐漸得到尊重。顧炎武的《日知録》卷二十七談古書舊注，專列了"《文選》注"一條，糾正了顔延年注阮籍《詠懷詩》的"趙李"之誤。自此以後，《文選》之學纔開始復興。何焯（義門）在復興《選》學方面，是較早而又有重大貢獻的。余蕭客《文選音義序》說："前輩何侍讀義門先生當士大夫尚韓愈文章不尚《文選》學，而獨加賞好，博考衆本，以汲古爲善，晚年評定多所折衷，士論服其該洽。"黄侃甚至於這樣說："以今觀之，清世爲《文選》之學，精該簡要，未有超於義門者也。"（《文選平點》卷一）何焯的《義門讀書記》共有讀《文選》的部分五卷（原未列卷次，今中華書局新印爲四十五至四十九卷)。衹收入了批校正文的條目，凡注文校證，概從删削。焯弟子陳景雲（少章）也對《文選》作了較爲細緻精確的比較，但是世傳《文道先生集》，並無《文選》點勘之書。何、陳兩家校義，時時見引於余（蕭客）、胡（克家、紹煐）、梁（章鉅）、孫（志祖）諸家書中，嘗謂何、陳《文選》校語，可輯録爲一單行之本。何、陳以後，余蕭客（古農）、汪師韓（韓門）、孫志祖（詒穀）、許巽行（密齋）、朱珔（蘭坡）、梁章鉅（茝林）、胡克家（果泉）、胡紹煐（枕泉）諸家著述連翩接軌，好書迭出，清代《選》學，遠紹曹、李，亦可謂蔚成大國矣。

嘗謂清代之治《選》學者，其術有三，而評議、文法之流不預焉。三術者：一曰剔除五臣，以尊李善，如胡克家之《考異》、許巽行之《筆記》是也；二曰通於小學，以究音訓，如余蕭客之《音義》，胡紹煐之《箋證》是也；三曰條理李注，以校存佚，清儒於此，尚無專著，張雲璈之《膠言》，梁章鉅之《旁證》，始有萌芽，發揚光大，尚有待於後學。這種概括，也可能不算精確，但大體是這樣的。上文謂《文選》學應該是《文選》李注的文獻學、小學和文論學（見第三題《〈文選〉學史略述》第三節《李善注——〈文選〉學的權威著作》），今天要談《文選》學，首先是對《文選李善注》的董理和爬梳，這樣的工程，高步瀛先生導乎先路，寫爲《文選李注義疏》。可惜書止成八卷，作者便已長逝。不僅後來者未有嗣音，而且高氏未見的材料，如新印的宋刻李善注本及日本續印《集注》殘本，也還有待於補苴。校理李注，是古籍整理的尖端，也是博通群籍的鎖鑰，其事雖難，正是復興《文選》學的光明大道。

張之洞《書目答問》後附《國朝著述諸家姓名略》，列清代《文選》學家錢陸燦以下十五人。又説："國朝漢學、小學、駢文家皆深《選》學，此舉其有論著校勘者。"他這段話曾引起一些不必要的誤會，他説"駢文家皆深《選》學"不是毫無依據，但很不全面。就其所列入《姓名略》的駢體文家而論，胡天游、孔廣森諸人，效法徐、庾，旁及四傑，可以不談。即如汪中，在清代駢體文學中，可爲佼佼者，然而他得力於魏晋，也不一定是熟精《文選》的《選》學家。至於一般駢四儷六的作者，取法多在唐宋以後，一部《陸宣公奏議》，曾是公牘文字的極則，這些作者，能説他們是《選》學家嗎？張之洞這段話，引起世人一種誤會，即認爲《選》學就是寫駢文。“五四”時代把“桐城謬種”和“《選》學妖孽”作爲提倡白話文的對立面，那種提法，顯然缺乏科學性。《選》學是一種學科，怎麽能用以作爲寫濫四六駢文的代名呢？自從有了“《選》學妖孽”這種不準確的提法，整理李善注的這個《文選》學科，便使許多學人望而却步了。這對於《文選》研究的提高和進步，是很不利的。新近以來，日本學術界有成立《文選》學史會者，也有號稱所謂“新《文選》學”者，這纔刺激國内學術界，出現了注意《文選》這一部書的注釋、研究工作的萌芽。在弘揚民族優秀文化傳統的號召下，我相信會“遵道而得路”，《文選》學的研究實事求是，是有新的希望的。

第四　清儒《文選》學著述舉要

清代樸學家所著的關於《文選》學的書，是整理《文選李善注》必不可少的資料，也是探尋治《選》道路的門徑。張之洞所列的《文選》學家十五人，其有專著傳世者不過六人。駱鴻凱《文選學》在《源流》一篇中，專立《清代文選學家述略》之目。計所列凡有三十條，然其中如潘耒、錢陸燦、段玉裁、林茂春等，實無典籍傳世；《選材録》《選注規李》《選學糾何》之類，又皆簡陋，無足稱數；葉樹藩《文選補注》、趙晋《文選敏音》等等，亦所得不多；至於杭世駿《文選課虚》、石韞玉《文選編珠》，比於《兔園册府》，可置諸不論；顧施楨《文選六臣彙注疏解》、于光華《文選集評》，駱氏已詆爲“謬種流傳”，更不煩著録。學者如有條件，取下列諸書，以窺奥牖，則異乎捷徑窘步者矣。

（一）《文選音義》

《文選音義》八卷，余蕭客撰。蕭客字仲林，一字古農，長洲（今蘇州）

人。他和江聲都是清代樸學家吴派大師惠棟（定宇）的弟子。家貧無資料，聞有異書，往往奔走數十里，借歸抄寫。中年得目疾，畏風，構一室，無窗户。在墻上開一洞以納光，設巨案，書册鱗比，布滿一室。嘗搜採漢唐諸儒遺佚經注，編爲《古經解鈎沉》三十卷。他的生平事迹，有任兆麟的《余君蕭客墓志銘》（《碑傳集》卷一百三十三），《清史稿》卷四百八十一《儒林傳》附其事在《惠棟傳》後。《漢學師承記》卷二有他一篇傳，寫《漢學師承記》的江藩（子屏），是他的弟子，所以那篇傳寫得特别有感情。據任《志》謂蕭客卒於乾隆二十四年，年四十九，則當生於康熙五十年（1711—1759）〔1〕。《文選音義》八卷，是蕭客少年所作，有自序及乾隆戊寅（二十三年，1758）沈德潛序。《四庫全書》收此書入《存目》，而《提要》（卷一百九十一）對之評價很低，謂“罅漏叢生”，與他所作的《古經解鈎沉》如出二手。列舉其失八條。錢泰吉《曝書雜記》卷上云：“吴縣余仲林集《古經解鈎沉》極精博，所爲《文選音義》則體材殊不稱，《四庫提要》詳言之。《漢學師承記》謂仲林亦悔其少作，别撰《文選雜題》三十卷，今未得見。然《音義》多用直音，便於省覽。載義門校語頗詳，亦初學所不廢也。”錢氏的評論，是比較妥實平穩的。清代《選》學專著，斷以此書爲最先的一部。《文選音義》有乾隆二十三年（1758）静勝堂刻本，光緒乙未（二十一年，1895）上海鴻寶齋石印小字本。

（二）《文選紀聞》

《文選紀聞》三十卷，余蕭客撰。江藩《漢學師承記》卷二謂蕭客《文選音義》“亦悔少作，然久已刊行，乃别撰《文選雜題》三十卷，又有《選音樓詩拾》若干卷。先生深於《選》學，因名其樓曰選音。疾革之時，以《雜題》《詩集》付弟子朱敬輿。敬輿寶爲枕中祕，以是學者罕知之”。案江

〔1〕 按，“康熙五十年”原作“康熙四十九年”，古人以虚歲計年齡，屈先生亦在本書19頁有所交待，後有出入則徑改，不再注。又核《碑傳集》卷一百三十三任《志》，謂余蕭客卒於乾隆四十二年，則當生於雍正七年（1729—1777）。此處或爲誤記，或爲引誤，影響下頁論述。

藩所言，有失實之處。《音義》刊成於乾隆二十三年，次年蕭客即卒。是蕭客別撰《雜題》，非以《音義》“久已刊行”，“悔少作”而重寫。乃《雜題》與《音義》寫作宗旨有異，必不可能二十三年《音義》刊成後，始創《雜題》。當時蕭客已有目疾，何能一年之中，成此巨著？此江《記》失實之處一也。又江《記》稱此書名爲《文選雜題》，錢泰吉《曝書雜記》亦承其說。今所刊行者實名《文選紀聞》，《清史·藝文志》已用此名，則非出於後人更易。此江《記》失實之處二也。江《記》謂此書爲蕭客弟子朱敬輿秘之枕中，罕爲人知。然十九世紀末，方功惠刻《碧琳琅館叢書》，即收入此書。每卷之末皆有“門人朱邦衡校録”字樣，邦衡號秋厓，與其侄奂（文游）皆爲吴中有名藏書家。黄丕烈、顧千里常與往還，見《藏書紀事詩》卷五。江氏所謂“朱敬輿”，當即邦衡。是朱氏寶其師作，終付刊行，並署稱“校録”，則亦有整理之功。江《記》似出於同門不相知，其失實之處三也。

今查《紀聞》皆按《文選》逐篇録入前人典籍有關資料，引書皆記篇卷，十分精審。其書之成，早於汪師韓《文選理學權輿》十年以上，其所引用資料範圍，大大超過汪書《前賢評論》。《音義》《紀聞》同爲清代《文選》學家創業之作，當不容有異詞也。《文選紀聞》收入《碧琳琅館叢書》，1935年黄肇沂重編《碧琳琅館叢書》爲《芋園叢書》。《芋園叢書》亦有《紀聞》。今臺北出版《叢書集成續編》，其中即有《芋園叢書》縮小影印本。

（三）《文選理學權輿》

《文選理學權輿》八卷，汪師韓撰。師韓字抒懷，號韓門，又稱上湖先生，錢塘（今杭州）人。雍正十一年（1733）進士，改翰院庶吉士，散館授編修。乾隆初曾受詔勘校經史，後主講蓮池書院。師韓少以文鳴，中年後一意窮經。所著有《韓門綴學》五卷，《續編》一卷；《上湖分類文編》十卷。其所著述，悉收入其玄孫簠所輯刻《叢睦汪氏遺書》中。

《文選理學權輿》即《文選》學初階，稱之爲“《文選》理學”者，用杜詩“熟精《文選》理”之義也。自序謂：“余嘗取《選》注，以類别爲八門，末則綴以鄙説。八門者，一曰《撰人》。唐常寶鼎撰《文選著作人名》，其書不可得見。顧其名字、爵里及著作之意，《選》注已詳，所未悉者，史岑、王康琚二人耳。今考周四家，秦一家，漢、後漢各十七家，季漢、吴各一家，魏十五家，晋四十六家，宋十三家，齊六家，梁九家，更有無名氏之詩二十三篇，但於各人之下，分隸所撰篇目，取便檢觀。二曰《書目》。注所引書，新、舊《唐書》已多不載。至馬氏《經籍考》，十存一二耳。若經之三十六緯，史之晋十八家，每一雒誦，時獲異聞。其中四部之録：諸經傳訓且一百餘，小學三十七，緯候圖讖七十八；正史、雜史、人物别傳、譜諜、地理、雜術藝，凡史之類幾及四百；諸子之類百二十；兵書二十；道釋經論三十二。若所引詔、表、箋、啓、詩、賦、頌、贊、箴、銘、七、連珠、序、論、碑、誄、哀詞、弔祭文、雜文集，幾及八百。其即入《選》之文互引者不與焉。三曰《舊注》。凡舊作注者二十三人，及不知名者所注賦十四，詩十七，楚詞十七，設論、符命各一，連珠五十：李氏皆標明某注，不似後人之攘爲己有也。若《耤田》《西征》，則雖有舊注不取，而亦有無注者二篇，則《尚書》《左傳》之序是也。四曰《訂誤》。李氏每以注訂行文使事之誤，又因文以訂他書之誤。或《選》自誤及别本誤者，其類四十有七焉。五曰《補闕》。《選》内脱落之句，删節之文，互異之本，李氏補者有五焉。六曰《辨論》。史有不載之事，文有率成之篇，一事而説有數端，兩説而義可並取，李氏一一辨其得失，約四十有三條。七曰《未詳》。以李氏之浩博，而所未詳者且百有十四。至五臣補以臆度之詞，適形其陋矣。然若《七發》之‘大宅’‘山膚’，《西征賦》之‘三敗’，後人間有補其闕者，彙成一卷。安知不有盡爲沿討者耶？八曰《評論》。後儒之論《選》及注者，在唐已有李濟翁、邱光庭，宋以後若蘇子瞻、洪景盧、王伯厚、楊升庵、方密之、顧寧人諸家，多者踰百條，或數十條，少者一二條，間有記憶未全者，客游無書，且先提其要，以俟他時補綴。至余於讀《選》時或見注有徵引之未當，闕遺之欲補，未敢妄信，思就正於有道，謂之《質疑》。見已得若干條。後有所見，更續增焉。就此九者，附《舊注》於《書目》，附《補闕》於《訂誤》，而分《評論》爲三，《質疑》爲二，共成十卷。竊念昭明撰《文選》，復撰《古今詩苑英華》，而《英華》無傳；與李氏同以《選》學教授者，曹憲、許淹、公孫羅，並作《音義》，而皆不傳。《文選》之傳，未必不藉李注以傳也。余愧不能如宋景文之手鈔三過，故雖自少用功於此，而以云熟且爛，則迄於老而未能。往在京師，聞有何義門氏勘本，借觀不獲。未知與余所録同異得失若何也？余亦惟自惜其勞，且志其媿，而因以舉示後來。如將窮《選》理、通《選》學也，其以是爲'權輿'，可乎？"

汪氏此序，對他寫作此書的宗旨及其内容，已作了鈎玄提要。清代《文選》之學，發端於何焯，而有專著則始於余蕭客；張大此學，有大影響於後代者，則斷推汪氏此書。汪氏之學博大弘通，錢泰吉《曝書雜記》卷下"叢睦汪氏所著書"條云："上湖爲然明玄孫，學極博綜。自叙謂説部書有裨學問者，宋之《夢溪筆談》《容齋隨筆》《困學紀聞》，及我朝顧氏《日知録》，其所宗尚可知矣。"然明爲明末詩人汪汝謙字。汝謙爲師韓高祖，著《不繫園集》等詩草凡十一種合編四卷，皆在《叢睦汪氏遺書》中。汝謙墓志銘，見錢謙益《有學集》卷三十二。師韓事迹見《清史列傳》卷七十一，又《碑傳集補》卷八收入《杭州府志》的一篇《傳》。《文選理學權輿》除《叢睦汪氏遺書》外，有《讀畫齋叢書》（《叢書集成》收入）本及清末廣漢張祥齡刻《受經堂叢書》小字本。

（四）《文選理學權輿補》

《文選理學權輿補》一卷，孫志祖撰。志祖字詒穀，或作頤谷，號約齋，仁和（今杭州）人。乾隆丙子（二十一年，1756）舉人，丙戌（三十一年，1766）二甲進士，分刑部，補山東司主事，由員外郎升雲南司郎中，擢江南道監察御史，乞養歸，以著書爲事。嘉慶六年（1801）掌教紫陽書院，二月十九日以疾卒，年六十五，蓋生於乾隆二年（1737）。《清史稿》卷四百八十一《儒林傳》記有他事迹。阮元《揅經室二集》卷五、孫星衍《平津館文集》卷下都寫有他的傳（皆收入《碑傳集》卷五十七）。志祖崇尚漢學，極尊鄭玄，爲了揭露王肅僞造《家語》的罪證，著《家語疏證》六卷。又輯《風俗通義》佚文一卷，刻入盧文弨《群書拾補》中，又輯謝承《後漢書》五卷，補姚駟輯本之失。曾效《困學紀聞》《考古質疑》之例，作《讀書脞録》七卷，考論經子雜家，折中精詳，實事求是，不爲武斷。群經、《文選》

皆成誦，熟精其理。

《文選理學權輿補》乃補汪師韓《文選理學權輿》中《前賢評論》一目之作。《讀畫齋叢書》中的《文選理學權輿》有孫志祖嘉慶戊午（三年，1798）的叙説："錢塘汪上湖先生，近代之劉貢父、王厚齋也。其所著《文選理學權輿》，自叙見《上湖分類文編》中。余於先生歿後，求其書積年，始從汪丈槐塘所借讀之，而録其副。案其書蓋取李善《選》注，自《撰人》迄《評論》，以類别爲八門，末乃綴以己説，謂之《質疑》。顧自叙云：分《評論》爲三，《質疑》爲二，共十卷。今《評論》止二卷，《質疑》一卷，蓋先生未卒業之書也。觀自叙於《評論》云：間有記憶未全者，客游無書，且先提其要，以俟他時補綴。又於《質疑》云：現已得若干條，後有所見，更續增焉。則其書之未成可知矣。志祖不揆檮昧，補輯《評論》一卷，復以國朝潘稼堂、何義門、錢圓沙三家熟精《選》理，各有勘本，而先生俱未之見，因爲研覈參考，别撰《文選考異》四卷，《選注補正》四卷，皆以補先生之《質疑》也。顧君菉厓篤學嗜古，見而好之，欲廣先生之書，以示世之爲《選》學者，且采鄙人二書附焉。志祖於《選》學，無能爲役，乃因先生之書，得挂名於後，何其幸也!"顧菉厓即刻《讀畫齋叢書》的顧修。《讀畫齋叢書》始刻於嘉慶三年（1798），甲集四種，所收即汪、孫兩家的《選》學著述。《文選理學權輿補》，除《讀畫齋叢書》外，也有《受經堂叢書》小字刻本。

（五）《文選考異》

《文選考異》四卷，孫志祖撰。志祖撰此書，補汪師韓未見何焯校本之缺，上條《文選理學權輿補》，引嘉慶戊午《讀畫齋叢書》刻汪書時所載志祖叙中已談及。志祖此書序云："毛氏汲古閣所刻《文選》，世稱善本。然李善與五臣所據本各不同，今注既載李善一家，而本文又間從五臣，未免踳駁。且字句譌誤脱衍，不可枚舉。國朝潘稼堂及何義門兩先生並嘗讎校是書，而義門先生丹黄點勘，閲數十年，其致力尤勤。又有圓沙閲本，不著題跋，而徵引顧仲恭、馮鈍吟評語居多，意其爲錢氏之書。皆少陵所謂熟精

《選》理者也。志祖嘗借閲三家校本，參稽衆説，隨筆甄録，仿朱子《韓文考異》之例，輯成四卷，以正毛刻之誤。至汲古閣本卷首列錢士謐重校者，較之他本爲勝。今悉據此，重加釐正。其坊間翻刻之妄謬，更不足道云。”此書名《考異》，與胡克家翻尤本所附同名而内容迥異。潘、何、錢三家校本，今賴此書以傳。後來胡克家、梁章鉅諸家所引，又時有增益。然最先傳此三家校本，實此書也。此書除《讀畫齋叢書》本外，也有《受經堂叢書》小字本。

（六）《文選李注補正》

《文選李注補正》四卷，孫志祖撰。此亦志祖補汪氏書《質疑》之一部分。其自序云：“崇賢生於唐初，與許淹、公孫羅並承江都曹憲爲《文選》音訓蒼雅之學，遠有端緒。而李注盛行於世，學者與顔師古《漢書注》並稱，良不誣也！吕延濟輩荒陋無識，甚媿‘六臣’之目。明汲古閣毛氏本，止載崇賢一家，藝林奉爲鴻寶。顧其書網羅群籍，博洽罕有倫比，而釋事遺義，亦所不免。夫師古書薈粹衆説，精矣；然三劉吴氏，迭有刊落。豈積薪之居上，亦集腋之易工？予用是喟然深思，不能已於握槧也。曩既集《文選考異》四卷，兹復合前賢評論及朋儕商搉之説，附以管窺，仿吴師道校《國策》之例，輯《李注補正》四卷，以諗世之爲《選》學者。”序已把寫此書的宗旨交代得很清楚。其鄙薄五臣，實爲正論，然譏李注“釋事遺義”，則猶是《新唐書》不實之傳聞。以顔注《漢書》與李注《文選》並論，也似乎不倫。其書所補所正，多有取諸趙曦明、許慶宗、徐鯤、金甡者，所謂“朋儕”也。皆非甚高明，實不能與所作《考異》相稱，自比於吴師道，宜其水平止於此也！

（七）《文選筆記》

《文選筆記》八卷，許巽行撰。巽行號密齋，華亭（今上海松江）人。據此書前所載《密齋隨録》，知其曾官浙東、粤西、慶陽、南陵。戊午（嘉慶三年，1798）年七十二歲，則當生1727年（雍正五年，丁未）。其餘事迹已無材料可查。此書前有其玄孫嘉德附識，蓋依其手稿刊於光緒五年（1879）。附識稱在富春官舍校付繕工，隨校隨雕，至十年（1884）始得蕆事。書每卷末有“杭州任有容齋刻”字樣，則此本去巽行書成八十五年後始刊行於浙江者也。嘉德識語謂巽行“校讎《文選》，凡十三次”。今據《密齋隨録》所記，謂乾隆乙未年（四十年，1775）得淳祐二年庚午歲上蔡劉氏刻六臣本重校，又云淳祐二年爲庚戌，今云庚午歲，當是假爲宋刊，故有此誤。（案淳祐二年爲1242，其干支爲壬寅，非庚戌，更非庚午，不知許氏何以疏忽至此。）《隨録》又云：“壬戌癸亥之間（乾隆七、八年間，1742—1743）讀書華亭相國（當指張照）園中之髣髴山房，始與定庵、史亭、古齋（此三人爲誰，已無可考）共業《文選》，苦坊本譌異不可讀，悉心讎校。甲戌年（乾隆十九年，1754）在京師從曹劍亭（當即曹楝亭，寅）〔1〕借得何義門先生校本，手録一過，互爲校正，此癸亥本也。乙酉（乾隆三十年，1765）官浙東，復得新刻汲古閣本，校閲再三，此丙戌（乾隆三十一年，1766）本也。甲午（乾隆三十九年，1774）官粤西，得金壇于氏刻本（即指于光華《文選集評》），又校之，此戊戌（乾隆四十三年，1778）本也。癸卯（乾隆四十八年，1783）得錢士謐校汲古本，又校之，此癸卯本也。丁未（乾隆五十二年，1787）歸家，悉以癸亥、丙戌、甲午、戊戌、癸卯五本，藏家塾以付諸孫。戊申歲（乾隆五十三年，1788）至京師，復在琉璃廠書肆得汲古本，己酉（乾隆五十四年，1789）長夏無事，又校之。辛亥（乾隆五十六年，1791）夏，合癸亥、丙戌二本又校之，然疑處譌處尚多。乾隆癸丑（五十八年，1793）冬，官退身閑，因交代留滯南陵，杜門謝客，日手是編，反復尋玩，又校至乙卯（乾隆六十年，1795）八月訖，然意猶未愜也。校竟再校，至十一月二十二日訖，尚未愜意也。丙辰（嘉慶元年，1796）三月復校，至五月初四日訖。又自五月初九日至六月初六日止，覆校一遍。又戊午（嘉慶三年，1798）再校，至六月初五日畢，諸本較爲翔實矣。異日有力，當與

〔1〕按，曹劍亭爲曹錫寶，字鴻書，號劍亭，乾隆二十二年（1757）進士。曹寅，字子清，號楝亭，卒於康熙五十一年（1712）。二者非一人，括注推論欠嚴謹。

《筆記》同付棗梨，以公同好。隨筆録存，時年七十有二，密齋記。”

嘉德説他校讎《文選》，凡十三次，其所自述，如此而已。巽行尊李善，鄙五臣，於《文選集評》《文選集成》諸書，悉以爲“妄人之作”，謂“其罪視張鳳翼、陳與郊輩更甚”。《筆記》之書於文字訓詁，鄭重周詳。與同時之余蕭客不相謀而途徑合，其以樸學治《選》，更在汪師韓、孫志祖之先。惜其書當時知者甚少。及其玄孫嘉德刻此書時，謂其《文選》六十卷校本，“飭工繕稿，亦已有年，並經開雕十餘卷，而一再校讎，如掃落葉。加以十餘年簿書鞅掌，旋校旋輟，未得專心。工資亦極浩繁，衹好舒之異日”。所以衹能將《筆記》八卷“先付剞劂”。嘉德認爲余蕭客、汪師韓、孫志祖、胡克家、張雲璈、梁章鉅諸家之書，皆巽行所未見，往往取以比附，有時竟有喧賓奪主之嫌矣。《文選筆記》的浙刻本 1928 年北京直隸書局與上海文瑞樓曾影印入所編輯的《文淵樓叢書》，故頗爲易得。

（八）《文選考異》

《文選考異》十卷，題胡克家撰。蓋克家嘉慶十四年（1809）任江南蘇松常鎮太等處承宣布政使司布政使時翻刻淳熙辛丑尤延之刊本，因取明袁褧及宋末元初陳仁子刊本比對，並轉録何焯、陳景雲諸家校語，成此《考異》十卷。克家字占蒙，號果泉，鄱陽人。乾隆庚子（四十五年，1780）進士，以刑部主事，遷員外郎，升郎中，積仕至安徽、江蘇巡撫。其傳在《清史列傳》卷三十三，馮登府《石經閣文集》卷四有《兵部侍郎都察院右都御史江蘇巡撫胡公神道碑》（收入《碑傳集補》卷十四）。克家蓋生於乾隆二十二年，卒於嘉慶二十二年（1757—1817）。他在江蘇巡撫任中，曾翻印元刊本胡三省注《資治通鑑》及宋淳熙本《文選》，皆由顧千里爲之規劃校定，當時稱爲善本。

《文選考異》序云：“《文選》之異起於五臣，然使有五臣而不與善注合并，若合并矣，而未經合并者具在，即任其異而勿考，當無不可也。今世間所存僅有袁本、有茶陵本，及此次重刻之淳熙辛丑尤延之本。夫袁本、茶陵本，固合并者，而尤本仍非未經合并也。何以言之？觀其正文，則善與五臣已相羼雜，或沿前而有譌，或改舊而成誤。悉心推究，莫不顯然也。觀其注則題下篇中，各嘗闌入吕向、劉良，頗得指名，非特意主增加，他多誤取也。觀其音則當句每未刊五臣，注内間兩存善讀，割裂既時有之，删削殊復不少。崇賢舊觀，失之彌遠也。然則數百年來，徒據後出單行之善注，便云顯慶勒成，已爲如此，豈非大誤？即何義門、陳少章齗齗於片言隻字，不能挈其綱維，皆繇有異而弗知考也。余夙昔鑽研，近始有悟。參而會之，徵驗不爽。又訪於知交之通此學者，元和顧君廣圻、鎮洋彭君兆蓀，深相剖晰，僉謂無疑。遂乃條舉件繫，編撰十卷。"

此序實顧千里（廣圻）所代作，見《思適齋集》卷十。序中所言，多有不確之語。謂《文選》衹有袁本、茶陵本及淳熙本，此在當時，實囿於寡聞淺見。據説當時阮元亦得一淳熙本，貯之揚州隋文選樓中。其本與胡刻所據究竟如何，今已無法得知。然胡氏據以翻刻，實淳熙本之劣下者。其本既缺尤刻《李善與五臣同異》，又失袁説友之跋。袁跋後來雖據陸貽典校本補録在《考異》中，然亦非全文。今檢新印尤本，其跋固全在也。袁跋和《李善與五臣同異》，盛宣懷已補刻在《常州先哲遺書》中，不知胡氏翻刻，何以竟不取一較好之本爲底子也（胡氏當時權勢，可以辦到這一點）。其謂李善注本皆從六臣合併之本摘出，並無單行者，也不確切。今北京圖書館所藏北宋真宗景德四年（1007）校刊及仁宗天聖七年（1029）重刻本，固是李善注之單行本，則李注皆從六臣摘出之説，可謂不攻自破矣。至於六臣本，尤袤題識中，已云："四明贛上，各嘗刊勒。"四明本即《天禄琳琅書目後編》卷七及《愛日精廬藏書志》卷三十五著録的紹興二十八年（1158）明州重修本，今日本所印足利學校舊藏本即是此刻。其本五臣在前，善注居後。蓋本之北宋時廣都裴氏所刊，袁本即從此出（見《曝書亭集》卷五十二）。當時也非不在世間者。贛上本即今《四部叢刊》所據以影印者，此本善注居前，五臣在後，即茶陵陳仁子刊本所從出者也。以胡氏之權勢，廣圻、兆蓀諸君之聞見，何以校刊時但得袁本、茶陵本？且竟謂世間《文選》，僅有此三本，可謂孤陋寡聞者矣！即翻尤刻，亦多草率不校之處。如十二卷《海賦》"朱燉緑煙，腰眇蟬蜎"下，尤刻原有"珊瑚虎珀，群産接連，車渠馬瑙，全積如山"四句十六字，與日本所傳古鈔無注三十卷本合，而胡氏翻刻，竟全脱去。又十三卷《鸚鵡賦》“含火德之明輝”，胡氏翻刻誤“含”爲“合”。凡此錯落，可以見其翻刻時之草率。胡氏刊刻此書，問題雖多，然而清代《選》學，從此大振，比之往時祇據汲古閣本者，實有天淵之別。且胡刻一出，據以翻雕者比比皆是。翻雕之本若湖北崇文書局者，幾足以亂胡刻之真。至於印刷技術革新以來，影印胡刻者，至今不絶。胡刻已成了《文選》的標準本了！《考異》除對比袁本、茶陵本之外，又録入何焯、陳景雲諸家校語。顧廣圻是清代第一流校讎專家，儘管此書是他代作，有時並不經心，缺乏深沉之思；然而《文選》的校刊，這個書也達到了一個高峰，治《選》學者未有不檢校此書者也。《考異》即在胡刻《文選》之後，凡翻印、影印胡刻《文選》，咸有此書，亦不煩外求。

（九）《選學膠言》

《選學膠言》二十卷，張雲璈撰。雲璈字仲雅，浙江錢塘人。乾隆三十五年（1770）舉人，選湖南安福縣知縣，調湘潭，治湘潭縣五年，人稱“張佛子”“張青天”。罷官歸，以著述自娱。年七十游湖登山，健走談笑，無異少年。著有《簡松草堂詩集》二十卷，《文集》十二卷。除《選學膠言》外，又著《選藻》八卷，未見傳本。另著《四寸學》六卷，則筆記雜考之書。關於雲璈生平，今唯《清史列傳》卷七十二有他的一篇傳。《清史列傳》説他嘉慶九年（1804）卒，年八十三，則當生於康熙六十一年（1722）。而《膠言跋》則稱此書“道光辛巳（元年，1821）冬，移居紫荆橋，明年（二年，1822）二月始得卒業，從事幾三十年而後成，亦匪易哉！”是嘉慶九年雲璈未卒也。又《跋》作於壬午（道光二年，1822）春分前四日，自署“時年七十有六”，則生年當在乾隆十二年（1747）。《清史列傳》之誤，顯然可見。雲璈生於1747年，若卒時年八十三，則當爲1829（道光九年）。因此雲璈生卒年代以1747—1829爲確。胡克家翻刻淳熙本《文選》在嘉慶十四年（1809），若雲璈嘉慶九年已卒，何能得見，此《清史列傳》不可靠，實不待詳考而可斷定者也。

雲璈《膠言跋》云：“《選》學向無專書，所有者前人評騭而已。如孫月峰、俞犀月、李安溪、何義門諸先輩，字櫛句比，不留餘藴。足爲辭章之圭臬，藝苑之津梁矣。然大都於行文之法綦詳，摭實之義多略。一二訂正，如寸珠尺璧，令人視爲稀世之寶。其中惟義門先生考覈較多，最稱該洽，視諸家尤長，故學者宗之。具在《讀書記》中。近金壇于氏晴川，復總括《纂注》《評林》《瀹注》《賦彙》《疏解》諸書，及張伯起、陸雨侯，並孫、俞、李、何之説，擷其菁華而删訂之，名曰《集評》，盛行於世。所謂無千金之腋，而有千金之裘，何其善也！雲璈讀《文選》久矣。凡詩賦之源流，文章之體格，得其解，心領而神會之；不得其解，則有諸家之説在，一展卷可以瞭然，誠無所置喙。顧文義不無舛誤，注家尚多異同，與夫名物典故，字句音釋，間出於諸説所備之外者，不能無疑。隨疑隨檢，隨檢隨記，簡眉牘尾，久而漸滿。繙之如黑螘相雜於白蟫趁蟺之中，幾不復辨。乃取而件繫條録，凡諸説未及者補之，諸説已有者删之，諸説未盡者詳之，諸説未安者辨之，且因此以見彼，有不必爲《文選》設者，觸類而引伸。最後得鄱陽胡中丞克家據尤延之貴池鋟本及袁本、茶陵本，詳加讎校，更爲《考異》十卷，刻之吴中，尤稱周密。書中多採取之，而間糾其失，共存二十卷。《魏都賦》曰：'牽膠言而踰侈。'注引《李克〔剋〕書》云：'言語辨聰之説，而不度於義者，謂之膠言。'取以顔其書，蓋志媿也。夫《文選》有李善，猶《詩》《禮》有康成，沈博絶麗，後人莫由窺其堂奥。今欲於尋行數墨中效愚者之得，不惟不值李氏一哂，直恐爲當世嗤鄙。然而芻蕘之言，聖人所詢，且衹備遺忘，非關著述，故既毁而復存。至五臣之注乖疏，誠有如《資暇録》《兼明書》所云者，乃後人反以李注爲繁迂，莫不崇尚五臣。唐宋以來，名家所引，往往皆五臣之注，其實多竊李注而人不知，此最不可解之一事，故所輯專據李氏，於五臣偶及之，誠不足辨也。家貧無書，且流寓江都，交遊絶少，多從郡博李啬生同年借資尋閲，并就正焉。所得於良友之教益者深矣。雲璈既雅好是書，而又適客崇賢之鄉里，即此以附仰止之心，亦後學者之大幸已。是編嘉慶二年丁巳（1797）録於揚州寓館。中間從宦十餘年，不復省覽。己卯（嘉慶二十四年，1819）歸田後，復録於千步廊新屋。道光辛巳（元年，1821）冬，移居紫荆橋。明年（1822）二月，始得卒業。從事幾三十年而後成，亦匪易哉！心力所在，良不忍棄。雖覆瓿不計也。壬午

(1822) 春分前四日，簡松山人張雲璈跋於三影閣，時年七十有六。”

雲璈這篇跋文〔1〕，可以看到他崇李注，反五臣，求實惡空的宗旨，並從跋文中的敘述，可以訂正《清史列傳》年月之誤。乾嘉時代，以樸學方法治《選》者，這部書很有代表性。此書還有李保泰、應灃、吴錫麒三篇序文，發揮《選》學，但乏新意。《膠言》有三影閣刻本，《文淵樓叢書》影印。

（十）《文選集釋》

《文選集釋》二十四卷，朱珔撰。珔字玉存，號蘭坡，安徽涇縣人。嘉慶七年（1802）進士，選翰林院庶吉士，散館授編修，與修《明鑑》。道光元年（1821）直上書房，升右春坊右贊善。告養歸，歷主鍾山、正誼、紫陽書院。《清史稿·儒林傳》附其行事於《胡承珙傳》後，李元度寫有傳一篇，載在《續碑傳集》卷十八。珔道光三十年卒，年八十二，則當生於乾隆三十四年（1769—1850)。《集釋》的自序，署道光十六年（1836），當時他主正誼書院，已六十八歲。根據他兒子葆元的跋文說，今傳《集釋》的前十二卷是他的初稿。十三卷以下所增不下百條，則序作於初稿成時，此後仍有增訂。珔自序謂“李氏當日有初注、覆注、三注、四注，至絶筆之本乃愈詳，其不自域可知”。他的《集釋》屢有增改，蓋以李氏爲法。珔所著的書，除《文選集釋》外，尚有《説文假借義證》二十八卷，《經文廣異》十二卷，又有《小萬卷齋詩文集》七十卷，並輯《國朝古文彙鈔》二百七十二卷〔2〕，《詁經文鈔》六十二卷。據其族姪榮實《新刻文選集釋序》，稱《詁經文鈔》刻未成而遭兵厄，並稿本失去。朱珔通經博學，當時認爲是與桐城姚鼐、陽湖李兆洛鼎足而三的大儒。他的《集釋》重徵實之學，於地理、名物，考訂甚詳，是清代《選》學的一部好書。其子葆元在他卒後二十五年（同治十二年，1873)〔3〕，購得稿本，又訪得後半部的增改本，付之刊行。書首有朱珔的

〔1〕按，核《文淵樓叢書》本《選學膠言》，此篇作爲張雲璈自序，放在卷端。

〔2〕參後其姪之序所言，《國朝古文彙鈔》“爲卷二百七十有六”。

〔3〕按，朱珔子葆元在卷末有跋，落款爲同治十二年，但此書開雕在光緒元年（1875），即朱珔卒後二十五年。

畫像，並有梁章鉅的像贊。今所流傳的有 1928 年上海受古書店的影印本。

（十一）《文選旁證》

《文選旁證》四十六卷，梁章鉅撰。章鉅字閎中，一字茝林，晚號退菴，福建長樂人。乾隆四十年（1775）生，道光二十九年（1849）卒，年七十五歲。嘉慶七年（1802）進士，與朱珔同榜，後改翰林庶吉士，充軍機章京，歷任湖北荆州府知府、江蘇淮海道、山東按察使、江西按察使、江蘇布政使、甘肅布政使、直隸布政使、廣西巡撫、江蘇巡撫。《清史列傳》卷三十八有他的傳，另有林則徐撰的《誥授資政大夫兵部侍郎都察院右副都御使江蘇巡撫梁公墓志銘》（見《碑傳集補》卷十四）。章鉅的著述甚多，除《文選旁證》外，有《論語集注旁證》二十卷、《孟子集注旁證》十四卷、《三國志旁證》三十卷、《樞垣紀略》十六卷、《退菴隨筆》二十六卷〔1〕、《制義叢話》二十四卷、《試律叢話》十卷、《楹聯叢話》十二卷、《楹聯續話》四卷、《楹聯賸話》二卷、《東南嶠外詩話》三十卷、《長樂詩話》八卷、《南浦詩話》四卷、《三管詩話》四卷、《雁宕詩話》二卷、《退菴題跋》二十卷、《退菴續跋》二卷、《歸田瑣記》十卷、《浪迹叢談》十一卷、《浪迹續談》八卷、《浪迹三談》六卷、《退菴文存》二十四卷、《藤花吟館詩抄》十二卷、《退菴詩存》二十四卷、《退菴詩續存》八卷，此外尚有多種。

《文選旁證》有道光十八年（1838）阮元序、道光十三年朱珔序、道光十四年自序。其撰寫與朱珔同時，自序稱費時三十餘年，成書在章鉅江蘇巡撫任内，年近六十矣。其書引用典籍凡一千三百餘種，姜皋曾爲草引用書目，以刻印艱巨，删去；僅存所據《文選》版本三十餘種的目録。清人何焯、陳景雲、余蕭客、段玉裁之説，引用特多，何、陳、段之書，頗賴此流傳，朱珔稱此書爲集大成之作，這在當時確是無愧的。書最初刻於榕風樓，今通行爲廣東、江蘇重刻之本。許應鑅、汪鳴鑾有跋，皆在光緒八年

〔1〕 按，《碑傳集補》云"《退菴隨筆》二十四卷"，又核道光十七年（1837）《退菴隨筆》刻本，爲二十二卷。

(1882；俞樾署簽的吳下重刊，亦在此年)，去道光初刻，近五十年矣。

(十二)《文選箋證》

《文選箋證》三十二卷，胡紹煐撰。紹煐字蘂汀，一字枕泉，安徽績溪人。《儀禮正義》作者胡培翬的族弟。乾隆五十七年(1792)生，咸豐十年(1860)死於洪楊之役，年六十九歲。紹煐舉道光十二年(1832)鄉試，選太和縣訓導，去官後主婺源聃城書院，又嘗設教徽州紫陽書院，成就子弟頗多。紹煐取法金壇段氏、高郵王氏爲聲音訓詁之學，所著除《文選箋證》外，尚有《蠡説叢鈔》《細陽學舍雜著》《還讀我書室文》《毛詩證異》等，皆未刊行。《文選箋證》已鋟木，旋毁於兵燹。幸其稿猶存，貴池劉世珩爲刊入《聚學軒叢書》中。紹煐的事迹，有汪士鐸撰的《胡枕泉傳》，載在《碑傳集補》卷三十二中。《文選箋證》有道光三十年(1850)朱右曾序，稱："往歲成《文選箋證》一書，旁搜互考，正譌糾繆，比來秉鐸太和，復重加删補。"則紹煐壯年已成此書。又有咸豐八年(1858)自序，則爲其定稿寫也。朱序稱紹煐"尤有得於王、段二家之學"，自序謂李注博引群書，"吉光片羽，藉存什一，不特文人資爲淵藪，抑亦後儒考證得失之林"，是其篤守皖派樸學家治學門徑，於王、段遺説，徵引特多，堪爲清儒《選》學之後勁也。

上舉書十二部，可以爲清儒治《選》之代表。至於薛傳均《文選古字通疏證》、吕錦文《文選古字通補訓》、杜宗玉《文選通假字會》，假《選》學以明小學，雖上承曹、李，不失爲《選》學之一途，初學治《選》，仍非急務。晚有高步瀛《文選李注義疏》，堪稱巨著，唯全書衹成八卷，尚有待於續補。駱鴻凱《文選學》，欲上系汪、韓之書，則頗傷冗雜，竄入評點，非《選》學之正途。今爲舉要，咸從删略。日人斯波六郎撰《文選索引》，目的在使異國之人爲《選》學者檢索原書，謂之專著，殊不相稱。讀上舉諸書，自然得涉《選》學門徑，可以不爲浩汗無邊之旁皇矣。

第五 《文選》流傳諸本述略

《文選》諸本今傳世者，可大别爲五個系統，兹略述如下：

（一）無注三十卷本

日本所傳古鈔卷子無注三十卷本《文選》，最早著録於刊行在1856年的日本學者森立之的《經籍訪古志》。《經籍訪古志》卷六，著録《文選》零本兩種：其一爲“舊鈔卷子本，温故堂藏。現存第一卷一軸。首有顯慶三年李善《上〈文選注〉表》，梁昭明太子撰《文選序》。《序》後接本文，題‘《文選》卷第一，賦甲’；次行‘京都上，班孟堅《兩都賦》二首并序，張平子《西京賦》一首’。界長七寸五分，幅一寸。每行十三字，卷末隔一行題‘《文選》卷第一’。不記鈔寫年月，卷中朱墨點校頗密。標記、旁注及背記所引有陸善經、善本、五臣本、《音决》、《鈔》、《集注》諸書，及今案云云。考字體墨光，當是五百許年前鈔本。此本無注文，而首冠李善序，蓋即就李本單録出本文者”。其二爲“舊鈔卷子本，求古樓藏。僅存《吴都賦》‘礫而不窺玉淵者，未知驪龍之所蟠’已下數紙。界長七寸九分强，每行幅九分，行十四字。此本當亦依李善本録出者。背寫佛經，末題‘菩薩戒羯磨文釋文鈔，文永三年丙寅六月十日書寫畢’。知此本在文永已前也”。

這兩個鈔本是否屬一個系統，森立之並未説明，第二種鈔本，衹説所存爲“數紙”，究竟殘存情况如何，也不清楚。但他録記了第二種背記的抄寫年月，是“文永三年丙寅六月十日”，文永三年丙寅是公元1266年，當中國宋度宗咸淳二年，若果這兩個鈔本屬於同一系統，同時抄録，這對於估計抄寫時間，倒很有用。可惜這個鈔本並没有看到另外的記録，是否流傳下來也不可知。因此無法判斷這兩種鈔本的抄寫年代。

這裏談一談森立之所提出的兩個問題：

第一，森立之説：“考字體墨光，當是五百許年前鈔本。”森立之的五百許年前，當是日本的正本時代，即元順帝至正前後（約十四世紀四五十年代），當時日本鈔刻中國典籍頗爲盛行。但僅就字體墨光，即作出這樣的判斷，也不科學。而且若果兩個鈔本屬於同時，那末，它的抄寫時間應當至少提前一百年。

第二，森立之説："此本無注文，而首冠李善序，蓋即就李本單録出本文者。"這段話的中心是判斷這個鈔本是從李本省去注釋，録出本文的。但他有個明顯的錯誤和重要的疏忽。他説"首冠李善序"，李善的《文選注》並没有《序》，衹有一篇《上〈文選注〉表》，他在上文也説這個鈔本前載此表，但這裏却稱爲《序》。這是一個明顯的錯誤。這個零本的第一卷一軸，實際上包括李注本的第一、二卷。即從它卷首列《兩都賦》（李注本在第一卷）和《西京賦》（李注本在第二卷）的目次便知道。而這樣的異同，他却隻字未提，這是一個重要的疏忽。

事隔四十一年，楊守敬的《日本訪書志》刊出，纔對這些錯誤和疏忽，一一予以駁正。楊守敬除收得森立之所提到的温故堂藏本第一卷外，還得到同樣的殘帙二十卷，楊守敬的《日本訪書志》是十九世紀八十年代前期，在日本搜羅中國古代典籍的記録，這部書刻成於光緒丁酉（二十三年，1897），其卷十二著録"古鈔《文選》一卷，卷子本"，此即森立之《訪古志》所載的温故堂舊藏本第一卷。另外還有"古鈔無注《文選》三十卷，缺一、二、三、四、十一、十二、十三、十四、十七、十八十卷，存二十卷"。楊氏所得古鈔無注《文選》，總共二十一卷，是這種本子數量最多的著録了。楊氏駁斥了森立之認爲此本出自李注本的説法，説："今細按之，此本若就李本所出，李本已分《西京》爲二卷，則録之者必亦二卷。今合三賦爲一卷，仍昭明之舊，未必鈔胥者講求古式如此。《東都賦》：'子徒習秦阿房之造天。'標記云：'善本秦阿無房字，五臣本秦阿房，或本又有房字。'今以善本、五臣本合校此本，此不從善本出之切證也。又篇中文字固多與善本相合，然亦有絶不與善本合者。……蓋日本鈔古書，往往載後來之箋注序文，如《孝經》本是明皇初注本，而載元行冲《孝經疏序》。其他經書經注本，又往往載孔穎達之疏於欄格上，蓋爲便於講讀也。鈔此本者，固原于未注本，而善注本已通行，故亦以冠之也。"

今案：這個鈔本出於李善未注之前的三十卷本，無可懷疑。要説明這一點，有一個很明顯的證例：即現存五、六、七、八、九共五卷（李注本九至十八卷），分别有“賦戊”“賦己”“賦庚”“賦辛”等題署。李善不是在卷一的“賦甲”下有注文作了聲明嗎？他説：“賦甲者，舊題甲乙，所以紀卷先後，今卷既改，故甲乙並除。存其首題，以明舊式。”根據此注，則李本絶不會再出現“戊”“己”等紀先後的番號了，而鈔本却仍然存在。這不是鈔本明顯地源出李氏未注之前嗎？今傳李注本及六臣本（贛州、明州兩個刻本），都没有這些番號，鈔本是李氏未注以前的三十卷舊本，可以肯定無疑。楊守敬對於古鈔的第一卷，没有講抄寫時代，可能他是同意森立之説法的。對於殘帙二十卷，則認爲“相其紙質字體，當在元、明間”。也即是他認爲這二十卷的抄寫時間，與森立之所記的第一卷大約相同。没有見到原鈔，自然不宜輕易判斷。但這二十一卷全部殘帙，無論是元明間，或者更早一點，都不可能是隋唐寫本；不是隋唐寫本，並不能否定它出於六朝隋唐。島田翰《古文舊書考》卷一《舊鈔本考序》説：“蓋舊鈔之書，大别有三：有唐鈔本，有淵源於隋唐者，有出於宋元明韓刊本者。”又説：“所謂淵源於隋唐者，如《左氏集解》《禮記子本疏義》是也。是皆當日古博士據舊本所傳鈔，誤以傳誤，訛以傳訛，真本面目，絲毫不改。故雖名爲傳鈔本，而實與隋唐鈔本無異矣。”這樣分析日本所傳舊鈔，評價淵源於隋唐的鈔本，是很合理的。《文選》的古鈔無注三十卷本，即屬淵源於隋唐者。它的抄寫時間，早晚不過在十三四世紀之間，那都無關緊要了。

楊守敬的書出後六年，島田翰的《古文舊書考》卷一《舊鈔本考》，也著録了殘卷子本《文選》二卷。這個書的《發凡》，是明治三十六年（1903，即清光緒二十九年）寫的。島田翰介紹《文選》殘卷，約六百八十字，而談《文選》之學在日本的流傳却費了四百多字。專談這二卷殘帙的衹説：“《文選》之舊本其流傳極多，予所觀尚有數通。然皆非五臣本則六臣本，而單行之書，唯是此書一通而已。是書今所存僅二卷，而依其卷第考之，則蓋爲三十卷本。三十卷本者，即蕭統之舊也。且無注文，而其所載本文則鑿鑿與李善本符，是其爲李善所原之藍帙也可知矣。《西溪叢語》載宋玉《神女賦》訛誤云：後人謂襄王夢神女，非也。今本《文選》王、玉字差誤，姚寬在宋已以是爲當時誤傳，而宋本、今本皆以爲王夢神女。今觀此本所存《神女賦》，王與玉正與今本相反，蓋夢之者宋玉，問之者即襄王也。文義於是始歸於正矣。校勘之不可忽，而古文舊書之不可不貴如此。井翁（竹添井井）所舊藏，今既歸於海東松方伯插架。”島田翰没有説明這個殘帙的卷數。以其有《神女賦》觀之，當爲卷十。如果二卷相連，另一卷非卷第九即爲卷第十一。卷第九楊守敬所得殘卷有之，而卷第十一則楊氏未得之本也。如果兩卷不相連，就更無法推測了。

島田翰推定這是李注的藍本，大致與楊氏説合。至於所舉《神女賦》“玉”“王”互錯的例子，下文另叙，這裏從略。

以上是古鈔無注三十卷本《文選》在日本出現的著録。這些著録對於此書抄寫時間作了大致的推定，也談到了它的價值。

楊守敬記録在《日本訪書志》中的這個無注三十卷本的殘帙二十一卷，曾由他并其旁注、標記一齊影寫帶回中國，而且曾將卷第五（即李注本的卷九、卷十）的卷頭八行，影刻在《留真譜初編》卷九中。楊氏所帶回的舊鈔本，歸於故宫博物院，今猶在臺北“故宫博物院”，清水凱夫先生曾因我告知，從臺北複製《上〈文選注〉表》及《文選序》部分見貽。影寫的卷子本，有一部爲武昌徐行可（恕）先生所得，蘄春黄季剛（侃）先生曾經借校。黄先生校此書的時間，大概在1922年前。後來（1922—1923年間）巴縣向宗魯（承周）先生又從徐氏假得校録。除旁注、標記一一傳録以外，又録楊、黄兩氏的校語。向宗魯先生告訴我，他校此書的時候，黄季剛先生又收得楊氏影寫的另外一個摺叠本。他借以對比，偶有不同。1938年冬，我從宗魯先生處借得他的詳校本，臨寫一過。今徐、黄所藏，已不知下落。宗魯先生校本，也於1965年頃在重慶米亭子售出（此向師母牟鴻儀先生告我者）。惟我臨寫之本，猶存敝篋。

日本所傳古鈔無注三十卷本《文選》殘帙，在《選》學研究上的價值很大。楊守敬和島田翰已有所論列，而認真比對、探討的則要算黄季剛、向宗魯兩先生。黄季剛在徐行可所藏卷子本的卷六（相當於李注本的卷十二）之末跋云：“《海賦》多出十六字，不但六臣所無，何、余、孫、顧所未見，即楊翁藏此卷子於篋衍數十年，殆亦未發見矣。豈徒《神女》玉王互訛，證存中之妙解；《西京》戈弋不混，驗屺瞻之善讎乎？且崇賢書在，北海解亡，此編原校引書，獨有臣君之説，是則子避父諱，其爲北海之作，焯爾無疑。陸善經見之，此卷子引之，逸珠盈椀，何珍如是！行可能藏，侃能校，皆書生之幸事也。季子侃題記。”

黄氏的識語，對這個古鈔本作了很高的評價，他所談到的問題，分述如下：

關於《海賦》多出十六字的問題。《海賦》“朱爓緑煙，瞜眇蟬蜎”下，多出“珊瑚琥珀，群産相連。硨磲馬碯，淵積如山”四句，凡十六字。這十六字，尤刻本原是有的，而胡克家翻刻却脱去了，因此現傳各種本子都没有，何焯、余蕭客、孫志祖、顧千里諸人都没有見到，楊守敬本人也不曾提到。這個重要遺佚，並非一般的異文。《海賦》在古鈔本卷六，李善注本卷十二。

關於《神女賦》“玉”“王”互訛的問題。尤刻本《神女賦》的序文“其夜王寢”“王異之”“王曰晡夕之後”，賦中“王覽其狀”的四處“王”字，古鈔本皆作“玉”；而序文“明日以白玉”“玉曰其夢若何”的兩處“玉”字，古鈔本皆作“王”。沈括（存中）《補筆談》（馬氏重編本）卷一，曾謂“其夜王寢夢與神女遇者，王字乃玉字耳。明日以白玉者，以白王也。王與玉字誤書之耳。前日夢神女者，懷王也（指《高唐賦》），其夜夢神女者，宋玉也。襄王無預焉，從來枉受其名耳”。這個説法與姚寬《西溪叢語》卷上相同，姚説爲島田翰所採用，已見上；張鳳翼（《文選纂注》卷四）、何焯（《義門讀書記·文選一》）、陳景雲（《文選考異》卷四引）、余蕭客（《文選音義》卷四、《文選紀聞》卷十）、許巽行（《文選筆記》卷三）、汪師韓（《文選理學權輿》卷八）、胡克家（《文選考異》卷四）、胡紹煐（《文選箋證》卷二十一）、張雲璈（《選學膠言》卷九）、朱珔（《文選集釋》卷十五）、梁章鉅（《文選旁證》卷十九）諸人都贊成此説。這裏所謂“證存中之妙解”，是講這鈔本“玉”“王”不混，足以爲此説下結論。《神女賦》在古鈔本卷十，李善注本卷十九。

關於《西京賦》“戈”“弋”不混的問題。尤刻本《西京賦》：“建玄弋，樹招摇。”贛州、明州兩個六臣本都是如此。何焯（屺瞻）云：“杜牧詩：

‘已建玄戈收相土，應迴翠帽過離宮。’疑即用此。今刻作玄弋者，恐非。《史記·天官書》：‘杓端有兩星：一內爲矛，招摇；一外爲盾，天鋒。’晋灼曰：‘外，遠北斗也。一名玄戈。’”余蕭客（《文選音義》卷一）、許巽行（《文選筆記》卷一）、孫志祖（《文選考異》卷一）、胡紹煐（《文選箋證》卷一）、朱珔（《文選集釋》卷三），都贊成改“弋”爲“戈”的説法；而張雲璈（《選學膠言》卷二）、梁章鉅（《文選旁證》卷三）則依違兩可。今案：敦煌所出唐永隆寫本《文選》殘卷（《鳴沙石室古籍叢殘》影印本）“弋”正作“戈”（唯薛綜注仍作“玄弋”）。黄氏謂屺瞻善讎，肯定何校，以古鈔爲之證成其説。《西京賦》在古鈔本卷一，李善注本卷二。

關於“臣君”之説問題。這個問題比較複雜。黄氏謂“崇賢書在，北海解亡”，是相信《新唐書·文藝傳》載的李邕（北海）曾有過“附事見義”的《文選》新解，與李善（崇賢）原注“兩書並行”這樣一種傳説的。這種傳説不可靠，已辯證在上文第三題《〈文選〉學史略述》的第三節《李善注——〈文選〉學的權威著作》一節中。今案：古鈔本卷一《西京賦》上的標記引“臣君曰”凡有兩處。一處是“繚亘綿聯”上標記：“繚亘，本注云：猶繞了也。臣君曰：亘當爲垣。”尤刻本“亘”已作“垣”，載薛綜注云：“繚垣，猶繞了也。”又載善曰：“今並以亘爲垣。”贛州本、明州本亦同尤刻。這是後人把薛注原本用李注的校文改了的。陳景雲還指出這一錯誤（《文選考異》引）。古鈔及唐永隆寫本“繚垣”皆作“繚亘”。永隆寫本薛綜注作“繚亘，猶繞了也”，又引“臣善曰：亘當爲垣”。與古鈔標記全合。今本的混亂，得此已全弄清楚。但這並不是黄氏識語所指的。另一處是“衍地絡”上標記：“㴂（當作㳂，永隆寫本可證），陸曰：臣君曰：以善反，申布也。”今尋“以善反”的切語，實是李氏注文，而“申布也”的訓解，則爲薛綜之注。所謂“臣君”係屬何人，殊有些費解。黄氏識語稱“陸善經見之，此卷子引之”，則他所指的正是這一條。本身便不能斷定全爲李善注。他却硬下結論説：“此編原校引書，獨有臣君之説，是則子避父諱，其爲北海之作，焯爾無疑。”真可以這樣肯定嗎？“繚亘”一條，既無救於“北海解亡”；“衍地絡”一條，更不可全歸爲“崇賢書在”。“子避父諱”雖本之彭叔夏《文苑英華辨證》卷八，但那稱家集避諱的條例，是否適用於學術著作？

“以善反”的“善”字，又獨何不避？“君”上加“臣”，殊可怪異。古鈔本的這些地方，衹好歸之於尚無法説明的疑義而已。

向宗魯的詳校本，也有一篇約七百字的識語。前段談公孫羅、陸善經的音注，因爲古鈔本的第一卷標記、旁注所引公孫羅、陸善經的説法，皆不見於《文選集注》殘卷中，故向先生談到了此二人。識語的後段則説：“《集注》引陸説，作者當在中唐以後；鈔本旁注引《集注》語，當更出其後矣。(清水凱夫先生函告，他懷疑標記、旁注出於鐮倉時代，與向先生估計合。清水先生準備進一步研究其出於何人之手，但願他能取得準確的結論。)《經籍志》謂鈔本就李注録出，今細核之，固多異於李本，而同於五臣者；旁注亦時引李本，以校異同，則非全用李本可知。其中如《西都賦》無‘衆流’二句，與范書合。《離騷》‘顑頷’作‘減淫’(《集注》本同)，今已不知有此異文。《海賦》多十六字，今本皆佚脱，賴此存之。真一字千金也!”

向先生是不同意森立之《經籍訪古志》古鈔本從李注抽出的説法的。這個鈔本既不出於李注本，也不出於五臣本，那末，它一定源於隋唐舊本，即李善未注以前之本。現傳鈔本的標記、旁注引《集注》，它當然在《集注》流行之後。但是這些標記、旁注出現的時代，並不能代替正文抄寫的時代，正文抄寫也應當看到它源出隋唐。楊守敬所講的這個鈔本卷首載李善《上〈文選注〉表》，並不能説明即出李善注本，正是這個道理。向先生對於古鈔本的淵源，是同意楊守敬的看法的。

關於古鈔本在校勘上的價值問題，向先生特别指出《離騷》“減淫”二字，“今已不知有此異文”。我曾寫過《記日本古鈔本〈文選〉卷第十六所載屈原作品五篇》一文(載《楚辭研究》，齊魯書社1988年版，頁101—103)，指出“減淫”是曹憲傳讀之本。這不僅是《文選》學上值得重視的事，也是《楚辭》學上值得重視的事、聲韻學上值得重視的事。向先生稱古鈔本的校勘價值，“一字千金”，並不算誇大。

古鈔本的歧異字句很值得重視。第一卷的標記、旁注特多，和其餘二十卷屬於兩個系統。其餘二十卷中，屬於“賦”類的爲五、六、七、八、九卷(第十卷已有“詩”)。我曾專舉這幾卷中的十個例子，寫入拙著《跋日本古鈔無注三十卷本〈文選〉》一文中，認爲“無論是訂正尤刻及贛州、明州諸本的誤謬，還是證明或補充清代學者的校勘誤失，都足以發人深省，令人驚嘆”。此文另見，這裏不贅述。

古鈔本的可貴，還在於它在典籍古式上給我們留下極爲難得的校勘資料。

第一卷《東都賦》的《明堂》《辟雍》《靈臺》《寶鼎》《白雉》諸詩題在詩後，楊守敬在《日本訪書志》卷十二中已有所説明。第十六卷《九歌》的《東皇太一》《雲中君》《湘君》《湘夫人》諸小題在文後，拙文《記日本古鈔本〈文選〉卷第十六所載屈原作品五篇》也曾提到（《楚辭研究》頁 103）。特别應該指出的是《三國名臣序贊》（古鈔本在卷二十四，李注本在卷四十七），尤刻《序》末所記贊《魏志》以下諸人名目是這樣的：

魏志九人蜀志四人吴志七人荀彧字文若諸葛亮字孔明周瑜字公瑾荀攸字公達龐統字士元張昭字子布袁焕字曜卿蔣琬字公琰魯肅字子敬崔琰字季珪黄權字公衡諸葛瑾字子瑜徐邈字景山陸遜字伯言陳群字長文顧雍字元歎夏侯玄字泰初虞翻字仲翔王經字承宗陳泰字玄伯

贛州本、明州本都與尤刻全同。這種排列法，既與文中《贊》的次序不符；又忽而魏、蜀、吴三國之人相次（如荀彧、諸葛亮、周瑜），忽而衹有魏、吴兩國之人（如徐邈、陸遜），忽而衹有魏人（如王經、陳泰），實在混亂。《晋書・文苑傳》載此文，則未列《贊》中人物名字。及看到古鈔本，却是這樣的（原直行從右到左，今改爲横排，則從上到下）：

魏志九人	蜀志四人	吴志七人
荀彧字文若	諸葛亮字孔明	周瑜字公瑾
荀攸字公達	龐統字士元	張昭字子布
袁焕字曜卿	蔣琬字公琰	魯肅字子敬
崔琰字季珪	黄權字公衡	諸葛瑾字子瑜
徐邈字景山		陸遜字伯言
陳群字長文		顧雍字元歎

夏侯玄字泰初　　　　　　　　虞翻字仲翔

王經字承宗

陳泰字玄伯

《集注》殘卷第九十四全與古鈔本同。看到這樣的本子，恍然大悟，此處原依《墨子》所謂"讀此書旁行"（《經上》）的條例。當先讀完《魏志》九人的名字，才讀《蜀志》四人的名字，最後讀《吴志》七人的名字。《贊》中是很清楚的。古鈔本《贊》中每人都提行，眉目更爲明顯。而後人不知"旁行"讀書的古例，照"《魏志》九人、《蜀志》四人、《吴志》七人"一行一行地讀下去，便爲混亂不堪的今傳尤刻及贛州、明州諸本了。古鈔本之可貴如此。

古鈔本的標記、旁注，也有十分寶貴的資料。第一卷《文選序》的標記云："太子令劉孝綽作之云云。"案：劉孝綽爲蕭統編集撰序，這篇序載在今傳《昭明太子集》的卷首，編集撰序的事，《梁書》《南史》都説"太子獨使孝綽集而序之"，這裏説"太子令劉孝綽作之"，這顯然是兩回事。標記即在《文選序》的題署上方，那末，《文選序》便是蕭統令劉孝綽代作的了。古鈔本的標記、旁注，不能忽視，這條文字雖没有指明出處，絶不會是無稽之談。當然，劉孝綽代蕭統寫《序》，不能簡單地就説《文選》的編輯，都是劉孝綽一人的主意，因而把昭明太子説成是挂名的人物。上文第二題《〈文選〉的編輯》中《"昭明太子十學士"和〈文選〉的編輯》已辯明了此事，這裏就不詳説了。古鈔本的標記，在這些地方，能不特别值得重視嗎?

日本古鈔無注三十卷本《文選》，早在一百年前，就得到中日文獻學、《文選》學專家的重視，然而反映在刊行的著述中的却不多。黄季剛先生的《文選平點》、高閬仙先生的《文選李注義疏》，是重視古鈔本、用古鈔本進行了校勘的著作。

《文選平點》是黄耀先（焯）先生編輯的季剛先生遺著（1985 年上海古籍出版社出版）。《後記》説，所據爲壬戌年（1922）季剛先生寓居武昌時的平點本。這本書比臺北所印《黄季剛先生遺書》中的《文選》，多了對日本古鈔本的校勘内容。卷首的《文選目録校記》，全部注明了古鈔本的有無及其卷第。在第一卷的開頭，曾説“楊守敬抄日本卷子本”“已與此本校”。及查卷中校語，則引校古鈔者，衹在卷第十二（據李注本，相當於古鈔本第六卷）以前。卷十二以後就看不見比對古鈔本的校語了。寫在徐行可藏古鈔本卷六後的識語（見上文引），《平點》中也没有踪影。識語中所提到的古鈔本標記引“臣君”之説，《平點》見不到，因爲它完全没有載入標記、旁注的文字。《西京賦》的“玄弋”爲“玄戈”，《海賦》多十六字，這兩處的古鈔本異同，《平點》都提到了（這些都在卷十二以前）。而《神女賦》的“玉”“王”互訛問題，則《平點》全與識語所謂“證存中之妙解”肯定《補筆談》的看法相反，認爲“玉”“王”不訛。而且大段引用趙曦明校語，還説“侃所説竟與趙曦明同，今夜覽孫志祖《文選考異》見之，爲之一快。壬戌七夕記”。古鈔本的“玉”“王”互異，《平點》没有一字提及。季剛先生曾誚點讀古書有頭無尾爲“殺書頭”（見《唐文粹粹目》〔1〕）。他是不會對《文選》這樣書的校讀“殺書頭”的。竊疑燿先先生所傳壬戌平點本是校對未完的本子。燿先先生既没有見到徐行可先生所藏古鈔卷子，也没有讀到季剛先生所寫的這一識語，所以《文選平點》並不能反映季剛先生對《文選》的校勘成就。徐藏古鈔本的識語寫在壬戌平點本之後，所以關於《神女賦》“玉”“王”互訛的問題與《平點》不同，當以徐藏本識語爲定。季剛先生曾有何焯（屺瞻、義門）對於《文選》的校勘的評價，説：“清世爲《文選》之學，精該簡要，未有超於義門者也。而評文則未爲精解。”（見《文選平點》卷一）可惜季剛極爲致力的《文選》古鈔本校勘工作，也没有完整地保存下來，頗與何義門同樣遺憾。

高閬仙先生的《文選李注義疏》衹完成了八卷。這個書的卷一和卷二，即日本古鈔本的第一卷。八卷中衹有這兩卷有古鈔本可校，閬仙先生也取校了。1929 年的初印本並没有交代古鈔本的來源。1934 年的重印本，有所增訂，始云：“《文選》古鈔本今存故宫博物館。”（初印、重印均由北平文學社出版）曹道衡、沈玉成的校點本，即以 1934 年重印的爲底本（中華書局

---

〔1〕按，《唐文粹粹目》乃黄季剛先生對《唐文粹》一書所作的選目，弟子彭績淡録，發表在《制言》（1936 年第二十四期）上。

1985年出版）。據阿部隆一先生《中國訪書志》的記載，這個鈔本猶藏臺北“故宫博物院”。從高氏所校來看，却有一些問題。第一，他没有一條標記、旁注資料。這些資料有的是很可貴的。第二，所校異文，也有遺漏。如卷首所載李善《上〈文選注〉表》：“汾河委筴，夙非成誦；崇山墜簡，未議澄心。”高氏衹有“古鈔‘崇’作‘嵩’”一條校語。古鈔本“筴”作“篋”，却漏掉了。高氏的《義疏》，引了《漢書·張安世傳》“亡書三篋”的話，又説：“筴、策字通，實‘册’之借字。”這分明是“篋”誤爲“筴”，依古鈔本訂正即行，而高氏繞了一個大圈子，仍没有解决問題。又如《西京賦》“建玄弋”，高氏《義疏》引何焯、朱珔、胡紹煐諸人之説，並據唐永隆寫本改“弋”爲“戈”。從這些例子看來，頗疑高氏没有親見古鈔本，古鈔本的異文是托人代校的。因爲高氏校書，歷來仔細，不宜有這些重大的遺漏。

黄、高二氏，重視了古鈔本，但他們所印行的遺著中，對古鈔本校語，却不能反映古鈔本的面貌。

日本發見的古鈔本二十一卷，是《文選》無注三十卷本傳世的最早本子，它的優點和特點，上面已作了較詳盡的叙述。此外，敦煌石室中還發見一些屬於無注三十卷本的《文選》零篇數種，計有：

①《王文憲集序》殘帙（伯2542)。這個殘帙按三十卷編次，當是卷二十三。

②卷二十五殘帙，存《恩倖傳論》《光武紀贊》及後題“《文選》卷第二十五”。(伯2525)

以上兩種皆影印入《鳴沙石室古籍叢殘》中，蔣斧、羅振玉、劉師培、王重民有題記，見《敦煌古籍叙録》第310—316頁（參看《敦煌遺書總目索引》第266頁及393頁）。羅振玉據《王文憲集序》“由衷”字缺筆作“衰”，斷爲隋代寫本，似稍附會。

③謝靈運《樂府》及鮑明遠《樂府》殘帙（伯2554)。這個殘帙當是卷十四。

④《演連珠》殘帙（伯2493)。這個殘帙當是卷二十八。

⑤《運命論》殘帙（伯2645)。這個殘帙當是卷二十三。

⑥《劇秦美新》《典引》殘帙（伯 2658）。這個殘帙當是卷二十四。

⑦《三月三日曲水詩序》殘帙（伯 2707）。這個殘帙當是卷二十三。

⑧《三月三日曲水詩序》及《王文憲集序》殘帙（伯 2543）。這個殘帙當是卷二十三，與《古籍叢殘》所印 2542 爲一卷。

⑨《陽給事誄》殘帙（伯 3778）。這個殘帙當是卷二十九。

⑩《褚淵碑文》及後題“《文選》卷二十九”殘帙（伯 3345）。

⑪《嘯賦》及後題“《文選》卷第九”殘帙（斯 3363）。

以上九種皆有王重民題記，見《敦煌古籍叙録》第 316—322 頁（參看《敦煌遺書總目索引》第 183、267 及 393 頁）。《劇秦美新》《典引》及《褚淵碑文》殘帙已影印入《敦煌秘籍留真新編》中。

《文選》無注三十卷本的殘存情况，所能談者，如此而已。

（二）李善注六十卷本

李善注《文選》，將蕭統原書三十卷分爲六十卷。唐代詩人文士大都傳習這個六十卷的本子（詳見上文第三題《〈文選〉學史略述》的第七節《〈文選〉給唐代詩文的影響》中）。六十卷本爲唐五代人傳寫，藏於敦煌石室中者，有：

①《西京賦》殘帙（伯 2528）。這個殘帙末題“《文選》卷第二”“永隆年二月十九日弘濟寺寫”。共存三百四十六行。起“井幹叠而百增”的“幹”字，訖於卷末。永隆爲 680 年，去顯慶三年（658）李善表上此書時，僅二十二年，應該説是李善注本今存的最早傳本了。這個本子與今本比較，有兩個最顯著的地方：一是凡李善在薛綜注外所新增之處，皆稱臣善曰云云。此與篇首所云“舊注是者，因而留之，並於篇首題其姓名；其有乖繆，臣乃具釋，並稱臣善以别之”一一符合。今本削去臣字，但稱善曰，則所謂“五臣”“六臣”皆不知所云矣。二是詳略科段，與今本不同，完全證實了李匡文《資暇集》的説法（見上文第三題《〈文選〉學史略述》的第五節《〈文選〉學的庸俗化——五臣集注》）。這些地方，蔣斧的跋文，已有所涉及。這個本子的發現，確是《文選》學史上的大事。

②《答客難》及《解嘲》殘帙（伯 2527）。這個殘帙存一百二十一行，首尾無題署，按之李善注本，當在卷四十五。這個殘帙之首頗爲模糊，字體遒正。此二文多採《漢書》舊注，凡李善所加之注，皆稱“臣善曰”以爲分别，今本也悉爲删去。其價值亦與《西京賦》殘帙等同。

以上兩個殘帙，皆已影印入《鳴沙石室古籍叢殘》中，蔣斧、羅振玉、劉師培、王重民皆有題記，見《敦煌古籍叙録》第 310—315 頁（參看《敦煌遺書總目索引》第 266 及 393 頁）。

李善注《文選》的刻本，今知其最早者爲北宋真宗景德四年（1007）校刻及仁宗天聖七年（1029）重刻本。《宋會要》第五十五册《崇儒四》：“（景德）四年八月，詔三館秘閣直館校理，分校《文苑英華》《李善文選》，摹印頒行。……《李善文選》校勘畢，先令刻板，又命官覆勘。未幾，宫城火，二書皆燼。至天聖中，監三館書籍劉崇超上言：《李善文選》，援引該贍，典故分明，欲集國子監官校定净本，送三館雕印。從之。天聖七年十一月，板成。又命直講黄鑑、公孫覺校對焉。”（新印本第 2231—2232 頁）這就是北宋雕印《李善文選》的記録。所謂“宫城火”，指大中祥符八年（1015）四月，榮王宫火，一日二夜，所焚屋宇二千餘間。三館圖書，一時俱盡。見錢惟演《玉堂逢辰録》（《直齋書録解題》卷七引），又見《揮麈前録》卷一。景德初印之本，今已不可得見。而天聖重印之本，今猶有遞修本，藏北京圖書館，存卷第十七至十九、三十至三十一、三十六至三十八、四十六至四十七、四十九至五十八、六十：凡二十一卷（見《北京圖書館善本書目》卷八）。聞將收入《古逸叢書三篇》中影印流傳〔1〕，然今尚未見出版。有此北宋本傳世，可以糾正世無李注單行本、凡李注本皆從六臣本摘出之説（顧千里代胡克家撰《文選考異》説如此），我曾爲此寫有《關於北宋刻印李善注〈文選〉的問題》一文，載在《文物》1977 年第 7 期。

今存《文選李善注》的全帙刻本，則以南宋孝宗淳熙八年（1181）尤袤刻於池陽郡齋（今江西貴池）〔2〕者爲最早。此本六十卷後附《李善與五臣

〔1〕按，《古逸叢書三篇》當爲《古逸叢書三編》，中華書局 2004 年出版。
〔2〕按，貴池隸屬安徽，非江西。

同異》一卷。有淳熙辛丑（即八年）上巳日尤袤題記、淳熙八年三月及八月袁説友兩跋。元明人所傳刻李善注本如元張伯顏本、明唐藩本、晋藩養正書院本、金臺汪諒刻本，皆從尤本出。可以參看《郘亭知見傳本書目》卷十六。清嘉慶十四年（1809）鄱陽胡克家屬顧廣圻（千里）、彭兆蓀據尤本校勘重雕，世稱“胡刻”，成爲近代《文選》最流行的一個版本。翻刻、影印者至今不絕。胡刻所據，並不是尤刻的好本，末尾脱去《李善與五臣同異》及袁説友兩跋。清末盛宣懷曾刻入《常州先哲遺書》。顧、彭校勘，也頗有誤改之字，如卷十二《海賦》脱去十六字。卷十三《鸚鵡賦》“含火德之明輝”，誤“含”爲“合”，皆其疏忽草率之處。所據校爲明袁褧及宋茶陵陳仁子兩個六臣本，都不是六臣注的好本子。因此胡刻的價值，在古本迭出的今天，已不那麼高貴了。

清人有世傳李注皆從六臣注本中摘出的説法。其最確切的證據，即汲古閣所刻李善注本的二十五卷中有引“向曰”“濟曰”“翰曰”“銑曰”諸條（見《四庫提要》卷一百八十六）。汲古閣本出於摘抄六臣，殆無疑問。尤刻本的第二十五卷此諸處雖没有這種漏洞，但尤袤的題識説：“李善淹貫該洽，號爲精詳。雖四明、贛上，各嘗刊勒，往往裁節語句，可恨。”從這些話看，可以證明池陽所刊李善注，也取校了“裁節語句”的“四明、贛上”“刊勒”的本子。四明、贛上所刻的都是六臣注本，是知南宋以後的李善注本，包括尤刻在内，不可能排除六臣注的參雜干擾了。清儒校《文選》所提出的“五臣亂善”清理工作，還有待徹底做下去。

（三）五臣注三十卷本

王明清《揮麈録餘話》卷二云：“毌丘儉貧賤時，嘗借《文選》於交游間，其人有難色，發憤異日若貴，當板以鏤之遺學者。後仕王蜀爲宰，遂踐其言刻之。印行書籍，創見於此。事載陶岳《五代史補》。”案：今傳《五代史補》無此條。“毌丘儉”當作“毋昭裔”。毌丘儉三國魏人，見《魏志》。此非陶岳誤記，即王明清誤引也。《宋史》卷四百七十九《西蜀孟氏世家》

載毋守素父昭裔，“蜀宰相，太子太師致仕”〔1〕，“昭裔性好藏書，在成都，令門人勾中正、孫逢吉書《文選》《初學記》《白氏六帖》鏤版。守素齎至中朝（指北宋汴梁），行於世。大中祥符九年（1016），子克勤上其板，補三班奉職”。據《世家》載，孟昶廣政二十年（957），昭裔已衰老不能親職，則其刻《文選》必在十世紀初。《揮麈録餘話》謂是仕王蜀時，其語可靠也。這是《文選》的第一個刻本。然據《宋會要》載，景德四年始議刻李善注（見上《李善注六十卷本》一節），則此刻爲五臣注三十卷本也。《崇文總目》總集類有“《文選》三十卷，吕延濟注”（錢輯本卷五），即五臣本。“《五臣注文選》三十卷”，南宋紹興時（1151）猶見於晁公武《郡齋讀書志》（衢州本卷二十，袁州本卷四下下）。及理宗時（1225—1263），陳振孫作《直齋書録解題》，已未見此書的單行本。清初錢曾《讀書敏求記》卷四總集類著録“《五臣注文選》三十卷”，云是“宋刻”，並且稱贊它“鏤板精緻，覽之殊可悦目”，已不記其爲宋代何時所刻。今此種版本的書，已不知其存佚，聞臺灣有影印的五臣注本，未見，不得其詳。大陸所存，惟殘宋杭州開箋紙馬鋪鍾家刻本，祇有第三十卷一卷，見《北京圖書館善本書目》卷八。五臣注本是一種庸妄之書，其存佚可置諸不論，今亦稱爲珍本矣。

（四）六臣注六十卷本

《直齋書録解題》（聚珍本）卷十五著録“《六臣注文選》六十卷”，云是後人併五臣與李善原注，合爲一書名“六臣注”。朱彝尊《曝書亭集》卷五十二《宋本〈六家注文選〉跋》云：“《六家注文選》六十卷，宋崇寧五年（1106）鏤版，至政和元年（1111）畢工。墨光如漆，紙堅緻，全書完好。序尾識云：‘見在廣都縣北門裴宅印賣。’蓋宋時蜀牋若是也。每本有吴門徐賁私印，又有太倉王氏賜書堂印記。是書袁氏褏（當作褧）曾仿宋本雕刻以行，故傳世特多。然無鏤版畢工年月，以此可辨僞真也。”案：朱氏所跋

〔1〕蜀宰相，《宋史》作“僞蜀宰相”。屈先生爲蜀人，所引帶有感情色彩，兹不據補。

《六家注文選》爲廣都裴宅刊印者，《天禄琳琅書目》卷三著録，然《書目》云："未載刊刻年月，惟昭明序後有此集精加校正，絶無舛誤，見在廣都縣北門裴宅印賣木記。"若朱氏所見鏤版年月不誤，則以五臣注合併李善注之六臣本，北宋時蜀中廣都裴宅所印賣者爲第一刻矣。這個本子的開始刊刻時代，僅遲於天聖重刻李注本後七十七年。

今傳的《六臣注文選》，則皆出於南宋以後，有兩個系統：一個系統爲明州刻本，這種本子五臣居前，李注在後，顯然是重刻廣都裴氏本。《天禄琳琅書目後編》卷七、《愛日精廬藏書志》卷三十五所著録的便是這種本子。日本1974—1975年汲古書院影印的所謂"國寶《文選》"，題爲"足利學校遺迹圖書館後援會刊"，長澤規矩也先生的《解説》，斷定爲"明州刊本《六臣注文選》"。其書五臣在前，李注居後，其爲明州本系統無疑。惟書末無紹興二十八年的盧欽識語，則其爲紹興原刻與否，尚不可定也。另外一個系統則爲贛州刻本。《鐵琴銅劍樓藏書目録》卷二十三所著録的便是這個本子。這個本子李善居前，五臣在後，《四部叢刊》所影印的宋本，即屬於這個系統。明代袁褧重刻廣都裴氏本，即與明州本同爲一個系統。五臣在前，李注居後，爲其重要的特徵。《四庫全書》所收《六臣注文選》，《提要》稱爲袁褧刻本，却李注在前，五臣居後，則是贛州系統之本而冒袁刻之名，或撰《提要》者與抄書者各執一本，混淆如是，此則《四庫全書》修纂時常見的笑柄也。茶陵陳仁子《文選補遺》所附的《六臣注文選》，則李注在前，五臣居後，必出於贛州刻本。此胡刻《文選考異》所謂"茶陵本"者也。胡克家校刊《文選》時，既未見北宋刻李善注單行本，又未見廣都裴氏所印賣的六臣本，明州、贛州兩本，也皆未見。而竟以袁刻及陳仁子刻六臣校本相校，謂六臣本衹有此二種，適足以見其安於孤陋而已。今日明州、贛州兩個系統的六臣本，都已影印問世，猶執袁本、茶陵本以論六臣，那就是很不應該的了！尤袤跋淳熙池陽郡齋本説："四明、贛上，各嘗刊勒。"可見以明州、贛州兩刻爲六臣本的代表，早在南宋初年，已如是矣。

（五）集注一百二十卷本

標題爲“集注”的《文選》一百二十卷本殘帙，也發現於日本，最早著録在刊行於1856年的森立之《經籍訪古志》中，《經籍訪古志》的卷六《總集類》著録了温故堂和求古樓兩個舊鈔卷子本《文選》零本之後，即有賜蘆文庫藏的舊鈔卷子本《文選集注》零本三卷，説：“見存第五十六、第百十五、第百十六，合三卷。每卷首題‘文選卷幾’，下記‘梁昭明太子撰’及‘集注’二字。界長七寸三分，幅九分，每行十一字，注十三四字。筆迹沈著，墨光如漆。紙帶黄色，質極堅厚。披覽之際，古香襲人，實係七百許年前舊鈔。注中引李善及五臣、陸善經、《音决》、《鈔》諸書，注末往往有‘今案’語，與温故堂藏舊鈔本標記所引合。就今本考之，是書似分爲百二十卷者。但集注不知出於何人，或疑皇國紀傳儒流所編著者與？其所引陸善經、《音决》、《鈔》等書，逸亡已久。（原注：陸善經注《文選》，徧檢史志，不載其目。考見佐世《見在書目》，《文選音决》十卷，公孫羅撰；《文選鈔》六十九卷，公孫羅撰；又載《文選鈔》卅卷，缺名氏，未知孰書。第百十五卷首題云：今案《鈔》爲郭林宗。）今得籍以存其厓略，豈可不貴重乎？小島學古云：‘此書曾藏金澤稱名寺，往歲狩谷卿雲、清川吉人一閲，歸來爲余屢稱其可貴；而近歲已歸於賜蘆之堂，故得縱覽。此本曾在金澤，而無印記，當是昔時從他假借留連者矣。近日小田切某又得是書零片二張於稱名寺敗簏中，一爲第九十四卷，一不知卷第。今歸僧徹定架中。聞某氏亦藏第百二卷，他日當訪之。’”

羅振玉在1918年印行《文選集注》殘本十六卷，他的序説：“日本金澤文庫藏古寫本《文選集注》殘卷，無撰人姓名，亦不能得其總卷數。卷中所引，于李善及五臣注外，有陸善經注，有《音决》，有《鈔》，皆今日我國所無者也。於唐諸帝諱，或缺筆，或否。其寫自海東，抑出唐人手，不能知也。往在京師得一卷，珍如璆璧。宣統紀元，再游扶桑，欲往披覽，匆匆未果。乃遣知好往彼移寫，得殘卷十有五。其本歸武進董氏。予勸以授之梓，董君諾焉。予以與善注本詳校，異同甚多。且知其析善注本一卷爲二。蓋昭明原本爲三十卷，善注析爲六十卷，此又析爲百二十卷，卷第固可知矣，而作者卒不可知也。此書久已星散，予先後得二卷，東友小川簡齋君得二卷，海鹽張氏得二卷，楚中楊氏得一卷。今在文庫者多短篇殘紙而已。其海東藏書家尚存幾許，則不可備知也。予所藏二卷，影寫本無之。楊氏藏本，今不知在何許，小川君及張氏本則均已影寫在十五卷中。予念此零卷者，雖所存不及什二，然不謀印行，異日求此且不可得。而刊行之事，予當任之。乃假而付之影印，予所藏二卷即就原本印之，不復傳寫，以存其真。張氏藏卷，聞將自印于上海，乃去此二卷，仍得十有六卷。乃稍稍可流傳矣，然距影寫時則已十年，其卒得印行亦幸也。諸卷中其弟百十六前半，據東友所藏謄寫小字本鈔補。小字本至《褚淵碑》'元戎啓行，衣冠未緝'注止，而原本則自'衣冠未緝'二句起。此二句之注，兩本詳略互異。不知他注何如，惜無從比勘。似此書原本外，尚有謄寫別本，且與此本有異同，而未聞東邦學者言及之。附記于此，俟它日訪焉。"

從森立之和羅振玉這兩段談《文選集注》殘本的文字來看，對於這個殘本大概要研究這些問題：

第一，這個殘本所收入的《文選》注釋資料。李善和五臣没有什麼問題，它是衆所周知的《文選》注本。陸善經其人和他的《文選》注，上文（第三題《〈文選〉學史略述》第六節《唐開元、天寶間〈文選〉的注釋、修續熱潮——馮光震、蕭嵩、陸善經等》）已講得很清楚了。此外，《音决》和《鈔》應當是公孫羅所撰述，也在上文（第三題《〈文選〉學史略述》第四節《李善同時的〈文選〉學家——許淹、魏模和公孫羅》）有所論列。《集注》爲我們保存了公孫羅、陸善經的注釋資料，確是極可寶貴的。

第二，《集注》編纂時間及編者問題。森立之謂"實係七百許年前舊鈔"，則約當中國南宋時代（日本已屬鎌倉時代）。羅氏謂"作者卒不可知"，時代問題，羅氏也未談及。我的意見，這種本子顯然是"六臣注本"系列的産物，確定它出於南宋書坊大刊"六臣注本"一類本子之後，是可以作如此推斷的。這種本子，是以南宋書坊刻經書的"注疏釋文三合本"、史書的"三家注本"、集部的什麼"千家注""五百家注本"，這種風氣爲其時代背景的。段玉裁評論"三合本"，"似便而易惑"（《經韻樓集·與諸同志書論校書之難》)。這個話是對於這類書準確不移的評價。它出於日本“紀傳儒流所編著”,這種推測,也是有一定的道理的。所以中國經籍、藝文一切目録之書,絶無著録者。在公孫羅、陸善經書傳世之本全佚的今天,這種抄撮射利的書坊庸陋之本,却起了它原纂者所意想不到的文獻價值作用。儘管百二十卷衹存二十三卷,僅及全書的四分之一,但是天壤間除此之外,已無第二本矣。

《集注》殘本,流入中國,海鹽張氏、楚中楊氏所得,並未印行,今亦不知其存佚情況,唯羅振玉所印的十六卷,對於《選》學研究,起了很大的作用。羅振玉所印的爲卷四十八、卷五十九、卷六十二、卷六十三、卷六十六、卷六十八、卷七十一、卷七十三、卷七十九、卷八十五、卷八十八、卷九十一、卷九十三、卷九十四、卷百二、卷百十六。這十六卷,包括“詩”“騷”“七”“令”“教”“文”“表”“彈事”“牋”“書”“檄”“序”“頌”“贊”“論”“碑文”各類:有的有前後題,可以確知其卷數;有的前後題皆缺,其卷數是羅氏據李注本推知的。羅氏影印本出版後十七年,日本京都大學文學部以《景印舊鈔本》爲名義的叢書廣收此書殘帙入第三集及第九集(其書始印於 1935 年,印成於 1942 年)。京都大學所印,皆本於金澤文庫散出的原書,它把羅氏所印的各卷全收進去了。此外尚有羅氏印本所無的卷八、卷九、卷四十三、卷四十七、卷五十六、卷六十一、卷百十三、卷百十六,共八卷。這八卷中,有的是很重要的文章,如卷八的《蜀都賦》、卷九的《吴都賦》,都是高步瀛寫《文選李注義疏》時所未見者,可以補正高《疏》的地方不少;如卷百十三的《馬汧督誄》,是一篇影響甚大的名著,我原寫《文選雜述及選講》時,也未及見。有的可以訂正羅氏推定卷數之誤。如卷六十一分上下,其下卷即與羅氏推定的卷六十二相同。其卷百十六,既有《陳太丘碑》,又有《褚淵碑文》的上段,可以校正羅氏據謄寫單行本補入之誤。惟卷四十三、卷四十七,但餘殘葉而已。這二十三卷(羅氏印行的十六卷,加上京都大學影印的八卷)是訖今所能見到的《集注》殘帙全部。而著録於《經籍訪古志》的卷百十五,則尚未見有印本,恐《集注》殘帙散佚者尚不止此。何時能見到一個完整的印本,則有望於中日學者的共同努力也。

此外尚有《文選》殘帙,存《述祖德詩》至《上責躬應詔詩表》,出於敦煌石室。其本爲俄羅斯人所得。日本學者狩野直喜有《唐鈔本〈文選〉殘篇跋》，載在《支那學》第五卷，據介紹此本有注，而不知注家何人，與李善、五臣注相類。書寫於玄宗前，或爲曹、李門下《選》學者傳習本，或爲李注旋被傳寫之本，皆不可知。其書與《集注》相類，故亦附記於此。

第六　怎樣閱讀《文選》

上面五個題目，比較全面地談了有關《文選》的各個問題。這些都是閱讀《文選》不可不具備的知識。下面準備講一講怎樣閱讀《文選》的問題。

（一）對《文選》的評價要正確

《文選》產生的時代正是中國文學史上講求聲律調適、文章華麗的六朝梁代。蕭統編纂這部總集對於當代文風的“踵事增華”“變本加厲”趨向，是持肯定態度的。既要看到它推波助瀾，對於“競一韻之奇，爭一字之巧”（李諤《上隋高祖革文華書》，見《文苑英華》卷六百七十九）的文弊的影響，更應該注意到它懂得，“時運交移，質文代變”（《文心雕龍·時序》）的發展觀點。試想一想，如果没有這部“時更七代，數逾千祀”的“略其蕪穢，集其清英”的總集，鍾嶸所品，劉勰所論，豈不都成了凌虚畫局的影響之談？世俗但知重鍾、劉之書，而輕昭明所選，不能不説是本末倒置，虚實謬銓。中國文學的發展，本有八代、六朝這樣的過程，忠實地保存了這個過程的創作資料，有什麽可議之處？劉夢得的《昏鏡詞》説：“秦宫豈不重，非適乃爲輕。”毁謗《文選》之徒，其智亦若此矣！

説《文選》能做到“略其蕪穢，集其清英”，忠實地紀録了八代文學創作資料，可以舉些例子説明。第一，它能注意當時文學批評的推重。上文（第一題《關於〈文選〉產生時代的文化氛圍》第四節《〈文選〉和當時文學理論與批評的關係》）曾指出《文心雕龍·詮賦》舉出的“辭賦之英傑”十家，《文選》即入選了九家，衹是荀子之賦，以格於體例，未能入選，《詩品》所舉的“五言之警策”二十二目，《文選》入選的即有二十一目。這些例子，不是都雄辯地説明了《文選》没有忽視當時的文學批評嗎？第二，《文選》也能打破當時的偏見。大家知道，鍾嶸《詩品》僅把陶淵明詩列爲中品，《文心雕龍》對陶竟至隻字不提（《隱秀》所提，出於後人羼入）。而《文選》不僅入選了陶詩八首，又選載了《歸去來辭》，還選載了顔延年的《陶徵士誄》。總集重視陶作，此爲首創。這能説蕭統還是人云亦云的庸流嗎？第三，《文選》能讓那個時代的各種流派齊放異彩。《文選》選載了江淹的《雜體詩》三十首。江淹作《雜體詩》即是表示他對各種流派的作家，都要有"兼善"的胸懷的。《文選》不僅選了江淹的詩，而且對他所擬的各家各派的作品，大都選録。這樣真做到了如江淹所説的"品藻淵流""無乖商推"。《文選》不愧是"兼容並包"的總集。第四，《文選》對於"菁英""蕪穢"，是嚴格區别了的。稱爲"古詩"，其總數幾及百首（《詩品》稱"去者日以疏"以下四十五首，可見其數量之多），而《文選》精選了"十九首"，與《詩經》的"三百篇"是四言詩典範一樣，這十九首也成爲五言詩的典範了。阮籍的《詠懷》有八十多首，《文選》衹選了十七首，其落選者猶在，一經比較，瑕瑜立見。這些都可以看出蕭統編選這一總集時，是十分謹慎，力求精美的。後來的總集，有誰能達到這樣高的標準呢？

從上舉諸例看，對於《文選》的評價，絶不能隨聲是非，動輒挑剔。

（二）閲讀《文選》一定要口到

朱熹談讀書，有所謂"三到"，即"目到""口到""心到"（見《訓學齋規》）。今人讀書，"目到""心到"似乎都奉行了，至於"口到"，却很少看見。嘗謂學外文口語，都不惜反復朗讀，不廢"口到"的工夫，而學古文，却念起來好像怪不好意思似的。對於《文選》這樣的古代文學作品總集，一定要提倡"口到"，加强誦讀工夫。文學是語言的藝術，而語言的特點就有聲音，其聲音又出於口舌，文學作品如果不通過誦讀去理解它的語言之美，就失掉了文學這種藝術的特徵了。黄燿先先生的《文選平點・後記》説："回思四十年前，先從父（指黄季剛先生）嘗取《選》文抗聲朗誦，焯竊聆其音節抗隊抑揚之勢，以爲可由此得古人文之聲響，而其妙有愈於講説者。"

這個話是很對的。對於《文選》這樣的書，不僅要朗讀，而且要一唱三嘆地朗誦。没有朗誦的工夫，是不能體會到六朝文字的聲律之妙的。閲讀《文選》，提倡“口到”，意義即在此。

（三）不宜用庸俗的批點法讀《文選》

衹要把《文選李善注》弄透徹了，六朝人的詩賦散文的奥秘，自然會知道。熟讀《文選》，自然會出言有章，文字華美。批批點點，如果是讀者興到神會之時，隨手記録，本來是無所不可的。但一定要把一人一時的批點，規定爲天下後世廣大讀者必由之路、必遵之法，那就不足取了。你説它好，好在哪裏？往往所説的並不是佳妙之所在，而却一味吹捧。黄庭堅跋蘇軾的《寒食帖》説：“東坡此詩似李太白，猶恐太白有未到處；此書兼顔魯公、楊少師、李西臺筆意，試使東坡復爲之，未必及此。它日東坡或見此書，應笑我於無佛處稱尊也。”“於無佛處稱尊”，很可以概括許多濃圈密點，吹捧稱贊的那些批點家。又有一種不解文義、亂下評語的妄人，如像明代批《文選》的那個孫鑛便是。《日知録》十八“鍾惺”一條下，顧炎武的自注説：“評騭之多，自近代始，而莫甚於越之孫氏、楚之鍾氏。孫氏之評《書》也，於《大禹謨》則譏文之排偶；其評《詩》也，於《車攻》則譏其‘選徒嚻嚻’非有聞無聲之義：尼父之删述，彼將操金椎以控之，又何怪乎孟堅之史、昭明之選，詆訶如蒙童，而揮斥如徒隸乎？是之謂非聖者無法，是之謂侮聖人之言，而世方奉爲金科玉條，遞相師述，學術日頗，而人心日壞，其禍有不可勝言者。孫氏名鑛，今世所傳孫月峰者是也。”顧炎武對於孫鑛之批《文選》，呵斥之不可謂不嚴厲。獨怪近五十年來，上海書坊猶把孫鑛批語加在胡刻本之上，號爲“孫批胡刻《文選》”，無知末學，奉爲讀本。今謂凡讀《文選》者，宜對於此類批點之書，流播之毒，伐骨洗髓，痛加刊除，始可與言科學學術也。以“五色圈點”爲“古文秘傳”，章學誠《文史通義·文理篇》已痛加駁斥。魯迅也曾説：“倘要論文，最好是顧及全篇，并且顧及作者的全人，以及他所處的社會狀態，這才較爲確鑿。要不然，是很容易近乎説夢的。”（《“題未定”草》七，《且介亭雜文二集》）用“説夢”

的辦法閲讀《文選》，是應該警惕的。

（四）讀《文選》的程序

《文選》是總集，它按文體分類，没有時代先後的次序。所以對於它的閲讀，既可以從頭到尾，依原書次第安排；也可以從易到難，憑興趣進行選讀。兩者都可以，但必須把全書讀完，不宜中途而廢。一般説，對所選文章，不妨先從有興趣的作品入手；因爲《文選》開頭便是寫京師都邑的大賦，頗使人畏難。但如果抱着鑽研李注的宗旨，則仍以從頭讀起爲好，因爲李注條例，皆在注中，先前講過的，後來便從略了。從頭讀起，自然有些困難。對於《文選》這樣的大著，不花點工夫，不拿出毅力，是不容易閲讀的。“熟精《文選》理，休覓彩衣輕。”杜甫勸導他的兒子讀《文選》，早就把一個“輕”字排除了。熟精《選》理是一項重大的工程，不能把它看成可以隨便翻翻的小玩意。你的理想和毅力，可以在這樣的古典文學名著中得到考驗和鍛煉。説到底，這是一部非同尋常選本的巨著，一定要認真對待。

附録一　蕭統《文選序》和李善《上〈文選注〉表》章句

（一）蕭統《文選序》章句

昭明太子蕭統的《文選序》，可能出於劉孝綽代作，已見上文（第二題《〈文選〉的編輯》第二節《“昭明太子十學士”和〈文選〉的編輯》）。文雖可能出於代作，但内容完全總結了蕭統編纂《正序》《詩苑英華》《文章英華》諸書的經驗，提出編輯《文選》的周密條例，又論證了“踵事增華”“變本加厲”的文學發展觀點，確是六朝文論值得特別重視的一個文獻。這裏面文學思想、文藝理論的觀點，應該毫無問題，屬於蕭統的。這與劉孝綽代作此文，是兩回事。蘇軾斥罵這篇文章"衰陋""卑弱"，固爲粗率冒失（見上文第三題《〈文選〉學史略述》第九節《宋代以後〈文選〉學的衰落》）；而咬定劉孝綽協助編纂《文選》這一事實，遂昌言取消蕭統的著作之權，則更爲鲁莽。這種虚無主義的論點，是與否定孔子删述《詩》《書》的做法，没有什麽兩樣。都屬於康有爲《新學僞經考》的支與流裔，早是已陳的芻狗，過時的舊貨了！

這篇序文李注没有作注。五臣注了，但十分淺陋。清代阮元組織學海堂諸生林伯侗、張杓、熊景星、曾釗、鄭灝若、羅日章、黄位清、謝念功、劉瀛、張廷臣十人，作了《梁昭明太子文選序注》，載在《學海堂一集》卷七。高步瀛的《文選李注義疏》，對此序作了詳細的注疏。但高氏《義疏》的 1929 年 8 月初版本，竟似未見學海堂諸生注，没有採録一條；到 1934 年 6 月再版時，始將諸生注全部録入。今中華書局新印斷句的《義疏》，係採用了 1934 年重印本，故學海堂諸生注全在。1962 年出版郭紹虞主編的《中國歷代文論》上册，也選入了《文選序》，其注釋則較爲簡單。今録此文，用古人章句之體，爲之訓釋。向宗魯先生曾在 1929 年初版的高氏《義疏》上，有些批注。語雖不多，然皆精確。如高氏《義疏》在"梁昭明太子撰"題署下講"撰"字，引雷學淇《説文外編》。向先生批在簡端云："《説文外編》雷浚撰，非學淇也。"如此等等，皆不可更易者也。今於向先生批語，儘量採録。

式觀元始，眇覿玄風，冬穴夏巢之時，茹毛飲血之世，世質民淳，斯文未作。逮乎伏羲氏之王天下也，始畫八卦造書契，以代結繩之政，由是文籍生焉。《易》曰：觀乎天文以察時變，觀乎人文以化成天下。文之時義遠矣哉！

以上説文之興起。"式觀"兩句，是説請看遠古。式是發聲之詞（見《經傳釋詞》卷九）。眇是遠的意思。覿（dí 敵）與觀是一個意思。元與始同義。玄是幽遠的意思。這兩句的意思基本一樣，這是排偶之文的常見句法。"冬穴"兩句即是元始、玄風的具體説明。冬穴夏巢講遠古的居住情況，茹毛飲血講遠古的飲食情況。基本上用的是《禮記・禮運》寫敘古初生活的意思。這個時代如此樸質淳厚，當然没有文。斯文用《論語・子罕篇》組成的詞，即指文。作是興起的意思。《易・繫辭下》説："古者包犧氏之王天下也……始作八卦。"又説："上古結繩而治，後世聖人易之以書契。"僞孔安國《尚書序》把畫八卦和造書契都寫在伏犧氏名下，這裏即用僞孔《尚書序》之文。包犧即伏犧，古通用。文字的興起，便開始有了典籍，所以説"文籍生焉"。引《易》見《易・賁・彖傳》。天文，指日月星辰；人文，指《詩》《書》《禮》《樂》一類典籍。時義，指興起的意義。

若夫椎輪爲大輅之始，大輅寧有椎輪之質；增冰爲積水所成，積水曾微增冰之凛。何哉？蓋踵其事而增華，變其本而加厲。物既有之，文亦宜然。隨時改變，難可詳悉。

以上説文的發展。踵事增華，變本加厲，概括了文的發展的趨勢，也即是這篇序文的中心思想。下面講賦、詩、騷各體，都貫串了這個主要思想。椎輪指最原始的車子，合大木爲輪，其形如椎，所以稱爲椎輪。大輅即玉輅，古代帝王所用的車子，裝飾得比較華麗。陸機的《羽扇賦》説："玉輅基於椎輪。"這裏即用其義。增冰即層冰。增讀爲層。層冰，幾重厚的冰。《荀子・勸學篇》説："冰，水爲之，而寒於水。"這裏即用此義。曾微，作乃無講。積水乃無層冰的寒冷。即冰寒於水的意思。凛（lǐn），寒冷。踵，繼承。華，華麗。厲，指更猛烈。踵事增華，指椎輪增飾爲大輅而言；變本加厲，指增冰冷過於積水而言。文章的脉絡是分明的。這是以物爲喻，而主旨則在説明文的發展。

嘗試論之曰：《詩序》云："詩有六義焉，一曰風，二曰賦，三曰比，四曰興，五曰雅，六曰頌。"至於今之作者，異乎古昔。古詩之體，今則全取賦名。荀、宋表之於前，賈、馬繼之於末。自兹以降，源流寔繁。述邑居則有憑虚、無是之作，戒畋游則有《長楊》《羽獵》之制。若其紀一事，詠一物，風雲草木之興，魚蟲禽獸之流，推而廣之，不可勝載矣。

以上講賦。賦本是古詩的一體，後來發展成與詩並立。《文心雕龍·詮賦篇》説："六藝附庸，蔚爲大國。"與這裏所説的便是一個意思。《詩序》，即指《毛詩》的《關雎序》。因爲它有一段通論全部《詩經》，所以又稱爲《詩大序》（相對的論每一篇《詩》的，被稱作《小序》，《文選》卷四十五選入了這篇序。）"六義"又稱"六詩"，見《周禮·春官·大師》。可以參看鄭玄的《周禮注》（並孫詒讓的《周禮正義》）。《毛詩序》裏講"六義"，則可以詳孔穎達《正義》。荀，指荀况，《荀子》有《賦篇》；宋，宋玉，宋玉有《風賦》《高唐賦》《神女賦》等，《文選》都選入了。賈，賈誼，賈誼有《鵩鳥賦》《弔屈原賦》等〔1〕，也選入了《文選》。馬，司馬相如，司馬相如的《子虛》《上林賦》等也選入《文選》。"繼之於末"，《文選》古鈔本"繼"作"繫"。"繫"也是連接的意思，與"繼"字之義完全相同。以降，即指以下。從此以下，既有開創，也有繼承。此所謂"源流寔繁"也。繁是衆多、複雜的意思。張衡的《西京賦》，托於"憑虛公子"，司馬相如的《上林賦》托於"亡是公"。古鈔"亡"作"無"。此用"憑虛""亡是"代表描寫都邑的大賦。《長楊》《羽獵》是揚雄的兩篇賦，《文選》都已選入。這兩篇賦都是描寫畋獵游樂的，寓有勸戒之義。古鈔本"戒"作"誡"。"畋"作"佃"，下卷九（古鈔卷五）的卷中標題"畋獵下"，"畋"仍作"田"。疑此作"佃"乃誤字。《文選》的賦，除"京都""郊祀""耕藉""畋獵"之外，尚有"紀行""游覽""宫殿""江海""物色""鳥獸""志""哀傷""論文""音樂""情"諸類，這裏以"紀一事，詠一物，風雲草木之興，魚蟲禽獸之流"四語概括之。

又楚人屈原，含忠履潔。君匪從流，臣進逆耳。深思遠慮，遂放湘南。

〔1〕按，《弔屈原賦》在《文選》中作《弔屈原文》，在第六十卷"弔文"類。

耿介之意既傷，壹鬱之懷靡愬。臨淵有懷沙之志，吟澤有憔悴之容。騷人之文，自兹而作。

以上騷，高步瀛云："騷即賦也。昭明析而二之，頗爲後人所譏。然觀此序，則騷賦同體，昭明非不知之。特以當時騷賦已分，故聊從衆耳。"案《文心雕龍》即分《辨騷》與《詮賦》爲二篇。"騷""賦"分陳，豈能指責昭明《文選》? 漢淮南王劉安《序離騷傳》即稱屈原"蟬蜕濁穢之中，浮游塵埃之外，皭然泥而不滓"（班固《離騷序》引，《文心雕龍·辨騷》《史記·屈原賈生列傳》亦用此語）。故此文稱屈原"含忠履潔"。"從流"乃"從善如流"之縮語，"從善如流"見成公八年《左傳》。君匪從流，指楚懷王、頃襄王皆非從善如流之君。"逆耳"指忠言，"忠言逆耳利於行"見《説苑·正諫篇》。臣進逆耳，指屈原等忠良之臣所進之言，當時昏王皆以爲逆耳之言而不聽。屈原被流放在江湘之間，見《楚辭·漁父》。江湘之間，所謂湘南也，古鈔本眉端標注云："陸善經本湘爲江。""耿介"見《離騷》，王逸注云："耿，光也。介，大也。""壹鬱"見賈誼《弔屈原賦》。《昭明太子集》"壹"作"抑"，意同。《懷沙》爲《楚辭·九章》中之一篇，此篇表達屈原欲自沉於江之意。屈原既放，行吟澤畔，顔色憔悴，見《楚辭·漁父》。騷人之文，自兹而作，即《文心雕龍·辨騷》"不有屈原，豈見《離騷》"之意。

詩者，蓋志之所之也。情動於中，而形於言。《關雎》《麟趾》，正始之道著；桑間濮上，亡國之音表。故風雅之道，粲然可觀。自炎漢中葉，厥塗漸異。退傅有《在鄒》之作，降將著"河梁"之篇。四言五言，區以别矣。又少則三字，多則九言。各體互興，分鑣並驅。

《毛詩·關雎序》云："詩者，志之所之也。在心爲志，發言爲詩。情動於中，而形於言。"此用其語。《關雎序》又云："然則《關雎》《麟趾》之化，王者之風。"又云："《周南》《召南》，正始之道，王化之基。"又《麟之趾序》云："《麟之趾》，《關雎》之應也。《關雎》之化行，則天下無犯非禮。”《關雎》《麟之趾》，皆在《詩經·周南》。《麟趾》即《麟之趾》，故以此二篇代表“正始之道”。《禮記·樂記》：“桑間濮上之音，亡國之音也。”鄭玄注：“濮水之上，地有桑間。”《毛詩》舊説，謂鄭衛之風，爲邪淫之風，桑間濮上，即在衛地。退傅，指韋孟。韋孟爲楚元王傅，傅子夷王，又傅孫王戊。王戊無道，韋孟作《諷諫詩》一首。此詩載在《文選》卷十九。後又退居於鄒，作《在鄒》詩一首，此詩《文選》未選，見《漢書·韋賢傳》。此二詩皆四言。降將，指李陵。李陵降匈奴，故稱降將，李陵有《與蘇武詩》三首，見《文選》卷二十九。其第三首云“携手上河梁”，故稱“河梁之篇”。此謂漢人之詩，既有四言，又有五言，其説與鍾嶸《詩品》同。《文心雕龍·明詩》亦謂“漢初四言，韋孟首唱”，而又謂“李陵、班婕妤見疑於後代”。是齊梁人説漢詩，例皆如此。至於詩體“少則三字，多則九言”，乃摯虞舊説。《藝文類聚》卷五十六引《文章流別論》云：“古之詩有三言、四言、五言、六言、七言、九言。古詩率以四言爲體，而時有一字二字雜在四言之間，後世演之，遂以爲篇。古詩之三言者，‘振振鷺，鷺于飛’之屬是也，漢《郊廟歌》多用之。五言者‘誰謂雀無角，何以穿我屋’之屬是也，于俳諧倡樂多用之。六言者‘我姑酌彼金罍’之屬是也，樂府亦用之。七言者‘交交黄鳥止於桑’之屬是也，于俳諧倡樂世用之。古詩之九言者，‘泂酌彼行潦挹彼注兹’之屬是也。不入歌謡之章，故世希爲之。夫詩雖以情志爲本，而以成聲爲節。然則雅音之韻，四言爲正。其餘雖備曲折之體，而非音之正也。”〔1〕皮日休的《松陵集序》全用摯虞之説；孔穎達《毛詩·關雎》章後疏亦採摯虞之説，則云：“摯虞《流别論》云詩有九言者，‘泂酌彼行潦挹彼注兹’是也。遍檢諸本皆云《泂酌》三章章五句，則以爲二句也。顔延之云：詩體本無九言者，將由聲度闡緩，不協金石，仲洽之言，未可據也。”按《詩品序》云：“顔延論文，精而難曉。”孔氏所引，即論文之説。或謂當在

〔1〕按，此段應引自嚴可均《全上古三代秦漢三國六朝文》，見於《全晋文》卷七十七，而與《藝文類聚》卷五十六所載字句有出入。又，“一字二字”，兩書均作“一句二句”，作“字”是。

《庭誥》中，疑不能明也。九言在齊梁以前雜言即多此體，鮑照《擬行路難》中即有“洛陽名工鑄爲金博山”之句（見《樂府詩集》卷七十，《文選》未入選）。我們大家都很熟悉的李白《蜀道難》中“蜀道之難難於上青天”亦九言體也。顔、孔之説，拘虚之論也。

頌者，所以游揚德業，褒讚成功。吉甫有“穆若”之談，季子有“至矣”之嘆。舒布爲詩，既言如彼，總成爲頌，又亦若此。

以上頌。《毛詩·關雎序》云：“頌者，美盛德之形容，以其成功告於神明者也。”頌即“形容”的“容”字。配合舞容的詩謂之頌，即後代戲曲唱詞之本。説見阮元《釋頌》（《揅經室一集》卷一）。《詩·大雅·蒸民》：“吉甫作誦，穆如清風。”“誦”即“頌”也。“穆如”此作“穆若”，義相同也。吉甫，尹吉甫也。《左傳·襄公二十九年》：吴公子札來聘，請觀於周樂，爲之歌《頌》，曰：“至矣哉！……盛德之所同也。”季子，季札，即吴公子札也。“舒布”“總成”，謂“頌”本“詩”之一體，而獨立者也。

次則箴興於補闕，戒出於弼匡。論則析理精微，銘則序事清潤。美終則誄發，圖像則讚興。又詔誥教令之流，表奏牋記之列，書誓符檄之品，弔祭悲哀之作，答客指事之制，三言八字之文，篇辭引序，碑碣志狀。衆制鋒起，源流間出。

以上箴、戒、論、誄、贊、詔、令、表、記、書、檄、哀祭、答客、篇、辭、序、引、碑、碣、志、狀各類雜文。《文選》各體皆具。《文心雕龍·銘箴篇》云：“箴者，鍼也。所以攻疾防患，喻箴石也。”又《詔策篇》云：“戒者，慎也。”案以下各體，《文心雕龍·頌贊》《祝盟》《銘箴》《誄碑》《哀弔》《論説》《詔策》《檄移》《封禪》《章表》《奏啓》《書記》諸篇之説，往往可以互相參證。此可説明《文選》之作與《文心雕龍》不能無關。有謂鍾嶸、劉勰之書與《文選》無涉者，魯莽之論也。《文賦》云："論精微而朗暢。"又云："銘博約而温潤。"張杓云："《文章流别論》曰：嘉美終而誄發。"曾釗云："《御覽》引李充《翰林論》曰：容象圖而贊立。"贊本題寫在圖象上者。《文選》"贊"類收入夏侯孝若《東方朔畫贊》，即其例也。袁彦伯《三國名臣序贊》，亦當是爲三國名臣畫像所作之贊。向宗魯先生謂標題當作《三國名臣贊并序》，今本作"序贊"，從古無"序贊"之體，傳寫誤耳。此"答客指事之制"及"衆制鋒起"兩"制"字，古鈔本皆作"製"。此所謂"三言八字之文"，乃指文體，與上文"少則三字，多則九言"談詩體，本爲不相干之兩事。高氏《義疏》誤以爲一。向宗魯先生云："三言，若《國策》所記，臣請三言而已是也（又見《韓子·説林下》《新序二》《淮南·人間篇》）。"張杓説亦如此。"八字，若秦璽文是也（《吴志·孫堅傳》注引《吴書》及應劭《漢官》）。"張杓則謂《後漢書·曹娥傳》注引《會稽典録》蔡邕題"黄絹幼婦，外孫齏臼"八字，爲八字之文。曾釗謂"文"當是有韵者，牽引"文""筆"之説，殊爲迂闊。竊謂此當以向先生説爲是。秦璽文《吴書》作"受命於天，既壽永昌"，應劭《漢官》作"受命於天，既壽且康"。兩書有二字不同。所謂"三言"，即"海大魚"也。

譬陶匏異器，並爲入耳之娱；黼黻不同，俱爲悦目之玩。作者之致，蓋云備矣。

以上總束。"陶匏"句，以音樂爲喻，"黼黻"句，以顔色爲喻。此二句表明昭明纂《文選》以兼收並蓄爲宗旨，不存門户之見。"作者之致"，"致"指風格流派。《文選》對各種文體、各派風格，皆求其完備。

余監撫餘閑，居多暇日。歷觀文囿，泛覽辭林。未嘗不心游目想，移晷忘倦。自姬漢以來，眇焉悠邈。時更七代，數逾千祀。詞人才子，則名溢於縹囊；飛文染翰，則卷盈乎緗帙。自非略其蕪穢，集其清英，蓋欲兼功，太半難矣。

以上説明選文之理由。《左傳·閔二年》："里克曰：（太子）君行則守，有守則從。從曰撫軍，守曰監國。古之制也。"蕭統是太子，撫軍監國是他的本職。文學活動，衹能以監國、撫軍的餘閑之時爲之。《荀子·修身篇》云："其爲人也多暇日者，其出人（人字依王念孫校）不遠矣。"張杓云："張華《勵志詩》：'田般于游，居多暇日。'""文囿""辭林"，以"囿""林"喻其多。蕭統東宫藏書三萬餘卷，這個"囿""林"的比喻，並不誇大。"心游目想"，謂爲文辭所吸引。"移晷"，謂日影已移，指時間已久，猶不知疲倦。七代，謂周、秦、漢、魏、晋、宋、齊。據傳周武王建國在公元前1027年，梁武帝天監元年爲公元502年，相距1529年，故云"數逾千祀"。祀即年也。"更"是易之義，音庚，平聲。逾，超越也。"詞人"句謂作家之多，"飛文"句謂作品之夥。縹，青白色，敷沼切，音瞟。緗，淺黄色。縹囊、緗帙，皆所以盛典册者也。何焯校"清英"作"菁英"，高步瀛謂不必改字。《西都賦》："鮮顥氣之清英。"二字固有所本。"蕪穢"，詞出《離騷》。《離騷》云："哀衆芳之蕪穢。"略蕪穢、集清英，即蕭統編纂《文選》之宗旨。

若夫姬公之籍，孔父之書，與日月俱懸，鬼神争奥，孝敬之准式，人倫之師友，豈可重以芟夷，加之剪截？

以上言不能選經。此下皆談《文選》採録範圍。

老莊之作，管孟之流，蓋以立意爲宗，不以能文爲本。今之所撰，又以略諸。

以上言不選諸子。

若賢人之美辭，忠臣之抗直，謀夫之話，辨士之端，冰釋泉涌，金相玉振。所謂坐狙丘，議稷下，仲連之却秦軍，食其之下齊國，留侯之發八難，曲逆之吐六奇。蓋乃事美一時，語流千載，概見墳籍，旁出子史。若斯之流，又亦繁博，雖傳之簡牘，而事異篇章。今之所集，亦所不取。

以上言諸書所載謀臣策士之言，皆不入選。竊謂此段議論，蓋有爲而發。杜預《善文》收入秦辯士《遺章邯書》(《史記·高祖本紀》索隱及《李斯列傳》集解皆引之)，實與《説苑·正諫》《善説》同流。當時選文，旁收此類文字，已成風氣。蕭統早年所撰《正序》，豈非與《新序》名實皆有相似之處嗎？輯《文選》時，始悟其非，此段議論，既駁斥了當時原《善文》而誤之總集，亦所以自我檢討。今人讀此段，多不了蕭統命意所在。姚鼐輯《古文辭類篹》，特立"書説類"一目，正蕭統之所排斥，而反矜其善爲類例。讀此段者，當反復理會蕭統在諸子、史傳間特寫此段之義也。"謀夫之話，辨士之端"，古鈔本作"謀夫之美話，辨士之舌端"，"舌"字似不可少。"舌端"一詞，見《韓詩外傳》七。《詩·大雅·棫樸》云："金玉其相。"毛傳："相，質也。"讀平聲。《孟子·萬章下》："金聲而玉振之也。""坐狙丘"，古鈔"狙"誤作"徂"。此乃魯仲連事，見曹子建《與楊德祖書》李注引《魯連子》。"議稷下"，亦見《魯連子》。魯仲連却秦軍事，見《戰國策·趙策》。酈食其説齊事，見《史記·酈生列傳》。食其，讀異基。張良用八難駁立六國後事，見《史記·留侯世家》。陳平六出奇計，見《史記·陳丞相世家》。陳平封曲逆侯。古鈔本"事異篇章"作"事殊篇章"。

至於記事之史，繫年之書，所以褒貶是非，紀別異同。方之篇翰，亦已不同。

以上言不收史傳。以史傳與"篇翰"不同。注意"篇翰"二字與下文"篇什"字是相照應的。古鈔本"異同"作"同異"，"所以"上有"蓋"字。

若其讚論之綜緝辭采，序述之錯比文華，事出於沈思，義歸乎翰藻，故與夫篇什，雜而集之。

以上言史傳之讚論序述，與“篇什”同選，即以其“綜緝辭采”“錯比文華”“事出於沈思”“義歸乎翰藻”，符合選文標準，是與“篇翰”“篇什”一致的，所以入選。不僅與《文選》的標準符合，也與《文選》選文的範圍無牾。顔師古《漢書·叙傳》注云：“後之學者不曉此爲《漢書》叙目，見有‘述’字，因謂此文追述《漢書》之事，乃呼爲《漢書述》。失之遠矣。摯虞尚有此惑，其餘曷足怪乎?”據顔氏此注，是知摯虞《文章流别集》已以《漢書述》入選，則蕭統取之《流别集》，本非採録史傳，與《文選》不選經史諸子範圍亦符。且諸史之讚論序述，或早已成爲“篇什”，收之諸家集中，班固、范曄、沈約固皆有集，《文選》所選之班、范、沈諸家序論，往往字句與現存《漢書》《後漢書》《宋書》不同，蓋其非取之史傳，而録自諸家别集。其於總集選材範圍，亦不相悖繆。以此推之，則《過秦》採自賈集，而非《新書》。又據孔穎達《春秋序》疏云：“晋太尉劉寔，與杜同時人也。宋太學博士賀道養，去杜亦近，俱爲此序作注。”劉文淇《左傳舊疏考正》云：“注《春秋序》者，古皆單行。《隋經籍志》云：劉寔等《集解春秋序》一卷；《春秋序》一卷，賀道養注；《春秋左傳杜預序集解》一卷，劉炫注。”既是單行，則稱之爲“篇章”“篇翰”“篇什”，與别集同流。推之《毛詩序》《尚書序》，蓋皆如此。《文選》不録經史諸子，其範圍確定，非此數篇爲例外。讀《文選》者，不能見及此例，往往於蕭統肆爲攻訐，皆無博觀泛覽之識者也。

遠自周室，迄于聖代。都爲三十卷，名曰《文選》云耳。

古鈔本“迄于”作“迄乎”，“名曰”作“名之”，“云耳”作“云爾”。

凡次文之體，各以彙聚。詩賦體既不一，又以類分。類分之中，各以時代相次。

古鈔本“各以”作“略以”。高步瀛云：“此附言分體類之例。自賦至祭文凡三十七，而文分隸其中，所謂各以彙聚也。賦自京都至情，凡十五類；詩自補亡至雜擬，凡二十三類：所謂又以類分也。而每類之中，文之先後，以時代爲次。（如賦之京都類，先班孟堅，次張平子，次左太冲是也。）詩之各類中，先後間有錯見者，李善皆訂其失。”

（二）李善《上〈文選注〉表》章句

臣善言：竊以道光九野，縟景緯以照臨；德載八埏，麗山川而錯峙。垂象之文斯著，含章之義聿宣。協人靈以取則，基化成而自遠。

以上言人文與天文、地文並著。此種議論，與《文心雕龍·原道》及《文選序》首段相同，乃古人對於文的傳統看法。“九野”句，指天文。《吕氏春秋·有始覽》云天有九野：中央曰鈞天，東方曰蒼天，東北曰變天，北方曰玄天，西北曰幽天，西方曰顥天，西南曰朱天，南方曰炎天，東南曰陽天。《淮南子·人間篇》同。《開元占經》卷三引《尚書考靈曜》、《楚辭·天問》王注、《廣雅·釋天》，略有異同。而《太玄·玄數篇》則與諸書異。王元長《三月三日曲水詩序》：“揆景緯以裁基。”李注：“景，日也。緯，星也。”縟是繁複的意思。司馬長卿《封禪文》云：“下泝八埏。”李注引孟康云：“埏，若瓮埏，地之八際也。”八際，指八方之邊際。埏，音延。麗，附也。峙，立也。此言地以山川爲文。“垂象”句承“九野”句，“含章”句承“八埏”句，分陳天文、地文，此駢儷文體之成法。《易·繫辭下》：“天垂象。”又《坤·六三》爻辭云：“含章可貞。”易以坤卦代表地，故以“含章之義”承上文“八埏”説地。聿，《説文》作吹，詮辭也（見《經傳釋詞》卷二）。這裏作“乃”字講。“協人靈”以下則説是人文皆遠自天文、地文取法。

這纔落到人文與天文、地文並著的主要思想。

故羲繩之前，飛葛天之浩唱；媯簧之後，掞叢雲之奥詞。步驟分途，星躔殊建。球鍾愈暢，舞詠方滋。

以上言人文源遠流長。伏羲以前皆結繩而治，伏羲始造書契，故稱“羲繩之前”。《吕氏春秋・古樂篇》云：“昔葛天氏之樂，三人操牛尾，投足以歌八闋。”故此稱“飛葛天之浩唱”。葛天氏據傳遠在伏羲之前，已有“八闋”之歌，可見人文之源遠。《禮記・明堂位》云：“女媧之笙簧。”故此稱“媯簧”。《尚書大傳》（《御覽》卷八引）謂舜爲賓客，禹爲主人，百工歌《卿雲》，其詞有云“卿雲叢叢”，故此稱“叢雲之奥詞”。掞，即光焰“焰”字。這裏作閃耀講。舜、禹在女媧之後，猶歌《卿雲》，可見人文之流長。《孝經鈎命决》云：“三皇步，五帝驟。”（《後漢書・曹褒傳》注引）“步驟分途”，即指三皇五帝治績不同。《方言》卷十二云：“日運爲躔。”星，指星紀。“星躔殊建”，謂如夏建寅，殷建丑，周建子，各代建立正月，取之日躔星行不同。亦人文之流衍也。球，指玉磬。各代制度不同，而音樂舞詠，則愈益發展。此“球鍾愈暢，舞詠方滋”之義，亦即昭明《序》所謂“踵事增華，變本加厲”的原則，此李善能“熟精《文選》理”之證也。

楚國詞人，御蘭芳於絶代；漢朝才子，綜鞶帨於遥年。虚玄流正始之音，氣質馳建安之體。長離北度，騰雅詠於圭陰；化龍東騖，煽風流於江左。

以上説古今文章之變遷。“楚國”句，指屈原所創的“楚辭”，亦即《文選》的“騷”類。楚辭多以蘭蕙芬芳之物爲喻，故云“御蘭芳於絶代”。“漢朝”句，指司馬相如等所發展的漢賦。揚雄《法言・寡見篇》云：“今之學也，非獨爲之華藻也，又從而綉其鞶帨。”故此以“綜鞶帨於遥年”寫漢賦之興盛。鞶帨，指裝盛綉巾的囊袋，以喻徒飾表面。這就是揚雄罵賦爲童子雕蟲篆刻的另一個比喻，他是瞧不起辭賦的。“正始之音”，指何晏、王弼等倡導老莊玄學。《文心雕龍·明詩篇》云：“正始明道，詩雜仙心。何晏之徒，率多浮淺。”正始爲魏邵陵厲公曹芳年號（240—248）。《宋書·謝靈運傳論》：“至於建安，曹氏基命，子建仲宣，以氣質爲體。”建安（196—219），本漢獻帝年號，當時權柄，全歸曹操、曹丕父子掌握。曹丕《典論·論文》提出“文以氣爲主”。潘安仁《爲賈謐作贈陸機詩》云：“婉婉長離，凌江而翔。長離云誰，咨爾陸生。”李善注引《漢書·禮樂志》臣瓚注謂“長離”爲“靈鳥”。“長離北度”，謂陸機入洛陽。古代以土圭測地，定潁川陽城爲地中。洛陽在陽城之西，故云圭陰（此可參看《周禮·夏官·大司徒》）。《詩品序》云：“太康中（280—289），三張、二陸、兩潘、一左，勃爾復興，踵武前王，風流未沫，亦文章之中興也。”《藝文類聚》卷十三引《晋陽秋》云：“太安中（302—303），童謡曰：五馬浮渡江，一馬化爲龍。永嘉大亂，王室淪覆，唯琅邪、西陽、汝南、南頓、彭城五王獲濟。至是中宗登祚。”中宗，即晋元帝司馬睿，原爲琅邪王者也。《詩品序》云：“永嘉時，貴黄老，稍尚虛談。于時篇什，理過其辭，淡乎寡味。爰及江表，微波尚傳。孫綽、許詢、桓、庾諸公，詩皆平典似道德論，建安風力盡矣。先是，郭景純用雋上之才，變創其體；劉越石仗清剛之氣，贊成厥美。然彼衆我寡，未能動俗。逮義熙中，謝益壽斐然繼作。元嘉中，有謝靈運，才高詞盛，富艷難蹤。固已含跨劉郭，陵轢潘左。”這就是宋齊以前，以詩歌爲主流的文學發展情況。

爰逮有梁，宏材彌劭。昭明太子，業膺守器，譽貞問寢。居肅成而講藝，開博望以招賢。搴中葉之詞林，酌前修之筆海。周巡綿嶠，品盈尺之珍；楚望長瀾，搜徑寸之寶。故撰斯一集，名曰《文選》。後進英髦，咸資準的。

以上説蕭統纂輯《文選》。“彌劭”謂愈加美好。《易·序卦》：“主器者莫若長子。”此“守器”即“主器”。《禮記·文王世子》謂文王爲太子時，每日到其父王季寢門外問安。這兩句説昭明的本職是做太子。居肅成門内講藝，是曹丕做太子的故事，見王沈《魏書》(《御覽》卷九十三引)。漢武帝爲戾太子立博望苑，以通賓客，見《漢書·武五子傳》。這兩句借古事以指蕭統東宫聚書三萬餘卷，並爲置“學士”事。“搴”是採取的意思。這裏的“中葉”，指周秦以來，對三皇、五帝爲“上古”而言。“前修”一詞，出《離騷》，此泛指前賢。“詞林”“筆海”，亦喻其多。“周巡綿嶠”，指周穆王游昆侖山事，見《穆天子傳》。綿，遠也。嶠，指山鋭而高。“盈尺之珍”，指寶玉。“楚望”句，用隋侯救大蛇，後大蛇於長江中含明珠爲報的故事。見《搜神記》卷二十。隋爲楚的附庸，故此稱爲“楚”。“長瀾”，指長江。“徑寸之寶”即明珠。這兩句以比喻《文選》所録的文章都是“清英”、珍寶。“後進”兩句，以《文選》對後代文人的影響作此段的結束。“準的”，指標準。

伏惟陛下，經緯成德，文思垂風。則大居尊，耀三辰之珠璧；希聲應物，宣六代之雲英。孰可撮壤崇山，導涓宗海？

以上稱頌唐高宗，這是封建時代臣子上表於帝王，必須遵循的程式。“經緯”指天地，“經緯成德”，即謂德比天地。“文思”一詞，見《尚書·堯典》。“文思垂風”，即謂其風範像帝堯一樣，留垂於後世。《論語·泰伯》：“唯天爲大，唯堯則之。”這就是“則大”一詞所出。則，法也。“三辰”，日、月、星也。《漢書·律曆志》云：“日月如合璧，五星如連珠。”這是歌頌帝王政治光明、感應天文的意思。《老子》云：“大音希聲。”“希聲”句指帝王制樂，擴大了前代的美好音律。鄭玄注《周禮·春官·大司樂》謂周存六代之樂，黄帝樂曰雲門。賈公彦《疏》又引《樂緯》云：“帝嚳之樂曰六英。”此所謂“六代之雲英”也。宣，是張揚擴大的意思。崇山，指高山。撮壤，指捧土。導涓，指把一點一滴的水，疏導流入。宗海，大海爲天下之水所朝宗。這兩句的意思是説，誰能捧土增添高山，誰又能疏導點滴之水增添大海。此本是稱頌帝王之德無以復加的諛詞。封建時代臣子對於帝王必須説這種毫無實據的吹捧話。

臣蓬衡蕞品，樗散陋姿。汾河委篋，夙非成誦；嵩山墜簡，未議澄心。握玩斯文，載移涼燠。有欣永日，實昧通津。故勉十舍之勞，寄三餘之暇。弋釣書部，願言注緝。合成六十卷。

以上言作注。蓬户爲寒士所居，見《禮記·儒行》。衡門，指以横木爲門，謂其淺陋，見《詩·衡門》。“蕞”是眇小的意思，音徂外切。“蓬衡蕞品”，自謙是小小的貧寒之士。樗是無用之木，音舒。散木即樗一類無用之木。“樗散陋姿”，謙謂自己是無用之材。“汾河”句，用張安世事。漢武帝行幸河東，亡失了三篋書，張安世悉能記誦之。後求得其書相校，完全無誤，見《漢書·張安世傳》。“篋”舊作“筴”，今依古鈔本更正。汾河，即指河東。“嵩山”舊作“崇山”，今依古鈔本更正。張騭《文士傳》云：“人有嵩山下得竹簡一枚，兩行科斗書，人莫能識，張華以問束皙，皙曰：此明帝顯節陵策文。驗校果然。朝廷士庶皆服其博識。”（見任彦昇《爲蕭揚州薦士表》注引）此二事用以喻其學識淺薄，不能比於古人。“有欣”，“欣”字古鈔本誤作“飲”。此四語謂鑽研《文選》多年，仍未得識門徑。《淮南子·齊俗篇》：“夫騏驥千里，一日而通；駑馬十舍，旬亦及之。”“十舍之勞”即以駑馬自喻。董遇言讀書當以三餘，冬者歲之餘，夜者日之餘，陰雨者時之餘。見《魏志·王肅傳》注引《魏略》。此謙謂自己笨拙，故“勉十舍之勞，寄三餘之暇”。“弋”以射鳥爲喻，“釣”以捕魚爲喻，謂從書部中勤加搜採。李善此段表述他爲《文選》作注之勤，雖多自謙之辭，實皆勤劬如此。

殺青甫就，輕用上聞。享帚自珍，緘石知謬。敢有塵於廣内，庶無遺於小説。謹詣闕奉進，伏願鴻慈，曲垂照覽。謹言。

以上上表。《後漢書·吴祐傳》李賢注云：“殺青者，以火炙簡令汗，取其青，易書，復不蠹，謂之殺青，亦謂汗簡。義見劉向《别録》。”此謂《文選注》剛寫定，即輕率呈進。“家有弊帚，享之千金”，此曹丕《典論·論文》所引“里語”。此文“享帚自珍”即用此事也。《闞子》云：“宋之愚人，得燕石於梧臺之側，藏之以爲大寶。周客聞而觀焉。主人齋七日，端冕玄服以發寶，革匱十重，巾十襲。客見，俯而掩口盧胡而笑，曰：‘此特燕石也，其與瓦甓不殊。’主人大怒曰：‘商賈之言，醫匠之心。’藏之愈固，守之彌謹。”（《百一詩》注引）“緘石知謬”，即用此事，以宋之愚人自喻也。“廣内”，指内府。此書獻之内府，當爲塵污。“小説”，自謙謂爲無價值之小言。觀此段文字，知李善勤苦多年，寫成此注，欲得當時帝王一顧，竟如此艱難。而當時帝王實一不學無術、徹底外行的唐高宗。李善之上此書，所得的結果，僅是“賜絹一百二十匹，詔藏於祕閣”，如此而已。事過六十年，即遭到庸俗無知的官僚吕延祚等的攻擊，説：“往有李善，時謂宿儒，推而傳之，成六十卷。忽發章句，是徵載籍。述作之由，何嘗措翰？使復精覈注引，則陷於末學；質訪旨趣，則巋然舊文。袛謂攪心，胡爲析理？”這種評論，真可謂“可笑不自量”者。好在歷史是無情的，李善注的科學價值，並没有因爲吕延祚之流的攻擊而有絲毫的貶損。所可嘆者，李善此表，竟把他辛苦勞動成果的評價，寄托於無知的帝王。歷史的局限，真無法突破，亦可哀也已！古鈔本另有三十六字云：“顯慶三年九月十七日文林郎守太子右内率府録事參軍事崇賢館直學士臣李善上注表。”旁注云：“上注表”，一本作“上表注”。向宗魯先生云：“此注字疑衍，各本無。”案今傳各本此結銜皆在文前。

附録二　《選學椎輪初集》臺灣版序

拙著《昭明文選雜述及選講》1988年6月在天津古籍出版社出版後，1990年9月臺北貫雅文化事業有限公司即重版印行，正式寫出附標題爲《選學椎輪初集》，要我寫了一篇臺灣版序。這篇序文寫了我對於

"《選》學"的一些新看法。這些看法已寫入本書《導言》中。因爲是一篇駢體文字，或可爲學習《文選》者參考，故此收爲《附録》。竊謂中國文章的寫法，流派體式不同，本該百花齊放。今有格律的詩、詞、曲，已普遍流行，甚至楹聯亦有學會，何獨駢體文字無人敢接觸？《附録》收此文，或亦導讀《文選》之一端也。守元記。

《昭明文選雜述及選講》者，敝稿《選學椎輪》初集也。"椎輪"之義，即取諸《文選序》，所謂"椎輪爲大輅之始"，亦猶汪韓門（師韓）書自稱"權輿"云爾。《文選理學權輿》問世，過二百年。"椎輪"之於"權輿"，竊比長卿慕相如之節，敢望元晦加邃密之功？童子佩觿，不賢識小。秀才之半，發端於蒙求；書簏之譏，獻芹於帚享。側之衆説之末，見笑大方之家。取友親師，灾梨汙素而已。

賤子少好蕭《選》，徒綉鞶帨。及從巴縣向宗魯（承周）先生受業，始知《選》學津涯。古鈔之卷，《集注》之編，弄筆晨書，下帷夜誦。一瓻之假，坐擁百城；十舍之勞，核其三寫。俄而向師云逝，問難無從。連結篇章，委它庠序。禮堂白髮，仍好沈博絶麗之文；講肆丹鉛，未忘江淮汴鄭之業。

竊謂崇賢絶筆之本，遠邁許魏公孫。一千年來，所謂"《文選》學"者，其主流當即圍繞《文選李善注》而研究《文選李善注》之學。論其派别，約有三端：

伯厚掇莊生"鵲起"之文（見王應麟《困學紀聞》卷十），石臞訂淮南"萬殊"之字（見王念孫《讀書雜志》九之十四）：此以《選注》補正群書者也。茝林《旁證》，偶校引文；閬仙《義疏》，遂徵全注：此以群書核對《選注》者也。二王之業，接軌儒林；梁高所爲，跫然空谷。此《文選李注》之文獻學，其流一也。

蕭該創始，兼治《漢書》；曹憲作音，通於《博雅》。李氏源出兩家，其業益顯。仲林撰爲《音義》，子韵推之《古通》。金壇遺墨，偶睹畸零；蘄春之書，出於輯録。此《文選李注》之小學，其流二也。

《鸚鵡》"寄意申情"，發正平之深旨；《七哀》"餘光未没"，解子建之妙詞。“忘意”之誚，景文厚誣；“末學”之謗，延祚輕言。握玩斯文，無取乎辭費；不謬蹊徑，固恃於良書。此《文選李注》之文論學，其流三也。

至於五臣亂善，明刻亡書。屺瞻發疑，少章繼軌。《考異》《集釋》之篇，《筆記》《膠言》之制，咸有校讎，慮非妄作。南皮《答問》，特立清代《選》學一目。旁求博訪，提要鈎玄，好學深思者，自能擇之。

《椎輪》之作，此爲初集。續出之書，俟諸來日。凡我同行，尚乞賜誨。

上章敦牂皋月丙申，成都屈守元記。

選　讀

按本叢書的體例，“導言”部分以外，另立“選讀”部分，選《文選》各部類、各時代、各作家作品，凡十六題，三十九首（有的一題不衹一首，如《古詩》一題，即有十九首）。其選編條例如下：

（1）通行選本，競相選録的作品，互相抄襲，隨處可見，一般不選。

（2）大賦不選（欲讀大賦，可用高步瀛《文選李注義疏》），衹選小賦兩篇，藉以引起初學者的興趣，且省篇幅。

（3）詩衹選《古詩十九首》，這是《文選》從衆多古詩中精選出來的經典性詩作。

（4）各體文大小兼録，以短小精美者爲主。

（5）適當照顧體裁、時代和作家。

（6）選目次序悉依《文選》原書，並在目録每題下注明類目、卷數（卷數依李注六十卷本）。

（7）注釋以李善爲準則，李注所引群書，皆檢對原著。李善以後注家，一般衹採有價值的《選》學著作（不必引原文，但要注明來歷）。五臣及明清人的庸俗注釋，概從屏棄。清人《選》學著作，採用較多，何焯、陳景雲、余蕭客、許巽行、汪師韓、孫志祖、張雲璈、朱珔、梁章鉅諸人，一般省名稱姓。胡克家、胡紹煐二家同姓，則稱名，或稱《考異》《箋證》以區别云。

（8）底本用胡刻，以尤刻原本及古鈔諸本參訂，六臣注本衹用明州（以日本汲古書院影足利學校本爲據）、贛州（以《四部叢刊》影宋本爲據）兩本參校，其餘元明以下各種版本，概不闌入。本書例用簡體字，凡異體字及

已簡化之字，悉不出校語。〔1〕

（9）注文力求通俗、簡要、有憑有據，但不必寫入原原委委的考證。

（10）作者及題解一般依李注（入選之題，有作者已經李注在别篇介紹者，移入入録之篇），間有文苑掌故及可資借鑒的評論資料，略爲採掇。

〔1〕按，《文選導讀》巴蜀書社 1993 年版爲簡體本。此次再版改爲繁體本，異體字全書不作强行統一，且入選篇目盡量保留底本、校本的用法。

謝希逸[①]

月　賦[②]

（賦庚，物色，卷十三）

陳王初喪應、劉，端憂多暇[③]，緑苔生閣，芳塵凝榭[④]，悄焉疚懷，不怡中夜[⑤]。廼清蘭路，肅桂苑，騰吹寒山，弭蓋秋阪，臨濬壑而怨遥，登崇岫而傷遠。于時斜漢左界，北陸南躔[⑥]，白露曖空，素月流天，沈吟齊章，殷勤陳篇[⑦]，抽毫進牘，以命仲宣[⑧]。

仲宣跪而稱曰："臣東鄙幽介，長自丘樊[⑨]，昧道懵學，孤奉明恩[⑩]。臣聞沈潛既義，高明既經[⑪]。日以陽德，月以陰靈[⑫]。擅扶光於東沼，嗣若英於西冥[⑬]。引玄兔於帝臺，集素娥於后庭[⑭]。朒朓警闕，朏魄示沖[⑮]。順辰通燭，以星澤風[⑯]。增華台室，揚采軒宫[⑰]。委照而吴業昌，淪精而漢道融[⑱]。

若夫氣霽地表，雲斂天末。洞庭始波，木葉微脱。菊散芳於山椒[⑲]，雁流哀於江瀨。升清質之悠悠，降澄輝之藹藹。列宿掩縟，長河韜映。柔祇雪凝，圓靈水鏡[⑳]。連觀霜縞，周除冰净[㉑]。君王廼猒晨懽，樂宵宴。收妙舞，弛清縣[㉒]。去燭房，即月殿。芳酒登，鳴琴薦[㉓]。

若廼凉夜自凄，風篁成韵。親懿莫從，羈孤遞進[㉔]。聆皋禽之夕聞，聽朔管之秋引[㉕]。於是絃桐練響，音容選和[㉖]。徘徊《房露》，惆悵《陽阿》[㉗]。聲林虚籟，淪池滅波[㉘]。情紆軫其何託，愬皓月而長歌[㉙]。

歌曰：'美人邁兮音塵闕，隔千里兮共明月。臨風嘆兮將焉歇，川路長兮不可越。'歌響未終，餘景就畢。滿堂變容，迴遑如失[㉚]。

又稱歌曰：‘月既没兮露欲晞，歲方晏兮無與歸。佳期可以還，微霜霑人衣。’”㉛

陳王曰：“善。”廼命執事，獻壽羞璧㉜。敬佩玉音，復之無斁㉝。

【注釋】

①李善注：“沈約《宋書》曰：謝莊字希逸，陳郡陽夏人也。太常弘微（密）子也。年七歲，能屬文。仕至光禄大夫，泰初二年卒，時年三十六，謚曰憲子。所著文章四百餘首，行於代。”

案：李注所引《宋書》，見卷八十五。謝莊事又見《南史》卷二十，附《謝弘微傳》。余蕭客《音義》引何焯校，注文“年三十六”改爲“四十六”。梁云：“陳同，是也。《南史·謝莊傳》可證。”今檢《南史》實未言莊之卒歲，未知梁氏何據。胡克家《考異》云：“何校三改四。陳云：三當作四。案所校是也。本傳可證，各本皆誤。”所云“本傳”，當即指《宋書》，《宋書》本作“四十六”也。注文引《宋書》，“泰初”當作“泰始”。泰始是宋明帝年號，《宋書》本不誤，李注引文誤也。尤、毛、胡諸本皆誤，而何、陳及《考異》皆未校正，蓋亦疏也。泰始二年，當公元466年，年四十六，則當生於永初二年（421）。《隋書·經籍志》著録《宋金紫光禄大夫謝莊集》十九卷，梁十五卷。兩《唐書》《經籍》、《藝文志》皆著録《謝莊集》十五卷，而《宋史·藝文志》則衹存一卷。鍾嶸《詩品》卷下云：“希逸詩氣候清雅，不隸於范（曄）袁（淑），然興屬間長，自無鄙促也。”馮惟訥《詩紀》輯存莊詩十四首，又《宋明堂歌》九首。逯欽立《宋詩》卷六輯存莊詩十七首。嚴可均《全宋文》卷三十四、三十五輯存謝莊文三十六篇。《文選》除《月賦》外，尚選入莊《宋孝武宣貴妃誄》一首（卷五十七）。《南史》云：“南平王鑠獻赤鸚鵡，普詔群臣爲賦。太子左衛率袁淑，文冠當時。作賦畢，示莊。及見莊賦，嘆曰：‘江東無我，卿當獨秀，我若無卿，亦一時之傑。’遂隱其賦。”袁淑（陽源）是宋代著名作者，《文選》亦録入其詩二首（卷三十一），《詩品》列在卷下。他對謝莊，傾服如此。

②《月賦》收入《文選》卷十三“賦”體的“物色”類。今李注本《文選》在卷十三與下卷十四；日本古鈔無注三十卷本合爲卷第七，標題“賦庚”，蓋猶是李善未注以前之舊式也。《南史·謝弘微傳》：“孝武嘗問顔延之曰：‘謝希逸《月賦》何如？’答曰：‘美則美矣，但莊始知隔千里兮共明月。’帝召莊以延之答語語之。莊應聲曰：‘延之作《秋胡詩》，始知生爲久别離，没爲長不歸。’帝撫掌竟日。”又《本事詩·嘲戲第七》：“宋武帝嘗吟謝莊《月賦》，稱嘆良久，謂顔延之曰：‘希逸此作，可謂前不見古人，後不見來者。昔陳王何足尚邪？’延之對曰：‘誠如聖旨，然其曰美人邁（脱一兮字）音信闊，隔千里兮共明月。知之不亦晚乎？’帝深以爲然。及見希逸，希逸對曰：‘延之詩云：生爲長相思，殁爲長不歸。豈不更加於臣邪？’帝拊掌竟日。”

余蕭客《文選紀聞》引《本事詩》前段，而不及《南史》，蓋亦疏矣。《文選》此篇在謝惠連《雪賦》之後，《雪賦》托言梁王命司馬相如所作，李善注云：“此段假主客以爲辭也。”此篇則托爲陳王命王粲之作，李注亦云：“假設陳王、應、劉，以起賦端也。”賦中“抽毫進牘，以命仲宣”句下亦注云：“此假王仲宣也。”顧炎武《日知録》卷十八“假設之辭”條云：“古人爲賦，多假設之辭。序述往事，以爲點綴，不必一一符同也。《子虚》亡是公、烏有先生之文，已肇始於相如矣。後之作者，實祖此意。謝莊《月賦》：‘陳王初喪應、劉，端憂多暇。’又曰：‘抽毫進牘，以命仲宣。’按王粲以建安二十一年（216）從征吴，二十二年春，道病卒。徐、陳、應、劉，一時俱逝，亦是歲也。至明帝太和六年（232），植封陳王。豈可掎摭歷史，以議此賦之不合哉！庾信《枯樹賦》，既言殷仲文出爲東陽太守，乃復有桓大司馬，亦同此例。而《長門賦》所云陳皇后復得幸者，亦本無其事，俳諧之文，不當與之莊論矣。”張雲璈云：“顧氏謂假設應、劉是矣。若以喪應、劉之後，復有命仲宣之語，謂賦不合，亦未盡然。仲宣雖與應、劉同一年亡，而未必在一時。故魏文帝《與吴質書》云‘徐、陳、應、劉，一時俱逝’，獨未及仲宣，必其亡稍後於諸人。則初喪應、劉之時，或仲宣尚在，固無礙於假設也。”

③李注：“陳王，曹植也。應劉，應瑒、劉楨也。魏文帝書曰：徐、陳、應、劉，一時俱逝。《孫卿子》曰：其爲人也多暇日者，其出入不遠。”案：

李注引魏文帝書，即魏文帝（曹丕）《與吴質書》，見本書（指《文選》，下同）卷四十二。《孫卿子》，見《荀子·修身》。“出入”當作“出人”（依王念孫校）。端憂，正在憂愁。

④李注：“言無復娱遊，故緑苔生而芳塵凝也。……郭璞《爾雅注》曰：榭，臺上起屋也。”案：李注引郭璞，見《爾雅·釋宫》“闍謂之臺，有木者謂之榭”注。榭，辭夜切，《廣韻》在禡（莫駕切）韵。

⑤古鈔本“不”作“弗”。明州本作“弗”，注云：“善本作不。”贛州本作“不”，注云：“五臣作弗。”此古鈔本不出於李善注本之明證也。

⑥李注：“《大戴禮》曰：七月，漢案户。漢，天漢也。案户，直户也。”案：注引《大戴禮》，見《夏小正》。洪震煊《夏小正疏義》云：案，視也。直，正見也。故“案”“直”訓通。正南北，不斜倚也。七月正南北，八月則斜倚矣。李注：“《左傳》申豐曰：日在北陸而藏冰。杜預曰：陸，道也。……《方言》曰：日運爲躔。”案：李引《左傳》，見昭公四年。《方言》，見卷十二。此“斜漢左界，北陸南躔”二語，謂秋季節候在天文星象方面的反映。古人觀天象以測時令之義也。

⑦李注：“《毛詩·齊風》曰：‘東方之月兮，彼姝者子，在我闥兮。’又《陳風》曰：‘月出皦兮，佼人憭兮。’”案：李引《齊風》見《東方之日》篇。引《陳風》，見《月出》篇。

⑧李注：“此假王仲宣也。毫，筆毫也。……《説文》曰：牘，書版也。”案：李引《説文》見《片部》。以上假托陳王因月感思，命王仲宣（粲）作賦，實際上是整篇賦的序言，《文心雕龍·詮賦篇》所謂“遂客主以首引”者也。

⑨李注：“仲宣山陽人，故云東鄙。……《爾雅》曰：樊，藩也。郭璞曰：藩，籬也。”案：山陽，今河南修武縣。〔1〕李注引《爾雅》，見《釋言》。古鈔本“長自”作“自長”，誤。丘，指山野。

⑩孤奉，即辜負。

⑪李注：“《尚書》曰：沈潜剛克，高明柔克。孔安國曰：沈潜謂地，高

〔1〕按，王粲，山陽高平人，今屬山東濟寧微山縣。

明謂天。《左傳》子太叔曰：子産云：禮，天之經，地之義。”案：李注引《尚書》，見《洪範》。《左傳》，見昭二十五年。

⑫李注：“《春秋説題辭》曰：陽精爲日。《易辯終備》曰：日之既，陽德消。鄭玄曰：日既蝕，明盡也。《春秋感精符》云：月者陰之精。”案：李所引皆緯書，鄭玄説，則緯書之注也。

⑬李注：“扶光，扶桑之光也。東沼，湯谷也。若英，若木之英也。西冥，昧谷也。月盛於東，故曰擅；始生於西，故曰嗣。《山海經》曰：湯谷有扶木，九日居下枝，一日居上枝。又曰：灰野之山有赤樹，青葉，名曰若木。日之所入處。郭璞曰：扶木，扶桑也。《尚書》曰：宅西曰昧谷。孔安國曰：昧，冥也。《淮南子》曰：日出於湯谷，拂於扶桑。又曰：若木末有十日，其華照下地。高誘曰：若木端有十日，狀如蓮華。”案：李引《山海經》，見《海外東經》。又引，見《海内經》，今《海内經》云：“南海之外，黑水青水之間，有木曰若木。”郭注云：“樹赤華青。”又《大荒北經》云：“大荒之中，有衡石山、九陰山、洞野之山，上有赤樹青葉赤華，名曰若木。”兩處説若木，皆與此引不同。郝懿行據此注引文以訂正《大荒北經》。注引《尚書》，見《堯典》。《淮南子》，見《天文篇》。

⑭李注：“張衡《靈憲》曰：月者陰精之宗，積成爲獸，象兔形。《春秋元命苞》曰：月之爲言闕也。兩説蟾蠩與兔者，陰陽雙居。明陽之制陰，陰之倚陽。張泉《觀象賦》曰：漸臺可升。自注曰：漸臺，天臺之名。四星在織女東。《淮南子》曰：羿請不死之藥於西王母，常娥竊而奔月。注曰：常娥，羿妻也。《歸藏》曰：昔常娥以不死之藥奔月。《論語》曰：皇皇后帝。張泉《觀象賦》曰：寥寥帝庭。自注：帝庭，謂太微宫也。《春秋元命苞》曰：太微爲天庭。”

案：李注引張衡《靈憲》，嚴可均輯《全後漢文》卷五十五，據《續漢書·天文志》注及《開元占經》等書所引，整理收入。此所引亦在其中。《春秋元命苞》，緯書，已佚（下同）。張泉《觀象賦》，案《晋書》卷一百一十八《姚興載記》謂靈臺令張泉曾勸興“宜修仁虚己，以答天譴”。作《觀象賦》之張泉，當即此人。觀此注所引賦文及自注，實是一篇言天象的古代科技之作。所惜《隋書·經籍志》既未著録此賦，亦無《張泉集》，嚴可均輯《全晋文》失收此賦，竟無張泉之名。《淮南子》，見《覽冥篇》，今本“常娥”作“姮娥”。《歸藏》，唐人所見者乃僞作，今亦佚矣。“皇皇后帝”，乃《詩·魯頌·閟宫》之文。《左傳·文公二年》亦引之。梁章鉅云：“《論語》當作《毛詩》，《論語》無此語。”胡紹煐謂《論語·堯曰篇》有此語（“敢昭告於皇皇后帝”），非誤。

⑮李注：“《説文》曰：朒，朔而月見東方，縮朒然。朓，晦而月見西方也。朏，月未成光。魄，月始生魄然也。《尚書五行傳》曰：晦而月見西方謂之朓，朓則王侯奢也。朔而月見東方謂之側匿，側匿則王侯肅。鄭玄曰：朓，條達行疾貌也。警闕，謂朒朓失度，則警人君有所闕德。示沖，言朏魄得所，則表示人君有謙沖，不自盈大也。……朒，女六切。朓，大鳥切。朏，芳屋切。”許巽行云：“《説文》作肭，從月從内，《保章氏》《釋文》云：朔而見月東方曰側匿。亦名肭。肭，女六反。”“側匿”，《漢書·五行志》作“仄慝”。許嘉德云：“案注引《説文》作朒，今行本《説文》皆作肭，解作内聲。段本《説文》篆作朒，從月肉聲，女六切。音衄。案：從内非聲，從肉乃得聲，《玉篇》引《説文》亦作朒，今李注亦引作朒，然則行本《説文》從内者，傳寫譌之也。《説文》作縮朒，《尚書五行傳》謂之側匿。段曰：側匿與縮朒，叠韵雙聲，蓋義同也。”

案：“朒”當依李注引《説文》改今本，許嘉德在《文選筆記》案語中言之已詳。（朱珔《文選集釋》説略與許嘉德同。）“縮朒”“側匿”諸義，李注已釋之。“警闕”“示沖”，李注亦皆疏通其義。《尚書五行傳》，當即《漢書·五行志》所承用之劉向《洪範五行傳》。鄭玄爲此傳作注未見著録。惟《河圖洛書注》是鄭玄所作（見鄭珍《鄭學録·書目》。《洛書》中有《靈淮聽》。《初學記》卷九引其文云：“氣五機七。”鄭玄注云：“氣五，寓之五行。”李氏所引鄭説，或即出於《洛書注》。

⑯李注：“辰，十二辰，言月順之以照天下也。……《尚書》曰：月之從星，則以風以雨。孔安國《尚書傳》曰：月經于箕則多風，離于畢則多雨。然澤則雨也。”案：李注引《尚書》，見《洪範》，《尚書傳》即《洪範》的僞孔傳。“然澤則雨也”，依李注文例，當作“然澤雨也”，衍一“則”字。（李注用“然”字，往往是“則”字之義。）

⑰李注：“台室，三公位。軒宫，軒轅之宫。《史記》曰：中宫文昌，魁下六星，兩兩相比，名曰三能。能，古台字也。齊色則君臣和也。《淮南子》曰：軒轅者，帝妃之舍。高誘曰：軒轅，星名。”案：李注引《史記》，見《天官書》。引《淮南子》，見《天文篇》。加以釋義之辭，此二句已無庸疏解。梁引倪思寬云：“月者太陰之精，以爲臣道，故曰增華台室。以爲妻道，故曰揚采軒宫。此用意之妙也。”

⑱李注：“《吴録》曰：長沙桓王名策，武烈長子。母吴氏有身，夢月入懷。《漢書》元后母李，親夢月入懷，而生后，遂爲天下母。昌，盛也。融，明也。”案：李注引《吴録》，《隋書・經籍志》云：“梁有張勃《吴録》三十卷，亡。”李注所引當即張勃之書。何焯云：“既假托於仲宣，不應用吴事，亦失於點勘也。”張雲璈引何氏之言（孫志祖、梁章鉅亦引），謂“此説良是”。引《漢書》文，見《元后傳》。以上言月之天象地位。

⑲李注：“《禮記》曰：仲秋菊有黄華。王逸《楚辭注》曰：土高四墮曰椒。”案：李注引《禮記》，見《月令》。胡紹煐云：“注《禮記》曰云云，本書《秋興賦》‘菊揚芳於崖澨’注引同。今《禮記》作鞠。《説文》菊蘜兩出，菊訓大菊、蘧麥。蘜訓治牆，與《爾雅》合。《爾雅》蘜，治牆。郭注：今之秋華菊。《釋文》蘜，字或作菊，又作鞠。然則字當作蘜，省作鞠。菊又大菊蘧麥之借字。《月令》作鞠，是蘜之省。善引作菊，則又因賦文而改《月令》。羅願《爾雅翼》引蔡邕《月令章句》：菊，草名也。似蔡本亦作菊。”又案：注引王逸《楚辭注》，見《離騷》“馳椒丘且焉止息”下注。

⑳李注：“柔祇，地也。圓靈，天也。”

㉑李注：“觀，宫觀也。《説文》曰：除，殿陛也。”案：李注引《説文》見《自部》。

㉒古鈔本“縣”作“懸”。梁引姜皋云：“縣，樂縣也。今與宴、殿、薦相協，是作去聲。與張平子《西京賦》‘樂不改縣’句與辨、燕叶韵同也。《廣韵・一先》縣，《説文》訓繫也。相承借爲州縣字。”

㉓以上寫月景及賞月。

㉔李注：“親懿，懿親也。《左氏傳》富辰曰：兄弟雖有小忿，不廢懿親。杜預曰：懿，美也。羇孤，羇客孤子也。言親懿不從游，而羈旅之孤更

進也。”案：注引《左氏傳》及注，見僖公二十四年。

㉕李注：“《詩》曰：鶴鳴九皋。皋禽，鶴也。……朔管，羌笛也。《説文》曰：管，十二月位在北方，故云朔。秋引，商聲也。”案：李注引《詩》，見《小雅·鶴鳴》。本作“鶴鳴於九皋”，注脱“於”字。《説文》，見《竹部》，今本作“十二月之音，物開地牙，故謂之管”。

㉖古鈔本“絃”作“絲”。贛州本作“絃”，注云：“五臣作絲。”明州本作“絲”，未注異同，然載李周翰注云：“絲桐，琴也。”是作“絲”乃五臣本，此又古鈔本同於五臣而異於李注本之例也。李注：“絃桐，琴也。《埤蒼》曰：練，擇也。練與揀音義同。桓譚《新論》曰：神農始削桐爲琴，練絲爲絃。侯瑛《箏賦》曰：察其風采，揀其聲音。鄭玄《禮記注》曰：選，可選擇也。”

案：李注所引《埤蒼》，據《隋書·經籍志》經部小學類，書凡三卷，張揖撰。今其書已佚，《玉函山房輯佚書》《小學鉤沉》及陳鱣皆有輯本。桓譚《新論》，嚴輯本入《琴道》，見《全後漢文》卷十五。梁云：“六臣本‘侯’作‘吴’（贛州、明州兩本皆同），何、陳皆據之，並誤也。侯瑛當作侯瑾，見《後漢書·文苑傳》。《隋書志》云：集二卷。《箏賦》在《藝文類聚》及《初學記》中，本書《猛虎行》注引作侯璞，亦誤。”案：梁説是也，侯瑾《箏賦》，嚴可均輯入《全後漢文》卷六十六中，有此二句。

㉗李注：“《防露》，蓋古曲也。《文賦》曰：寤《防露》與《桑間》，又雖悲而不雅。房與防，古字通。《淮南子》曰：夫歌《采菱》，發《陽阿》，鄙人聽之，不若《延露》以和也。”案：贛州本李注“防”作“房”，明州本仍作“防”。梁謂六臣注本作房，並以作房爲是，其説非也。此李注“古字通”之例。注引《淮南子》，見《人間篇》。

㉘李注：“此言風將息也。聲林而籟管虚，淪池而大波滅。牽秀《相風賦》曰：幽林絶響，巨海息波。《莊子》曰：子綦謂子游曰：夫大塊噫氣，其名曰風。是以無作，作則萬竅怒號。泠風則小和，飄風則大和，厲風濟則衆竅爲虚。子游曰：地籟則衆竅是已。郭象曰：烈風作則衆竅實，及其止則衆竅虚。薛君《韓詩章句》曰：從流而風曰淪。淪，文貌。《説文》曰：波，水涌也。”

案：李注引牽秀《相風賦》，嚴輯《全文》〔1〕，收入《全晋文》卷八十四。《莊子》，見《齊物論》。今本“其名曰風”作“其名爲風”，“是以無作”作“是唯無作”。郭象注：“濟，止也。”薛君《韓詩章句》，陳喬樅《韓詩遺説考》據《釋文》所引收入《魏風·伐檀》中，並引此注，而誤作《雪賦》。又云：“從流，即順流也。”“《釋名》：淪，倫也。水文相次，有倫理也。理亦順也，義與《韓詩》同。較《毛傳》‘小風水成文，轉如輪也’爲善。”

㉙以上寫賞月作歌。李注：“《楚辭》曰：鬱結紆軫兮，離愍而長鞠。王逸曰：紆，曲；軫，痛也。《毛詩》曰：如彼愬風。毛萇曰：愬，向之也。”案：李注引《楚辭》，見《九章·懷沙》。朱珔云：“唐石經《毛詩》初刻作愬，後改作遡。此注引《詩》作愬，或曰：當是三家異字。”胡紹煐云：“今《詩》作遡。《校勘記》云：愬當是三家異字。紹煐案：本書《七命》：‘愬九秋之鳴飇。’注云：‘愬與遡同。’不引《詩》，是《詩》本不作愬甚明。依善注例，此當引《毛詩》作遡，有‘愬與遡同’四字，而今本脱之。校書者因改注以就正文。”

㉚李注：“《説文》曰：滿堂飲酒。《莊子》子貢曰：夫子見之變容失色。范曄《後漢書》曰：戴良見黄憲，反歸，罔然若有失也。”案：李注引《説文》，梁云：“今《説文》無此語。”案：《説文》乃《説苑》之誤。《説苑·貴德》：“今有滿堂飲酒者，有一人獨索然向隅而泣，則一堂之人皆不樂矣。”此蓋摘引，而《選注》各本皆誤“苑”爲“文”。梁氏乃不讀《説苑》，而但檢《説文》，亦甚疏矣。引《莊子》，見《天地篇》。范曄《後漢書》，見《黄憲傳》。

㉛以上歌辭。

㉜李注：“《左氏傳》原成叔曰：敢私於執事。《韓詩外傳》曰：楚襄王遣使持白璧百雙，聘莊子。”張雲璈曰：“今《韓詩外傳》無此語。注又引《左傳》原成叔云云，‘原’當作‘厚’，所引襄十四年《傳》文。《幽憤詩》注引作居，《九錫文》注作厚，厚即后也。”案：所引《韓詩外傳》乃佚文，

---

〔1〕按，《全文》即《全上古三代秦漢三國六朝文》，後同。

又見本書鮑明遠《擬古詩》注引。《藝文類聚》卷八十三、八十四，《北堂書鈔》卷三十四，《初學記》卷二十七，《白帖》卷二、又八，《太平御覽》卷四百七十四、又八百六、八百一十一，《事類賦注》卷九所引皆較詳（《北堂書鈔》引作《韓詩》）。

㉝以上仍用陳王之語，結束全篇。

禰正平[1]

鸚鵡賦[2] 并序

（賦庚，鳥獸上，卷十三）

時黄祖太子射賓客大會[3]，有獻鸚鵡者，舉酒於衡前曰："禰處士[4]，今日無用娱賓[5]，竊以此鳥自遠而至，明慧聰善[6]，羽族之可貴，願先生爲之賦，使四坐咸共榮觀[7]，不亦可乎?"衡因爲賦，筆不停綴，文不加點。其辭曰[8]：

惟西域之靈鳥兮[9]，挺自然之奇姿。體金精之妙質兮，含火德之明煇[10]。性辯慧而能言兮，才聰明以識機[11]。故其嬉游高峻，栖跱幽深[12]。飛不妄集，翔必擇林。紺趾丹觜，緑衣翠衿[13]。采采麗容，咬咬好音[14]。雖同族於羽毛，固[15]殊智而異心。配鸞皇而等美[16]，焉比德[17]於衆禽[18]。

於是羡芳聲之遠暢[19]，偉靈表之可嘉。命虞人於隴坻，詔伯益於流沙[20]。跨崑崙而播弋，冠雲霓而張羅。雖綱維之備設，終一目之所加[21]。且其容止閑暇，守植安停[22]。逼之不懼，撫之不驚[23]。寧順從以遠害，不違迕以喪生[24]。故獻全者受賞，而傷肌者被刑[25]。

爾廼歸窮委命，離群喪侶[26]。閉以雕籠，翦其翅羽[27]。流飄萬里，崎嶇重阻[28]。踰岷越障，載罹寒暑[29]。女辭家而適人，臣出身而事主[30]。彼賢哲之逢患，猶棲遲以羈旅[31]。矧禽鳥之微物，能馴擾以安處[32]。眷西路而長懷，望故鄉而延佇[33]。忖陋體之腥臊，亦何勞於鼎俎[34]。

嗟禄命之衰薄，奚遭時之險巇[35]？豈言語以階亂，將不密以致危[36]？痛母子之永隔，哀伉儷之生離[37]。匪餘年之足惜，慜衆雛之無知[38]。背蠻夷之下國，侍君子之光儀[39]。懼名實之不副，耻才能之無奇[40]。羨西都之沃壤，識苦樂之異宜[41]。懷代越之悠思，故每言而稱斯[42]。

若乃少昊司辰，蓐收整轡[43]。嚴霜初降，凉風蕭瑟[44]。長吟遠慕，哀鳴感類[45]。音聲悽以激揚，容貌慘以顦顇[46]。聞之者悲傷，見之者隕淚[47]。放臣爲之屢歎，棄妻爲之歔欷[48]。

感平生之游處，若壎篪之相須[49]。何今日之兩絶，若胡越之異區[50]？順籠檻以俯仰，窺户牖以踟蹰[51]。想崑山之高嶽，思鄧林之扶疏[52]。顧六翮之殘毁，雖奮迅其焉如[53]？心懷歸而弗果，徒怨毒於一隅[54]。苟竭心於所事，敢背惠而忘初[55]？託輕鄙之微命，委陋賤之薄軀[56]。期守死以報德，甘盡辭以效愚[57]。恃隆恩於既往，庶彌久而不渝[58]。

【注釋】

①李注："范曄《後漢書》曰：禰衡，字正平，平原人也。少有才辯，而尚氣慠。曹操欲見之，不肯往。操懷忿，而以才名，不欲殺之。送劉表。後復侮慢於表。表不能容，以江夏太守黄祖性急，故送衡與之。祖長子射爲章陵太守，尤善於衡。射大會賓客，人有獻鸚鵡者，射舉札於衡前曰：願先生賦之。衡攬筆而作，辭彩甚麗。後黄祖殺之。時年二十六。"案：李注引《後漢書》見《文苑傳》。今本《後漢書》作"平原般人"。般，地在今山東德州市東北。黄祖殺禰衡，《文苑傳》未記時間。以劉表、黄祖前後事推之，當在建安三年（198），上推二十六年，當生於熹平二年（173）。

②李注："《山海經》曰：黄山有鳥，其狀如鴞，青羽赤喙，人舌能言，名鸚䳇也。注曰：舌似小兒舌，脚指前後各兩。䳇一作鵡。莫口切。"案：李注引《山海經》，見《西山經》。注云："䳇一作鵡，莫口切。"案《説文·鳥部》："鸚，鸚鴞，能言鳥也。從鳥，嬰聲。"又："鴞，鸚鴞也。"段玉裁注："《曲禮》《釋文》：嬰，本或作鸚。母，本或作䳇，同音武。諸葛恪茂后反。"今案：《禮記·曲禮上》："鸚䳇能言，不離飛鳥。"《釋文》本"鸚䳇"

作“嬰母”。至於《釋文》謂“諸葛恪茂后反”，則有這麽一個故事：諸葛恪呼殿前鳥爲白頭翁。張昭提出，要恪求白頭母。恪便以鳥名鸚母，未有鸚父反詰（事見《吴志·諸葛恪傳》注引《江表傳》）。此即《釋文》諸葛恪讀鴟爲茂后反之説也。據此，知彼時此字作母，作鴟，並不作鵡。至唐武后時，以夢鸚鵡，問之狄仁傑。狄仁傑對曰：鵡者，陛下之姓也。起二子則兩翼振矣（見《通鑑》卷二百零六）。其字其音皆與三國時不同，此古今語言文字變異之證也。《釋文》當云：母，本作鴟，古茂后反，今作鵡，音武。如此古文形音之義明矣。李善注《選》時，此字已作鵡，他説：“一作鴟，莫口切。”語義簡而明確。

又梁章鉅曰：“《酉陽雜俎》（前集卷十二《語資》）：魏肇師曰：古人託曲者多矣。然《鸚鵡賦》禰衡、潘尼二集並載。古人用意，何至於此?”張雲璈據此謂：“史稱衡氣尚剛傲，好矯時慢物，全與賦中‘寧順從以遠害，不違忤以喪生’之語相反。或未必爲衡作也。”近人書説此賦，亦論及段、張之説，並引鄭方坤《蔗尾詩集》卷二《秋夜讀古賦，各題絶句》：“賦成鸚鵡忽憂生，語作啾啾燕雀聲。辜負大兒孔文舉，枉將一鶚與題評。”自注：“賦中多求哀乞憐語。”又謂曹植《鸚鵡賦》，與衡所作，詞旨相襲，豈此題之套語邪？抑同心之苦語也？

案：禰衡作《鸚鵡賦》事，《文士傳》（《太平御覽》卷九百二十四引）及《後漢書·文苑傳》並載之。《文士傳》作者張騭，據姚振宗考訂爲西晋時人（見《隋書經籍志考證》卷二十），必不至於以當時潘尼之賦屬之禰衡。范曄寫《文苑傳》，蓋即本之騭書。魏肇師所見《潘尼集》，顯係誤收。至謂賦中多哀求乞憐之語，與衡剛傲性格不符，則不知孔融《薦禰衡表》，所謂“鷙鳥累百，不如一鶚”，乃指衡之品格、氣質；而此賦則衡自寫其遭遇、情緒。此乃賦鸚鵡，非賦鵰鶚。李善注稱“時爲曹操所迫，故寄意以申情”。如此評文，真乃一語破的。全賦不僅侔色揣稱，而且托意深遥。能謂之“啾啾燕雀聲”乎？“鋪采摛文、體物寫志”乃賦之特徵。《文心雕龍·詮賦》云：“至於草區禽族，庶品雜類，則觸興致情，因變取會，擬諸形容，則言務纖密；象其物宜，則理貴側附。斯又小制之區畛，奇巧之機要也。”明乎此，則劉勰稱“孔融氣盛於爲筆，禰衡思鋭於爲文”，范文瀾注舉《鸚鵡》

爲思鋭爲文之證（見范注本《文心雕龍·才略》），爲不可易之論矣。《容齋三筆》卷十“禰衡輕曹操”條云：“觀其所著《鸚鵡賦》，專以自況，一篇之中，三致意焉。如云：‘嬉游高峻，栖峙幽深，飛不妄集，翔必擇林。雖周旋於羽毛，固殊智而異心。配鸞皇而等美，焉比翼於衆禽。’又云：‘彼賢哲之逢患，猶棲遲以羈旅。矧禽鳥之微物，能馴擾以安處？’又云：‘嗟禄命之衰薄，奚遭時以（今本作之）險巇。豈言語以階亂，將不密以致危。’又云：‘顧六翮之殘毁，雖奮迅其焉如。心懷歸而弗果，徒怨毒於一隅。’卒章云：‘苟竭心於所事，敢背惠而忘初。期守死以報德，甘盡辭以效愚。’予每三復其文而悲傷之。李太白詩（《鸚鵡洲悲禰衡》）云：‘魏帝營八極，蟻觀一禰衡。黄祖斗筲人，殺之受惡名。吴江賦鸚鵡，落筆超群英。鏘鏘振金石，句句欲飛鳴。鷙鶚啄孤鳳，千春傷我情。’此論最爲精當也。”洪邁所言，賢於張雲璈、鄭方坤之流遠矣。獨怪評論此文者，不睹《容齋三筆》，而猥抄張、鄭之論，其故何耶？至謂此賦詞旨與曹植賦相襲，不思衡死時植始六歲。但是植襲衡作，豈能衡襲植作，何可謂之相襲乎？

③《御覽》卷九百二十四引《文士傳》“太子”作“世子”，此當依之。

④李注：“應劭《風俗通》曰：處士者，隱居放言也。”案：此爲《風俗通》佚文，又見《意林》卷四引。

⑤《藝文類聚》卷九十一引“用”作“以”。

⑥明州、贛州兩本“慧”皆作“惠”。

⑦李注：“《老子》曰：雖有榮觀，燕處超然。”案：李注引《老子》，見二十六章。

⑧案：以上爲此賦之序。當本載之《禰衡集》中（《隋書·經籍志》：“梁有《後漢處士禰衡集》二卷，《録》一卷，亡。”《舊唐書·經籍志》有《禰衡集》二卷，是《隋志》所謂“亡者”，乃《録》一卷耳）。張騭取之入《文士傳》；范曄修《後漢書》，又採之入《文苑傳》耳。凡指摘昭明誤抄《後漢書》之文謂之《序》者，皆本末倒置，不明古書體例之瞽説也。《文選》諸文所載之《序》，皆取之别集之中者也（單行篇章亦然）。

⑨“惟”字以下，日本古鈔無注本（卷七）、明州本、贛州本皆提行。此下爲賦之正文，當提行爲是。

⑩以上兩“兮”字，明州本、贛州本皆誤脱。案此“含”字，古鈔本、明州本、贛州本皆同。尤刻原本亦作“含”，而胡克家翻刻時誤作“合”，今依尤刻原本及古鈔諸本改正。“煇”古鈔本作“輝”。明州本作“暉”，注云：“善本作煇字。”贛州本作“煇”，注云：“五臣作暉。”據《廣韵·八微》，“煇”“輝”“暉”三字音義皆同。此可證明李善本作“煇”，五臣本作“暉”，而諸家未注以前之三十卷本則作“輝”，與李注本及五臣注本皆不同也。李注：“西域，謂隴坻，出此鳥也。《老子》曰：以輔萬物之自然。河上公曰：輔萬物自然之性也。西方爲金，毛有白者，故曰金精。南方爲火，觜有赤者，故曰火德。《歸藏·殷筮》曰：金水之子，其名羽蒙，是生百鳥。蔡邕《月令章句》曰：天官五獸，前有朱雀，鶉火之體也。”

案：李注引《老子》，見第六十四章，河上公本標題爲《守微》。今本注文作“欲以輔助萬物自然之性也”。“毛有白者”，尤本誤脱“毛”字，胡刻增補，而不著校語。凡胡刻變易尤本之處，雖屬正確，然不加説明，亦不可爲法。《歸藏》據傳是殷陰陽之書（此據《禮記·禮運》鄭玄注。而《周禮·春官·太卜》注杜子春説，則以屬之黄帝）。其書漢初已亡，而晋《中經》有之。《隋書·經籍志》據以著録，云：“《歸藏》十三卷，晋太尉參軍薛貞注。”元明之際，隋唐所傳之本亦亡。馬國翰《玉函山房輯佚書》，王謨《漢魏遺書鈔》，嚴可均《全上古三代文》卷十五皆有輯本。李注所引此節，又見《御覽》卷九百一十四，稱爲《歸藏·啓筮》，故梁、朱並謂“殷”當作“啓”。朱云：“《海外南經》有羽民國，郭注亦引《啓筮》曰：羽民之狀，鳥喙赤目而白首。郝氏云：羽蒙即羽民。民蒙聲相轉。又《楚辭·遠游篇》所云：仍羽人於丹丘也。余謂《賈子·大政篇》：民之爲言萌也。本書《上林賦》之萌隸，《長楊賦》遐萌，韋昭皆云：萌，民也。《易·序卦傳》：物生必蒙。鄭注：齊人謂萌爲蒙。並音近相通之證。善注言‘西方爲金，毛有白者，故曰金精’，但據《海内經》，黑水在羽民南，則羽蒙之地，亦在西域。與首句西域正合，非謂其毛白也。”《月令章句》十二卷，漢左中郎將蔡邕撰，《隋書·經籍志》經部禮類著録。今有王謨、蔡雲、陸堯春、臧庸、馬國翰、黄奭、馬瑞辰、葉德輝諸家輯本。葉德輝輯本四卷，在《郎園全書》

中。此所引又見《御覽》卷九百一十四。

⑪李注："《禮記》曰：鸚鵡能言，不離飛鳥。王弼《周易注》曰：幾者，事之微也。"案：注引《禮記》，見《曲禮》上。明州本、贛州本注文"幾"作"機"，與正文合。《考異》以作"機"之本爲是。《周易·繫辭下》："幾者動之微，吉凶之先見者也。"《繫辭》乃韓康伯注，無此文。

⑫"跱"，明州本作"峙"。贛州本作"跱"，注云："五臣作峙。"李注："《說文》曰：嬉，樂也。跱，立也。"梁云："今《說文》無嬉字，疑當作嫛。《說文》：嫛，悅樂也。孫氏義鈞曰：嬉，《說文》止作娭，訓戲也。《上林賦》'娭游往來'，注：娭，許其切。"胡紹煐說與孫同，云："六臣本嬉下有許其二字（案明州、贛州兩本皆同），許其正娭字音切。良注：嬉戲也。知正文本作娭，俗改作嬉，遂改注文戲爲樂，致與許氏不合。"

⑬李注："《說文》曰：紺，深青而揚赤也。"案：今本《說文·糸部》作"紺，帛深青揚赤色"。段據此在"青"下增"而"字，注云："揚，當作陽，猶言表也。"

⑭古鈔本"采采"作"彩彩"。《初學記》卷三十引誤作"皎皎"。李注："《韓詩》曰：采采衣服。薛君曰：采采，盛貌也。"案："采采衣服"今見《毛詩·曹風·蜉蝣》。《箋證》云："此疑即《小雅·大東》異文，毛作粲粲，《傳》：粲粲，鮮盛貌。與薛義合。采、粲，語之轉。《曹風·蜉蝣》：采采衣服。《傳》：采采，衆多也。"案胡紹煐此說本之王應麟《詩考》，陳喬樅《韓詩遺說考》駁之。又李注："《韵略》曰：咬咬，鳥鳴也。音交。《毛詩》曰：睍睆黄鳥，載好其音。"案：李注引《毛詩》，見《邶風·凱風》。《韵略》一卷，陰休之撰，見《隋書·經籍志》。其書已亡。

⑮明州本"固"作"故"，注云："善本作固字。"贛州本作"固"，注云："五臣作故。"

⑯明州本作"之等美"，注云："之，善本作而字。"贛州本作"而"，注云："五臣作之。"

⑰明州本"德"作"翼"，注云："善本作德字。"贛州本作"德"，注云："五臣作翼。"

⑱以上寫鸚鵡之出生及其品格、氣質。

⑲古鈔本“羨”作“美”，旁注云：“一本作羨。”

⑳李注：“《漢書音義》應劭曰：天水有大阪，曰隴坻。《尚書》帝曰：益，汝作朕虞。孔安國曰：伯益也，掌山澤官也。《尚書》曰：導弱水，餘波入于流沙。”案：李注引《漢書音義》，《漢書音義》有韋昭（七卷）、蕭該（十卷）兩家，皆在《隋書·經籍志》著録。據顔師古《漢書序例》，又有服虔、應劭、臣瓚等家。此不知爲何種。李善在《兩都賦》中云：“引《漢書》注云‘音義’者，皆失其姓名，故云《音義》而已。”此李氏注例也（見《曝書雜記》卷下《文選注義例》）。今《漢書·地理志》：“隴西郡，秦置，莽曰厭戎。”顔注引應劭曰：“有隴坻，在其西也。”顔師古自説之云：“隴坻，謂隴阪，即今之隴山也。”又案：李注引《尚書》，前見《舜典》（並僞孔傳），後見《禹貢》。桂馥《札樸》卷一“餘波”條云：“李善注《鸚鵡賦》引《書》：導弱水，餘被入於流沙，或以‘被’爲‘波’之譌。余曰：李引經每與今本不同，被讀如被孟豬之被，宜存此説。”梁云：“按各本無作‘被’者，恐皆後人所改。桂言如此，必有所見之舊本也。”

㉑古鈔本“綱”作“網”。李注：“《文子》曰：有鳥將來，張羅而待之。得鳥者羅之一目也。今爲一目之羅，即無以得鳥也。”案：李注引《文子》，見《上德篇》，今本無兩“也”字，“無以”作“無時”。

㉒李注：“《鵩鳥賦》曰：貌甚閑暇。王逸《楚辭注》曰：植，志也。”案：李注引《鵩鳥賦》，見本書卷十三。引王逸《楚辭注》，見《招魂》。

㉓明州本“逼”作“迫”，注云：“善本作逼字。”贛州本作“逼”，注云：“五臣作迫。”李注：“《鶡冠子》曰：迫之不懼，定以知勇。”案：李注引《鶡冠子》見《道端》篇。“定”尤本作“足”，明州、贛州二本皆同。今本《鶡冠子》亦作“足”。此胡刻誤字。

㉔明州本“寧”作“能”，注云：“善本作寧字。”贛州本作“寧”，注云：“五臣作能。”李注：“《毛詩序》曰：君子全身遠害。”案：李注引《毛詩序》，見《王風·君子陽陽》。

㉕以上敘鸚鵡之遭捕獲。

㉖李注："委命，已見上文。《禮記》曰：離群索居。"案：《文選》上卷〔1〕《鵩鳥賦》注引《鶡冠子·世兵》："縱軀委命，與時往來。"李善《東都賦》注："婁敬，已見上文。凡人姓名皆不重見，餘皆類此。"又："諸夏已見《西都賦》，其異篇再見者，並云已見某篇，他皆類此。"又《西京賦》注："欒大已見《西都賦》，凡人姓名及事易知，而別卷重見者，云見某篇，亦從省也。他皆類此。"此李注義例（見《曝書雜記》卷下），不可不知者。凡李注稱"已見"之處，六臣本往往重引其事，此皆出於編刻者竄亂。此係選讀，故偶亦用六臣本疏釋其重見之處。又李注引《禮記》，見《檀弓上》。

㉗李注："《淮南子》曰：天下以爲之籠，又何失鳥之有乎？然籠所以盛鳥。《説文》曰：翅，翼也。"案：李注引《淮南子》，見《原道篇》。今本"天下"上有"張"字。"然籠所以盛鳥"，然字亦作則字講，此李注用語通例。《説文》，見《羽部》。

㉘李注："《埤蒼》曰：崎嶇，不平也。"《埤蒼》，張揖撰，已見前《月賦》注釋。

㉙李注："岷、障，二山名。《續漢書》曰：岷山，在蜀郡五道西，障縣，屬隴西，蓋因山立名也。《毛詩》曰：二月初吉，載離寒暑。一曰：障，亭障也。"案：今《續漢書·郡國志》：蜀郡十一城，"湔氐道、岷山在西徼外"。又，隴西郡十一城，"障"是其一。此所引《續漢書》有誤字，何焯、陳景雲校改"五道"爲"湔氐道"（《考異》引）。朱云："此處言隴坻出鸚鵡，當即隴西言之。今之岷州，本漢臨洮，岷山在州南。《續志》鄣縣爲漢襄武縣地，後漢始分置。《元和志》作彰縣，屬渭州，云：永元元年封耿秉爲彰侯。是也。而下云：鄣水南去縣一里。字又作鄣。洪氏《圖志》云：隋曰障縣，至元時改漳縣。皆同音字。漳縣今屬鞏昌府，鄣水即今之彰川水。是縣以水得名，非別有是山。賦語蓋一山一水耳，疑注誤。注又云：一曰障，亭障也。泛言之，與踰岷不相稱，亦非。"又注引《毛詩》，見《小雅·小明》。

---

〔1〕按，"上卷"疑作"同卷"或"上篇"，《鵩鳥賦》《鸚鵡賦》同在《文選》卷十三。

㉚李注："有以託意也。時爲曹操所迫，故寄意以申情。《家語》曰：女十五許嫁，有適人之道。《漢書》郅都曰：已背親而出身，固當奉職也。"案：李善此注點明禰衡處境及其託意申情之旨，所見極爲高明。引《家語》，見《本命解》。《漢書》，見《酷吏傳》。

㉛李注："《毛詩》曰：衡門之下，可以棲遲。女適人，臣事君，逢禍患，尚棲遲羈旅也。羈旅，已見上文。"案：李注引《毛詩》，見《陳風·衡門》。李注云："羈旅，已見上文。"尤本及明州本皆如此。贛州本作："《左氏傳》陳敬仲曰：羈旅之臣。杜預曰：羈，寄。旅，客。"按此爲編六臣本者違反李注義例之處。所引《左氏傳》，見莊公二十二年。

㉜李注："薛君《韓詩章句》曰：鳥，微物也。《説文》曰：馴，順也。《漢書音義》應劭曰：擾，馴也。"案：李注所引薛君《韓詩章句》，又見本書卷二十顏延之《應詔曲水讌詩》注。陳喬樅《韓詩遺説考》採入《小雅·伐木》"相彼鳥矣"句下。引《説文》，見《馬部》。梁云："今《説文》：馴，馬順也。"案：段注："古馴、訓、順互相假借，皆川聲也。……馴之本義爲馬順，引申爲凡順之義。"引《漢書音義》應劭説，見今《漢書·高紀》顏注引。

㉝李注："《楚辭》曰：情慨慨而長懷。又曰：結幽蘭而延佇。"贛州本"慨慨"作"慷慨"，梁以爲是。案：此見《九嘆·遠逝》，原文正作"慨慨"，明州本亦作"慨慨"，梁説非也。又引《楚辭》，見《離騷》。

㉞李注："《毛詩》曰：予忖度之。七本切。《國語》舅犯對晋侯曰：偃之肉腥臊，將焉用之?"案：李注引《毛詩》，見《小雅·巧言》。引《國語》，見《晋語》。以上敍寫鸚鵡遭捕獲後之處境、心情，即禰衡所以寄寓申情者也。

㉟李注："《禮斗威儀》曰：夭其禄命，不得極其數。《楚辭》曰：何周道之平易，然蕪穢而險巇。王逸曰：險巇，顛危也。"案：李注所引《禮斗威儀》，據《隋書·經籍志》云："《禮緯》三卷，鄭玄注。"據《後漢書·樊英傳》注，此三卷《禮緯》，當是《含文嘉》《稽命徵》《斗威儀》。《玉函山房輯佚書》及孫瑴《古微書》有輯本。引《楚辭》，見《七諫·怨世》。今本"易"下有"兮"字，此引文省去。又"巇"作"戲"。王逸注"顛危也"作

“猶言傾危也”。

㊱李注：“《周易》孔子曰：亂之所生，則言語以爲階也。君不密則失臣，臣不密則失身。”案：此文“以致危”，古鈔本作“而致危”。李注引《周易》，見《繫辭上》。

㊲李注：“《左氏傳》曰：施氏之婦，怨施氏曰，已不能庇其伉儷。杜預曰：儷，偶也。伉，敵也。《楚辭》曰：悲莫悲兮生别離。”贛州本注文“偶”下無“也”字。案：注引《左氏傳》，見成公十一年。引《楚辭》，見《九歌·少司命》。

㊳李注：“《爾雅》曰：生噣，雛。謂鳥子初生，能自啄食，總名曰雛也。”案：正文“愍”字，古鈔本、尤刻本皆作“愍”。余云：“曹植《鸚鵡賦》：豈余身之足惜，憐衆雛之未飛。”（按：曹賦見《藝文類聚》卷九十一、《初學記》卷三十。）胡紹煐云：“陳思王年少正平，正平卒年僅二十六，則此句當爲陳思王所襲。”按：禰衡生卒年代爲173—198，曹植爲192—232。衡爲賦時，植不過七歲，胡氏之説是也。注引《爾雅》，見《釋鳥》。

㊴李注：“《毛詩》曰：‘命于下國。’非天子之國，故曰下也。”案：注引《毛詩》，見《商頌·殷武》。

㊵李注：“《莊子》：許由曰：名者實之賓。”案：注引《莊子》，見《逍遥游》。

㊶李注：“西都，長安也。鸚鵡言長安樂，自古有之，未詳所見。”案：正文“沃壤”，古鈔本作“沃美”。又案：此注云“未詳所見”，《文選理學權輿》卷五，有《選注未詳》一目，收入此條。今尋傅咸《答李斌書》云：“吾作左丞，未幾而已。吾爲京兆，雖心知此爲不合，然是家鄉親里，自願便從俗耳。時足下問吾當去否？吾答：鸚武子言阿安樂。今到阿安樂，何爲不去。”（《全晋文》卷五十二）傅咸此語，即鸚鵡言長安樂之一例（阿安蓋即長安，亦即京兆）。唯咸引人言，又在禰衡之後，故云“自古有之，未詳所見”也。

㊷李注：“斯，此也。此，長安也。言類彼鳥馬，而懷代越之思，故亦每言而稱此。《古詩》曰：代馬依北風，越鳥巢南枝。”案：注引《古詩》，見本書卷二十九（已收入《選讀》）。以上叙寫鸚鵡離鄉之思。

㊸李注："《禮記》曰：孟秋之月，其帝少昊，其神蓐收。"案：李引《禮記》，見《月令》。

㊹李注："《楚詞》曰：冬又申之以嚴霜。"案：明州、贛州兩本"詞"皆作"辭"。《楚辭》，見《九辯》。

㊺李注："《毛詩》曰：哀鳴嗷嗷。"案：李注引《毛詩》，見《小雅·鴻雁》。

㊻古鈔本"顑頷"作"顑悴"。李注："《漢書》谷永上疏曰：贊命之臣，靡不激揚。《答賓戲》曰：夕而顑頷也。"案：李注引《漢書》，見《儒林·張山拊傳》。《答賓戲》，見本書卷四十五。

㊼李注："《毛詩》曰：涕既隕之。毛萇曰：隕，墜也。"案：注引《毛詩》，見《小雅·小弁》。

㊽李注："放臣棄妻，屈原、哀姜之徒。王逸《楚詞注》曰：歔欷，啼聲。"案：哀姜爲魯莊公夫人，見莊二十四年《左傳》。後遜於齊，爲齊人所殺，見閔二年及僖元年。哀姜雖爲棄妻，但與屈原並舉，似非其倫。王逸《楚詞注》，見《九章·悲回風》，今本"聲"作"貌"。王注《離騷》云："歔欷，懼貌；或曰：哀泣之聲也。"以上敘寫鸚鵡因節候轉秋，而悲感動人。

㊾李注："《論語》曰：君子久要不忘平生之言。《毛詩》曰：伯氏吹壎，仲氏吹篪。毛萇曰：土曰壎，竹曰篪。"案：注引《論語》，見《憲問》。梁云："今《論語》無'君子'二字。"引《毛詩》，見《小雅·何人斯》。

㊿李注："《淮南子》曰：自異者視之，肝膽胡越也。高誘曰：胡越，喻遠。"案：王念孫《讀書雜志·餘編下》云："王粲《贈蔡子篤詩》：風流雲散，一別如雨。李善注引此賦曰：何今日之雨絶。又引陳琳《檄吴將校》曰：雨絶于天。江淹《雜體詩》：雨絶無還雲。李注亦引此賦。據此，則李善本本作'雨絶'，明矣。吕向注曰：'何今日兩相隔絶，各在一方。'然則今本作兩絶者，後人據五臣本改之耳。"《箋證》引王説。《考異》及孫（引金甡説）、許、張、梁、朱諸家展轉抄襲，實皆出於王氏。

《箋證》："孫氏志祖曰：兩絶，漢魏人屢用之，未詳其始。《意林·物理論》：傅子曰：'母捨己父，更嫁他人，與己父甚於兩絶天。'潘岳《楊氏七哀詩》：‘漼如葉落樹，邈然兩絶天。’見《拜中軍記室箋》注。紹煐案：張載《述懷詩》：‘雲乖雨絶，心乎愴而。’郭璞詩：‘一乖雨絶天。’皆用雨絶字。”朱云：“《吴志·虞翻傳》已有‘罪棄雨絶’語，又一證也。又案雨絶字頗費解。惟《一切經音義》卷十四云：臘，歲終祭神之名。經中言臘，諸經律中或言歲，今比邱或言臘，或言雨，皆取一終之義。此雨絶或以爲終絶與？雖其語未知在三國以前否，然明帝時佛法已入中國，比邱之語，亦容有之。李太白《妾薄命詩》‘雨落不上天’，可以會意。”又案：注引《淮南子》，見《俶真篇》，今本“異”上有“其”字。

㉛李注：“《説文》曰：櫳，房室之疏也。楯，欄檻也。王逸《楚詞注》曰：從曰檻，横曰楯。《説文》曰：牖，穿壁以爲牕也。《韓詩》曰：搔首踟蹰。薛君曰：踟蹰，躑躅也。”案：賦文“籠”字，贛州本作“櫳”，注云：“五臣作籠。”《考異》謂此爲尤刻以五臣亂善。注引《説文》，見《木部》。今《説文》“櫳”作“龒”。段注：“‘疏’當作‘䟽’。疏者通也。䟽者，門户疏窗也。房室之窗牖曰龒，謂刻畫玲瓏也。”《箋證》謂櫳檻俱爲籠鳥之物，賦似屬鸚鵡言，與房室之疏無涉。若依《箋證》之説，則與上文“閉以雕籠”意重，今所不取。引《楚詞注》，見《招魂》。又引《説文》，見《片部》。“以爲牕”，今本作“以木爲交窻”。引《韓詩》，見《邶風·静女》。朱引《廣雅疏證》説踟蹰、躑躅之義。

㉜賦文“高嶽”，明州本作“高峻”，注云：“善本作嶽字。”贛州本作“高嶽”，注云：“五臣作峻。”《箋證》從作“峻”之本，謂與下“扶疏”對文。實則“高嶽”亦可與“扶疏”對，不必以五臣改善也。《説文·山部》：𡶳（今作岳）爲嶽之古文，“象高形”。又“扶疏”，“疏”字，明州本作“疎”，注云：“善本作疏字。”贛州本作“疏”，注云：“五臣作疎。”李注：“班固《漢書贊》：《禹本紀》云崑崙山高二千五百餘里。《山海經》曰：夸父與日競走，渴死，棄其杖，化爲鄧林。《上林賦》曰：垂條扶疏。”案：注引《漢書贊》，見《張騫傳》，今本“云”作“言”，“餘里”作“里餘”。王先謙云：“《史記》‘餘’在‘里’字上，此誤倒。”當依《選注》所引改正今本，王氏未檢《選注》也。注引《山海經》，見《海外北經》。《上林賦》，見本書卷八。

(53)李注："《韓詩外傳》蓋乘曰：夫鴻鵠一舉千里，所恃者六翮耳。"案：注引《韓詩外傳》，見卷六。今本"蓋乘"作"蓋胥"，蓋胥之名不僅"蓋""盍"互出，又或作"固桑"（《説苑・尊賢》），或作"古乘"（《新序・雜事一》），異文甚多，此不悉論。

(54)賦文"怨毒""怨"字，古鈔作"惋"。明州本作"怨"，注云："善本作冤字。"贛州本作"怨"，注云："五臣作冤。"《考異》："袁本'怨'下校語云：善作冤。案袁所見是也，五臣翰注自爲怨字。茶陵本云：五臣作冤。必校語有倒錯耳。此以五臣亂善。"案：《廣韵・去聲・二十九换》："惋，驚嘆，烏貫切。"其字與"怨""冤"皆不同，蓋李氏未注以前之古本如是，李氏作"冤"，五臣作"怨"，皆有所更易也。李注："《毛詩》曰：豈不懷歸。《廣雅》曰：毒，痛也。"案：注引《毛詩》，見《小雅・四牡》，又《出車》《小明》。《廣雅》，見《釋詁》。

(55)李注："《左氏傳》子犯曰：背惠食言。《楚詞》曰：不敢忘初之厚德。"案：注引《左氏傳》，見僖二十八年。《楚詞》，見《九辯》，今本"不"上有"竊"字。

(56)李注："《楚詞》曰：蜂蛾微命力何固。"案：注引《楚詞》，見《天問》。洪興祖《補注》云："蛾，古蟻字。"

(57)李注："《論語》子曰：守死善道。《毛詩》曰：欲報之德。司馬遷書曰：效其癡愚。"案：注引《論語》，見《泰伯篇》。《毛詩》，見《小雅・蓼莪》。司馬遷書，當即本書卷四十一司馬遷《報任少卿書》，原書云："誠欲效其款款之愚。""款款之愚"訛爲"癡愚"，不僅有誤，而且有脱。李善注原書云："款款，忠實之貌。""款愚"即不辭矣，况"款"又誤爲"痴"乎？

(58)李注："渝，變也。感恩久不變也。"以上叙寫鸚鵡既遭捕獲，衹好委命甘心。此乃千載傷情之語，固不能謂之求哀乞憐也。

佚　名

古詩十九首[①]

（詩己，雜詩上，卷二十九）

行行重行行[②]，與君生别離[③]。相去萬餘里，各在天一涯[④]。道路阻且長，會面安可知[⑤]？胡馬依北風，越鳥巢南枝[⑥]。相去日已遠，衣帶日已緩[⑦]。浮雲蔽白日，遊子不顧反[⑧]。思君令人老，歲月忽已晚。棄捐勿復道，努力加餐飯[⑨]。

青青河畔草，鬱鬱園中柳[⑩]。盈盈樓上女，皎皎當牕牖[⑪]。娥娥紅粉粧，纖纖出素手[⑫]。昔爲倡家女，今爲蕩子婦[⑬]。蕩子行不歸，空牀難獨守[⑭]。

青青陵上柏，磊磊磵中石[⑮]。人生天地間，忽如遠行客[⑯]。斗酒相娱樂，聊厚不爲薄[⑰]。驅車策駑馬，遊戲宛與洛[⑱]。洛中何鬱鬱，冠帶自相索[⑲]。長衢羅夾巷，王侯多第宅[⑳]。兩宫遥相望，雙闕百餘尺[㉑]。極宴娱心意，戚戚何所迫[㉒]。

今日良宴會，歡樂難具陳[㉓]。彈筝奮逸響，新聲妙入神[㉔]。令德唱高言，識曲聽其真[㉕]。齊心同所願，含意俱未申[㉖]。人生寄一世，奄忽若飆塵[㉗]。何不策高足，先據要路津[㉘]。無爲守窮賤，轗軻長苦辛[㉙]。

西北有高樓，上與浮雲齊[30]。交疏結綺牕，阿閣三重階[31]。上有絃歌聲，音響一何悲[32]！誰能爲此曲？無乃杞梁妻[33]。清商隨風發，中曲正徘徊[34]。一彈再三歎，慷慨有餘哀[35]。不惜歌者苦，但傷知音稀[36]。願爲雙鳴鶴，奮翅起高飛[37]！

涉江采芙蓉，蘭澤多芳草。采之欲遺誰？所思在遠道[38]。還顧望舊鄉，長路漫浩浩[39]。同心而離居，憂傷以終老[40]。

明月皎夜光，促織鳴東壁[41]。玉衡指孟冬，衆星何歷歷[42]。白露沾野草，時節忽復易[43]。秋蟬鳴樹間，玄鳥逝安適[44]。昔我同門友，高舉振六翮[45]。不念携手好，棄我如遺跡[46]。南箕北有斗，牽牛不負軛[47]。良無盤石固，虛名復何益[48]。

冉冉孤生竹，結根泰山阿[49]。與君爲新婚，兔絲附女蘿[50]。兔絲生有時，夫婦會有宜[51]。千里遠結婚，悠悠隔山陂[52]。思君令人老，軒車來何遲？傷彼蕙蘭花，含英揚光輝[53]。過時而不采，將隨秋草萎[54]。君亮執高節，賤妾亦何爲[55]！

庭中有奇樹，緑葉發華滋[56]。攀條折其榮，將以遺所思[57]。馨香盈懷袖，路遠莫致之[58]。此物何足貢，但感别經時[59]。

迢迢牽牛星，皎皎河漢女[60]。纖纖擢素手，札札弄機杼[61]。終日不成章，泣涕零如雨[62]。河漢清且淺，相去復幾許。盈盈一水間，脉脉不得語[63]。

迴車駕言邁，悠悠涉長道[64]。四顧何茫茫，東風摇百草。所遇無故物，焉得不速老？盛衰各有時，立身苦不早。人生非金石，豈能長壽考？奄忽隨物化，榮名以爲寶[65]。

東城高且長，逶迤自相屬[66]。迴風動地起，秋草萋已緑。四時更變化，歲暮一何速[67]？《晨風》懷苦心，《蟋蟀》傷局促[68]。蕩滌放情志，何爲自結束[69]。燕趙多佳人，美者顔如玉[70]。被服羅裳衣，當户理清曲[71]。音響一何悲，絃急知柱促。馳情整中帶，沈吟聊躑躅[72]。思爲雙飛燕，銜泥巢君屋[73]。

驅車上東門，遥望郭北墓[74]。白楊何蕭蕭，松柏夾廣路[75]。下有陳死人，杳杳即長暮[76]。潛寐黄泉下，千載永不寤[77]。浩浩陰陽移，年命如朝露[78]。人生忽如寄，壽無金石固。萬歲更相送，聖賢莫能度[79]。服食求神仙，多爲藥所誤。不如飲美酒，被服紈與素[80]。

去者日以疏，生者日以親。出郭門直視，但見丘與墳[81]。古墓犁爲田，松柏摧爲薪。白楊多悲風，蕭蕭愁殺人。思還故里閭，欲歸道無因。

生年不滿百，常懷千歲憂。晝短苦夜長，何不秉燭遊？爲樂當及時，何能待來兹[82]。愚者愛惜費，但爲後世嗤。仙人王子喬，難可與等期[83]。

凜凜歲云暮，螻蛄夕鳴悲[84]。凉風率已厲，遊子寒無衣[85]。錦衾遺洛浦，同袍與我違[86]。獨宿累長夜，夢想見容輝。良人惟古懽，枉駕惠前綏[87]。願得常巧笑，携手同車歸[88]。既來不須臾，又不處重闈[89]。亮無晨風翼，焉能淩風飛[90]？眄睞以適意，引領遥相晞[91]。

徙倚懷感傷，垂涕沾雙扉[92]。

孟冬寒氣至，北風何慘慄[93]！愁多知夜長，仰觀衆星列。三五明月滿，四五詹兔缺[94]。客從遠方來，遺我一書札。上言長相思，下言久離别。置書懷袖中，三歲字不滅[95]。一心抱區區，懼君不識察[96]。

客從遠方來，遺我一端綺。相去萬餘里，故人心尚爾[97]。文綵雙鴛鴦，裁爲合懽被。著以長相思，緣以結不解[98]。以膠投漆中，誰能别離此[99]？

明月何皎皎，照我羅床幃[100]。憂愁不能寐，攬衣起徘徊[101]。客行雖云樂，不如早旋歸[102]。出户獨彷徨，愁思當告誰[103]？引領還入房，淚下沾裳衣[104]。

【注釋】

①古詩十九首，尤刻本“十”上有“一”字，古鈔本及明州、贛州兩本皆無，今删去。李注：“並云古詩，蓋不知作者。或云枚乘，疑不能明也。詩云：驅車（各本皆誤作馬，此依《考異》説改正）上東門。又云：游戲宛與洛。此則辭兼東都，非盡是乘，明矣！昭明以失其姓氏，故編在李陵之上。”

案：《詩品》上云：“古詩眇邈，人世難詳。推其文體，固是炎漢之制，非衰周之倡也。”又云：“古詩，其體源出於國風。陸機所擬十四首，文温以麗，意悲而遠，驚心動魄，可謂幾乎一字千金。其外‘去者日以疏’四十五首，雖多哀怨，頗爲總雜。舊疑是建安中曹、王所製。‘客從遠方來’‘橘柚垂華實’，亦爲驚絶矣。人代冥滅，而清音獨遠，悲夫！”《文心雕龍・明詩》：“古詩佳麗，或稱枚叔，其《孤竹》一篇，則傅毅之詞。比采而推，兩漢之作乎?”鍾嶸和劉勰都提到“古詩”，可見“古詩”這個名詞，齊梁已成文學界的習慣用語。它的出現時代，鍾嶸認爲“炎漢之制”；劉勰認爲“兩漢之作”：他們的意見，都是與李善的論斷一致的。至於“古詩”究竟有多少篇，這却無法確知。鍾嶸談到“‘去者日以疏’四十五首”，又有“陸機所擬十四首”，可知數目是很大的，蕭統從很大數目的篇什中，選出十九首。這十九首，在歷來的文學評論中是把它同《詩經》的三百篇並舉，可見它的影響之大，也由此可知蕭統選出這十九首，是精心拔粹，不是隨意抄録的。蕭統《文選》選録標準之嚴，這就是一個有力的説明。

這些詩出現非一時，自然作者非一人了（張雲璈説如此)。鍾嶸説“舊疑是建安中曹、王所製”，劉勰説“古詩佳麗，或稱枚叔”。對於這些指名的作者，鍾、劉兩氏，都是持懷疑態度的。至於鍾嶸所提到的陸機所擬十四首，今陸機所擬衹存十二首（見《文選》卷三十)，這十二首都在蕭統所選的十九首中，以下在當首中指明。又《玉臺新詠》卷一録枚乘詩九首，除《蘭若生春陽》一首外，其餘八首都在《古詩十九首》中，今亦在當首指明。以《古詩》爲題者，在《玉臺新詠》卷一尚有《上山采蘼蕪》《四坐且莫諠》《悲與親友别》《穆穆清風至》四首，《藝文類聚》卷八十一又有《新樹蘭蕙苑》一首，卷八十六有《橘柚垂華實》一首。《樂府詩集》卷二十五有《十五從軍征》一首。十九首加此諸首（包括枚乘《蘭若生春陽》一首)，也不過二十七首，去鍾嶸所見到的數目，距離尚遠。這些未收入十九首的詩，其爲遺餘，亦可比較。又今人多謂西漢没有五言詩，所以把《古詩十九首》都算在東漢以後，這與劉勰“兩漢之作”、李善“辭兼東都”的推斷，不相符合。其實漢初韓嬰引詩，已是五言（見注⑥)。把五言詩的創始過程看得遠點，更符合五言這種詩體源於民間歌謡的實際。

②行行重行行，即行行復行行，謂行行不已也。《樂府詩集》卷四十一《相和歌辭·楚調曲》有《白頭吟》，本辭云“凄凄復凄凄”，晋樂所奏則作“凄凄重凄凄”。其句式與此相同，可知“重”與“復”乃同義詞也。

③李注：“《楚辭》曰：悲莫悲兮生别離。”案：李注引《楚辭》，見《九歌·少司命》。生是甚辭，意謂忽生生地硬要别離。義見張相《詩詞曲語辭匯釋》卷二。

④贛州本注云："善作一天涯"。《藝文類聚》卷二十九亦作"一天涯"，《古籍叢殘》的《類書殘卷》則作"一天崖"。李注："《廣雅》曰：涯，方也。"案：注引《廣雅》，見《釋詁》，今本"涯"作"厓"。王念孫《疏證》云："涯與厓同。"涯，叶韵讀宜。

⑤李注："《毛詩》曰：遡洄從之，道阻且長。薛綜《西京賦注》曰：安，焉也。"案：注引《毛詩》，見《秦風·蒹葭》。《西京賦注》，見本書卷二。

⑥李注："《韓詩外傳》曰：詩曰（明州、贛州兩本並作云）'代馬依北風，飛鳥棲故巢'，皆不忘本之謂也。"案：《後漢書·班超傳》注亦引《韓詩外傳》，與此同。舊説是《外傳》佚文，按此非佚文，乃今本《外傳》之脱文也。宋薛據《孔子集語·孔子御篇》引《韓詩外傳》卷九"少原之婦刈蓍而亡蓍簪"一章，末段云："婦人曰：非傷吾簪也。而所以悲者，蓋不忘故也。詩曰：'代馬依北風，飛鳥揚故巢。'皆不忘故之謂也。"今本《外傳》脱去此段，因而此章竟未引詩。此又可證明漢初韓嬰已見此五言詩矣。桂馥《札樸》卷二"逸詩"條云："案古者謡諺皆謂之詩。"韓嬰引此詩時，或尚是謡諺。後來已成《古詩》，可以説明五言體詩本起於民間謡諺也。

⑦李注："《古樂府歌》曰：離家日趍遠，衣帶日趍緩。"案：李注此引《古樂府歌》及下引《古楊柳行》，皆《樂府詩集》所未收入，逯欽立《先秦漢魏晋南北朝詩》亦無之。《文選李注》此類佚文佚句，皆應輯而未輯之古佚，不知凡幾也。

⑧李注："浮雲之蔽白日，以喻邪佞之毁忠良。故遊子之行，不顧反也。《文子》曰：日月欲明，浮雲蓋之。陸賈《新語》曰：邪臣之蔽賢，猶浮雲之鄣日月。《古楊柳行》曰：讒邪害公正，浮雲蔽白日。義與此同也。鄭玄《毛詩箋》曰：顧，念也。"案：注引《文子》，見《上德篇》，今本"浮"作"濁"。陸賈《新語》，見《慎微》。鄭玄《毛詩箋》，見《小雅·正月》。詩中及注文"反"字，明州、贛州兩本皆作"返"字。王念孫《讀書雜志》三之四（《史記·樂毅列傳》）謂顧反即還反。其説甚詳。

⑨余云："飯，上聲。"案：此首爲陸機所擬十二首之一。又《玉臺新詠》卷一以爲枚乘作。

⑩李注："鬱鬱，茂盛也。"

⑪李注："草生河畔，柳茂園中，以喻美人當牕牖也。《廣雅》曰：嬴，容也。盈與嬴同，古字通。"朱云："案《廣雅·釋訓》：嬴嬴，容也。嬴即《釋詁》之孎，好也。重言之則曰孎孎。郭璞注《方言》云：孎言孎孎也。此與下盈盈一水間，並同音假借字。後人詩或作水之盈盈，非此義。"胡紹煐云："孎即嬴之俗字。嬴本從女，不應又加女旁。"

⑫李注："《方言》曰：秦晋之間，美貌謂之娥。《韓詩》曰：纖纖女手，可以縫裳。薛君曰：纖纖，女手之貌也。毛萇曰：摻摻，猶纖纖也。"案：注引《方言》，見卷二。又卷一云："娥，好也。秦曰娥。秦晋之間凡好而輕者謂之娥。"《廣雅·釋詁》："娥，美也。"引《韓詩》，當在《魏風·葛屨》。今《毛詩》作"摻摻"，故又引毛傳，證明"纖""摻"字音義同。

⑬李注："《史記》曰：趙王遷，母，倡也。《説文》曰：倡，樂也。謂作妓者。"案：注引《史記》，見《趙世家》。《説文》，見《人部》。余云："婦，音阜。"

⑭李注："《列子》曰：有人去鄉土，遊於四方，而不歸者，世謂之爲狂蕩之人也。"案：注引《列子》，見《天瑞篇》，今本"世"下有"必"字。又案：此首亦爲陸機所擬十二首中的一首。又《玉臺新詠》卷一以爲枚乘作。

⑮李注："言長存也。《莊子》仲尼曰：受命於地，唯松柏獨也。在冬夏常青青。《楚詞》曰：石磊磊兮葛蔓蔓。《字林》曰：磊磊，衆石也。"案：注引《莊子》，見《德充符》。今本《莊子》無"常"字，明州本亦無"常"字。又詩"磵"字，明州、贛州兩本皆作"澗"。《楚詞》，見《九歌·山鬼》。

⑯李注："言異松石也。《尸子》老萊子曰：人生於天地之間，寄也。寄者固歸。《列子》曰：死人爲歸人，則生人爲行人矣。《韓詩外傳》曰：枯魚銜索，幾何不蠹！二親之壽，忽如過客。"案：注引《尸子》，又見魏文帝《善哉行》、陸士衡《豫章行》《弔魏帝文》等處注，汪輯入下卷。《列子》，見《天瑞篇》。《韓詩外傳》，見卷一。

⑰李注："鄭玄《毛詩箋》曰：聊，粗略之辭也。"案：《邶風·泉水》、

《魏風·園有桃》箋並云："聊，且略之辭也。"此注"粗"字，似"且"字之誤。

⑱李注："《廣雅》曰：駑，駘也。謂馬遲鈍者也。《漢書》南陽郡有宛縣。洛，東都也。"案：注引《廣雅》，見《釋言》。《漢書》，見《地理志》。

⑲李注："《春秋説題辭》曰：齊俗冠帶以禮相提。賈逵《國語注》曰：索，求也。"案：注引賈逵《國語注》，又見《羽獵賦》注引。汪遠孫《國語三君注輯存》收入《晋語》"得其所索"句下。

⑳李注："《魏王奏事》曰：出不由里，門面大道者名曰第。"案：《太平御覽》卷一百八十一引《魏王奏事》云："爵雖列侯，食邑不滿萬户，不得作第。其舍在里中，皆不稱宅。"其文可與此應證。《史記·韓信盧綰列傳》集解引《魏武帝奏事》當與此爲一書。《隋書·經籍志》著録《魏主奏事》十卷。章、姚《考證》並引此詩注，《隋志》"主"字疑誤。

㉑李注："蔡質《漢官典職》曰：南宫北宫相去七里。"案：《後漢書·光武紀》注亦引。孫星衍所輯《漢官七種》中蔡質《漢官典職儀式選用》收此條。

㉒案：古鈔本"戚"作"慼"，明州本作"慼"，注云："善本作戚戚字。"贛州本作"戚"，注云："五臣作慼慼。"《論語·述而》："君子坦蕩蕩，小人長戚戚。"《集解》引鄭玄云："戚戚，多憂懼貌也。"案：陸機所擬十二首中有此首。

㉓李注："毛萇《詩傳》曰：良，善也。陳，猶説也。"案：注引《詩傳》，見《邶風·日月》，又見《鄘風·鶉之奔奔》。

㉔李注："劉向《雅琴賦》曰：窮音之至入於神。"案：劉向此賦，嚴可均輯《全漢文》收入卷三十五。

㉕李注："《左氏傳》宋昭公曰：光昭先君之令德。《莊子》曰：是以高言不止於衆人之口。《廣雅》曰：高，上也。謂辭之美者。真，猶正也。"案：注引《左氏傳》，見隱公三年。《莊子》，見《天地篇》。今本"是以"作"是故"，"口"作"心"。成玄英《疏》云："至妙之談，超出俗表，故謂之高言。"《廣雅》，見《釋詁》。

㉖李注："所願，謂富貴也。"

㉗李注：“人生若寄，已見上注。《方言》曰：奄，遽也。《爾雅》曰：飄飖謂之猋。《爾雅》或爲此飈。”案：贛州本李注，重引《尸子》，已見上注⑯。《方言》，見卷二。《爾雅》，見《釋天》，今本“飄飖”作“扶搖”，此注誤，當依今本校正。（《考異》謂飄爲颫之誤，颫即扶字。）

㉘李注：“高，上也。亦謂逸足也。”沈德潛謂此爲古人憤感語。

㉙“轗”，古鈔本作“輱”。明州本作“坎”，注云：“善本作轗字。”贛者本作“轗”，注云：“五臣作坎。”李注：“《楚辭》曰：年既過太半，然輡軻不遇也。轗與輡同。”案：注引《楚辭》，見《七諫・怨世》，今本作“年既已過太半兮，然輡軻而留滯”。陸機所擬十二首中，有此首。

㉚李注：“此篇明高才之人，仕宦未達，知人者稀也。西北，乾位，君之居也。”案：注文“西北乾位”以下八字，明州、贛州兩本皆無。而李周翰注有此説，疑尤刻以六臣本竄入。許謂此注二十四字全爲五臣竄入。

㉛李注：“薛綜《西京賦注》曰：疏，刻穿之也。《説文》曰：綺，文繒也。此刻鏤以象之。《尚書中候》曰：昔黄帝軒轅，鳳皇巢阿閣。《周書》曰：明堂咸有四阿。然則閣有四阿，謂之阿閣。鄭玄《周禮注》曰：四阿，若今四注者也。薛綜《西京賦注》曰：殿前三階也。”

案：注兩引薛綜《西京賦注》，皆見本書卷二。《説文》，見《糸部》。又案：《説文・疋部》：“𤴓，門户青（青字依段注增）疏窻也。從疋，疋亦聲。囪象𤴓形，讀若疏。”段注云：“於門户刻鏤爲窻牖之形，而以青飾之也。《𠫓部》云：疏，通也。薛注《西京賦》曰：疏，刻穿之也。……《古詩》曰：交疏結綺窻。”《尚書中候》爲已佚緯書。《周書》，見《作雒解》，注云：“宫廟四下曰阿。”《説文・𨸏部》：“阿，大陵曰阿，一曰曲𨸏也。”段注：“引申之，凡曲處皆得稱阿。……室之當棟處曰阿。”鄭玄《周禮注》，見《考工記》。

㉜李注：“《論語》曰：子游爲武城宰，聞絃歌之聲。”案：注引《論語》，見《陽貨篇》。

㉝李注：“《琴操》曰：《杞梁妻嘆》者，齊邑杞梁殖之妻所作也。殖死，妻嘆曰：上則無父，中則無夫，下則無子，將何以立吾節？亦死而已。援琴而鼓之，曲終，遂自投淄水而死。”案：何焯謂《水經注》引《琴操》與此

同。朱謂今《琴操》“杞”作“芑”，又謂崔豹《古今注》（卷中）以爲《杞梁妻》曲爲杞梁妻妹所作，乃牽强之詞。後人混孟姜與杞梁妻爲一人，殊不知杞梁妻投淄水死，乃齊人，孟姜夫姓范氏，與杞梁非一人，其誤從唐宋以來已如此（唐釋貫休及宋范晞文《對牀夜語》）。

㉞李注：“宋玉《長笛賦》曰：吟清商，追流徵。”梁謂注文“長”字衍。案：宋玉《笛賦》見《古文苑》，嚴輯《全上古三代文》收入卷十。

㉟李注：“《説文》曰：歎，太息也。又曰：慷慨，壯士不得志於心也。”案：注引《説文》，見《欠部》；又引見《心部》。

㊱李注：“賈逵《國語注》曰：惜，痛也。孔安國《論語注》曰：稀，少也。”案：注引賈逵《國語注》，又見《嘆逝賦》注、王仲宣《詠史詩》注、曹子建《贈王粲詩》注、顔延年《答鄭尚書詩》注、陸韓卿《答内兄希叔詩》注，汪遠孫《國語三君注輯存》收入《晋語》。孔安國《論語注》，見《季氏篇》何晏《集解》引，今本作“希”。

㊲古鈔本“鶴”作“鳥”。明州本“鳴鶴”作“鴻鵠”，注云：“善本作鳴鶴字。”李注：“《楚辭》曰：將奮翼兮高飛。《廣雅》曰：高，遠也。”案：注引《楚辭》，見《九懷·陶壅》。《廣雅》，見《釋詁》。此首爲陸機所擬十二首中的一首，《玉臺新詠》卷一以爲枚乘作。

㊳《爾雅·釋草》：“荷，芙渠。”郭注：“别名芙蓉，江東呼荷。”李注：“《楚辭》曰：折芳馨兮遺所思。”案：注引《楚辭》，見《九歌·山鬼》。

㊴李注：“鄭玄《毛詩箋》曰：回首曰顧。”案：《詩箋》，見《檜風·匪風》。

㊵李注：“《周易》曰：二人同心。《楚辭》曰：將以遺兮離居。《毛詩》曰：假寐永歎，維憂用老。”案：注引《周易》，見《繫辭上》。《楚辭》，見《九歌·大司命》。《毛詩》，見《小雅·小弁》。又案：此首爲陸機所擬十二首中的一首，《玉臺新詠》卷一以爲枚乘所作。

㊶李注：“《春秋考異郵》曰：立秋趣織鳴。宋均曰：趣織，蟋蟀也。立秋女功急，故趣之。《禮記》曰：季夏蟋蟀在壁。”案：贛州本“在壁”作“居壁”。《詩·唐風·蟋蟀》疏引《陸璣疏》云：蟋蟀，“一名蛬，一名蜻蛚。楚人謂之王孫。幽州人謂之趨織。里語曰‘趨織鳴，懶婦驚’，是也”。陸《疏》可與此宋均説參證。注引《禮記》，見《月令》，今本作“居壁”，

贛州本蓋依今本改李注也。

㊷李注："《春秋運斗樞》曰：北斗七星，第五曰玉衡。《淮南子》曰：孟秋之月，招摇指申。然上云促織，下云秋蟬，明是漢之孟冬，非夏之孟冬矣。《漢書》曰：高祖十月至霸上，故以十月爲歲首。漢之孟冬，今之七月矣。"何云："此其太初以前之詩乎？下孟冬寒氣至，則爲夏令。故古詩非一時一人之詞也。"案：注引《淮南子》，見《時則篇》。《漢書》，見《高帝紀》及《律曆志》。

㊸李注："《禮記》曰：孟秋之月，白露降。《列子》曰：寒暑易節。"案：注引《禮記》，見《月令》。《列子》，見《湯問篇》。

㊹李注："《禮記》曰：孟秋寒蟬鳴。又曰：仲秋之月玄鳥歸。鄭玄曰：玄鳥，鷰也。謂去蟄也。《吕氏春秋》曰：國危甚矣，若將安適？高誘曰：適，之也。復云秋蟬玄鳥者，此明實候，故以夏正言之。"案：注引《禮記》，前後兩引皆見《月令》。"去蟄"，謂歸去蟄居，就暖避寒也。注引《吕氏春秋》及高注，見《壅塞篇》。李注于此，申明上説此孟冬實是漢太初未改曆前之孟冬（太初改曆見《漢書・武紀》及《律曆志》），即夏曆七月也。

㊺李注："《論語》曰：有朋自遠方來，不亦樂乎？鄭玄曰：同門曰朋。《韓詩外傳》蓋桑曰：夫鴻鵠一舉千里，所恃者六翮耳。"案：注引《論語》，見《述而篇》。今《集解》採包氏説，全與鄭注同。《韓詩外傳》，見卷六，今本"蓋桑"作"盍胥"，《説苑・尊賢》作"古乘"，《新序・雜事》作"固桑"，《群書治要》及《通鑑外紀》卷七皆引作"蓋胥"。

㊻李注："《毛詩》曰：惠而好我，携手同車。《國語》楚鬬且語其弟曰：靈王不顧於民，一國棄之如遺跡焉。"案：注引《毛詩》，見《邶風・北風》。《國語》，見《楚語下》。

㊼李注："言有名而無實也。《毛詩》曰：維南有箕，不可以簸揚。維北有斗，不可以挹酒漿。睆彼牽牛，不以服箱。"案：注引《毛詩》，見《小雅・大東》。

㊽李注："良，信也。《聲類》曰：盤，大石也。"案：《聲類》十卷，魏左校令李登撰，《隋書・經籍志》經部小學類著録。今已亡佚。馬國翰、陳鱣、任啓運皆有輯本。陸機所擬十二首曾擬此首。

㊾李注："竹結根於山阿，喻婦人託身於君子也。《風賦》曰：緣太山之阿。"案：注引《風賦》，見本書卷十三。據《説文・冄部》："冄，毛冄冄也。象形。"此借以形容竹生之貌。

㊿古鈔本"兔"作"菟"。明州本同，注云："善本作兔字。"贛州本作"兔"，注云："五臣作菟。"李注："毛萇《詩傳》曰：女蘿，松蘿也。《毛詩草木疏》曰：今松蘿蔓松而生，而枝正青。兔絲草蔓聯草上，黄赤如金，與松蘿殊異。此古今方俗名草不同。然是異草，故曰附也。"案：注引《詩傳》，見《小雅・小弁》。孔疏引陸璣説同。似此謂女之附男，猶兔絲之附草，女蘿之附松也。附字，兼言二物。

51古鈔本此"兔"字仍作"兔"，明州本則作"菟"。李注："《蒼頡篇》曰：宜，得其所也。"案：《蒼頡篇》，李斯作。此當指郭璞注本。璞注《三倉》三卷，見《隋書・經籍志》經部小學類。又稱《三倉解詁》，包括李斯《蒼頡篇》、揚雄《訓纂篇》、賈魴《滂喜篇》。

52李注："《説文》曰：陂，阪也。"案：《説文》，見《𨸏部》。

53古鈔本"輝"作"暉"。

54古鈔本"采"作"採"。玄應《一切經音義》卷九引《聲類》：萎，草木菸也。於爲切，音逶。

55李注："《爾雅》曰：亮，信也。"案：注引《爾雅》，見《釋詁》。《文心雕龍・明詩》謂此"乃傅毅之詞"。《玉臺新詠》卷一題爲古詩。

56李注："蔡質《漢官典職》曰：宫中種嘉木奇樹。"案：孫輯《漢官七種》中蔡質書已收此條。

57李注："遺所思，已見上文。"案：指《涉江采芙蓉》一詩中注所引《楚辭・九歌・山鬼》。

58李注："王逸《楚辭注》曰：在衣曰懷。《毛詩》曰：豈不爾思，遠莫致之。《説文》曰：致，送詣也。"案：注引《楚辭注》，見《九嘆・愍命》。《毛詩》，見《衛風・竹竿》〔1〕。《説文》，見《攴部》。

---

〔1〕原作《小雅・巷伯》。按《小雅・巷伯》作"豈不爾受，既其女遷"，無"豈不爾思，遠莫致之"句。

(59)“貢”，明州本作“貴”，注云：“善作貢。”案：陸機所擬十二首中，有此首。《玉臺新詠》卷一以爲枚乘作，“貢”字亦作“貴”，與五臣同。

(60)李注：“牽牛，已見上文。《毛詩》曰：維天有漢，監亦有光。跂彼織女，終日七襄。雖則七襄，不成報章。毛萇曰：河漢，天河也。”案：注引《毛詩》，見《小雅・大東》。所謂“見上文”，則指《明月皎夜光》一首注，亦引《小雅・大東》。

(61)李注：“纖纖，已見上文。”案：見《青青河畔草》注引《詩・魏風・葛屨》。

(62)李注：“不成章，已見上句注。《毛詩》曰：瞻望弗及，泣涕如雨。”案：注引《毛詩》，見《邶風・燕燕》。

(63)李注：“《爾雅》曰：脉，相視也。郭璞曰：脉脉，謂相視貌也。”《箋證》：“今《爾雅》作覛，按《廣雅》：覛，視也。重言亦曰覛覛。《釋訓》：覛覛，視也。”案：《説文・目部》：“脈，目財視也。”段注：“財當依《廣韵》作邪。邪當作衺，此與《𠂢部》覛音義皆同。財視非其訓也。𠂢者，水之衺流別也。”又“衺，覛視也”。段注：“按覛與《目部》脈通用。《古詩》脈脈不得語，……今《文選》譌作脉，非也。”案：陸機所擬十二首中有此首，《玉臺新詠》卷一以爲枚乘作。

(64)李注：“《毛詩》曰：駕言出遊。又曰：悠悠南行，順彼長道。”案：注引《毛詩》，見《邶風・泉水》《衛風・竹竿》，皆有此句。又引，前句見《小雅・黍苗》，後句見《魯頌・泮水》。

(65)李注：“化，謂變化而死也。不忍斥言其死，故言隨物而化也。《莊子》曰：聖人之生也天行，其死也物化。”案：注引《莊子》，見《刻意篇》。

(66)李注：“城高且長，故登之以望也。王逸《楚辭注》曰：逶迤，長貌也。”案：《楚辭注》，見《七諫・怨思》。

(67)李注：“《周易》曰：四時變化而能久成。《毛詩》曰：歲聿云暮。《尸子》曰：人生也亦少矣，而歲往之亦速矣。”案：注引《周易》，見《恒・彖辭》。《毛詩》，見《小雅・小明》。《尸子》，汪輯本據此，收入卷下。

(68)李注：“《毛詩》曰：鴥彼晨風，鬱彼北林。未見君子，憂心欽欽。《蒼頡篇》曰：懷，抱也。《毛詩序》曰：《蟋蟀》刺晋僖公儉不中禮。《漢書》景帝曰：局促效轅下駒。”案：注引《毛詩》，見《秦風・晨風》。《蒼頡篇》，見上注(51)。《毛詩序》，見《唐風・蟋蟀》。《漢書》，見《灌夫傳》，今本作“局趣”。

(69)結束，猶言約束也。《詩・邶風・擊鼓》：“死生契闊。”《傳》云：“契闊，勤苦也。”《釋文》：“《韓詩》云：約束也。”結束、約束、契闊、勤苦，並聲轉義同。

(70)李注：“燕趙，二國名也。《楚辭》曰：聞佳人兮召予。《神女賦》曰：苞温潤之玉顔。”案：注引《楚辭》，見《九歌・湘夫人》。《神女賦》，見本書卷十九。

(71)李注：“如淳《漢書注》曰：今樂家五日一習樂，爲理樂也。”案：注引《漢書注》，見《張禹傳》。

(72)“中帶”，明州、贛州兩本皆作“巾帶”，並注云：“善本作中字。”李注：“中帶，中衣帶，整帶將欲從之。毛萇《詩傳》曰：丹朱中衣。《説文》：躑躅，住足也。躑躅與蹢躅同。”案：注引《詩傳》，見《唐風・揚之水》。孔疏云：“中衣者，朝服、祭服之裏衣也。”《説文》，見《足部》。

(73)《玉臺新詠》卷一以此爲枚乘作。

(74)李注：“上東門，已見阮籍《詠懷詩》注。應劭《風俗通》曰：葬於郭北北首，求諸幽之道也。”案：贛州本注文重引“阮嗣宗《詠懷詩》曰：步出上東門。《河南郡圖經》曰：東有三門，最北頭曰上東門。”案：《河南郡圖經》，《隋書・經籍志》未著録。章宗源《隋經籍志考證》云：“《文選・西征賦》注潘岳父冢，鞏縣西南三十五里。《懷舊賦》注：嵩邱在縣西南十五里。《洛神賦》注：景山，緱氏縣南七里。嗣宗《詠懷詩》注：東有三門，最北頭曰上東門。並引《河南郡圖經》。”《風俗通》佚文，又見《詠懷詩》注引。

(75)李注：“《白虎通》曰：庶人無墳，樹以楊柳。《楚辭》曰：風颯颯兮木蕭蕭。仲長子《昌言》曰：古之葬者，松柏梧桐，以識其墳也。”案：注引《白虎通》，見《崩薨篇》。《楚辭》，見《九歌・山鬼》。《昌言》，又見潘安仁《懷舊賦》注、陸士衡《門有車馬客行》注及丘希範《與陳伯之書》注、陳孔璋《爲袁紹檄豫州》注引。嚴輯《全後漢文》收入卷八十九。

(76)李注："《莊子》曰：人而無人道，是之謂陳人也。郭象曰：陳，久也。《楚辭》曰：去白日之昭昭，襲長夜之悠悠。"案：注引《莊子》，見《寓言篇》。今本郭象注云："直是陳久之人耳。"此引文省略。《楚辭》，見《九辯》，今本"昭"下有"兮"字。

(77)明州本"潛寐"作"寐潛"，注云："善本作潛寐字。"贛州本作"潛寐"，注云："五臣作寐潛。"李注："服虔《左氏傳注》曰：天玄地黄，泉在地中，故言黄泉。"案：《史記·鄭世家》，《集解》引服注同。劉文淇《左傳舊疏考正》輯入隱公元年。

(78)李注："《神農本草》曰：春夏爲陽，秋冬爲陰。……《漢書》李陵謂蘇武曰：人生如朝露。"案：注引《漢書》，見《蘇武傳》。

(79)"聖賢"，古鈔本及明州、贛州兩本皆作"賢聖"。

(80)紈與素同義，《説文·糸部》："紈，素也。"《漢書·元帝紀》注："紈素，今之絹也。"

(81)李注："《白虎通》曰：葬於城郭外何？死生異别，終始異居。"案：今本《崩薨篇》"死生異别"作"死生别處"。

(82)李注："《吕氏春秋》曰：今兹美麥，來兹美夢。高誘曰：兹，年。"案：見《吕氏春秋·任地篇》。

(83)明州本在"仙"字下注云："善本作小字。"梁謂此注誤。"與"，明州本作"以"，注云："善本作與字。"梁謂此亦五臣誤。李注："《列仙傳》曰：王子喬者，太子晋也。道人浮丘公接以上嵩高山。"案：今傳《列仙傳》二卷，在《道藏》洞真部記傳類中（海六至海七），托爲劉向所作。《後漢書·方術傳》記王喬事，其末云："或云此即古仙人王子喬也。"王子晋據傳是周靈王太子，而王喬則後漢明帝時葉縣令。此皆道士故爲神奇之傳説也。又案：古樂府詩《西門行》用此詩。見《樂府詩集》卷三十七，爲《相和歌辭·瑟調曲》。《樂府詩集》注云："右一曲晋樂所奏。"（參看《宋書·樂志三》）此樂府採《古詩》入樂，非《古詩》抄之樂府也。

(84)"夕"，明州本作"多"，注云："善本作夕。"贛州本作"夕"，注云："五臣作多。"《玉臺新詠》卷一選此作《古詩》，亦作"多"。李注："《説文》曰：凜，寒也。歲暮，已見上注。《方言》曰：南楚或謂螻蛄爲螻。《廣雅》

曰：螻，螻蛄也。”案：李注引《説文》，見《夊部》。所謂歲暮見上注，指《東城高且長》一首中注。《方言》，見卷十一。《廣雅》，見《釋蟲》。《方言》卷十一云：“蛄諸謂之杜蛒。螻蛞，謂之螻蛄，或謂之蟓蛉。南楚謂之杜狗，或謂之蛞螻。”《爾雅・釋蟲》：“蟄，天螻。”郭注：“螻蛄也。”郝《疏》謂即今之土狗。

㊺李注：“《禮記》曰：孟秋之月凉風至。杜預《左氏傳注》曰：厲，猛也。《毛詩》曰：無衣無褐，何以卒歲。”案：李注引《禮記》，見《月令》。杜預《左傳注》，見定公十二年。《毛詩》，見《豳風・七月》。

㊻李注：“《毛詩》曰：角枕粲兮，錦衾爛兮。又曰：豈曰無衣，與子同袍。”案：注引《毛詩》，見《唐風・葛生》。又引，見《秦風・無衣》。

㊼李注：“良人念昔之懽愛，故枉駕而迎己，惠以前綏，欲令升車也。故下云携手同車。《孟子》曰：齊人一妻一妾而處室者，其良人出，必厭酒肉。劉熙曰：婦人稱夫曰良人。《禮記》曰：壻出御婦車，而壻授綏，御輪三周。”案：注引《孟子》，見《離婁下篇》。劉熙曰乃《孟子注》佚文。明州本誤脱去此注。《禮記》，見《昏義》。

㊽李注：“《毛詩》曰：巧笑倩兮。”案：《毛詩》，見《衛風・碩人》。

㊾李注：“《楚辭》曰：何須臾而忘反。”案：《楚辭》，見《九章・哀郢》。《箋證》：“須臾，猶逍遥。善引《楚辭》意同，不作俄頃解。”今案：《哀郢》云：“羌靈魂之欲歸兮，何須臾而忘反。”王注：“倚柱顧望，常欲去也。”是此“須臾忘反”，即留連忘返之意也。《箋證》説甚是。

㊿“凌”，明州本作“陵”，注云：“善作凌字。”贛州本作“凌”，注云：“五臣作陵。”李注：“《爾雅》曰：晨風，鸇也。《莊子》曰：鵠凌風而起。”案：注引《爾雅》，見《釋鳥》。《莊子》乃佚文，見《困學紀聞》卷十。

(91)明州本注云：“善本無此二句。”贛州本有此二句，而無注語。《考異》云：“此尤與茶陵（茶陵本與贛州本同）合，與袁本（明州本與袁本同）不合。亦即所見不同也。但依文義，恐不當有。”

(92)古鈔本“徙”作“郗”。此古鈔本與李本及五臣本不同處。徙倚，叠韵字，作徙作郗，皆可。唯作郗者世不常見，此古鈔本可貴處。

(93)李注：“《毛詩》曰：二之日栗冽。毛萇曰：栗冽，寒氣也。”案：注引《毛詩》，見《豳風·七月》。許云："今《詩》作栗烈。《説文》：凓，寒也。從仌。"《箋證》："依注則正文當作栗冽，與列、缺、滅、察韻，作慘慄非。"梁引劉履云："'玉衡指孟冬'，非夏之孟冬，漢襲秦制，以十月爲歲首，漢之孟冬，夏之七月也。至'孟冬寒氣至，北風何慘慄'，蓋漢武已改用夏時矣。三代改朔不改月，古人辨證，博引經傳多矣。獨未引此耳。"

㉞李注："《禮記》曰：地秉陰竅於山川，播五行於四時，和而後月生也。是以三五而盈，三五而闕。《春秋元命苞》曰：月之爲言闕也。兩説以詹諸與兔。然詹與占同，古字通。"案：注引《禮記》，見《禮運》。注文"三五而闕"尤刻及明州本皆同，與《禮運》合。贛州本改"三"爲"四"，蓋欲使與正文相應。《春秋元命苞》，參看前《月賦》注⑭。古鈔本正文"詹"作"占"，明州及贛州兩本皆作"蟾"。胡克家云："詹當作占，注云'然詹與占同，古字通'……其作'占'明甚。後《七命》注所引正是'占'字，各本所見善作'詹'，皆誤用《元命苞》'詹'改正文'占'，而注語不可通。重刻茶陵又并改注'占'爲'蟾'，而善之'占'字幾亡矣。幸袁、尤二本注不誤，得以考正。又詹諸字，《説文》及《淮南子·説林訓》皆如此，與《元命苞》正同，五臣乃必改爲蟾字，甚矣其不通乎古也!"許亦以蟾蜍爲俗字。張、梁皆引胡氏《考異》之説，梁云："五臣詹作蟾，銑注可證。"《箋證》亦引《考異》之説，又云："《御覽》（四）引《春秋元命苞》曰：月之爲言闕也。兩設以蟾蜍與兔者，陰陽雙居。似'一説'二字爲'兩設'之誤。《五經通義》曰：月中有兔與蟾蠩何？月，陰也。蟾蠩，陽也。而與兔並明，陰係於陽也。"[1] 案：《考異》謂正文作"占"，今得古鈔本已完全證明其説甚是。《箋證》據《御覽》卷四引《元命苞》文校正此注所引"一説"爲"兩設"，案此二字《月賦》注引作"兩説"，可參看《月賦》注⑭。

㉟李注："《韓詩外傳》曰：趙簡子少子名無恤，簡子自爲書牘使誦之。居三年，簡子坐青臺之上，問書所在，無恤出其書於左袂，令誦習焉。"案：

〔1〕 胡紹煐《箋證》此條段首作"注善曰《春秋元命苞》曰一説以詹諸與兔"，按胡刻本、明州本、贛州本此句"一説"均作"兩説"。《箋證》引誤而或有後之考證。

此引《韓傳》，乃佚文，與《太平御覽》卷一百四十五所引略似，與今《韓傳》卷六、卷七所記趙簡子事皆無涉。

⑯李注："李陵《與蘇武書》曰：區區之心，竊慕此爾。《廣雅》曰：區區，愛也。"案：注引李陵《與蘇武書》，見本書卷四十一。《廣雅》，見《釋訓》。

⑰王引之《經籍釋詞》卷七："爾，猶如此也。"

⑱李注："鄭玄《儀禮注》曰：著，謂充之以絮也。……鄭玄《禮記注》曰：緣，飾邊也。"案：注引《儀禮注》，見《士喪禮》。《禮記注》，見《玉藻》。宋趙德麟《侯鯖録》卷一云："《文選·古詩》'著以長相思，緣以結不解。'注謂被中著綿，謂之長相思綿綿之意。緣被四邊，綴以絲縷，結而不解之意。余得一古被，四邊有緣，真此意也。著，謂充以絮。"余、梁、朱皆引此。梁云："豈古被之制，抑因此詩而附會之邪？"朱云："楊氏慎曰：長相思，謂以絲縷絡綿，交互網之使不斷，長相思之義也。結不解者，《説文》：結而可解曰紐，結不解曰締。締謂以鍼縷交鎖連結，混合其縫，如古人結綢繆，同心製，取結不解之義也。可見詠物之工。余謂此蓋借絲爲思，借連結爲結好，猶蓮之爲憐，薏之爲憶，古人以同音字託物寓情，類如是爾。"

⑲李注："《韓詩外傳》子夏曰：實之與實，如膠與漆。君子不可不留意也。"案：注引《韓詩外傳》，見卷八，今本"與漆"作"如漆"。"不可不留意也"作"可不留意哉"。

⑳李注："《毛詩》曰：月出皎兮。"案：注引《毛詩》，見《陳風·月出》。

㉑李注："《毛詩》曰：耿耿不寐。"案：注引《毛詩》，見《邶風·柏舟》。

㉒李注："《毛詩》曰：言旋言歸。"案：注引《毛詩》，見《小雅·黄鳥》。

㉓李注："《毛詩序》曰：彷徨不忍去。"案：此《王風·黍離》序。

㉔"淚下"，明州本作"下淚"，注云："善本作淚下。"贛州本作"淚下"，注云："五臣作下淚。"孫氏《考異》云："按魏文帝《燕歌行》注作

‘衣裳’。謝玄暉《休沐重還道中》、江文通《望荆山詩》注並同。何云：衣字合本韵，注偶倒耳。”張云：“雲璈按：《玉臺新詠》作‘裳衣’，與通篇叶。然魏文《燕歌行》注引此作‘衣裳’，蓋其本文如是，與上句‘引領還入房’爲韵也。”李注：“引領，已見上文。”贛州本引《左氏傳》：“穆叔謂晋侯曰：引領西望曰：‘庶幾乎?’”案：此見襄公十六年。又案：陸機所擬十二首中有此首。《玉臺新詠》卷一以爲枚乘作。

傅季友[①]

爲宋公修張良廟教[②]

（教，卷三十六）

綱紀[③]：夫盛德不泯，義存祀典[④]。微管之歎，撫事彌深[⑤]。張子房道亞黄中，照鄰殆庶[⑥]。風雲玄感，蔚爲帝師[⑦]。夷項定漢，大拯横流[⑧]。固已參軌伊、望，冠德如仁[⑨]。若乃交神圯上，道契商洛[⑩]，顯默之際，窅然難究，淵流浩瀁，莫測其端矣[⑪]。塗次舊沛，佇駕留城[⑫]。靈廟荒頓，遺像陳昧[⑬]。撫事懷人，永歎寔深[⑭]。過大梁者，或佇想於夷門；游九京者，亦流連於隨會[⑮]。擬之若人，亦足以云[⑯]。可改構棟宇，修飾丹青，蘋蘩行潦，以時致薦[⑰]。抒懷古之情，存不刊之烈[⑱]。主者施行[⑲]。

【注釋】

①李注："沈約《宋書》曰：傅亮，字季友，北地人也。博涉文史，尤善文辭。初爲建威參軍，稍遷至散騎常侍，後太祖收亮付廷尉，伏誅。"案：注引《宋書》，見卷四十三《傅亮傳》。《傳》云："北地靈州人也。"靈州在今寧夏寧武縣。太祖，宋文帝劉義隆。亮本宋武帝劉裕的佐命文學之臣，後又助文帝奪少帝劉義符之權，以功大望高，爲文帝所妒，故借事誅之。亮在晋宋禪代之際，"表策文誥，皆亮辭"（《傅亮傳》）。"自以文義，一時莫及"（《顔延之傳》）。齊梁時代任昉，"尤長載筆"，"頗慕傅亮"〔1〕；王儉稱賞昉文，亦云"自傅季友以來，始復見於任子"（《南史·任昉傳》）。傅亮、任昉的文章，是《文選》中六朝散文的精品。

---

〔1〕"頗慕傅亮"，《南史》卷五十九《任昉傳》作"頗慕傅亮才思無窮"。

②按本文屬於《文選》卷三十六的“教”類。在“教”字類目下，李善注云：“蔡邕《獨斷》曰：諸侯言曰教。”案：《文心雕龍·詔策篇》云：“教者，效也。出言而民效也。契敷五教，故王侯稱教。”義亦與此同。范文瀾謂“今《獨斷》無此語”。《文選序》云：“詔誥教令之流。”是“教”爲文體之一類，六朝人習慣如此。

李善在題下注云：“裴子野《宋略》曰：義熙十三年，高祖北伐，大軍次留城，令修張良廟。”案：裴子野《宋略》二十卷，梁通直郎裴子野撰，《隋書·經籍志》史部編年類著録。《舊唐書·經籍志》《新唐書·藝文志》皆有此書，蓋亡於宋代。子野，字幾原，河東聞喜人，《梁書》卷三十有傳。《史通·古今正史篇》云：“世之言宋史者，以裴《略》爲上，沈《書》次之。”又《論贊篇》云：“大抵（史論）皆華多於實，理少於文……必擇其善者，則干寶、范曄、裴子野，是其最也。”案：《宋書·武帝紀》：“（義熙）十三年正月，公（指劉裕）以舟師進討，留彭城公義隆鎮彭城。軍次留城，經張良廟，令曰……”即載此文，今據以參對。又唐寫《文選集注》殘本卷七十一有此篇，其正文及李善注已參校，其所載《鈔》《音决》及陸善經注，有可採用者，今亦録入。

③此“綱紀”二字及文末“主者施行”四字，《宋書》皆無。蓋乃當時公文程式，故此套語悉從删簡也。李注：“綱紀，謂主簿也。教，主簿宣之，故曰綱紀。猶今詔書稱門下也。虞預《晋書》東平主簿王豹白事齊王曰：况豹雖陋，故大州之綱紀也。”案：注“綱紀”至“下也”二十三字，明州本、贛州本李注皆無，而《集注》殘本有之。胡氏《考異》云：“此二十三字，袁本、茶陵本無。案此卷以下尤本增多各條，似二本因并入五臣而删削。其尤所見異本爲是矣。”今謂胡氏之説是，以《集注》證之，此條乃吕延濟注抄襲李注。李注原有此類釋義之注，並非五臣注竄入。實乃五臣剿襲，反誣李氏“忽發事義”，其六臣本不載，乃以同於五臣而被删削，非得《集注》殘本，無以發此覆也。《考異》謂尤所見異本，則《考異序》中稱今存李本皆係從六臣本抽出者，其語矛盾抵牾，真可謂不攻自破者矣！虞預《晋書》，湯球輯本據此輯入《王豹傳》。

④“存”，《宋書》作“在”。李注：“《左氏傳》晋侯問於史趙曰：陳其

遂亡乎？對曰：未也。臣聞盛德必百世祀，虞之世數未也。《禮記》曰：非此族也，不在祀典也。毛萇《詩傳》曰：泯，滅也。”案：注引《左氏傳》，見昭公八年。《禮記》，見《祭法》。毛萇《詩傳》，見《大雅・桑柔》。

⑤李注：“《論語》子曰：管仲相桓公，霸諸侯，一匡天下，民到于今受其賜。微管仲，吾其被髮左衽矣。”案：注引《論語》，見《憲問篇》。此以“微管”二字概括“微管仲吾其被髮左衽矣”全句，與下文“殆庶”“如仁”詞法相同，皆六朝人文學語言習慣。

⑥李注：“《周易》曰：君子黄中通理，正位居體。又曰：顔氏之子，其殆庶幾乎?”案：注引《周易》，見《坤・文言》。天玄地黄。坤爲地，屬臣道，所謂“黄中”，即代指臣下。黄中，謂臣下之内心，即忠心也。又引，見《繫辭下》。

⑦李注：“《周易》曰：雲從龍，風從虎，聖人作而萬物覩。《漢書》曰：張良從容步游下邳圯上，有一老父出一編書曰：讀是則爲王者師。又良曰：以三寸舌爲王者師。《河圖》曰：黄石公謂張良，讀此爲劉帝師也。”案：注文“下邳”“邳”字，《集注》本誤作“郅”，又“劉帝師”下無“也”字。又案：注引《周易》，見《乾・文言》。兩引《漢書》，皆見《張良傳》，此乃節引，字句有省易。引《河圖》，蓋即製造緯書者用《漢書》竄改而成也。明州本及贛州本李注皆無“《漢書》”以上諸字，而李周翰注有之。《集注》本李注與尤刻同，有李注引《周易》一段。此又可證明編六臣本者隨意删削，尤刻李注本不如《考異序》所説仍非未經與五臣合並之本，此又得一確證也。

⑧此二句，《宋書》倒作“大拯横流，夷項定漢”。李注：“《廣雅》曰：夷，滅也。《漢書》：王追羽至陽夏，諸侯不會，用良計，諸侯皆會，圍羽垓下。羽敗自剄。《説文》曰：出溺爲拯。《孟子》曰：洪水横流，氾濫於天下。”案：注引《廣雅》，見《釋詁》。引《漢書》，《集注》本“書”下有“曰”字，“王”上有“漢”字；“諸侯不會”，無“諸侯”二字；“圍羽”，“羽”誤作“月”；無“羽敗自剄”四字。案此引見《項籍傳》。引《孟子》，見《滕文公下篇》。

⑨李注：“《廣雅》曰：軌，迹也。伊，伊尹。望，吕望也。《典引》曰：

以冠德卓絶者，莫崇乎陶唐。《論語》子曰：桓公九合諸侯，不以兵車，管仲之力也，如其仁！如其仁!”案：注文“廣雅”至“望也”，明州本、贛州本李注無之，而劉良注有類似的文字。《集注》本李注但作“伊尹、吕望也”五字。《廣雅》，見《釋詁》。《典引》，見本書卷四十八。“絶”字，明州、贛州及《集注》諸本皆誤作“綽”。引《論語》，見《憲問篇》。又案：文中“微管”“黄中”“殆庶”及此“如仁”諸種詞法，皆體現六朝文修辭法，已詳上注。

⑩“交神”，明州本及《集注》本皆作“神交”，明州本注云：“善本作交神。”贛州本作“交神”，注云：“五臣作神交。”李注：“《答賓戲》曰：齊寧激聲於康衢，漢良受書於邳圯。皆俟命而神交，匪詞言之所信。圯上，已見謝宣遠《張子房詩》注。袁宏《三國名臣贊序》曰：體分冥固，道契不墜。班固《漢書贊》曰：漢興，園公、綺季夏、黄公、角里先生，當秦之世，避而入商洛深山，以待天下之定也。《漢書》曰：上竟不易太子者，良本召此四人之力也。”

案：注引《答賓戲》，見本書卷四十五。“邳圯”乃“邳垠”之誤，《集注》本不誤，而誤“邳”爲“鄄”。又“俟”作“竢”。“圯上”以下十二字，《集注》本衹作“圯上見上注”。蓋指見上“風雲”句注也（注⑦）。袁宏《三國名臣贊序》，見本書卷四十六。（可以參看《導言》第五題《〈文選〉流傳諸本述略》。）班固《漢書贊》，見《王貢兩龔鮑傳》。《傳》云：“漢興，有園公、綺里季夏、黄公、角里先生……”此引“綺”下脱“里”字，唯贛州本有一“李”字，蓋“李”與“里”通也。諸本皆脱此字。顔師古注云：“四皓稱號，本起於此，更無姓名可稱知。此蓋隱居之人，匿迹遠害，不自標顯，祕其氏族，故史傳無得而詳。”齊召南云：“四皓名字，當讀爲‘綺里季夏’，而後人誤讀爲‘夏黄公’。”又引《漢書》，見《張良傳》。

⑪“顯默”，《宋書》作“顯晦”。“窅然”，《宋書》作“窈然”。“淵流浩瀁”，《宋書》作“源流淵浩”。李注：“言其度量深大，不可測度也。孫綽《桓玄城碑》曰：俯仰顯默之際，優游可否之間。《莊子》老聃曰：而知夫道，窅然難言哉。《吴都賦》曰：澒溶沆瀁，莫測其深，莫究其廣。《黄石公説序》曰：張良慮若源泉，深不可測也。”案：注引孫綽《桓玄城碑》，嚴輯

《全晋文》收入卷六十二，云："桓字疑誤。"《莊子》，見《知北游》。按今本句讀："老聃曰：'汝齋戒，疏瀹而心，澡雪而精神，掊擊而知。'"則"而知"二字當屬上讀。《吴都賦》，見本書卷五。《黄石公説序》不知是何書。《隋書·經籍志》子部兵家類著録《黄石公内記敵法》《黄石公三略》《黄石公三奇法》等，又云："張良經與《三略》往往同，亡。"案：《黄石公三略》三卷，稱"下邳神人傳，成氏注"。陳振孫《直齋書録解題》卷十二云："世傳張子房受書圯上老人曰：濟北穀城下得黄石，即我也。故遂以黄石爲圯上老人。然皆傅會依託也。"《黄石公説序》或即《三略》之序。

⑫李注："《漢書》：沛郡有留縣。又曰：張良爲留侯。《爾雅》曰：佇，久也，謂停久也。"案：注引《漢書》，見《地理志》；又引，見《張良傳》。《史記·留侯世家》，《索隱》云："韋昭云：留，今屬彭城。"又《正義》："《括地志》云：故留城在徐州沛縣東南五十五里。"《爾雅》，見《釋詁》。

⑬李注："范曄《後漢書》曰：薛苞與弟子分田廬，取其荒頓者。杜預《左氏傳注》曰：頓，壞也。夏侯湛《東方朔畫贊序》曰：徘徊露寢，見先生之遺像。《廣雅》曰：昧，闇也。"案：注引《後漢書》，見《劉趙淳于江劉周趙列傳序》。李賢注："頓，猶廢也。"《左氏傳注》，見襄公四年。《東方朔畫贊序》，見本書卷四十七。《廣雅》，見《釋詁》。

⑭"事"字，贛州本作"迹"，《宋書》亦作"迹"。"永歎寔深"，《宋書》作"慨然永歎"。李注："《毛詩》曰：嗟我懷人。又曰：寤寐永歎。"案：注引《毛詩》，見《周南·卷耳》；又引，見《小雅·小弁》。陳校"寤"作"假"（梁引），是也。此當依《小弁》改正，各本皆誤。

⑮"京"字，明州本、《集注》本皆作"原"，《宋書》亦作"原"。何校"原"改"京"（許引）。案：李氏注文已云"京當爲原"，可知李本作"京"，梁云："五臣京作原，銑注可證。"李注："《史記》：魏有隱士曰侯嬴。年七十，家貧，爲大梁夷門監者。太史公過大梁之墟，求問其所謂夷門者。夷門，城之東門。《禮記》曰：趙文子與叔譽觀乎九京，文子曰：'死者如可作也，吾誰與歸？'叔譽曰：'其陽處父乎？'文子曰：'利君不忘其身，謀身不忘其友，我則隨武子乎？'鄭玄曰：武子，士會也，食邑於隨。京當爲原。"案：注引《史記》，見《魏公子無忌列傳》。《禮記》，見《檀弓下》。《禮記》原文作京，鄭校作原。九原爲趙卿大夫墓地。張、朱、梁皆以爲地近太原。

⑯此八字，《宋書》無之。李注：“《論語》子曰：君子哉若人。毛萇《詩傳》曰：云，言也。”案：注引《論語》，見《公冶長篇》，又見《憲問篇》。《詩傳》，見《小雅·何人斯》。

⑰“楝宇”，《宋書》作“榱桷”。李注：“《左氏傳》君子曰：蘋蘩蕴藻之菜，潢汙行潦之水，可薦於鬼神。”案：注引《左氏傳》，見隱公三年。

⑱《宋書》“抒”上有“以”字，“存”上有“用”字。李注：“《廣雅》曰：抒，渫也。《西京賦》曰：慨長思而懷古。《左氏傳序》曰：經者，不刊之書也。”案：注引《廣雅》，見《釋詁》。《西京賦》，見本書卷二。《左氏傳序》，見本書卷四十五。

⑲此四字《宋書》以爲當時公文程式用語而删之，已見前注③。

任彦昇[①]

天監三年策秀才文[②]

（三首，文，卷三十六）

問秀才：朕長驅樊、鄧，直指商郊[③]。因藉時來，乘此歷運[④]。當扆永念，猶懷慙德[⑤]。何者？百王之弊，齊季斯甚[⑥]。衣冠禮樂，掃地無餘[⑦]。斲雕刓方，經綸草昧[⑧]。採三王之禮，冠履粗分；因六代之樂，宮判始辨[⑨]。而百度草創，倉廩未實[⑩]。若終畝不税，則國用靡資[⑪]；百姓不足，則惻隱深慮[⑫]。每時入芻藁，歲課田租[⑬]，愀然疚懷，如憐赤子[⑭]。今欲使朕無滿堂之念，民有家給之饒[⑮]，漸登九年之畜，稍去關市之賦[⑯]。子大夫當此三道，利用賓王[⑰]，斯理何從？佇聞良説[⑱]。

問：朕本自諸生，弱齡有志[⑲]。閉户自精，開卷獨得[⑳]。九流七略，頗常觀覽；六藝百家，庶非牆面[㉑]。雖一日萬機，早朝晏罷[㉒]。聽覽之暇，三餘靡失[㉓]。上之化下，草偃風從[㉔]。惟此虚寡，弗能動俗[㉕]。昔紫衣賤服，猶化齊風[㉖]；長纓鄙好，且變鄒俗[㉗]。雖德慚往賢，業優前事。且夫搢紳道行，禄利然也[㉘]。朕傾心駿骨，非懼真龍[㉙]。輜軿青紫，如拾地芥[㉚]。而惰游廢業，十室而九[㉛]。嗚鳥蕿聞，《子衿》不作[㉜]。弘奬之路，斯既然矣[㉝]。猶其寂寞，應有良規[㉞]。

問：朕立諫鼓，設謗木，於兹三年矣[㉟]。比雖輻湊闕下，多非政要[㊱]；日伏青蒲，罕能切直[㊲]。將齊季多諱，風流遂往[㊳]。將謂朕空然慕古，虚受弗弘[㊴]？然自君臨萬寓，介在民上[㊵]，何嘗以一言失旨，轉徙朔方[㊶]；睚眦有違，論輸左校[㊷]？而使直臣杜口，忠讜路絶[43]。將恐弘長之道，别有未周[44]。悉意以陳，極言無隱[45]。

【注釋】

①案：《文選》採録任彦昇的作品甚多，第一次出現在卷二十三，詩類的哀傷之屬，採録了任彦昇的《出郡傳舍哭范僕射一首》，在作者任彦昇的署名下，李善注："劉璠《梁典》曰：任昉字彦昇，樂安人。年四歲誦古詩數十篇。十六舉秀才第一，辭章之美，冠絶當時。爲寧朔將軍、新安太守。卒。"案：劉璠《梁典》三十卷，《隋書·經籍志》及兩《唐志》並著録，其書蓋亡於宋時。璠字寶義，仕梁入周，傳見《周書》卷四十二。史稱璠"學思通博，有著述之譽"。《梁典》"雖傳疑傳信，頗有詳略，而屬辭比事，足爲清典。蓋近代之佳史歟"（《周書》本傳論）。任昉的《傳》，今在《梁書》卷十四、《南史》卷五十九。兩史皆本之《梁典》。《梁書》稱昉爲樂安博昌人，博昌，今山東博興縣。《梁書》稱昉天監六年（507）卒，年四十九（《南史》祇稱年四十九，未書卒年），則當生於宋孝武帝大明三年（459）。

昉少年即有文章優美之譽，王儉、王融皆極稱之，並以"今之傅季友"爲譽。他寫文章婉而多諷。齊明帝蕭鸞廢鬱林王，使昉爲他寫《讓宣城郡公表》（此表録入《文選》卷三十八），蕭鸞惡其辭斥，甚愠，終建武中，位不過列校（《梁書》本傳）。昉與蕭衍同在齊竟陵王西邸，衍從容謂昉曰："我登三府，當以卿爲記室。"昉亦戲衍云："我若登三事，當以卿爲騎兵。"（三府、三事，皆指三公）後蕭衍爲大司馬，果以昉爲記室。昉寫《到大司馬記室牋》云："昔承嘉宴，屬有緒言。提挈之旨，形乎善謔。豈謂多幸，斯言不渝。"（此文録入《文選》卷四十）即指此事（《梁書》《南史》本傳皆載此事）。李商隱《讀任彦昇碑》云："任昉當年有美名，可憐才調最縱横。梁臺初建應惆悵，不得蕭公作騎兵。"便是借這段史事寓托的佳作。昉的文章當時是無敵的，沈約也大爲佩服。那時有"任筆沈詩"的品目。《詩品》卷中云："彦昇少年爲詩不工，故世稱沈詩任筆。昉深恨之。晚節愛好既篤，文亦遒變，善銓事理，拓體淵雅，得國士之風，故擢居中品。但昉既博物，動輒用事，所以詩不得奇。少年士子，效其如此，弊矣。"這是説他的詩，並且重點在指“效其如此”的“少年士子”之“弊”。至於任昉的文章，確是齊梁之間的第一人。他家境清貧，而好拔擢寒士，劉孝標寫的《廣絶交論》即爲此而發，本書《選讀》中已採録了此文。他又好藏書，死後，蕭衍曾派沈約到他的家中查閲書目，有許多當時國家没有收藏的書，便從他的家中移寫。閲讀《文選》，欣賞駢儷文章，應該特别注意所選入的傅季友和任彦昇之作。

②此文載在《文選》卷三十六中。這一卷選録王元長（融）《永明九年策秀才文五首》《永明十一年策秀才文五首》，並此三首，各本總目及卷首目録皆標爲《文》，唯《文選集注》殘本卷七十一標爲《策秀才文》。宜以《集注》本爲是。此亦“詔策”之類（《文心雕龍》卷四有《詔策篇》），獨稱曰“文”，不足表其内容也。李注：“何之元《梁典》曰：天監，武帝年號也。”案：何之元《梁典》三十卷，隋及兩《唐志》皆著録，《史通·古今正史篇》與劉璠《梁典》並稱，今皆亡佚。何之元，廬江灊人，陳始興王叔陵諮議，見《陳書·文學傳》。天監三年，即公元504年。《梁書·任昉傳》稱昉“重除吏部郎中，參掌大選。居職不稱。尋轉御史中丞、秘書監，領前軍將軍”（《南史·任昉傳》略同）。此策文當是參掌大選時代武帝作。所謂“居職不稱”，似與此文寫作有關。昉在齊時爲明帝草《讓宣城郡公表》，明帝“惡其辭斥，甚愠”（見《梁書》《南史》本傳，參看上注①）。此策文，譚獻評之謂“非獨代言，實寓諷諫”（譚評本《駢體文鈔》卷十），蓋亦有“辭斥”之嫌也。

③李注：“商，喻齊也。《史記》樂毅書曰：輕卒鋭兵，長驅至國。《漢書》朱買臣曰：發兵浮海，直指泉山。《尚書》曰：武王朝至于商郊。”案：蕭衍在齊中興元年（501）十二月，誅齊東昏侯蕭寶卷，立蕭寶融爲帝（和帝）。二年（502）三月，寶融禪位。於是改國號爲梁，以中興二年爲天監元年（見《通鑑》卷一百四十四至一百四十五）。故李注謂“商喻齊”。又案：注引《史記》，見《樂毅列傳》。蕭衍從襄陽進軍討東昏侯，故稱“長驅樊鄧”。引《漢書》，見《朱買臣傳》。引《尚書》，見《牧誓》。明州本注文末“郊”下有“也”字。

④李注：“《魏志》劉廙上疏曰：臣遭乾坤之靈，值時來之運。”案：注

引《魏志》，見《劉廙傳》。

⑤李注：“《禮記》曰：天子當扆而立。《尚書》曰：成湯放桀於南巢，惟有慙德。”案：注引《禮記》，見《曲禮下》。“扆”今本作“依”，鄭玄注稱“依宁”。《釋文》：“依，本又作扆。於豈反。狀如屏風，畫爲黼文，高八尺。”引《尚書》，見僞《仲虺之誥》。

⑥“弊”，明州本作“敝”。李注：“班固《漢書贊》曰：漢承百王之弊。季，謂末年。”案：注引《漢書贊》，見《武帝紀》。

⑦李注：“言衣冠制度，禮樂軌儀，皆見廢棄，故無餘也。班固《漢書贊》曰：秦滅六國，而上古遺烈，掃地盡矣。”案：注文首“言”字，明州、贛州兩本皆無。引《漢書贊》，見《魏豹田儋韓王信列傳》。

⑧“斲雕”，明州本作“彫斲”，注云：“善本作斲雕。”贛州本作“斲雕”，注云：“五臣作彫斲。”李注：“《漢書》曰：漢興，破觚而爲圜，斲琱而爲樸。蘇林《漢書注》曰：刓，音角之刓，與刓剸同。《周易》曰：雲雷屯，君子以經綸。又曰：天造草昧，宜建侯而不寧。鄭玄曰：造，成也。草，草創也。昧，昧爽也。”案：注引《漢書》，見《酷吏傳序》。又引蘇林《漢書注》，見《韓信傳》注。胡氏《考異》依今顏注本引校作“刓，音刓角之刓，與剸同”。今顏注引“剸”作“摶”。引《周易》，見《屯·象》；又引，見《屯·彖》。鄭玄注佚。李鼎祚《集解》引虞翻注云：“造，造生也。草，草創也。坤冥爲昧。不寧，言寧也。”

⑨李注：“《周禮》曰：王，宫懸；諸侯，軒懸；卿大夫，判懸；士，植懸。”案：注引《周禮》，見《春官·小胥》。明州本、贛州本注文“植”皆作“特”。《考異》謂作“特”爲是。鄭玄注云：“樂懸，謂鐘磬之屬，懸於筍虡者。鄭司農云：宫懸，四面懸。軒懸，去其一面。判懸，又去其一面。特懸，又去其一面。”

⑩李注：“《尚書》曰：百度唯貞。《論語》曰：裨諶草創之。《管子》曰：倉廩實，知禮節。”案：注引《尚書》，見僞《旅獒》。《論語》，見《憲問》。《管子》，見《牧民》。

⑪李注：“《國語》曰：王耕，三推之。庶人終于畝。《禮記》曰：古者公田，籍而不税。毛萇《詩傳》曰：資，財也。”案：注引《國語》，見《周

語上》。《禮記》，見《王制》。《詩傳》，見《大雅·板》。

⑫李注："《論語》有若曰：百姓足，君孰與不足？百姓不足，君孰與足？《孟子》曰：無惻隱之心，非仁也；惻隱者，仁之端。"案：注引《論語》，見《顔淵篇》。《孟子》，見《公孫丑下篇》。

⑬李注："《漢舊儀》曰：民田租芻藁，以給經用也。《尚書》曰：百里納藁。"案：《漢舊儀》，衛宏撰，其書已佚，此見《四庫全書》輯《永樂大典》本卷下（《平津館叢書》本同）。引《尚書》，見《禹貢》。

⑭李注："《禮記》曰哀公：敢問人道誰爲大？孔子愀然作色而對。《月賦》曰：愀焉疚懷。《尚書》曰：若保赤子，惟民其康乂。"案：注引《禮記》，見《哀公問》。"曰"字，依李注引書例，當在"哀公"下。《月賦》，見本書卷十三，此《選讀》已入選，見上。《尚書》，見《康誥》。

⑮李注："《説苑》曰：古人於天下也，譬一堂之上，今有滿堂飲酒，有一人獨索然向隅泣，則一堂之人皆不樂也。《鄧析子》曰：聖人逍遥一世之間，而家給人足，天下太平。"案：注引《説苑》，見《貴德篇》。《鄧析子》，見《轉辭》。

⑯李注："《禮記》曰：國無九年之富曰不足。《周禮》曰：以九賦斂財賄，七曰關市之賦。鄭玄曰：賦，謂口出泉。關市，謂占會百物也。"案：注引《禮記》，見《王制》。《周禮》，見《天官·大宰》。今本鄭注"口出泉"作"口率出泉"。

⑰案：王元長《永明九年策秀才文》李注引《漢書·晁錯傳》説"三道"，張宴注云："國體、人事、直言也。"又引《易·觀·六四》："觀國之光，利用賓於王。"

⑱李注："顔延之《策秀才文》曰：廢興之要，敬俟良説。"案：顔延之《策秀才文》已佚，《全宋文》卷三十六據此注輯入。以上第一首。

⑲李注："《鍾離意别傳》曰：嚴遵與光武皇帝俱爲諸生。《禮記》孔子曰：大道之行也，與三代之英，丘未之逮，而有志焉。"案：注引《鍾離意别傳》，此《傳》已佚，本書卷四十《百辟勸進今上牋》注引同。又引《禮記》，見《禮運篇》。

⑳李注："《楚國先賢傳》曰：孫敬入學，閉户牖，精力過人，太學謂曰

閉户生。入市，市人相語：閉户生來！不忍欺也。陶潛《誡子書》曰：開卷有得，便欣然忘食。”案：《隋書·經籍志》史部雜傳類著録《楚國先賢傳贊》十二卷，張方撰。《新唐志》無“贊”字。《舊唐志》“張方”作“楊方”。陶潛《誡子書》，見今陶澍注本《靖節先生集》卷七，題作《與子儼等疏》。

㉑李注：“《漢書》曰：九流，有儒家流，道家流，陰陽家流，法家流，名家流，墨家流，縱横家流，雜家流，農家流。又曰：劉歆總群書而奏其《七略》，故有輯略，有六藝略，有諸子略，有詩賦略，有兵書略，有數術略，有方技略。《廣雅》曰：頗，少也。《周禮》：保氏養國子以道，乃教之六藝：一曰五禮，二曰六樂，三曰五射，四曰五御，五曰六書，六曰九數。《淮南子》曰：百家異説，各有所出。《論語》子謂伯魚曰：汝爲《周南》《召南》矣乎？人而不爲《周南》《召南》，其猶正牆面而立也與？”案：注兩引《漢書》，皆節録《藝文志》。《廣雅》，見《釋詁》。《周禮》，見《地官·保氏》。《淮南子》，見《俶真篇》。《論語》，見《陽貨篇》。

㉒李注：“《尚書》曰：兢兢業業，一日二日萬機。《墨子》曰：早朝宴罷，斷獄治政也。”案：注引《尚書》，見《臯陶謨》。《墨子》，見《非樂上》，今本“晏罷”作“晏退”，“斷獄”作“聽獄”。

㉓李注：“《上林賦》曰：朕以覽聽餘閑，無事弃日。《魏略》曰：董遇字季真，善《左氏傳》，從學者云：若渴無日。遇言：當以三餘。或問三餘之意。遇言：冬者，歲之餘；夜與陰者，日之餘；雨者，月之餘。”案：注引《上林賦》，見本書卷八。引《魏略》，見《魏志·王肅傳》注引。明州本此注作“夜者，日之餘；陰雨者，時之餘”。贛州本同。《考異》謂六臣本與《魏略》同，當依六臣本訂正。此尤刻之誤也。

㉔李注：“《論語》子曰：君子之德風，小人之德草，草上之風，必偃。”案：注引《論語》，見《顔淵篇》。

㉕李注：“蔡邕《姜肱碑》曰：至德動俗，邑中化之。”案：此碑今載楊刻本《蔡中郎集》卷二。

㉖李注：“《韓子》曰：齊桓公好服紫，一國盡服紫。當時十素不得一紫。公患之，告管仲。管仲曰：君欲止之，何不自誡勿衣也？謂左右曰：甚

惡紫臭。公曰：諾。於是郎中莫衣紫；其明日，國中莫有衣紫；三日，境内莫衣紫。”案：注引《韓子》，見《外儲説左上》。

㉗李注：“《韓子》曰：鄒君好長纓，左右皆服長纓。甚貴。鄒君患之，問左右。左右對曰：君好服之，百姓亦多服，是故貴。鄒君因先自斷其纓而出，國中皆不服長纓。”案：注引《韓子》，見《外儲説左上》。

㉘李注：“《封禪書》曰：因雜搢紳先生之略術。班固《漢書贊》曰：大師衆至千餘人，蓋禄利之路然也。”案：注引《封禪書》，即本書卷四十八《封禪文》。本書卷四十八與此同。《史記・司馬相如傳》載此文“搢紳”作“薦紳”，《漢書・司馬相如列傳》作“縉紳”。《漢書贊》，見《儒林傳》。

㉙李注：“《新序》曰：郭隗謂燕王曰：古之君，有以千金市千里馬者，三年不得。人請求之，三月得馬，已死矣。買其骨以五百金。君大怒之。人曰：死馬骨且市之，况生馬乎？天下必以王爲好馬矣。於是不能期年，千里馬至者二。今王誠願致士，請從隗始。隗且見事，况賢於隗者乎？又：子張見魯哀公，哀公不禮，去曰：君子好士，有似葉公子高之好龍也。葉公好龍，室屋彫文，盡以寫龍。於是天龍聞而下之，窺頭於牖，拖尾於堂。葉公見之，棄而退走，失其魂魄，五色無主。是葉公非好真龍也，好夫似龍而非龍者也。今君之好士也，好夫似士而非士者也。”案：注引《新序》，明州及贛州兩本皆作《莊子》，按此事見《新序・雜事五》。胡氏《考異》謂今《新序》有，《莊子》無，故尤氏校改。不知此乃《莊子》佚文，《困學紀聞》（卷十）《莊子逸篇》採之。仍當以六臣本爲是。所引文字，與《新序》微有異同，可以參校。此前引《新序》郭隗説燕王一段，見《雜事三》，又見《戰國策・燕策》《史記・燕世家》。

㉚李注：“范曄《後漢書》曰：袁紹賓客所歸，輜軿紫轂，填接街陌。《説文》曰：軿，車前衣。車後爲輜。《漢書》曰：夏侯勝每講授，常謂諸生曰：士病不明經。經術苟明，其取青紫，如俛拾地芥爾。言好學明經術，以取貴位之服，如似車載之多也，取之易也，如拾地草。”案：注引《後漢書》，見《袁紹傳》。引《説文》，見《車部》“輜”字下。今本譌誤，段玉裁據定公九年《左傳正義》及此與《廣絶交論》注所引校訂爲“輜軿，衣車也。軿，車前衣也。車後爲輜”。引《漢書》，見《夏侯勝傳》。顔注云：“地

芥，謂草芥之横在地上者。俛而拾之，言其易而必得也。青紫，卿大夫之服也。”此言苟明經術，則取貴位，乘高車，衣華服，皆易如拾芥。非以輜軿形容似車載之多，注似稍誤。

㉛李注：“惰游，已見上文。《抱朴子》曰：秦降及季杪，天下欲反，十室而九。”案：注云“惰游，已見上文”，指本卷前《永明十一年策秀才文》注引《禮記·玉藻》“惰游之士”，鄭玄注云：“惰游，罷民也。”引《抱朴子》，見《外篇·用刑》。今本“十室而九”作“十室九空”。

㉜李注：“言古者收教不及於道者，故天下太平，而鳳凰至。學校廢，則作《子矜》以刺之。而人感思學，今則不然，言不如古也。《尚書》周公曰：攸罔勗弗及，苟造德弗降，我則鳴鳥不聞。毛萇《詩傳》曰：蔑，如也。《詩序》曰：《子矜》，刺學廢也。《兩都賦序》曰：王澤竭而詩不作。”案：注引《尚書》，見《君奭》。明州及贛州兩本“攸”皆作“收”，“苟”皆作“耇”。與今本《君奭》合。胡氏《考異》謂作“收”、作“耇”者爲是。僞孔傳：“今與汝留輔成王，欲收教無自勉不及道義者，立此化，而老成德不降意爲之。我周則鳴鳳不得聞。”注引《詩傳》，見《大雅·板》。陳校“如”爲“無”（《考異》引）。《兩都賦序》，見本書卷一。

㉝李注：“《小雅》曰：奬，勸也。”案：注引《小雅》，即《小爾雅·廣詁》。

㉞李注：“《魏志》：明帝報王朗詔曰：‘欽納至言，思聞良規。’”案：注引《魏志》，見《王朗傳》。以上第二首。

㉟李注：“《鄧析子》曰：堯置欲諫之鼓，舜立誹謗之木，此聖人也。”案：注引《鄧析子》，見《轉辭》。今本“欲”作“敢”，《御覽》卷七十七引與此同。

㊱李注：“《文子》曰：群臣輻湊。張湛曰：如衆輻之集於轂也。范曄《後漢書》曰：詔問蔡邕，宜披露得失，指陳政要。”案：注引《文子》，見《自然》。本書卷四十《奏彈曹景宗》注引《文子》（《微明》），“起師十萬，日費千金”，亦引張湛注。《後漢書》，見《蔡邕傳》。

㊲明州本“蒲”字作“規”，注云：“善本作蒲字。”贛州本作“蒲”，注云：“五臣作規。”李注：“《漢書》曰：史丹直入卧内，頓首伏青蒲上。應劭

曰：以青規地曰青蒲。桓子《新論》曰：切直忠正，則汲黯之敢諫争也。”案：注引《漢書》，見《史丹傳》。今顔注引應劭語，“青蒲”後尚有一句云：“自非皇后不得至此。”何焯據此謂昉謬用伏蒲事。張云：“時丹以親密臣，得侍疾，候上（指元帝）間獨寢，直入卧内，故得頓首青蒲。非可施於尋常殿陛間也。故何氏以伏蒲事謬用始此。”引《新論》，嚴可均輯本，收此入《求輔第三》，見《全後漢文》卷十三。

㊳李注：“毛萇《詩傳》曰：將，且也。《老子》曰：天下多忌諱，而民彌貧。《淮南子》曰：晚世風流，終敗禮廢義。《上林賦》曰：遂往而不反矣。”案：注引《詩傳》，乃《小雅·谷風》鄭箋之文，誤以爲毛傳。案此將字，猶其也，抑也。“且”亦有“抑”字之義（見《經傳釋詞》卷八），惟以且訓將，似稍曲折。引《老子》，見五十七章。《淮南子》，見《本經篇》。此節引，又似有誤。今本云：“晚世風流俗敗，嗜欲多，禮義廢。”明州及贛州兩本“廢義”皆作“義廢”，可以佐證。《上林賦》，見本書卷八。

㊴李注：“《漢書》曰：王莽好空言，慕古法，多封爵人。《周易》曰：君子以虚受人。”案：注引《漢書》，見《王莽傳下》。《周易》，見《咸·象》。

㊵“民”，明州本作“人”，注云：“善本作民字。”贛州本作“民”，注云：“五臣作人。”李注：“《左氏傳》子囊曰：赫赫楚國，而君臨之。《方言》曰：介，特也。《漢書》宣帝詔曰：朕承洪業，託於士民之上也。”案：注引《左氏傳》，見襄公十三年。《方言》，見卷六。《漢書》乃《宣帝紀》本始四年四月詔文，又見《夏侯勝傳》。

㊶李注：“范曄《後漢書》曰：蔡邕上疏，帝覽而歎息，因起更衣，曹節於後竊視之，悉宣語左右，事遂漏露，程璜遂使人飛章言邕，於是下邕洛陽獄，詔減死一等，與家屬髡鉗徙朔方，詔不得以赦令除。”案：注引《後漢書》，見《蔡邕傳》。尤氏原刻‘朔方”作“朔陽獄”，胡刻改正。

㊷李注：“《漢書》曰：原涉好殺眦睚於塵中。論輸，謂論其罪而輸作也。《漢書》：陳咸，字子康，年十八，以父萬年任爲郎。有異材，抗直。數言事，刺譏近臣。書數十上，遷爲左曹。父嘗病，召咸教戒於牀下。語至夜半，咸睡，頭觸屏風。父大怒，欲杖之，曰：乃公教戒汝，汝反睡，不聽吾

言，何也？咸叩頭謝曰：具曉所言，大要教咸諂也。父迺不復言。元帝擢咸爲御史中丞，後爲南陽太守。所居以殺伐立威，豪猾吏及大姓犯法，輒論輸府。范曄《後漢書》曰：李膺爲河南尹，時宛陵大姓羊元群罷北海郡，贓罪狼藉。膺表欲罪。元群行賂宦豎，膺反坐，輸作左校。《漢書》曰：將作少府有左校令丞。"案：注引《漢書》，見《游俠傳》。又引，見《陳萬年傳》。依注例，此《漢書》下，脱一"曰"字。明州、贛州兩本，此注作"《漢書·陳萬年傳》曰：論輸府下。"蓋以李注與李周翰注重，而遭删削，此又足證明尤刻非從六臣注本抽出者也。"《漢書·陳萬年傳》的引書體例，也與李注不合。引《後漢書》，見《黨錮傳》。又引《漢書》，乃節録《百官公卿表》文。

㊸李注："《漢書》：景帝問鄧公，鄧公曰：夫鼂錯患諸侯彊大不可制，故請削之，以尊京師，萬世之利也。計畫始行，卒受大戮，内杜忠臣之口，外爲諸侯報仇。《聲類》曰：讜，善言也。"案：正文"路絶"，明州本作"絶路"，注云："善本作路絶。"贛州本作"路絶"，注云："五臣本作絶路。"又案：注引《漢書》，見《鼂（晁）錯傳》。明州、贛州兩本此注皆作："《漢書》鄧公謂景帝曰：内杜忠臣之口，外爲諸侯報怨。"蓋亦遭删削者也。引《聲類》，又見卷十一《景福殿賦》注引。

㊹李注："《韓詩》曰：將恐將懼。薛君曰：將，辭也。檀道鸞《續晋陽秋》〔1〕曰：謝安爲桓温司馬，不存小察，盡弘長之風。"案：注引《韓詩》，今《毛詩》在《小雅·谷風》。又引檀道鸞《續晋陽秋》，案《隋書·經籍志》："《續晋陽秋》二十卷，宋永嘉太守檀道鸞撰。"兩《唐志》皆無"續"字（新《志》陽作春）。道鸞事見《南史·文學·檀超傳》。

㊺"意"字，明州本作"心"，注云："善本作意字。"贛州本作"意"，注云："五臣作心。"李注："《漢書》曰：哀帝使傅喜問李尋曰：'間者水出地動，日月失度，星辰亂行，灾異仍重，極言無有所諱。'《周書》曰：慎問其故，無隱乃情。"案：注引《漢書》，見《李尋傳》，明州、贛州兩本皆無"間者"至"仍重"十八字。《周書》，見《大匡》。以上第三首。

---

〔1〕按，胡刻本此處作《晋陽秋》，並無"續"字。尤刻本、明州本、贛州本同。

江文通[①]

詣建平王上書[②]

（上書，卷三十九）

昔者賤臣叩心，飛霜擊於燕地[③]；庶女告天，振風襲於齊臺[④]。下官每讀其書，未嘗不廢卷流涕[⑤]。何者？士有一定之論，女有不易之行[⑥]，信而見疑，貞而爲戮，是以壯夫義士，伏死而不顧者，此也[⑦]。下官聞仁不可恃，善不可依，謂徒虛語，乃今知之[⑧]。伏願大王暫停左右，少加憐察[⑨]。

下官本蓬户桑樞之人，布衣韋帶之士[⑩]，退不飾詩書以驚愚，進不買名聲於天下[⑪]。日者謬得升降承明之闕，出入金華之殿[⑫]，何常不局影凝嚴，側身扃禁者乎[⑬]！竊慕大王之義，復爲門下之賓，備鳴盗淺術之餘，豫三五賤伎之末[⑭]。大王惠以恩光，顧以顔色[⑮]，實佩荆卿黄金之賜，竊感豫讓國士之分矣[⑯]。常欲結纓伏劍，少謝萬一[⑰]，剖心摩踵，以報所天[⑱]。不圖小人固陋，坐貽謗缺[⑲]，迹墜昭憲，身恨幽圄[⑳]，履影弔心，酸鼻痛骨[㉑]！

下官聞虧名爲辱，虧形次之[㉒]，是以每一念來，忽若有遺[㉓]。加以涉旬月，迫季秋，天光沈陰，左右無色[㉔]。身非木石，與獄吏爲伍[㉕]，此少卿所以仰天槌心，泣盡而繼之以血也[㉖]。

下官雖乏鄉曲之譽，然嘗聞君子之行矣[㉗]。其上則隱於簾肆之間，卧於巖石之下[㉘]；次則結綬金馬之庭，高議雲臺之上[㉙]；退則虜南越之君，係單于之頸[㉚]。俱啓丹册，並圖青史[㉛]。寧當争分寸之末，競錐刀之利哉[㉜]？

下官聞積毁銷金，積讒磨骨[㉝]，遠則直生取疑於盗金，近則伯魚被名於不義[34]。彼之二子，猶或如是，況在下官，焉能自免？昔上將之耻，絳侯幽獄；名臣之羞，史遷下室[35]。至如下官，當何言哉[36]！夫魯連之智，辭禄而不返[37]；接輿之賢，行歌而忘歸[38]。子陵閉關於東越，仲蔚杜門於西秦。亦良可知也[39]。若使下官事非其虛，罪得其實，亦當鉗口吞舌，伏匕首以殞身[40]，何以見齊魯奇節之人，燕趙悲歌之士乎[41]？

方今聖曆欽明，天下樂業[42]，青雲浮雒，榮光塞河[43]，西洎臨洮、狄道，北距飛狐、陽原[44]，莫不浸仁沐義，照景飲醴而已[45]。而下官抱痛圓門，含憤獄户[46]，一物之微，有足悲者[47]。仰惟大王少垂明白，則梧丘之魂，不愧於沈首；鵠亭之鬼，無恨於灰骨[48]。不任肝膽之切，敬因執事以聞[49]。

【注釋】

①《文選》選録江文通的作品，第一次出現是卷十六載的《恨賦》，李注："劉璠《梁典》曰：江淹，字文通，濟陽考城人。祖耽，丹陽令。父康之，南沙令。淹少而沉敏，六歲能屬詩。及長，愛奇尚異。自以孤賤，厲志篤學。洎於强仕，漸得聲譽。嘗夢郭璞謂之曰：君借我五色筆，今可見還。淹即探懷，以筆付璞。自此以後，材思稍減。前後二集，並行於世。卒贈醴泉侯，謚憲子。宋桂陽王舉秀才。齊興，爲豫章王記室。天監中，爲金紫光禄大夫，卒。"

案：考城在今河南。此所載江淹夢郭璞事，見於《詩品》卷中。《南史》卷五十九，除夢郭外，又載淹夢張景陽（協）索錦，皆小説家言。今《梁書》卷十四，兩事皆删去不載，而記其天監四年（505）卒，年六十二，則當生於宋元嘉二十一年（444）。《隋書·經籍志》著録《梁金紫光禄大夫江淹集》九卷，梁二十卷。《江淹後集》十卷。兩《唐志》皆著録前、後集各十卷。《宋史·藝文志》但有《江淹集》十卷。今傳《江文通集》十卷，出於宋人搜輯（《四部叢刊》影明翻宋本）。《中説·事君篇》云："鮑照、江淹，古之狷者也。其文急以怨。"

②李注："《梁書》曰：宋建平王景素好士，淹隨在南兖州。廣陵令郭彦文得罪，辭連淹（《南史》云'辭連淹，言受金'），繫州獄中。上書，景素覽書，即出之。"案：《隋書·經籍志》史部正史類著録"《梁書》四十九卷，梁中書郎謝吴撰，本一百卷"。謝吴之名，兩《唐志》及《史通·古今正史篇》皆作謝昊。李注所引，當是此書。然其文與今《梁書》卷十四全同。這有兩種可能：一是姚思廉全抄謝吴書；一是此注爲後人依今《梁書》竄改。李氏不可能引當時始出之姚思廉《梁書》也。此文《梁書》卷十四、《南史》卷五十九的《江淹傳》並載之，今用以參校。建平王景素是宋文帝子建平宣簡王宏的兒子。景素以宋孝武帝大明二年（458）襲封，明帝泰始元年（465）任南兖州刺史、丹陽尹、吴興太守。泰始六年（470）轉爲荆州刺史。此書作於景素任南兖州刺史時，當在465—470之間。

③李注："《淮南子》曰：鄒衍盡忠於燕惠王，惠王信譖而繫之，鄒子仰天而哭，正夏而天爲之降霜。《春秋考異郵》曰：桓公殺賢，吏民含痛，流涕叩心。"案：注引《淮南子》，今本無之。《後漢書·劉瑜傳》注亦引《淮南子》，與此同。《論衡·感虚篇》辨此事，引稱《傳書》。《書鈔》卷一百五十二、《御覽》卷十四並引《淮南子》。梁云：此所引與《求通親親表》注同，《初學紀》《事類賦》亦引，而《淮南子》無此文。

④"臺"字，古鈔本及明州、贛州兩本皆作"堂"字。李注："《淮南子》曰：庶女告天，雷電下擊，景公臺隕，海水大出。許慎曰：庶女，齊之少寡，無子，養姑，姑無男有女，女利母財而殺母，以誣告寡婦。婦不能自解，故冤告天。司馬彪《莊子注》曰：襲，入也。"案：注引《淮南子》，見《覽冥篇》。據注所引《淮南》之文，則李本作"臺"不作"堂"（今本《淮南》亦作"臺"，明州本注云"善本作臺字"，是也。"海水大出"，明州、贛州兩本"大"字皆作"又"。今本《淮南》作"大"）。又"許慎曰"云云凡三十九字，明州本以其同於吕延濟注，全被删削。按許慎此注，爲高誘所承用（陶方琦説），而吕延濟剿襲，又不注出處。可以明五臣之妄也。引《莊子注》，見《大宗師》。《釋文》引同。

⑤李注："沈約書曰：郡縣爲封國者，内史、相並於國主稱臣，去任便止。世祖孝建中，始改此制爲下官。太史公曰：始齊之蒯通，讀樂毅報燕王

書，未嘗不廢書而泣也。楊雄見屈原作《離騷》，悲其文，讀之流涕也。”何、陳校“書”上增“宋”字。案：此見《宋書·劉穆之傳》。今《宋書》“始改”作“始革”。張雲璈引《晋書》庾亮諸事，謂晋時仕宦，無不自稱下官，非始於宋孝建。大抵王國之僚屬改稱，則自宋孝武始耳。猶今時郡佐以下，於上稱卑職也。太史公語，見《史記·樂毅列傳》。原文云：“始齊之蒯通及主父偃，讀樂毅之報燕王書，未嘗不廢書而泣也。”此引文有節省。“楊雄”云云，乃《漢書·楊雄傳》文，與上文“太史公曰”，本不相屬。疑此注有五臣語混入。“楊雄”云云，與《漢書》亦不符合。

⑥李注：“《淮南子》文也。高誘曰：士有同志同德，其交接有一會而分定，故曰有一定之論也。貞女專一，亦無二心，雖有偏喪，不須更醮，故曰有不易之行。”案：此見《淮南子·原道篇》。

⑦李注：“《史記》曰：屈原信而見疑，忠而被謗，能無怨乎？《法言》曰：壯夫不爲。《左氏傳》曰：義士猶或非之。又曰：君子曰，臣治煩去惑者也，是以伏死而争。李陵《與蘇武書》曰：足下遭時不遇，至於伏劍不顧。”案：注引《史記》，見《屈原賈生列傳》。引《法言》，見《吾子篇》。引《左氏傳》，見桓公二年；又引，見成公二年。《與蘇武書》，見本書卷四十一。

⑧“謂”字上，《梁書》有“始”字。又“虚語”，《梁書》無“虚”字。李注：“馬遷《悲士不遇賦》曰：理不可據，智不可恃。鄒陽書曰：臣常以爲然，徒虚語耳。又曰：臣始不信，今乃知之。”案：注引司馬遷《悲士不遇賦》，“馬”字上脱一“司”字。此賦，嚴可均據《藝文類聚》卷三十，輯入《全漢文》卷二十六。依此注補入此二句。鄒陽書，即鄒陽《獄中上書自明》，見本書卷三十九，下悉同。

⑨李注：“鄒陽書曰：左右不明，卒從吏訊。又曰：願王熟察，少加憐焉。”案：注引鄒陽書，見注⑧。以上爲自己的蒙冤，提出申辯的請求。

⑩李注：“《淮南子》曰：處窮僻之鄉，蓬户甕牖，揉桑以爲樞，此齊人所謂形植犁黑，憂悲而不得志也。高誘曰：編蓬爲户，揉桑條爲户樞。《説苑》唐且謂秦王曰：大王嘗聞布衣韋帶之士怒乎？伏尸二人，流血五步。”案：注引《淮南子》，見《原道篇》。贛州本脱“窮”字，又誤“此”爲

“北”。引《説苑》，見《奉使篇》，又見《魏策》，《御覽》卷四百三十七引《新序》文亦如此。

⑪李注：“《淮南子》曰：古之人同氣于天地，與一世而優游，及僞之生，飾智以驚愚，設詐以巧上。又曰：周室衰而王道廢，儒墨於是博學疑聖，飾詩書以買名譽於天下。”案：注引《淮南子》，見《本經篇》，乃節引。又引，見《俶真篇》。

⑫李注：“《漢書》：帝賜嚴助書曰：‘君猒承明之廬。’又曰：班伯少受《詩》於師丹，上方向學，鄭寬中、張禹朝夕入，説《尚書》《論語》於金華殿中。詔伯受焉。”案：注引《漢書》，見《嚴助傳》；又引，見《叙傳》。

⑬“何常”，“常”字，古鈔本及《梁書》《南史》皆作“嘗”。以作“嘗”爲是。李注：“《詩序》曰：側身修行。班婕妤《自傷賦》曰：應門閉兮禁闥扃。”案：注引《詩序》，見《大雅・雲漢》。班婕妤《自傷賦》，見《漢書・外戚傳》。贛州本誤“闥”爲“門”。尤刻與《漢書》同，皆作“闥”。

⑭李注：“《史記》曰：孟嘗君入秦，昭王乃囚孟嘗君，謀欲殺之。孟嘗君謀欲使人抵昭王幸姬求解。姬曰：妾願得君狐白裘。此時孟嘗君有一狐白裘，入獻之昭王。無他裘。孟嘗君患之，徧問客，莫能對。最下爲狗盜者曰：臣能得狐白裘。乃夜爲狗，以入秦宫藏中。取所獻狐白裘至，以獻幸姬。姬爲言昭王，孟嘗君得出，馳去。至關，關法：鷄鳴出客。孟嘗君恐追至，客之居下坐者，能爲鷄鳴，遂得出之。如食頃，追至關，已後，孟嘗君乃還。《抱朴子・軍術》曰：大將軍當明案九宫，視年在宫，常就三居五，五爲死，三爲生，能知三五，横行天下。司馬遷書曰：使得奏薄伎。”

案：注引《史記》，見《孟嘗君列傳》。又引《抱朴子・軍術》，當是《抱朴子》篇名。見《北堂書鈔》卷一百二十，又《藝文類聚》卷九十，又《太平御覽》卷七十四，又三百四十，又九百十四，又九百四十七。詳孫星衍輯《抱朴子外篇》佚文。許宗彦云：“三五，疑即‘格五’，或‘三’字誤也。《漢書》虞丘壽王以善格五待詔。注以三五爲軍術，與賤技不合（孫、梁並引）。”張引《後漢書・張衡傳》注及《舊唐書・禮儀志》，謂九宫者，坎、坤、震、巽、中央、乾、兑、艮、離，其方白、黑、碧、緑、黄、白、赤、白、紫，又名三白圖，其法以白爲吉，黄爲凶。即所云“就三避五”

也。選注多作“居五”，蓋字誤。“格五”説亦不確。梁説與張略同。然“居五”二字，尤刻及贛州、明州兩本皆如此作。不知張、梁又何所據也。

⑮“顧”字，《梁書》作“眄”。李注：“鄭玄《詩箋》曰：爲光，言天子恩澤光耀被及己也。曹植《豔歌》曰：長者賜顏色，泰山可動移。”案：注引《詩箋》，見《小雅·蓼蕭》。曹植《豔歌》，丁晏輯此二句入《曹集銓評》卷五。

⑯李注：“《燕丹子》曰：荆軻之燕太子東宫，臨池而觀。軻拾瓦投鼃。太子令人奉盤金，轉用抵，抵盡復進。軻曰：非爲太子愛金，但臂痛耳。《史記》趙襄子數豫讓曰：子嘗事范中行氏，智伯滅之，不爲報讎。臣事智伯，死而子何獨爲報讎也？豫讓曰：中行氏衆人遇我，我故衆人報之；智伯國士遇我，我故國士報之。”案：注引《燕丹子》，見《平津館叢書》本《燕丹子》卷下。胡氏《考異》校“轉”作“軻”，《平津館叢書》本正作“軻”。又“鼃”字，孫星衍校語謂《史記·刺客列傳》作“龜”，《太平寰宇記》引《九州要記》及《太平御覽》兩引皆作“龜”。引《史記》，見《刺客列傳》。《傳》云：“智伯盡滅之，而子不爲報讎，而反委質臣於智伯。智伯亦已死矣，而子獨何以爲之報讎之深也。”此節引，但“死”字上仍當有“智伯”二字，不能省，當是刻本脱去。

⑰李注：“《左氏傳》曰：衛太子迫孔悝於厠，强盟之。子路曰：太子無勇，若燔臺半，必舍孔叔。太子聞之，懼。下石乞盂黶敵子路，以戈擊之，斷纓。子路曰：君子死，冠不免，結纓而死。又曰：晋侯殺里克，公使謂之曰：子弑二君與一大夫，爲子君者，不亦難乎？對曰：臣聞命矣。伏劍而死。《莊子》曰：弇堈曰：今於道，秋毛之端，萬分未得處一焉。”案：注引《左氏傳》，見哀公十五年。又引，見僖公十年。明州及贛州兩本“對曰”下有“若不有廢，君何以興。欲加之罪，其無辭乎？”十六字，核之明州本，此乃吕向注文，贛州本誤以竄入李注。注引《莊子》，見《知北游篇》。贛州本“堈”下有“弔”字。胡氏《考異》謂有“弔”字者是。明州本作“弇州子曰”。

⑱李注：“鄒陽《上書自明》曰：剖心析肝。《孟子》曰：墨子兼愛，摩頂致於踵，利天下爲之。劉熙曰：致，至也。《左氏傳》箴尹克黄曰：君，天也。何休曰：君者，臣之天。”案：注引鄒陽《上書自明》，見本書卷三十

九。《孟子》，見《盡心上篇》，贛州本作"摩頂放踵"，乃據今本《孟子》改。劉熙《孟子注》，今佚。引《左氏傳》，見宣公四年。引何休語，《謝平原内史表》注引作"何休《墨守》"。何休無《左氏傳》注也。

⑲"鈌"字，古鈔本及《梁書》《南史》皆作"缺"。許謂作"缺"爲是。李注："楊惲書曰：言固陋之愚也。"案：此指楊惲《報孫會宗書》，見本書卷四十一。

⑳李注："陸機《謝内史表》曰：幽執囹圄，當爲誅始。"案：陸機《謝平原内史表》，見本書卷三十七。

㉑李注："《詩》曰：顧瞻周道，中心弔兮。《高唐賦》曰：孤子寡婦，寒心酸鼻。太子丹謂麴武曰：今秦王反戾天常，每念之痛入骨髓。"案：注引《詩》，見《檜風·匪風》。《高唐賦》，見本書卷十九。太子丹謂麴武，乃《燕丹子》文，見《平津館叢書》本卷上。以上寫自己有知遇之恩，被誣枉而不能報。

㉒李注："《尸子》曰：衆以虧形爲辱，君子以虧義爲辱。"案：《尸子》此文，汪輯本收入卷下。又見《説苑·談叢》，"虧"作"毁"。

㉓"是以每一念來"，古鈔本作"是以每一念之至"。贛州本"是以每一念"作"每以一念"，注云："五臣作'是以每一念'。"李注："李陵《答蘇武書》曰：每一念至，忽然亡生。"案：此書見本書卷四十一。贛州本"亡"作"忘"，據本書文改之也。

㉔李注："司馬遷《答任少卿書》[1]曰：今少卿抱不測之罪，涉旬月，迫季冬。《吕氏春秋》曰：行秋令則天多沈陰。蔡邕《月令章句》曰：陰者，密雲也。沈者，雲之重也。"案：注引《報任少卿書》，見本書卷四十一。引《吕氏春秋》，見《季春記》。《月令章句》，已佚，見前《鸚鵡賦》注⑩。

㉕李注："司馬遷《答任少卿書》曰：身非木石，獨與法吏爲伍。"案：此見本書卷四十一，已見上注㉔。

㉖許謂"槌"字當作"椎"。"血"字下，古鈔本及明州、贛州兩本皆有

〔1〕按，此即《報任少卿書》，李善引用略有出入，後同。

“者”字。兩本皆注云：“善本無者字。”《梁書》《南史》亦有。李注：“李陵《與蘇武書》曰：何圖志未立而怨已成，此陵所以仰天椎心而泣血也。《韓子》曰：卞和抱其璞而哭於楚山，三日三夜，泣盡，繼之以血。”案：注引李陵書，見本書卷四十一，詳上注㉓。浦起龍據此以駁蘇軾謂李陵書爲齊梁小兒之作的妄語（見《史通通釋》卷十八，參看《導言》第三題第九節）。《韓子》，見《和氏篇》。以上敘寫獄中的痛苦情緒。

㉗李注：“《燕丹子》夏扶曰：士無鄉曲之譽，則未可以論行。”案：注引《燕丹子》，見《平津館叢書》本卷下，“可以”作“可與”。明州、贛州兩本亦作“可與”。胡氏《考異》謂作“與”爲是。

㉘李注：“《漢書》曰：谷口有鄭子真，蜀有嚴君平，君平卜筮於成都市，裁日閱數人，得百錢，足自養，則閉肆下簾，而授《老子》。《論衡》：谷口鄭子真，耕於巖石之下，名震京師。”案：注引《漢書》，見《王貢兩龔鮑列傳》。“論衡”二字，明州本無之，贛州本作“論曰”。胡氏《考異》謂“衡”作“曰”爲是。此班固引揚雄之論，見《法言·問神篇》。

㉙李注：“《漢書》曰：蕭育與朱博友，故長安語曰：蕭朱結綬。《西都賦》曰：承明金馬，著作之庭。《東觀漢記》曰：建初元年，詔賈逵曰：南宫雲臺，使出《左氏大義》。”案：注引《漢書》，見《蕭育傳》（附《蕭望之傳》）。引《西都賦》，見本書卷一。引《東觀漢記》，武英殿輯本收入卷十八《賈逵傳》，此文作“建初元年，詔逵入北宫虎觀，南宫雲臺，使出《左氏大義》”。引文“逵”後“曰”字，當係“入”字之誤。

㉚“退”字，《梁書》作“次”。孫及胡氏《考異》，皆依何校作“次”。李注：“《漢書》曰：南越與漢和親，乃遣終軍使南越。軍自請願受長纓，必羈南越王，而致闕下。又賈誼曰：行臣之計，請必係單于之頸，而制其命。”案：注引《漢書》，見《終軍傳》；又引，見《賈誼傳》。

㉛李注：“《漢書》曰：高祖論功定封，以丹書之信，重以白馬之盟。又有《青史子》，《音義》曰：古史官記事。”案：注引《漢書》，見《高惠高后文功臣表序》；又引，見《藝文志》。“以丹書之信”上，陳校據《漢書》補“申”字。

㉜李注：“《左氏傳》曰：叔向詒子産書曰：錐刀之末，將盡争之。”案：

注引《左氏傳》，見昭公六年。《南史》無“當”字。以上言自己亦頗知自重。

㉝句首，《梁書》有“然”字。“磨骨”，《梁書》作“糜骨”，《南史》作“摩骨”。李注：“鄒陽《上書》曰：衆口鑠金，積毀消骨。”案：鄒陽《上書》，已見上注。

㉞李注：“《漢書》曰：直不疑，南陽人。爲郎，事文帝，其同舍有告歸，誤持其同舍郎金，已而同舍郎覺，妄意不疑。不疑謝有之，買金償。後告歸者至，而歸金。亡金郎大慚。范曄《後漢書》曰：第五倫字伯魚，京兆人，舉孝廉，補淮陽醫工長。後從王朝京師，得會，帝戲倫，謂倫曰：聞卿爲吏篣婦公，不過從兄飯，寧有之耶？倫對曰：臣三娶妻皆無父，少遭飢亂，實不妄過人食。帝大笑。”案：注引《漢書》，見《直不疑傳》。引《後漢書》，見《第五倫傳》，胡氏《考異》據袁本“帝戲謂倫曰”，删“戲”下“倫”字。明州本但作“帝戲倫曰”而已。此引《傳》文有節省。

㉟“二子”，《梁書》《南史》皆作“二才”。“如是”，《梁書》作“如此”。“昔”字，古鈔本無。李注：“司馬遷《答任少卿書》曰：絳侯誅諸吕，囚於請室。又曰：而僕又茸以蠶室。”案：《報任少卿書》，見本書卷四十一，已見前。“茸以”，明州、贛州兩本皆作“佴之”。據原書作“佴之”爲是。原書李注引如淳曰：“佴，次也。若人相次也。今諸本作茸字。蘇林注《景紀》曰：作密室，廣大如蠶室，故言下蠶室。”此文云“下室”，蓋用蘇林説也。

㊱《梁書》無“至”字，“當”字作“尚”。李注：“司馬遷書曰：如僕尚何言哉。”案：注引司馬遷書，即《報任少卿書》，已見上。

㊲“夫”下，古鈔本及明州、贛州二本皆有“以”字。明州、贛州二本並注云：“善本無以字。”《南史》亦有“以”字。“返”字，《梁書》《南史》皆作“反”字。李注：“《史記》曰：秦使白起圍趙，聞魯仲連責新垣衍，秦軍遂引去。平原君欲封仲連，連謝，終不肯受。”案：注引《史記》，見《魯仲連傳》。

㊳“歌”字，古鈔本作“哥”，古通用。李注：“楚狂接輿，已見鄒陽書。”案：鄒陽《獄中上書自明》注引《論語·微子篇》：“楚狂接輿歌而過孔子曰：鳳兮鳳兮，何德之衰。”

㊴李注："范曄《後漢書》曰：嚴光，字子陵，會稽餘姚人，少有高名，與光武同游學。及即位，變名姓，隱身不見。趙岐《三輔决録》注曰：張仲蔚，扶風人也。少與同郡魏景卿隱身不仕，所居蓬蒿没人。"案：注引《後漢書》，見《逸民傳》，所引有節略，明州、贛州兩本多以今本《後漢書》改易之。《三輔决録注》，已佚，《二酉堂叢書》有輯本。

㊵李注："《莊子》曰：鉗墨翟之口。《燕丹子》荆軻曰：田光向軻吞舌而死。"案：注引《莊子》，見《胠篋篇》。《燕丹子》，見《平津館叢書》本卷下。

㊶李注："《左氏傳》子方云：事子我，而有私於其讎，何以見魯衛之士。《漢書》：王先生謂鄒陽曰：今子欲安之乎？陽曰：齊楚多辨智，韓魏時有奇節，吾將歷問之。《史記》：荆軻之燕，高漸離悲歌擊筑，荆軻和而歌於市中。"案：注引《左氏傳》，見哀公十四年。引《漢書》，見《鄒陽傳》。引《史記》，見《刺客列傳》。又案：《漢書·地理志》云："趙、中山地薄人衆，……丈夫相聚游戲，悲歌忼慨。"可與此互證。以上叙已被誣陷，無面目以見人。

㊷李注："《尚書》曰：放勛欽明。"案：注引《尚書》，見《堯典》。樂業，謂各樂本業，即安定之意。《史記·律書》："人民樂業。"

㊸"雒"，明州、贛州本皆作"洛"，注云："善本作雒字。"《南史》亦作"洛"。李注："《尚書中候》曰：成王觀于洛河，沉璧，禮畢，王退俟，至於日昧，榮光並出，幕河。青雲浮洛，青龍臨壇，銜玄甲之圖，吐之而去。"案：《尚書中候》爲已佚之古緯書，已見上注。

㊹李注："《淮南子》曰：秦之時，丁壯丈夫，西至臨洮狄道，東至會稽浮石，南至豫章桂林，北至飛狐陽原。高誘曰：臨洮，隴西之縣，洮水出北。狄道，漢陽之臨洮也。飛狐，蓋在代郡飛狐山。陽原，蓋在太原。"案：注引《淮南子》，見《氾論篇》。

㊺"而已"二字，古鈔本及明州、贛州兩刻本皆無。《梁書》亦無。胡氏《考異》删"而已"二字，潘耒校同。許謂宋刻《江文通集》無此二字。

㊻李注："《周禮》曰：以圜土教罷民。鄭司農曰：圓土，獄城也。"案：注引《周禮》，見《大司寇》。正文"圓門"，《梁書》作"圜門"。《箋證》謂

“圓”當作“圜”，注文“圓”字亦應校正。

㊼李注：“《家語》孔子謂哀公曰：一物失理，亂亡之端。此思憂，則憂可知矣。”案：注引《家語》，見《五儀篇》。“此”上當有“以”字。

㊽李注：“《晏子春秋》曰：景公田於梧丘，夜坐睡，夢見五丈夫倚徙稱無罪。公問晏子曰：昔先公靈公出畋，有五丈夫來，驚獸。悉斷其頭而葬之，命曰丈夫丘。命人掘之，五頭同穴。公令厚葬之，乃恩及白骨。《説苑》曰：景公畋於梧丘。謝承《後漢書》曰：蒼梧廣信女子蘇娥，行宿高安鵲巢亭，爲亭長龔壽所殺。及婢致富，取其財物，埋致樓下。交阯刺史周敞，行部宿亭，覺壽姦罪，奏之，殺壽。《列異傳》曰：鵠奔亭。”

案：注引《晏子春秋》，見《内篇雜下》。“丈夫丘”，胡氏《考異》校作“五丈夫丘”，與《晏子春秋》及《説苑・辨物》皆合。明州本“丈”上有“五”字。又“同穴”，贛州本作“共孔”，《考異》謂作“共孔”爲是。“白骨”下，明州及贛州兩本皆有“故云不愧沉首也”七字。引《説苑》，見《辨物篇》。引謝承《後漢書》，汪文臺《七家後漢書》輯此入謝承書卷七《周敞傳》下，又見《御覽》卷一百九十四。林茂春云：“《後漢書・王忳傳》所載漦亭女子與鵠亭事相類。”（梁引）注引《列異傳》曰鵠奔亭，蓋謂《列異傳》載此事，鵲巢亭作鵠奔亭也。許云：“周敞，《水經注》《搜神記》並作何敞。”梁及《箋證》亦引《水經・泿水注》。《列異傳》傳是魏文帝曹丕所撰，魯迅《古小説鉤沉》曾輯録其佚文一卷。

㊾《南史》無“不任”以下十二字。《梁書》“以聞”以下，有“此心既照，死且不朽”八字。以上歌頌當時皇帝聖明，因而提出平反昭雪。

謝玄暉①

拜中軍記室辭隋王牋②

（箋，卷四十）

故吏文學謝朓死罪死罪。即日被尚書召，以朓補中軍新安王記室參軍。朓聞潢汙之水，願朝宗而每竭③；駑蹇之乘，希沃若而中疲④。何則？皋壤搖落，對之惆悵⑤；歧路西東，或以歔唈⑥。況乃服義徒擁，歸志莫從⑦，邈若墜雨，翩似秋蔕⑧。朓實庸流，行能無算⑨。屬天地休明，山川受納⑩，褒采一介，抽揚小善⑪，故捨耒場圃，奉筆兔園⑫。東亂三江，西浮七澤⑬，契闊戎旃，從容讌語⑭。長裾日曳，後乘載脂⑮；榮立府庭，恩加顏色⑯。沐髮晞陽，未測涯涘⑰；撫臆論報，早誓肌骨⑱。不悟滄溟未運，波臣自蕩⑲；渤澥方春，旅翮先謝⑳。清切藩房，寂寥舊蓽㉑，輕舟反溯，弔影獨留㉒。白雲在天，龍門不見㉓。去德滋永，思德滋深㉔。唯待青江可望，候歸艎於春渚㉕；朱邸方開，效蓬心於秋實㉖。如其簪履或存，衽席無改㉗，雖復身填溝壑，猶望妻子知歸㉘。攬涕告辭，悲來橫集㉙。不任犬馬之誠㉚。

【注釋】

①謝玄暉的名字，《文選》首次出現在卷二十的《新亭渚别范零陵》題下。李注："蕭子顯《齊書》曰：謝朓，字玄暉，陳郡人也。少有美名，文章清麗，解褐豫章王行參軍，稍遷至尚書吏部郎，兼知衛尉事。江祏〔1〕等謀立始安王遥光，朓不肯，祏白遥光，遥光收朓，下獄死。"案：注引《齊

〔1〕江祏，胡刻本作"江祐"，或爲刻誤，據《南齊書》改。

書》，見卷四十七《謝朓傳》，《南史》卷十九附朓事在《謝裕傳》中。《傳》謂朓爲陳郡人，陳郡乃南朝諸謝郡望，可參看謝希逸《月賦》注①。朓死於齊東昏侯永元二年（500），年三十六，則當生於宋前廢帝永光元年（465）。《齊書》云："朓善草隸，長五言詩。沈約常云'二百年來，無此詩也'。"（《南史》同）

②李注："蕭子顯《齊書》曰：謝朓爲隋王子隆府文學，世祖敕朓可還都。遷新安王中軍記室，牋辭子隆。世祖，武皇帝。"案：注引《齊書》，見《謝朓傳》。明州、贛州兩本"隋"皆作"隨"，何、陳校亦謂作"隨"爲是。胡氏《考異》謂袁本注明"善作隋"（今明州本無此注），所見是也。古鈔本亦作"隋"。牋，書啓之屬。《文心雕龍·書記》云："戰國以前，君臣同書。秦漢立儀，始有表奏。王公國内，亦稱奏書。……迄至後漢，稍有名品：公府奏記，而郡將奏牋。記之言志，進己志也；牋者表也，表識其情也。"范文瀾云："牋訓表識，本《説文》。案牋之與記，隨事立名，義非大異。……故知六朝時已不甚分晰矣。"

此文又載《齊書》卷四十七、《南史》卷十九《謝朓傳》，今用以參校。注引《齊書》，蓋節《謝朓傳》文。《傳》云："子隆在荆州，好辭賦，數集僚友。朓以文才，尤被賞愛。流連晤對，不捨日夕。長史王秀之以朓年少相動，密以啓聞，世祖敕曰：'侍讀虞雲，自宜恒應侍接，朓可還都。'"（《南史》本傳云："朓知之，因事求還。"不謂世祖有敕。）朓道中爲詩寄西府曰："常恐鷹隼擊，時菊委嚴霜。寄言罻羅者，寥廓已高翔。"（此《暫使下都夜發新林至京邑贈西府同僚》詩，見本書卷二十六。）新安王即海陵王昭文。《齊書·海陵王紀》云："鬱林王即位，爲中軍將軍，領兵置佐，封新安王。"是朓還都在永明十一年（493）七月戊寅（三十日）齊世祖（武帝蕭賾）崩前，而鬱林王（昭業）即位後，朓始拜新安王記室也。隨王子隆，字雲興，爲世祖第八子，見《齊書》卷四十《武十七王傳》。而興安王昭文，乃世祖長子文惠太子長懋第二子。《南史》謂朓草此牋，"時荆州信去，倚待，朓執筆便成，文無點易"。

③李注："《左氏傳》曰：潢汙行潦之水。《尚書》曰：江漢朝宗于海。"案：注引《左氏傳》，見隱公三年。引《尚書》，見《禹貢》。又案：正文首

“故吏”至“參軍”二十八字，《齊書》《南史》無之。蓋以其爲牋啓程式而删略之也。又《齊書》《南史》“願”字作“思”。

④李注：“班固《王命論》曰：駑蹇之乘，不逞千里之塗。王逸《楚辭注》曰：蹇，疲也。《法言》曰：希驥之馬，亦驥之乘也。李軌曰：希，望也。《詩》曰：我馬維駱，六轡沃若。沃若，調柔也。”案：注引《王命論》，此文乃班固父班彪之作，見本書卷五十二。“固”乃“彪”字之誤。引《楚辭注》，見《七諫·謬諫》。引《法言》，見《學行篇》，今本無李軌此注。引《詩》，見《小雅·皇皇者華》。毛、鄭於“沃若”皆無訓釋，下章云“六轡既均”，《傳》：“均，調也。”故此以“調柔”爲義。《衛風·氓》：“其葉沃若”。《傳》：“沃若，猶沃沃然。”蓋亦柔和之義。

⑤李注：“《莊子》：仲尼謂顔回曰：山林與！皋壤與！使我欣欣而樂！樂未畢也，哀又繼之。《楚辭》曰：草木摇落而變衰。又曰：惆悵予兮私自憐。”案：注引《莊子》，見《知北游》。引《楚辭》，皆見《九辯》。

⑥“歧”，明州、贛州兩本皆作“岐”，《齊書》《南史》同。“西東”，《齊書》《南史》皆作“東西”。李注：“《淮南子》曰：楊子見歧路而哭之，爲其可以南，可以北。又曰：雍門周見於孟嘗，孟嘗君爲之嗚唈流涕。歍與嗚同。”案：古鈔本、明州本、贛州本“歍”皆作“嗚”，明州及贛州兩本皆注云：“善本作歍字”。《齊書》《南史》亦作“嗚”字。注引《淮南子》，見《説林篇》。又引，見《覽冥篇》，今本“嗚”作“歍”。

⑦“況”字，明州本作“恐”，注云：“善本作況字。”贛州本作“況”，注云：“五臣作恐。”李注：“言密服義之情也。《楚辭》曰：身服義而未沬。鄭玄《儀禮注》曰：擁，抱也。《孟子》曰：予浩然有歸志。曹植《應詔詩》曰：朝覲莫從。”案：明州及贛州兩本無“言密”至“情也”七字。注引《楚辭》，見《招魂》。引《儀禮注》，見《公食大夫禮》。引《孟子》，見《公孫丑下篇》。引《應詔詩》，見本書卷二十。

⑧“翩”，《齊書》作“飃”，《南史》作“飄”。李注：“潘岳《楊氏七哀詩》曰：漼如葉落樹，邈然雨絶天。《論衡》曰：雲散水墜，成爲雨矣。郭璞《遊仙詩》曰：在世無千月，命如秋葉蔕。”案：注引《楊氏七哀詩》，此詩已佚。“雨絶”之義，見《鵩鵰賦》注㊿。引《論衡》，見《説日篇》。引

郭璞《遊仙詩》，此首詩亦佚。

⑨李注："鄭玄《論語注》曰：算，數也。"案：注引《論語注》，見《子路篇》，今何氏《集解》亦引之。

⑩李注："天地，喻帝。山川，喻王。《左氏傳》王孫滿曰：德之休明。又伯宗曰：川澤納污，山藪藏疾。"案：注引《左氏傳》，見宣公三年。又引，見宣公十五年。明州及贛州兩本，無此十二字。

⑪"抽"，《齊書》《南史》作"搜"。李注："《尚書》秦穆公曰：如有一介臣。《周書陰符》太公曰：好用小善，不得真賢也。蔡邕《玄表賦》曰：庶小善之有益。"案：注引《尚書》，見《秦誓》。引《周書陰符》，梁云："今《逸周書》無《陰符篇》。《隋志》有《周書陰符》九卷。"引《玄表賦》，今佚。《全後漢文》卷六十九據此録入。

⑫《齊書》無"故"字，《南史》作"故得捨耒場圃"。《齊書》"兔"作"菟"。李注："《詩》曰：九月築場圃。《西京雜記》曰：梁孝王好宫室苑圃之樂，築兔園也。"案：注引《詩》，見《豳風·七月》。引《西京雜記》，見抱經堂本卷上（丙卷）。何焯依《雜記》校"苑圃"作"苑囿"。

⑬"亂"，《齊書》《南史》作"泛"。"浮"，明州本作"游"，注云："善本作浮字。"贛州本作"浮"，注云："五臣本作游。"李注："言常從子隆也。蕭子顯《齊書》曰：隋王子隆爲東中郎將、會稽太守，後遷西將軍、荆州刺史。三江，越境也。七澤，楚境也。孔安國《尚書傳》曰：正絶流曰亂。《尚書》曰：三江既入，震澤底定。《楚辭》曰：過夏首而西浮。《子虚賦》曰：臣聞楚有七澤。"案：注引《齊書》，此節引《武十七王傳》。明州及贛州兩本皆無"爲東"至"楚境也"二十八字。陳校"西將軍"作"鎮西將軍"，增"鎮"字。引《尚書傳》，見《禹貢》。《子虚賦》，見本書卷七。

⑭李注："《毛詩》曰：死生契闊。《周禮》：九旗，通帛曰旃。劉向《七言》曰：讌處從容觀詩書。《毛詩》曰：燕笑語兮，是以有譽處兮。"案：注引《毛詩》，見《邶風·擊鼓》。引《周禮》，見《春官·司常》。引劉向《七言》，嚴輯《全漢文》未收，或誤以爲是詩也。引《毛詩》，見《小雅·蓼蕭》。

⑮李注："鄒陽上書曰：何王之門，不可曳長裾乎？魏文帝《與吴質書》曰：文學託乘於後車。《毛詩》曰：載脂載牽，還車言邁。"案：注引鄒陽上

書，見本書卷三十九。引《與吴質書》，見本書卷四十二。引《毛詩》，見《邶風·泉水》。

⑯“庭”字，《齊書》《南史》作“廷”。李注曹植《豔歌行》，乃曹植佚詩，已見上《詣建平王上書》注⑮。

⑰贛州本“涘”誤作“俟”。李注：“《楚辭》曰：朝濯髮於湯谷兮，夕晞余身乎九陽。”案：注引《楚辭》，見《遠游》。

⑱明州本“誓”作“逝”，注云：“善本作誓字。”贛州本作“誓”，注云：“五臣本作逝。”李注：“《演連珠》曰：撫臆論心。陳思王《責躬表》曰：抱釁歸藩，刻肌刻骨。”案：注引《演連珠》，見本書卷五十五。引《責躬表》，見本書卷二十。

⑲李注：“《莊子》曰：鯤化而爲鳥，其名曰鵬。海運，則將徙於南溟。司馬彪曰：轉，運也。又曰：莊周謂監河侯曰：‘周顧視車轍中有鮒魚焉。’曰：‘我東海之波臣也。君豈有升斗之水而活我哉?’”案：注引《莊子》，見《逍遥游》。明州及贛州兩本此注文從“莊子”起至“南溟”止，凡二十字皆無。蓋以同於吕向注而被删削也。又引《莊子》，見《外物》。

⑳李注：“滄溟、渤澥，皆以喻王。波臣、旅翮，皆自喻也。《解嘲》曰：若江湖之魚，渤澥之鳥。”案：注引《解嘲》，見本書卷四十五，此十二字，明州及贛州兩本皆無，以其同於李周翰注而被删削也。

㉑《齊書》“藩”作“蕃”。李注：“藩房，王府。舊蓽，朓舍也。劉楨《贈徐幹詩》曰：拘限清切禁，中情無由宣。《左氏傳》曰：蓽門圭竇之人，皆陵其上。”案：注引《贈徐幹詩》，見本書卷二十三。引《左氏傳》，見襄公十年。

㉒《齊書》《南史》“溯”作“泝”。李注：“言舟反而己留也。《洛神賦》曰：浮輕舟而上溯。曹子建《責躬表》曰：形影相弔，五情愧赧。”案：注引《洛神賦》，見本書卷十九。引《責躬表》，見本書卷二十。

㉓李注：“《穆天子傳》：西王母爲天子謡曰：‘白雲在天，山陵自出。道路悠遠，山川間之。將子無死，尚能復來。’《楚辭》曰：過夏首而西浮，顧龍門而不見。王逸曰：龍門，楚東門也。”案：注引《穆天子傳》，見卷三。引《楚辭》，見《九章·哀郢》。

㉔李注："《莊子》：徐無鬼謂女商曰：子不聞乎越之流人乎？去國數日，見其所知而喜；去國旬月，見所常見於國中而喜；及期年也，見似人者而喜矣。不亦去人滋久者，思人滋深乎？"案：注引《莊子》，見《徐無鬼篇》。

㉕李注："冀王入朝，而已候於江渚也。杜預《左氏傳注》曰：艅艎，舟名也。"案：注引《左氏傳注》，見昭公十七年。今本"艅艎"作"餘皇"。

㉖李注："《史記》曰：諸侯朝天子，於天子之所立舍，曰邸。諸侯朱户，故曰朱邸。《莊子》謂惠子曰：夫子拙於用大，則夫子猶蓬之心也夫！《韓詩外傳》簡王曰：夫春樹桃李，秋得食其實也。"

案：注引《史記》，今尋《封禪書》云："古者天子五載一巡狩，用事泰山，諸侯有朝宿地，其令諸侯各治邸泰山下。"又云："方士多言古帝王有都甘泉者，其後天子又朝諸侯甘泉，甘泉作諸侯邸。"此所引疑是《史記》注文。《漢書·文紀》注云："郡國朝宿之舍在京師者，率名邸。"又《盧綰傳》注云："諸侯王及諸郡朝宿之館，在京師者，謂之邸。"又注引《莊子》，見《逍遥游》。《釋文》引向（秀）云："蓬者，短不暢，曲士之謂。"引《韓詩外傳》，見卷七。胡氏《考異》依今本《外傳》校"簡王"作"簡主"。

㉗《南史》"履"作"屨"。李注："《韓詩外傳》曰：少原之野，婦人刈蓍薪而失簪，哭甚哀。《賈子》曰：楚昭王亡其踦履，已行三十步，復還取之。左右曰：何惜此？王曰：吾悲與之俱出不俱反。自是楚國無相弃者。《韓子》曰：文公至河，命席蓐捐之，咎犯聞之曰：席蓐，所卧也。而君弃之，臣不勝其哀。鄭玄《周禮注》曰：衽席，乃單席也。"

案：注引《韓詩外傳》，見卷九。胡氏《考異》據袁本依今《外傳》改"失簪"爲"亡簪"。案：明州本仍爲"失簪"，且此乃劉良注。引《賈子》，見《喻誠篇》。引《韓子》，見《外儲説左上》，今本兩"蓐"字皆作"蓐"，"所卧也"作"所以卧也"。

㉘李注："《列女傳》梁高行曰：妾夫不幸早死，先狗馬填溝壑。《東觀漢記》：張湛謂朱暉曰：願以妻子託朱生。"案：注引《列女傳》，見《貞順篇》。引《東觀漢記》，聚珍本卷十八輯入《朱暉傳》。"湛"乃"堪"字之誤。事又見范曄《後漢書·朱暉傳》。

㉙李注："《楚辭》曰：思美人兮，攬涕而竚眙。又曰：涕横集而成行。

《漢書》中山靖王曰：不知涕泣之横集。”案：注引《楚辭》，見《九章·思美人》；又引，見《九歎·憂苦》。引《漢書》，見《景十三王傳》。

㉚古鈔本“誠”作“情”，又校改爲“誠”，此下尚有“謹奉牋以聞”五字。《齊書》《南史》“不任”以下皆無，蓋以爲程式語而删之也。李注：“《史記》丞相青翟曰：臣不勝犬馬心。”案：注引《史記》，見《三王世家》。據李注，則似以此爲莊青翟等奏，實爲其奏所引霍去病上疏語。

應休璉[1]

與廣川長岑文瑜書[2]

（書中，卷四十二）

璩白：頃者炎旱，日更增甚，沙礫銷鑠，草木焦卷[3]。處凉臺而有鬱蒸之煩，浴寒水而有灼爛之慘。宇宙雖廣，無陰以憩。《雲漢》之詩，何以過此[4]？土龍矯首於玄寺，泥人鶴立於闕里[5]，修之歷旬，静無徵效，明勸教之術，非致雨之備也。知恤下人，躬自暴露，拜起靈壇，勤亦至矣[6]。昔夏禹之解陽盱，殷湯之禱桑林[7]，言未發而水旋流，辭未卒而澤滂沛[8]。今者雲重積而復散，雨垂落而復收，得無賢聖殊品，優劣異姿，割髮宜及膚，剪爪宜侵肌乎[9]？周征殷而年豐，衛伐邢而致雨[10]，善否之應，甚於影響，未可以爲不然也[11]。想雅思所未及，謹書起予[12]。應璩白。

【注釋】

①應休璉的作品，《文選》卷二十一有他的《百一詩》一首，應休璉的名字首次出現。李善注："《文章録》曰：璩字休璉，博學好屬文，明帝時歷官散騎侍郎。曹爽多違法度，璩爲詩以諷焉。典著作，卒。《文章志》曰：璩，汝南人也。《詩序》曰：下流，應侯自誨也。"又在《百一詩》題下注云："張方賢《楚國先賢傳》曰：汝南應休璉作百一篇詩，譏切時事，徧以示在事者，咸皆怪愕。或以爲應焚棄之。何晏獨無怪也。然方賢之意，以爲有百一篇，故曰《百一》。李充《翰林論》曰：應休璉五言詩百數十篇，以風規治道，蓋有詩人之旨焉。又孫盛《晋陽秋》曰：應璩作五言詩百三十篇，言時事，頗有補益，世多傳之。據此二文，不得以一百一篇而稱百一也。《今書七志》曰：《應璩集》謂之《新詩》，以百言爲一篇，或謂之《百

一詩》。然以字名詩，義無所取。據《百一詩序》云：‘時謂曹爽曰：公今聞周公巍巍之稱，安知百慮有一失乎?’百一之名，蓋興於此也。”

案：李注叙應璩生平，引《文章録》《文章志》，及釋《百一詩》義引《楚國先賢傳》《翰林論》《晋陽秋》《今書七志》諸書，今悉亡佚。《魏志·王粲傳》：“(應)瑒弟璩。”裴松之注：“《文章叙録》曰：璩字休璉，博學好屬文，善爲書記。文、明帝世，歷官散騎常侍。齊王即位，稍遷侍中、大將軍長史。曹爽秉政，多違法度，璩爲詩以諷焉。其言雖頗諧合，多切時要。世共傳之。復爲侍中，典著作。嘉平四年卒，追贈衛尉。”案：應璩一生事迹，於兹略具。《太平御覽》卷八百八十五引《魏志》謂璩卒年六十二。據其卒於嘉平四年(252)，則當生於漢獻帝初平二年(191)。

②李注：“廣川縣時旱，祈雨不得，作書以戲之。”案：此注十四字，許謂五臣注誤入，宜削。《詩品》卷中謂應璩“得詩人激刺之旨”。《文心雕龍·書記篇》云：“休璉好事，留意詞翰。”鍾、劉對於應璩的評論，可作爲閱讀這篇文章的參考。

③李注：“《吕氏春秋》曰：湯時大旱七年，煎沙爛石。《山海經》曰：十日所落，草木焦卷。”胡氏《考異》從袁本注文“爛”字作“鑠”。今案：明州及贛州兩本仍作“爛”。向宗魯先生云：“此《説苑·君道》文，誤作《吕氏春秋》。《吕氏春秋·順民》作大旱五年，不云七年也。《淮南子·主術》云七年。《論衡·感應》兼引兩説。”引《山海經》，案《山海經·海外東經·圖贊》云：“十日並出，草木焦枯。”李注所引當即此。《海外東經》云：“湯谷上有扶桑，十日所浴。”又云：“九日居下枝，一日居上枝。”郭璞注云：“莊周云：‘昔十日並出，草木焦枯。’”(今《莊子·齊物論》云：“昔者十日並出，萬物皆照。”)李引似有混亂。

④李注：“《毛詩·雲漢》曰：赫赫炎炎，云我無所。鄭玄曰：言無所芘蔭而處也。”案：《毛詩·雲漢》在《大雅·蕩之什》。

⑤李注：“《淮南子》曰：聖人用物，若用朱絲約芻狗，若爲土龍以求雨。芻狗待之而求福，土龍待之而得食。高誘曰：土龍致雨，雨而成穀。故待土龍之神而得穀食。玄寺，道場也。《風俗通》曰：尚書、御史所止皆曰寺。故後代道場及祠宇皆取其稱焉。《淮南子》曰：西施、毛嬙，猶倶醜也。

高誘曰：倛醜，請雨土人也。司馬彪《續漢書》：梅福上書曰：仲尼之廟，不出闕里。”

案：注引《淮南子》，見《説山篇》。土龍、土人祈雨事，見《續漢書・禮儀志》中。注引《風俗通》，此佚文。李注在引《風俗通》前云：“玄寺，道場也。”引《風俗通》後又云：“故後代道場及祠宇皆取其稱焉。”輯《風俗通》佚文者，取“故後代”云云十三字，皆以爲應劭書中語。顧櫰三《補輯風俗通佚文》，對於此條頗致疑義，云：“案道場祠宇不類仲遠（應劭）語，恐有闌入。”今案：顧氏之説是也。李注先釋玄寺爲道場，次引《風俗通》以説寺，然後有“故後代”以下十三字以結前語。輯《風俗通》佚文者闌入此十三字，當即始於誤讀李氏之注，本書卷五左太冲《吴都賦》注、卷十潘安仁《西征賦》注、卷二十三劉公幹《贈徐幹》詩注、卷二十六潘安仁《在懷縣作》詩注、《後漢書・光武紀》注引《風俗通》，皆無“道場祠宇”之文。後代類書或有此一句，亦皆從李注誤抄，非真見應氏書也。又引《淮南子》，見《精神篇》。向先生云：“今本注‘顛頭，方相氏黄金四目’云云，與此不同。《列子・仲尼》：若欺魄焉，而不可與接。注：‘欺魄，土人也。’《釋文》：字書作欺頯。王念孫校《淮南子》改醜爲魄。”又引《續漢書》，向先生云：“‘司馬彪續’四字衍。此《漢書・梅福傳》語也。”

⑥明州及贛州兩本“人”作“民”，注云：“善本作人字。”李注：“司馬彪《續漢書》曰：郡國旱，各掃除社稷，公卿官長，以次行雩禮求雨。”案：注引《續漢書》，見《禮儀志》。

⑦“陽盱”，明州本注云：“盱，善本從日。”贛州本即作“旴”字，亦注云：“善本從日。”李注：“《淮南子》曰：禹爲水，以身解於陽旴之河。湯苦旱，以身禱於桑林之祭。高誘曰：爲治水解禱，以身爲質。解讀解除之解。陽旴河，蓋在秦地。桑山之林，能興雲致雨，故禱之。旴，音紆。”

案：注引《淮南子》，見《修務篇》，又見《主術篇》。今本“桑林之祭”作“桑山之林”。向先生云：“《爾雅・釋地》：秦有陽盱。《淮南子・墬形》：秦之陽紆。《吕氏春秋・有始覽》：秦之陽華。皆於高注可以參驗。《職方氏》：冀州，其藪陽紆。《説文》同。朱謂禹都安邑，在冀州，所禱自爲冀州之河。《左傳》襄公十年：宋公享晋侯於楚丘，請以桑林。注云：桑林，殷天子之樂名。疏云：湯樂曰桑林，先儒無説。或可禱桑林以得雨，遂以桑林名其樂。案《莊子・養生主》：合於桑林之舞。司馬（彪）注云：湯樂名。崔（譔）云：宋舞樂名。《吕氏春秋・誠廉》：武王使保召公就微子開於共頭之下，而與之盟曰：‘世爲長侯，守殷常祀，相奉桑林，宜私孟諸。’高注云：‘使奉桑林之樂。’則安得謂先儒無説也。”

⑧李注：“《説苑》曰：湯之時大旱七年，使人持三足鼎而祝山川，蓋辭未已而天下大雨也。”案：注引《説苑》，見《君道篇》。

⑨“重積”，明州本作“既積”，在“既”字下注云：“善本作重字。”贛州本作“重積”，在“重”字下注云：“五臣作既。”李注：“《吕氏春秋》曰：昔殷湯尅夏，而大旱五年。湯乃身禱於桑林，於是剪其髮，鄜其手，自以爲犧，用祈福於上帝，民乃甚悦，雨乃大至。鄜，音酈。”案：注引《吕氏春秋》，見《順民篇》。梁云：“二鄜字皆當作磿。”《蜀志・郤正傳》注引作“攦其手”。《論衡・感應》又作“麗其手”。俞樾《諸子平議》卷二十二謂字作“磿”，亦通作“歷”，《莊子・天地》“罪人交臂歷指”是也。

⑩李注：“《左氏傳》：衛人伐邢，於是衛大旱。寧莊曰：昔周飢，克殷而年豐。今邢方無道，諸侯無伯，天其或者欲使衛討邢乎？從之，師興而雨。”案：注引《左氏傳》，見僖公十九年。俞正燮《癸巳存稿》卷九《求雨説》，謂此事不可信。

⑪李注：“《尚書》曰：惠迪吉，從逆凶，惟影響。”案：注引《尚書》，見《大禹謨》。

⑫李注：“《論語》子曰：起予者商也。”案：注引《論語》，見《八佾篇》。

趙景真

與嵇茂齊書[①]

（書下，卷四十三）

安白[②]：昔李叟入秦，及關而歎；梁生適越，登岳長謡[③]。夫以嘉遯之舉，猶懷戀恨，況乎不得已者哉[④]！

惟别之後，離群獨游，背榮宴，辭倫好，經迴路，涉沙漠[⑤]。鳴鷄戒旦，則飄爾晨征[⑥]；日薄西山，則馬首靡託[⑦]；尋歷曲阻，則沈思紆結；乘高遠眺，則山川悠隔[⑧]。或乃迴飆狂厲，白日寢光；踦嶇交錯，陵隰相望[⑨]；徘徊九皋之内，慷慨重阜之巔[⑩]；進無所依，退無所據[⑪]；涉澤求蹊，披榛覓路；嘯咏溝渠，良不可度。斯亦行路之艱難，然非吾心之所懼也[⑫]。

至若蘭茝傾頓，桂林移植，根萌未樹，牙淺絃急，常恐風波潛駭，危機密發，斯所以怵惕於長衢，按轡而歎息也[⑬]。又北土之性，難以託根，投人夜光，鮮不按劍[⑭]。今將植橘柚於玄朔，蔕華藕於脩陵[⑮]，表龍章於裸壤，奏《韶》舞於聾俗，固難以取貴矣[⑯]！夫物不我貴，則莫之與；莫之與，則傷之者至矣[⑰]。飄颻遠游之士，託身無人之鄉。揔轡遐路，則有前言之艱；懸鞍陋宇，則有後慮之戒[⑱]；朝霞啓暉，則身疲於遄征[⑲]；太陽戢曜，則情劬於夕惕[⑳]；肆目平隰，則遼廓而無覩；極聽脩原，則淹寂而無聞。吁其悲矣！心傷悴矣！然後乃知步驟之士，不足爲貴也[㉑]。

若迺顧影中原，憤氣雲踊；哀物悼世，激情風烈；龍睇大野，虎嘯六合；猛氣紛紜，雄心四據[㉒]；思躡雲梯，横奮八極；披艱掃穢，蕩海夷岳[㉓]；蹴崐崘使西倒，蹋太山令東覆；平滌九區，恢維宇宙，斯亦吾之鄙願也[24]。時不我與，垂翼遠逝[25]。鋒鉅靡加，翅翮摧屈。自非知命，誰能不憤悒者哉[26]！

吾子植根芳苑，擢秀清流；布葉華崖，飛藻雲肆；俯據潛龍之淵，仰蔭棲鳳之林；榮曜眩其前，豔色餌其後；良儔交其左，聲名馳其右；翱翔倫黨之間，弄姿帷房之裏；從容顧眄，綽有餘裕；俯仰吟嘯，自以爲得志矣。豈能與吾同大丈夫之憂樂者哉[27]！

去矣嵇生，永離隔矣！煢煢飄寄，臨沙漠矣！[28]悠悠三千，路難涉矣！攜手之期，邈無日矣！思心彌結，誰云釋矣！無金玉爾音，而有遐心[29]。身雖胡越，意存斷金[30]。各敬爾儀，敦履璞沈[31]。繁華流蕩，君子弗欽。臨書悢然，知復何云[32]！

【注釋】

①李注："《嵇紹集》曰：趙景真與從兄茂齊書，時人誤謂吕仲悌與先君書，故具列本末。趙至，字景真，代郡人，州辟遼東從事。從兄太子舍人蕃，字茂齊。與至同年相親，至始詣遼東時，作此書與茂齊。干寶《晋紀》以爲吕安與嵇康書。二説不同，故題景真，而書曰安。"

案：紹乃嵇康之子。《隋書·經籍志》著録《晋侍中嵇紹集》二卷，《録》一卷。《舊唐志》無《録》。此所引即紹所作《趙至叙》，詳見《世説新語·言語》注。今《晋書·文苑·趙至傳》云："（張）嗣宗卒，（至）乃向遼西而占户焉。初，至與康兄子蕃友善。及將遠適，乃與蕃書叙離，並陳其志。"是唐人修《晋書》，仍以《紹集》爲據也。此書全文載《晋書·文苑傳》，今用以參校。干寶《晋紀》認爲是吕安與嵇康書。不僅此處注文引，卷十六《思舊賦》注亦引《晋紀》云："吕巽淫庶弟安妻，而告安謗己。太祖徙安邊郡。安遺（嵇）康書：李叟入關云云。太祖惡之，追收下獄。康理之，俱死。"《紹集》所云"時人誤謂吕仲悌與先君書"者，即指此説。其實康與安之死，乃爲司馬昭、鍾會諸人所忌，而當日獄詞，竟傅致趙書，所謂莫須有之事也。説詳俞正燮《癸巳存稿》卷七《書文選幽憤詩後》。注文中"二説不同"云云，乃李善解釋《文選》題趙至名，而書首又云"安白"之意，存此歧説，蓋昭明之慎也。五臣（李周翰）信《晋紀》之説，而稱康子紹爲安子紹，疏陋可笑。頗有人反從五臣而非李善，梁氏《旁證》已駁斥之矣。

②此二字《晋書》無之。蓋書載在《趙至傳》，斷定非吕安所作，不似昭明兩存歧異之説也。

③“岳”，《晋書》作“嶽”。李注：“《列子》曰：楊朱南之沛，老聃西游於秦。邀於郊，至梁而過老子。老子中道仰天歎曰：‘始以汝爲可教，今不可教也。’楊朱曰：‘請聞其過。’老子曰：‘睢睢而盱盱，而誰與居?’范曄《後漢書》曰：梁鴻字伯鸞，扶風人也。東出關，過京師，作《五噫之歌》，曰：‘陟彼北邙兮，噫！顧瞻帝京兮，噫！宫室崔嵬兮，噫！人之劬勞兮，噫！遼遼未央兮，噫！’肅宗聞而非之，求鴻不得。居齊魯之間，又去適吴。然老子之歎，不爲入秦；梁鴻長謡，不由適越。且復以至郊爲及關，升邙爲登岳，斯蓋取意而略文也。”

案：注引《列子》，見《黄帝篇》。今本“過老子”作“遇老子”。“睢睢”上有“而”字，陳校據增。引《後漢書》，見《逸民傳》。今本“邙”作“芒”，“顧瞻”作“顧覽”。“然”即“然則”，此李注釋義之例。顧炎武云：“梁鴻適吴，云適越者，吴爲越所滅。”（梁引）

④“遯”字，古鈔本、明州本、贛州本及《晋書》皆作“遁”。李注：“《周易》曰：嘉遯，貞吉。”案：注引《周易》，見《遯·九五》。以上説遠行必有悵恨。

⑤“獨游”的“游”字，明州本作“逝”，注云：“善本作遊字。”贛州本作“遊”，注云：“五臣本作逝字。”“榮宴”的“宴”字，《晋書》作“讌”。“涉沙漠”的“涉”字，《晋書》作“造”。

⑥“鳴鷄”，明州本作“鷄鳴”，注云：“善本作鳴鷄。”贛州本作“鳴鷄”，注云：“五臣本作鷄鳴。”李注：“《燕禮》曰：燕，小臣戒盥者。鄭玄曰：警戒告語焉。陳琳《武軍□賦》曰：啓明戒旦，長庚告昏。”案：注引《燕禮》，今《儀禮·燕禮》云：“燕禮，小臣戒與者。鄭注：小臣相君燕飲之法。與者，謂留群臣也。君以燕禮勞使臣。若臣有功，則與群臣樂之。小臣則警戒告語焉。飲酒以合會爲歡也。”此注文有脱誤，“盥”當作“與”。

引《武軍□賦》，明州及贛州兩本皆作《武庫車賦》。《考異》校作《武庫賦》。許云："當作《武軍賦》。賦云：'赫赫哉，烈烈矣，於此武軍。當天符之佐運，承斗剛而曜震。'以軍、震二字爲韵。他處引此，或又作《武庫賦》，或作《武車賦》，皆非。《哀永逝文》注引作《武軍賦》。"

⑦李注："《漢書》：楊雄《反騷》曰：恐日薄於西山。《左氏傳》荀偃曰：唯余馬首是瞻。"案：注引《漢書》，見《楊雄傳》。引《左氏傳》，見襄公十四年。

⑧"乘高"的"乘"字，《晋書》作"登"。"悠隔"的"悠"字，《晋書》作"攸"。

⑨"踦𨇾"，古鈔本作"徙倚"，《晋書》同。明州、贛州兩本皆作"崎嶇"。

⑩"徘徊"，古鈔本作"俳佪"。"巔"，古鈔本作"顛"。李注："《毛詩》曰：鶴鳴九皋。"案：注引《毛詩》，見《小雅·鶴鳴》。

⑪"所依"，《晋書》作"所由"。

⑫以上叙寫旅途之艱難。

⑬"蘭茝"，古鈔本作"蘭芷"。"移植"，《晋書》作"移殖"。"牙淺紘急"，《晋書》"牙"上有"而"字，"紘"作"弦"。此指弓弩。《廣雅·釋器》："機謂之牙。"《釋名·釋兵》："弩，怒也。有勢怒也。其柄曰臂，似人臂也。鉤絃者曰牙，似齒牙也。牙外曰郭，爲牙之規郭也。下曰縣刀，其形然也。合名之曰機，言如機之巧也。亦言如門户之樞機，開闔有節也。""常恐"，《晋書》"常"作"每"。"斯所以"，《晋書》"斯"作"此"。"長衢"下，古鈔本有"也"字，《晋書》同。

李注："喻身之危也。根萌未樹，故恐風波潛駭；牙淺紘急，故懼危機密發也。本或有'於長衢'之下云'按轡而歎息'者，非也。""按轡而歎息也"，古鈔本"也"上有"者"字，明州及贛州兩本皆同。《晋書》無此六字。陳景雲謂依注則"按轡而歎息"五字爲衍文。許説同陳。《考異》謂此爲尤刻誤增。張云："詳按上下文，此一段皆用韵，……息字正與上數韵叶，此五字似不當從删。"

⑭李注："鄒陽上書曰：夜光之璧，以闇投人於道，衆人莫不按劍也。"

案：注引鄒陽上書，見本書卷三十九。

⑮李注："曹植《橘賦》曰：背江洲之氣暖，處玄朔之肅清。《淮南子》曰：夫以其所修，而游不用之鄉，若樹荷山上，畜火井中也。"案：注引《橘賦》，又見《藝文類聚》卷八十六、《初學記》卷二十八、《太平御覽》卷九百六十六。《曹集銓評》收入卷三。引《淮南子》，見《説山》。今本"若"上有"譬"字，無"夫""也"二字。

⑯"韶舞"，明州本作"韶武"，注云："善本作舞字。"贛州本作"韶舞"，注云："五臣本作武字。"《晋書》亦作"韶武"。李注："龍，衮龍之服也。章，章甫之冠也。裸壤，文身也。《莊子》曰：宋人資章甫適諸越，越人斷髮文身，無所用之。又，肩吾曰：聾者無以與乎鍾鼓之聲。"案：裸壤當指文身之地。李注衹言文身，似不周全。兩引《莊子》，皆見《逍遥游》。

⑰李注："《周易》曰：無交而求，則人不與也。莫之與，則傷之者至矣。"案：注引《周易》，見《繫辭下》。

⑱李注："前言之艱，謂'經迴路，涉沙漠'以下也；後慮之戒，謂'北土之性，難以託根'以下也。"

⑲《晋書》作"身疲而遄征"。李注："蔡琰詩曰：遄征日遐邁。"案：注引蔡琰詩，見《後漢書·列女傳》。

⑳李注："《正曆》曰：日，太陽也。《周易》曰：夕惕若厲。"案：《隋書·經籍志》子部曆數類著録《正曆》四卷，晋太常劉智撰。李注所引，當即此書。又引《周易》，見《乾·九三》。

㉑"乃知"，《晋書》無"乃"字。以上寫客居之苦。

㉒"若迺"二字，《晋書》無。古鈔本"影"字作"景"，《晋書》同。明州本作"景"，注云："善本作影字。"贛州本作"影"，注云："五臣本作景字。"古鈔本"踊"作"涌"；"烈"作"厲"，《晋書》同。案："厲""烈"古通，"厲山氏"或作"烈山氏"（《禮記·祭法》注）。此"風厲"與"雲踊"相對，《廣雅·釋詁》"踊""厲"並訓爲上。是其義也。《晋書》"睇"作"嘯"，"虎嘯"作"獸睇"。此蓋修《晋書》時避唐諱也。古鈔本"猛氣"作"猛志"，《晋書》同。李注："阮元瑜《爲曹公與孫權書》曰：大丈夫雄心，能無憤發。"案：此書見本書卷四十二。

㉓《晉書》"岳"作"嶽"。李注："范曄《後漢書》：田邑與馮衍書曰：'欲摇太山，蕩北海。'"案：注引《後漢書》，見《馮衍傳》。

㉔明州本"恢維"作"恢廓"，注云："善本作維字。"贛州本作"恢維"，注云："五臣本作廓。""吾之鄙願"，明州本作"吾人之鄙願"，注云："善本無人字。"贛州本作"吾之鄙願"，注云："五臣本有人字。"李注："劉騊駼《郡太守箴》曰：大漢遵因，化洽九區。"案：注引《郡太守箴》，又見《赭白馬賦》注、《皇太子宴玄圃宣猷堂有令賦詩》注引。"遵因"作"遵周"。《全後漢文》輯入卷三十三。

㉕李注："《周易》曰：明夷于飛，垂其翼。君子于行，三日不食。有攸往。"案：注引《周易》，見《明夷·初九》。

㉖《晉書》"鉅"作"距"，何焯曰："距，鷄距也。"又"誰"作"孰"。古鈔本"悒"作"邑"，《晉書》作"挹"〔1〕。"邑"與"悒"同，"挹"乃字誤。李注："《周易》曰：樂天知命，故不憂。"案：注引《周易》，見《繫辭上》。以上抒寫事與願違的憤慨。

㉗《晉書》"植"作"殖"，"布"作"晞"，"淵"作"渚"。古鈔本"棲鳳"作"游鳳"，《晉書》同。明州本作"游"，注云："善本作棲字。"贛州本作"棲"，注云："五臣作游。"《晉書》"儔"作"疇"。"眄"字，胡刻作"盿"，不成字，尤刻原本作"盼"，此從《晉書》作"眄"。《晉書》"吾"下有"曹"字。以上説嵇茂齊生活優厚，自我滿足，與己憂樂不同。

㉘《晉書》"永"作"遠"。明州本"煢煢"作"惸惸"，注云："善本作煢煢字。"贛州本作"煢煢"，注云："五臣本作惸惸字。"《晉書》亦作"惸惸"。

㉙李注："《毛詩》曰：無金玉爾音，而有遐心。"案：注引《毛詩》，見《小雅·白駒》。

㉚李注："《淮南子》曰：自其異者視之，肝膽胡越也。《周易》曰：二人同心，其利斷金。"案：注引《淮南子》，見《俶真篇》。引《周易》，見

〔1〕按，核今本《晉書》作"悒"，非"挹"。

《繫辭上》。

㉛李注："《毛詩》曰：各敬爾儀。"案：注引《毛詩》，見《小雅·小宛》。

㉜"臨書悢然"，《晋書》作"臨紙意結"。以上述訣別之見。此書多用韵語，此段尤然。

陸士衡[1]

豪士賦序[2]

（序下，卷四十六）

夫立德之基有常，而建功之路不一[3]。何則？循心以爲量者存乎我[4]，因物以成務者繫乎彼[5]。存夫我者，隆殺止乎其域；繫乎物者，豐約唯所遭遇[6]。落葉俟微風以隕，而風之力蓋寡[7]；孟嘗遭雍門而泣，而琴之感以末[8]。何者？欲隕之葉，無所假烈風；將墜之泣，不足繁哀響也[9]。是故苟時啓於天，理盡於民[10]，庸夫可以濟聖賢之功，斗筲可以定烈士之業[11]。故曰[12]：才不半古，而功已倍之，蓋得之於時勢也[13]。歷觀古今，徼一時之功，而居伊周之位者有矣[14]。夫我之自我，智士猶嬰其累；物之相物，昆蟲皆有此情[15]。夫以自我之量，而挾非常之勳，神器暉其顧眄，萬物隨其俯仰[16]，心玩居常之安，耳飽從諛之説[17]，豈識乎功在身外，任出才表者哉[18]！

且好榮惡辱，有生之所大期[19]；忌盈害上，鬼神猶且不免[20]。人主操其常柄，天下服其大節[21]。故曰天可讎乎[22]？而時有袨服荷戟，立于廟門之下；援旗誓衆，奮於阡陌之上[23]。況乎代主制命，自下財物者哉[24]！廣樹恩不足以敵怨，勤興利不足以補害，故曰代大匠斵者，必傷其手[25]。且夫政由甯氏，忠臣所爲慷慨；祭則寡人，人主所不久堪[26]。是以君奭鞅鞅，不悦公旦之舉；高平師師，側目博陸之勢[27]。而成王不遣嫌吝於懷，宣帝若負芒刺於背，非其然者與[28]？嗟乎！光于四表，德莫富焉；王曰叔父，親莫昵焉[29]。登帝大位，功莫厚焉；守節没齒，忠莫至焉[30]。而傾側顛沛，僅而自全。

則伊生抱明允以嬰戮，文子懷忠敬而齒劍，固其所也[31]。

因斯以言，夫以篤聖穆親，如彼之懿[32]；大德至忠，如此之盛[33]，尚不能取信於人主之懷，止謗於衆多之口[34]。過此以往，惡覩其可！安危之理，斷可識矣。又況乎饕大名以冒道家之忌，運短才而易聖哲所難者哉[35]！身危由於勢過，而不知去勢以求安；禍積起於寵盛，而不知辭寵以招福。見百姓之謀己，則申宮警守，以崇不畜之威[36]；懼萬民之不服，則嚴刑峻制，以賈傷心之怨[37]。然後威窮乎震主，而怨行乎上下[38]。衆心日陊[39]，危機將發，而方偃仰瞪眄，謂足以夸世[40]，笑古人之未工，亡己事之已拙[41]，知曩勳之可矜，暗成敗之有會[42]。是以事窮運盡，必於顛仆；風起塵合，而禍至常酷也[43]。聖人忌功名之過己，惡寵禄之踰量，蓋爲此也[44]。

夫惡欲之大端，賢愚所共有[45]，而游子殉高位於生前[46]，志士思垂名於身後，受生之分，唯此而已[47]。夫蓋世之業，名莫大焉[48]；震主之勢，位莫盛焉[49]；率意無違，欲莫順焉。借使伊人頗覽天道，知盡不可益，盈難久持[50]，超然自引，高揖而退[51]，則巍巍之盛，仰邈前賢，洋洋之風，俯冠來籍[52]，而大欲不乏於身[53]，至樂無愆乎舊，節彌效而德彌廣，身逾逸而名逾劭[54]。此之不爲，彼之必昧[55]，然後河海之跡堙爲窮流，一簣之釁積成山岳[56]，名編凶頑之條，身猒荼毒之痛，豈不謬哉[57]！故聊賦焉，庶使百世少有寤云[58]。

【注釋】

①陸士衡的作品，《文選》第一次出現是卷十六的《歎逝賦》，李注："王隱《晉書》曰：陸機字士衡，吴郡人也。少爲牙門將軍。吴平，太傅楊駿辟爲祭酒，轉太子洗馬。後成都王穎以機爲司馬，參大將軍軍事。遂爲穎所害，臨刑年四十有三。"案：《陸機傳》，見今《晉書》卷五十四。機之被

害在太安初（303）成都王穎與河間王顒起兵討長沙王乂時，時年四十三，則當生於吴景帝孫休永安四年（即魏元帝景元二年，261）。

②李注："臧榮緒《晋書》曰：機惡齊王冏矜功自伐，受爵不讓，及齊亡，作《豪士賦》。《吕氏春秋》曰：老聃、孔子、墨翟、關尹子、列子、陳駢、楊朱、孫臏、王寥、兒良，此十人者，皆天下之豪士也。然機猶假美號以名賦也。"

案：李從臧榮緒《晋書》之説，謂此《賦》爲齊亡後所作。今《晋書》云："冏既矜功自伐，受爵不讓，機惡之，作《豪士賦》以刺焉。"不言齊亡。李周翰注即從今《晋書》之説。梁又從李周翰之説，謂賦在齊王冏敗前。云："按《晋書·陸機傳》云……（見前引），是作此賦時，齊猶未亡也。篇末'借使伊人頗覽天道'云云，語意顯然。臧榮緒所云，殊誤。"

案：《藝文類聚》卷二十四載有《豪士賦》（似非全文），其末云："擠爲山以自隕，嘆禍至於何及。"序文亦言："此之不爲，彼之必昧，然後河海之跡堙爲窮流，一簣之釁積成山岳，名編凶頑之條，身猒荼毒之痛。"似敗亡之後，始有此類語言。恐從臧《書》所説爲是也。齊王冏之敗，在太安元年（302）十二月。可以參看《通鑑》卷八十四。此文載在《晋書·陸機傳》，今用以參校。李兆洛評此文云："此士龍所謂清新相接者也，神理何減鄒枚！"（《駢體文鈔》卷二十一）注引《吕氏春秋》，見《不二篇》。

③李注："《左氏傳》穆叔曰：太上有立德，其次有立功。"案：注引《左氏傳》，見襄公二十四年。

④古鈔本"循"作"脩"，《晋書》同〔1〕。明州本作"脩"，注云："善本作循字。"贛州本作"循"，注云："五臣本作脩。"古書多循誤爲脩者，説見《讀書雜志》七之一（《管子·形勢篇》）。李注："言立德必循於心，故存乎我。"

⑤《晋書》作"係乎彼"。李注："言建功必因於物，故繫乎彼。"

⑥"繫乎物"，《晋書》作"係乎彼"。李注："言德有常量，至域便止；功

〔1〕按，《晋書》作"修"。"脩"即"脩""脩"，此義與"修"同。

無常則，因遇乃成。域，謂身也。”案：注文“常量”，尤刻原本作“情量”。明州、贛州兩本皆作“恒量”，“情”乃“恒”之誤字，胡刻以意改爲“常”。

⑦《晋書》“微風”作“微飈”，明州本同，注云：“善本作風字。”贛州本作“風”，注云：“五臣本作飆。”〔1〕李注：“《漢書》：王恢謂韓安國曰：‘夫草木遭霜者，不可以遇風。’”案：注引《漢書》，見《韓安國傳》。今本“遇風”作“風過”。

⑧《晋書》“而泣”作“以泣”。“琴”上，明州、贛州兩本皆無“而”字。此與上句相對，“而”字不可少。李注：“《桓子新論》曰：雍門周以琴見孟嘗君，孟嘗君曰：‘先生鼓琴，亦能令文悲乎?’對曰：‘臣竊爲足下有所悲。千秋萬歲後，墳墓生荆棘，游童牧豎，躑躅其足，而歌其上曰：孟嘗君之尊貴，亦猶若是乎?’於是孟嘗君喟然太息，涕承睫而未下。雍門周擁琴而鼓之，徐動宫徵，揮角羽，初終而成曲。孟嘗君遂歔欷而就之。是琴之感以末也。”案：注引《桓子新論》，乃《琴道篇》文，見《全後漢文》卷十五。雍門周事又見《説苑·善説》。

⑨《晋書》“何者”作“何哉”，“繁”作“煩”。何、陳校皆改此作“煩”。《考異》謂“繁”“煩”義近，或善自與《晋書》有異。

⑩《晋書》“民”作“人”。李注：“時既啓之天，理又盡於人事，言立功易也。”

⑪李注：“《説苑》曰：管仲，庸夫也。桓公得之以爲仲父。《論語》子貢曰：今之從政者何如？子曰：噫！斗筲之人，何足算也!”案：注引《説苑》，見《尊賢篇》，此有節省。引《論語》，見《子路篇》。何氏《集解》引鄭玄云：“筲，竹器，容斗二升。”《説文·竹部》有“籍”“箱”二字，“籍”下云：“飯筥也。受五升。秦謂筥曰籍。”“箱”下云：“一曰飯器，容五升。”所説皆與鄭異。

⑫“故曰”上，古鈔本有“言遇時也”四字。明州本同，注云：“善本無‘言遇時也’一句。”贛州本同。

---

〔1〕按，明州本作“飈”，贛州本注亦作“飈”。《正字通》：“飈，飈之譌。”飈，即飆。

⑬李注："《孟子》曰：當今之時，萬乘之國行仁政，民之悦之，猶解倒懸也。故事半古之人，功必倍之。唯此時爲然。"案：注引《孟子》，見《公孫丑上篇》。

⑭《晋書》"古今"作"今古"。李注："《孟子》曰：彼一時，此一時。"案：注引《孟子》，見《公孫丑下篇》。

⑮李注："《孟子》曰：爾爲爾，我爲我。《文子》曰：譬吾處於天下，亦爲一物也。然則我亦物也，而物亦物也。物之與我也，有何以相物也。《禮記》曰：昆蟲未蟄。鄭玄曰：昆，明也。明蟲者，陽而生，陰而藏。"案：注引《孟子》，見《公孫丑上篇》，又見《萬章下篇》。注引《文子》，見《九守篇》。今本云："吾處天下，亦爲一物。而物亦物也，物之與物，何以相物。"其文較此引爲省。引《禮記》，見《王制》。

⑯李注："《老子》曰：天下神器，不可爲也，爲者敗之。"案：注引《老子》，見二十九章。

⑰李注："《史記》汲黯曰：上置公卿，寧令從諛承意，陷主於不義乎?"案：注引《史記》，見《汲鄭列傳》。《漢書·汲黯傳》同。許云："《漢書·衡山王傳》：日夜縱臾王謀反事。縱，子勇反。臾，讀曰勇。《史記》云：日夜從容王謀反事。《正義》：上子勇反，下讀曰勇。謂勸奬也。此從諛與縱臾同。"

⑱明州本無"者"字，注云："善本作者字。"贛州本有"者"字，注云："五臣本無者字。"以上言居高位皆出於時勢，而愚者不知功在身外，任出才表。

⑲李注："《孫卿子》曰：好榮惡辱，好利惡害，是君子小人之所同。"案：注引《孫卿子》，見《榮辱篇》。正文"所"字，《晋書》無。

⑳李注："《周易》曰：鬼神害盈而福謙。《左氏傳》狼瞫曰：'《周志》有之：勇則害上，不登於明堂。'"案：注引《周易》，見《謙·彖》。引《左氏傳》，見文公二年。

㉑李注："《韓子》曰：操生殺之柄，此人主之勢也。《左氏傳》仲尼曰：唯器與名，不可以假人，君之所司也，政之大節也。"案：注引《韓子》，見《定法》。引《左氏傳》，見成公二年。

㉒李注：“《左氏傳》曰：楚子入于雲中，鄖公辛之弟懷將殺王。辛曰：君討臣，誰敢讎之？君命，天也。若死天命，將誰讎乎？”案：注引《左氏傳》，見定公四年。今本無“乎”字。

㉓古鈔本“袨”作“耘”〔1〕，疑誤。《晋書》“立于”作“立乎”。明州及贛州兩本皆作“立乎”，注云：“善本作于字。”李注：“《漢書》曰：宣帝祠孝昭廟，先敺旄頭劍挺墮地，首垂泥土中。刃響乘輿車，馬驚。於是召梁丘賀筮之：有兵謀，不吉。上還，使有司侍祠。時霍氏外孫代郡太守任宣，坐謀反誅。宣子章爲公車丞，亡在渭城界中，夜袨服入廟，居郎間，執戟立廟門，待上至，欲爲逆。發覺，伏誅。蘇林曰：袨服，黑服也。《過秦論》曰：陳涉躡足行伍之間，而俛起阡陌之中，斬木爲兵，揭竿爲旗。援，于元切。”

案：注引《漢書》，見《儒林·梁丘賀傳》。今本“泥”下無“土”字，“響”作“鄉”，“袨”作“玄”。此注文“響”乃誤字。何、陳校依《漢書》作“鄉”。顔注：“鄉，讀曰嚮。”又注：“《霍光傳》云：任宣，霍光之壻。此云外孫，誤也。”顔氏未引蘇林説，而正文“袨”作“玄”。注云：“郎皆皂衣，故章玄服以厠也。”朱云：“今《説文》無袨字。惟大徐本‘袗，玄服也’，小徐本作‘袨服也’。引鄒陽上書‘武力鼎士，袨服叢臺之下’釋之。……此處袨服下言荷戟，亦武士之服，并鄒陽書皆爲玄服。《玉篇》：袨，黑衣也。與蘇林説合。其字竟當作玄。”

㉔《晋書》“代”作“世”，乃後人誤以“代”爲避唐諱輒而改。明州及贛州兩本“財”皆作“裁”，《晋書》同。梁謂五臣作裁，吕向注可證。《晋書》“哉”作“乎”。李注：“后以財成，而臣爲之，故云自下。《尸子》曰：天生萬物，聖人財之。”案：注引《尸子》，汪繼培輯本據《群書治要》録入卷上《分篇》。“天”下有“地”字，“財”作“裁”。注謂《治要》引《六韜》《新語·道基》及《管子·心術下》皆有此語，《荀子·非十二子篇》云：“一天下，財萬物。”楊倞注：“財與裁同。”

---

〔1〕按，核臺北“故宫博物院”藏楊守敬手抄日本古鈔無注三十卷本《文選》，此字模糊，似爲“袨”字省筆，“衭”也。

㉕《晋書》無“其”字。李注：“《老子》曰：夫代大匠斲，希有不傷其手。”案：注引《老子》，見七十四章。今本“斲”下有“者”字，“手”下有“矣”字。

㉖《晋書》“所爲”作“所以”。李注：“《左氏傳》曰：衛獻公使與甯喜言曰：‘苟反國，政由甯氏，祭則寡人。’”案：注引《左氏傳》，見襄公二十六年。

㉗“鞅鞅”，古鈔本作“怏怏”。明州本作“怏怏”，注云：“善本作革字。”贛州本作“鞅鞅”，注云：“五臣本作怏字。”是五臣作“怏”，善作“鞅”也。李注：“《尚書序》曰：召公爲保，周公爲師，相成王爲左右。召公不悦。《漢書》：景帝目送周亞夫曰：‘此之鞅鞅，非少主臣也。’又曰：魏相，字弱翁，遷御史。四歲，代韋賢爲丞相。封高平侯。班固述魏相曰：高平師師，惟辟作威。圖黜凶害，天子是毗。韋昭曰：師師，相尊法也。《漢書》曰：列侯宗室，見郅都側目。又曰：霍光爲博陸侯。”

案：注引《尚書序》，見《君奭》。君奭，即召公。僞孔傳：“尊之曰君，奭名。”引《漢書》，見《周勃傳》。今本“此”下無“之”字。《箋證》：“《漢書》多作鞅鞅。《高帝紀》：心常鞅鞅。《韓信傳》：居常鞅鞅。《方言》：鞅，懟也。郭注：鞅，猶怏也。《説文》：怏，不服，懟也。……作怏爲正字。”又引，見《魏相傳》。陳云：“御史下脱大夫二字。”引班固述，見《漢書·叙傳》。朱云：“霍光先以事下相廷尉獄，久繫。後相爲御史大夫，因許伯奏封事，言霍氏驕奢放縱，宜損奪其權，破散陰謀。又白去副封。霍氏殺許后之謀，始得上聞。乃罷其三侯，令就第。霍氏怨相，謀矯太后詔，先召斬相，然後廢天子。事發覺，伏誅。文所云側目，及注所引班語，謂此。”

㉘《晋書》“與”作“歟”。明州本無“者”字，注云：“善本作者字。”贛州本有“者”字，注云：“五臣本無者字。”李注：“《尚書》曰：武王既喪，管叔及群弟流言於國曰：公將不利於孺子。孔安國曰：成王信流言而疑周公。《漢書》曰：宣帝始立。謁見高廟，大將軍霍光從參乘，上内嚴憚之，若有芒刺在背。”案：注引《尚書》，見《金縢》。引《漢書》，見《霍光傳》，今本無“霍”字，“參乘”作“驂乘”。

㉙古鈔本“昵”作“暱”。明州本作“暱”，注云：“善本作昵字。”贛州

本作“昵”，注云：“五臣本作暱字。”李注：“《尚書》曰：光被四表。《毛詩》曰：王曰叔父。毛萇曰：叔父，謂周公也。”案：注引《尚書》，見《堯典》。引《毛詩》，見《魯頌·閟宫》。

㉚古鈔本及《晋書》“大位”皆作“天位”。贛州本同。明州本作“天”，注云：“善本作大字。”《考異》謂作“天”爲是。李注：“《漢書》：昭帝崩，霍光上奏曰：太宗無嗣，孝武帝曾孫病已，可以嗣孝昭皇帝。太后詔可。《尚書》伊尹曰：天位艱哉！李陵《與蘇武書》曰：薄賞子以守節。《論語》：或問管仲。曰：奪伯氏騈邑三百，飯疏食，没齒無怨言。”案：注引《漢書》，見《霍光傳》。引《尚書》，見《太甲下》。引《與蘇武書》，見本書卷四十一。引《論語》，見《憲問篇》。

㉛李注：“《尚書》曰：太甲既立，不明，伊尹放諸桐。《左氏傳》曰：高陽氏有才子，明允篤誠。《紀年》：太甲潜出自桐，殺伊尹。《吴越春秋》曰：文種者，本楚南郢人也。姓文，字少禽。《禮記》孔子曰：儒有懷忠信以待舉。《史記》曰：勾踐平吴，人或讒大夫種且作亂，越王乃賜種劍曰：子教寡人代吴七術，寡人用其三而敗吴。其四在子，子爲我從先王試之。種遂自殺。枚叔《上書諫吴王》曰：腐肉之齒利劍也。”案：注引《尚書》，梁云：“書下當有序字。”此見《太甲序》。引《左氏傳》，見文公十八年。引《紀年》，見《竹書紀年》太甲七年。引《吴越春秋》，今本無此文。引《禮記》，見《儒行》。引《史記》，見《越世家》。引枚叔書，見本書卷三十九。以上言居高位宜力戒驕盈。

㉜李注：“謂周公也。”

㉝李注：“謂霍光也。”

㉞李注：“鄒陽《於獄上書》曰：不奪乎衆多之口。”案：注引鄒陽書，見本書卷三十九。

㉟李注：“《穀梁傳》曰：君不尸小事，臣不專大名。《老子》曰：富貴而驕，自遺其咎。《莊子》曰：功成者隳，名成者虧。孰能去功與名，而還與衆人？”案：注引《穀梁傳》，見襄公十九年。引《老子》，見九章。引《莊子》，見《山木》。

㊱《晋書》“警”作“御”。李注：“《左氏傳》曰：公待於壞隤，申宫警

備，設守而後行。杜預曰：申整宮備也。”案：注引《左氏傳》，見成公十六年。今本杜注“整”作“敕”。

㊲《晋書》“民”作“方”。李注：“《新序》曰：商鞅爲嚴刑峻法，易古三代之制。杜預《左氏傳注》曰：賈，賣也。《尚書》曰：民罔不衋傷心。”案：注引《新序》，見《善謀篇》。今本“制”下有“度”字。明州及贛州兩本注文“賣”字皆作“買”。今檢此注桓公十年、成公二年兩見，皆作“買”字。引《尚書》，見《酒誥》。

㊳李注：“《漢書》蒯通説韓信曰：臣聞勇略震主者身危，功蓋天下者不賞。”案：注引《漢書》，見《蒯通傳》。

㊴胡刻“陊”，下注音爲“亘氏”，尤刻原本“亘”作“直”。明州及贛州兩本皆音“直氏”，與尤刻同。“亘”乃胡刻誤字。梁謂《廣韵》以“陊”入紙韵，直氏切，正其音也。

㊵明州本無“方”字，注云：“善本有方字。”贛州本有“方”字，注云：“五臣本無方字。”李注：“《毛詩》曰：或棲遲偃仰。《魯靈光殿賦》曰：齊首目以瞪眄。《埤蒼》曰：瞪，直視也。”案：注引《毛詩》，見《小雅·北山》。引《魯靈光殿賦》，見本書卷十一。引《埤蒼》，此書三卷，爲張揖撰，《隋志》及兩《唐志》皆著録。《玉函山房輯佚書》及陳鱣皆有輯本。

㊶明州及贛州兩本“亡”皆作“忘”，注云：“善本作亡字。”《晋書》亦作“忘”。《考異》謂“亡”是誤字。

㊷《晋書》“暗”作“闇”。

㊸明州本無“也”字，注云：“善本有也字。”贛州本有“也”字，注云：“五臣本無也字。”李注：“《答賓戲》曰：彼皆躡風塵之會，履顛沛之勢。項岱曰：彼，謂李斯輩也。風發於天，以諭君上；塵從下起，以諭斯等。”案：注引《答賓戲》，見本書卷四十五。彼注亦引項岱。

㊹以上言應當自量，不宜以機遇爲己功。

㊺李注：“《禮記》曰：飲食男女，人之大欲存焉；死亡貧苦，人之大惡存焉。故惡欲者，心之大端也。”案：注引《禮記》，見《禮運》。

㊻“殉”，明州及贛州兩本作“徇”，注云：“善本作殉字。”

㊼古鈔本“已”字下有“矣”字。

㊽《晋書》“大”作“盛”。李注：“《漢書》曰：項羽歌曰：‘力拔山兮氣蓋世。’”案：注引《漢書》，見《項籍傳》。

㊾《晋書》無“大焉震主之勢位莫”八字，梁謂彼是誤脱。李注：“震主，已見上文。”（見注㊳）

㊿李注：“《周易》曰：天道虧盈而益謙。《毛詩序》曰：太平之君子，能持盈守成。”案：注引《周易》，見《謙・彖》。引《毛詩序》，見《大雅・鳧鷖》。

51李注：“司馬遷《報任少卿書》曰：寧得自引深藏巖穴耶?”案：注引《報任少卿書》，見本書卷四十一。

52《晋書》“冠”作“觀”，梁謂是誤字。

53《晋書》“乏”作“止”。

54明州及贛州兩本“逾”作“愈”，注云：“善本作逾字。”李注：“《爾雅注》曰：劭，美也。”案：今《爾雅》郭璞注及《釋文》，皆無此文。梁謂袁本作“《小雅》曰”，是也。所引乃《小爾雅・廣詁》文。（明州本亦作《小雅》。）

55《晋書》“彼”上有“而”字。

56李注：“《論語》曰：譬如爲山，未成一簣，止，吾止也。”案：注引《論語》，見《子罕篇》。

57李注：“《毛詩》曰：人之貪亂，寧爲荼毒。”案：注引《毛詩》，見《大雅・桑柔》。

58《晋書》“聊”下有“爲”字。古鈔本“云”下有“尒”字。以上叙作賦之由。

劉孝標[1]

廣絶交論[2]

（論五，卷五十五）

客問主人曰："朱公叔《絶交論》，爲是乎？爲非乎[3]？"

主人曰："客奚此之問[4]？"

客曰："夫草蟲鳴則阜螽躍，雕虎嘯而清風起[5]。故絪緼相感，霧涌雲蒸；嚶鳴相召，星流電激[6]。是以王陽登則貢公喜，罕生逝而國子悲[7]。且心同琴瑟，言鬱郁於蘭茝；道叶膠漆，志婉孌於塤篪[8]。聖賢以此鏤金版而鐫盤盂，書玉牒而刻鍾鼎[9]。若乃匠人輟成風之妙巧，伯子息流波之雅引[10]。范張款款於下泉，尹班陶陶於永夕[11]。駱驛縱横，煙霏雨散。巧歷所不知，心計莫能測[12]。而朱益州汩彝叙，粤謨訓，捶直切，絶交游，比黔首以鷹鸇，媲人靈於豺虎。蒙有猜焉，請辨其惑。[13]"

主人听然而笑曰[14]："客所謂撫弦徽音，未達燥濕變響；張羅沮澤，不覩鴻雁雲飛[15]。蓋聖人握金鏡，闡風烈，龍驤蠖屈，從道汙隆[16]。日月聯璧，贊亹亹之弘致；雲飛電薄，顯棣華之微旨。若五音之變化，濟九成之妙曲。此朱生得玄珠於赤水，謨神睿而爲言[17]。

"至夫組織仁義，琢磨道德。驩其愉樂，恤其陵夷[18]。寄通靈臺之下，遺迹江湖之上。風雨急而不輟其音，霜雪零而不渝其色。斯賢達之素交，歷萬古而一遇[19]。

"逮叔世民訛，狙詐飆起。溪谷不能踰其險，鬼神無以究其變。競毛羽之輕，趨錐刀之末[20]。於是素交盡，利交興，天下蚩蚩，鳥驚雷駭[21]。然則利交同源，派流則異，較言其略，有五術焉[22]。

“若其寵鈞董石，權壓梁竇㉓。雕刻百工，鑪捶萬物。吐漱興雲雨，呼噏下霜露。九域聳其風塵，四海疊其熛灼㉔。靡不望影星奔，藉響川騖。鷄人始唱，鶴蓋成陰；高門旦開，流水接軫㉕。皆願摩頂至踵，隳膽抽腸，約同要離焚妻子，誓殉荆卿湛七族㉖。是曰勢交，其流一也。㉗

“富埒陶白，貲巨程羅。山擅銅陵，家藏金穴。出平原而聯騎，居里閈而鳴鍾㉘。則有窮巷之賓，繩樞之士，冀宵燭之末光，邀潤屋之微澤；魚貫凫躍，颯沓鱗萃，分鴈鶩之稻粱，霑玉斝之餘瀝㉙。銜恩遇，進款誠。援青松以示心，指白水而旌信。是曰賄交，其流二也㉚。

“陸大夫宴喜西都，郭有道人倫東國。公卿貴其籍甚，搢紳羡其登仙㉛。加以顩頤蹙頞，涕唾流沫。騁黄馬之劇談，縱碧鷄之雄辯㉜。叙温郁則寒谷成暄，論嚴苦則春叢零葉。飛沈出其指顧，榮辱定其一言㉝。於是有弱冠王孫，綺紈公子，道不挂於通人，聲未遒於雲閣。攀其鱗翼，丐其餘論。附騏驥之旄端，軼歸鴻於碣石。是曰談交，其流三也㉞。

“陽舒陰慘，生民大情；憂合驩離，品物恒性㉟。故魚以泉涸而呴沫，鳥因將死而鳴哀㊱。同病相憐，綴河上之悲曲；恐懼寘懷，昭《谷風》之盛典㊲。斯則斷金由於湫隘，刎頸起於苫蓋㊳。是以伍員濯溉於宰嚭，張王撫翼於陳相。是曰窮交，其流四也㊴。

“馳騖之俗，澆薄之倫。無不操權衡，秉纖纊，衡所以揣其輕重，纊所以屬其鼻息。若衡不能舉，纊不能飛，雖顔冉龍翰鳳雛，曾史蘭薰雪白㊵，舒向金玉淵海，卿雲黼黻河漢㊶，視若游塵，遇同土梗。莫肯費其半菽，罕有落其一毛㊷。若衡重錙銖，纊微影撇，雖共工之蒐慝，驩兜之掩義，南荆之跋扈，東陵之巨猾㊸，皆爲匍匐逶迤，折枝舐痔。金膏翠羽將其意，脂韋便辟導其誠㊹。故輪蓋所游，必非夷惠之室；苞苴所入，實行張霍之家。謀而後動，毫芒寡忒。是曰量交，其流五也[45]。

“凡斯五交，義同賈鬻。故桓譚譬之於闤闠，林回喻之於甘醴[46]。夫寒暑遞進，盛衰相襲。或前榮而後悴，或始富而終貧，或初存而末亡，或古約而今泰。循環翻覆，迅若波瀾[47]。此則殉利之情未嘗異，變化之道不得一。由是觀之，張陳所以凶終，蕭朱所以隙末，斷焉可知矣[48]。而翟公方規規然勒門以箴客，何所見之晚乎[49]？

“因此五交，是生三釁[50]：敗德殄義，禽獸相若，一釁也[51]。難固易攜，讎訟所聚，二釁也[52]。名陷饕餮，貞介所羞，三釁也[53]。古人知三釁之爲梗，懼五交之速尤[54]，故王丹威子以檟楚，朱穆昌言而示絶，有旨哉！有旨哉[55]！

“近世有樂安任昉，海内髦傑。早綰銀黄，夙昭民譽[56]。遒文麗藻，方駕曹王。英跱俊邁，聯横許郭。類田文之愛客，同鄭莊之好賢[57]。見一善則盱衡扼腕，遇一才則揚眉抵掌。雌黄出其唇吻，朱紫由其月旦[58]。於是冠蓋輻湊，衣裳雲合；輜軿擊轊，坐客恒滿。蹈其閫閾，若升闕里之堂；入其隩隅，謂登龍門之阪[59]。至於顧眄增其倍價，剪拂使其長鳴。彫組雲臺者摩肩，趍走丹墀者疊迹[60]。莫不締恩狎，結綢繆。想惠莊之清塵，庶羊左之徽烈[61]。及瞑目東粤，歸骸洛浦。繐帳猶懸，門罕漬酒之彦；墳未宿草，野絶動輪之賓[62]。藐爾諸孤，朝不謀夕。流離大海之南，寄命嶂癘之地[63]。自昔把臂之英，金蘭之友，曾無羊舌下泣之仁，寧慕郈成分宅之德[64]。嗚呼！世路險巇，一至於此！太行孟門，豈云嶄絶[65]！是以耿介之士，疾其若斯。裂裳裹足，棄之長騖。獨立高山之頂，歡與麋鹿同群，皦皦然絶其雰濁，誠耻之也！誠畏之也[66]！”

【注釋】

①劉孝標的作品，《文選》列在最前的是卷四十三的《重答劉秣陵沼

書》。李善在劉孝標的署名下注云：“劉峻《自序》云：峻字孝標，平原人也。生於秣陵縣，期月，歸故鄉。八歲，遇桑梓顛覆，身充僕圉。齊永明四年二月，逃還京師。後爲崔豫州刑獄參軍。梁天監中，詔峻東掌石渠閣。以病乞骸骨，後隱東陽金華山。”

案：劉峻《自序》，“其體蓋本之司馬遷、揚雄，故《史通・忤時篇》曰：劉峻作傳，自述長於論才。《梁書》本傳，實即採其《自序》之文，特不能如《漢書》司馬遷、揚雄傳之例，敘明爲峻之《自序》云爾。而但録其一節，標爲《自序》，遂使人忽焉不察。然本傳於‘自比馮敬通’句上固有‘峻又嘗爲《自序》，其略曰’云云，略之爲言，明其非全篇也。《史通・覈才篇》曰：‘孝標持論談理，誠爲絶倫。而《自序》一篇，過於煩碎。’若僅三同四異，簡亦甚矣，何煩碎之有乎？容甫、愛伯，不加深考，以爲峻之《自序》文盡於此，並其《傳》前所引兩句亦熟視無睹，遂紛然列舉同異，以爲《自序》。不知自漢魏以來，凡爲《自序》者，未嘗有此體也”（以上録余嘉錫《讀已見書齋隨筆》二十七《汪中李慈銘之自序》，見《余嘉錫論學雜著》頁676—677）。

案：劉峻事，見《梁書》卷五十《文學傳》及《南史》卷四十九《劉懷珍傳》，兩史皆録其《自序》，蓋《序》末論贊之辭。汪中、李慈銘未嘗深考，乃仿其體爲《自序》，余嘉錫評論其失，所言是也。《梁書》謂峻普通二年（521）卒（《南史》作普通三年），年六十，則當生於宋孝武帝大明六年（462），若據《南史》則當生於大明七年（463）。

②李注：“劉璠《梁典》曰：劉峻見任昉諸子西華兄弟等，流離不能自振，生平舊交，莫有收卹。西華冬月著葛布帔練裙，路逢峻，峻泫然矜之。乃廣朱公叔《絶交論》。到溉見其論，抵几於地，終身恨之。”案：劉璠《梁典》，已見前《天監三年策秀才文》注①。“葛布帔練裙”，明州及贛州兩本皆無“布”字，此似衍文。案《梁典》所述劉峻作《廣絶交論》事，《梁書》、《南史》任昉傳亦及之。《梁書》卷十四、《南史》卷五十九的《任昉傳》，皆載此文，今用以參校。《南史》載此事尤詳。《梁書》云：“初昉立於士大夫間，多所汲引。有善己者，則厚其聲名。及卒，諸子皆幼，人罕贍卹之。平原劉孝標爲著論。”《南史》云：“（昉）有子東里、西華、南容、北

叟，並無術業，墜其家聲。兄弟流離，不能自振。生平舊交，莫有收恤。西華冬月著葛帔練裙，道逢平原劉孝標，泫然矜之，謂曰：'我當爲卿作計。'乃著《廣絶交論》以譏其舊友。……到溉見其論，抵之於地，終身恨之。"《梁典》《南史》所言到溉事，文中注所引劉孝綽（注舊誤作標，詳下）《與諸弟書》亦及之。《梁書・到溉傳》云："溉少孤貧，與弟洽俱聰明有才學，早爲任昉所知，由是聲名益廣。"是到溉確爲任昉所汲引者。《中説・王道》："子見劉孝標《絶交論》，曰：惜乎，舉任公而毁也。任公於是乎不可謂知人矣。"然此文之所慨嘆者，在"世路險巇"，但以爲"舉任公"，殊非主旨。王通不過借此題以品論人物耳。劉峻自許有論才，但此論實屬諷刺雜文，李兆洛《駢體文鈔》卷二十評此文云："以刻酷攄其憤懣，真足以狀難狀之情。《送窮》《乞巧》，皆其支流也。"這樣評論此文，可謂抓住要害。

③李注："此假言也。爲是爲非，疑而問之也。范曄《後漢書》曰：朱穆，字公叔。爲侍御史，感俗澆薄，慕尚敦篤，著《絶交論》以矯之。稍遷至尚書。卒，贈益州刺史。"案：注引《後漢書》，《後漢書》朱穆事附在其祖父《朱暉傳》中。此所引係節文。"慕"，明州及贛州兩本皆作"莫"。《考異》云："作莫是也。"《朱暉傳》載穆事云："同郡趙康叔盛者，隱於武當山，清静不仕，以經傳教授。穆時年五十，乃奉書稱弟子。及康殁，喪之如師。其尊德重道，爲當時所服。常感時澆薄，慕尚敦篤，乃作《崇厚論》。……穆又著《絶交論》，亦矯時之作。"李賢注引《集》載《絶交論》之大略，又引《與劉伯宗絶交書》及《詩》，云：蓋因此而著論也。以上以客問引首。

④李注："奚，何也，何故有此問也。未詳其意，故審覆之。"以上借主人之答，引出賓問的理由。

⑤李注："欲明交道不可絶，故陳四事以喻之。《毛詩》曰：喓喓草蟲，趯趯阜螽。鄭玄曰：草蟲鳴，則阜螽跳躍而從之，異類相應也。雕虎，已見《思玄賦》。《淮南子》曰：虎嘯而谷風至，龍舉而景雲屬。許慎曰：虎，陰中陽獸，與風同類也。"案：注引《毛詩》，見《召南・草蟲》。注謂雕虎見《思玄賦》，《思玄賦》注引《尸子》曰："余左執太行之獿，而右搏雕虎。"又見《西京賦》《蜀都賦》《七命》《檄豫州文》等注引。汪輯《尸子》，録入

卷下。引《淮南子》，見《天文篇》；許注又見《御覽》卷九百二十九及《事類賦·風》引。

⑥《南史》"絪緼"作"氛氲"。李注："元氣相感，霧涌雲蒸以相應；鳥鳴相召，星流電激以相從：言感應之遠也。《周易》曰：天地絪緼，萬物化醇。《淮南子》曰：山雲蒸而柱礎潤。《毛詩》曰：伐木丁丁，鳥鳴嚶嚶。鄭玄云：其鳴之志，似於友道然。曹植《辯問》曰：游説之士，星流電耀。《答賓戲》曰：游説之徒，風颮電激。"

案：正文"激"字，《梁書》作"擊"〔1〕。又案：注引《周易》，見《繫辭》下。《説文·壺部》："壹，壹壺也。從凶，從壺。壺，不得渫也。《易》曰：天地壹壺。"段注："今《周易》作絪緼，他書作烟煴、氤氲。蔡邕注《典引》曰：烟烟煴煴，陰陽和一，相扶皃也。張載注《魯靈光殿賦》曰：烟煴，天地之蒸氣也。《思玄賦》舊注曰：烟煴，和皃。許據《易》孟氏作'壹'，乃其本字，他皆俗字也。許釋之曰不得渫也者，謂元氣渾然，吉凶未分，故其字從吉凶，在壺中，會意。"引《淮南子》，見《説林》。引《毛詩》，見《小雅·伐木》。引曹植《辯問》，此文僅存散句，已收入《曹集銓評》所附《曹集逸文》。引《答賓戲》，見本書卷四十五。

⑦李注："此明良朋也。良朋之道，情同休戚。故貢禹喜王陽之登朝，子産悲子皮之永逝也。《漢書》曰：王吉與貢禹爲友，世稱'王陽在位，貢禹彈冠'，言其趣舍同也。罕生，子皮。國子，子産也。《左氏傳》曰：子産聞子皮卒，哭，且曰：'吾以無爲爲善，唯夫子知我也。'"

案：注引《漢書》，見《王貢兩龔鮑傳》。今本"貢禹彈冠"作"貢公彈冠"，"趣舍"作"取舍"。此注爲"王陽"訓釋，引《漢書》不當節去"王吉字子陽"一句。引《左氏傳》，見昭公十三年。今本"吾以"作"吾已"，"善"下有"矣"字。罕虎字子皮，見襄公三十年《傳》注。子皮爲公子喜之孫，喜字子罕，故虎以王父字爲罕氏。子産爲公子發之子，未得氏，故稱公孫僑。公子發字子國，故子産之子國參（見哀公五年《傳》），亦以王父

〔1〕按，今核百衲本、武英殿本《梁書》，亦作"激"。

字爲氏。此云國子，蓋從子族也。

⑧明州本“叶”字作“協”，注云：“善本作叶。”贛州本作“叶”，注云：“五臣本作協字。”李注：“心和琴瑟，則言香蘭茝；道合膠漆，則志順塤篪：言和順之甚也。《毛詩》曰：妻子好和，如鼓瑟琴。曹子建《王仲宣誄》曰：好和琴瑟。鬱郁，香也。《上林賦》曰：芳芳漚鬱，酷烈淑郁。《楚辭》曰：蘭茝幽而獨芳。《周易》曰：同心之言，其臭如蘭。范曄《後漢書》曰：陳重字景公，雷義字仲預。重少與義友，鄉里之爲語曰：膠漆自謂堅，不如雷與陳。班固《漢書》贊曰：婉孌董公。塤篪，已見《鸚鵡賦》。”

案：明州及贛州兩本注文“言和順之甚也”上皆有“蓋蘭茝塤篪”五字。注引《毛詩》，見《小雅·常棣》。引《王仲宣誄》，見本書卷五十六。引《上林賦》，見本書卷八。明州及贛州兩本注文“芳芳”皆作“芳香”，《考異》以爲是。梁云：“本書《上林賦》作芬芳，《史記》作芬香，芳芳固誤，芳香亦非。”引《楚辭》，見《九章·悲回風》。引《周易》，見《繫辭上》。引《後漢書》，見《獨行傳》。引《漢書》，見《叙傳》。塤篪，見《鸚鵡賦》注㊾。

⑨古鈔本“牒”作“諜”。明州及贛州兩本皆作“諜”，而下注“牒”字。李注：“聖賢以良朋之道，故著簡策而傳之。太公《金匱》曰：屈一人之下，申萬人之上。武王曰：請著金版。《墨子》曰：琢之盤盂，銘於鍾鼎，傳於後世。玉牒，已見上。”案：注引《金匱》，此佚文，《全上古三代文》收入卷六。引《墨子》，此並用《兼愛下》《天志中》《魯問》三篇文。此注云“玉牒已見上”，明州本與尤刻同，而贛州本重引《東觀漢記》：“封禪其玉牒文祕。”此所引《東觀漢記》，聚珍本輯入卷五《郊祀志》。又引《說文》：“牒，記也。”今本《片部》云：“牒，札也。”《言部》云：“諜，軍中反間也。”皆無“記也”之文。

⑩《梁書》無“乃”字。《南史》“人”作“石”。《梁書》《南史》“子”皆作“牙”。李注：“此言良朋之難遇也。《莊子》曰：莊子送葬，過惠子之墓，謂從者云：郢人堊墁其鼻端若蠅翼，使匠石斲之。匠石運斤成風，斲之盡堊而鼻不傷，郢人立不失容。宋元君聞之，召匠石曰：‘嘗試爲寡人爲之。’匠石曰：‘臣則嘗能斲之，雖然，臣質死久矣。’自夫子之死也，吾無

以爲質矣，吾無與言也。伯牙及雅引，已見上文。”案：注引《莊子》，見《徐無鬼篇》。此注云“伯牙及雅引，已見上文”，明州本與尤刻同。贛州本重引《吕氏春秋》：“伯牙鼓琴，意在泰山，鍾子期曰：‘善哉！巍巍若泰山。’俄而志在流水，子期曰：‘善哉！湯湯乎若流波。’子期死，伯牙破琴絶絃，終身不復鼓琴。以爲世無賞音者。”案：此引見《吕氏春秋·本味》，其事又見《列子·湯問》、《淮南子·修務》、《韓詩外傳》卷九、《説苑·尊賢》。

⑪李注：“范曄《後漢書》曰：范式字巨卿，少與張劭爲友。劭字元伯，元伯卒，式忽夢見元伯，呼曰：巨卿，吾以某日死，當以某時葬，永歸黄泉。子未我忘，豈能相及？式怳然覺悟，便服朋友之服，數其葬日，馳往赴之。既至壙，將窆，而柩不進。其母撫之曰：元伯，豈有望邪？遂停柩。移時，乃見素車白馬號哭而來。其母望之，必范巨卿。既至，叩喪言曰：行矣元伯，死生各異，永從此辭。式執引，柩乃前。式遂留冢次，修墳種樹，然後乃去。司馬遷書曰：試欲效其款款之愚。王仲宣《七哀詩》曰：悟彼下泉人。《東觀漢記》曰：尹敏與班彪相厚，每相與談，常晏暮不食，晝即至冥，夜徹旦。彪曰：相與久語，爲俗人所怪，然鍾子期死，伯牙破琴，曷爲陶陶哉！”

案：注引《後漢書》，見《獨行傳》。引司馬遷書，見本書卷四十一，陳校“試”爲“誠”字之誤。引《七哀詩》，見本書卷二十三。引《東觀漢記》，聚珍本輯入卷十六《尹敏傳》内。今范曄《後漢書·儒林·尹敏傳》亦略記此事。

⑫李注：“駱驛縱横，不絶也。煙霏雨散，衆多也。《魯靈光殿賦》曰：縱横絡繹，各有所趣。陸機《列仙賦》曰：騰煙霧之霏霏。《劇秦美新》曰：霧集雨散。《莊子》曰：巧歷不能得，而况凡乎。《漢書》曰：桑弘羊，雒陽賈人子，以心計，年十三，侍中。”案：注引《魯靈光殿賦》，見本書卷十一。引《列仙賦》，此賦載在《藝文類聚》卷七十八。乃節文，無此句。《全晋文》卷九十七收入此語。引《劇秦美新》，見本書卷四十八。引《莊子》，見《齊物論》，今本“凡”上有“其”字。引《漢書》，見《食貨志》。

⑬《梁書》《南史》“比”作“視”。古鈔本“辨”作“辯”，《南史》同。

李注："言朋友之義，備在典謨。公叔亂常道而絶之，故以爲疑也。《尚書》曰：彝倫攸叙，又曰：聖有謨訓。《家語》孔子曰：'祁奚對平公云：羊舌大夫信而好直其切也。'王肅曰：言其切直也。《爾雅》曰：丁丁嚶嚶，相切直也。《列子》曰：公孫穆屏親昵，絶交游。司馬遷書曰：交游莫救，視鷹鸇豺虎，貪殘而無親也。黔首，已見《過秦論》。《左氏傳》太史克曰：見無禮於其君者，誅之如鷹鸇之逐鳥雀。《爾雅》曰：媲，妃也。《尚書》曰：惟人萬物之靈。杜夷《幽求子》曰：不仁之人，心懷豺虎。《長楊賦》曰：蒙切惑焉。《論語》子張曰：敢問崇德辨惑。"

案：注引《尚書》，見《洪範》。又引，見《胤征》。引《家語》，見《弟子行》。引《爾雅》，見《釋訓》。引《列子》，見《楊朱》。引司馬遷書，見本書卷四十一。此注云"黔首已見《過秦論》"，明州本與尤刻同。贛州本引"李斯曰：秦更名民曰黔首"。案：此乃《史記·秦始皇本紀》文。《過秦論》注引《史記》，李斯曰請廢博士官云云，下釋"黔首"稱"又曰"，乃蒙上《史記》爲文。贛州本編者不明李注體例，在此直抄李斯云云，實爲可笑。凡李注云已見某某，贛州本編者往往重復抄出其文，而錯謬百出，此其一例也。注引《左氏傳》，見文公十八年。引《爾雅》，今《爾雅·釋詁》云："妃，媲也。"二字互倒。《説文·女部》："媲，妃也。"引《幽求子》，案《隋志》道家著録《杜氏幽求新書》二十卷，杜夷撰。兩《唐志》皆著録《幽求子》三十卷。其書已亡，佚文見《玉函山房輯佚書》。杜夷字行奇，見《晋書·儒林傳》。引《長楊賦》，見本書卷九。引《論語》，見《顔淵篇》。又案：正文"粤謨訓"，《梁書》"粤"作"越"。張銑説："粤當爲越。"《箋證》："粤與越古字通，此假粤爲之，而義則訓爲踰，言踰越謨訓也。"以上言客提出朋友爲五倫之一，似不應絶，疑朱公叔《絶交論》爲非。

⑭《梁書》"听"作"忻"，無"而笑"二子。案：《説文·口部》："听，笑貌。"注引《上林賦》正作"听"，李本如此。

⑮李注："言朋友之道，隨時盛衰。醇則志叶斷金，醨則昌言交絶。今以絶交爲惑，是未達隨時之義。猶撫絃者未知變響，張羅者不覩雲飛，謬之甚也。《上林賦》曰：亡是公听然而笑。鄭玄《禮記注》曰：撫，以手按之也。許慎《淮南子注》曰：鼓琴循絃，謂之徽也。《韓詩外傳》曰：趙遣使

於楚，臨去，趙王謂之曰：必如吾言辭。時趙王方鼓琴，使者因跪曰：大王鼓琴，未有如今日之悲也。請記其處，後將法焉。王曰：不可。夫時有燥濕，絃有緩急，徽柱推移，不可記也。使者曰：臣愚，請借此以譬之。何者？楚之去趙二千餘里，變改萬端，亦猶絃不可記也。《難蜀父老》曰：鷦鵬已翔乎寥廓之宇，而羅者猶視乎藪澤，悲夫！沮澤，已見《蜀都賦》。《吴都賦》曰：雲飛水宿。”

案：注引《上林賦》，見本書卷八。引《禮記注》，見《喪大記》。引《淮南子注》，當在《主術篇》。引《韓詩外傳》，見卷七。今本作“鼓瑟”，《群書治要》引亦作“鼓瑟”。此所引字句亦與今本多異。引《難蜀父老》，見本書卷四十四。沮澤，贛州本重録此注：“《異物志》曰：沮，有菜澤也。巴東有澤水。《孟子注》言澤生草曰葅。沮與葅同，子豫切。”引《吴都賦》，見本書卷五。

⑯李注：“言聖人懷明道而闡風教，如龍蠖之驤屈，蓋從道之汙隆也。《春秋孔録法》曰：有人卯金刀，握天鏡。《洛書》曰：秦失金鏡。鄭玄曰：金鏡，喻明道也。《春秋考異郵》曰：後雖殊世，風烈猶合於持方。宋均曰：持方，受命者名也。班固《漢書·韓彭述》曰：雲起龍驤，化爲侯王。蠖屈，已見潘正叔《贈王元況詩》。《禮記》子思曰：道隆則從而隆，道汙則從而汙。鄭玄曰：汙，猶殺也。”

案：注引《春秋孔録法》，此不見於《後漢書·樊英傳》注所載《春秋緯》中。《經義考》卷二百六十六曾著録，《古微書》及《玉函山房輯佚書》皆收之。引《洛書》，《隋志》序謂《河圖》九篇，《洛書》六篇，出自前漢。《經義考》卷二百六十四著録《洛書靈準聽》，即有鄭玄注。引《春秋考異郵》，此爲《後漢書·樊英傳》注所引《春秋緯》之一，《隋志》云：“梁有《春秋緯》三十卷，宋均注。”引《漢書述》，見本書卷五十。注謂“蠖屈，已見潘正叔《贈王元況詩》”，明州本與尤刻同。贛州本重引《周易·繫辭下》：“尺蠖之屈，以求伸也。”郭璞《方言注》卷十一：“尺蠖，又呼爲步屈也。於縛切。”引《禮記》，見《檀弓上》。

⑰明州本“電薄”作“雷薄”，注云：“善本作電。”贛州本“電”下注云：“五臣本作雷。”古鈔本“旨”作“音”，誤。古鈔本“赤”誤作“亦”。

李注："日月聯璧，謂太平也。雲飛電薄，謂衰亂也。王者設教，從道汙隆，太平則明亹亹微妙之弘致，道衰則顯棣華權道之微旨。然則隨時之義，理非一途也。若五音之變化，乃濟九成之妙曲。今朱公叔《絶交》，是得矯時之義，此猶得玄珠於赤水，謨神睿而爲言。謂窮妙理之極也。《易坤靈圖》曰：至德之萌，日月若聯璧。《周易》曰：定天下之吉凶，成天下之亹亹者，莫善於蓍龜。王弼曰：亹亹，微妙之意也。鄭玄《周禮注》曰：致，至也。《漢書》高祖歌曰：大風起兮雲飛揚。《淮南子》曰：陰陽相薄爲雷，激而爲電。《論語》曰：棠棣之華，偏其反而。何晏曰：逸詩也。棠棣之華，反而後合，賦此詩，以言權反而後至於大順也。《長笛賦》曰：五音代轉。《尚書》曰：簫韶九成，鳳皇來儀。《莊子》曰：黄帝遊於赤水之北，遺其玄珠，乃使象罔求而得之。司馬彪曰：赤水，水假名。玄珠，喻道也。孔安國《尚書傳》曰：謨，謀也，睿，聖也。"

案：注引《易坤靈圖》，此乃《後漢書·樊英傳》注所列《易緯》之一。《隋志》云："《易緯》八卷，鄭玄注，梁有九卷。"引《周易》，見《繫辭上》。向宗魯先生云："《繫辭》無王注，此所引誤。"按玄應《一切經音義》卷九引劉瓛《易注》云：亹亹，猶微微也。"引《周禮注》，此見《儀禮·聘禮》及《禮記·中庸》注，而《周禮》注無之。引《漢書》，見《高紀》。引《淮南子》，見《墬形篇》，今本"爲電"作"爲霆"。引《論語》，見《子罕篇》。《箋證》："孝標亦主此説，與《集解》同。此云微旨，即所謂權也。"引《長笛賦》，見本書卷十八。引《尚書》，見《益稷》。引《莊子》，見《天地篇》。《釋文》："玄珠，司馬云：道真也。"未引赤水之注。引《尚書傳》，"謨，謀也"，見《大禹謨》《皋陶謨》傳；"睿，聖也"，今本無之。《洪範》："思曰睿。"《釋文》引馬（融）云："通也。"《逸周書·謚法》及《廣雅·釋言》並云："睿，聖也。"以上言朱公叔《絶交論》知隨時汙隆之義。

⑱李注："此言良友每事相成，道德資以琢磨，仁義因之組織。居憂共戚，處樂同驩。仲長統《昌言》：道德仁義，天性也。織之以成其物，練之以成其情。《禮記》曰：如切如瑳，道學也。如琢如磨，自修也。《白虎通》曰：朋友之交，樂則思之，患則死之。陵夷，已見《五等論》。"案：注引《昌言》，又見《意林》卷五。《太平御覽》卷四百三，《全後漢文》卷八十九

輯入《昌言》下。嚴可均云：“練，當作鍊。”引《禮記》，見《大學》。引《白虎通》，今本《三綱六紀篇》無此文。《初學記》卷十八引《白虎通》云：“朋友之道有四，近則正之，遠則稱之，樂則思之，患則死之。”注謂“陵夷已見《五等論》”，明州本與尤刻同。贛州本重引《漢書·張釋之傳》云：“秦陵夷至於二世，天下土崩。”

⑲李注：“良朋款誠，終始若一，故寄通神於心府之下，遺迹相忘於江湖之上也。《莊子》：萬惡不可内於靈臺。司馬彪曰：心爲神靈之臺也。李陵書曰：人之相知，貴相知心。《莊子》曰：魚相忘於江湖，人相忘於道術。郭象曰：各自足，故相忘也。今引江湖，唯取相忘之義也。不輟其音，已見《辨命論》。《莊子》曰：天寒既至，霜雪既降，吾是以知松柏之茂也。素，雅素也。萬古一遇，難逢之甚也。”案：注引《莊子》，見《庚桑楚》。《釋文》未引司馬彪注，而《御覽》卷三百七十六引之，“神靈”作“神聖”。引李陵書，見本書卷四十一。又引《莊子》，見《大宗師》。李注謂“不輟其音，已見《辨命論》”，明州本與尤刻同，贛州本重引《詩·齊風·鷄鳴》：“風雨如晦，鷄鳴不已。”又及鄭箋。又引《莊子》，見《讓王》。以上説賢達素交，萬古一遇。

⑳古鈔本“趨”作“趣”。李注：“上明良朋，此明損友也。《左氏傳》叔向曰：三辟之興，皆叔世也。《毛詩》曰：民之訛言。鄭玄曰：訛，僞也。《漢書》曰：狙詐之兵。《音義》曰：狙，伺人之間隙也。《答賓戲》曰：游説之徒，風飑電激，並起而救之。《莊子》孔子曰：凡人之心，險於山川，難知於天。董仲舒《士不遇賦》曰：生不丁三代之盛隆兮，丁三季之末俗。鬼神不能正人事之變戾，聖賢亦不能開愚夫之違惑。《葛龔集》曰：龔以毛羽之身，戴丘山之施。《左氏傳》叔向曰：錐刀之末，將盡争之。”

案：注引《左氏傳》，見昭公六年。孔疏引服虔云：“政衰爲叔世。叔世逾於季世。季世不能作辟也。”向先生云：“僖公二十四年《左傳》：周公弔二叔之不咸。杜注以二叔爲夏殷之叔世（馬融説同，鄭衆、賈逵以爲管蔡）。”引《毛詩》，見《小雅·沔水》。引《漢書》，見《諸侯王表》。今顔注引應劭云：“狙，伺也。因間伺隙出兵也。”引《答賓戲》，見本書卷四十五。引《莊子》，見《列禦寇》。引《士不遇賦》，見《古文苑》卷三（章注本），此節引。引《葛龔集》，《隋志》："後漢黄門郎《葛龔集》六卷，梁五卷，一本七卷。"案龔字元甫，見《後漢書・文苑傳》。李賢注云："龔善爲文奏，或有請龔奏以干人者，龔爲作之。其人寫之，忘自載其名，因并寫龔名以進之。故時人爲之語曰：'作奏雖工，宜去葛龔。'事見《笑林》。"《全後漢文》卷五十六輯此入《與梁相張府君箋》。

㉑李注："《毛詩》曰：氓之蚩蚩。《廣雅》曰：蚩，亂也。崔寔《正論》曰：秦時赭衣塞路，百姓鳥驚無所歸。《淮南子》曰：月行日動，電奔雷駭也。"案：注引《毛詩》，見《衛風・氓》。引《廣雅》，今《廣雅・釋詁》："蚩，輕也。"引《正論》，崔寔《正論》五卷，《隋志》在子部法家著録。《舊唐志》同（《新唐志》作"六卷"）。[1]此所引又見《御覽》卷三百六十七，《全後漢文》卷四十六輯入。引《淮南子》，見《覽冥》。此節引，今本"雷駭"作"鬼騰"。向先生云："騰，《御覽》七百四十六及八百九十六皆作駭。此作騰，乃後人妄改。《廣雅・釋言》：駭，起也。"

㉒明州本無"則"字，注云："善本有則字。"贛州本有"則"字，注云："五臣本無則字。"《梁書》《南史》皆無"則"字。《考異》謂"則"字不當有。李注："《廣雅》曰：較，明也。《韓詩》曰：報我不術。薛君曰：術，法也。"案：注引《廣雅》，見《釋詁》。引《韓詩》，今《毛詩》在《邶風・日月》。《隋志》著録《韓詩》二十二卷，云：薛氏章句。《後漢書・儒林傳》："薛漢字公子，淮陽人也。世習《韓詩》。"惠棟《補注》謂唐人所引《韓詩》，其稱薛君者，漢也。以上提出利交有五派，以下分述五派。

㉓李注："董賢、石顯，已見《西京賦》。權，猶勢也。范曄《後漢書》曰：梁冀，字伯卓，爲大將軍，專擅威權，凶恣日積。竇憲，已見范曄《宦者論》。"案：明州本注文與此同，贛州本注重引《漢書・佞幸》石顯、董賢傳。引《後漢書》，見《梁冀傳》。明州本注竇憲與此同，贛州本注重引《後漢書・和帝紀》。

㉔李注："雕刻、鑪捶，喻造物也。覆載天地，刻雕衆形而不爲巧。《尚

---

〔1〕按，《隋志》作《正論》六卷，《舊唐志》作《政論》五卷，《新唐志》作《政論》六卷。

書》曰：百工惟時。《莊子》曰：黄帝之忘其智，皆在鑪捶之間。《聲類》曰：爐，火所居也。李頣《莊子音義》曰：捶，排口鐵以灼火也。范曄《後漢書》曰：舉動迴山海，呼吸變霜露。九域，已見潘元茂《九錫文》。《爾雅》曰：聳，懼也。夏侯湛《東方朔畫贊》曰：仿佛風塵，用垂頌聲。毛萇《詩傳》曰：叠，懼也。《西征賦》曰：當恭顯任勢也，燻灼四方，震燿都鄙。”

案：此注文首八字，明州及贛州兩本皆無。向先生云：“‘覆載’上當補‘《莊子》曰’三字，見《大宗師》及《天道》。”引《尚書》，見《皋陶謨》。又引《莊子》，見《大宗師》。《聲類》十卷，李登撰，已佚。引《莊子音義》，案：李頣當作李頤。《莊子》有李頤《集解》三十卷、三十篇，見《經典釋文·序録》。今《大宗師》篇《釋文》引李云：“錘，鴟頭頗口句鐵，以吹火也。”引《後漢書》，見《宦者傳序》，此序已選入《文選》卷五十。〔1〕“九域，已見潘元茂《九錫文》”，明州本與尤刻同，贛州本重引“韓詩曰：方命厥后，奄有九域。薛君曰：九域，九州也”（今《毛詩·商頌·玄鳥》，“九域”作“九有”）。引《爾雅》，今《爾雅·釋詁》“聳”作“竦”，向先生云：“《説文》：愯，懼也。引《春秋傳》曰：駟氏愯。今昭公十九年傳作聳。”引《東方朔畫贊》，見本書卷四十七。引《詩傳》，見《周頌·時邁》。向先生云：“叠，蓋讋、慴之借字。”

㉕李注：“蔡伯喈《郭林宗碑》曰：于時紳佩之士，望形表而影附，聆嘉聲而響和者，猶百川之歸巨海，鱗介之宗龜龍也。《周禮》曰：鷄人，凡國事，爲期，則告之時。鄭玄曰：象鷄知時也。劉楨《魯都賦》曰：蓋如飛鶴，馬似遊魚。高門，已見《辨命論》。范曄《後漢書》明德馬后曰：前過濯龍門上，見外家問起居者，車如流水馬如龍也。”案：注引《郭林宗碑》，見本書卷五十八。引《周禮》，見《春官·鷄人》。引《魯都賦》，全賦已佚，此二句又見《藝文類聚》卷六十一，《北堂書鈔》卷一百三十五〔2〕，《太平

〔1〕此篇收録於《文選》卷五十史論類，題作《宦者傳論》。

〔2〕按，《北堂書鈔》卷一百三十五並無“蓋如飛鶴，馬似遊魚”兩句，而另有《魯都賦》“建曜日之珍□，珥明月之珠璫”等數句。

御覽》卷七百二，嚴可均輯其佚文入《全後漢文》卷六十五。“高門”注，明州本與尤刻同，贛州本重引本書卷五《吴都賦》：“高門鼎貴。”《漢書・于定國傳》于公曰：“少高大門，令容駟馬高蓋車也。”引《後漢書》，見《皇后紀》，今本“馬如龍”作“馬如游龍”字。

㉖明州本“隳”作“墮”，注云：“善本作隳字。”贛州本作“隳”，注云：“五臣作墮字。”明州本“誓殉”作“誓徇”，注云：“善本作殉字。”明州“七族”作“宗族”，注云：“善本作亡族字。”贛州本作“七族”，注云：“五臣本作宗族字。”李注：“《孟子》曰：墨子兼愛，摩頂放踵。趙岐曰：放，至也。鄒陽上書曰：見情愫，隳肝膽。李顒詩曰：焦肺枯肝，抽腸裂膈。鄒陽上書曰：荆軻沈七族，要離焚妻子，豈足爲大王道哉!”

案：注引《孟子》，見《盡心上篇》，今趙注云：摩突其頂，下至於踵。無“放，至也”三字〔1〕。焦循《正義》云：突禿聲轉，突即禿。陳澧謂摩猶糜，謂糜爛也（《東塾讀書記》卷十二）。引鄒陽上書，見本書卷三十九。引李顒詩，案《隋志》：“《晋李顒集》十卷，録一卷。”兩《唐志》同（無録）。顒，李充之子，見《晋書・文苑・李充傳》。又引鄒陽上書，見本書卷三十九。

㉗以上勢交，這是利交五派中的第一派。

㉘李注：“陶朱公，已見《過秦論》。程鄭，已見《蜀都賦》。《漢書》曰：白圭，周人也。樂觀時變，天下言治生者祖白圭。又曰：成都羅裒，資至鉅萬。又曰：鄧通，蜀郡人也。文帝賜通嚴道銅山，得鑄錢，鄧氏錢布天下。楊雄《蜀都賦》曰：西有鹽泉鐵冶，橘林銅陵。范曄《後漢書》曰：光武郭皇后弟況，爲大鴻臚，數賞賜金錢，京師號況家爲金穴。連騎鳴鍾，已見《西京賦》。應劭《漢書注》曰：里門曰閈。”案：注謂“陶朱公，……已見《蜀都賦》”云云，明州本與尤刻同，贛州本重引《史記》《漢書・貨殖傳》所載范蠡及卓王孫、程鄭事。引《漢書》，兩處皆見《貨殖傳》。又引，見《佞幸傳》。引楊雄《蜀都賦》，見《古文苑》卷四（章注本）。引《後漢

〔1〕按，趙注“放，至也”，另見《孟子・梁惠王下篇》。

書》，見《皇后紀》。注謂連騎見《西京賦》，明州本、尤刻同，贛州本重引《漢書·食貨志》："濁氏以賣脯而連騎，張里以馬醫而擊鍾。"又，正文"富埒"的"埒"字，明州本作"將"，注云："善本作埒字。"贛州本作"埒"，注云："五臣本作將字。"

㉙明州本"士"作"子"，注云："善本作士字。"贛州本作"士"，注云："五臣本作子字。"《梁書》"躍"作"踊"。李注："《漢書》曰：陳平家貧，負郭窮巷，以席爲門。《過秦論》曰：陳涉甕牖繩樞之子。《戰國策》曰：甘茂去秦，且之齊，出關，遇蘇子，曰：'君聞乎江上之處女乎？夫江上之處女，有家貧而無燭者，處女相與語，欲去之。家貧無燭者將去矣，謂處女曰："妾以無燭之故，常先掃室布席。何愛餘明之照四壁者？"處女以爲然，留之。今臣棄逐於秦，出關，願爲足下掃室布席。幸無我逐也。'賈逵《國語注》曰：邀，求也。《禮記》曰：富潤屋，德潤身。貫魚，已見鮑昭《出自薊北門行》。潘岳《哀辭》曰：望歸瞥見，鳧藻踴躍。張衡《羽獵賦》曰：輕車颮沓。《西京賦》曰：鳥集鱗萃。《魯連子》曰：君鴈鶩有餘粟。《韓詩外傳》田饒謂魯哀公曰：黄鵠止君園池，啄君稻粱。《説文》曰：斝，玉爵也。《史記》淳于髡曰：親有嚴客，持酒於前，時賜餘瀝。"

案：注引《漢書》，見《陳平傳》。引《過秦論》，見本書卷五十一。引《戰國策》，見《秦策二》。《列女傳·辯通》以爲齊女徐吾事。引《國語注》，汪遠孫《國語三家注輯存》輯入《周語》，云："邀，俗徼字。"引《禮記》，見《大學》。注文"貫魚"云云，明州本與尤刻同。贛州本重引《周易·剥·六五》："貫（魚）以宫人寵，無不利。"王弼注："駢頭相次，似貫魚也。"引潘岳《哀辭》，此《哀辭》嚴可均輯岳文（《全晋文》卷九十至九十三）未收。向先生云："《天問》注説武王事云：前歌後舞，鳧藻歡呼。即此所本。《周禮·夏官·大司馬》注引《書》曰：前師乃鼓鼗譟。乃今文《秦誓》之文（又見《大傳》）。《長笛賦》：拊譟踴躍。鳧藻與鼗譟同。《後漢書·劉陶傳》：武旅有鳧藻之士。《杜詩傳》：士卒鳧藻。皆在潘前。案：本書卷二十一《秋胡詩》：鳧藻馳目成。注引班彪《冀州賦》曰：感鳧藻以進樂兮。亦在潘前。"引《羽獵賦》，《全後漢文》輯入卷五十四。"颮沓"，《藝文類聚》

卷六十六、《初學記》卷二十二引皆作“飆厲”。引《西京賦》，見本書卷二。引《魯連子》，此書《漢志》著録十四篇，在儒家。《隋志》《舊唐志》皆五卷，《新唐志》一卷。嚴可均輯其佚文在《全上古三代文》卷八，又見《藝文類聚》卷九十一引，皆作“鵝鴨有餘食”。又《太平御覽》卷九百一十九引此文，作“君鵝鶩有餘食”。引《韓詩外傳》，見卷二。引《説文》，見《斗部》。引《史記》，見《滑稽列傳》。

㉚李注：“陸士龍《爲顧彦先贈婦詩》曰：銜恩非望始。遇，謂以恩相接也。秦嘉《婦詩》：何用叙我心，惟思致款誠。《禮記》曰：其在人也，如松柏之有心。周松《執友論》曰：推誠歲寒，動標松竹。《左氏傳》：晋公子曰：所不與舅氏同心者，有如白水。”

案：注陸士龍詩，見本書卷二十五。“遇，謂以恩相接也”，向先生校“遇”上增“恩”字。引秦嘉《婦詩》，此詩見《玉臺新詠》卷一，乃三首中之第三首。《考異》校“婦”上增“贈”字。明州及贛州兩本“惟思”皆作“遺思”，《考異》以作“遺”爲是。引《禮記》，見《禮器》。引周松《執友論》，此周祇《執友箴》文，見《藝文類聚》卷二十一（《初學記》卷十八、《太平御覽》卷四百九亦節引）。“松”乃“祇”字之誤。《隋志》：“《晋國子博士周祇集》十一卷，梁二十卷，録一卷。”《新唐志》作十卷。《全晋文》編周祇文在卷一百四十二，嚴可均云：“祇字穎文，陳郡人，義熙中爲國子博士（此據《宋書・劉敬宣傳》）。”又云：“《藝文類聚》以爲宋人，今從隋、唐《志》列於晋。”引《左氏傳》，見僖公二十四年。以上賄交，是利交的第二派。

㉛古鈔本“宴”作“譙”。明州本作“譙”，注云：“善本作宴。”贛州本作“宴”，注云：“五臣本作譙字。”古鈔本“搢”作“縉”。李注：“《漢書》曰：高祖拜陸賈爲太中大夫，陳平以錢五百萬遺賈，爲食飲費。賈以此游公卿間，名聲籍甚。《音義》曰：狼籍，甚盛也。《西征賦》曰：陸賈之優游宴喜。范曄《後漢書》曰：郭泰，字林宗，博通墳籍，善談論。游洛陽。後歸鄉，諸儒送之，與李膺同舟而濟，衆賓望之，以爲神仙。舉有道不應。林宗雖善人倫，不爲危言覈論。東國，洛陽也。”案：注引《漢書》，見《陸賈

傳》。引《音義》，《史記・陸賈列傳》集解引《漢書音義》同。今顔氏引作孟康説。引《西征賦》，見本書卷十。引《後漢書》，見《郭太傳》。

㉜古鈔本"辯"作"辨"。李注："《解嘲》曰：蔡澤頷頤折頞，涕唾流沫，西揖强秦之相，而奪其位，時也。《莊子》曰：惠施其言黄馬驪牛三，辯者以此與惠施相應，終身無窮。司馬彪曰：牛馬以二爲三，兼與别也。曰馬曰牛，形之三也。曰黄曰驪，色之三也。曰黄馬，曰驪牛，形與色之三也。《蜀都賦》曰：劇談戲論，扼腕抵掌。馮衍《與鄧禹書》曰：衍以爲寫神輸意，則聊城之説，碧鷄之辯，不足難也。王褒《碧鷄頌》曰：持節使者，敬移金精神馬，縹縹碧鷄，歸來歸來，漢德無疆。黄龍見兮自虎仁，歸來歸來，可以爲倫。歸來翔兮，何事南荒也。"

案：注引《解嘲》，見本書卷四十五。引《莊子》，見《天下》。《釋文》亦引司馬彪注。此注"曰牛"下脱"曰牛馬"三字，"曰驪"下脱"曰驪黄"三字，"曰驪牛"下脱"曰黄馬驪牛"五字。皆當依《釋文》校補。引《蜀都賦》，見本書卷四。引馮衍《與鄧禹書》，此書衹存四句，《全後漢文》卷二十據此輯入。引《碧鷄頌》，又見《後漢書・西南夷傳》《水經注・淹水》，《全漢文》卷四十二據此及彼二處以輯入。梁引金甡云："按'碧鷄'與'黄馬'同出《公孫龍子》（《公孫龍子・通變》：黄其馬也，其與類乎。碧其鷄也，其與暴乎），馮衍所云，殆即指此。《碧鷄頌》與談辯無涉。"

㉝古鈔本"郁"作"燠"字，《梁書》同。明州本作"燠"，注云："善本作郁字。"贛州本作"郁"，注云："五臣本作燠字。"李注："毛萇《詩傳》曰：燠，暖也。郁與燠古字通也。寒谷，已見顔延年《秋胡詩》。王逸《楚辭注》曰：嚴，壯也。風霜壯謂之嚴。《説文》曰：苦，猶急也。張升《反論》曰：嘘枯則冬榮，吹生則夏落。荀爽《與李膺書》曰：任其飛沈，與時抑揚。《莊子》曰：手撓顧指，四方之民，莫不俱至。《周易》曰：樞機之發，榮辱之主。"

案：注引《詩傳》，見《唐風・無衣》。注謂寒谷見《秋胡詩》，明州本與尤刻同，贛州本重引劉向《别録》云："鄒衍在燕，有谷寒而不生五穀。鄒子吹律，而温至生黍也。"引《楚辭注》，見《九歌・國殤》。注引《説文》，明州及贛州兩本皆無"猶"字。向先生云："《集韵》引《説文》：苦，大苦，苓也。一曰急也。今本脱‘一曰急也’，故與此注不合。”引張升《反論》，明州及贛州兩本“論”下皆有“語”字。梁謂“語”字衍。張升《反論》，本書注引屢見。案此二句本書卷六《魏都賦注》引作張升《及論》。本書卷四十三《與山巨源絶交書》注亦引張升《反論》。張升，字彦真，事在《後漢書·文苑傳》。《隋志》：梁有《外黄令張升集》二卷，録一卷，亡。兩《唐志》並著録《張升集》二卷。嚴可均輯其所著入《全後漢文》卷八十二，定此文題作《友論》，云：“一作《反論》，一作《反論語》，皆誤。”引荀爽書，見《後漢書·李膺傳》。引《莊子》，見《天地》。引《周易》，見《繫辭上》。

㉞古鈔本“旄”作“髦”。李注：“弱冠，已見《辯亡論》。《漢書》漂母謂韓信曰：吾哀王孫而進食。又曰：班伯與王許子弟爲群，在於綺襦紈袴之間。《論衡》曰：夫能該一經者爲儒生，博覽古今者爲通人。應劭《漢書注》曰：遒，好也。應瑒《釋賓》曰：子猶不能騰雲閣，攀天衢。《楊子法言》曰：攀龍鱗，附鳳翼。《子虚賦》曰：願聞先生之餘論。《説文》曰：駔，壯馬也。《張敞集》曰：蒼蠅之飛，不過十步；託驥之尾，乃騰千里之路。何休《公羊傳注》曰：軼，過也。《淮南子》曰：馮遲，大丙之御也，過歸鴻於碣石也。”

案：注謂“弱冠，已見《辯亡論》”，明州本與尤刻同，贛州本重引《禮記·曲禮上》：“人生二十曰弱冠。”引《漢書》，見《韓信傳》。又引，見《叙傳》。引《論衡》，見《超奇篇》。引應劭注，本書卷四十五《答賓戲》注引同。引應瑒《釋賓》，此文衹存零句，本書卷三十五《七命》注，卷四十七《三國名臣序贊》注及此皆引，嚴可均輯入《全後漢文》卷四十二。引《法言》，見《淵騫篇》。引《子虚賦》，見本書卷七。引《説文》，今本《馬部》“壯馬”作“牡馬”，《校議》云：“《六書故》引唐本作奘馬也。《大部》：奘，駔大也。壯即奘之省。”引《張敞集》，《隋志》：“梁有《左馮翊張敞集》一卷，録一卷。亡。”兩《唐志》皆有《張敞集》二卷。此文又見《藝文類聚》卷九十七引張敞《書》，嚴可均輯入《全漢文》卷三十，而未檢及此注。“託驥之尾”，明州及贛州兩本皆作“託驥之旄”。《類聚》作“自託騏驥之髮”。引《公羊傳注》，宣公十二年《公羊傳》：“令之還師而佚晋寇。”何休注：“佚，猶過。”所引當即此。“軼”“佚”古通用。引《淮南子》，見《覽冥篇》。向先生云："馮遲是欽負之訛。《莊子·大宗師》：堪壞得之以襲昆侖。《釋文》司馬云：堪壞，神名，人面獸形。《淮南》作欽負（今《淮南·齊俗》亦作鉗且）。《山海經·西山經》作欽䲹。堪欽，壞負䲹，皆聲轉。"以上談交，是利交五派的第三派。

㉟古鈔本"民"下有"之"字，若非衍文，則下文"品物"下亦當有"之"字。李注："《西京賦》曰：人在陽時則舒，在陰時則慘。《莊子》曰：藏天下於天下，而不得所遯，是恒物之大情也。相呴以沫，憂合也。相忘江湖，驩離也。《周易》曰：品物咸亨。"案：注引《西京賦》，見本書卷二。引《莊子》，見《大宗師》。引《周易》，見《坤·文言》。

㊱"呴沫"，明州本"呴"作"煦"。贛州本作"呴"，注云："五臣作煦。""鳴哀"，明州本作"哀鳴"，注云："善本作鳴哀。"贛州本作"鳴哀"，注云："五臣本作哀鳴。"

㊲李注："《吴越春秋》曰：伯嚭來奔於吴，子胥請以爲大夫。吴大夫被離承宴問子胥曰：何見而信伯嚭乎？子胥曰：吾之怨與嚭同。子聞河上之歌者乎？同病相憐，同憂相救：驚翔之鳥，相隨而集；瀨下之水，回復俱流。誰不愛其所近，悲其所思者乎？《詩·谷風》曰：將恐將俱，寘予于懷。"案：注引《吴越春秋》，見《闔閭内傳》。朱謂上文引《吴越春秋》作"伯嚭"，下或作"帛否"，兩注互異，而今本《吴越春秋》作"白喜"，此皆人名寫法之歧異。可參閲梁玉繩《漢書古今人表考》。引《詩·谷風》，此十二字明州及贛州兩本皆無。

㊳李注："《周易》曰：二人同心，其利斷金。《左氏傳》曰：景公欲更晏子之宅，曰：子之宅湫隘囂塵。《漢書》曰：張耳、陳餘相與爲刎頸之交。《左氏傳》：范宣子數戎子駒支曰：乃祖吾離，被苫蓋。"案：注引《周易》，見《繫辭上》。引《左氏傳》，見昭公三年。引《漢書》，見《張耳陳餘傳》。又引《左氏傳》，見襄公十四年。杜注："蓋，苫之別名。孔疏："《釋器》云：'白蓋謂之苫。'孫炎曰：'白蓋，茅苫也。'被苫蓋，言無布帛可衣，唯衣草也。"

㊴李注："言宰嚭由伍員濯溉而榮顯，嚭既貴而譖員；陳餘因張耳撫翼而奮飛，餘既尊而襲耳：故曰窮交也。《毛詩》曰：可以濯溉。《説文》曰：

濯，浣也。毛萇《詩》曰：溉，灌也。在於貧賤，類乎泥滓。縻之好爵，同於濯溉。《史記》曰：伍子胥者，楚人，名員。楚王誅員父奢，子胥往吴。闔廬既立，得志，以子胥爲行人。楚又誅大臣伯州犁，州犁之孫亡吴。亦以嚭爲大夫。《吴越春秋》曰：帛否來奔於吴王，闔廬問伍子胥：'帛否何如人也？'伍子胥對：'帛否者，楚州犁孫，楚平王誅州犁，嚭因懼出奔，聞臣在吴而來。'吴王因子胥請帛否以爲大夫，與之謀於國事。《史記》曰：闔廬死，夫差既立，以伯嚭爲太宰。吴敗越於會稽，大夫種厚幣遺吴太宰求和，將許之。子胥諫，不聽。太宰既與子胥有隙，因讒子胥。王乃使賜子胥屬鏤之劍，乃自刎。《左氏傳》曰：哀公會吴槖睪，吴子使太宰嚭請尋盟。然本或作伯喜，或作帛否，或作太宰嚭，字雖不同，其人一也。班固《漢書述》曰：張陳之交，好如父子。携手遯秦，撫翼俱起。"

案：注引《毛詩》，見《大雅·泂酌》。引《説文》，見《水部》。引毛萇《詩》，何、陳校"詩"下脱"傳"字，今《泂酌》傳"灌"作"清"。引《史記》，見《伍子胥列傳》。引《吴越春秋》，見《闔閭内傳》。關於伯嚭之名，其寫法歧異特甚，已詳上注㊲。又引《史記》，見《伍子胥列傳》。引《左氏傳》，見哀公十二年。引班固語，見《漢書·叙傳》。以上窮交，是利交中的第四派。

㊵"俗""倫"兩字，明州本互異。"倫"下注云："善本作俗字。""俗"下注云："善本作倫字。"贛州本與此尤刻同，"俗"下注云："五臣本作倫字。""倫"下注云："五臣本作俗字。"李注："《阮子政論》曰：交游之黨，爲馳騖之所廢。《淮南子》曰：澆天下之淳。許慎曰：澆，薄也。《漢書》曰：衡，平也。權，重也。衡所以任權，而鈞物平輕重也。鄭衆《考工注》曰：稱錘曰權。鄭玄《尚書注》曰：稱上曰衡。《尚書》曰：厥篚纖纊。《説文》曰：揣，量也。《儀禮》曰：屬纊以候氣。《運命論》曰：顔冉大賢。《魏志》崔琰曰：邴原、張範，所謂龍翰鳳翼。習鑿齒《襄陽記》曰：舊目諸葛孔明爲卧龍，龐士元爲鳳雛。曾，曾參；史，史魚也。《莊子》曰：削曾、史之行，鉗楊、墨之口。《魏都賦》曰：信陵之名蘭芬也。葛龔《薦郝彦文》曰：雪白冰折，皦然曜世也。"

案：注引《阮子政論》，《隋志》："梁有《阮子正論》五卷，魏清河太守阮武撰，亡。”（在子部法家類著録，兩《唐志》亦有五卷，《新唐志》書名《政論》，作者誤阮咸。[1]）武字文業，見《魏志·杜恕傳》注及《世説新語·賞譽》注引《杜篤新書》。《全三國文》卷四十四輯《正論》六條，此文亦收入。引《淮南子》，見《齊俗》，今高注同。引《漢書》，見《律曆志》。引《考工注》，今《考工記》無此注。《廣雅·釋器》：“錘謂之權。”《禮記·月令注》：“稱錘曰權。”《吕氏春秋·仲春紀》《淮南子·時則》注並同。引《尚書注》，本書卷五十二《六代論》注引同。引《尚書》，見《禹貢》，何、陳校改“織”作“纖”。引《説文》，見《手部》。引《儀禮》，見《既夕禮》，今本“以候氣”作“以俟絶氣”。何、陳校謂此當從今本訂正。[2] 引《運命論》，見本書卷五十三。引《魏志》，見《邴原傳》。引《襄陽記》，《隋志》作《襄陽耆舊記》。其書宋時猶存，《郡齋讀書志》史部傳記類（衢州本卷九）著録云：“前載襄陽人物，中載其山川城邑，後載其牧守。《隋經籍志》曰《耆舊記》，《唐藝文志》曰《耆舊傳》。觀其書紀録叢脞，非傳體也。名當從《經籍志》云。”《三國志》注、《水經注》、《後漢書》注引用，多省稱《襄陽記》，説見章宗源《隋經籍志考證》卷十三。引《莊子》，見《胠篋》。引《魏都賦》，見本書卷六。何、陳校“蘭”上增“若”字。引葛龔文，此零句，《全後漢文》卷五十六收入。

㊶李注：“言舒、向之辭，同於淵海也。《論衡》曰：儒，世之金玉。又曰：劉子駿漢朝之智囊，筆墨之淵海。言卿、雲之文，類於河漢也。《論衡》曰：繡之未刺，錦之未織，恒絲庸帛，何以異哉！加五綵之巧，施針縷之飾，文章玄耀，黼黻華蟲，學士有文章，猶絲帛之有五色之巧也。又曰：漢諸儒作書者，以司馬長卿、楊子雲河漢也，其餘涇渭也。”案：注引《論衡》，見《超奇篇》。“儒”上當依今本增一“鴻”字。又引，見《亂龍篇》。又引，見《量知篇》。又引，見《案書篇》，今本無“諸儒”二字，“以”字作“多”，屬上讀。

---

〔1〕按，今核《四部備要》本及百衲本《新唐書》，作“阮武”不誤。

〔2〕按，何焯《義門讀書記》及陳景雲《文選舉正》未見此論。胡克家《考異》謂“各本皆脱誤”，亦未及何、陳，此處或爲誤記，或轉引他書。

㊷李注："游塵、土梗，喻輕賤也。左太冲《詠史詩》曰：視之若埃塵。嵇含《司馬誄》曰：命危朝露，身輕游塵。《莊子》魏文侯曰：吾所學者，真土梗耳。司馬彪曰：梗，土之榛梗也。《漢書》項羽曰：歲饑人貧，卒食半菽。《孟子》曰：楊氏爲我，拔一毛而利天下，不爲也。"

案：注引《詠史詩》，見本書卷二十一。贛州本此注"埃塵"誤倒作"塵埃"，明州本未倒。引嵇含《司馬誄》，《隋志》："梁有《廣州刺史嵇含集》十卷，録一卷，亡。"《舊唐志》十卷，無録。含，字君道，附《晋書·忠義·嵇紹傳》，此零句，《全晋文》卷六十五收入。引《莊子》，見《田子方》。《釋文》："司馬云：土梗，土人也。"與此所引異。引《漢書》，見《項籍傳》。顔注引孟康云："半，五斗器名也。"《史記·項羽本紀》作"芋菽"，《集解》引徐廣云："芋，一作半，半，五升器也。"《索隱》引王劭云："容半升。"段玉裁謂孟康語"升"誤"斗"，王劭語"斗"誤"升"（《説文·米部》"料"字下注）。引《孟子》，見《盡心上》。

㊸李注："錙銖，已見任彦昇《彈曹景宗文》。侯瑾《箏賦》曰：微風彯擎，泠氣輕浮[1]。《左氏傳》季孫行父曰：少昊氏有子，靖譖庸回，伏讒蒐慝。杜預曰：謂共工也。蒐，隱；慝，惡也。《左氏傳》季孫行父曰：帝鴻氏有子，掩義隱賊，好行凶德。杜預曰：謂驩兜也。南荆，謂楚也。《演連珠》曰：南荆有寡和之歌。《韓子》莊周子謂楚莊王曰：莊蹻爲盗於境内，吏不能禁。《西京賦》曰：睢盱跋扈。東陵，盗跖也，已見任昉《王儉集序》。《東京賦》曰：巨猾間舋。蹻，其略切。"

案：注謂"錙銖"云云，明州本同，惟任彦昇誤作沈約。贛州本重引鄭玄《禮記·儒行》注："八兩爲錙。"又《漢書·律曆志》："二十四銖爲兩。"引侯瑾《箏賦》，《隋志》："梁有《侯瑾集》二卷，亡。"兩《唐志》仍有二卷。瑾，字子瑜，見《後漢書·文苑傳》。《箏賦》見《藝文類聚》卷四十四，"彯擎"作"漂裔"。引《左氏傳》，見文公十八年。今本"昊"作"皞"，"有子"作"有不才子"，"伏"作"服"。又引，亦見文公十八年，今

[1] 泠，明州本、贛州本作"冷"。

本“有子”作“有不才子”。引《演連珠》，見本書卷五十五。引《韓子》，見《喻老》。引《西京賦》，見本書卷二。注謂“東陵”云云，明州本與尤刻同。贛州本重引《莊子·駢拇》：“伯夷死名於首陽之下，盗跖死利於東陵之上。”司馬彪注：“東陵，陵名，今屬濟南也。”引《東京賦》，見本書卷三。

㊹《梁書》“逶迤”作“委蛇”。李注：“《説文》曰：逶迤，邪行去也。《史記》曰：蘇秦笑謂嫂：‘何前踞而後恭?’嫂逶迤蒲服而謝曰：‘見季子位高金多也。’《孟子》曰：爲長者折枝，語人曰‘吾不能’，是不爲也，非不能也。趙岐曰：折枝，案摩，折手節，解罷枝也。《莊子》：謂宋人曹商曰：秦王有病，召醫，破癰潰痤者，得車一乘，舐痔者得車五乘，子豈療其痔邪? 金膏，已見《江賦》。《漢書》曰：繇王閩侯，亦遺江都王建犀甲翠羽。《毛詩序》曰：又實幣帛，以將其厚意。鄭玄曰：將，助也。《楚辭》曰：如脂如韋。王逸曰：柔弱曲也。《論語》孔子曰：損者三友。友便僻，損矣。”

案：注引《説文》，見《辵部》，今本作“逶迤，衺去之貌”。引《史記》，見《蘇秦列傳》。引《孟子》，見《梁惠王上篇》。《箋證》：“按摩爲賤者之行，記書多與舐痔并言。”引《莊子》，見《列禦寇》。注“金膏”云云，明州本與尤刻同。贛州本重引《穆天子傳》卷一：“河伯曰：示汝黄金之膏。”郭璞曰：“金膏，其精汋也。”引《漢書》，見《景十三王傳》。引《毛詩序》，見《小雅·鹿鳴》。引《楚辭》，見《卜居》。引《論語》，見《季氏》。

㊺《梁書》“毫芒”作“芒毫”。李注：“《禮記》曰：苞苴、簞笥，問人者。鄭玄曰：苞苴，裹魚肉者也。或以葦，或以茅。張，張安世；霍，霍光也。《答賓戲》曰：鋭思毫芒之内。”案：注引《禮記》，見《曲禮上》。“張，張安世”以下注文八字，明州及贛州兩本皆無。引《答賓戲》，見本書卷四十五。以上量交，是利交中的第五派。

㊻李注：“杜預《左氏傳注》曰：賈，買也。鄭衆《周禮注》曰：鬻，賣也。《譚集》及《新論》並無以市喻交之文。《戰國策》：譚拾子謂孟嘗君曰：‘得無怨齊士大夫乎?’孟嘗君曰：‘然!’譚拾子曰：‘富貴則就之，貧賤則去之。請以市喻。市朝則滿，夕則虚。非朝愛市而夕憎之也。求存故往，亡故去。願君勿怨。’然此以市喻交，疑拾誤爲桓，遂居譚上耳。《莊

子》林回曰：君子之交淡若水，小人之交甘如醴。司馬彪曰：林回，人姓名也。”案：注引《左氏傳注》，見桓公十年，又見成公二年。引《周禮注》，見《夏官·巫馬》。今本“鬻”作“粥”，通假字。注謂《譚集》云云，此校“桓譚”爲“譚拾”，論證極精，引《戰國策》，見《齊策》。引《莊子》，見《山木篇》。《釋文》曰：“林回，司馬云：殷之逃民之姓名。”與此注所引略有不同。“君子之交”云云，又見《禮記·表記》。

㊼李注：“《周易》曰：寒往則暑來，暑往則寒來。盛衰，已見《琴賦》。《説文》曰：襲，因也。《説苑》雍門周對孟嘗君曰：臣之能令悲者，先貴而後賤，古富而今貧。《笙賦》曰：有始泰終約，前榮後悴。《尚書大傳》曰：三王之統，若循連環，周則復始，窮則反本。陸機《樂府詩》曰：休咎相乘躡，翻覆若波瀾。”案：注引《周易》，見《繫辭下》。注謂盛衰見《琴賦》，明州本與尤刻同。贛州本重引《文子·九守》：“物盛則衰。”又誤《文子》爲《文中子》。引《説文》，許云：“今《説文》無此語。”許嘉德云：“《説文》二字當是《小雅》之譌。《小爾雅·廣詁》曰：襲，因也。”引《説苑》，見《善説篇》。引《笙賦》，見本書卷十八。引《尚書大傳》，見《太平御覽》卷二十九，陳輯本入《略説》。引陸機《樂府詩》，此樂府《君子行》句，見本書卷二十八。

㊽“殉利”的“殉”字，明州本作“徇”，注云：“善本作殉。”贛州本作“殉”，注云：“五臣本作徇。”“知矣”的“矣”字，明州本作“也”，注云：“善本作矣字。”贛州本作“矣”，注云：“五臣本作也字。”李注：“言貪利情同，譎詐殊道也。范曄《後漢書》王丹曰：交道之難，未易言也。張、陳凶其終，蕭、朱隙其末，故知全之者鮮矣。《漢書》：蕭育，字次君。朱博，字子元。育少與博爲友，故長安語曰‘蕭朱結綬，王貢彈冠’，言相薦達也。後育爲九卿，博先至丞相，與博有隙也。”案：注引《後漢書》，見《王丹傳》。引《漢書》，見《蕭望之傳》附子育事。

㊾李注：“《莊子》曰：規規然自失也。《漢書》曰：下邽翟公爲廷尉，賓客亦復填門。及廢，門外可設爵羅。後復爲廷尉，賓客欲往。翟公大署其門曰：一死一生，乃知交情；一貧一富，乃知交態；一貴一賤，交情乃見。《穀梁傳》曰：至城下，然後知，何知之晚也。”案：注引《莊子》，見《秋

水篇》。《釋文》："規規，驚視自失貌。"引《漢書》，見《鄭當時傳》。引《穀梁傳》，見文公十四年。以上總説五交的本質，是利交。

㊿明州及贛州兩本"因"上皆有"然"字，明州本云："善本無然字。"李注："杜預《左氏傳注》曰："釁，瑕隙也。"案：注引《左氏傳注》，見桓公八年。

㊀李注："《尚書》曰：侮慢自賢，反道敗德。《史記》衛平曰：天有五色，以辨白黑。人民莫知辨也，與禽獸相若也。"案：注引《尚書》，見《大禹謨》。引《史記》，此乃褚少孫補《龜策列傳》文。

㊁李注："杜預《左氏傳注》曰：攜，離也。"案：注引《左氏傳注》，見僖公七年，又二十八年。

㊂李注："饕餮，已見上。《漢書贊》曰：勢利之交，古人羞之。"案：注謂饕餮見上，明州本與尤刻同，贛州本重引文公十八年《左傳》："縉雲氏有不才子，貪于飲食，冒于貨賄，天下之人以比三凶，謂之饕餮。"（杜注：貪財爲饕，貪食爲餮。）引《漢書贊》，見《張耳傳》。

㊃李注："毛萇《詩傳》曰：梗，病也。又曰：速，召也。"案：注引《詩傳》，見《大雅・桑柔》。又引，見《召南・行露》。

㊄《梁書》不重出"有旨哉"，少三字。李注："有梁之初，淳風已喪。俗多馳競，人尚浮華。故叙叔世之交情，刺當時之輕薄。朱生示絶，良會其宜。重言之者，嘆美之至。范曄《後漢書》曰：王丹，字仲回。其子有同門生喪親，家在中山，白丹欲奔慰。丹怒而撻之，令寄縑以祠焉。《禮記》曰：夏楚二物，收其威也。鄭玄曰：夏，槄也。楚，荊也。夏與檟，古今字也。昌言，已見王元長《策秀才文》。《孫綽子》曰：莊寄多言，渾沌得宗，罔象得珠，旨哉言乎！"案：注引《後漢書》，見《王丹傳》。引《禮記》，見《學記》。注謂"昌言"云云，明州本與尤刻同。贛州本重引《尚書・皋陶謨》："禹拜昌言。"孔安國傳："昌，當也。"引《孫綽子》，《隋志》："《孫子》十二卷，孫綽撰。"在子部道家類著録。兩《唐志》同。《全晋文》卷六十一、六十二輯録孫綽著作，附有《孫子》佚文。此所引又見本書卷五十《謝靈運傳論》注。以上説五交生三釁，所以朱公叔《絶交論》，是很有價值的著作。

㊅李注："《漢書》：上以書敕責楊僕曰：懷銀黄，垂三組，夸鄉里。《左

氏傳》曰：晋悼公即位，六官之長，皆民譽也。”案：注引《漢書》，見《酷吏傳》。引《左氏傳》，見成公十八年。

㊲“跱”，明州本作“特”，注云：“善本作跱字。”贛州本作“跱”，注云：“五臣本作特。”案：《梁書》亦作“特”。古鈔本“横”作“衡”。《箋證》：“依注，則正文當作連衡。”李注：“《孫綽集序》曰：綽文藻遒麗。方駕，已見《西京賦》。曹王，子建、仲宣也。《魏志》曰：崔琰謂司馬朗：子之弟剛斷英跱。裴松之案：跱，或作特，竊謂英特爲是。《辯亡論》曰：武將連衡。范曄《後漢書》曰：許劭少峻名節，好人倫，多所賞識。故天下言拔士者，咸稱許、郭。《史記》曰：孟嘗君，名文，姓田氏。在薛招致諸侯賓客，食客數千人。《漢書》曰：鄭當時，字莊。爲大司農，每朝，候上問説，未嘗不言天下長者。班固述曰：莊之推賢，於兹爲德。”

案：注引《孫綽集序》，《隋志》：“《晋衛尉卿孫綽集》十五卷，梁二十五卷。”兩《唐志》亦十五卷。綽附《晋書·孫楚傳》，其集序不知誰作。注謂“方駕”云云，明州本與尤刻同，贛州本重引鄭玄《儀禮·鄉射禮》注：“方，猶併也。”（原文脱猶字。）引《魏志》，見《崔琰傳》。引裴松之案，此《魏志·崔琰傳》注文。引《辯亡論》，見本書卷五十三。引《後漢書》，見《許劭傳》。郭，謂郭泰。引《史記》，見《孟嘗君列傳》。引《漢書》，見《鄭當時傳》。引班固述，見《漢書·叙傳》。明州及贛州兩本“述”字作“贊”，“莊之推賢於兹爲德”八字，作“鄭當時之推賢也”七字。《考異》：“此引本傳贊，尤校改甚非。”

㊳古鈔本“扼腕”作“搤捥”。“搤”與“扼”古通用。“捥”當是連上文偏旁而誤，仍當作“腕”。李注：“《孟子》曰：舜聞一善言，見一善行，若决江河，沛然莫之能禦。盱衡，已見《魏都賦》。扼腕，已見《蜀都賦》。《大戴禮》曰：孔子愀然揚眉。《戰國策》曰：蘇秦説趙王，抵掌而言。孫盛《晋陽秋》曰：王衍，字夷甫，能言，於意有不安者，輒更易之。時號口中雌黄。《東觀漢記》曰：汝南太守宗資等，任用善士，朱紫區别。范曄《後漢書》曰：許子將與從兄靖，俱有高名，好共覈論鄉黨人物，月旦輒更品題，故汝南俗有月旦評焉。”

案：注引《孟子》，見《盡心上》。注謂盱衡、扼腕云云，明州本與尤刻悉同，贛州本重引《漢書·王莽傳》："公盱衡厲色，振揚武怒。"《音義》（今顔注引孟康）："眉上曰衡，謂舉眉揚目也。"《字林》："盱，張目也。"又重引《張儀傳》："天下之士，莫不扼腕。"引《大戴禮》，見《主言篇》，今本"眉"作"縻"，古通假字。引《戰國策》，見《趙策》。引《晋陽秋》，湯球輯本採入卷二惠帝元康二年。引《東觀漢記》，聚珍本輯入卷二十一。《後漢書》，見《許劭傳》。

⑲李注："西都賓曰：冠蓋如雲。《漢書》曰：郡國輻湊，浮食者多。《解嘲》曰：天下之士，雷動雲合。范曄《後漢書》曰：袁紹賓客所歸，輜軿比轂，填接街陌。《説文》曰：軿，車前衣；車後爲輜。《史記》蘇秦曰：臨菑之塗，車轂相擊。《説文》曰：輻[1]，車軸端。范曄《後漢書》：孔融曰：座上客恒滿。鄭玄《禮記注》曰：闑閾，皆門限也。闕里，孔子所居也。升堂入隩，已見孔融《薦禰衡表》。范曄《後漢書》曰：李膺字元禮，獨持風裁，士有被其容接者，名爲登龍門。"

案：注引西都賓，即指本書卷一所選録的《西都賦》。引《漢書》，見《地理志》。引《解嘲》，見本書卷四十五。引《後漢書》，見《袁紹傳》。引《説文》，見《車部》。參看前《天監三年策秀才文》注㉚。引《史記》，見《蘇秦列傳》。又引《後漢書》，見《孔融傳》。引《禮記注》，此文當有誤。《儀禮·士冠禮》："闑西閾外。"注："閾，閫也。"《禮記·曲禮上》"不踐閾"及《玉藻》"不履閾"注並云："閾，門限也。"此十二字及下"闕里"至"范曄後"二十二字，贛州本皆無，惟有一"又"字。明州本則與尤刻同。案下所引乃《後漢書》文，"又"蒙上《後漢書》，則"漢書"二字亦不當有，贛州本脱誤甚矣。最末引《後漢書》，見《黨錮·李膺傳》。

⑳髟組，劉良注："髟，亦飄也。組，綬也。"李注："《戰國策》：蘇代説淳于髡曰：客有謂伯樂曰：'臣有駿馬欲賣之。比三旦而立於市，人莫與言。願子還而視之，去而顧之，臣請獻一朝之費。'伯樂乃旋視之，去而顧之。一旦而馬價十倍。又：汗明説春申君曰：夫驥服鹽車，上太行，中坂遷

〔1〕 輻，原作"轂"，據胡刻本改。又胡克家《文選考異》卷十云："輻，當作轊，各本皆譌。"

延，負轅不能上。伯樂遭之，下車，攀而哭之。驥於是迎而鳴者。何也？彼見伯樂之知己。今僕居鄙俗之日久矣，君獨無湔拔僕也？湔拔、剪拂，音義同也。長鳴，已見劉琨《答盧諶詩》。雲臺，已見《辯命論》。《史記》蘇秦説齊王曰：臨菑之塗，人肩相摩。《漢典職儀》曰：以丹漆地，故稱丹墀。《吴都賦》曰：躍馬疊迹。"

案：注引《戰國策》，見《齊策》。又引，見《楚策》。"迎而鳴"，明州及贛州兩本皆作"仰而鳴"，《考異》謂作"仰"字爲是。注謂"湔拔、剪拂，音義同"，許云："《説文》：湔，手瀚之也。子仙切。祓，除惡祭也。敷勿切。"是許意拔爲祓之借字。注謂長鳴、雲臺云云，明州本與尤刻同。贛州本在"雲臺"下重引《東觀漢記》："詔賈逵入講南宫雲臺，使出《左氏》大義。"聚珍本輯此入卷十八。引《史記》，見《蘇秦列傳》。引《漢典職儀》，《隋志》："《漢官典職儀式選用》二卷，漢衛尉蔡質撰。"《新唐志》："蔡質《漢官典儀》一卷。"質，字子文，蔡邕從父，見《後漢書·蔡邕傳》及李賢注，又《晋書·蔡豹傳》。《漢典職儀》已亡，孫星衍《平津館叢書》有輯本。此文見《西京賦》注、《魏都賦》注、《廣韵·六脂》及《太平御覽》卷一百八十五。引《吴都賦》，見本書卷五。

㉑明州本"惠莊"作"莊惠"，注云："善本作惠莊。"贛州本作"惠莊"，注云："五臣作莊惠。"李注："《過秦論》曰：合從締交。《禮記》曰：賢者狎而敬之。鄭玄曰：狎，習也，近也。李陵詩曰：獨有盈觴酒，與子結綢繆。《淮南子》曰：惠施死而莊周寢説，言世莫可爲語也。《楚辭》曰：日聞赤松之清塵。《烈士傳》曰：陽角哀、左伯桃爲死友，聞楚王賢，往尋之，道遇雨雪，計不俱全，乃并衣糧與角哀，入樹中死。應璩《與王將軍書》曰：雀鼠雖愚，猶知徽烈。"

案：注引《過秦論》，見本書卷五十一。引《禮記》，見《曲禮上》。引李陵詩，見本書卷二十九。引《淮南子》，見《修務篇》。引《楚辭》，見《遠游》。引《烈士傳》，《考異》依袁本校"烈"作"列"。案《隋志》史部雜傳類著録《列士傳》二卷，劉向撰。《新唐志》同。蓋托名劉向之作。此事又見《後漢書·申屠剛傳》注引，"陽"作"羊"。引應璩書，此又見《爲范始興作求立太宰碑表》注引，《全三國文》輯入卷三十。

㊷李注：“東粤，謂新安，昉死所也。洛浦，謂歸葬揚州也。《莊子》曰：夫差瞑目東粤。《楚詞》曰：歸骸舊邦莫誰語。魏武遺令曰：於臺堂上，施六尺牀，繐帳。謝承《後漢書》曰：徐穉字孺子，前後州郡選舉，諸公所辟，雖不就，有死喪，負笈赴弔。常於家預炙鷄一隻，一兩綿漬酒，日中曝乾，以裹鷄。徑到所赴冢隧外，以水漬之，使有酒氣。升米飯，白茅藉，以鷄置前，醊酒畢，留謁即去，不見喪主。《禮記》曰：朋友之墓，有宿草而不哭焉。動輪，范式也。已見上文。”案：注引《莊子》，此乃佚文。引《楚詞》，見《九嘆·怨思》。引魏武遺令，見本書卷六十《弔魏武帝文》。引謝承書，今范曄《後漢書·徐穉傳》注及《世説新語·德行》注，《御覽》卷五百六十一皆引謝書此文。汪文臺《七家後漢書》輯入謝承書卷三。引《禮記》，見《檀弓上》。

㊸古鈔本及明州、贛州兩本“嶂”皆作“鄣”。《梁書》作“瘴”。《考異》謂善當作“嶂”，五臣作“鄣”。李注：“諸孤，昉子也。劉璠《梁典》曰：昉有子，東里，西華，南容，北叟，並無術學，墜其家業。《左氏傳》：晋獻公曰：以是藐諸孤。又：趙孟曰：朝不謀夕，何可長也。李陵《與蘇武書》曰：流離辛苦，幾死朔北之野。范曄《後漢書》：朱勃上書曰：士人饑困，寄命漏刻。《蔣子萬機論》曰：許文休東渡江，乃在嶂氣之南。《梁典》不言昉子遠之交桂。今言大海之南者，蓋言流離之甚也。”案：注引《梁典》，參看上注②。引《左氏傳》，見僖公九年；又引，見昭公元年。李陵書，見本書卷四十一。引《後漢書》，見《馬援傳》。引《萬機論》，《隋志》子部雜家類著録：“《蔣子萬機論》八卷，蔣濟撰。”《舊唐志》同，《新唐志》作十卷。嚴可均輯其佚文入《全三國文》卷三十三。許文休，許靖，《蜀志》有傳。引《梁典》云云，汪云：“此紀實事，豈有虚指地名之理。是必真有是事而無可考耳。”

㊹李注：“此謂到洽兄弟也。劉孝標《與諸弟書》曰：任既假以吹嘘，各登清貫。任云亡未幾，子姪漂流溝渠，洽等視之攸然，不相存贍，平原劉峻疾其苟且，乃廣朱公叔《絶交論》焉。《東觀漢記》曰：朱暉同縣張堪，有名德，每與相見，常接以友道。暉以堪宿成名德，未敢安也。堪至把暉臂曰：欲以妻子託朱生。堪後物故，南陽餓，暉聞堪妻子貧窮，乃自往候視。

見其困厄，分所有以賑給之。歲送穀五十斛，帛五匹，以爲常。羊舌氏，叔向也。《春秋外傳》曰：叔向見司馬侯之子，撫而泣之曰：‘自此父之死也，吾蔑與比事君也。昔者，此其父始之，我終之；我始之，夫子終之。’《孔叢子》曰：郈成子自魯聘晋，過于衛，右宰轂臣止觴之。陳樂而不作。酣畢而送以璧，成子不辭。其僕曰：‘不辭，何也？’成子曰：‘夫止而觴我，親我也。陳樂不作，告我哀也。送我以璧，託我也。由此觀之，衛其亂矣。’行三十里而聞衛亂作，右宰轂臣死之。成子於是迎其妻子，還其璧，隔宅而居之。”

案：注引劉孝標云云，《考異》：“標，當作綽。各本皆誤。本傳云：孝綽諸弟時隨藩皆在荆雍，乃與書論共洽不平者十事，其辭皆鄙到氏云云。此所引即其一事也。孝綽，彭城人，故下稱孝標云平原劉峻。不知者妄改，絶無可通。今特訂正。”注文中“攸然不相存贍”，明州本“攸”作“悠”，《考異》從作“悠”字。〔1〕引《東觀漢記》，聚珍本輯入卷十八《朱暉傳》，文中“南陽餓”，朱、梁並校作“南陽饑”。引《春秋外傳》，見《國語・晋語》。引《孔叢子》，見《陳士義》。今本“酣畢而送以璧”作“送以寶璧”無“酣畢而”三字。此事本之《吕氏春秋・觀表》。

㉟李注：“盧諶詩曰：山居是所樂，世路非我欲。《楚詞》曰：何周道之平易兮，然蕪穢而險巇。王逸曰：險巇，猶顛危也。孟門、太行，二山名也。《史記》曰：殷紂之國，左孟門，右太行也。”案：注引盧諶詩，此盧諶佚詩，不在本書所選諶詩五首中。引《楚詞》，見《七諫・怨世》。注謂孟門云云，梁云：“《吕氏春秋・上德篇》云：孔子聞之曰：通乎德之情，則孟門、太行不爲險矣。”引《史記》，見《吴起傳》。

㊱李注：“耿介之士，峻自謂也。《韓子》曰：耿介之士寡，而商賈之人多。《墨子》曰：公輸欲以楚攻宋，墨子聞之，自魯往，裂裳裹足，十日至郢。曹植《應詔詩》曰：弭節長騖。郭象《莊子注》曰：亢然獨立高山之頂。《楚詞》曰：高山崔巍兮水湯湯，死日將至兮與麋鹿同坑。《論語》子

〔1〕按，明州本、贛州本均作“攸”，不作“悠”。胡克家《文選考異》卷十：“袁本、茶陵本攸作悠，是也。”

曰：鳥獸不可與同群。孔安國曰：隱居山林，是同群也。范曄《後漢書》曰：皦皦者易汙。《楚詞》曰：吸精氣而吐雰濁兮。《説文》曰：雰亦氛字。”案：注引《韓子》，見《五蠹》。今本“商賈”作“高價”。引《墨子》，見《公輸》。此事又見《吕氏春秋·愛類》、《淮南子·修務》及《戰國策·宋策》。引《應詔詩》，見本書卷二十。引《莊子注》，見《逍遥游》。引《楚詞》，見《七諫·初放》。引《論語》，見《微子》。今本《集解》引孔注“山”上有“於”字，“是”下有“與鳥獸”三字。引《後漢書》，見《黄瓊傳》。引《楚詞》，見《九嘆·逢紛》。今本“精氣”作“精粹”，“雰濁”作“氛濁”。引《説文》，見《氣部》。梁云：“今《説文》氛，重文雰。”

陸士衡[①]

演連珠[②] 劉孝標注[③]

（選前四首，連珠，卷五十五）

臣聞日薄星迴，穹天所以紀物；山盈川冲，后土所以播氣[④]。五行錯而致用，四時違而成歲[⑤]。是以百官恪居，以赴八音之離；明君執契，以要克諧之會[⑥]。

臣聞任重於力，才盡則困；用廣其器，應博則凶。是以物勝權而衡殆，形過鏡則照窮[⑦]。故明主程才以効業，貞臣底力而辭豐[⑧]。

臣聞髦俊之才，世所希乏；丘園之秀，因時則揚。是以大人基命，不擢才於后土；明主聿興，不降佐於昊蒼[⑨]。

臣聞世之所遺，未爲非寶；主之所珍，不必適治。是以俊乂之藪，希蒙翹車之招；金碧之巖，必辱鳳舉之使[⑩]。

【注釋】

①見《豪士賦》注①。

②李注："傅玄《叙連珠》曰：所謂連珠者，興於漢章之世，班固、賈逵、傅毅三子受詔作之。其文體，辭麗而言約，不指説事情，必假喻以達其旨，而覽者微悟，合於古詩諷興之義。欲使歷歷如貫珠，易看而可悦，故謂之連珠。"案：這條李注，是在類目"連珠"下的。這個類目，古鈔本及尤刻皆有，贛州本這個類目標爲"演連珠"，並注云："五臣本無演連珠三字。"明州本却有此類目，李注亦在類目之下。

案：李注引傅玄《叙連珠》，又見《藝文類聚》卷五十七及《太平御覽》卷五百九十。《類聚》卷五十七又引沈約《注制旨連珠表》曰："竊尋連珠之作，始自子雲。放《易》象論，動模經誥。班固謂之命世，桓譚以爲絶倫。"《文章緣起》亦謂連珠始於揚雄。《文心雕龍·雜文篇》云："揚雄覃思文閣（依孫人和據《御覽》訂），業深綜述，碎文瑣語，肇爲連珠。其辭雖小，而明潤矣。"又云："自連珠以下，擬者間出。杜篤、賈逵之曹，劉珍、潘勖之輩，欲穿明珠，多貫魚目。可謂壽陵匍匐，非復邯鄲之步；里醜捧心，不關西施之嚬矣。唯士衡運思，理新文敏，而裁章置句，廣於舊篇。豈慕朱仲四寸之璫乎？夫文小易周，思閑可贍。足使義明而詞凈，事圓而音澤，磊磊自轉，可稱珠耳。"劉勰綜合傅玄、任昉、沈約諸家之説，叙連珠沿流，最爲清晰，而於各家之中，特推士衡，《文選》棄置各家，專選陸士衡《演連珠》五十首，其所取捨，與彦和同符。至於連珠之起，亦多異説。《北史·李先傳》："明元即位，……召先讀《韓子·連珠論》二十二篇，《太公兵法》十一事。"明陳懋仁作《文章緣起注》，據此，因謂"連珠兆於《韓子》"。楊慎《丹鉛録》亦有同樣的説法。方以智《通雅》謂《韓子》並無此名，"連珠"作爲文體之名，實始揚雄。范文瀾注《文心雕龍》則稱所謂《韓子》"連珠"，實指《韓非子》内、外儲説，《李先傳》説與《太公兵法》同爲明元讀，則其爲軍政權謀之術，與"連珠"文章之體無關。

又注引傅玄文中"覽者微悟"，《類聚》作"賢者微悟"。"易看而可悦"，余校依《類聚》作"易睹而可悦"。揚雄、班固、賈逵諸家之作，嚴輯《全文》皆收採其零句。陸士衡此五十首，則歷來爲人所重。向宗魯先生云："《南史·隱逸傳》：沈麟士隱居教授，重陸機《連珠》，每爲諸生講之。"陸士衡《豪士賦序》《弔魏武帝文》諸作，清新靈巧，曲折達意，此五十首《演連珠》，即其基本訓練。過去學作駢體文章者，莫不先從擬作"連珠"入手。今在五十首中，選録其最前四首，以爲示範。

③劉孝標，已見前《廣絶交論》注①。孝標學識廣博，不僅長於詩文創作，且好整理注釋文獻，今傳《世説新語》，即孝標之注，孝標又注此《演連珠》五十首。按李善《文選》注義例云："舊注是者，因而留之，並於篇首題其姓名。其有乖繆，臣乃具釋，並稱臣善以別之。"（卷二《西京賦》薛

綜注題署下注）《文選》如《二京賦》薛綜注，《三都賦》劉逵、張載注，《射雉賦》徐爰注，《幽通賦》曹大家注，《詠懷詩》顔延之、沈約注，《楚辭》王逸注，皆標署其名。《文選理學權輿》中特立《舊注》一目。今此目亦標署注者之名，以存舊式。梁引林茂春云："按《隋志》，《演連珠》何承天注，然則注者不僅孝標一人。"今採孝標舊注及李善所補，悉用"劉注""李注"以區别之。沈麟士爲諸生講《演連珠》，則無文字注文傳世也。

④《藝文類聚》卷五十七"后土"作"厚地"。劉注："天地所以施生（《考異》：生當作化），日薄於天，星迴於漢，穹蒼所以紀陰陽之節，在山則實，在地則化（《考異》：地當作川，化當作虛）。所以散剛柔之氣也。"李注："《禮記》曰：季冬之月，日窮於次，月窮於紀，星迴於天。數將幾終，歲且更始。《國語》太子晋曰：山，土之聚也。川，氣之通也。天地成而聚於高，歸物於下，疏爲川谷，以導其氣也。《字書》曰：冲，虛也。鄭玄《考工記注》曰：播，散也。"案：注文"以導其氣也"，明州、贛州兩本皆作"以通氣也"。注引《禮記》，見《月令》。引《字書》，《文選理學權輿・注引群書目録》云："未詳撰人，書凡十卷。"引鄭玄《考工記注》，即《周禮注》。

⑤劉注："夫五行四時，佐天地造物者也。然水火相殘（明州、贛州兩本"殘"皆作"踐"，《考異》謂作"踐"爲是），金木相代，而共成陶鈞之致；春秋異候，寒暑繼節，而俱濟一歲之功也。"李注："《莊子》曰：四時殊氣，天不私，故歲成。五官殊職，君不私，故國治也。"案：注引《莊子》，見《則陽》。

⑥劉注："三才理通，趣舍不異。天地既然，人理得不效之哉。所以臣敬治其職，膺金石之别響；君執契居中，納鏗鏘之合韵。"李注："《左氏傳》閔子騫曰：敬恭朝夕，恪居官次。《老子》曰：聖人執左契而不責於人，有德司契，無德司徹。《尚書》曰：八音克諧。《吕氏春秋》曰：宫徵商羽角，各處其處。音皆調均，而不可以相違。此所以無不受也。賢主之立官，有似於此。百官各處其職，治其事，以待主，主無不安矣。"案：注引《左氏傳》，見襄公二十三年，《考異》謂"騫"當作"馬"，茶陵本改爲"公鉏然之"（明州、贛州兩本同），大謬！向宗魯先生云："茶陵本不誤。"（何校改爲公鉏然之，許嘉德從何改。）引《老子》，見七十九章。引《尚書》，見《舜典》。引

《吕氏春秋》，見《圜道》，今本“爲”作“違”[1]，《考異》誤以作“爲”爲是。“無不受也”，舊本《吕覽》脱“無”字，畢補，惜未以此證之。

⑦古鈔本“勝權”作“稱權”。劉注：“夫錙銖之衡，縣千斤之重；徑尺之鏡，照尋丈之形。用過其力，傷其本性，故在權則衡危，於鏡則照暗也。”李注：“勝或爲稱。《爾雅》曰：稱，舉也。一曰：稱亦勝也。《吴録》子胥曰：越未能與我争稱負也。”案：向宗魯先生云：“《考工記·弓人》：角不勝幹。故書‘勝’或作‘稱’。鄭司農云：當言稱。《廣雅·釋詁》，稱、勝皆訓舉。”

⑧劉注：“由衡危鏡凶，哲人所以爲戒。故主則程其才而授官，臣則辭其豐而致力。此唐虞所以緝熙，稷契所以垂美也。”李注：“《説文》曰：程，品也。《廣雅》曰：効，驗也。王肅《尚書注》曰：底，致也。”案：注引《説文》，見《禾部》。引《廣雅》，見《釋詁》。王肅《尚書注》已亡。

⑨古鈔本“蒼”作“倉”。明州本作“倉”[2]，注云：“善本作蒼。”贛州本作“蒼”，注云：“五臣本作倉。”劉注：“此章言賢人雖希，而無世不有，故亡殷三仁辭職，隆周十亂入朝。故明主之興，非天地特爲生賢才，在引而用之爲貴爾。”李注：“毛萇《詩傳》曰：髦，俊也。《周易》曰：六五，賁于丘園，束帛戔戔。王肅曰：失位無應，隱處丘園。蓋象衡門之人，道德彌明，必有束帛之聘。戔戔，委積之貌也。鄭玄曰：秀，士有德行道藝者也。《尚書》曰：王如不敢及天基命定命。”案：注引《詩傳》，《小雅·棫樸》《思齊》並同。引《周易》，見《賁》。王肅《易注》已亡。引鄭玄語，見《禮記·王制》注。引《尚書》，見《洛誥》。

⑩劉注：“言末代闇主，崇神棄賢。故使俊乂無翹車之徵，金碧有鳳舉之使也。”李注：“毛萇《詩傳》曰：適，之也。陳敬仲曰：翹翹車乘，招我以弓。豈不欲往，畏我友朋。《漢書》曰：或言益州有金馬碧鷄之神，可醮而致。於是遣諫大夫王褒使持節而求之。班固《功德論》曰：朱軒之使，鳳舉於龍堆之表。”案：注引《詩傳》，見《邶風·北門》及《鄭風·緇衣》。引陳敬仲云云，見《左傳》莊公二十二年。引《漢書》，見《郊祀志》。引《功德論》，此文僅存零句，《全後漢文》輯此入卷二十五，又見《北堂書鈔》卷四十。

---

〔1〕按，此句表述似有誤。胡刻本及今本《吕氏春秋》均作“違”，明州本、贛州本作“爲”。

〔2〕按，明州本作“蒼”，疑有誤。

陸佐公[①]

新刻漏銘[②]

（銘，卷五十六）

夫自天觀象，昏旦之刻未分；治歷明時，盈縮之度無準[③]。挈壺命氏，遠哉義用[④]。揆景測辰，徼宫戒井，守以水火，分兹日夜[⑤]。而司歷亡官，疇人廢業，孟陬殄滅，攝提無紀[⑥]。衛宏載傳呼之節，較而未詳；霍融叙分至之差，詳而不密[⑦]。陸機之賦，虚握靈珠；孫綽之銘，空擅崑玉[⑧]。弘度遺篇，承天垂旨[⑨]。布在方册，無彰器用[⑩]。譬彼春華，同夫海棗[⑪]。寧可以軌物字民，作範垂訓者乎[⑫]？且今之官漏，出自會稽[⑬]，積水違方，導流乖則[⑭]，六日無辨，五夜不分[⑮]，歲躔閹茂，月次姑洗[⑯]。皇帝有天下之五載也，樂遷夏諺，禮變商俗[⑰]，業類補天，功均柱地[⑱]。河海夷晏，風雲律吕[⑲]。坐朝晏罷，每旦晨興[⑳]，屬傳漏之音，聽鷄人之響[㉑]。以爲星火謬中，金水違用[㉒]，時乖啓閉，箭異錙銖[㉓]。爰命日官，草創新器[㉔]。

於是俯察旁羅，登臺升庫[㉕]。則于地四，参以天一[㉖]。建武遺蠹，咸和餘舛[㉗]，金筒方員之制，飛流吐納之規[㉘]，變律改經，一皆懲革[㉙]。天監六年，太歲丁亥，十月丁亥朔，十六日壬寅，漏成進御。以考辰正晷，測表候陰[㉚]，不謬圭撮，無乖黍累[㉛]。又可以校運筭之睽合，辨分天之邪正[㉜]，察四氣之盈虚，課六歷之疏密[㉝]。永世貽則，傳之無窮。赫矣焕乎，無得而稱也[㉞]。

昔嘉量微物，盤盂小器，猶其昭德記功，載在銘典[㉟]。况入神之制，與造化合符[㊱]；成物之能，與坤元等契[㊲]；勳倍楹席，事百巾机[38]。寧可使多謝曾水，有陋昆吾[39]，金字不傳，銀書未勒者哉[40]？乃詔小臣爲其銘[41]，曰：

一暑一寒，有明有晦[42]。神道無迹，天工罕代[43]。乃置挈壺，是惟熙載。氣均衡石，晷正權概[44]。世道交喪，禮術銷亡[45]。遽遷水火，争倒衣裳[46]。擊刀舛次，聚木乖方[47]。爰究爰度，時惟我皇[48]。方壺外次，圓流内襲。洪殺殊等，高卑異級[49]。靈虬承注，陰蟲吐噏[50]。倏往忽來，鬼出神入[51]。微若抽繭，逝如激電[52]。耳不輟音，眼無留眄。銅史司刻，金徒抱箭[53]。履薄非兢，臨深罔戰。授受靡僁，登降弗爽[54]。惟精惟一，可法可象[55]。月不遁來，日無藏往。分以符契，至猶影響[56]。合昏暮卷，蓂莢晨生[57]。尚辨天意，猶測地情[58]。況我神造，通幽洞靈[59]。配皇等極，爲世作程[60]。

【注釋】

①陸佐公之名，首見《石闕銘》下，李注："劉璠《梁典》曰：陸倕字佐公，吴郡人。少篤學，善屬文。起家議曹從事，遷太子中舍人。後仕至太常卿，詔使爲《漏刻》《石闕》二銘，冠絶當世，賜以束帛，朝野榮之。"案：陸倕傳見《梁書》卷二十七、《南史》卷四十八（附《陸慧曉傳》）。他是蕭統的"十學士"之一，此書的《導言》部分第二題《〈文選〉的編輯》中已有所介紹。他普通七年（526）卒，年五十七，則當生於宋明帝泰始六年（470）。"十學士"中，他是年最長的。"十學士"的作品，選入《文選》的，他也是惟一的一位。

②明州及贛州兩本，"刻漏"皆作"漏刻"，《梁書》《南史》同。惟古鈔本作"刻漏"，與尤刻同。案：此物舊稱即有"刻漏""漏刻"二名，今仍從尤刻，與古鈔本同，可能是昭明舊本如此。且明州本卷首目録，贛州本總目，又皆作"刻漏"。定當以作"刻漏"爲是也。李注："劉璠《梁典》曰：天監六年，帝以舊漏乖舛，乃敕員外郎祖暅治之。漏刻成，太子中舍人陸倕爲文。司馬彪《續漢書》曰：孔壺爲漏，浮箭爲刻。下漏數刻，以考中星，昏明星焉。"

案：注引《梁典》，今《梁書·武帝紀》天監六年，未書此事。“祖暅治之”，似當作“祖暅之治”。祖暅之是宋代有名曆算科技家祖冲之的兒子。《南史》卷七十二附其事在《祖冲之傳》後，云：“暅之，字景爍，少傳家業，究極精微，亦有巧思。入神之妙，般、倕無以過也。當其詣微之時，雷霆不能入。嘗行遇僕射徐勉，以頭觸之，勉呼乃悟。父所改何承天曆，時尚未行，梁天監初，暅之更修之，於是始行焉。位至太舟卿。”注引《續漢書》，見《律曆志下》，今本“以考中星，昏明星焉”作“以考中星，昏明生焉”。此注“昏明”下“星”字，當是“生”字之誤。下漏數（上聲）刻，即得中星，而昏、明可以由中星推之矣。

《說文·水部》：“漏，以銅受水，刻節，晝夜百節。”此從段玉裁訂本。段注云：“晝夜以百節之，故爲刻者百，因呼百刻矣。《周禮·挈壺氏》（《夏官》）：凡喪，縣壺代哭者，皆以水火守之。分以日夜。注云：以水守壺者，爲沃漏也。以火守壺者，夜則視刻數也。分以日夜者，異晝夜漏也。漏之箭，晝夜共百刻。冬夏之間，有長短焉。《文選注》引司馬彪曰：孔壺爲漏，浮箭爲刻。下漏數刻，以考中星、昏明星焉。按晝夜百刻，每刻爲六小刻。每小刻又十分之，故晝夜六千分，每大刻六十分也。其散於十二辰，每一辰八大刻二小刻，共得五百分也。此是古法。《樂記》：百度得數而有常。注云：百度，百刻也。《靈樞經》（《五十營篇》）：漏水下百刻，以分晝夜。”段氏在這裏，説古刻漏制度，至爲簡要明了。計時器是古代的科技製品，這是贊揚科技的古代文學作品，讀此文一定要有簡明的古代刻漏知識。李兆洛評此文云：“銘起盤盂，辨物當名，貴覈而肅。文雖失於辟積，而密藻可觀。”譚獻評此文云：“整栗有度。”又云：“辭尚體要，淵規淑靈。”李兆洛又評陸佐公的另一篇《石闕銘》云：“詞靡裁疏，不及《刻漏銘》遠矣。”譚獻亦云：“組練含容，功力自遜《刻漏》。”（並見《駢體文鈔》卷一）這些評論，可以啓發我們對於這篇文章的鑒賞。

③李注：“《周易》曰：古者庖犧氏之王天下也，仰則觀象於天，俯則觀法於地。《五經要義》曰：昏，闇也。旦，明也。日入後漏三刻爲昏，日出前漏三刻爲明。《周易》曰：君子以治歷明時。《淮南子》曰：孟春始贏，孟秋始縮。高誘曰：贏，長也。縮，短也。”案：注引《周易》，見《繫辭下》。

引《五經要義》，案《隋志》經部論語類著録“《五經要義》五卷”，不著撰人；又“梁（有《五經要義》）十七卷，雷氏撰”。兩《唐志》皆著録劉向《五經要義》五卷。姚振宗《考證》謂五卷者爲劉向書，十七卷者爲雷氏書。《隋志》誤混爲一。洪頤煊、王謨、馬國翰皆有輯本。王謨謂雷氏爲雷次宗。此條諸家輯本皆已輯入。關於昏明漏刻增減，《書・堯典》疏引馬融説，與此有異。此外衆説紛紜，可以參閲孫詒讓《周禮正義》卷五十八，此不詳論。又引《周易》，見《革・象》。引《淮南子》，見《時則篇》。

④李注：“《周禮》曰：挈壺氏下士六人。鄭玄曰：壺，盛水器也。挈壺水以爲漏也。”案：此見《夏官序官》。今本鄭注作“世主挈壺水以爲漏”。賈疏云：“以其稱氏，此則官有世功，則以官爲氏。故以世主解之也。”

⑤李注：“揆景測辰，謂晝夜漏也。徼（音叫）宫，謂徼巡其宫也。衛宏《漢舊儀》曰：晝漏盡，夜漏起，宫中衛宫，城門擊刀斗，周廬擊木柝。《周禮》曰：挈壺氏掌壺以令軍井，凡喪事懸壺以哭，皆以水火守之，分以日夜。鄭司農曰：挈壺以令軍井，謂爲軍穿井，井成，挈壺懸其上，令軍中衆皆望見，知此下有井也。壺所以盛飲，故以壺表井也。鄭玄曰：以水守壺者，爲沃漏也。以火守壺者，夜視刻數也。分以日夜者，異晝夜漏也。”案：注引《漢舊儀》，《平津館叢書》本輯此入《補遺》卷下。引《周禮》，見《夏官・挈壺氏》，鄭司農注亦在今鄭玄注中。鄭玄謂守壺爲沃漏，蓋據經文有云：“及冬，則以火爨鼎水而沸之，而沃之。”鄭司農注云：“冬水凍，漏不下，故以火炊水沸以沃之，謂沃漏也。”孫詒讓説沃漏之義云：“蓋冬寒水凍，則漏下遲，故以湆沸熱水沃之，使無凍也。……沃謂澆水也。沃漏亦謂沸水以澆沃漏壺。”（《周禮正義》卷五十八）明州及贛州兩本無“鄭玄曰”以下凡三十二字。蓋以其與吕向注同而被删削也。

⑥李注：“《左氏傳》仲尼曰：今火猶西流，司歷過也。《漢書》曰：三代既没，五霸之末，史官喪紀，疇人子弟分散。如淳曰：家業世世相傳爲疇。《漢書》曰：孟陬殄滅，攝提失方。《音義》曰：正月爲孟陬。歷紀廢絶，閏餘乖錯，不與正歲相值，謂之殄滅。攝提，星名，隨斗杓所指建十二月，若歷誤，春三月當指辰，而乃指巳，是爲失方。”案：注引《左氏傳》，見哀公十二年。引《漢書》，見《律曆志》，今本“霸”作“伯”。顔師古

《集解》亦引如淳。又引《漢書》，亦見《律曆志》。今顔注引孟康，則此《音義》爲孟康注。明州本無“音義”至“殄滅”二十六字，蓋其與吕延濟注同，而被删削也。

⑦李注：“衛宏《漢舊儀》曰：夜漏起宫中，宫城門，傳五百官直符行，衛士周廬擊木柝，讙呼備火。司馬彪《續漢書》曰：太史令霍融上言：漏刻率九日增減一等，不與天相應，或時差至二刻半，不如夏歷密也。”

案：注引《漢舊儀》，孫輯亦入《補遺》卷下，《北堂書鈔》卷一百二十六引云：“中宫衛宫，城門擊刁斗，傳五夜；衛士周廬擊木柝。”又一百三十引云：“百官徼直符行，衛士周廬擊木柝，護呼備水火。”孫輯本以意將《書鈔》引文連爲一體。《書鈔》卷一百三十所引“護呼”當爲“讙呼”之誤。明州、贛州兩本不解“讙呼”乃大聲高呼之義，皆改爲“傳呼”，誤也。惟此“傳五百官”，似亦應從《書鈔》作“傳五夜”，“百官”以下當另爲句。引《續漢書》，見《律曆志中》。今本云：“永元十四年，待詔太史霍融上言：‘官漏刻率九日增減一刻，不與天相應，或時差至二刻半，不如夏曆密。’”惠棟《補注》云：“劉向《洪範五行傳》記武帝時所用法，云：冬夏二至之間，一百八十餘日，晝夜差二十刻，大率二至之後，九日而增一刻焉。孔穎達曰：鄭康成注《書緯考靈曜》，仍云九日增減，猶未覺誤也。”

⑧李注：“陸機、孫綽皆有《漏刻銘》。曹子建《與楊德祖書》曰：人人自謂握靈蛇之珠，家家自謂抱荆山之玉。《新序》固乘曰：珠産江漢，玉産崑山。”梁云：“案孫綽銘見張溥所編《漢魏名家集》，其陸機本集載《漏刻賦》，非銘也。本文‘積水違方’句注亦引作陸機賦，而‘飛沈吐納之規’句注又引作銘。”案：此銘之序明云“陸機之賦”“孫綽之銘”，此注及“飛沈”句注“銘”字皆誤。嚴可均據《藝文類聚》卷六十八、《御覽》卷二及此注，輯孫綽《漏刻銘》入《全晋文》卷六十二。陸機《漏刻賦》，則據《北堂書鈔》卷一百四十九、《藝文類聚》卷六十八、《初學記》卷二十五、《御覽》卷二及此注，輯入《全晋文》卷九十七。此注首九字，明州及贛州兩本皆無。疑後人增入，故誤陸機賦爲銘，並正文亦不顧也。引《與楊德祖書》，見本書卷四十二。引《新序》，見《雜事一》，明州及贛州兩本皆無“固乘”二字。今本《新序》作“固桑”，此事又見《韓詩外傳》卷六及《説

苑·尊賢》,"固桑"之名,寫法甚多,此不具論。

⑨李注:"王隱《晋書》曰:李充字弘度,集有《漏刻銘》。沈約《宋書》曰:宋太祖頗好歷數,太子率更令何承天私撰新法。元嘉二十年上表,詔付外詳之。有司奏承天歷術,令施行。"案:注引王隱《晋書》,湯球輯入王隱書卷七,今本《晋書》未載作《漏刻銘》事。《全晋文》卷五十三輯李充文,亦無此銘。引《宋書》,見《曆志中》。《宋書·曆志》載何承天所上表文,此略去。宋太祖,文帝劉義隆也。元嘉爲文帝年號。

⑩古鈔本"布在方册"作"有布方册"。明州、贛州兩本皆作"有布"。[1]明州本注云:"善本作布在方册。"贛州本注云:"五臣本作有布方册。"《考異》云:"各本所見皆非也。此以'有布'與下文'無彰'偶句,非取《禮記》成文,善亦作'有布',涉注文而傳寫誤。"梁説與《考異》同。《箋證》亦從《考異》及《旁證》之説。古鈔本爲諸家所未見,正可證明此説,此其可貴也。李注:"《禮記》:哀公問政,子曰:文武之道,布在方册。《左氏傳》臧僖伯曰:山林川澤之實,器用之資。"案:注引《禮記》,見《中庸》。引《左氏傳》,見隱公五年。

⑪李注:"春華,言其文麗。海棗,譬其無實。《答賓戲》曰:摛藻如春華。《晏子春秋》曰:齊景公謂晏子曰:'東海之中有水赤,其中有棗,華而不實,何也?'晏子曰:'昔者秦穆公乘舟理天下,黄布裹蒸棗,至海而掾其布破。黄布,故水赤;蒸棗,故華不實。'公曰:'吾佯問子。'對曰:'嬰聞佯問者佯對也。'"案:注引《答賓戲》,見本書卷四十五。引《晏子春秋》,見《外篇》,今本"至海而掾其布破。黄布"作"至東海而捐其布,破黄布"。"破"字元刻作"彼",俞樾謂作"彼"爲是,"蒸棗"上亦當有"彼",皆蒙上文而言也。"佯"字,今本作"詳"。今本(蘇輿校本)此章,孫星衍謂據沈啓南本、吴懷保本增入。盧文弨謂吴本亦缺此章。並詳蘇輿校語。

⑫李注:"《左氏傳》曰:隱公將如棠觀魚,臧僖伯諫曰:君將納民於軌物者也。講事以度軌量謂之軌,取材以章物采謂之物。不軌不物,謂之亂

[1] 按,明州本作"有布方册",贛州本作"布在方册"。此處表述有誤。

政。《周書》成王曰：朕不知字民之道，敬問伯父。作範垂訓，已見上文。”案：注引《左氏傳》，見隱公五年。引《周書》，見《本典》，此節引。注謂“作範垂訓，已見上文”，贛州本重引郤正《釋機》曰：“創制作範，匪時不立。”《家語》：“南敬叔曰：孔子作《春秋》，垂訓後嗣。”案：《釋機》當作《釋譏》，見《蜀志·郤正傳》，嚴輯《全晋文》卷七十收入。引《家語》“南敬叔”當作“南宫敬叔”〔1〕，今《家語·致思》《觀周》兩篇載南宫敬叔事，皆無此語，疑李所見《家語》與今本不同。

⑬李注：“蕭子雲《東宫雜記》曰：天監六年，上造新漏，以臺舊漏給官，漏銘云：咸和七年會稽山陰令魏丕造。即會稽内史王舒所獻漏也。”案：《隋志》史部儀注類著録“《東宫新記》二十卷，蕭子雲撰”。《梁書》本傳亦同。《新唐書·藝文志》作“蕭子雲《東宫雜事》二十卷”。章宗源《考證》卷十一謂此注所引作蕭子雲《東宫雜記》，即此書也。

⑭李注：“陸機《刻漏賦》曰：積水不過一鍾，導流不過一筐也。”案：陸賦已見前注⑧。明州、贛州兩本“刻漏”皆作“漏刻”。

⑮李注：“《淮南子》曰：冬至子午，夏至卯酉，冬至加三日，則夏至之日也。歲遷六日，終而復始。高誘曰：遷六日，今年以子冬至，後年以午冬至。衛宏《漢舊儀》曰：晝夜漏起，省中用火，中黄門持五夜：甲夜、乙夜、丙夜、丁夜、戊夜也。”案：注引《淮南子》，見《天文篇》。引《漢舊儀》，孫輯本收入《補遺》卷下。

⑯李注：“《爾雅》曰：太歲在戌曰閹茂。《禮記》曰：季春之月，律中姑洗。”案：注引《爾雅》，見《釋天》。引《禮記》，見《月令》。此謂天監五年丙戌（506）三月。

⑰李注：“《孟子》夏諺曰：吾王不游，吾何以休？《尚書》曰：商俗靡靡，利口惟賢。”案：注引《孟子》，見《梁惠王下篇》。引《尚書》，見《畢命》。

⑱李注：“《列子》曰：昔女媧氏煉五色之石以補其闕。斷鼇之足，以立

---

〔1〕按，此句恐有誤，核本書所引贛州本，正爲“南宫敬叔”，未漏“宫”字。

四極。其後共工氏與顓頊争爲帝，怒而觸不周之山，折天柱，絶地維也。”案：注引《列子》，見《湯問篇》。

⑲李注：“《禮斗威儀》曰：君乘土而王，其政太平，則河溓海夷。《十洲記》曰：天漢三年，西國王使獻靈膠四兩，吉光毛裘，受以付庫。使者曰：常占東風入律，十旬不休。青雲干呂，連月不散。意者閻浮有好道之君，我王故搜奇蘊而貢神香，步天材而請猛獸，乘毛車以濟弱水，于今十三年矣。”注文“河溓海夷”，明州及贛州兩本皆作“河海夷晏”。《考異》謂此尤校改之也。案：注引《十洲記》，在“鳳麟洲”條。今本無“使者曰”以下諸文。

⑳李注：“《吕氏春秋》曰：上稱三皇五帝之業以諭其意，蚤朝晏罷，以告制兵者也。《尚書大傳》曰：帝猶反側晨興，辟四門，來仁賢。”案：注引《吕氏春秋》，見《禁塞篇》。今本“諭”作“愉”，高誘注：“愉，悦。”“蚤”作“早”，古今字也。引《尚書大傳》，又見《詩・關雎》疏引。陳輯本在《唐傳・堯典》。

㉑李注：“《周禮》曰：鷄人掌大祭祀，夜呼旦以叫百官。《集》云：鷄人二字，是沈約所改作也。”案：注引《周禮》，見《春官・鷄人》，參看《廣絶交論》注㉕。明州及贛州兩本自“周禮”以下十六字皆無，蓋以其同於吕延濟注而遭删削也。《集》，指《陸倕集》。《隋志》著録“《梁太常卿陸倕集》十四卷”。其《集》中有此自注，下文“銘”字由蕭衍敕改，亦注出之也。

㉒李注：“《左氏傳》張趯曰：火中，寒暑乃退。鄭玄《毛詩箋》曰：火星中，寒暑退。陸機《漏刻銘》曰：寤蟾蜍之栖月，識金水之相緣。”案：注引《左氏傳》，見昭公三年。引《毛詩箋》，見《豳風・七月》。引陸機《漏刻銘》，明州本作《漏刻賦》，是也。詳上注⑧。

㉓李注：“《左氏傳》曰：凡分、至、啓、閉，必書雲物，爲備故也。鄭玄《禮記注》曰：八兩爲錙。《漢書》曰：二十四銖爲兩也。”案：注引《左氏傳》，見僖公五年。杜預注：“分，春、秋分也。至，冬、夏至也。啓，立春、立夏。閉，立秋、立冬。雲物，氣色灾變也。……爲備故也，素察妖祥，逆爲之備。”引《禮記注》，見《儒行》。引《漢書》，見《律曆志》，參

看《廣絶交論》注㊸。

㉔李注："《左氏傳》曰：天子有日官，諸侯有日御。"案：注引《左氏傳》，見桓公十七年。杜預注："日官，日御，典曆數者。"以上言刻漏之重要，並言舊刻漏必須更新。

㉕李注："《周易》曰：仰則觀於天文，俯以察於地理。《史記》曰：黄帝順天地之紀，旁羅日月星辰。《左氏傳》曰：公既視朔，遂登觀臺以望，而書，禮也。又曰：宋、衛、陳、鄭皆火，梓慎登大庭之庫以望之，曰：'宋衛陳鄭也。'"案：注引《周易》，見《繫辭上》。引《史記》，見《五帝本紀》。《正義》："旁羅，猶遍布也。"引《左氏傳》，見僖公五年。又引，見昭公十八年。

㉖李注："言壺用金而漏用水也。《漢書》曰：天以得一生水，地以得四生金也。"案：注引《漢書》，見《五行志上》。原文云："天以一生水，地以二生火，天以三生木，地以四生金，天以五生土。五位皆以五而合。"此節引。

㉗李注："司馬彪《續漢書》：霍融曰：四分施於建武。咸和漏刻，即上魏丕所造也。"見上注⑦及⑬。

㉘李注："金則壺也，而形方，筒則引水者，而形員。孫綽《漏刻銘》曰：乃制妙器，挈壺氏銓。累筒三階，積水成川。陸機《漏刻銘》曰：口納胸吐，水無滯咽。"案：正文"筒"字，明州本作"筩"，"員"字作"圓"，注云："善本作金筒方員。"古鈔本"員"亦作"圓"。注引孫綽、陸機，見上注⑧。

㉙李注："蔡邕《律歷志》曰：凡歷所革，以變律吕，相生至六十也。"案：《後漢書·蔡邕傳》云："其撰集漢事未見録，以繼後史。適作《靈紀》及《十意》，又補諸列傳四十二篇。因李傕之亂，湮没多不存。"此《律曆志》當即《十意》之一，而幸存者。邕原書當名《律曆意》也。

㉚李注："陸機集《志議》曰：考正三辰，審其所司，是談天紀綱也。測表候陰，謂土圭也。"案：《全晋文》卷九十六至九十九所輯陸機之文，無此篇。

㉛李注："《漢書》曰：夫推歷生律制器，量多少者，不失圭撮，權輕重者，不失黍累。應劭曰：圭，自然之形，陰陽之始也。四圭曰撮，十黍一

累，十累一銖。”案：注引《漢書》，見《律曆志》。顔氏《集解》亦引應劭注。

㉜古鈔本“辨”作“辯”。李注：“《漢書》曰：造漢太初歷，治歷者，方士唐都、巴郡落下閎與焉。都分天部，而閎運算轉歷也。”明州本無“巴郡”二字，“落”作“洛”，案作“洛”是也。此引《律曆志》，《志》亦作“巴郡洛下閎”。[1]

㉝李注：“《爾雅》曰：春爲發生，夏爲長嬴，秋爲收成，冬爲安寧，四氣和爲通正。《漢書》曰：《史記》有黄帝、顓頊、夏、商、周及魯歷，漢興，張蒼用顓頊歷，比於六歷，疏闊中最爲微近。又曰：淳于陵渠覆《太初歷》，晦朔弦望，皆最密也。”案：注引《爾雅》，見《釋天》。《釋文》：“嬴，本或作贏。”今本《爾雅》“四氣”作“四時”。《尸子·仁義篇》及《論衡·是應篇》皆與此同，詳見《爾雅義疏》中之四（釋天第八）。引《漢書》，見《律曆志》，此節文。又引，亦見《律曆志》，淳于陵渠，宦者也。明州本無《漢書》以下五十三字，蓋其與李周翰注同，而被删削也。

㉞明州本“得”作“德”，注云：“善本作德字。”贛州本注云：“五臣本作得字。”[2]《考異》：“得當作德。”對於兩本所注異文，《考異》以爲“此以五臣亂善”。以上言製新刻漏之意義及其成就。

㉟古鈔本“昔”下有“者”字，“量”作“亮”。李注：“《周禮》栗氏爲量，其銘曰：嘉量既成，以觀四國。永啓厥後，兹器惟則。《七略》曰：盤盂書者，其傳言孔甲爲之。孔甲，黄帝之史也。書盤盂中爲誡法，或於鼎，名曰銘。蔡邕《銘論》曰：德非此族，不在銘典。”案：注引《周禮》，見《考工記》。孫詒讓《正義》云：“《漢書·律曆志》顔注云：嘉，善也。又引張晏云：量知多少，故曰嘉。方矩云嘉量即《夏書》所謂和鈞也。此器兼律度量衡。方尺深尺，則度也。實一鬴，則量也。重一鈞，則衡也。聲中黄鐘之宫，則律也。”引《七略》，見《漢書·藝文志》諸子略雜家。今《漢志》

---

〔1〕按，引李注“巴郡落下閎”，“落”原引作“洛”，核胡刻本改。明州本作“落下閎”，不作“洛”；今《漢書·律曆志》亦作“落下閎”。《文選箋證》卷三十一《班孟堅公孫宏傳贊》下有辨，以作“洛”非。

〔2〕按，明州本即作“得”，不作“德”；贛州本作“德”。

云："《孔甲盤盂》二十六篇。"注云："黄帝之史，或曰夏帝孔甲，似皆非。"引《銘論》，嚴輯《全後漢文》收入卷七十四，此兩句，即從此注補入。楊刻《蔡中郎集》〔1〕無此論。

㊱李注："《孫綽子》曰：藝妙者以入神。造化，已見上文。《論語比考讖》曰：君子上達，與天合符。"案：注引《孫綽子》，嚴輯《孫子》佚文，收此入《全晋文》卷六十二。注謂"造化，已見上文"，明州本與尤刻本同。贛州本重引《淮南子》曰："大丈夫恬然無爲，與造化逍遥。高誘曰：造化，天地。"《論語比考讖》，緯書，已佚。

㊲李注："《周易》曰：乾知太始，坤作成物。又曰：至哉坤元，萬物資生。"案：注引《周易》，見《繫辭上》。又引，見《坤・文言》。

㊳李注："蔡邕《銘論》曰：武王踐祚，咨于太師，而作席、机、楹、杖雜銘。又曰：黄帝有巾机之法，孔甲有盤盂之戒。"明州本、贛州本句末"戒"字後有"言也"二字。案：《銘論》已見上注㉟。

㊴李注："郭象《莊子注》曰：不可多謝堯舜，而推之爲兄也。蔡邕《銘論》曰：昔召公作誥，先王賜朕鼎，出于武當曾水；吕尚作周太師，而封于齊，其功銘于昆吾之野。西都賓序曰：有陋洛邑之義。"案：注引《莊子注》，見《天地篇》。引《銘論》，參看上注㉟。引西都賓序，當作《兩都賦序》，見本書卷一。

㊵李注："崔玄山《瀨鄉記》曰：《老子母碑》：'老子把持仙籙，玉簡金字，編以白銀，紀善綴惡。'劉人本《觀書賦》曰：玉牒石記，銀書金字。奥矣不窮，邈乎昭備。"案：注所引《瀨鄉記》及《觀書賦》，嚴輯《全文》皆失收。崔玄山及劉人本亦不詳爲何時人。《瀨鄉記》，《隋志》未著録，章宗源《隋經籍志考證》卷六補入之。章云：《文選・新刻漏銘》注《老子母碑》云云。《北堂書鈔・藝文部》（卷一百零四）"紀善綴惡"作"記善掇惡"。又云："此引崔玄山《瀨鄉記》，《藝文類聚》（原謂《獸部》，《獸部》實無之，蓋卷七十八之誤，然卷七十八亦未引《瀨鄉記》，但引《神仙傳》

〔1〕按，"楊刻"即東郡楊氏（以增）海源閣咸豐二年刊本。

謂老子爲賴鄉人而已)〔1〕諸書所引皆記老子事，其母碑文稱《孝文聖母李夫人碑》(此不知何據)。”案：《太平御覽》卷六百六引《瀨鄉記》，與此注略同。“玉簡金字”及“玉牒銀書”，皆道士所傳“仙書”之裝制，見《太平御覽》卷六百七十二、六百七十三所載“仙經”及卷六百七十六所載“簡章”。瀨鄉，據道士傳，是老子出生地。

㊶李注：“《集》曰：銘一字，至尊所改。敕書辭曰：故當云銘。”《集》，指《陸倕集》，見上注㉑。至尊，指梁武帝蕭衍。衍改此字，並有敕書，此所載“故當云銘”，即敕書之辭。以下爲銘辭。

㊷李注：“《周易》曰：日月運行，一寒一暑。《莊子》曰：消息滿虚，一晦一明，日改月化也。”案：注引《周易》，見《繫辭上》。引《莊子》，見《田子方篇》。原文末尚有“日有所爲”一句。郭注云：“未嘗守故。”成玄英《疏》云：“陰陽消息，夏滿冬虚，夜晦晝明，日遷月徙，新新不住，故曰有所爲也。”

㊸李注：“《莊子》老聃謂孔子曰：夫神生於道，其來無迹，其去無方。《尚書》曰：無曠庶官，天工人其代之。”案：注引《莊子》，見《知北游篇》，原文云“精神生於道”，又云“其來無迹，其去無崖”，又云“其應物無方”。此有所節略。引《尚書》，見《皋陶謨》。

㊹李注：“《吕氏春秋》曰：仲春日夜分。鈞衡石，角斗桶，正權概。高誘曰：角平升桶，權概，皆令均等也。”案：注引《吕氏春秋》，見《仲春紀》。明州本“斗桶”作“升桶”，畢沅校以“升”爲誤字。又明州本有注云：“熙載，已見上文。”按注例，此似當有，尤刻誤脱也。贛州本重引《尚書》曰：“有能奮庸熙帝之載。”乃《舜典》文。

㊺李注：“《莊子》曰：世喪道矣，道喪世矣，世與道交相喪也。《毛詩序》曰：禮義消亡。”案：注引《莊子》，見《繕性篇》。引《毛詩序》，見《衛風·氓》。

---

〔1〕按，《藝文類聚》卷九十五《獸部》“鹿”引《瀨鄉記》曰：“老子乘白鹿，下託於李母也。”又卷六十四《居處部》“宅舍”引《賴鄉記》記老子祠、李夫人祠等。

㊻李注："水火，已見上文。《毛詩》曰：東方未明，顛倒衣裳。"案：注謂"水火"云云，明州本與尤刻同。贛州本重引《周禮》挈壺氏，已見上注⑤。引《毛詩》，見《齊風·東方未明》。明州本無"毛詩"以下十一字。

㊼明州本"刀"字作"刁"，案：此二字古皆作刀，後人始以刁字區別之。《考異》謂不必分别。李注："《漢書》曰：李廣行無部曲，不擊刁斗自衛。孟康曰：以銅作鐎，受一斗，晝炊飯食，擊持行夜。《周禮·挈壺氏》曰：凡軍事，懸壺以序擊㰌。鄭玄曰：謂擊㰌，兩木相敲，行夜時也。"案：注引《漢書》，見《李廣傳》。引《挈壺氏》，在《周禮·夏官》，見上注⑤。聚木，即擊㰌。㰌字，今省作柝。

㊽李注："《毛詩》曰：維彼四國，爰究爰度。"案：注引《毛詩》，見《大雅·皇矣》。

㊾李注："陸機《漏刻賦》曰：擬洪殺於漏鍾，順卑高而爲級。"案：注引《漏刻賦》，已見上注⑧。

㊿李注："孫綽《漏刻銘》曰：靈虬吐注，陰蟲承瀉。"案：古鈔本正文"噏"誤"喻"。注引《漏刻銘》，已見上注⑧。

51李注："《吕氏春秋》曰：倏忽往來，而莫知其方。《淮南子》曰：並應無窮，鬼出神入。"案：注引《吕氏春秋》，見《决勝篇》。引《淮南子》，見《原道篇》。

52李注："陸機《漏刻賦》曰：形微獨繭之絲，逝若垂天之電。"案：《漏刻賦》，見上注⑧。

53李注："張衡《漏水轉渾天儀制》曰：蓋上又鑄金銅仙人，居左壺；爲胥徒，居右壺。皆以左手抱箭，右手指刻，以别天時早晚。"案：此又見《初學記》卷二十五引。嚴輯此入《全後漢文》卷五十五《渾天儀》中。

54李注："《毛詩》曰：戰戰兢兢，如臨深淵，如履薄冰。衛宏《漢舊儀》曰：夜漏起，中黄門持五夜，相傳授。《籍田賦》曰：挈壺掌升降之節。"案：注引《毛詩》，見《小雅·小旻》，又《小宛》。引《漢舊儀》，見上注⑦。《籍田賦》，見本書卷七。

55明州本兩"惟"字皆作"唯"。古鈔本"一"作"壹"。李注："《尚書》曰：惟精惟一，允執厥中。《孝經》曰：作事可法。《左氏傳》北宫文子謂衛侯曰：有儀可象謂之儀。”案：注引《尚書》，見《大禹謨》。引《孝經》，見《聖治章》。引《左氏傳》，見襄公三十一年。

㊻贛州本“遁”作“知”，注云：“五臣本作遁字。”明州本作“遁”，注云：“善本作知。”又“日無”，贛州本注云：“五臣作不字。”明州本作“日不”，注云：“善本作無。”孫志祖《考異》云：“月不知來。知，五臣作遁。按《易》（《繫辭上》）神以知來，知以藏往。《銘》似用其語也。”胡氏《考異》云：“茶陵本云：五臣作遁。袁本云：善作知。案此尤校改也。知字不可通，必有誤。或亦作遁，與五臣無異，而尤改爲得之。或善自作知，而‘不’字有誤，今無以考也。”梁云：“五臣‘知’作‘遁’，‘無’作‘不’。向注：遁，隱也。言置漏刻知日月度數，故不能藏隱。按尤本亦作遁。作知恐誤。”《箋證》從梁説。

李注：“《周易》曰：月往則日來。杜預《左氏傳注》曰：分，春、秋分也。至，冬、夏至也。袁彦伯《三國名臣序贊》曰：若合符契。《尚書》曰：惠迪吉，從逆凶，惟影響。”案：注引《周易》，見《繫辭下》。引《左氏傳注》，見僖公五年，互見上注㉓。引《三國名臣序贊》，見本書卷四十七。引《尚書》，見《大禹謨》。

㊼李注：“周處《風土記》曰：合昏，槿也。葉晨舒而昏合。《田俅子》曰：堯爲天子，蓂莢生於庭，爲帝成歷也。”案：注引周處《風土記》，《隋志》史部地理類著録三卷。兩《唐志》俱爲十卷。據《史通・補注篇》稱此書爲《陽羨風土》，有自注。據姚振宗《隋書經籍志考證》，謂嚴可均有輯本，嚴輯一卷，見《鐵橋漫稿》卷三《答徐星伯同年書》所附《四録堂類稿目》。姚所據爲《鐵橋漫稿》卷五《風土記叙》。今《全晋文》卷八十一周處文中無此記。余云：“《花譜》，夜合花，葉似槐，朝開至暮後合。五月花開，花開紅白色。《群芳譜》：一名合昏，一名夜合。”《箋證》：“按《群芳譜》，合歡，一名合昏，一名夜合。韓琦詩：‘合昏枝老拂簷牙，紅白開成醮暈花。最是清香合蠲忿，累因風送入窗紗。’是合昏即合歡，非槿也。”引《田俅子》，案《漢志》著録三篇，爲墨家者流。孫詒讓謂即《韓非子・外儲説左

上篇》之田鳩，乃墨子再傳弟子也（《墨子閒詁·後語》）〔1〕。《墨子後語》的《墨家諸子鉤沈》中所輯《田俅子》佚文，有此條，《東京賦》注、《七命》注、《三月三日曲水詩序》注所引，並與此同也。

㊽李注："《詩氾歷樞》曰：靈臺參天意。《周易》曰：聖人觀其所感，而天地萬物之情可見矣。"案：《詩氾歷樞》是已佚之緯書。引《周易》，乃《咸·彖辭》，原文云："聖人感人心而天下和平，觀其所感而天地萬物之情可見矣。"此引文有節省。

㊾李注："陸機《漏刻賦》曰：來象神造，猶鬼之變。"案：陸賦已見上注⑧。

㊿李注："《吕氏春秋》曰：後世以爲法程。高誘曰：程，度也。曹植《列女傳頌》曰：尚卑貴禮，來世作程。"案：注引《吕氏春秋》，見《慎行篇》。引《列女傳頌》，丁晏《曹集銓評》輯此兩句入《逸文》。以上銘。

〔1〕按，核《墨子閒詁·後語》，孫詒讓將田俅子列在"墨氏名家"裏，爲治墨術而不詳其傳授系次者。

潘安仁[①]

馬汧督誄[②]

（誄下，卷五十七）

惟元康七年秋九月十五日，晋故督守關中侯扶風馬君卒[③]。嗚呼哀哉！初，雍部之内，屬羌反未弭，而編户之氐又肆逆焉[④]。雖王旅致討，終於殄滅[⑤]，而蜂蠆有毒，驟失小利[⑥]，俾百姓流亡，頻於塗炭[⑦]。建威喪元於好畤，州伯宵遁乎大谿[⑧]。若夫偏師裨將之殞首覆軍者，蓋以十數[⑨]。剖符專城，紆青拖墨之司，奔走失其守者，相望於境[⑩]。秦隴之僭，鞏更爲魁[⑪]，既已襲汧，而館其縣[⑫]。子以眇爾之身，介乎重圍之裏；率寡弱之衆，據十雉之城[⑬]。群氐如蝟毛而起，四面雨射城中。城中鑿穴而處，負户而汲[⑭]。木石將盡，樵蘇乏竭，芻蕘罄絶[⑮]。於是乎發梁棟而用之，罥以鐵鏁機關，既縱礧而又升焉[⑯]。爨陳焦之麥，柿梠桷之松[⑰]。用能薪芻不匱，人畜取給，青煙傍起，歷馬長鳴[⑱]。凶醜駭而疑懼，乃闕地而攻。子命穴浚塹，寘壺鐳瓶甒以偵之[⑲]。將穿，響作，内焚積火薰之，潛氐殲焉[⑳]。久之，安西之救至，竟免虎口之厄[㉑]，全數百萬石之積，文契書於幕府[㉒]。

聖朝疇咨，進以顯秩，殊以幢蓋之制[㉓]。而州之有司，乃以私隸數口，穀十斛[㉔]，考訊吏兵，以櫝楚之辭連之[㉕]。大將軍屢抗其疏[㉖]，曰："敦固守孤城，獨當群寇[㉗]，以少禦衆，載離寒暑[㉘]，臨危奮節，保穀全城。而雍州從事，忌敦勳效，極推小疵[㉙]，非所以褒獎元功。宜解敦禁劾假授[㉚]。"詔書遽許，而子固已下獄發憤而卒也。朝廷聞而傷之，策書曰："皇帝咨故督守關中侯馬敦，忠勇果毅，率厲有方[31]，固守孤城，危逼獲濟[32]。寵秩未加，不幸喪亡，朕用悼焉。今追贈牙門將軍印綬，祠以少牢[33]。魂而有靈，嘉兹寵榮[34]。”然絜士之聞穢，其庸致思乎[35]？若乃下吏之肆其噤害，則皆妬之徒也[36]。嗟乎！妬之欺善，抑亦貿首之讎也[37]。語曰：“或戒其子，慎無爲善。”言固可以若是，悲夫[38]！

昔乘丘之戰，縣賁父御魯莊公，馬驚敗績。賁父曰：“他日未嘗敗績[39]，而今敗績，是無勇也。”遂死之。圉人浴馬，有流矢在白肉。公曰：“非其罪也。”乃誄之[40]。漢明帝時，有司馬叔持者，白日於都市手劍父讎，視死如歸。亦命史臣班固而爲之誄[41]。然則忠孝義烈之流，慷慨非命而死者[42]，綴辭之士，未之或遺也[43]。天子既已策而贈之，微臣託乎舊史之末[44]，敢闕其文哉？乃作誄曰[45]：

知人未易，人未易知[46]。嗟兹馬生，位末名卑。西戎猾夏，乃奮其奇[47]。保此汧城，救我邊危。彼邊奚危？城小粟富[48]。子以眇身，而裁其守。兵無加衛，墉不增築。婪婪群狄，豹虎競逐[49]。鞏更恣睢，潛跱官寺[50]。齊萬虓闞，震驚台司[51]。聲勢沸騰，種落煽熾[52]。旌旗電舒，戈矛林植。彤珠星流，飛矢雨集[53]。惴惴士女，號天以泣[54]。爨麥而炊，負户以汲。累卵之危，倒懸之急[55]。

馬生爰發，在險彌亮[56]。精貫白日，猛烈秋霜[57]。稜威可厲，懦夫克壯[58]。霑恩撫循，寒士挾纊[59]。蠢蠢犬羊，阻衆陵寡[60]。潛隧密攻，九地之下[61]。慪慪窮城，氣若無假[62]。昔命懸天，今也惟馬[63]。惟此馬生，才博智贍[64]。偵以瓶壺，剫以長塹[65]。鍤未見鋒[66]，火以起焰。薰尸滿窟，棓穴以斂[67]。木石匱竭，其稈空虚。瞯然馬生，傲若有餘[68]。罚梁爲礌[69]，柿松爲芻。守不乏械，歷有鳴駒。哀哀建威，身伏斧質[70]。悠悠烈將[71]，覆軍喪器。戎釋我徒，顯誅我帥。以生易死，疇克不二[72]。聖朝西顧，關右震惶。分我汧庾，化爲寇糧。實賴夫子，思謩彌長[73]。咸使有勇，致命知方[74]。

我雖末學，聞之前典[75]。十世宥能，表墓旌善[76]。思人愛樹，甘棠不翦[77]。矧乃吾子，功深疑淺。兩造未具，儲隸蓋鮮[78]。孰是勳庸，而不獲免？猾哉部司，其心反側。斷善害能，醜正惡直[79]。牧人逶迤，自公退食[80]。聞穢鷹揚，曾不戢翼[81]。忘爾大勞，猜爾小利[82]。苟莫開懷，于何不至[83]？慨慨馬生，琅琅高致[84]。發憤囹圄，没而猶眡。嗚乎哀哉[85]！

安平出奇，破齊克完[86]。張孟運籌，危趙獲安[87]。汧人賴子，猶彼談、單。如何吝嫉，摇之筆端[88]？傾倉可賞，矧云私粟？狄隸可頒，況曰家僕[89]？刖子雙龜，貫以三木[90]。功存汧城，身死汧獄。凡爾同圍，心焉摧剥。扶老攜幼，街號巷哭。嗚呼哀哉[91]！

明明天子，旌以殊恩[92]。光光寵贈，乃牙其門。司勳頒爵，亦兆後昆[93]。死而有靈，庶慰冤魂。嗚呼哀哉[94]！

【注釋】

①潘安仁的作品，《文選》第一次出現於卷七的《籍田賦》。李注："臧榮緒《晋書》曰：潘岳字安仁，滎陽中牟人。總角辯慧，摛藻清艷。鄉邑稱爲奇童。弱冠辟司空太尉府，舉秀才。高步一時，爲衆所疾。然《籍田》《西征》咸有舊注，以其釋文膚淺，引證疏略，故並不取焉。"案：《潘岳傳》在今《晋書》卷五十五。證其爲孫秀所害，但無死時年歲。據《秋興賦》作於咸寧四年（278），年三十二歲，則當生於魏正始八年（247）。岳被誅於永康元年（300），當時五十四歲。此誄作於元康七年（297），時年五十一歲也。

②李注："臧榮緒《晋書》曰：汧督馬敦，立功孤城，爲州司所枉，死於囹圄。岳誄之。"案：日本所傳唐寫《集注》殘卷百十三載此文（京都大學印本），題作"汧馬督誄"。據《晋書・地理志》：雍州所屬扶風郡，有縣六，汧其一也。故城在今陝西隴縣南。關於此文所涉及齊萬年作亂，今略依《資治通鑑》卷八十二、八十三叙其事如下：

晋惠帝元康六年（296）夏，匈奴郝散弟度元，與馮翊、北地（今陝西南鄭）馬蘭羌、盧水胡俱反。以梁王肜爲征西大將軍，都督雍、梁二州諸軍事。秋八月，雍州刺史解系爲郝度元所敗。秦、雍氐、羌悉反，立氐齊萬年爲帝。圍涇陽（今甘肅平凉）。御史中丞周處，彈劾不避權威。梁王肜嘗違法，處按劾之。冬十月，詔以處爲建威將軍，隸安西將軍夏侯駿，以討齊萬年。七年（297）春正月，齊萬年屯梁山（地在今陝西乾縣），有衆七萬。梁王肜、夏侯駿使周處以五千兵擊之。處曰："兵無後繼，必敗。不徒亡身，爲國取耻!"肜、駿不聽，逼遣之。癸丑（正月初四日），處與盧播、解系攻萬年於六陌（地在今乾縣東）。處軍士未食，肜促令速進。自旦戰至暮，斬獲甚衆。弦絶矢盡，救兵不至。左右勸處退。處按劍曰："是吾效節致命之日也。"遂力戰而死。八年（298），張華、陳準薦孟觀，使討齊萬年。九年（299）春正月，孟觀大破氐衆於中亭（地在今陝西武功縣），獲齊萬年。汧縣之陷，即在此役中。

潘岳工於哀誄之文，《文心雕龍·誄碑篇》云："潘岳構意，專師孝山（指後漢蘇順，字孝山）。巧於叙悲，易入新切。所以隔代相望，能徽厥聲者也。"又《才略篇》云："潘岳敏給，辭旨和暢。鍾美於《西征》，賈餘於哀誄。"《馬汧督誄》爲潘岳之名作。顔延年作《陽給事誄》，云："賁父殞節，魯人是志；汧督效貞，晋策攸記。"可見他認爲這篇文章是寫誄文的典範的。譚獻評此文云："世稱退之起八代之衰，《曹成王》《楊燕奇》諸碑視此，亦恐當僵如籍、湜矣!"潘誄四言韵語的靈巧有情致，是韓愈遠遠望不到的。

此注引臧榮緒《晋書》，湯球輯入臧書《潘岳傳》中，今《晋書》無馬敦事。

③"晋故督守"，古鈔本作"晋故汧馬督守"，《集注》本作"晋故汧督守"。今本"督守"上脱一"汧"字，當依古鈔及《集注》本訂正。

④李注："傅暢《晋諸公讃》曰："惠帝元康五年，武庫火，北地盧水胡、蘭羌因此爲亂。推齊萬年爲主。杜預《左氏傳注》曰：弭，息也。《漢書》吕后曰：諸將與帝爲編户民。"案：《集注》本此注，"蘭羌"上多一"馬"字，當據增，《考異》亦謂當有"馬"字。《隋志》史部雜史類著録："《晋諸公讃》二十一卷，晋祕書監傅暢撰。"兩《唐志》皆作二十二卷。暢字世道，見《晋書·傅玄傳》及《魏志·傅嘏傳》注引《魏晋世語》。注引

《左氏傳注》，見成公十六年。引《漢書》，見《高紀》。今本“與”上有“故”字，此當據增。“編户民”，明州、贛州兩本皆作“編户人”，蓋避唐諱改。

⑤李注：“《毛詩》曰：王旅嘽嘽。”案：注引《毛詩》，見《大雅・常武》，明州本“嘽嘽”作“單單”〔1〕。

⑥李注：“《左氏傳》臧文仲曰：君無謂邾小，蜂蠆有毒，況國乎?”案：注引《左氏傳》，見僖公二十二年。《廣雅・釋蟲》：“蠆，蝎也。”《説文・虫部》：“萬，毒蟲也。象形。𧑒，蠆或從蚰。”

⑦李注：“《毛詩》曰：人卒流亡。《尚書》曰：有夏昏德，民墜塗炭。”案：注引《毛詩》，見《大雅・召旻》。“人”字避唐諱改。明州及贛州兩本皆作“民”。引《尚書》，見僞古文《仲虺之誥》。

⑧古鈔本“時”誤“時”〔2〕。李注：“王隱《晋書》曰：解系爲雍州刺史。又曰：朝廷以周處忠烈，欲遣討氐，乃拜爲建威將軍。又曰：周處、解系與賊戰于六陌，軍敗，周處死之。《孟子》曰：勇士不忘喪其元。《左氏傳》曰：秦師夜遯。”案：注三次引王隱《晋書》，湯輯本皆入卷七。前兩引又見本書卷二十《關中詩》注。引《孟子》，見《滕文公下篇》。引《左氏傳》，見文公十二年。

⑨明州本“覆軍”作“覆車”，注云：“善本作覆軍。”贛州本作“覆軍”，注云：“五臣本作車。”《集注》本作“軍”，未標出異同。李注：“《左氏傳》韓子曰：彘以偏師陷，子罪大矣。《漢書》曰：大將軍霍去病裨將侯者九人。《漢書》：谷永上書曰：齊客隕首公門，以報恩施。《史記》：齊使人説越曰：韓之攻楚，覆其軍，殺其將。”案：注引《左氏傳》，見宣公十二年。此韓厥（獻子）告荀林父（桓子）之言。《考異》謂“彘”下當有“子”字，彘子，先縠。尤本“偏師”本作“偏將”，此胡刻改。《集注》及明州、贛州兩本皆作“偏師”。引《漢書》，見《衛青霍去病傳》。大將軍，指衛青。今《漢書》稱“大將軍青凡七出擊匈奴”，無“霍去病”字。又云：“其裨將

〔1〕按，核明州本，“王旅”作“主旅”，“嘽嘽”不作“單單”。
〔2〕按，核臺北“故宮博物院”藏楊守敬手抄《文選》無注三十卷古鈔本，“畤”字不誤。

及校尉侯者九人。”此引與原文略異。又引《漢書》，見《谷永傳》。沈欽韓謂此當指北郭騷自刎以白晏子事，見《晏子春秋·雜篇》。又見《吕氏春秋·士節》《説苑·復恩》。顔引舍人自刎以明孟嘗君事，見《史記·孟嘗君列傳》，乃一事而傳異也。引《史記》，見《越王句踐世家》。贛州本“殺”作“赦”，案當從《史記》原文作“殺”，“赦”字妄改，明州本亦作“殺”。

⑩明州本“墨”作“紫”，注云：“善本作墨字。”贛州本作“墨”，注云：“五臣本作紫。”“紫”是誤字，李善注已駁正。李注：“《東觀漢記》：韋彪上議曰：二千石皆以選出京師，剖符典千里。《古樂府·日出東南隅》曰：三十侍中郎，四十專城居。《解嘲》曰：紆青拖紫，朱丹其轂。《漢書》：比六百石以上，銅印墨綬。云剖符專城，則青墨是也，墨或爲紫，非。”案：注引《東觀漢記》，聚珍本輯入卷十八《韋彪傳》。引《古樂府》，陳云：“‘隅’下脱‘行’字。”案《日出東南隅行》爲《玉臺新詠》卷一所録《古樂府詩》之一。引《解嘲》，見本書卷四十五。引《漢書》，見《百官公卿表》。

⑪李注：“鞏，姓也。更，名也。《漢書》曰：羌煎鞏降。《東觀漢記》曰：羌什長鞏便。然更蓋其種也。《尚書》曰：殲厥渠魁。”案：注引《漢書》，《趙充國傳》云：“羌若零、離留、且種、兒庫共斬先零大豪猶非、楊玉首，及諸豪弟澤、陽雕、良兒、靡忘，皆帥煎鞏、黄羝之屬四千餘人降漢。”此蓋節引（《宣紀》神爵二年亦未書煎鞏）。引《東觀漢記》，聚珍本輯入卷二十二《西羌傳》中。注云：“此上下文缺。”《考異》：“便當作傻，更當作叟。各本皆誤。善意謂叟即傻字也。或尚有傻叟異同之語而不全。若作便、更，則不相通。又案：以此推之，正文及上注二更字，皆叟之誤。後《誄》：鞏更恣睢。亦然。”引《尚書》，見僞古文《胤征》。

⑫李注：“《左氏傳》曰：凡師輕曰襲。杜預曰：掩其不備。”案：注引《左氏傳》，見莊公二十九年，傳文係節引。《集注》本無“杜預”以下七字。

⑬李注：“十雉，言小也。”案：《周禮·考工記》注：“雉長三尺，高一尺。”

⑭明州本“氐”作“羌”，注云：“善本作氐字。”贛州本作“氐”，注云：“五臣本作羌字。”李注：“《漢書》賈誼曰：高帝功臣反者，如蝟毛而

起。《東觀漢記》曰：上入昆陽，二公環昆陽城，積弩射城，矢如雨下，城中負户而汲。”案：注引《漢書》，見《賈誼傳》。引《東觀漢記》，聚珍本在卷一《光武紀》。文字多有異同。二公，指王莽大司徒王尋、大司空王邑。聚珍本云：“尋、邑兵已五六萬到，遂環昆陽城作營。”

⑮李注：“《漢書》李左車曰：樵蘇後爨，師不宿飽。晋灼曰：樵，取薪也。蘇，取草也。《毛詩》曰：詢于芻蕘。毛萇曰：芻蕘，薪采者也。”案：注引《漢書》，見《韓信傳》。顔注全襲晋灼語，而不標晋灼之名。引《毛詩》，見《大雅・板》。此芻蕘與上句樵蘇皆但取柴草飼料之義。下文“人畜取給”，可與此處之意參會。“青煙傍起”，即承“樵蘇”；“歷馬長鳴”，即承“芻蕘”。

⑯罥，本書卷十《西征賦》注：“罥，猶繫也。”明州本“礧”作“礌”，注云：“善本作礧字。”贛州本作“礧”，注云：“五臣作礌。”注文除“礧”“礌”錯出之外，又或作“礨”。李注：“言以鐵鏁繫木爲機關，既縱之以礧敵，而又上收焉。《漢書》曰：匈奴乘隅下礧石。又曰：高城深塹，具藺石。如淳曰：藺石，城上礧石也。杜篤《論都賦》曰：一卒舉礧，千夫沈滯。然礧與礨並同，力對切。”案：注引《漢書》，見《李陵傳》。《考異》謂作壘爲是。又引，《考異》云：“各本皆非，當作雷。此所引《晁錯傳》注文。”引《論都賦》，《隋志》著録《後漢車騎從事杜篤集》一卷，兩《唐志》皆作五卷。篤字季雅，見《後漢書・文苑傳》。此賦即在本傳中。《全後漢文》輯杜所著入卷二十八。《考異》謂“‘礨’當作‘壘、雷’二字，各本皆誤”。

⑰李注：“《説文》曰：柹，削柹也。梠，楣也。桷，榱也。”案：此注“梠”及“桷”字上，明州本皆有“又曰”二字。今《説文・木部》：“𣏟，削木札樸也，從木，𠂔聲（芳吠切）。”隸書作“柹”。“梠”“桷”亦皆見《木部》。

⑱“歷馬”的“歷”字，明州本作“櫪”，注云：“善本作歷字。”贛州本作“歷”，注云：“五臣本作櫪字。”古鈔本“馬”誤作“烏”[1]，“歷”旁

〔1〕按，核楊守敬手抄《文選》無注古鈔本，此字不誤。

注云："五臣作櫪。"李注："古詩曰：朱火然其中，青煙颺其間。司馬彪《莊子注》曰：皂，歷也。"案：注引古詩，此古詩《四坐且莫諠》中句，見《玉臺新詠》卷一。引《莊子注》，此當是《馬蹄篇》注，歷與櫪通。今《馬蹄》："編之以皂棧。"《釋文》："皂，才老反，櫪也。一云：槽也。崔云：馬閑也。"

⑲李注："《墨子》曰：若城外穿地來攻者，宜於城内掘井以薄城，幕罌内井，使聰耳者伏罌而聽，審知穴處，鑿内迎之。《東觀漢記》曰：使先登偵之，言虜欲去。然偵，廉視也。《方言》曰：甂，罌也。"《集注》本注末有"穴或爲而，非"五字。又正文，明州本"壺"上無"寘"字，注云："善本作寘壺。"贛州本"壺"字下注云："五臣本無寘字。"案：注引《墨子》，當是《備穴》文，與今本略異。孫詒讓《閒詁》謂此所引"幕罌"，"幕"乃"幂"之誤字，《廣雅·釋詁》云："幂，覆也。"《墨子》原文云："令陶者爲罌。"幂罌，謂以薄皮裹口如鼓。"内井"，《墨子》作"置井中"。"鑿内"，《墨子》作"鑿穴"。引《東觀漢記》，此零句，聚珍本卷二十四輯入佚文。引《方言》，見卷五。今本"甂"作"甌"，"罌"作"甖"。

⑳明州本無"之"字，注云："善本作薰之潛。"《集注》亦無"之"，又上"内"作"因"。又明州本"將穿"下有"城"字，注云："善本無城字。"贛州本注云："五臣本有城字。"李注："崔寔《四人月令》曰：四月可糴穬。注曰：大麥之無皮毛者曰穬。潛氏，謂潛攻之氐也。"案：段玉裁校此"人"改"民"（梁引），此乃唐人避諱。《隋志》子部農家著録"《四人月令》一卷，後漢大尚書崔寔撰"（"人"亦避諱）。《舊唐志》同，《新唐志》誤作"崔湜"〔1〕。嚴可均輯入《全後漢文》卷四十七。此文又見《齊民要術》卷三《雜説》引，"穬"作"面"。

㉑古鈔本"戹"作"危"。李注："王隱《晋書》曰：齊萬年帥羌胡圍涇陽，遣安西將軍夏侯駿西討氐、羌。《莊子》：孔子曰：丘幾不免虎口哉！"案：注引王隱《晋書》，又見本書卷二十《關中詩》注引，湯輯本入卷一

〔1〕按，核《四部備要》本《新唐書》，誤作"崔湜"；百衲本《新唐書》作"崔寔"，不誤。

《惠帝紀》。引《莊子》，見《盜跖》。

㉒《集注》本無“石”字，注云：“今案五家，陸善經本‘萬’下有‘石’字。”李注：“《漢書音義》曰：衛青征匈奴，大克獲，帝就拜大將軍於幕中府。因曰幕府。”案：古鈔本及《集注》本正文“幕”字皆作“莫”。注引《漢書音義》，《漢書·李廣傳》：“莫府省文書。”《集解》引晋灼舉或説如此，顔師古以爲非，云：“莫府者，以軍幕爲義，古字通，單用耳。軍旅無常居止，故以帳幕言之。廉頗、李牧市租皆入幕府，此則非因衛青始有其號。”以上叙寫馬敦督守汧城事。

㉓古鈔本“咨”作“諮”。李注：“幢蓋，將軍刺史之儀也。《兵書》曰：軍主長服赤幢。《東觀漢記》曰：段熲爲并州刺史，曲蓋朱旗。”案：《隋志》子部兵家有《兵書》七卷，不著撰人。或即此所引者。《釋名·釋床帳》：“幢，容。幢，童也。施之車蓋，童童然，以隱蔽形容也。”引《東觀漢記》，聚珍本輯入卷二十一《段熲傳》。

㉔古鈔本“州”上有“雍”字。明州本“穀十斛”作“穀數十斛”，注云：“善本無數字。”贛州本“穀”下注云：“五臣本有數字。”

㉕“考訊”，《集注》本“考”誤“孝”，“訊”作“誶”，又旁注“訊”字。李注：“《禮記》曰：夏楚二物，以收其威。鄭玄曰：夏，槄也。楚，荆也。夏與檟古字通。”案：注引《禮記》，見《學記》。參看上《廣絶交論》注㊺。

㉖李注：“干寶《晋紀》曰：梁王肜爲征西大將軍。”案：注引《晋紀》，湯球輯本據《關中詩》注收入惠帝元康六年。“肜”，原誤“彤”，今從陳校訂正。

㉗李注：“《管子》曰：民無耻，不可以固守。”案：注引《管子》，《管子·權修篇》云：“民無取，外不可以應敵，内不可以固守。”此當節引《權修》文，“取”誤爲“耻”。《集注》本無此段注文。

㉘李注：“《莊子》曰：晋之善戰者牛丑，以寡擊衆。”案：注引《莊子》，此《莊子》佚文，《困學紀聞》卷十《莊子逸篇》失收。

㉙明州本作“推極”，注云：“善本作極推。”贛州本作“極推”，注云：“五臣本作推極。”李注：“《周易》曰：悔吝者，言乎其小疵也。”案：注引

《周易》，見《繫辭上》。

㉚李注："言請解禁劾，而假授之以官也。《説文》曰：劾，法有罪也。"案：注引《説文》，見《力部》。

㉛明州本"厲"作"勵"，注云："善本作厲字。"贛州本作"厲"，注云："五臣本作勵字。"

㉜明州本"逼"作"偪"，注云："善本作逼字。"贛州本作"逼"，注云："五臣本作偪字。"

㉝李注："王隱《晋書》：贈馬敦詔曰：今追贈牙門將軍印綬，祠以少牢。"案：注引王隱《晋書》，湯輯本收入卷十一《補遺》中。《集注》本此注文作"牙門將蜜印畫綬"，正文亦作"牙門將蜜印綬"。《鈔》曰："蜜，蠟也。凡追贈死者，用蜜蠟以爲印綬。"今《文選》本并無"畫"字，或改蜜爲軍，非也。案：《魏略》文帝黄初置，明帝以胡烈爲之。

㉞李注："范曄《後漢書》曰：和帝追謚梁竦詔曰：魂而有靈，嘉斯寵榮。"案：注引《後漢書》，見《梁竦傳》。

㉟李注："言絜士之聞己穢，其庸致思以求生乎？《家語》曰：孔子登於豐山而嘆曰：於斯致思，無不至矣！"案：注引《家語》，見《觀思》，通行本作《致思》，今從宋本。今本"豐"作"農"，與《説苑·指武》同；《韓詩外傳》卷九作"戎"。又"無"下，今本有"所"字。

㊱李注："《楚辭》曰：口噤閉而不言。然則口不言，心害之，爲噤害也。《廣雅》曰：妬，害也。"案：注引《楚辭》，見《九嘆·思古》。引《廣雅》，見《釋詁》。

㊲《集注》本"欺"作"期"，注云："今案五家，陸善經本'期'爲'欺'。"李注："言嫉妬之徒，欺此善士，抑亦同彼貿首之讎也。《戰國策》：甘茂謂楚王曰：魏氏聽，甘茂與樗里疾，貿首之讎也。"案：注引《戰國策》，見《楚策二》。明州本作"甘茂謂樗里疾，貿首之讎也"〔1〕。贛州本無"甘茂謂楚王"五字，亦無"魏氏聽"三字。

〔1〕按，此句疑有誤，明州本與贛州本同，俱作："《戰國策》曰：甘茂與樗里疾，貿首之讎也。"

㊳李注："《淮南子》曰：人有嫁其子而教之曰：'爾行矣！慎無爲善。'曰：'不爲善，將爲不善邪?'應之曰：'善且猶弗爲，況不善乎?'此全其天器者也。高誘曰：器，猶性也。"案：注引《淮南子》，見《説山》。以上言馬敦因功受賞，遭妬而亡。

㊴古鈔本"他"作"佗"，贛州本訛爲"化"。

㊵李注："《禮記》曰：魯莊公及宋人戰于乘丘，縣賁父御，馬驚，敗績，公墜。縣賁父曰：'他日不敗績，而今敗績，是無勇也。'遂死之。圉人浴馬，有流矢在白肉。公曰：'非其罪也。'遂誄之。士之有誄，自此始也。鄭玄曰：白肉，股裏。"案：注引《禮記》，見《檀弓上》。李惇《群經識小》謂是戰魯未嘗敗，此敗績是車之敗績。古人車敗亦曰敗績。

㊶明州本"之誄"作"誄之"，注云："善本作之誄。"贛州本作"之誄"，注云："五臣本作誄之。"《文選理學權輿》卷八《質疑》云："按此事闕注。"李注："《公羊傳》曰：仇牧聞宋萬弑君，手劍而叱之。何休曰：手劍，持拔劍也。《吕氏春秋》：管子曰：三軍之士，視死如歸。"案：注引《公羊傳》，見莊公十二年。引《吕氏春秋》，見《勿躬篇》，又見《管子・小匡》《韓非子・外儲説左下》《新序・雜事四》。

㊷古鈔本無"者"字。

㊸明州本無"也"字，注云："善本有也字。"贛州本有"也"字，注云："五臣本無也字。"李注："班固《漢書贊》曰：自孔子後，綴文之士衆矣。"案：注引《漢書贊》，見《楚元王傳》。此贊劉向語，向事即附《楚元王傳》後。

㊹劉良云："微臣，岳自謂也。託，寄也。岳時爲著作郎，不敢正當史官，故云末也。"

㊺以上序文，以下是誄辭。

㊻明州本此二句作"知人不易，人不易知"，注云："善本'知人未易，人未易知'。"贛州本注云："五臣本'知人不易，人不易知'。"李注："《史記》曰：侯嬴曰：人固未易知，知人亦未易。"案：注引《史記》，見《范雎列傳》。

㊼李注："《尚書》曰：蠻夷猾夏。孔安國曰：猾，亂也。"案：注引

《尚書》，見《舜典》。

㊽古鈔本“粟”誤“栗”。

㊾《集注》本作“貪婪”，注云：“今案：《鈔》、五家、陸善經本貪婪爲婪婪也。”李注：“《左氏傳》：富辰諫王曰：狄固貪惏，王又啓之。《説文》曰：‘杜林説：卜者黨相詐驗爲婪。’力南切。《漢書·張耳陳餘述》曰：據國争權，還爲豺虎。又曰：魏其、武安之屬，競逐於京師。”案：注引《左氏傳》，見僖公二十四年。引《説文》，見《女部》，贛州本“説”訛“悦”。明州及贛州兩本“卜者”皆訛作“上”。引《漢書》，見《叙傳》。又引，見《游俠傳》。

㊿李注：“《吕氏春秋》曰：在上無道，倨傲荒惡，恣睢自用也。《楚辭》曰：意恣睢以指摘。《史記》李斯曰：獨行怨睢之心。《漢書》：任横攻官寺。《東觀漢記》曰：象林蠻夷攻燔官寺。”

案：注引《吕氏春秋》，見《懷寵》。“倨”，畢沅校本作“据”，云：“据當與倨通。朱本（指明朱夢龍本）即作倨。”“荒惡”，今本作“荒怠”。下尚有“貪戾虐衆”一句，此省去。引《楚辭》，見《遠游》。今本“指摘”作“担撟”。王逸注：“縱心肆志，所願高也。”洪興祖《補注》：“恣睢，自得貌。……《大人賦》云：掉指橋以偃蹇（見《史記·司馬相如列傳》）。《史記索隱》云：指，居桀切。橋，音矯。張揖云：指橋，隨風指靡也。担，《釋文》云：音丘列切，舉也。橋，居廟切，《史記》作撟。其字從手。”按洪所據《史記索隱》爲單行本，與今三家注本不同，依所考訂，蓋《史記》本作担撟，《楚辭》作担橋。今本《楚辭》作担撟，《史記》作指橋，皆誤也。（洪注中引《史記》亦誤。）担撟，即王注所願高之意（担，非擔任之擔）。又此段《楚辭》，《集注》本的李注無之，乃《鈔》所引。引《史記》，見《李斯列傳》。“怨睢”，今本作“恣睢”。《考異》：“怨當爲恣，各本皆譌。”《斯傳》上文“有天下而不恣睢”，《索隱》：“恣，音資二反。睢，音呼季反。恣睢，猶放縱也。謂肆情縱恣也。”引《漢書》，案《平帝紀》：元始三年，陽陵任横等自稱將軍，盗庫兵，攻官寺，出囚徒。引《東觀漢記》，此和帝永元十二年事，聚珍本輯入卷二《穆宗孝和皇帝紀》内。漢象林縣，今在越南境内。

㉛李注：“《毛詩》曰：進厥虎臣，闞如虓虎。又曰：震驚徐方。《春秋漢含孳》曰：三公在天法三台。”《箋證》謂《關中詩》亦稱齊萬年爲齊萬，猶《晋語》之稱曹叔振鐸爲叔振也。案：注引《毛詩》，見《大雅·常武》。毛傳：“虎之自怒虓然。”鄭箋：“闞如虎之怒。”又引，亦見《大雅·常武》。引《春秋漢含孳》，此已佚之古緯書。

㉜李注：“謝承《後漢書》曰：匈奴詣張奂降，聲勢猛烈。《毛詩》曰：百川沸騰。《風俗通》曰：諸羌種落熾盛，大爲邊害。”案：注引謝承書，又見《北堂書鈔》卷六十三，“降”上有“乞”一字。汪輯本入卷四《張奂傳》。引《毛詩》，見《小雅·十月之交》。引《風俗通》，今本《風俗通》卷四《過譽》論皇甫規事，云：“方殊俗越溢，大爲邊害。”疑所引即此。今本“越溢”下脱去“諸羌種落熾盛”六字。

㉝明州本“珠”作“朱”，注云：“善本作珠。”贛州本作“珠”，注云：“五臣本作朱字。”李注：“彤珠星流，謂冶鐵以灌敵。《司馬兵法》曰：火攻有五，斯爲一焉。《漢書》曰：鑪中鐵銷，散如流星。矢如雨，見上文。”案：注引《司馬兵法》，陳校“法”下“曰”字衍（《考異》引）。《隋志》子部兵家有《司馬兵法》三卷，今所傳非全本。此文不在今《司馬兵法》内。引《漢書》，見《五行志》，此成帝河平二年正月，沛郡鐵官鑄鐵事。今本《五行志》云：“鑪中銷鐵，散如流星，皆上去。”注謂“矢如雨，見上文”，明州本與尤刻同，贛州本重引《東觀漢記》，已見上注⑭。

㉞李注：“《爾雅》曰：惴惴，懼也。《尚書》曰：號泣於昊天。”案：注引《爾雅》，見《釋訓》。引《尚書》，見僞古文《大禹謨》。《集注》本“昊天”作“旻天”，是也，此“昊”乃“旻”字之誤。

㉟李注：“《説苑》曰：晋靈公造九層臺，孫息聞之，求見。曰：臣能累十二博棋，加九鷄子其上。公曰：子作之。孫息以棋子置下，加九鷄子其上。公曰：危哉！《孟子》曰：當今之時，萬乘之國行仁政，人悦之，猶解倒懸。”案：注引《説苑》，此佚文，《魏都賦》注、《上吴王書》注、《檄蜀文》注及《藝文類聚》卷二十四、又七十四，《太平御覽》卷四百五十六、又七百五十四，《史記·范雎傳》正義、《後漢書·和熹鄧后紀》注，又《吕布傳》注並引之。《史通·申左》亦論及此事，以爲謬説。參看向宗魯先生

《説苑校證·佚文輯補》（頁533—535）。引《孟子》，見《公孫丑上篇》。以上寫叛氏齊萬年圍攻汧城。

㊶李注："《毛詩》曰：賦政于外，四方爰發。"案：注引《毛詩》，見《大雅·烝民》。

㊷李注："《戰國策》康睢曰：聶政之刺韓傀也，白虹貫日。《申鑒》曰：人主怒如秋霜。"正文"精貫"的"貫"字，原作"冠"，明州、贛州兩本皆作"貫"，《考異》謂此是尤刻誤字，今據兩本訂正。案：注引《戰國策》，陳校"康"作"唐"（《考異》引），此見《魏策》，"康睢"作"唐且"，又《楚策》亦作"唐且"。唯《史記·魏世家》作"唐睢"。此唐且爲安陵君説秦王之辭。引《申鑒》，見《雜言上》。此節引，原文云："故人主以義申，以義屈也，喜如春陽，怒如秋霜，威如雷霆之震，惠若雨露之降，沛然孰能禦也。"

㊸李注："《漢書》：武帝報李廣曰：威稜憺乎鄰國。《孟子》曰：聞伯夷之風者，懦夫有立志。《毛詩》曰：克壯其猷。"案：注引《漢書》，見《李廣傳》。引《孟子》，見《萬章下篇》。引《毛詩》，見《小雅·采芑》。

㊹古鈔本"循"誤爲"脩"，案：古書多"循"誤爲"脩"者，説見《豪士賦》注④。李注："《左氏傳》曰：楚子伐蕭，申公巫臣曰：師人多寒，王巡三軍，拊而勉之，三軍之士，皆如挾纊。"案：注引《左氏傳》，見宣公十二年。

㊺古鈔本"陵"作"凌"。李注："《漢名臣奏》曰：太尉應劭等議：以爲鮮卑隔在漠北，犬羊爲群。《韓詩外傳》曰：强不陵弱，衆不暴寡。"案：注引《漢名臣奏》，《考異》："何校'尉'下增'掾'字。陳云脱掾字，見後《安陸昭王碑》，是也。各本皆脱。"案：《安陸昭王碑》見本書卷五十九。《隋志》史部刑法類有《漢名臣奏事》三十卷，兩《唐志》書名爲《漢名臣奏》〔1〕。引《韓詩外傳》，見卷六。

㊻李注："《司馬兵法》曰：善守者，藏於九地之下；善攻者，動於九天

〔1〕按，百衲本《新唐書》卷五十八作"《漢名臣奏事》三十卷"。

之上。”案：此不見於今本《司馬兵法》，而《孫子·形》有此語。

㊷李注：“王逸《楚辭》曰：愜愜小息，畏罹患禍者也。魏明帝《善哉行》曰：假氣游魂，鳥魚爲伍。”《考異》：“陳云‘辭’下脱‘注’字，是也。各本皆脱。”明州、贛州兩本皆脱“小息”二字。案：《哀時命》：“固陿腹而不得息。”王注：“陿腹小息，畏懼患禍也。”洪本校語云：“陿，一作愜。”補注云：“陿，音狹，隘也。”此云“陿陿小息”，蓋淺人據正文而誤改。明州、贛州本删去“小息”二字，尤非。“愜”，當借爲“陿”，字本作“陜”。《説文·𨸏部》：“陜，隘也。”通用狹字。謂汧本狹小之城。注引《善哉行》，《宋書·樂志》及《樂府詩集》卷三十六所載無此二句，《樂苑》有之。見黄節《魏明帝詩注》及《漢魏樂府風箋》。

㊸李注：“《論衡》曰：夫命懸於天，吉凶存於時。”案：此當是《命義篇》脱文。《意林》卷三引《命義篇》云：“人命繫於國，物命繫於人。”今本亦無之。

㊹李注：“《解嘲》曰：雖其人之贍智哉。《字書》曰：贍，足也。”案：注引《解嘲》，見本書卷四十五。引《字書》，此乃六朝人閭里常用之書，《隋志》及兩《唐志》皆著録。

㊺李注：“徐爰《射雉賦注》曰：剡，割也。《説文》曰：壍，坑也。七艷切。”案：注引《射雉賦注》，見本書卷九。引《説文》，見《土部》。

㊻古鈔本“鍤”作“臿”。

㊼明州及贛州兩本“棓”皆作“掊”，注同。《考異》謂作“掊”爲是，此尤本誤字。李注：“《廣雅》曰：棓，棰也。蒲溝切。”案：此爲《廣雅》佚文。《説文·手部》：“掊，把也。今鹽官入水取鹽爲掊。”《漢書·郊祀志》：“掊視得鼎。”顔注：“掊，謂手把土也。”

㊽李注：“《左氏傳》：晋邊吏讓鄭曰：今執事撊然授兵登埤。杜預曰：撊然，勁忿貌也。撊與瞯同，下板切。孔融《薦禰衡表》曰：臨敵有餘。”案：注引《左氏傳》，見昭公十八年。引《薦禰衡表》，見本書卷三十七。

㊾古鈔本“礌”作“礧”。明州本作“礧”，注云：“善本作礌字。”贛州本作“礌”，注云：“五臣本作礧字。”案：此字異同，已見上注⑯。

㊿李注：“鄭玄《周禮注》曰：質，木椹也。”案：此見《考工記·弓

人》注。

⑪古鈔本“烈”作“列”。何、陳校皆改“烈”爲“列”(《考異》引),古鈔本不誤。

⑫李注:“《漢書》:公孫玃説梁王曰:昔宋人立公子突,以活其君,非義也。《春秋》記之,爲其以生易死,以存易亡。”案:注引《漢書》,見《鄒陽傳》。明州及贛州兩本“玃”皆作“獲”,梁以爲誤〔1〕。王先謙謂《漢紀》作“蠼”。

⑬李注:“蔡邕《趙歷碑》曰:加以思謀深長,達於從政。孔安國《尚書傳》曰:謩,謀也。”案:注引《趙歷碑》,楊刻《蔡中郎集》無此文,嚴可均輯入《全後漢文》卷七十九。引《尚書傳》,《大禹謨》《皋陶謨》傳皆有此文。

⑭李注:“《論語》子路曰:千乘之國,攝乎大國之間,加之以師旅,因之以饑饉,由也爲之,比及三年,可使有勇,且知方也。又:子張曰:士見危致命。”案:注引《論語》,見《先進》;又引,見《子張》。以上描寫馬督守汧過程。

⑮李注:“《莊子》曰:末學,古之人有之。《東京賦》曰:所謂末學膚受。”案:注引《莊子》,見《天道》。今本“學”下有“者”字。引《東京賦》,見本書卷三。

⑯李注:“《左氏傳》曰:宣子囚叔向,祁奚聞之,而見宣子曰:夫謀而鮮過,叔向有焉,社稷之固也,猶將十世宥之,以勸能者。今一不免其身,以棄社稷,不亦惑乎?《尚書》曰:封比干之墓。賈逵《國語注》曰:旌,表也。”案:注引《左氏傳》,見襄公二十一年。引《尚書》,見僞古文《武成》。引《國語注》,又見《景福殿賦》注、《博弈論》注、玄應《一切經音義》卷十三。汪氏《三君注輯存》,採入《周語》。

⑰明州、贛州兩本“不”皆作“勿”。李注:“《左氏傳》君子曰:詩云:‘蔽芾甘棠,勿剪勿伐,召伯所茇。’思其人,猶愛其樹也。”案:注引《左

〔1〕按,梁章鉅《文選旁證》卷四十五曰:“毛本‘玃’誤作‘獲’。”

氏傳》，見定公九年。

⑱古鈔本、《集注》本“鮮”皆作“尠”。李注：“《尚書》曰：兩造具備，師聽五辭。孔安國曰：兩，謂囚證也。造，至也。兩至具備，衆聽其入五刑之辭。”案：注引《尚書》，見《吕刑》。今本傳文“衆聽”作“則衆獄官共聽”。

⑲李注：“鄭玄《毛詩箋》曰：惡直醜正。”案：此見《小雅·雨無正》。

⑳李注：“《國語》里革曰：且夫君也者，將牧人而正其邪。《毛詩》曰：逶迤逶迤，自公退食。毛萇《詩傳》曰：逶迤，行可蹤迹也。”案：注引《國語》，見《魯語上》。今本“牧人”作“牧民”，此避唐諱。“其邪”下有“者也”。引《毛詩》，見《召南·羔羊》。今本“迤”作“蛇”。首章“退食自公，委蛇委蛇”，毛傳：“公，公門也。委蛇，行可從迹也。”鄭箋：“退食，謂減膳也。自，從也。從於公，謂正直順於事也。委蛇，委曲自得之貌。節儉而順，心志定，故可自得也。”二章“委蛇委蛇，自公退食”，鄭箋：“自公退食，猶退食自公。”

㉑李注：“言聞穢必殞，若鷹之揚，若不戢翼而少留也。《毛詩》曰：惟師尚父，時惟鷹揚。又曰：鴛鴦在梁，戢其左翼。”《考異》謂“若不戢翼而少留”，“若”字不當有。案：尤刻原本無“若”字，知胡所據尤刻有所篡改，今留此衍出之字，爲胡刻所據非佳本之證。案：注引《毛詩》，見《大雅·大明》。又引，見《小雅·鴛鴦》，又《白華》。

㉒李注：“《方言》曰：猜，恨也。”案：此見《方言》卷十二。

㉓李注：“言人不開懷以相容，則瑕釁于何而不至。”

㉔古鈔本、《集注》本、明州本、贛州本“琅琅”皆作“硠硠”，注同。此“琅”乃尤刻誤字。李注：“《説文》曰：慷慨，壯士不得志也。《廣雅》曰：琅琅，堅也。”案：注引《説文》，見《心部》。“慷”，《説文》作“忼”。引《廣雅》，見《釋訓》，今本作“硠”，此亦當作“硠”，已見上。

㉕明州本“圊”作“圂”。贛州本注云：“五臣本作圂。”案：“圂”乃誤字。李注：“《左氏傳》曰：荀偃伐齊，卒，視不可唅。欒懷曰：主苟終，所不嗣事于齊，有如河。乃瞑受唅。”案：注引《左氏傳》，見襄公十九年，乃節引。以上寫馬敦有功不賞，反受妬害，憤恨而死。

⑧⑥李注："《史記》曰：田單者，齊諸田疏屬也。燕破齊，田單東保即墨，燕引兵圍即墨。田單乃收城中得千餘牛，爲絳繒衣，畫以五采龍文，束兵刃其角，而灌脂束葦於尾，燒其端。鑿城數十穴，夜縱牛，壯士五千人隨其後。牛尾熱，怒而奔燕，燕軍夜大驚。尾炬火，光明炫耀，燕軍視之，皆龍文，所觸盡死傷。五千人因銜枚擊之，燕軍大敗駭走，齊人遂夷殺其將騎劫，而齊七十餘城皆復爲齊。襄王封田單，號曰安平君。太史公曰：兵善者，出奇無窮。"案：注引《史記》，見《田單列傳》，此節引。今本"太史公曰：兵以正合，以奇勝，善之者出奇無窮"。

⑧⑦李注："《戰國策》曰：智伯從韓、魏兵以攻趙，圍晋陽，决晋水以灌之。襄子謂張孟談曰：士大夫病，吾不能守矣。孟談於是陰見韓、魏之君曰：今智伯率二君而伐趙，趙亡則君次之。二君曰：我知其然。即與張孟談陰約三軍，與之期曰：夜遣人入晋陽。趙氏殺守堤之吏，而决水灌智伯。智伯軍救水而亂，韓、魏翼而擊之。襄子將卒犯其前，大敗智氏軍，而擒智伯。智伯身死國亡，地分爲三。《漢書》高祖曰：運籌策於帷幄之中。"案：注引《戰國策》，見《趙策一》。引《漢書》，見《高紀》。

⑧⑧李注："吝嫉，謂有司貪吝嫉妬也。《論衡》曰：文吏揺筆，考跡民事。《韓詩外傳》曰：避文士之筆端。"案：注引《論衡》，見《程材》。引《韓詩外傳》，見卷七。

⑧⑨李注："《周禮》有蠻隷、夷隷。鄭玄曰：征蠻夷所獲也。頒，賦也。頒與班古字通。"案：注引《周禮》，《秋官序官》："蠻隷百有二十人。"鄭玄注："征南夷所獲。"又："夷隷百有二十人。"鄭注："征東夷所獲。"

⑨⓪李注："爲督守及關中侯，故雙龜也。司馬遷《答任少卿書》曰：魏其，大將也，衣赭，關三木。"案：注引《報任少卿書》，見本書卷四十一。

⑨①李注："《戰國策》曰：薛人扶老携幼迎孟嘗君。劉緺《聖賢本紀》曰：子産卒，國人哭於巷，婦人泣於機。"案：注引《戰國策》，見《齊策四》。此節引，原文云："孟嘗君就國於薛，未至百里，民扶老携幼迎君道中。"引《聖賢本紀》，《隋志》史部雜史類有劉緺《先聖本紀》十卷，兩《唐志》"緺"作"滔"。案：緺字言明，劉昭子，見《梁書·文學·劉昭傳》。"滔"乃誤字。書名《先聖本紀》，此作《聖賢本紀》，疑誤。《王文憲

集序》注、《竟陵王行狀》注皆引此書記子産事。正文“摧剥”，明州本作“摧割”，注云：“善本作剥字。”贛州本作“剥”，注云：“五臣本作割字。”又“街號巷哭”，明州本作“巷號街哭”，注云：“善本作街號巷哭。”贛州本與尤刻同，注云：“五臣本作巷號街哭。”以上寫馬敦非罪而死，百姓哀痛。

㉜李注：“《毛詩》曰：明明天子，令聞不已。”案：注引《毛詩》，見《大雅・江漢》。

㉝古鈔本“頒爵”作“班爵”。李注：“《周禮》曰：凡有功者，祭于大蒸。司勳詔之。《尚書》曰：垂裕後昆。”案：注引《周禮》，見《夏官・司勳》。引《尚書》，見僞古文《仲虺之誥》。

㉞以上寫馬敦身後之榮。

王簡棲[1]

頭陁寺碑文[2]

（碑文下，卷五十九）

蓋聞挹朝夕之池者，無以測其淺深[3]；仰蒼蒼之色者，不足知其遠近[4]。況視聽之外，若存若亡；心行之表，不生不滅者哉[5]！是以掩室摩竭，用啓息言之津[6]；杜口毗邪，以通得意之路[7]。然語彝倫者，必求宗於九疇；談陰陽者，亦研幾於六位[8]。是故三才既辨，識妙物之功；萬象已陳，悟太極之致[9]。言之不可以已，其在茲乎[10]！然爻繫所筌，窮於此域[11]；則稱謂所絶，形乎彼岸矣[12]。彼岸者引之於有，則高謝四流；推之於無，則俯弘六度[13]。名言不得其性相，隨迎不見其終始[14]，不可以學地知，不可以意生及，其涅盤之蘊也[15]。

夫幽谷無私，有至斯響；洪鍾虛受，無來不應[16]。況法身圓對，規矩冥立[17]；一音稱物，宫商潛運[18]。是以如來利見迦維，託生王室[19]。憑五衍之軾，拯溺逝川[20]；開八正之門，大庇交喪[21]。於是玄關幽揵，感而遂通[22]；遥源濬波，酌而不竭[23]。行不捨之檀，而施洽群有[24]；唱無緣之慈，而澤周萬物[25]；演勿照之明，而鑒窮沙界[26]；導亡機之權，而功濟塵劫[27]。時義遠矣！能事畢矣[28]！然後拂衣雙樹，脱屣金沙[29]。惟恍惟惚，不皦不昧，莫繫於去來，復歸於無物[30]。因斯而談，則棲遑大千，無爲之寂不撓；焚燎堅林，不盡之靈無歇。大矣哉[31]！

正法既没，象教陵夷[32]。穿鑿異端者，以違方爲得一[33]；順非辯僞者，比微言於目論[34]。於是馬鳴幽讚，龍樹虛求[35]，並振頽綱，俱維絶紐[36]。蔭法雲於真際，則火宅晨涼[37]；曜慧日於康衢，則重昏夜曉[38]。故能使三十七品有樽俎之師[39]，九十六種無藩籬之固[40]。既而方廣東被，教肄南移[41]。周魯二莊，親昭夜景之鑒；漢晋兩明，並勒丹青之飾[42]。然後遺文間出，列刹相望[43]，澄、什結轍於山西，林、遠肩隨乎江左矣[44]。

頭陀寺者，沙門釋慧宗之所立也[45]。南則大川浩汗，雲霞之所沃蕩[46]。北則層峰削成，日月之所迴薄[47]。西眺城邑，百雉紆餘[48]。東望平皋，千里超忽[49]。信楚都之勝地也[50]。宗法師行絜珪璧，擁錫來遊[51]。以爲宅生者緣，業空則緣廢[52]；存軀者惑，理勝則惑亡[53]。遂欲捨百齡於中身，殉肌膚於猛鷙[54]，班荆蔭松者久之[55]。宋大明五年，始立方丈茅茨，以庇經像[56]。後軍長史江夏内史會稽孔府君諱覬[57]，爲之薙草開林，置經行之室[58]。安西將軍郢州刺史江安伯濟陽蔡使君諱興宗[59]，復爲崇基表刹，立禪誦之堂焉[60]。以法師景行大迦葉，故以頭陀爲稱首[61]。後有僧勤法師，貞節苦心，求仁養志[62]，纂脩堂宇，未就而没[63]。高軌難追，藏舟易遠[64]。僧徒闃其無人，榱橑毁而莫構[65]。可爲長太息矣[66]！

惟齊繼五帝洪名，紐三王絶業[67]。祖武宗文之德，昭升嚴配[68]；格天光表之功，弘啓興服[69]。是以惟新舊物，康濟多難[70]；步中《雅》《頌》，驟合《韶》《護》[71]；炎區九譯，沙場一候[72]。粤在於建武焉[73]。乃詔西中郎將郢州刺史江夏王觀政藩維，樹風江漢[74]，擇方城之令典，酌龜、蒙之故實[75]。政肅刑清，於是乎在[76]。寧遠將軍長史江夏内史行事彭城劉府君諱諠[77]，智刃所遊，日新月故[78]；道勝之韵，虚往實歸[79]。以此寺業廢於已安，功墜於幾立，慨深覆簣，悲同棄井[80]。因百姓之有餘，間天下之無事[81]，庀徒揆日，各有司存[82]。

於是民以悦來，工以心競[83]。亘丘被陵，因高就遠。層軒延袤，上出雲霓[84]；飛閣逶迤，下臨無地[85]。夕露爲珠網[86]，朝霞爲丹雘。九衢之草千計，四照之花萬品[87]。崖谷共清，風泉相涣[88]。金資寶相，永藉閑安[89]；息心了義，終焉遊集[90]。法師釋曇珍業行淳修，理懷淵遠，今屈知寺任，永奉神居。夫民勞事功，既鏤文於鍾鼎[91]；言時稱伐，亦樹碑於宗廟[92]。世彌積而功宣，身逾遠而名劭[93]。敢寓言於彫篆，庶髣髴於衆妙[94]。其辭曰[95]：

質判玄黄，氣分清濁[96]。涉器千名，含靈萬族[97]。淳源上派，澆風下黷[98]。愛流成海，情塵爲岳[99]。皇矣能仁，撫期命世[100]。乃睠中土，聿來迦衛[101]。奄有大千，遂荒三界[102]。殷鑒四門，幽求六歲[103]。亦既成德，妙盡無爲[104]。帝獻方石，天開渌池[105]。祥河輟水，寶樹低枝[106]。通莊九折，安步三危[107]。川静波澄，龍翔雲起[108]。耆山廣運，給園多士[109]。金粟來儀，文殊戾止[110]。應乾動寂，順民終始[111]。法本不然，今則無滅[112]。象正雖闌，希夷未缺[113]。於昭有齊，式揚洪烈[114]。釋網更維，玄津重枻[115]。惟此名區，禪慧攸託[116]。倚據崇巖，臨睨通壑[117]。溝池湘、漢，堆阜衡、霍[118]。膴膴亭皋，幽幽林薄[119]。媚兹邦后，法流是挹[120]。氣茂三明，情超六入[121]。眷言靈宇，載懷興葺[122]。丹刻翬飛，輪奂離立[123]。象設既闢，睟容已安[124]。桂深冬燠，松疏夏寒[125]。神足遊息，靈心往還[126]。勝幡西振，貞石南刊[127]。

【注釋】

①李注："《姓氏英賢録》曰：王巾，字簡棲，琅邪臨沂人也。有學業，爲《頭陁寺碑》，文詞巧麗，爲世所重。起家郢州從事，征南記室。天監四年卒。碑在鄂州，題云：齊國録事參軍琅邪王巾製。"案：《隋志》史部譜系類著録《姓氏英賢譜》一百卷，賈執撰。章宗源及姚振宗《隋書經籍志考證》皆謂李注所引即此書（章書卷七，姚書卷二十二）。《元和姓纂》及鄧名世《姓氏書辨證》皆稱此書爲《姓氏英賢傳》。賈執爲晋賈弼之後，世傳姓氏之學，《新唐書·柳冲傳》記其事，惟執所著書但名《姓氏英賢》，而無

“譜”“録”“傳”等字。章、姚二氏，論之已審，可參考其書。

王簡棲之名，亦有不同説法。《箋證》云：“《考異》曰：《説文通釋上》：屮，音徹，俗作巾，非。此何、陳所據改也，然各本皆作巾。或曰：巾，閒居服，故字簡棲。吴氏省欽曰：屮即左字。《詩》‘左手執籥’，其名與字或取此。程氏瑶田曰：《焦氏筆乘續集》王簡棲，楊用修辨其名爲屮，音徹，亦非也。《説文》竹從兩个，介亦作箇。據字簡棲，知其爲介耳。瑶田謂簡棲於巾字屮字並難通，於介字亦費解。此等處斷宜闕疑。《旁證》云：梁《高僧傳》載王曼碩《與皎慧法師書》云：唯釋法進所造，王巾有著，意存該綜，可擅一家。然進名博而未廣，巾體立而不就。又梁釋慧皎《高僧傳序》云：瑯琊王巾所撰《僧史》，意似該綜，而文體未足云云。據此，則簡棲於宗教究心已久，宜此作之精詣也。紹煐案：《神仙寺碑序》亦王巾作，字作巾。”關於王巾之名，《箋證》此段，辯之最博。巾字不必改屮，此可爲定論矣。

②李注：“天竺言頭陁，此言斗藪。斗藪煩惱，故曰頭陁。”余引《翻譯名義集·釋氏衆名篇》云：“《善住意天子經》云：頭陀者，抖擻貪欲，嗔恚愚癡，三界内外六入，若不取不捨，不修不著，我説彼人，名爲杜多，今訛稱頭陀。”據碑文所載，此寺創始於宋孝武帝大明五年（461），而建成於齊明帝建武中（494—497）。故王簡棲作碑署名爲“齊國録事參軍琅邪王巾製”（見注①）。此篇爲佛寺碑文。浮屠之教，當時行於南北。凡修建寺廟，必請名手作碑記。温子昇作《韓陵山寺碑》，庾信初至北朝，讀而寫其本，南人問信曰：“北方之士何如?”信曰：“唯有韓陵山一片石堪共語。薛道衡、盧思道少解把筆，自餘驢鳴犬吠，聒耳而已!”（《朝野僉載》卷六）《寒陵山寺碑》，今《全後魏文》卷五十一從《藝文類聚》卷七十七採入（寒、韓字通）。若以與此文相較，何啻丘垤之於泰山? 而庾信且稱道之，可知佛寺碑文，爲人所重，乃當時風氣。或謂蕭統崇佛，而取此下品入選，殊爲不思之語。此碑文影響唐人創作，早已引起後人注意。《王氏談録》記王洙（叔原）説：“校書之例，它本有語異而意通者，不取可惜。蓋不可决謂非昔人之意，俱當存之，但注爲一云一作。公自校杜甫詩，有‘草閣臨無地’之句，它本又爲荒蕪之蕪。既兩存之。它日有人曰爲無字以爲無義。公笑曰：《文選》云飛閣下臨於無地（當云“飛閣逶迤，下臨無地”），豈爲無義乎?”余氏

《紀聞》引《湛淵静語》二云："唐有《文選》學，一時多宗尚之。少陵亦教其子宗文、宗武熟讀《文選》。少陵詩多用《選》語，但融化不覺耳。至如王勃諸人便不然。《滕王閣序》：'層臺聳翠，上出重霄；飛閣流丹，下臨無地。'即《頭陀寺碑》：'層軒延袤，上出雲霓；飛閣逶迤，下臨無地。'"

錢鍾書先生對於這篇碑文，更是備極推崇。他説："王屮《頭陀寺碑文》。按余所見六朝及初唐人爲釋氏所撰文字，驅遣佛典禪藻，無如此碑之妥適瑩潔者。叙述教義，亦中肯不膚；竊謂欲知彼法要指，觀此碑與魏收《魏書·釋老志》便中。千經萬論，待有餘力可耳。刻劃風物，如'崖谷共清，風泉相涣''桂深冬燠，松疏夏寒'，均絶妙好詞。'愛流成海，情塵爲岳'，運使釋氏習語，却不落套，亦勝於《全陳文》卷四後主《釋法朗墓銘》之'航斯苦海，涸此愛河'。'亘丘被陵，因高就遠。層軒延袤，上出雲霓；飛閣逶迤，下臨無地'，元初白珽《湛淵静語》卷二論王勃《秋日登滕王閣餞别序》'層巒聳翠，上出重霄；飛閣流丹，下臨無地'，即謂脱胎於斯。陳鴻墀《全唐文紀事》卷四七祗引明季徐𤊹《筆精》亦言之，實遠落白氏後矣。"錢先生又斥責了陸游信口之談，謂陸游言不終篇而坐睡，實亦渴睡漢，可謂妙語生風矣（見《管錐編》頁1442—1443）。不過，錢先生以此碑與《魏書·釋老志》並舉，亦恐比非其倫。但此碑所用釋典不少，故李氏之注，亦頗引用佛藏。今按李氏所引，多已殘佚，或已有改易，或全經另譯。以是，余蕭客《文選紀聞》頗援據後出經藏。而駱鴻凱先生竟斥之爲"雜引三藏以炫博，而不能舉其最先，董澤之蒲，焉可勝既?"（《文選學》頁92）這裏採用李注，凡域外譯文，不復校理；亦頗用余氏《紀聞》之例，以通行内典，更换李注。其例與各篇注釋，微有異同。又頭陀寺在李善故鄉，其碑文注《文選》時尚在，故注中記其題署，又校其異同。《元和郡縣志》卷二十七："江南道鄂州管縣五：江夏縣：頭陀寺，在縣東南二里。"其時已在李善後一百年矣。至宋乾道六年（1170），陸游入蜀，在鄂州游頭陀寺時，已去元和三百六十餘載，其碑則爲韓熙載之侄韓夔所重書刻石者（見《渭南文集》卷四十六《入蜀記》四）。

③李注："《家語》曰：孔子觀於魯桓公之廟，有欹器焉，使弟子挹之水。毛萇《詩傳》曰：挹，㪺也。《漢書》：枚乘上書吴王曰：游曲臺，臨上

路，不如挹朝夕之池。桓子《新論》：子貢謂齊景公曰：臣之事仲尼，譬如渴而操杯，就江海飲，飲滿而去，又焉知江海之深乎？挹，於入切。斠，勾愚切。”案：注引《家語》，見《三恕篇》，今本“挹”作“注”，當依此注訂正。引《詩傳》，見《小雅·大東》。引《漢書》，見《賈鄒枚路傳》，今本“朝夕之池”上無“挹”字，當據此注校增。引《新論》，又見《運命論》注引，嚴輯入《啓寤篇》，在《全後漢文》卷十四。

④李注：“《莊子》曰：天之蒼蒼，其正色耶？其遠而無所至極邪？《韓詩外傳》：子貢謂景公曰：臣終身戴天，不能知其高。”案：注引《莊子》，見《逍遥游》。梁代《周易》《老》《莊》，總謂“三玄”（《顔氏家訓·勉學》）。對於釋典，往往以“三玄”比附，謂之“格義”（見陳寅恪《支愍度學説考》，載《金明館叢稿初編》頁141—167）。内外兩典辭藻，更相比附。李善此碑注釋，亦泛引“三玄”。今凡中國古籍，皆依前例校理，其條例與内典不同。引《韓詩外傳》，見卷八。

⑤李注：“僧肇《涅盤論》曰：視聽之所不暨，四空之所昏昧。《管子》曰：聖人之道，若存若亡。援而用之，没代不忘。竺道生曰：心行，心所行之行也。《維摩經》曰：畢竟不生不滅，是無常義也。”案：注引僧肇《涅盤論》，此屬《大乘論藏》的《宗經論》，爲此土撰作，即中國人之闡述佛經者。著者姚秦僧肇，乃鳩摩羅什弟子。所著《涅盤無名論》，嚴可均輯《全文》，從釋藏中收入《全晋文》卷一百六十五。此語在《覈體第二》中。僧肇此論，省稱《肇論》。其可檢核者，今亦依古代典籍之例，檢對其原文。引《管子》，見《心術下篇》，今本“忘”亦作“亡”，古人不避重韵也。竺道生亦鳩摩羅什弟子，此語或出《維摩經》講疏。參詳下注⑭引《維摩經》，全名爲《維摩詰所説經》，三卷，爲姚秦天竺沙門鳩摩羅什所譯，共有十四品，李善所見，即鳩摩羅什譯本，此本今尚存。

⑥李注：“《華嚴經》曰：佛在摩竭提國，寂滅道場，始成正覺。《法華經》曰：寂滅，無言也。《僧肇論》曰：釋迦掩室於摩竭。鄭玄《論語注》曰：津，濟渡水之處。”案：注引《華嚴經》，《大乘經藏》專有《華嚴部》，爲第一部。此經全名爲《大方廣佛華嚴經》，八十卷。今所傳爲唐于闐國三藏沙門實叉難陀所譯之本。非李善所見也。此經共三十九品。另有東晋天竺

三藏佛陀跋陀羅所譯之本，僅三十四品，今已不復流傳，李善所引，或即此譯。此經《世主妙嚴品第一》，即叙佛初成正覺事，當爲兩種譯本所同，不能以今存唐譯本比對李注所引也。引《法華經》，全名《妙法蓮華經》，七卷。《大乘經藏》中專有《法華部》，爲第四部。此經亦鳩摩羅什所譯，今尚傳。總共三十八品。此經另有西晋沙門竺法護譯本，又有隋天竺沙門闍那崛多共達摩笈多所改之本。李所引，當亦鳩摩羅什譯本也。引《僧肇論》，見《開宗第一》。引《論語注》，見《微子》。《集解》亦引鄭注，今本但云："津，濟渡處。"

⑦李注："至理幽微，非言説之所及。掩室摩竭，示寂滅以息言；杜口毗邪，現默然而得意。《維摩經》曰：佛在毗邪離菴羅樹園，佛告文殊師利：汝行詣維摩詰問疾。文殊師利問維摩詰：何等是菩薩入不二法門？時維摩詰嘿然無言。文殊師利嘆曰：善哉！善哉！乃至無有文字語言，是真入不二法門。《僧肇論》曰：净名杜口於毗邪。《莊子》曰：言者所以在意也，得意而忘言也。"案：注引《法華經》，見上注⑥。引《僧肇論》，見《開宗第一》。引《莊子》，見《外物》。

⑧李注："真諦無言，俗諦借言，以明理故。此明言之用也。《尚書》：武王訪于箕子，曰：我不知彝倫攸叙。《周易》曰：夫《易》所以極深研幾也。又曰：分陰分陽，迭用柔剛。故《易》六位而成章。王弼曰：六位，爻之文也。"案：注引《尚書》，見《洪範》。僞孔傳以"常道理次叙"釋"彝倫攸叙"。引《周易》，見《繫辭上》；又引，見《説卦》。《説卦》乃韓康伯注，此誤作王弼。今本韓注云："六位，爻所處之位也。"

⑨李注："此顯言之功也。《周易》曰：《易》有天道焉，有人道焉，有地道焉。兼三才而兩之，故六。又曰：神者，妙萬物而爲言者也。《孝經鈎命决》曰：地以舒形，萬象咸載。《聲類》曰：悟心曰解。《周易》曰：《易》有太極，是生兩儀。"案：注引《周易》，見《繫辭下》；又引，見《説卦》。《孝經鈎命决》，已佚之緯書。《聲類》，李登撰。又引《周易》，見《繫辭上》。

⑩李注："言所以識物，悟太極者，皆藉言明之，不可止者，其在此乎？《左氏傳》：叔向謂鬷蔑曰：子若無言，吾幾失子矣。言之不可以已也如是。"

案：注引《左氏傳》，見昭公二十八年。

⑪李注："爻，六爻也。繫，繫辭也。因爻以立辭，亦因辭以明理也。故爻繫之所明，窮生死於此域也。《莊子》曰：筌所以得魚，得魚而忘筌。筌，捕魚之笱。莊子以之喻言。《大智度論》曰：二乘以生死爲此岸。"案：注引《莊子》，見《外物》。《箋證》："按筌與詮同。本書《魏都賦》：闡鈎繩之筌緒。注引杜預《左傳注》曰：'詮，次也。詮與筌同。'是筌即詮也。……此謂爻繫之所詮解。作筌者，古字通耳。"引《大智度論》，此屬《大乘論藏》的《釋經論》的一部，此論共一百卷，龍樹菩薩造，鳩摩羅什譯。有《緣起論》半卷，《釋初品》三十四卷，《釋摩訶般若波羅密經》九十品。唯《初品》具全譯，故有三十四卷，餘皆爲鳩摩羅什以十分之一略之。未全譯也。"《大智度論》"下，陳校去"曰"字（《考異》引），各本皆衍。[1]

⑫李注："至如涅盤妙旨，非言説之所能明。故稱謂所絶，現於涅盤之彼岸矣。《僧肇論》曰：玄極無名，稱謂絶焉。鄭玄《禮記注》曰：稱，猶言也。王逸《楚辭注》曰：謂，説也。《涅盤經》曰：心無退轉，即便前進。既前進已，得到彼岸。登大高山，離諸恐怖，多受安樂。彼岸山者，喻於如來。受安樂者，喻於常住。大高山者，喻大涅盤也。《大智度論》曰：亦以涅盤爲彼岸也。"

案：注引《僧肇論》，不見於《全晋文》所載的《肇論》中。《肇論》本有三卷四種：一、《宗本義》，二、《物不遷論第一》《不真空論第二》，三、《般若無知論第三》《涅盤無名論第四》。《全晋文》所載僅《涅盤無名論》一種也。此論以外，明智旭作《閱藏知津》時，已謂南北二藏俱殘缺。引《禮記注》，見《射義》。引《楚辭注》，見《九章·懷沙》。引《涅盤經》，《大乘經藏》專有《涅盤部》第五。《大般涅盤經》四十卷，北凉中竺沙門曇無讖譯。另有《南本大般涅盤經》三十六卷，亦曇無讖譯。又經慧觀與謝靈運同治。此引當曇無讖譯四十卷本。引《大智度論》，見上注⑪。

⑬李注："彼岸絶乎稱謂者，若引之而入有，則去四流而現無；若推之

[1] 按，引《考異》此句話，當放在注釋⑫，是針對"《大智度論》曰亦以涅盤爲彼岸也"而言。

而入無，則弘六度以明有。僧釋肇《維摩經注》曰：不可得而有，不可得而無者，其唯大乘乎？何則？欲言其有，無相無名；欲言其無，方德斯行。故雖無而有。無相無名，故雖有而無。然則言有不乖無，言無不乖有也。《魏都賦》曰：高謝萬邦。《大智度論》曰：欲流，有流，無明流，有見流。《三國名臣頌》曰：俯弘時務。《瑞應經》曰：行六度無極，布施，持戒，忍辱，精進，一心，智慧。諸經以一心爲禪也。”

案：注引《維摩經注》，《維摩經》已見上注⑤，此經乃《大乘經藏》的《方等部》第二之五。引《魏都賦》，見本書卷六。引《大智度論》，見上注⑪。引《三國名臣頌》，即《三國名臣序贊》，見本書卷四十七。引《瑞應經》，當即《太子瑞應本起經》，此經爲《小乘經藏》之二，二卷，吴月支國優婆塞支謙譯；另有《異出菩薩本起經》，晋清信士聶道真所譯。此兩經内部都已括入唐玄奘譯的《本事經》中，今通行玄奘書。李注所引，當是支謙譯本。此經所言六度，可參看《翻譯名義集》四《辨六度法第四十四》〔1〕。度的梵語爲“波羅蜜”，或“波邏迦”。所以六度又稱爲六波羅蜜。其梵語爲一、“檀那”（布施）；二、“尸羅”（持戒）；三、“羼提”（忍辱）；四、“毗梨耶”（精進）；五、“禪那”（一心，禪空）；六、“般若”（智慧）。“波羅蜜”的意思爲到彼岸，故又意譯爲度。亦即“涅盤”的境界。余氏《紀聞》引《天親菩薩攝大乘論釋》十云：“六度即是唯識智入三無性因果。”

⑭李注：“法離有無，豈名言之所得？法無形象，豈隨迎之可見？《維摩經》：維摩詰曰：法無名字，言語斷故；法無形相，如虚空故；法同法性，入諸法故。法相如是，豈可説乎？竺道生曰：法性者，法之本分也。法相者，事之貌也。《老子》曰：隨之不見其後，迎之不見其首。”案：注引《維摩經》，見上注⑤。竺道生，鳩摩羅什弟子，事見《高僧傳》卷七。此所引竺道生《維摩詰經》注中語也，參看上注⑬。引《老子》，見十四章。

⑮“學地”明州本作“識智”，注云：“善本作學地字。”贛州本作“學地”，注云：“五臣本作識智字。”梁謂吕延濟注即依五臣本。李注：“《妙法

---

〔1〕按，《翻譯名義集》版本衆多，分卷不一，此篇所引爲《四部叢刊》本。

蓮華經》曰：昔住學地，佛常教化言：我法能離生老病死，究竟涅盤。《勝鬘經》曰：音生身無漏業生，依無明住。學地，謂三果；意生，謂菩薩。言能變化死生，隨意往生。《法華經》曰：諸佛弟子衆，皆如舍利佛，盡思共度量，不能測佛智，不退諸菩薩。亦復如是不能知。《周易》曰：乾坤其《易》之藴邪？韓康伯注曰：藴，淵奥也。”案：注引《周易》，見《繫辭上》。以上言涅盤之藴，既不可已於言，而名言又不能得其性相。

⑯李注：“《周易》曰：入于幽谷，幽不明也。《尚書大傳》：孔子曰：夫山生材用，而無私爲焉；四方皆伐，無私與焉。《論衡》曰：呼於坑谷之中，響立應。《禮記》曰：善待問者如撞鍾，叩之以小則小鳴，叩之以大則大鳴。劉熙《釋名》曰：鍾，空也。内空受氣多，故聲大也。《文子》曰：虚無不受，静無不持。牽秀《相風賦》曰：故無來而不應兮，何適莫之足嬰。”案：注引《周易》，乃《困・初六・象辭》。引《尚書大傳》，又見《太平御覽》卷三十八，又卷四百十九，陳輯本入《略説》。引《論衡》，檢今本中無之，《論衡》有佚文也。引《禮記》，見《學記》。引《釋名》，見《釋樂器》。引《文子》，見《守法篇》。引牽秀《相風賦》，參看上《月賦》注㉘，嚴輯《全晋文》卷八十四失收此條。

⑰李注：“圓對，謂有感斯對，而無不周也。《勝鬘經》曰：涅盤界者，即是如來法身。《僧肇論》曰：法身無像，應物以形。千難殊對，而不干其慮。《禮記》曰：古之君子，周旋中規，折旋中矩。僧肇《維摩經序》曰：冥權無謀，而動與事會。”案：注引《勝鬘經》，見上注⑮。此實《妙法蓮華經》之略也。全名爲《勝鬘獅子吼一乘大方便方廣經》，求那跋陀羅所譯。即《大寶積經》中第四十八種《勝鬘夫人會》之異譯也。所載爲佛在給孤獨園爲勝鬘夫人説法事，中説與妙法蓮華略同，亦説涅盤。引《僧肇論》，見《位體第三》，此注“無豫”當依《全晋文》本作“無象”。〔1〕《全晋文》云：“法身無象，應物而形；般若無知，對緣而照。萬機頓起，而不撓其神；千難殊對，而不干其慮。”此引有節省，又有訛誤。引《禮記》，見《玉藻》。

〔1〕按，李善注引《僧肇論》，胡刻本、尤刻本、明州本、贛州本均作“法身無像”，不作“無豫”。此處似有誤，存疑。或謂“無像”當依《全晋文》作“無象”。

引僧肇《維摩詰經序》，見《全晋文》卷一百六十五。

⑱李注："《維摩經》云：佛以一音演説法，衆生隨類，各得解脱。《周易》曰：稱物平施。《漢書》曰：聲者，宫商角祉羽也。"案：引《周易》，見《謙・象》。引《漢書》，見《律曆志》。"祉"乃"徵"字之誤，明州、贛州兩本皆作"徵"，《考異》謂此尤避諱而改。

⑲李注："如來，佛號。謝靈運《金剛般若經注》曰：諸法性空，理無乖異，謂之爲如會如解，故名如來。竺道生《維摩經注》曰：如者，謂如與如冥，無復有如之理，從此中來，故曰如來。《瑞應經》曰：菩薩下當世作佛，託生天竺迦維羅衛國。父王名曰静，夫人曰妙。迦維羅衛者，天地之中央。《周易》曰：利見大人。《左氏傳》曰：會于洮，謀王室也。"案：注引《周易》，"利見大人"乃《易》卦辭中通用之語，《乾卦》辭即有此語。〔1〕引《左氏傳》，見僖公八年，"會"作"盟"。

⑳李注："《僧肇論》曰：騁六通之神驥，乘五衍之安車。五衍，五乘。天竺言衍，此言乘。五乘：一人，二天，三聲聞，四辟支佛，五菩薩。今碑本以爲憑四衢之軾，蓋梁代諱衍，故改焉。《左氏傳》曰：楚子玉使鬬勃謂晋侯曰：請與君之士戲，君憑軾而觀之。《説文》曰：出溺爲拯。《論語》：子在川上曰：'逝者如斯。'"案：注引《僧肇論》，見《覈體第二》。引《左氏傳》，見僖公二十八年。引《説文》，見《手部》。引《論語》，見《子罕篇》。梁引金甡云："《選》本宜與碑本同。昭明諱順，而改爲填，則衍字更宜絶迹矣。而順字衍字頗多，大抵皆後人復其舊也。"孫同。許云："出溺爲拯，此《方言》之文，而李注《文選》屢引作《説文》。疑《説文》有此注，而今本脱之。"

㉑李注："《維摩經》曰：雖行八正道，而樂行無量佛道，是菩薩行。《僧肇論》曰：啓八正之平路，坦衆聖之夷途。《大品經》説八正曰：正見，正思惟，正語，正業，正命，正精進，正念，正定。《爾雅》曰：庇，廕也。《莊子》曰：世喪道矣，道喪世矣，世與道交相喪也。"案：注引《僧肇論》，

〔1〕按，"利見大人"一語，見於卦辭有《訟》《蹇》《萃》等卦，見於爻辭有《乾》之"九二""九五"。故此"《易》卦辭"似改爲"《周易》"、"《乾卦》辭"改爲"《乾卦》"更佳。

見《覈體第二》，《全晋文》本“衆聖”作“衆遮”。《大品經》，即《大摩訶般若波羅蜜經》，晋僧叡又有《大品經序》，嚴可均輯入《全晋文》卷一百六十。案：注引《爾雅》，見《釋詁》，又見《釋言》。引《莊子》，見《繕性篇》，參《新刻漏銘》注㊺。

㉒古鈔本“揵”作“鍵”。李注：“玄關幽揵，喻法藏也。謝靈運《金剛般若經注》曰：玄關難啓，善揵易開。戴逵《棲林賦》曰：幽關忽其離揵，玄風暖以雲頽。《字林》曰：揵，門距。《周易》曰：寂然不動，感而遂通天下之故。非天下之至神，孰能與於此。”案：注引戴逵《棲林賦》，《雜體詩》注亦引之。嚴輯《全晋文》卷一百三十七收此引文入戴賦。引《周易》，見《繫辭上》。

㉓明州本“濬”作“浚”，注云：“善本作濬字。”李注：“遥源濬波，喻法海也。《文子》曰：取焉而不損，酌焉而不竭。莫知其所由也。”案：注引《文子》，見《下德》。“莫知其所由”，今本作“莫知其所求由”。

㉔李注：“夫心愛衆生而行捨者，捨則增愛，非爲實捨。故大士之捨，見不施之捨者，及於衆生，斯爲不捨。以兹而施，故群有俱洽。《大品經》曰：不施不慳，是名檀波羅蜜。《僧肇論》曰：賢劫稱無捨之檀，成具美不爲之爲也。天竺言檀，此言布施。波羅蜜，此言到彼岸也。群有，謂有色無色，有想無想，以其不一，故曰群有。僧肇《維摩經注》曰：鏡群有以通玄，而物我俱一。”案：注引《僧肇論》，見《全晋文》本《動寂第十五》。梁云：《翻譯名義集》（《止觀三義第四十七》）云：“悉檀，悉是華言，檀是梵語。悉之言徧，檀翻爲施。佛以四法，徧施衆生，故名悉檀。”

㉕李注：“夫行慈者以衆生爲緣。衆生爲緣，則慈無所寄。故大士之慈，離於衆相。離相行慈，名爲無緣。無緣生慈，是爲真實。以斯而唱，則物無不周。《涅槃經》曰：得諸菩薩無緣之慈。《僧肇論》曰：禪典唱無緣之慈，思益演不知之知。《泥洹經》曰：無緣者，不住法相，反衆生相。釋道安曰：解從緣散。《周易》曰：智周萬物，而道濟天下。”案：注引《僧肇論》，不在《全晋文》本中。引《周易》，見《繫辭上》。

㉖李注：“夫以明照物，明盡則照窮。而勿照之明，猶無得之得。無得而得，斯爲真得。故勿照之明，斯爲真明矣。演真明而廣照，何止鑒窮沙界

乎?《僧肇論》曰：至人虚心置照，理無不統，而靈鑒有餘。《金剛般若經》曰：諸恒河所有沙數，佛世界如是，寧爲多不?”案：注引《僧肇論》，亦不見於《全晋文》本中。

㉗李注：“機，謂機心也。權，方便也。夫以機心導物，物所以機心應之。物有機心，則結累斯起。故誘以無機之智，何止功濟塵劫乎?《僧肇論》曰：至人灰心滅智，内無機照之勤。《辯亡論》曰：魏氏功濟諸華。《法華經》曰：如人以力磨三千大千土，復盡末爲塵，一塵爲一劫。此諸微塵數，其劫復過是。”案：注引《僧肇論》，見《全晋文》本《覈體第二》。引《辯亡論》，見本書卷五十三。

㉘李注：“《周易》曰：天下隨時，隨時之義大矣哉！又曰：四營而成《易》，十有八變而成卦。天下之能事畢矣。”案：注引《周易》，見《隨·彖辭》。“隨時之義”當作“隨之時義”。又引，見《繫辭上》。

㉙李注：“《左氏傳》曰：叔向拂衣從之。《涅盤經》曰：佛在拘尸那國，力士生地阿利羅拔提河邊，婆羅雙樹間。爾時世尊臨涅盤。《史記》武帝曰：嗟乎！吾誠得如黄帝，吾視去妻子如脱屣耳。拔河，一名金沙河也。”案：注引《左氏傳》，見襄公二十六年。引《史記》，見《封禪書》。余氏《紀聞》引《大涅槃經後分》上云：“涅槃時，世尊於七寶林卧，娑羅樹林四雙四隻。西方一雙在如來前，東方一雙在如來後。北方一雙在佛之首，南方一雙在佛之足。爾時世尊娑羅林下寢卧，寶床於其中，夜入涅盤已。其娑羅林東西二雙合爲一樹，南北二雙合爲一樹，垂覆寶床，蓋於如來。其樹即時慘然變白，猶如白鶴。枝葉花果，悉皆爆烈墮落。漸漸枯悴，摧折無餘。”又引《菩薩處胎經》一云：“佛在毗羅婆兜釋翅搜城北雙樹間，欲捨身壽，入於涅槃。”又引志槃《佛祖統紀》五十四云：“穆王五十三年壬申，二月十五日，佛在俱尸那城娑羅雙樹間入般涅槃。”

㉚李注：“《老子》曰：道之爲物，惟怳爲惚。王弼曰：怳惚，無形不繫之貌也。又曰：一者，其上不皦，其下不昧。繩繩不可言，復歸於無物。鍾會曰：光而不耀，濁而不昧。繩繩兮其無繫，汜汜乎其無薄也。微妙難名，終歸於無物。《維摩經》曰：法無去來，常不住故。僧肇曰：法若住，則從未到現在，從現在未過去。遥三世，則有去來也，以法不常住故也。”案：

注引《老子》，見二十一章。又引，見十四章。鍾會注《老子》，爲之《指略》，見《魏志·鍾會傳》。[1]

㉛李注："《答賓戲》曰：聖哲治之棲遑。大千者，謂一三千界，下至阿毗地獄，上非想天，爲一世界。千三界爲小千世界，千小世界爲中千世界。至中千世界爲大千世界。《維摩經》曰：夫出家者，爲無爲法。《瑞應經》曰：吾虚心樂静，無爲無欲。僧肇《維摩經注》曰：寂，謂寂滅常静之道。《廣雅》曰：撓，亂也。《涅盤經》曰：佛以千叠，纏裹其身。積衆香木，以火焚之。《僧祇律》曰：如《大涅盤經》説，世尊向熙連禪河力士生地堅固林雙樹間，般涅盤。於天冠塔邊闍維。僧肇《維摩經注》曰：無實相，無法常住，故盡。《法華經》曰：方便見涅盤，而實不滅度，常住此説法也。"案：注引《答賓戲》，見本書卷四十五。此注文有誤，當依原文訂正作"聖哲之治，棲棲遑遑"。引《廣雅》，見《釋詁》。《僧祇律》，爲《律藏》中的《小乘律》，全名《摩訶僧祇律》，四十卷，佛陀跋陀羅與法顯同譯。余氏《紀聞》引《樓炭經》一云："佛言千日月名爲一小千世界。小千千世界名爲中千世界。中千千世界爲三千大千世界。"以上言釋迦牟尼創立佛教。

㉜李注："曇無羅讖曰：釋迦佛正法住世五百年，像法一千年，末法一萬年。《論語》曰：文王既没。陵夷，已見上文。"案：注文"曇無羅讖"當作"曇無讖"，衍一"羅"字。注引《論語》，見《子罕篇》。"陵夷，已見上文"，明州本與尤刻同。贛州本重引《漢書·張釋之傳》："秦陵夷至于二世，天下土崩。"

㉝李注："孔安國《論語注》曰：妄作穿鑿，以成文章，不知所以裁製。《論語》子曰：攻乎異端，斯害也已。謝宣遠《贈謝靈運詩》曰：違方往有吝。杜預《左氏傳注》曰：方，法也。云得一者，鍾會曰：一，亦道也。"案：注引孔安國《論語注》，見《公冶長篇》，《集解》亦用孔注。又引《論語》，見《爲政篇》。引謝宣遠詩，見本書卷二十五，題當依原詩作《於安城答靈運》。引《左氏傳注》，昭公二十九年傳："官修其方。"注云："方，法

〔1〕按，"弼注《老子》，爲之指略，致有理統"，見《魏志·鍾會傳》裴注。鍾會亦有《老子注》。

術。”此外無“方，法也”之訓。引鍾會語，當即《老子注》佚文。

㉞李注：“《禮記》曰：言僞而辯，順非而澤。《維摩經》曰：於衆言中微妙第一。《僧肇論》曰：采微言於聽表。《史記》曰：齊威王使説越王。齊使曰：幸也，越之不亡也。吾不貴其用知之如目，見毫毛而不自見其睫也。今王知晋失計，而不自知越之過，是目論也。”案：注引《禮記》，見《王制》。引《僧肇論》，見《全晋文》本《位體第三》。引《史記》，見《越王句踐世家》。

㉟李注：“《摩訶摩耶經》曰：正法衰微，六百歲已。九十六種諸外道等，邪見競興，破滅佛法。有一比丘，名曰馬鳴，善説法要，降伏一切諸外道輩。七百歲已，有一比丘，名曰龍樹，善説法要，滅邪見幢，燃正法矩。《周易》曰：幽贊於神明，而生蓍。王弼曰：幽，深。贊，明也。”

案：注引《周易》，見《説卦》，王弼亦當是韓康伯之誤。余氏《紀聞》引《馬鳴菩薩傳》云：“馬鳴菩薩，長老脇弟子也。小月氏國王審知高明勝遠，乃感非人類。餓七匹馬，至於六日旦，普集内外沙門異學，請比丘説法。王繫此馬於衆會前，以草與之，馬垂泪聽法，無念食想。于是天下乃知非恒，以馬解其音，故遂號爲馬鳴菩薩。”又引契嵩《傳法正宗定祖圖》二云：“第十二祖馬鳴，初從富那夜奢出家，爲説夙緣，曰：汝昔嘗化彼一國之人裸形如馬，而其人悲鳴戀汝之德，因是號汝馬鳴也。”又引道原《景德傳燈録》一云：“馬鳴大士，波羅奈國人，亦名功勝。”又引《龍樹菩薩傳》云：“龍樹菩薩，南天竺梵志種，出家受戒，在水精地房。大龍菩薩即接入海，以諸方等深奥經典，無上妙法。其母樹下生之，因字阿周陁那。阿周陁那，樹名也。以龍成其道，故以龍配字，號曰龍樹。”又引《傳法正宗定祖圖》二云：“第十四祖龍樹，西天竺國人。其國有山名龍勝，神龍所居，有巨樹能蔭衆龍。及龍樹出家，遂入其山，依樹修行。”案《五燈會元》卷一的《西天祖師》部分，十二祖馬鳴尊者，十四祖龍樹尊者，其所叙説，與余氏《紀聞》所引資料大體一致。《會元》謂馬鳴成道在周顯王四十二年甲午（前 327），龍樹成道在秦始皇三十五年己丑（前 212），則傳聞之辭也。

㊱李注：“陸機《大將軍宴會詩》曰：頽綱既振。謝莊《爲沈慶之答劉義宣書》曰：皇綱絶而復紐，區夏墜而更維。《説文》曰：紐，系也。”案：

注引陸機詩，逯輯《晋詩》，失收此佚句。引謝莊書，嚴輯此書入《全宋文》卷三十五，並云："案《宋書·南郡王義宣傳》有沈慶之與義宣書，無此二語。此是答書，彼是與書，未必在一篇中也。今别以彼篇屬《沈慶之集》。"

㊲李注："《華嚴經》曰：不壞法雲，徧覆一切。劉虬《法華經注》曰：雲譬應身，則殊形並現，順機不徧，此則彌布徧覆之義也。《維摩經》曰：同真際，等法性，不可量。僧肇曰：真際，實際也。《法華經》曰：三界無安，猶如火宅，衆苦所燒，我皆拔濟之。"

㊳李注："劉虬曰：菩薩圓净，照均明兩，故曰慧日。又曰：諸子安穩得出，皆於四衢露坐。《爾雅》曰：四達謂之衢，五達謂之康。《頭陀經》：心王菩薩曰：我見覆蔽，飲雜毒酒，重昏長寢，云何得悟。慈心示語，使得開解。"案：劉虬，字靈預，一字德明。《全齊文》卷二十輯其文二首，有《無量義經序》，此如《法華經注》（見上注㊲）或即此經之疏義也。注引《爾雅》，見《釋宫》。

㊴李注："言義徒精鋭，有尊俎之深謀。《維摩經》曰：於諸見不動，而修行三十七品，是爲宴坐。僧肇曰：諸見，六十二諸見，妄也。竺道生曰：正觀則三十七品也。羅什曰：三十七品，二乘通。《大品經》説三十七道品曰：四念處，四勤正，四如意足，五根，五力，七覺分，八正道分。尊俎之師，已見上文。"

明州本與尤刻同。贛州本無"尊俎之師已見上文"八字，以其與張銑注稱晏子於尊俎之間而折晋軍重，故删削之也。此事見《晏子春秋·雜上》。余氏《紀聞》引《法集名數經》云："三十七菩提分法，所謂四念處：觀身身念處，觀受受念處，觀心心念處，觀法法念處。四正斷：所謂未生不善法，不令生；已生不善法，令正斷；未生善法，令發生；已生善法，令增長真實。四神足：所謂集定斷行，其神足；心定斷行，其神足；精進定斷行，其神足；我定斷行，其神足。五根，五力。七菩提分：所謂念菩提分，擇法菩提分，精進菩提分，喜菩提分，輕安菩提分，定菩提分，捨菩提分。八聖道。"又引《光讚般若波羅蜜經》九云："五根：信根，精進根，念根，定根，慧根。五力：信力，精進力，念力，定力，慧力。七覺意：思覺意，精進覺意，悦豫覺意，信覺意，安覺意，定覺意，觀覺意。"又引《智者大師法界次第初門》中云："合七法門爲三十七品：一，四念處；二，四正勤；三，四如意足；四，五根；五，五力；六，七覺分；七，八正道。"

㊵李注："邪黨分崩，無藩籬以自固。羅什《維摩經注》曰：摩訶，秦言無大，亦言勝大。能勝九十六種論議。《辯亡論》曰：城池無藩籬之固。"案：注引《辯亡論》，見本書卷五十三。余氏《紀聞》引《靈寶經》三云："一切外道九十六種所不能動，是名菩薩。"又引《那先比丘經》上云："佛在舍衛國祇樹給孤獨園時，諸比丘，諸大王、大臣、長者、人民及事九十六種道者，凡萬餘人，日於佛前聽經。"又引《摩訶僧祇律》二十七云："爾時九十六種出家人皆作布薩，時比丘不作布薩，爲人世所嫌。"又引智顗《四教義》一云："舊定有二：一邪，二正。一邪者，即是九十六種道，《經》所説鬼神邪定，或能知世吉凶，現神變相。"

㊶李注："《華嚴經》題云：《大方廣佛華嚴經》。孔安國《尚書傳》曰：被，及也。《周易》曰：君子以教思無窮。"案：注引《尚書傳》，見《堯典》。引《周易》，見《臨卦·象辭》。

㊷李注："顧微《吴縣記》曰：佛法詳其始，而典籍亦無聞焉。魯莊七年，夜明，佛生之日也。《左氏傳》曰：莊公七年，四月辛卯，夜，恒星不見，夜明也。《史記》曰：周桓王崩，子莊王佗立，十五年，莊王崩。《左氏傳》：莊公三年葬桓王，然則周莊王、魯莊公爲同時也。《瑞應經》曰：到四月八日夜明星出時，佛從右脅墮地，即行七步。《牟子》曰：漢明帝夢見神人，身有日光，飛在殿前，以問群臣，傅毅對曰：天竺有佛，將其神也？後得其形像。何法盛《晋書》曰：彭城王紘，以肅祖明皇帝好佛，手書形像。經歷寇難，而此堂猶在。宜成作頌。蔡謨云：今發王命，稱先帝好佛，於義有疑。《張綱集》曰：盡功金石，圖形丹青。"

文廷式《純常子枝語》卷三十云："按顧微當作顧廣微。此當是隋人舊注避煬帝諱，而李善仍之。"文以作《吴縣記》者爲顧廣微，未知何據。姚振宗《隋書經籍志考證》卷二十一，搜羅諸書所引莫詳篇卷的地理書一百十六種，中有《吴縣記》，署作者之名爲"顧徵"，既不作顧微，也不作顧廣微，又未知所據。凡此，闕疑可也。佛生時之説，張、梁諸家考訂，皆斥其附會。不論可也。案：注引《牟子》，即牟融《理惑論》，見《弘明集》卷一。引何法盛《晋書》，湯輯本收入卷六《威蕃録》。引《張綱集》，嚴輯《全後漢文》卷四十九録張綱文二首，佚去此所引之語（《隋志》未著録《張綱集》）。

㊸李注："遺文，謂經也。《史記》曰：天下遺文靡不畢集太史公。曰：漢興，詩書往往間出。孔安國《尚書傳》曰：三山，言相望也。"案：注引《史記》，見《太史公自序》，注文衍一"曰"字。引孔安國《尚書傳》，案《禹貢》："終南惇物，至於鳥鼠。"傳："三山名，言相望。"注所引孔《傳》即此也。

㊹李注："《高僧傳》曰：天竺佛圖澄，西域人，本姓帛，少出家西域，咸得道。以晋懷帝永嘉四年來適洛陽。以麻油雜茵支塗掌，千里外事皆能澈見掌中，如對面焉。後澄死之月，人見在流沙。又曰：鳩摩羅什，天竺人。七歲出家。什既道流西域，名被東川。符堅遣吕光西伐，破龜兹，乃將什充涼州。姚萇已殺符堅，光遂王彼。至萇子興破涼州，始將什至長安。後卒長安。《漢書》文帝詔曰：使者冠蓋相望，結轍於道。班固《漢書贊》曰：秦漢以來，山東出相，山西出將。《高僧傳》曰：支遁，字道林，本姓關，陳留人。初至京師，王濛甚重之。年二十五出家，師釋道安，符丕後還吴，入剡。王羲之遂與披襟解帶，留連不能已。又曰：釋惠遠，本姓賈氏，雁門人。游許、洛，出家，師釋道安。符丕後還吴，入襄陽，南達荆州，欲往羅浮，届尋陽，見廬峰，遂居焉。三十餘年，影不出山，迹不入俗。晋義熙十二年終。《禮記》曰：十年以長，則兄事之；五年以長，則肩隨之。《晋中興書》元帝詔曰：朕應天符，創基江左。《春秋命歷序》曰：東方爲左，西方爲右。"

案：注引《高僧傳》，見卷九。《傳》云："自云：再到罽賓，受誨名師，西域咸稱得道。"此注所引有脱文，"咸得道"當作"咸稱得道"，脱"稱"字。"雜茵支"，今本《僧傳》作"雜燕脂"，較易解。又引，見卷二。"名被東川"，陳云：川疑州誤。《考異》引之，以爲是。《僧傳》作"道流西域，名被東國"，與注所引異也。引《漢書》，見《文帝紀》。引《漢書贊》，見

《趙充國傳》。又引《高僧傳》，見卷四。又引，見卷六。引《禮記》，見《曲禮上》。引《晋中興書》，即何法盛書，湯輯本採此注入卷一《中宗元皇帝紀》。引《春秋命歷序》，已佚之緯書，未列入《後漢書·方術傳》注所舉緯書三十五種的《春秋緯》中。

又案：注引《高僧傳》叙支遁事云："年二十五出家，師釋道安，符丕後還吴"，《考異》云："案：此有誤，劉孝標《世説新語·言語》注引《高逸沙門傳》云：年二十五，始釋形入道。恐此本與彼大意相同，並不云出家師釋道安符丕云云，今誤涉下《惠遠傳》文而如此也。何、陳校皆云：符丕下有脱，未是。"案今檢《高僧傳》卷四并無澄師道安之文，《考異》説是也。以上言佛滅後佛教的發展及在東土的傳播。

㊺李注："《瑞應經》曰：太子出北城門，天帝復化作沙門。太子曰：何謂沙門？對曰：沙門之爲道，舍妻子，捐棄愛欲也。釋僧肇《維摩經注》曰：沙門，秦言義訓勤行，趨涅盤也。"案：《翻譯名義集》一《釋氏衆名篇第十三》云："沙門，或云桑門，或名沙迦懣（門字上聲），曩皆訛；正言室摩那拏，或舍羅磨拏，此言功勞，言修道有多勞也。什師云：佛法及外道，凡出家者皆名沙門。肇云：出家之都名也。秦言義訓勤行，勤行取涅槃。《阿含經》云：捨離恩愛，出家修道，攝御諸根，不染外欲，慈心一切，無所傷害，遇樂不忻，逢苦不戚，能忍如地，故號沙門。《後漢書·郊祀志》云：沙門，漢言息心，削髮去家，絶情洗欲，而歸於無爲也。"慧宗無可考。

㊻古鈔本"蕩"作"盪"。李注："《周易》曰：利涉大川。《海賦》曰：膠濭浩汗。又曰：灌涍濩渭，蕩雲沃日。"案：注引《周易》"利涉大川"乃《周易》卦辭常用之語，最先見於《需卦》。引《海賦》，見本書卷十二。

㊼李注："《山海經》曰：泰華之山削成而四方。《蜀都賦》曰：陽烏回翼於高標。揚雄《反離騷》曰：恐日薄於西山。"案：注引《山海經》，見《西山經》。引《蜀都賦》，見本書卷四。引《反離騷》，見《漢書·揚雄傳》。

㊽李注："《左氏傳》祭仲曰：都城過百雉，國之害也。鍾會《懷土賦》曰：望東城之紆餘。"案：注引《左氏傳》，見隱公元年。引鍾會《懷土賦》，《全三國文》卷二十五收鍾會此賦，衹輯入江淹《雜體詩》注所引一條，失

收此條。〔1〕

㊾李注："《楚辭》曰：出不入兮往不反，平原忽兮路超遠。"案：注引《楚辭》，見《九歌・國殤》。

㊿古鈔本作"信荆南之奥區，楚都之勝地也"。各本皆脱"荆南之奥區"五字。

51古鈔本"絜"作"潔"。李注："《毛詩》曰：有斐君子，如珪如璧。《東觀漢記》馮衍説鮑叔永曰：衍珪璧其行，束修其心。錫，錫杖也。《大智論》曰：菩薩常用錫杖、經傳、佛像。《莊子》曰：神農擁杖而起。"案：注引《毛詩》，見《衛風・淇奥》。"斐"作"匪"，"珪"作"圭"。引《東觀漢記》，聚珍本在卷十四《馮衍傳》，以此爲衍奏記大將軍鄧禹之詞，且此數句云："且大將軍之事，豈特圭璧其行，束修其身而已哉!"聚珍本的編者，就此書加注云："案范書本傳以此奏記爲衍勸鮑永之詞，與此異。"又此注文，明州及贛州兩本"鮑叔永"皆作"鮑永"，此衍"叔"字。《考異》亦謂無"叔"字爲是。引《莊子》，見《知北游》。

52李注："言身從緣生，緣亦斯廢也。《維摩經》曰：如影從身，業緣生見。僧肇曰：身衆緣所成，緣合則起，緣散則離。《金光明經》曰：所謂無明緣行，行緣識，識緣名，名緣色，色緣六入，六入緣觸，觸緣受，受緣愛，愛緣取，取緣有，有緣生，生緣老死憂悲苦惱滅聚。僧肇《維摩經注》曰：諸法之生，本乎三業。既無三業，誰作諸法。"案：《金光明經》有三種譯本，最早爲曇無讖譯，當是此所引，今通行者爲唐義凈譯本。

53李注："惑，煩惚也。言萬法雖廣解，惑則起相受生，解者身心寂滅。《涅盤經》曰：要因煩惱，而得有身。竺道生《維摩經注》曰：戀生者，愛身情也。苟曰無常，豈可愛戀。若能悟不惑而惑自亡矣，惑者無復存身也。"

54李注："《禮記》曰：古者謂年爲齡，齒亦齡也。范曄《後漢》：田邑報馮衍書曰：百齡之期，未有能至。《尚書》曰：文王受命唯中身。《列子》曰：藐姑射之山，有神人居焉，肌膚若冰雪。《漢書》臣瓚注曰：亡身從物

〔1〕按，《全三國文》輯入江淹《雜體詩》注所引爲鍾會《懷土賦》，不作《懷土賦》。而陸機有《懷土賦》一首，且一説"望東城之紆餘"爲機《懷舊居賦》佚句。

曰殉。李尤《七難》曰：猛鷙陸嬉，龍鼉水處。”

案：注引《禮記》，見《文王世子》。引田邑報馮衍書，見《後漢書·馮衍傳》。注文“後漢”下脱一“書”字。明州及贛州兩本皆脱“范曄後漢”字，又誤“邑”爲“巴”。引《尚書》，見《無逸》。僞孔傳：“文王九十七而終，中身，即位時年四十七。言中身，舉全數。”據僞孔説，中身，指五十歲。引《列子》，見《黄帝》。《列子·黄帝》本襲之《莊子·逍遥游》。此引文與《莊子》同，而與《列子》有異。“肌膚若冰雪”一句，即《莊子》有之，而《列子》無也。此注所引，當是《莊子》，而誤爲《列子》耳。引臣瓚《漢書注》，又見《史記·屈原賈生列傳》索隱引。引李尤《七難》，當作《七款》，見《藝文類聚》卷五十七、《初學記》卷二十八，又《御覽》卷九百七十四。嚴輯《全後漢文》卷五十，失引此注，但據《蜀都賦》注引“龍鼉水處”四字。

(55)李注：“《左氏傳》曰：伍舉奔晋，聲子將如晋，遇之於鄭郊，班荆相與食。《楚辭》曰：山中人兮芳杜若，飲石泉兮蔭松柏。”案：注引《左氏傳》，見襄公二十六年。引《楚辭》，見《九歌·山鬼》。

(56)李注：“沈約《宋書》：孝武皇帝即位，改元曰大明。《淮南子》曰：聖人處環堵之室，茨之以生茅。高誘曰：堵，長一丈，高一丈。面環一堵爲方丈。故曰環堵，言其小也。《説文》曰：茨，蓋也。《爾雅》曰：庇，廕也。”案：注引《宋書》，見《孝武皇帝紀》。引《淮南子》，見《原道》。“面環一堵爲方丈”以下，爲李氏就高注而釋方丈之義之文，非高注也。引《説文》，見《艸部》。引《爾雅》，見《釋言》。

(57)李注：“沈約《宋書》曰：孔覬，字思遠，會稽人也。初舉揚州秀才，補主簿。後除冠軍長史，江夏内史，隨府轉後軍長史。覬，音冀。”案：注引《宋書》，見卷八十四《孔覬傳》。

(58)李注：“《周禮》曰：薙氏下士二人。鄭玄曰：薙，翦草也。《法華經》曰：經行林中，勤求佛道。”案：注引《周禮》，見《秋官序官》。

(59)明州本作“諱宗”，無“興”字，注云：“善本有興字。”贛州本作“諱興宗”，注云：“五臣本無興字。”李注：“沈約《宋書》曰：蔡興宗，濟陽人也。爲使持節都督郢州諸軍事、安西將軍、郢州刺史。”案：注引《宋書》，見卷五十七《蔡廓傳》附子興宗事。五臣本脱“興”字，誤也。

⑥⓪李注：“《維摩經》曰：佛言諸佛滅後，以全身舍利起七寶塔，表刹莊嚴而供養也。”案：《翻譯名義集》七《寺塔壇幢篇第五十九》云：“刹摩，正音掣多羅，此云土田。《净名略疏》云：萬境不同，亦名爲刹。垂裕云：蓋取莊嚴差別，名之爲刹。此乃通指國土名刹，又復伽籃號梵刹者，如《輔行》云：西域以柱表刹，示所居處也。梵語刺瑟胝，此云竿，即幡柱也。”

⑥①李注：“《毛詩》曰：高山仰止，景行行止。《彌勒成佛經》曰：彌勒佛讚言：大迦葉比丘是釋迦牟尼佛大弟子。釋迦牟尼佛於大衆中常所讚歎頭陀第一，通達禪定，解脱三昧。《封禪書》曰：前聖所以永保鴻名，而常爲稱首者，用此者也。”案：注引《毛詩》，見《小雅・車舝》。引《彌勒成佛經》，即《彌勒大成佛經》，一卷，鳩摩羅什譯。大迦葉，即《五燈會元》卷一所列《西天祖師》的一祖摩訶迦葉尊者。《會元》謂其生時爲周孝王五年丙辰（前905），傳説也。引《封禪書》，當作《封禪文》，見本書卷四十八，“書”字乃“文”字誤。

⑥②李注：“《楚辭》曰：原生受命于貞節。曹植《擬九詠》曰：徒勤躬兮苦心。《論語》子曰：求仁而得仁。《莊子》曰：養志者，忘形也。”案：注引《楚辭》，見《九嘆・逢紛》。引《擬九詠》，《曹集銓評》收入卷八，無“擬”字。引《論語》，見《述而》。引《莊子》，見《讓王》。

⑥③李注：“《國語》祭公謀父曰：時序其德，纂脩其緒。”案：注引《國語》，見《周語》。

⑥④李注：“魏太祖《祭橋玄文》曰：懿德高軌，汎愛博容。《莊子》曰：夫藏舟於壑，藏山於澤，謂之固矣。然而夜半有力者負之而趨，昧者不知。郭象曰：方言死生變化之不可逃。”案：注引《祭橋玄文》，嚴輯《全三國文》卷三，採入此條。引《莊子》，見《大宗師》。

⑥⑤李注：“《周易》曰：闚其户，闃其無人。高誘《淮南子注》曰：榱，橑也。榱，棟也。”案：注引《周易》，見《豐・上六》爻辭。王注説此爲“深自幽隱，絶迹深藏者也”。引《淮南子注》，見《本經篇》。

⑥⑥李注：“《漢書》賈誼曰：可長太息者此也。”案：注引《漢書》，見《賈誼傳》。以上言頭陀寺之創立及衰廢。

㊼李注："蕭子顯《齊書》曰：高帝太祖諱道成，字紹伯，蕭何二十四世孫。受宋禪。《史記》曰：惟漢繼五帝末流，接三代絶業。《封禪書》曰：前聖所以永保鴻名。"案：注引《齊書》，見《高帝紀》。引《史記》，見《太史公自序》。引《封禪書》，當作《封禪文》，見上注㊶。

㊽李注："《禮記》曰：周人祖文王而宗武王。《尚書》曰：丕顯文、武，昭升于上。《孝經》曰：嚴父莫大於配天。"案：注引《禮記》，見《祭法》。引《尚書》，見《文侯之命》。引《孝經》，見《聖治章》。

㊾李注："《尚書》曰：成湯時則有若伊尹，格于皇天。又曰：光被四表，格于上下。《毛詩》曰：建爾元子，俾侯于魯。大啓爾宇，爲周室輔。《東觀漢記》：博士議曰：除殘去賊，興復祖宗。"案：注引《尚書》，見《説君奭》。又引，見《堯典》。引《毛詩》，見《魯頌・閟宫》。引《東觀漢記》，今聚珍本無之，而卷二十四佚文亦失收。

⑰李注："《毛詩》曰：周雖舊邦，其命惟新。《左氏傳》伍員曰：不失舊物。《尚書》曰：康濟小民。《禮記》：晋太子申生使人辭於狐突曰：君老矣，國家多難。"案：注引《毛詩》，見《大雅・文王》。引《左氏傳》，見哀公元年。引《尚書》，見《蔡仲之命》。引《禮記》，見《檀弓上》。

㉑李注："《禮記》曰：步中《武》《象》，驟中《韶》《護》，所以養耳。鄭玄曰：《韶》，舜樂；《護》，湯樂也。"《考異》："案：'記'當作'書'。各本皆誤。此引《史記・禮書》也。下引鄭氏曰云云，即裴駰《集解》。何校以爲今《禮記》佚文，大誤。"

㉒李注："《十洲記》曰：炎洲，南海中，萬二千里。《韓詩外傳》曰：成王之時，越裳氏重九譯而獻白雉於周公。《尚書》曰：西被于流沙。《解嘲》曰：東南一尉，西北一候。"案：注引《十洲記》，今本《十洲記》云："炎洲在南海中，地方二千里，去北岸九萬里。""方"字誤作"萬"。引《韓詩外傳》，見卷五。引《解嘲》，見本書卷四十五。

㉓李注："蕭子顯《齊書》曰：明皇帝即位，改爲建武。"案：注引《齊書》，見《明帝紀》。建武當公元494—497年。

㉔李注："蕭子顯《齊書》曰：江夏王寶玄，字智深。明帝第三子也。封江夏郡王，仍爲持節都督郢司二州諸軍事、西中郎將、郢州刺史。《尚書》

曰：以爾友邦冢君，觀政于商。又曰：彰善癉惡，樹之風聲。”案：注引《齊書》，見卷五十《明七王・江夏王寶玄傳》。引《尚書》，見《秦誓上》。又引，見《畢命》。

⑮李注：“方城，謂楚。龜、蒙，謂魯。《左氏傳》屈完曰：楚國方城以爲城。又隨武子曰：蔿敖爲宰，擇楚國之令典。《毛詩》曰：奄有龜、蒙，遂荒大東。《國語》：樊穆仲曰：‘魯侯孝。’王曰：‘何以知之？’對曰：‘賦事行刑，而資於故實。’”案：注引《左氏傳》，見僖公四年。又引，見宣公十二年。引《毛詩》，見《魯頌・閟宫》。引《國語》，見《周語上》。

⑯李注：“《孝經》曰：其教不肅而成。《周易》曰：聖人以順動，則刑罰清。《左氏傳》先軫曰：取威定霸，於是乎在。”案：注引《孝經》，見《三才章》。引《周易》，見《豫・彖辭》。引《左氏傳》，見僖公二十七年。

⑰古鈔本“諠”作“暄”。李注：“蕭子顯《齊書》：劉諠，字士穆，爲江夏王郢州行事者，謂王年幼，内史代之以行州府事，故稱行事也。”《考異》：“陳云：‘行事’下，當重有‘行事’二字。行事之名，後漢已有之。如西域長史索班稱行事，是也。見《西域傳》。案：所校是也，各本皆脱。”又曰：“何云：《南史》作暄。陳云：諠，暄誤。注同。案：此所引《南齊書・江祏傳》文，今本亦作暄，蓋傳寫譌諠也。”今檢古鈔本此字正作“暄”，與何、陳、胡諸家校合，此古鈔本可貴之處也。

⑱李注：“《莊子》曰：庖丁爲文惠君解牛，曰：今臣之刀十九年矣。所解千牛，而刀刃若新發於硎。彼節者有間，而刀刃者無厚。以無厚入有間，恢恢乎其於游刃，必有餘地矣。《論語》子夏曰：日知其所亡，月無忘其所能。”案：注引《莊子》，見《養生主》。引《論語》，見《子張篇》。

⑲李注：“《瑞應經》曰：迦葉二弟（子）問迦葉曰：‘今乃捨梵志道，學沙門法，豈獨大其道勝乎？’迦葉答曰：‘言佛道最勝。’《莊子》曰：常季問於仲尼曰：‘王駘，兀者也。與夫子中分魯，立不教，坐不議，虚而往，實而歸。’”案：注引《莊子》，見《德充符》。

⑳李注：“《論語》曰：譬如爲山，雖覆一簣，進，吾往也。《孟子》曰：有爲者，譬若掘井。掘井九仞，而不及泉，猶爲棄井也。”案：注引《論語》，見《子罕》。引《孟子》，見《盡心上》。

㉛李注：“《孫卿子》曰：春耕夏耘，秋收冬藏，四者不失時，故五穀不絶，而百姓有餘食；斬伐長養不失時，故山林不童，而百姓有餘材。《西都賦序》曰：海内清平，朝廷無事。”案：注引《孫卿子》，見《荀子·王制》。引《西都賦序》，見本書卷一。

㉜古鈔本句首有“於是”二字。李注：“《左氏傳》：宋災，使華閲討右官，官庀其司。杜預注曰：庀，具也。《毛詩》曰：揆之以日，作爲楚室。《論語》曾子曰：籩豆之事，則有司存。”案：注引《左氏傳》，見襄公九年。引《毛詩》，見《鄘風·定之方中》。引《論語》，見《泰伯》。以上叙齊代劉暄重修頭陀寺。

㉝李注：“《周易》曰：悦以使民，民忘其勞。《莊子》曰：舜之治天下，使民心競。王隱《晋書》：荀勖議曰：君子心競而不力争。”案：注引《周易》，見《兑卦·彖辭》。引王隱《晋書》，湯輯本採入卷六《荀勖傳》。

㉞李注：“《楚辭》曰：高堂邃宇檻層軒。王逸曰：軒，樓板也。《聖主得賢臣頌》曰：雖崇臺五層，延袤百丈。《説文》曰：南北曰袤，東西曰廣。司馬紹《贈山濤詩》曰：上陵青雲霓。”案：注引《楚辭》，見《招魂》。引《聖主得賢臣頌》，見本書卷四十七。引《贈山濤詩》，見本書卷二十四。當作“司馬紹統”，脱一“統”字。司馬彪字紹統，原詩署名亦未誤也。

㉟李注：“《西都賦》曰：脩除飛閣。《楚辭》曰：載雲旗兮逶移。王逸曰：逶移而長。移與迤音義同。《楚辭》曰：下峥嶸而無地，上寥廓而無天。”案：注引《西都賦》，見本書卷一。引《楚辭》，見《九歌·東君》。又引《楚辭》，見《遠游》。

㊱余氏《紀聞》引《長阿含經》十八云：“赤珠羅網，懸瑪瑙鈴。”又引《大寶積經》十七云：“純金真珠，雜寶鈴鐸，以爲其網。”又引《大集經》一云：“功德寶室，瑪瑙垂簷，雜寶欄楯，白真珠網，以覆其上。”

㊲李注：“《山海經》曰：少室之山，其上有木焉，名曰帝休。葉茂，狀如楊，其枝五衢，黄花黑實，服者不怒。郭璞曰：言樹枝交錯，相重五出，有象衢路也。故《離騷》云：靡華九衢。仲長子《昌言》曰：百夫之豪，州以千計。《山海經》曰：南山之首山曰鵲山。有木焉，其狀如穀而黑，其華四照，其名曰迷穀，佩之不迷。郭璞曰：言有光炎，若木華赤，其光照下

地，亦此類也。仲長子《昌言》曰：以一人之好惡，裁萬品之不同。”案：注引《山海經》，見《中山經》。郭璞所引《離騷》，實《天問》也。“靡華九衢”，今本作“靡蓱九衢”。注引郭注“靡華”的“華”，乃誤字，《天問》注稱“蓱草”，此云“九衢之草”，則“蓱”字爲是，《中山經》注今本亦作“靡萍”也。引《昌言》，嚴輯《全後漢文》卷八十九，據此注輯入。又引《山海經》，見《南山經》。引《昌言》，嚴輯《全後漢文》卷八十九亦據此輯入。

⑱李注：“《周易》曰：風行水上，涣。”案：此《周易·涣卦·象辭》。

⑲李注：“《金光明經》曰：如來之身，金色微妙。其明照耀，如金山王。又曰：光明熾盛，無量無邊，猶如無數珍寶大聚。《楚辭》曰：像設居室静閑安。”案：注引《金光明經》，本北凉曇無讖譯本。隋時已由僧寶貴等補缺，唐時又有義净譯本。參看上注㊷，李注所引當是曇無讖譯本。引《楚辭》，見《招魂》。

⑳李注：“《大灌頂經》曰：息心達本源，是故名沙門。《勝鬘經》曰：是故世尊，依於了義，一向記説。班固《終南山賦》曰：固仙靈之所遊集。”案：注引《大灌頂經》，即《佛説灌頂經》，十二卷，東晋帛尸梨蜜多羅譯。引《勝鬘經》，參看上注⑰。余氏《紀聞》引《大集經》二云：“入决定聚者，名爲了義。了義者，名第一義。第一義者，名無衆生義。無衆生義者，名不可説義。不可説義者，即十二因緣義。十二因緣義者，即是法義。法義者，即是如來。”引《終南山賦》，嚴可均輯此零句入《全後漢文》卷二十四。

㉑李注：“《周禮》曰：民功曰庸，事功曰勞。凡有功者，銘書於王之太常。《國語》曰：昔克路之役，秦來圖敗晋功。魏顆以其身却退秦師于輔氏，親止杜回，其勛銘於景鍾。韋昭曰：景公鍾。《禮記》曰：夫鼎有銘，銘者論譔其先祖之德美功烈勳勞，而酌之祭器，自成其名焉。”案：注引《周禮》，見《夏官·司勳》。引《國語》，見《晋語七》。引《禮記》，見《祭統》。

㉒李注：“《左氏傳》曰：季武子以所得齊之兵，作林鍾，而銘魯功焉。臧武仲謂季孫曰：非禮也。夫銘，天子令德，諸侯言時計功，大夫稱伐。蔡邕《銘論》曰：碑在宗廟兩階之間，近代以來，咸銘于碑也。”案：注引

《左氏傳》，見襄公十九年。引《銘論》，嚴可均輯《全後漢文》卷七十四，據此注所引補入。

㉓李注："《法言》曰：年彌高而德彌劭者，孔子之徒與?《小雅》曰：劭，美也。"案：注引《法言》，見《孝至篇》。引《小雅》，見《小爾雅·廣詁》。

㉔李注："《法言》曰：吾子少而好賦?曰：然。童子彫蟲篆刻。《老子》曰：玄之又玄，衆妙之門。"案：注引《法言》，見《吾子篇》。引《老子》，見一章。以上序。

㉕以下銘。

㉖李注："《周易》曰：玄黄，天地之雜也。天玄而地黄。《列子》曰：清輕者上爲天，重濁者下爲地。"案：注引《周易》，見《坤·文言》。引《列子》，見《天瑞篇》。

㉗李注："《周易》曰：形而下者謂之器。器謂品物也。《南都賦》曰：百種千名。《春秋元命苞》曰：跂行喙息，蠕動蜎蜚，根生浮著，含靈盛壯。陸機《鼈賦》曰：揔美惡而融融，播萬族乎一區。"案：注引《周易》，見《繫辭上》。引《南都賦》，見本書卷二。引陸機《鼈賦》，又見陶淵明《詠貧士詩》注，引"融融"作"兼融"。嚴輯收入《全晋文》卷九十七。

㉘李注："《莊子》曰：德又下衰，及唐虞，澆淳散樸。《淮南子》以澆爲澆。音義同。《説文》曰：派，水别流也。《字林》曰：黷，垢也。杜木切。"案：注引《莊子》，見《繕性》。"澆"，《釋文》云："古堯反，本亦作澆。"《淮南子·俶真》亦有"澆淳散樸"之語，字即作"澆"。李注所云《淮南子》以澆爲澆，即指《俶真篇》也。此二字音義同。引《説文》，見《水部》。《字林》已佚，任大椿有輯本。

㉙李注："《瑞應經》曰：感傷世間没於愛欲之海。《百法論》曰：情塵之意合，故知生也。言人皆沈於愛河，則妻子財帛也。言積之多如海，情塵之積爲岳。爲善日積亦見多，爲惡日積亦多也。"余氏《紀聞》引《萬行首楞嚴經》八云："因諸愛染，發起妄情。情積不休，能生愛水。是故衆生以憶珍羞，口中水出。心憶前人，或憐或恨，目中淚盈。貪求財寶，心發愛涎，舉體光潤。心着行淫，男女二根，自然流液。諸愛雖别流，然是同潤濕。"又引

《般若燈論》十五云："從於名色體，次第起六入，情塵等和合，而起於六觸。"又引《大集經》三云："因名色故，則生六入。名色爲因，六入爲緣。"又引《長阿含經》九云："六内入：眼、耳、鼻、舌、身、意入。"又引《雜阿含經》十三云："六外入：色入、聲入、香入、味入、觸入、法入。"〔1〕

⑩李注："《毛詩》曰：皇矣上帝，臨下有赫。天竺言釋迦牟尼，此言能仁。《不退轉法經》：佗方菩薩曰：能仁如來，興此三道之教。《法華經》曰：我釋迦牟尼。劉虬曰：能仁哀此忍立，俯來振拔。故曰能仁。《瑞應經》曰：期運之至，當下作佛。《孟子》曰：五百年必有王者興，其間必有名世者。《廣雅》曰：命，名也。"案：引《毛詩》，見《大雅・皇矣》。能仁如來之義，可參看《翻譯名義集》一《諸佛別名第二》。引《孟子》，見《公孫丑下篇》。

⑩李注："《毛詩》曰：乃睠西顧。又曰：聿來胥宇。迦衛，已見上文。"案：注引《毛詩》，見《大雅・皇矣》。又引，見《大雅・緜》。迦衛，見上注⑲。

⑩李注："《毛詩》曰：奄有龜蒙，遂荒大東。《法華經》曰：其佛以恒河沙等三千大千世界爲一佛土。又曰：如來以智慧方便，於三界火宅，拔濟衆生。"案：注引《毛詩》，見《魯頌・閟宫》。

⑩李注："《毛詩》曰：殷鑒不遠。《瑞應經》曰：太子至十四，啓王出游，始出城東門，天帝化作病人，即迴車，悲念人生俱有此患。太子出城南門，天帝化作老人，迴車而還，愍念人生丁壯不久。太子出城西門，天帝化作死人，迴車而還，愍念天下有此三苦。太子出城北門，天帝化作沙門。太子曰：善哉！唯是爲快。即迴車還，念道清净，不宜在家。又曰：佛既歷深山，到幽閑處，菩薩即拾藁草以布地。正箕坐，月食一麻一麥，端坐六年。"案：注引《毛詩》，見《大雅・蕩》。明州本無此《詩》文，以同於吕向注而删去之也。〔2〕贛州本有。明州本衹作"又曰"，承前引《瑞應經》也。

⑩李注："《勝鬘經》曰：唯有如來，化就一切功德。無爲，已見上文。"

---

〔1〕按，此段余蕭客《文選紀聞》引《大集經》三、《長阿含經》九、《雜阿含經》十三三條，似移在注⑫後更佳。

〔2〕按，明州本善注有此《詩》文，無"《瑞應經》曰"一段。

案：注引《勝鬘經》，見上注⑰。無爲，已見上注㉛。

⑮李注："《瑞應經》曰：佛還樹下，道見棄衣，取欲浣之。天帝知佛意，即頗那山上，取四方成理澤好石，來置池邊。白佛言：可用浣衣。又曰：明日食時，佛持鉢到迦葉家受飯而還，於屏處食已，欲澡漱。天帝知佛意，即下以手指地，水出成池，令佛得用，名爲指地池。"

⑯李注："《瑞應經》曰：時尼連河水流甚疾，佛以自然神通，斷水涌起，高出人頭，令底揚塵，佛在其中。《法華經》曰：諸雜寶樹，華葉光茂。《瑞應經》曰：佛後日入指地池澡浴畢，欲出，無所攀。池上素有樹，名迦和，絶大修好，其樹自然曲枝下就佛，佛牽而出。"

⑰李注："《爾雅》曰：六達謂之莊。《漢書》曰：王陽爲益州刺史，行部至邛郲九折坂，歎曰：奉先人遺體，奈何數乘此險？《漢書》東方朔誡子曰：飽食安步，以仕易農。《尚書》曰：竄三苗於三危。"案：注引《爾雅》，見《釋宫》。引《漢書》，見《王尊傳》。又引，見《東方朔傳》。明州本"仕"作"士"。引《尚書》，見《舜典》。

⑱李注："《頭陀經》曰：令身調善，震大法鼓，摧伏異學外道邪師，入佛性海，煩惱風息，波浪不生。《周易》曰：雲從龍，風從虎，聖人作而萬物覩。"案：注引《頭陀經》，今已佚。引《周易》，見《乾・文言》。

⑲李注："《法華經》曰：佛住王舍城耆闍崛山中，與大比丘衆萬二千人俱。《尚書》曰：帝德廣運。《金剛般若經》曰：佛在舍衛國祇樹給孤獨園，與大比丘衆千二百五十人俱。《毛詩》曰：濟濟多士。"案：注引《尚書》，見《大禹謨》。引《毛詩》，見《大雅・文王》，又《周頌・清廟》，又《魯頌・泮水》。

⑳李注："《發迹經》曰：净名大士是往古金粟如來。《尚書》曰：鳳凰來儀。文殊，已見上文。《毛詩》曰：魯侯戾止。"陳寅恪云："李崇賢《文選注》所引之《發迹經》，今已不存。疑與《佛譬喻經》等爲同類之書，亦嘉祥（指吉藏，傳見《續高僧傳》卷十一）之所未見。因知此類經典，所記姓名，如王氏、雷氏等，必非印度所能有，顯出於中國人之手，非譯自梵文原經。"（吉藏爲當時最博雅大師，即不知金粟如來之名）。説見《敦煌本維摩詰經文殊師利問疾品演義跋》，載《金明館叢稿二編》頁 180—186。引

《尚書》，見《益稷》。余氏《紀聞》引《佛土净嚴經》上云："神通無極，隨時而化，救濟三界。其名曰：文殊師利，光世音大勢。"引《毛詩》，見《魯頌·泮水》。

⑪李注："《春秋元命苞》曰：乾動川静。《周易》曰：湯武革命應乎天，順乎人。《孫卿子》曰：生，人之始也。死，人之終也。"案：注引《春秋元命苞》，"川静"當作"巛静"（《考異》引何、陳校同）。《説文》有巛部："巛，貫穿通流水也。"借爲"坤"字，故《元命苞》云"乾動坤静"。後人不識"巛"字，遂訛化爲"川"。此當校訂者也。引《周易》，見《革卦·彖辭》。引《孫卿子》，見《禮論》。

⑫李注："《維摩經》曰：法本不然，今則無是寂滅之義。〔1〕僧肇曰：小乘以三界熾然，故滅之以求無爲，大乘觀法，本自不然，今何以滅，乃真寂滅。"

⑬李注："象法、正法，已見上文。《史記》曰：酒闌。《漢書音義》：文穎曰：闌，言希也。《老子》曰：視之不見，名之曰夷；聽之不聞，名之曰希。王弼曰：無象，無聲，無響，無所不通，無所不往。"案：注引《史記》，見《高祖紀》，《集解》亦引文穎。引《老子》，見十四章。

⑭李注："《毛詩》曰：文王在上，於昭于天。班固《漢書述》曰：爰著目録，略序洪烈。揚雄《解嘲》曰：不足以揚洪烈。"案：注引《毛詩》，見《大雅·文王》。引《漢書述》，見《漢書·叙傳》，此述《藝文志》文也。引《解嘲》，見本書卷四十五。

⑮李注："僧叡師《十二法門序》曰：奏希聲於宇宙，濟溺喪於玄津。《漢書音義》：韋昭曰：枻，檝也，音裔。翊泄切，叶韵。"案：注引僧叡《十二法門序》，嚴輯《全晋文》卷一百六十收入，題作《十二門論序》，文作："奏希聲於宇内，濟濟喪於玄津。""濟濟喪"當依此注校訂爲"濟溺喪"。引《漢書音義》，當是《司馬相如傳》，今顏氏《集解》引張揖，同。

⑯李注："禪慧，禪定智慧也。即六度之二行也。"《翻譯名義集》四

〔1〕按，今本《維摩詰經》作："法本不然，今則無滅，是寂滅之義。"

《辨六度法第四十四》云："禪那，此云静慮。《智論》云：秦言思惟，修言禪波羅蜜，一切皆攝。《法界次第》云：禪有二種，一者世間禪，二者出世間禪。世間禪者，謂根本四禪。四無量心，四無色定。即是凡夫所行禪。"又云："般若，《法界次第》云：秦言智慧，照了一切諸法，皆不可得，而能通達一切無閡，名爲智慧。"參看上注⑬。

⑪⑦李注："《楚辭》曰：忽臨睨夫舊鄉。《説文》曰：睨，邪視也。"案：注引《楚辭》，見《離騷》。引《説文》，見《目部》。

⑪⑧李注："言崇巖之高，通壑之大，故以湘、漢爲溝池，衡、霍爲堆阜也。《史記》曰：屈完曰：方城以爲城，江漢以爲池。"案：注引《史記》，見《楚世家》。

⑪⑨李注："《毛詩》曰：周原膴膴，堇荼如飴。《上林賦》曰：亭皋千里，靡不被築。《毛詩》曰：秩秩斯干，幽幽南山。鄭玄《周禮注》曰：竹木曰林。高誘《淮南子注》曰：深草曰薄。"案：注引《毛詩》，見《大雅·緜》。引《上林賦》，見本書卷八。又引《毛詩》，見《小雅·斯干》。引《周禮注》，見《地官序官注》。引《淮南子注》，見《原道》。

⑫⓪李注："《毛詩》曰：媚兹一人。"案：見《大雅·下武》。

⑫①李注："《維摩經》曰：佛身即法身也，從六通生，從三明生。僧肇曰：天眼、宿命、漏盡爲三明。《維摩經》曰：六入無積，眼、耳、鼻、舌、身、心已過。"

⑫②李注："《毛詩》曰：眷言顧之。《楚辭》曰：葺之兮荷蓋。王逸注曰：葺，蓋屋也。"案：注引《毛詩》，見《小雅·大東》。引《楚辭》，見《九歌·湘夫人》。

⑫③李注："《左氏傳》曰：丹桓宫楹。又曰：刻桓宫桷。杜預曰：刻，鏤也。《毛詩》曰：如翬斯飛，君子攸躋。鄭玄曰：翬者，鳥之奇異者也。《禮記》曰：晋獻文子成室，晋大夫發焉。張老曰：美哉輪焉！美哉奂焉！潘岳《關中記》曰：未央殿東有鳳凰殿。《春秋元命苞》曰：火離爲鳳。劉邵《魏

文帝誄》曰：鳳凰立翥。”案：注兩引《左氏傳》，皆在莊公二十四年。〔1〕引《毛詩》，見《小雅・斯干》。引《禮記》，見《檀弓下》。引潘岳《關中記》，此書《隋志》未著録，兩《唐志》有之。引劉劭《魏文帝誄》，僅有此一句，嚴可均輯入《全三國文》卷三十二。

⑫④李注：“《楚辭》曰：象設居室静閑安〔2〕。《孟子》曰：君子仁義禮智信，根於心，色睟然見於面。趙岐曰：睟，潤澤之貌。”案：注引《楚辭》，見《招魂》。引《孟子》，見《盡心上》。

⑫⑤李注：“《楚辭》曰：何所冬燠？何所夏寒？《爾雅》曰：燠，暖也。”案：注引《楚辭》，見《天問》。今本“冬燠”作“冬煖”。引《爾雅》，見《釋言》。

⑫⑥李注：“《瑞應經》曰：佛已神足適鬱單日界。”

⑫⑦李注：“《維摩經》曰：降服四種魔，勝幡建道場。禰衡《顔子碑》曰：乃刊玄石旌之。”案：《翻譯名義集》二《四魔第十五》：“《大論》云：魔有四種：煩惱魔、五衆魔、死魔、天子魔。”可參閲《四魔篇》。引《顔子碑》，嚴輯《全後漢文》卷八十七從《藝文類聚》卷二十及《初學記》卷十七採入，又依此注補此句。以上銘辭。

〔1〕按，“丹桓宫楹”見於莊公二十三年，“刻桓宫桷”在莊公二十四年。

〔2〕按，今本《楚辭・招魂》作“象設君室，静閒安些”。

謝惠連[①]

祭古冢文[②]

（祭文，卷六十）

東府掘城北壍，入丈餘[③]，得古冢，上無封域，不用塼甓[④]。以木爲槨，中有二棺，正方，兩頭無和[⑤]。明器之屬，材瓦銅漆，有數十種[⑥]，多異形，不可盡識。刻木爲人，長三尺，可有二十餘頭，初開見，悉是人形，以物棖撥之，應手灰滅[⑦]。棺上有五銖錢百餘枚[⑧]，水中有甘蔗節及梅李核、瓜瓣，皆浮出，不甚爛壞[⑨]。銘誌不存，世代不可得而知也。公命城者改埋於東岡，祭之以豚酒。既不知其名字遠近，故假爲之號曰“冥漠君”云爾[⑩]。

元嘉七年九月十四日，司徒御屬領直兵令史、統作城録事、臨漳令亭侯朱林，具豚醪之祭，敬薦冥漠君之靈：

忝揔徒旅，板築是司。窮泉爲壍，聚壤成基。一槨既啓，雙棺在兹。捨畚悽愴，縱鍤漣而[⑪]。芻靈已毁，塗車既摧[⑫]。几筵糜腐，俎豆傾低。盤或梅李，盎或醢醯[⑬]。蔗傳餘節，瓜表遺犀[⑭]。追惟夫子，生自何代？曜質幾年？潛靈幾載[⑮]？爲壽爲夭？寧顯寧晦？銘誌湮滅，姓字不傳。今誰子後？曩誰子先？功名美惡，如何蔑然[⑯]？

百堵皆作，十仞斯齊[⑰]。墉不可轉，壍不可迴。黄腸既毁，便房已頽。循題興念，撫俑增哀[⑱]。射聲垂仁，廣漢流渥[⑲]。祠骸府阿，掩骼成曲[⑳]，仰羡古風，爲君改卜[㉑]。輪移北隍，窀穸東麓[㉒]。壙即新營，棺仍舊木[㉓]。合葬非古，周公所存[㉔]。敬遵昔義，還袝雙魂[㉕]。酒以兩壺，牲以特豚。幽靈髣髴，歆我犧樽。嗚乎哀哉[㉖]！

【注釋】

①謝惠連的作品，在《文選》中，第一次出現的是卷十三的《雪賦》。李注："沈約《宋書》曰：謝惠連，陳郡陽夏人也。幼而聰敏，年十歲，能屬文。族兄靈運深加知賞。本州辟主簿，不就。後爲司徒彭城王法曹。爲《雪賦》，以高麗見奇。年二十七卒。"案：李注引《宋書》，見卷五十三《謝方明傳》，《南史》卷十九亦附其父《方明傳》後。今《宋書》《南史》皆記其卒年爲三十七。惠連卒時爲元嘉十年（433），若三十七歲，則當生於隆安元年（397）。若二十七歲，則當生於義熙三年（407）。兩史皆稱其"早亡"，則當從李注所引《宋書》以訂今本，惠連卒時年二十七爲是。

②李注："沈約《宋書》曰：元嘉七年，惠連爲司徒彭城王義康法曹參軍，義康修東府城，城塹中得古冢，爲之改葬，使惠連爲祭文，留信待成也。"

③李注："《丹陽記》曰：東府城，西則簡文會稽王時第，東則孝文王道子府。道子領揚州，仍住先舍，故俗稱東府。"案：姚振宗《隋書經籍志考證》中所列一百六十種諸書所引的未記卷數地方志中，有山謙之的《丹陽記》，此所引當即其書。

④李注："毛萇《詩傳》曰：甓，瓴甋也。今謂之塼。"案：注引《詩傳》，見《陳風·防有鵲巢》。

⑤李注："《吕氏春秋》：惠公説魏太子曰：'昔王季歷葬渦山之尾，欒水齧其墓，見棺之前和。'高誘曰：棺題曰和。"案：注引《吕氏春秋》，見《開春篇》。

⑥李注："《禮記》曰：孔子曰：明器者，神明之器也。"案：注引《禮記》，見《檀弓下》。

⑦李注："《説文》曰：棖，杖也，宅庚切。然南人以物觸物爲棖也。《廣雅》曰：撥，除也。補達切。"案：注引《説文》，見《木部》。引《廣雅》，見《釋詁》。

⑧李注："《漢書》曰：武帝罷半兩錢，行五銖錢也。"案：注引《漢

書》，見《食貨志》。

⑨李注："《爾雅》曰：瓠犀，瓣。《説文》曰：瓣，瓜中實也。白莧切。一作辯字，音練。瓣與練字通。"案：注引《爾雅》，見《釋草》。今《爾雅》"犀"字作"棲"。引《説文》，見《瓜部》。

⑩以上序辭，以下是祭文。

⑪明州本"而"作"洏"，注云："善本作而。"贛州本作"而"，注云："五臣本作洏字。"李注："《左氏傳》曰：宋災，陳畚挶。杜預曰：畚，簣籠也。畚，音本。挶，居局切。《爾雅》曰：鍬謂之鍤。《周易》曰：泣血漣如。杜預《左傳注》曰：而，助語也。"案：注引《左氏傳》，見襄公九年。引《爾雅》，見《釋器》。引《周易》，見《屯・上六》爻辭。引《左傳注》，見宣公四年。《箋證》："依注則洏當作而。王粲詩：流涕漣洏。《南史》：梁元帝撰《孝德傳》，廢書歎息，泣下漣洏。並作洏，皆而之俗。"

⑫李注："《禮記》曰：塗車芻靈，自古有之也。"案：注引《禮記》，見《檀弓下》。

⑬李注："《爾雅》曰：盎謂之缶。又曰：肉謂之醢。郭璞曰：肉醬也。音海。《説文》曰：醯，酸也。醯，呼蹄切。"案：注兩引《爾雅》，皆見《釋器》。引《説文》，見《酉部》。

⑭李注："犀，已見上文。"案：見上注⑨。

⑮李注："《寡婦賦》曰：潛靈邈其不反。"案：注引《寡婦賦》，見本書卷十六。

⑯以上叙古冢的發現，而冢主無名。

⑰古鈔本作"十仞皆作，百堵斯齊"〔1〕，與今傳諸本皆不同。李注："《毛詩》曰：百堵皆興。"案：注引《毛詩》，見《小雅・鴻雁》〔2〕。

⑱明州本"俑"作"櫬"，注云："善本作俑字。"贛州本作"俑"，注云："五臣本作櫬。"李注："《漢書》曰：霍光薨，賜便房、黄腸題凑各一

---

〔1〕按，核楊守敬手抄《文選》無注古鈔本，作"十刃斯建，百堵斯齊"。
〔2〕按，《小雅・鴻雁》爲"百堵皆作"，《大雅・緜》爲"百堵皆興"。

具。蘇林曰：以柏木黄心致累棺外，故曰黄腸。木頭皆内向，故曰題湊。如淳曰：便房，冢壙中室也。《埤蒼》曰：俑，木送人葬也。餘腫切。俑或爲偶。偶，刻木以像人形。五苟切。”案：注引《漢書》，見《霍光傳》。引《埤蒼》，已佚。“木送人葬”，當作“木人送葬”。

⑲李注：“范曄《後漢書》曰：曹褒遷射聲校尉。射聲營舍有停棺不葬百餘所，褒親履行，問其意。故吏對曰：此等多是建武以來絶無後者，故不得埋掩。褒爲買空地，悉葬其無主者。設祭以祀之。《東觀漢記》曰：陳寵，字昭公，沛國人也。轉廣漢太守。先是，洛陽城南，每陰，常有哭聲，聞於府中。寵使案行，昔歲倉卒時骸骨不葬者多。寵乃敕縣葬埋，由是即絶也。”案：注引《後漢書》，見《曹褒傳》。引《東觀漢記》，見聚珍本卷十九《陳寵傳》。

⑳李注：“《禮記》曰：孟春之月，掩骼埋胔。鄭玄曰：骨枯曰骼。”案：注引《禮記》，見《月令》。

㉑李注：“《孝經》曰：卜其宅兆而安厝之。”案：注引《孝經》，見《喪親章》。

㉒明州本“窀穸”作“穸窆”，注云：“善本作窀穸二字。”贛州本作“窀穸”，注云：“五臣本作穸窆。”李注：“《説文》曰：城池無水曰隍。音皇。《左氏傳》楚子曰：窀穸之事。杜預曰：窀，厚也。穸，夜也。厚夜，長夜，葬爲埋也。《説文》曰：穸，葬下棺也。《穀梁傳》曰：林屬於山爲麓。”案：注引《説文》，見《自部》。引《左氏傳》，見襄公十二年。引《説文》，見《穴部》，原文作：“窆，葬下棺也。”李本作“穸”，所見《説文》當亦是穸字。引《穀梁傳》，見僖公十四年。

㉓李注：“鄭玄《周禮注》曰：壙，謂冢中也。棺或爲檖，非也。”案：注引《周禮注》，“冢”當作“穿”，此《春官・喪祝》鄭引司農注。今《文選》各本無作“檖”者。

㉔李注：“《禮記》武子曰：合葬非古，自周公已來，未之有也。”案：注引《禮記》，見《檀弓上》。

㉕李注：“《禮記》孔子曰：魯人之祔也，合之。鄭玄曰：祔，謂合葬

也。”案：注引《禮記》，見《檀弓下》。

㉖李注：“魏太祖《祭橋玄文》曰：幽靈潛翳。李康《髑髏賦》曰：幽魂髣髴，忽有人形。《禮記》曰：祀周公於太廟，牲用白牲[1]，尊用犧象也。許宜切。”案：注引《祭橋玄文》，見《全三國文》卷三。引《髑髏賦》，見《全三國文》卷四十三。引《禮記》，見《明堂位》。

〔1〕按，胡克家《考異》曰：“下‘牲’當作‘牡’，各本皆譌。”

附　　録

跋日本古鈔無注三十卷本《文選》

日本古鈔無注三十卷本《文選》的殘帙二十一卷，是一九三八年冬我從巴縣向宗魯（承周）先生借得他的詳校本過臨的。臨寫完畢的時間是十二月二十九日，曾記在書末。臨寫全書，精力集中，不過費了兩三天的時間。那時年二十五歲，訖今已近六十年，年届八十，真有精力衰憊之感了。向先生告訴我，他詳校此書，是假之武昌徐行可（恕）先生所藏的卷子本。這個卷子本是宜都楊惺吾（守敬）從日本搜得的本子影鈔的。向先生詳校此書，是在一九二二至一九三一年間。前此蘄春黄季剛（侃）先生曾從徐氏借校。向先生詳校之本除原書的標記、旁注一一傳録以外，又録了楊、黄兩氏的校語。向先生又言，黄季剛先生後來又從楊氏購得一部影鈔的摺叠本。向先生取此二本校對，偶亦有異同，向先生皆比對校録。今徐氏所藏之本已不知下落[①]，黄氏藏本更無消息。向先生詳校之本，據向師母牟鴻儀先生告我，已於“文化大革命”前一九六五年在重慶米亭子舊書店售去。唯我過臨之本，至今仍在敝篋，遭“文革”而完好無損，亦可謂大幸矣！楊氏觀潮樓藏書，後入故宫博物院。高步瀛作《文選李注義疏》，曾引校古鈔本。後又見日本阿部隆一先生的《中國訪古志》，謂在臺北“故宫博物院”見此書。清水凱夫先生見問，我曾告之。承清水先生從臺北“故宫博物院”將李善《上〈文選注〉表》及昭明太子《文選序》複製貽我一份。此書的第五卷，楊氏曾影刻八行在《留真譜初編》卷第九中，可以見其彷彿。

現就這個古鈔本談三個問題。

第一，此書的著録題跋資料及其鈔寫時間

古鈔無注三十卷本《文選》的著録，最早是森立之的《經籍訪古志》。森《志》刊於一八五六年（即日本的安政三年丙辰，當清咸豐六年）。它的卷六“總集類”，著録了古鈔卷子本《文選》零帙二種。其一是第一卷一軸，爲温故堂舊藏；另一種未記卷數，僅存《吴都賦》“礫而不窺玉淵者未知驪龍之所蟠”以下數紙。此爲求古樓舊藏，背寫佛經，末題“菩薩戒羯磨文釋文鈔，文永三年丙寅六月十日書寫畢”。

事隔四十一年後，即清光緒丁酉（二十三年，1897），楊守敬刊印《日本訪書志》。這部書是楊氏十九世紀八十年代前期在日本搜求中國古籍的記録。這部書的卷十二，也著録了古鈔無注三十卷本《文選》二種。其第一種即森立之所載在《訪古志》中的温故堂本第一卷；第二種共存第五、第六、第七、第八、第九、第十、第十五、第十六、第十九、第二十、第二十一、第二十二、第二十三、第二十四、第二十五、第二十六、第二十七、第二十八、第二十九、第三十，共二十卷。

楊氏《訪書志》刊出後六年，日本島田翰的《古文舊書考》卷一《舊鈔本考》也著録了殘卷子本二卷。《古文舊書考》的《發凡》是明治三十六年（1903，清光緒二十九年）寫的。島田翰介紹《文選》殘卷共約六百八十字，而談《文選》之學在日本的流傳情況，却費了四百多字，他並没有説明這兩卷殘帙的卷數，以其所談有《神女賦》推之，當爲卷第十。如果兩卷相連，另一卷非卷第九即爲卷第十一。卷第九楊守敬所收殘卷有之，而卷第十一則楊《志》所無。如果兩卷不相連，那就無法推測了。

森立之、楊守敬和島田翰的書，都不是難得的，今將其所記文字，全部省去，以減篇幅。

這裏衹就三書的評議，談兩個問題：

一、這個鈔本出現的時間。森立之因爲它首載李善《上〈文選注〉表》，

斷定此書是李善注省去注文，而單録出本文者。楊守敬反對森立之的意見，用了很長一段文章，引據許多例證，説明日本人抄書，往往載後出箋注本的序文。他的意見是十分正確的。今案：這個鈔本出於李善未注以前的三十卷本，有個很明顯的特徵。即現卷五、六、七、八、九共五卷（李注本九至一八卷），分別有“賦戊”“賦己”“賦庚”“賦辛”“賦壬”等題署。李善不是在卷一的“賦甲”下有注文作了聲明嗎？他説：“賦甲者，舊題甲乙，所以紀卷先後，今卷已改，故甲乙並除。存其首題，以明舊式。”根據此注，則李本決不會再出現“戊”“己”等紀先後的番號了。而鈔本却仍然存在。這不是鈔本明顯地源出李氏未注之前嗎？至於五臣本是否有“甲”“乙”等字樣，今已無從得知，六臣本則無論是李善居前的贛州本（以《四部叢刊》影宋本爲例），或者五臣居前的明州本（以日本汲古書院影印足利學校本爲例），除“賦甲”因有李注而存留以外，其餘都没有這些字樣了。（尤刻卷十九却有“賦癸”的題署，以此卷接“詩甲”也。六臣本亦然。至於尤刻總目，出於後人增補，可以不論。）

二、古鈔本的抄寫時代。森立之説：“當是五百許年前鈔本。”森立之的五百許年前，當是日本的正平時代，即元順帝至正前後（約十四世紀四五十年代）。但是他所著録的另一種《吴都賦》，背記有“文永三年丙寅六月十日”字樣。文永三年丙寅，當中國宋度宗咸淳二年（1266）。若果這兩個鈔本屬於同時抄録，那末它們的抄寫時間至少當提前一百年。楊守敬對於古鈔的第一卷，没有講抄寫時代，可能他是同意森立之説法的。對於另外的殘帙二十卷，則認爲“相其紙質字體，當在元明間”。也即是他認爲這二十卷的抄寫時間，與森立之所記的第一卷大約相同。但這二十一卷殘帙，無論是元明間，或者更早一點，都不是隋唐寫本。不是隋唐寫本，並不能否定它源出於六朝隋唐。島田翰《古文舊書考》卷一《舊鈔本考序》説：“蓋舊鈔之書，大別有三：有唐鈔本，有淵源於隋唐者，有出於宋元明韓刊本者。”又説：“所謂淵源於隋唐者，如《左氏集解》《禮記子本疏義》是也。是皆當日古博士據舊本所傳鈔，誤以傳誤，訛以傳訛，真本面目，絲毫不改。故雖名爲傳鈔本，而實與隋唐鈔本無異矣。”這樣分析日本所傳舊鈔，評價淵源於隋唐的鈔本，是很合理的。《文選》的古鈔無注三十卷本，即屬淵源於隋唐者，它的傳抄時間，早晚不過在十三、十四世紀之間，那都無關緊要了！

第二，關於古鈔本在校勘上的價值問題

古鈔本在校勘上的價值，森立之、楊守敬、島田翰都評説甚高。楊守敬並説他有出其異同的校記，但訖未得見。關於這個鈔本的標記、旁注是何時何人所加，三家都未有涉及這個問題的議論。而對於這些問題，認真比對、探討的，則要算黄季剛和向宗魯兩位先生。黄先生在徐行可氏所藏卷子本卷六（相當於李注本卷十二）之末跋云：

> 《海賦》多出十六字，不但六臣所無，何、余、孫、顧所未見，即楊翁藏此卷子於篋衍數十年，殆亦未發見矣。豈徒《神女》玉王互訛，證存中之妙解；《西京》戈弋不混，驗屺瞻之善讎乎？且崇賢書在，北海解亡，此編原校引書，獨有臣君之説，是則子避父諱，其爲北海之作，焯爾無疑。陸善經見之，此卷子引之。逸珠盈椀，何珍如是！行可能藏，侃能校，皆書生之幸事也。季子侃題記。

黄氏的識語對這個古鈔本作了很高的評價，他所談到的問題，分述如下：

關於《海賦》多出十六字的問題。《海賦》“朱燉緑煙，腰眇蟬蜎”下多出“珊瑚琥珀，群産相連。硨磲馬碯，淵積如山”四句，凡十六字。這確實是現傳各種本子都没有，何焯、余蕭客、孫志祖、顧千里諸人没有見到，楊守敬本人也不曾提到的重要遺佚，並非一般的異文。《海賦》在古鈔本卷六，李善注本卷十二。（尤刻本原有此四句，唯“淵積”作“全積”〔1〕，蓋源於李注本避唐諱。胡克家翻刻脱去，故諸家皆未見。）

關於《神女賦》“玉”“王”互訛的問題。《神女賦》序文“其夜王寢”“王異之”“王曰晡夕之後”，賦中“王覽其狀”的四處“王”字，古鈔本皆

〔1〕按，尤刻本另“琥珀”作“虎珀”、“相連”作“接連”、“硨磲”作“車渠”、“馬碯”作“馬瑙”。

作“玉”；而序文“明日以白玉”“玉曰其夢若何”的兩處“玉”字，古鈔本皆作“王”。沈括（存中）《補筆談》卷一（馬氏重編本）曾謂“其夜王寢夢與神女遇者，王字乃玉字耳。明日以白玉者，以白王也。王與玉字誤書之耳。前日夢神女者，懷王也[2]，其夜夢神女者，宋玉也。襄王無預焉，從來枉受其名耳”。這個說法與姚寬《西溪叢語》卷上相同，姚說爲島田翰所採用，見《古文舊書考》。張鳳翼（《文選纂注》卷四）、何焯（《義門讀書記·文選一》）、陳景雲（《文選考異》卷四引）、余蕭客（《文選音義》卷四、《文選紀聞》卷十）、許巽行（《文選筆記》卷三）、汪師韓（《文選理學權輿》卷八）、胡克家（《文選考異》卷四）、胡紹煐（《文選箋證》卷二十一）、張雲璈（《選學膠言》卷九）、朱珔（《文選集釋》卷十五）、梁章鉅（《文選旁證》卷十九）諸人都贊成此説。這裏所謂“證存中之妙解”，是講這個鈔本“玉”“王”不混，足以爲此説下結論。《神女賦》在古鈔本卷十、李善注本卷十九。

關於《西京賦》“戈”“弋”不混的問題。尤刻本《西京賦》：“建玄弋，樹招摇。”贛州、明州兩個六臣注本都是如此。何焯（屺瞻）云：“杜牧詩：‘已建玄戈收相土，應迴翠帽過離宮。’[3]疑即用此，今刻玄弋者，恐非。《史記·天官書》：‘杓端有兩星：一内爲矛，招摇；一外爲盾，天鋒。’晋灼曰：外，遠北斗也，一名玄戈。”余蕭客（《文選音義》卷一）、許巽行（《文選筆記》卷一）、孫志祖（《文選考異》卷一）、胡紹煐（《文選箋證》卷二）、朱珔（《文選集釋》卷三）都贊同改“弋”爲“戈”的説法；而張雲璈（《選學膠言》卷二）、梁章鉅（《文選旁證》卷三）則依違兩可。今案：敦煌所出唐永隆寫本《文選殘卷》[4]“弋”正作“戈”（唯薛綜注仍作“玄弋”）。黄氏謂屺瞻善讎，肯定何校，以古鈔爲證。《西京賦》在古鈔本卷一，李善注本卷二。

關於“臣君”之説問題。這個問題比較複雜。黄氏謂“崇賢書在，北海解亡”，是相信《新唐書·文藝傳》載的李邕（北海）曾有過“附事見義”的《文選》新解，與李善（崇賢）原注“兩書並行”這樣一種傳説的。這種傳説實不可靠，《四庫全書總目提要》卷一百八十六《文選注》條下已經予以駁斥了。今案：古鈔本卷一《西京賦》上的標記引“臣君曰”凡有兩處。

一處是“繚亘綿聯”上標記：“繚亘，本注云：猶繞了也。臣君曰：亘當爲垣。”尤刻本“亘”已作“垣”，載薛注云：“繚垣，猶繞了也。”又載善曰：“今並以亘爲垣。”贛州本、明州本亦同尤刻。這是後人把薛注原本用李注的校文改了的。陳景雲已指出這一錯誤[5]。古鈔及唐永隆寫本“繚垣”皆作“繚亘”。永隆寫本薛注作“繚亘，猶繞了也”，又引“臣善曰：亘當爲垣”，與古鈔標記全合。今本的混亂，得此已全部弄清楚。但這並不是黄氏識語所指的。另一處是“衍地絡”上標記：“㣐[6]。陸曰：臣君曰：以善反，申布也。”今尋“以善反”的切語，實是李氏注文，而“申布也”的訓解，則爲薛綜之注。所謂“臣君”係屬何人，殊有些費解。黄氏識語稱“陸善經見之，此卷子引之”，則他所指的正是這一條。這一條本身便不能斷定全爲李善注，他却硬下結論説：“此編原校引書，獨有臣君之説，是則子避父諱，其爲北海之作，焯爾無疑。”真可以這樣肯定嗎？“繚亘”一條，既無救於“北海解亡”；“衍地絡”一條，更不可全歸爲“崇賢書在”。“子避父諱”雖本之彭叔夏《文苑英華辨證》卷八，但那種家集避諱的條例，是否適用於學術著作？“君”上加“臣”，也殊可怪異。古鈔本的這些地方，衹好歸之於尚無法説明的疑義而已。

向宗魯先生的詳校本識語説：

> 《舊唐書·儒學傳·曹憲傳》云：初江淮間爲《文選》學者本之於憲。又有許淹、李善、公孫羅復相繼以《文選》教授，由是其學大興於代。[7]又云：公孫羅，江都人也。歷沛王府參軍，無錫縣丞。撰《文選音義》□卷行於代。又《經籍志》：《文選》六十卷，公孫羅撰。又：《文選音》十卷，公孫羅撰。[8]以日本藤原佐世《見在書目》證之，則鈔本及《集注》所引鈔曰，即《唐志》六十卷本也。所引《音决》，即《唐志》之《文選音》也。惟《見在書目》稱《文選鈔》六十九卷，與《唐志》異，或後人所附益，或九字誤衍，俱不可知。
>
> 公孫羅與崇賢並世，俱以《選》學著稱，而中土久失其書，學者幾不能舉其人，賴此殘卷得存崖略，其功大矣。陸善經兩《唐書》無傳，《志》亦不載其書。《開成石經》刻李林甫等《進月令注表》，稱同撰人

有河南府倉曹參軍陸善經，則亦玄宗時學者也。[⑨]《集注》引陸説，作者當在中唐以後；鈔本旁注引《集注》語，當更出其後矣。《經籍志》謂鈔本就李注録出，今細核之，固多異於李本，而同於五臣者；旁注亦時引李本，以校異同，則非全用李本可知。其中如《西都賦》無"衆流"二句，與范《書》合。《離騷》"顑頷"作"减淫"[⑩]，今已不知有此異文。《海賦》多十六字，今本皆佚脱，賴此存之。真一字千金也！所引李善説，有出今本外者，疑出《文選辨惑》中[⑪]，尤可貴也。承周。

宗魯先生的識語，主要提出下面一些問題：

第一，這個鈔本的標記、旁注所引公孫羅、陸善經有關《文選》的著作問題。唐人《文選》之學，拙著《文選雜述》[⑫]，已作了簡要的概述[⑬]。關於陸善經，宗魯先生還寫有一篇《書陸善經事》，全文已録入拙著頁二十一至二十三。這裏要特别提到的是，公孫羅的《鈔》《音决》和陸善經的注，收入日本發見的《文選集注》殘卷，這個殘卷，宗魯先生當年衹見到羅振玉的印本十六卷。《集注》是把《文選》三十卷析爲一百二十卷的，十六卷就衹有全書的百分之十三。即至今日《集注》的印行數量也不過二十三卷，僅占全書的百分之十九。古鈔本標記、旁注引《鈔》《音决》和陸善經注最多的第一卷（相當於《集注》本第一至四卷），至今仍没有見到這四卷《集注》殘帙。重視標記、旁注所引的《集注》遺佚資料，是讀古鈔本的一個重要課題。宗魯先生的識語特别提到公孫羅和陸善經，很有必要，特别是在他校此書時的二十世紀二十年代。

第二，古鈔本與李注本、五臣注本的關係問題。宗魯先生是不同意森立之《經籍訪古志》的説法的。這個鈔本既不出於李注本，也不出於五臣注本，那末，它一定源於隋唐舊本，即李善未注以前之本。現傳鈔本的標記、旁注引《集注》，它當然在《集注》流行之後。但是這些標記、旁注出現的時代，並不能代替正文抄寫的時代。正文抄寫也應該看到它源出隋唐。楊守敬所講這個鈔本卷首載李善《上〈文選注〉表》，並不能説明即出李善注本，正是這個道理。宗魯先生對於古鈔本的淵源，是同意楊守敬的看法的。至於第一卷古鈔本標記、旁注的寫入者，清水凱夫先生寫信與我，説是出於鎌倉時代，他並表示要進一步考證，希望他能取得成功。

第三，關於古鈔本在校勘《文選》上的價值問題。宗魯先生特别指出《離騷》"減淫"兩字，"今已不知有此異文"。我曾寫過《記日本古鈔本〈文選〉卷第十六所載屈原作品五篇》一文[14]，指出"減淫"是曹憲傳讀之本。這不僅是《文選》學上值得重視的事，也是《楚辭》學上值得重視的事、聲韵學上值得重視的事。宗魯先生稱古鈔本的校勘價值"一字千金"，並不算是誇大。

第四，古鈔本標記、旁注中所引的李善説不見於今本《文選注》的問題。宗魯先生懷疑它可能出於《文選辨惑》中。這當然值得重視。不過，據李濟翁《資暇集》卷上所載，李注《文選》當世流傳即有"數本"，"有初注成者，覆注者，有三注、四注者，當時旋被傳寫之。其絶筆之本，皆釋音訓義，注解甚多"。又説"嘗將數本並校，不唯注之贍略有異，至於科段，互相不同"。今敦煌發現的《西京賦》《解嘲》等殘帙，即與世傳尤刻有異，正可證明李濟翁之説可靠。即不出於《文選辨惑》中，也是李注"數本"中的異本，怎麽不值得珍視呢？

古鈔本的歧異字句值得珍視。第一卷的標記、旁注特别多，和其餘二十卷屬於兩個系統。其餘二十卷中，屬於"賦"類的爲第五、六、七、八、九卷（第十卷已有"詩"），今專舉這幾卷中的幾個例子，以見一斑：

《長楊賦》（古鈔本在第五卷，李注本在第九卷）："言未卒，墨客降席再拜稽首。"尤刻和贛州本、明州本都是如此；《漢書·揚雄傳》載此賦同。古鈔本"墨客"作"子墨客卿"。案：這篇賦本是"借翰林以爲主人，子墨爲客卿以風"的一篇作品。賦中首稱"子墨客卿問於翰林主人"，後稱"翰林主人曰"云云，中間問答則但稱"客"和"主人"，最末的結語稱"子墨客卿"，是首尾對應、體制周密的一篇文章，突然在這裏出現"墨客"這種頗爲别扭的省稱，是不應當的。古鈔本給我們提供了一個十分有理的異文。何、陳、余、胡諸家校勘，都没有注意這個問題。

《射雉賦》（古鈔本在第五卷，李注本在第九卷）："此則老氏所誡，君子不爲。"尤刻如此，贛州本、明州本皆作"此則老氏之所誡，而君子之所不爲"。古鈔本作"此則老氏之所誡，而君子所不爲也"。胡克家《考異》云：

“袁本、茶陵本‘氏’下有‘之’字，‘子’下有‘之所’二字。案：此疑善、五臣之異，但二本無校語，今不可考，當各仍其舊。”今案：《考異》所校，不同於贛州、明州兩本，當有誤失。[1]古鈔本既不同於尤刻李注本，也不同於今所傳六臣本。而文義較諸本都好，特别是末尾多一“也”字，更增加文章的神味。這也是各本所無者。

《景福殿賦》（古鈔本在第六卷，李注本在第十一卷）：“文彩璘班。”尤刻如此。贛州本同，注云：“五臣本作瑞。”明州本作“文彩璘瑞”，注云：“善本作班。”古鈔本作“文彩璘瑞”，似同於五臣本。然李善注：“《埤蒼》曰：璘瑞，文貌。”則此作“璘瑞”者亦善本。《考異》云：“袁本‘班’作‘瑞’，云善作‘班’。茶陵本云五臣作‘瑞’。案：注引《埤蒼》作瑞，疑校語未是。”據古鈔本則李善未注以前之本作“瑞”，李所據即如此，故引《埤蒼》。五臣本作“瑞’或作“班”，已不能確知。六臣本校語謂善本作“班”，顯然是靠不住的。

《月賦》（古鈔本在第七卷，李注本在第十三卷）：“絃桐練響。”尤刻如此，贛州本同，注云：“五臣作絲。”明州本作“絲”，未注異同。古鈔本作“絲桐”。案：李善注引桓譚《新論》云：“神農始削桐爲琴，練絲爲絃。”“削桐”與“練絲”並列，則其所據以作注之本亦當作“絲桐”，正文及注文首句“絃桐”，皆與所引《新論》之義不合，必是誤文。明州本未注異同，是尤刻因襲贛州本而誤。何、胡諸家校皆未及此。當以古鈔本爲是。

《幽通賦》（古鈔本在第七卷，李注本在第十四卷）：“嬴取威於伯儀兮，姜本支乎三趾。”尤刻如此，贛州本、明州本“伯儀”皆作“百儀”。古鈔本亦作“百儀”，《漢書·叙傳》同。李善注：“應劭曰：嬴，秦姓，伯益之後。伯益在唐虞爲有儀鳥獸百物之功，秦所由取威於六國也。”（《漢書》顔注引應劭語，作“伯益爲虞，有儀鳥獸百物之功”，此注當依以訂正。）是“百儀”即指伯益有儀百物之德，且“百儀”與“三趾”相對爲文，不得作“伯儀”。王念孫《讀書雜志·漢書十五》論證得很詳細。孫志祖、胡克家、梁

〔1〕按，據前文，《考異》所校，同於贛州、明州兩本，無誤。

章鉅、胡紹煐諸人，都認爲作“百儀”是對的。尤刻誤文，當依古鈔本改正。

《思玄賦》(古鈔本在第八卷，李注本在第十五卷)：“後委衡乎玄冥。”尤刻如此。贛州本“後委衡”作“後委水衡”，注云：“五臣無後字。”明州本作“委水衡”，在“委”上注云：“善本有後字。”古鈔本作“委水衡”，《後漢書·張衡傳》同。案：李本載舊注云：“委，屬也。水衡，官名也。”是“水衡”絶不能省“水”字。《考異》云：“袁本、茶陵本‘衡’上有‘水’字，袁校語云善有‘後’字。茶陵校語云五臣無‘後’字。陳云范《書》無‘後’字。案：《後漢書》有‘水’字，尤誤脱去。”古鈔本與《後漢書》及五臣本同，可以補正尤刻的誤脱。

《閑居賦》(古鈔本在第八卷，李注本在第十六卷)：“傲墳素之場圃。”尤刻如此。贛州本、明州本及《晋書·潘岳傳》載此賦亦作“墳素”，與尤刻同。古鈔本作“墳索”。案：李善注云：“《左氏傳》：楚靈王曰：左史倚相能讀三墳、五典、八索、九丘。賈逵曰：三墳，三皇之書。五典，五帝之典。八索，素王之法。九丘，亡國之戒。”此引《左氏傳》見昭公十二年。據孔疏及李貽德《春秋左氏傳賈服注輯述》，李注所引賈義，即止於此。“墳”與“索”組合成詞，本之《左傳》原文。儘管《左傳》的“索”，本又作“素”，而且“索”可訓爲“素”[15]。但“墳索”一詞，仍不能代以“墳素”。李注所據之本，當與古鈔本同，應作“墳索”。今各本“索”皆作“素”，仍不如作“索”爲當。

《文賦》(古鈔本在第九卷，李注本在第十七卷)：“或苕發穎竪，離衆絶致。”尤刻及贛州本、明州本皆如此。古鈔本作“或苕發而穎竪，或離衆而絶致”。案：李善注云：“言作文利害，理難俱美，或有一句，同乎苕發穎竪，離於衆辭，絶於致思也。”是“離衆”與“絶致”之間，以加一連詞爲妥。上句“苕發”與“穎竪”間，也當如此。古鈔本的這種異文，今已爲讀《文賦》者所不知。

《洞簫賦》(古鈔本在第九卷，李注本在第十七卷)：“嚚頑朱均。”尤刻及贛州本、明州本都是如此。古鈔本作“嚚朱頑均”。案：“嚚”和“頑”是兩個概念。“朱”，丹朱；“均”，商均：是兩個人物。李善注引僖公二十四年

《左傳》及《史記·五帝本紀》，都作了分別的解釋。古鈔本的“嚚朱頑均”，所謂錯文以見義的寫法，似比“嚚頑朱均”高妙。這也是今讀《洞簫賦》者已不知道的異文。

《長笛賦》（古鈔本在第九卷，李注本在第十八卷）：“條決繽紛，申韓之察也。”尤刻如此。贛州本同，注云：“五臣作理。”明州本作“條决繽理”，注云：“善本作紛字。”古鈔本作“條决繽理”。《考異》云：“案：‘紛’當作‘理’。袁本云善作‘紛’。茶陵本云五臣作‘理’。案各本所見皆非也。善以‘科條能分决’注‘條决’，以‘繽紛能整理’注‘繽理’。作‘理’不作‘紛’，明甚。”今案：《考異》之説是也。以古鈔本證之，則作“繽紛”者，直是尤刻之誤。

上面僅僅就古鈔本的一部分中舉幾個例子。無論是訂正尤刻及贛州、明州諸本的誤謬，還是證明或補充清代學者的校勘誤失，都足以發人深省，令人驚嘆。

古鈔本的可貴，還不止此，它在典籍古式上也給我們保留了可貴的校勘資料。第一卷《東都賦》的《明堂》《辟雍》《靈臺》《寶鼎》《白雉》諸詩題在詩後，楊守敬在《日本訪書志》卷十二中已有所説明；第十六卷《九歌》的《東皇太一》《雲中君》《湘君》《湘夫人》諸小題在文後，拙文《記日本古鈔本〈文選〉卷第十六所載屈原作品五篇》也曾提到[16]。特別應該指出的是《三國名臣序贊》（古鈔本在卷二十四，李注本在卷四十七），尤刻本《序》末記所贊《魏志》以下諸人名目是這樣的：

> 魏志九人蜀志四人吴志七人荀彧字文若諸葛亮字孔明周瑜字公瑾荀攸字公達龐統字士元張昭字子布袁煥字曜卿蔣琬字公琰魯肅字子敬崔琰字季珪黄權字公衡諸葛瑾字子瑜徐邈字景山陸遜字伯言陳群字長文顧雍字元歎夏侯玄字泰初虞翻字仲翔王經字承宗陳泰字玄伯

贛州本、明州本都與尤刻全同。這種排列法，既與《贊》中次序不符，又忽而魏、蜀、吴三國之人相次（如荀彧、諸葛亮、周瑜），忽而衹有魏、吴兩國之人（如徐邈、陸遜），忽而衹有魏人（如王經、陳泰）：實在混亂。《晋書·文苑傳》載此文則未列《贊》中人物名字。及看到古鈔本却是這樣的（原直行從右到左，今改爲橫排，則從上到下）：

魏志九人	蜀志四人	吴志七人
荀彧字文若	諸葛亮字孔明	周瑜字公瑾
荀攸字公達	龐統字士元	張昭字子布
袁焕字曜卿	蔣琬字公琰	魯肅字子敬
崔琰字季珪	黄權字公衡	諸葛瑾字子瑜
徐邈字景山		陸遜字伯言
陳群字長文		顧雍字元歎
夏侯玄字泰初		虞翻字仲翔
王經字承宗		
陳泰字玄伯		

《集注》殘卷第九十四全與古鈔本同。看到這樣的本子，纔恍然大悟，此處原依《墨子》所謂“讀此書旁行”[17]的條例。當先讀完《魏志》九人的名字，才讀《蜀志》四人的名字，最後讀《吴志》七人的名字。《贊》中次序是很清楚的。古鈔本《贊》中每人都提行，眉目更爲明顯。而後人不知“旁行”讀書的古例，照“《魏志》九人，《蜀志》四人，《吴志》七人”一行一行地讀下去，便成爲混亂不堪的今傳尤刻及贛州、明州諸本了。古鈔本可貴如此。

古鈔本的標記、旁注，也有十分寶貴的資料。第一卷《文選序》的標記云：“太子令劉孝綽作之云云。”案：劉孝綽曾爲蕭統編集撰序，這篇集序載在今傳《昭明太子集》的卷首[18]。《後梁文》卷六十收入此文，題爲《昭明太子集序》，是錯誤的。《序》中明言“大梁之二十一載”，當即普通三年（522），時蕭統二十一歲，“昭明”乃統逝世後的謚號，這個集子，不應該有此題署。編集撰序的事，《梁書》（本傳）、《南史》（附《劉勔傳》）都説“太子獨使孝綽集而序之”，這裏説“太子令劉孝綽作之”。這顯然是兩回事。標記即在《文選序》的題署上方，那末，《文選序》便是太子令劉孝綽代作的了。古鈔本的標記、旁注，不能忽視，這條文字雖没有指明出處，但絶不會是無稽之談。尋昭明太子的師友，有王錫、張纘、陸倕、張率、謝舉、王規、王筠、劉孝綽、到洽、張緬十人[19]，後世號之爲“昭明太子十學士”[20]。“十學士”中陸倕和張率、到洽都不會參加《文選》的編纂工作。《文選》的編纂工作，蕭統主要依靠劉孝綽的可能性最大。《文鏡秘府論・南卷》“或曰：晚代銓文者多矣。至如梁昭明太子蕭統與劉孝綽等撰集《文選》，自謂畢乎天地，懸諸日月”[21]。《玉海》卷五十四引《中興書目》，亦稱《文選》爲蕭統與劉孝綽等撰集，但却在劉孝綽之前錯誤地加上並非東宫官屬的何遜（何遜没有活到《文選》編纂的時候）。劉孝綽協助蕭統編纂《文選》，那末，奉命代之作序，完全可能。《文選序》出於劉孝綽之手，這在文學史上、文學批評、理論史上都是一件值得重視的大事。當然劉孝綽是受蕭統之命而作的，他不能因此而取代蕭統的《文選》主編權；這篇序的觀點也是蕭統的。我曾有《昭明太子十學士和〈文選〉編輯的關係》一文，發表在《四川師大學報》一九九一年第三期上，這裏就不詳説了。關於這個問題，拙著《〈文選〉編輯綴聞》[22]及《“昭明太子十學士”説》[23]都有所論列。古鈔本的標記，在這些地方，也真有“一字千金”的價值。

第三，談一談古鈔無注三十卷本《文選》的刊布問題

日本古鈔無注三十卷本《文選》得到中日文獻學、《文選》學專家的重視，然而反映在刊行著述中的却不多。黄季剛先生的《文選平點》和高閬仙（步瀛）先生的《文選李注義疏》是重視古鈔本、用古鈔本進行了校勘的著作。

《文選平點》是黄耀先（焯）先生編輯的季剛先生遺著[24]。《後記》説，所據爲壬戌年（1922）季剛先生寓居武昌時的平點本。這書比臺北所印《黄季剛先生遺書》中的《文選》，多了對日本古鈔本的校勘内容。卷首的《文選目録校記》，全部注明了古鈔本的有無及其卷第。在卷一的開頭，曾説：“楊守敬抄日本卷子本”“已與此本校”。及查卷中校語，則引校古鈔本者，衹在第十二卷（指李注本，相當於古鈔本第六卷）以前。卷十二以後，就看

不見比對古鈔本的校語了。寫在徐行可藏古鈔本卷六後的識語（見上文引），《平點》中也没有踪影。識語所提到的古鈔本標記引“臣君”之説，《平點》見不到，因爲它完全没有載入標記、旁注的文字。《西京賦》的“玄弋”爲“玄戈”，《海賦》多十六字，這兩處的古鈔本異同《平點》都提到了（這些都在卷十二前）。而《神女賦》的“玉”“王”互訛問題，則《平點》全與識語所謂“證存中之妙解”肯定《補筆談》的看法相反，認爲“玉”“王”不訛。而且大段引用趙曦明校語，還説“侃所説竟與趙曦明同，今夜覽孫志祖《文選考異》見之，爲之一快。壬戌七夕記”。古鈔本的“玉”“王”互異，《平點》没有一字提及。季剛先生曾誚點讀古書有頭無尾爲“殺書頭”[25]，他是不會對《文選》這樣書的校讀“殺書頭”的。竊疑燿先先生所傳的壬戌平點本是校對未完的本子。燿先先生既没有見到徐行可先生所藏古鈔卷子，也没有讀到季剛先生所寫的這一識語，所以《文選平點》並不能反映季剛先生對《文選》的校勘成就。徐藏古鈔的識語，寫在壬戌平點本之後，所以關於《神女賦》“玉”“王”互訛的問題與《平點》不同。當以徐藏本識語爲定[26]。季剛先生曾肯定何焯（義門）對於《文選》的校勘，説：“清世爲《文選》之學，精該簡要，未有超於義門者也。而評文則未爲精解。”[27]可惜季剛先生極爲致力的《文選》古鈔本校勘工作，也竟没有完整留存下來，頗與何義門同樣遺憾。

高閬仙先生的《文選李注義疏》衹完成了八卷。這書的卷一和卷二即日本古鈔本的卷一。八卷中衹有這兩卷有古鈔本可校，閬仙先生也取校了。一九二九年的初印本並没有交代古鈔本的來源，一九三四年的重印本，有所增訂，始云：“《文選》古鈔本今存故宫博物館。”[28]。曹道衡、沈玉成兩同志的校點，即據一九三四年本[29]。這個古鈔本今猶藏臺北“故宫博物院”，已見前。從高氏所校來看，却有一些問題：第一，他没有一條標記、旁注資料，這些資料有的是很可貴的。第二，所校異文，也有遺漏。如卷首所載李善《上〈文選注〉表》：“汾河委筴，夙非成誦；崇山墜簡，未議澄心。”高氏衹有“古鈔‘崇’作‘嵩’”一條校語；古鈔本“筴”作“篋”，却漏掉了。高氏的《義疏》却引了《漢書·張安世傳》“亡書三篋”的話，又説：“筴、策字通，實‘册’之借字。”這分明是“篋”誤爲“筴”，依古鈔本訂正即行。而高氏繞了一個大彎子，仍没有解決問題。又如《西京賦》："建玄弋。"高氏《義疏》引了何焯、朱珔、胡紹煐諸人之説，並據唐寫本改"弋"爲"戈"，却没有引校古鈔本，這裏古鈔本正作"戈"。從這些例子看來，頗疑高氏並没有親見古鈔本，古鈔本的異文是托人代校的。因爲高氏校書歷來仔細，不宜有這些重大的遺漏。

黄、高二氏，重視了古鈔本，但他們所刊行的著述中，對古鈔本的校語，却不能反映古鈔本的面貌。

"《文選》學"在中日文化交流的歷史上，是有代表性的一個學科。我草寫此文，目的在引起中日學者重視這個鈔本。通過大家努力，使它能廣爲流播，發揮作用，把"《文選》學"的研究推進一步。這就是鄙願。

拙文的疏漏之處，乞同行教正。

（載趙福海主編《文選學論集》，時代文藝出版社，一九九二年六月出版。輯入《中外學者文選學論集》，中華書局，一九九八年出版。）

【注釋】

①行可先生殁後，其女婿楊明照先生向徐氏詢問，已無此書。

②指《高唐賦》。

③見《洛陽》。

④見《鳴沙石室古籍叢殘》影印本。

⑤見《文選考異》引。

⑥當作衎，永隆寫本可證。

⑦《新書》略同，惟增入魏模。

⑧《新史》略同，《劉賓客嘉話録》引公孫羅《南都賦注》一條。

⑨注《月令》事亦見《新志》子注中，無銜名。又《新志》子部有陸善經注《孟子》七卷；陸善經删趙注見《崇文總目》，宋孫奭《孟子音義》多引其説，馬輯本云：不詳何人。疏也。

⑩《集注》本同。

⑪《唐志》十卷。

⑫見《昭明文選雜述及選講》上編。

⑬見此書頁十五至二十三，天津、臺北兩本同。

⑭載《楚辭研究》，齊魯書社一九八八年版，頁一〇一至一〇三。

⑮見李氏《輯述》。

⑯見《楚辭研究》第一〇三頁。

⑰見《經上》。

⑱今傳此集的五卷本出於宋淳熙八年袁説友刻，六卷本則出於明人捃拾。

⑲見《南史·王彧傳》附王錫事。

⑳見《姓解》卷二、卷三。

㉑友人王君利器謂此爲《古今詩人秀句序》，見《文鏡秘府論校注》頁三五四至三五六。

㉒見《昭明文選雜述及選講》頁四至十二。

㉓見《昭明文選研究論文集》頁一四九至一五六。

㉔一九八五年上海古籍出版社出版。

㉕見《唐文粹粹目》。

㉖這一識語，在程千帆同志搜採季剛先生遺著時，我已抄送給他。

㉗見《文選平點》卷一。

㉘初印、重印均由北京文化學社出版。

㉙中華書局一九八五年出版。

紹興建陽陳八郎本五臣注《文選》跋

五臣注《文選》從開元六年（718）向玄宗進呈以後，遂爲世人相尚傳習，大有奪取李善注本地位的趨勢，李匡文[①]《資暇集》卷上論之已詳。據《揮麈録餘話》卷二謂毋昭裔刻印《文選》，其本即當爲五臣注本。《宋史》卷四百七十九《西蜀孟氏世家》載，昭裔子守素曾以此書刻板帶到汴梁。《崇文總目》[②]所著録五臣注本《文選》三十卷，亦即此本。杭州開箋紙馬鋪所刻，便從此出。沈嚴《五臣本後序》云："二川、兩浙，先有印本。"[③]當即指此二本。陳本吕延祚表後，載有方框，框内有文一則云："凡物久則弊，弊則新。《文選》之行尚矣，轉相摹刻，不知幾家，字經三寫，誤謬滋多。所謂久則弊也。琪謹將監本與古本參校考正，的無舛錯。其亦弊則新與？收書君子，請將見行版本比對，便可概見。紹興辛巳龜山江琪咨聞。"此所謂"監本"，當即"杭本"（即"兩浙"之本）；所謂"古本"，當即"蜀孟氏本"（即"二川"之本）。這個本子出於川浙兩本之後，所以大字標題云："重校新雕文選。"此本原爲王同愈所藏，辛亥時寄在李鳳高處，八年後李璧還於王。吴清（湖帆）以至爲之繪《千里還書圖》。今藏臺北"中央圖書館"，近爲影印三百部。鄭騫先生寫了一跋文。鄭跋斷定錢遵王《讀書敏求記》所著録者非此本。並惜五臣注本今人皆取之六臣注本節删竄訂者，無人爲之逐篇勘對。又謂謝靈運《登江中孤嶼詩》，五臣本爲勝。此皆可供參驗之論也。

李善注《文選》，毫不隱瞞地説他對蕭統《文選》原本進行了整理，譬如改蕭《選》三十卷爲六十卷；廢"賦甲""賦乙"等標號；對《奏彈劉整》一文，復原了蕭統删去的供詞内容。這些事實，他都明白地告訴了讀者。五臣與李善注争勝，"貴有異同"[④]，於是在客觀上保存了蕭《選》的一些原狀，如鄭騫先生所舉的《登江中孤嶼詩》，便是一個典型的例子。此詩《藝文類聚》（影印紹興本）卷二十八引正作“亂流趨孤嶼，孤嶼媚中川”。梁章鉅《文選旁證》云：“六臣本校云：‘正絶’，五臣作‘孤嶼’。按《爾雅》：正絶流曰亂。郭注：直横渡也。《書》曰：亂于河。尋義作‘孤嶼’爲長。下句重上句[⑤]，古詩常有。疑注引《爾雅》但釋詩‘亂’字，而後人沿注，故改重文耳。”《旁證》的説法，甚爲確切。胡紹煐《箋證》即從《旁證》之説，全引《旁證》之文。謝詩此句，定當依五臣本校正今傳李本。此不能以“非五臣”而抹殺其正確之處也。

對於李善和五臣的是非，必須遵守實事求是的原則，不能以少數例證，重新刮起“習尚五臣”[⑥]的歪風。蘇軾的《書謝瞻詩》説：“李善注《文選》本末詳備，極可喜。所謂五臣者，真俚儒之荒陋者也。而世以爲勝善，亦謬矣。謝瞻《張子房詩》曰‘苛慝暴三殤’，謂上中下三殤，言暴秦無道，戮及孥稚也。而乃引苛政猛於虎，吾父吾子吾夫皆死於是，謂夫與父爲殤，此非俚儒之荒陋者乎！”方回《文選顔謝鮑詩評》認爲蘇軾把李善注誤爲五臣注。因爲明州、贛州兩本都把李善注引《禮記》一段文字删去了，而尤本、汲古閣本有這段文字，因此我過去曾斷定尤本和毛本是把李周翰注誤爲李善注而竄入，今見韓國影印古活字本的李善注確有此段。今將韓國影印奎章閣藏六臣注《文選》[⑦]的全文引述如下：“力政，謂秦也。《墨子》曰：反天意者，力政也。如淳《漢書》注曰：王室微弱，諸侯以力爲政，相攻伐也。《史記》曰：秦取周九鼎寶器而遷西周。《禮記》曰：孔子過泰山側，婦人哭於墓者而哀，夫子式而聽之，使子貢[⑧]〔1〕問之。曰：‘子之哭也，一似重有憂者。’而曰：‘然。昔者吾舅死於虎，吾夫又死焉，今吾子又死焉。’夫子曰：‘何不去也？’曰：‘無苛政。’夫子曰：‘小子識之，苛政猛於虎也。’苛猶虐也。”這段李注，是爲謝詩“力政吞九鼎，苛慝暴三殤”作注的。引《墨子》，見《天志》上。引如淳《漢書》注，當是《五行志》中之下“諸侯力政”句下之注。顔師古引“一説”即與如淳此注語皆相同，而掩没如淳之名，顔注往往如此。王念孫謂“政”當讀爲“征”。謂以力相征伐，其説是

〔1〕按，“子貢”原作“子路”，注⑧云“‘子貢’誤爲‘子路’”，核韓國1996年再版影印奎章閣藏六臣注《文選》，此字不誤，故改回。

也。引《禮記》，見《檀弓下》，李周翰注襲之，李善注引《禮記》，本以釋詩中“苛”字。明州本删去善注此段，而猶存“苛猶虐也”四字。贛州本則但在善注文末云：“《禮記》曰：苛政猛於虎。同翰注。”其實李善注，並未涉及“殤”字，不能説“同翰注”也。關於此事，兩百年前，許巽行早已辯明。《文選筆記》云：“陳振孫《書録解題》云：東坡謂五臣乃俚儒之荒陋者，反不及善，如謝瞻詩‘苛慝暴三殤’，引苛政猛於虎，以父與夫爲殤，非是。然此説乃實本於善也。案善引《禮記》，止釋‘苛’字。《九錫文》‘吏無苛政’，注亦引《禮記》文，可證。東坡但譏五臣，直齋并誣李氏，坐讀書不細心耳。”“讀書不細心”，方回與陳振孫皆不得辭此譴責也！

拙著《文選導讀》於五臣注頗有貶損之詞，此一千年來先儒舊論，非妄以一人私見隨情抑揚。五臣之剿襲、庸陋，不必遠引，即《文選》開卷第一篇《兩都賦》作者班氏行迹，張銑大部剿襲李善注文，而改范曄《後漢書》爲《漢書》。若以班固自叙其先世及己作《漢書》事在《漢書・叙傳》，然《漢書・叙傳》實無“扶風安定人”及從竇憲出征匈奴，憲敗，固死獄中諸文字，其剿襲改竄，非庸陋而何？至於《導讀》他處所引《資暇集》《兼明書》等，皆屬已定的鐵案，無可翻改之處。拙著貶損五臣，固爲實事求是，毁譽抑揚，俟諸百代！

時賢尊崇五臣，確如鄭騫先生之論，細校五臣者，實不概見。賤子嘗檢陳本，此本爲現存五臣注之唯一完整者，自宜珍視，然在五臣注傳本中，實非佳刻。今舉數事，論之如下：

楊守敬自日本所帶回之古鈔無注三十卷本，其第一卷《文選序》昭明太子署名處有旁注一條云：“張銑曰：梁姓蕭氏，《梁書》曰：昭明太子統字德施，武帝之元子，天監六年立爲皇太子。生而聰睿，讀書數行並下。每遊宴賦詩，慮思便成，無所點易。中大通三年薨，年三十一。”此條旁注，出於六十年前過臨先師向宗魯先生詳校本。先生批云：“凡鈔引五臣注，不録。此條宋刊六臣本（即贛州本）無，因録之。”今取與日本清水凱夫先生所贈從臺北“故宫博物院”複製原鈔本相對，一字不差。而陳本注云：“銑曰：梁姓蕭氏，《梁典》云：武帝子名統，字德施，謚曰昭明。”韓本同，惟

“謚”下脱“曰”字。明州本全與韓本同。[1]贛州本在“梁昭明太子撰”下脱去注文兩行，而下行猶存“施謚曰昭明”五字，計其所脱，爲十四字，是其原未脱字之本悉與明州本同，亦即同於陳本也。徵之古鈔本旁注，則陳本與韓本、明州、贛州本同，皆有删節。古鈔旁注所引，或“二川、兩浙”之本，今已不可得見矣。陳本出於建陽，建陽坊本爲宋刊下駟，儘管王同愈諸人以其稀有，極力誇耀。今亦無暇詳校全書，僅取李善未注、唯五臣有注之《文選序》觀之，可確定爲陳本之誤者計有九處：

（一）“降將著河梁之篇”，翰注：“降將謂李陵，降匈奴，與蘇武别梁梁上，作五言詩。”“梁梁上”乃“河梁上”之誤，三本（指韓本及明州、贛州兩本，下同）皆不誤（唯三本皆脱去“與”字）。

（二）“分鑣並驅”，陳本“鑣”字皆誤爲“鏕”，不成字。

（三）又上句，向注三本皆作“鑣、轡、排，並也”[2]（當作“並排也”），陳本誤作“鏕轡排沫”，不知所云。

（四）“戒出於弼匡”句，翰注：“弼、輔、匡，正也。”三本皆不誤，而陳本誤脱一“也”字。

（五）“論則析理精微”，良注：“謂論之體也。”三本皆不誤，而陳本誤“也”爲“哉”，遂致不通。

（六）“弔祭悲哀之作”，銑注：“哀者，亦愛念之辭。”三本皆未誤，而陳本誤作“哀，愛念也，愛念之辭”。語言重複不通。

（七）“金相玉振”，濟注：“相，質也。振，發聲也。言金質玉聲。”三本皆不誤，而陳本誤作“相，質也。振，發聲也。言金相玉聲”。“相”作“質”講，没有反映出來。

（八）“仲連之却秦軍”，向注：“秦爲之退舍。”三本皆不誤，而陳本誤作“秦爲之退舍軍”。誤衍“軍”字，遂致不通。

（九）“留侯之發八難”下注“去”字，本爲“難”字注聲調，“去”字下三本皆空一格，始有“銑曰……”等字，而陳本“去”“銑”連書，竟似

---

〔1〕按，今核明州本，“謚”下有“曰”字。

〔2〕按，明州本作“鑣轡排沫也”。

‘張銑’之誤文。

以上九處皆確係陳本之誤，無可推卸者。陳本爲五臣本之劣下者，若以“字體清朗悦目”，竟盛稱爲“宋槧上駟”⑨，此佞宋之諛詞，實不足與於校讎之流也。

近人又以陳本於“書”類中分出“移”類，“檄”類中分出“難”類，更以臆測之詞稱之爲符合昭明原本。今檢尤、毛及韓與明州、贛州本皆不如是，是今諸本皆誤，而獨陳本如此，爲可珍貴，雖王愈同、鄭騫先生等稱譽此本者皆不及此。更有甚者，引《文苑英華》有“移文”一類，以爲佐證。予則謂此皆不實之詞。第一，陳本卷首目録，“書”類中分出“移”類，“檄”類中分出“難”類；而檢卷二十二本文，實未標此二類名目。南北朝人著書，目皆在本卷之前，《齊民要術》《顔氏家訓》猶可見其原狀；蕭《選》亦與此無異，毛、尤及古鈔本，尚可尋覽。其各本（包括韓本、尤本及明州、贛州本以及陳本）書首總目，皆刊刻者所加。以建陽坊賈所爲，定爲五臣保存昭明之舊，此亦非求實之論。第二，《文苑英華》分類，以文體發展之故，於蕭《選》頗有增加。如“判”“露布”“中書制誥”“翰林制誥”“傳”“記”“謚議”等類，悉爲蕭《選》之無有，豈特“移文”一類而已哉！此不得借爲陳本張目者也。第三，尋《文心雕龍・檄移篇》，其中已包“露布”，又舉劉歆書、司馬難，悉在“檄”“移”之類，以“檄”包“移”，又未立“難”文一類，則建陽坊賈增此總目，實“畫蛇添足”之類，不得以劉書所論爲附會也。舉此三端，其以陳本分類勝於諸本者，似可再三思之。不必爲溢美之詞，以建陽坊賈所爲，歸諸五臣也。

唯王融及任昉之《策秀才文》十三篇，諸本皆標爲“文”，唯日本《集注》殘本卷七十一標爲“策秀才文”，陳本總目及第十八卷前目録，亦標爲“策秀才文”，與《集注》本同，實較諸本爲勝。而王融文前，又不如《集注》本書此標目。諸本“贊”類中分出“符命”一類，採入司馬相如《封禪文》、揚雄《劇秦美新》、班固《典引》三篇。陳本皆歸之“贊”，無“符命”一類。此三文，劉勰皆於《封禪篇》論之。“符命”“封禪”，統歸“贊”類，優劣如何，實難區劃。又陳本“史論”類後無“史述贊”一類；然於卷二十五班固《述高紀》等文三篇，統題爲《史述贊三首》，實不異於諸本。

若以分類論優劣，則陳本總目，出於建陽坊賈，與五臣無干。韓本沈嚴跋文，略見五臣之舊，陳本萬萬不能代表五臣本之原貌也。

拙著《文選導讀》評論五臣，曾云："五臣出現在唐代，距今已有一千二百多年。不管他是明偷暗襲，總還保留了一點難得的資料。"並引黄季剛先生談《文選》舊音的話説："五臣注既譾陋，亦必不能爲音。今檢覈舊音，殊無乖繆。而直音反切間用，又絶類《博雅音》之體。縱令出於五臣，亦必因仍前作。觀其杜撰故實，豈肯涉獵群書？襲舊爲之，寧非甚便！"今尋《文選序》唯五臣有注，其音與六臣諸本咸同，則今本《文選》之音，多半出於五臣。如此推測，或非錯謬。目前我正遍檢《博雅音》及現存蕭該《漢書音》，以至敦煌所出《文選音》殘帙、日本《文選集注》殘卷中之《音決》等資料，與今傳諸本《文選》之音互相參校。自謂如此治理五臣注，比之盲目爲五臣捧場者，似較踏實公允也。

一九九七年六月三十日，香港回歸前夕，八十五歲叟跋。

（載《文學遺産》，一九九八年第四期。）

【注釋】

①"文"字或作"義"字，此從余氏《四庫提要辨證》卷十五説，定爲"文"字。

②錢輯本卷五。

③見韓國影印奎章閣藏六臣注《文選》（以下稱韓本）卷末。

④用《資暇集》語。

⑤"句"字原作"字"字，據《箋證》引改。

⑥用李匡文語。

⑦此書實元祐九年秀州州學刊本，拙著《〈文選六臣注〉跋》另有説明。

⑧"子貢"誤爲"子路"，尤本已改正。

⑨用王同愈語。

《文選六臣注》跋

把《文選》的李善注和五臣注合併編纂在一起，稱爲“六臣注”，或稱“六家注”。這是雕板術興起以後，像《文選》這樣廣爲傳誦的書，爲了閱讀方便，刻印商以牟利爲目的，必然出現的歷史趨向。北宋末，經書有合注、疏、釋文爲一的“注疏本”，或稱“三合本”。《史記》出現了把《索隱》、《正義》和《集解》合起來的所謂“三家注”本，杜詩有所謂“千家注”本，韓集有所謂“五百家注”本。這種合諸本爲一的本子，誠便於讀者，讀者買一書而並得諸家。然合併的工作，多出於坊賈，各家所據作注的底本不同，合併者怠於區别處理，於是彼此牽就，造成了諸家傳本的混亂。孫志祖、顧千里諸家治《文選》，有所謂“五臣亂善”的校刊條例，即出於此。段玉裁論群經注疏，云：“自宋人合《正義》《釋文》於經注，而其字不相同者，一切改之使同，使學而不思者，白首茫如；其自負能校經者，分别又無真見，故三合之‘注疏本’似便而易惑，久爲經之賊，而莫之覺也。”他這段話可以移作《史記》三家注本的評論，也可移作《文選》六臣注本的評論。顧千里代胡克家撰《文選考異序》云：“《文選》之異，起於五臣，然使有五臣，而不與善注合并，若合并矣，而未經合并者具在，即任其異而勿考，當無不可也。今世間所存，僅有袁本、茶陵本，及此次重刊淳熙辛丑尤延之本。夫袁本、茶陵本固合并者，而尤本仍非未經合并也。”其認爲六臣注本之於《文選》傳播，有害無益，言之尤切。

《文選》六臣注本的出現，最早在雕板術先進地區西蜀和江南兩處。第一是西川廣都裴氏，其次則是秀州州學。今將此二本的優劣及其發展、遭遇，分别叙述如下：

一

廣都裴氏本。

朱彝尊《曝書亭集》卷五十二有《宋本〈六家注文選〉跋》一篇，云："《六家注文選》六十卷，宋崇寧五年（1106）鏤板，至政和元年（1111）畢工。墨光如漆，紙堅緻。全書完好。序尾識云：'見在廣都縣北門裴宅印賣。'蓋宋時蜀牋（疑當作刊）若是也。每本有吴門徐賁私印，又有太倉王氏賜書堂印記。是書袁氏褒[1]曾仿宋本雕刻以行，故傳世特多。然無鏤版畢工年月，以此可辨僞真也。"朱氏親見此本，叙述甚詳。今補説數事：

第一，廣都在成都東南三十里，《文選》第一刻本，毋昭裔所刻《文選》五臣注本即在此地。昭裔子守素雖以刻板送到汴梁，然其刷印之本，流傳蜀地者，必當不少。裴刻六家注本，其五臣注取之毋刻，蓋可確定。

第二，李善注本，天聖九年（1031）吕夷簡等刻竣進上，頒行全國。裴刻李善注本必取於此，其時刻本李善注，唯此一種，尚無第二刻本也。

第三，裴氏乃書賈，合六家注爲一，便利士林，而其本人，則意在牟利。故李善注文與五臣各家凡有相同近似，悉從删削，衹存一家，但注云"某同某注"而已，裴氏既非通儒，又多漏略。六家注本之行於中土，悉出於此。南宋明州所刻無論已；即贛州刻本亦不過掉换李注與五臣注排列，以李善居五臣之前而已。

第四，有種説法，即謂五臣在前、李善在後的六家注本，是以五臣注本爲主，而附入李善注；相反的李善注居先、五臣注在後的六家注本，是以李善注本爲主，而附入五臣注。這種説法是缺乏調查的。今存明州本即五臣居前，然注中稱五臣"某同善注"，即删去五臣注。相反的，贛州本李善注在前，然注中稱"善同某注"者不少，於是删去李善注；可知其非以善本爲主。六臣注本，無論李注在前或五臣在前，其被删削，並無義例可尋也。

---

〔1〕 褒，應作"褧"，朱氏誤。袁褧，字尚之，爲袁褒兄。參見 P107。

第五，朱氏跋文曾提到袁氏仿宋本，傳世特多，衹能據鏤板畢工年月辨其真僞。自朱氏此跋以後，各家書目著録，皆無鏤板畢工年月之本，而以袁氏本改頭换面，以欺瞞世人者累見不鮮。據《天禄琳琅書目》卷十所著録，凡明版中袁刻六家注《文選》十部，除一部保存袁刻舊式，並有袁氏識語以外，其他九部，皆有不同程度的竄亂，今依《書目》所叙，列舉如下：

（一）此部即袁氏所刊之板，而缺袁氏識語，又卷四十四末葉李宗信之名，及卷五十六末葉李清之名（此二人皆袁刻工匠高手），俱被書賈割去，故紙幅均屬接補。袁氏識語，亦經汰去。而於卷六十末葉改刊“河東裴氏考訂諸大家善本，命工鋟於宋開慶辛酉季夏，至咸淳甲戌仲春工畢”，並於末行增“把總鋟手曹仁”。其字畫既與前絶不相類，板心墨綫，亦參差不齊。且“考訂”之“訂”字作金旁，僞飾之迹，顯然畢露。（此本爲明楚府藏本。）

（二）此部亦缺袁氏識語。書中所有宋刊、明刊識語木記，悉經私汰。補迹顯然。摹印較劣。

（三）此部亦缺袁氏識語。其餘識語木記，皆經割補。紙質特佳。（泰興季氏藏本。）

（四）此部亦缺袁氏識語。卷六十之末，僞刊“奉議郎充提舉茶鹽司幹辦公事臣朱奎奉聖旨廣都縣鏤板，起工於嘉定二年，歲次己巳；畢工於九年壬子臘月”，並標“督工把總惠清”。亦係割去原紙，另刊半葉粘接。且嘉定九年係丙子而非壬子，其僞顯然。（文徵明藏本。）

（五）此部亦缺袁氏識語。卷六十末葉，改刊“河東裴氏考訂”云云，“訂”字並誤作“金”旁，與前第（一）部同。

（六）此部亦缺袁氏識語。於蕭統序後，標“紹聖三年丙子歲臘月十六日祕閣發刊”。又於吕延祚表後，列“曾布、蔡卞”等校正銜名。卷六十後復標“紹聖四年十月十五日太學博士主管文字陳瓘督鐫，匠孫和二等工完”。皆係別半幅紙粘接。（馮夢禎藏本。）

（七）此部亦缺袁氏識語。將識語木記，妄爲割補。卷五十二末葉所有“戊申孟夏十三日李宗信雕”一行，雖於摹印之時，以別紙掩蓋，然“十三”兩字，墨痕隱透。板心上方，復以“熙寧四年刊”五字，別刻木記，逐幅鈐刊，蓋欲以此附會朱跋，真可謂“心勞日拙”。書中有“吴寬印記”，寬在時袁氏此書尚未付印，則其印記亦僞作。

（八）此部也缺袁氏識語。蕭統序後尚存“裴宅印賣”一條，其餘識語、木記，悉經私汰。其於卷二十四後乃僞標“嘉祐改元澄心堂刊”八字，“祐”字誤作“祜”，“改”字“己”旁亦誤作“⺶”。

（九）此部亦缺袁氏識語。序末及卷六十後僞刊“淳祐二年庚午歲上蔡劉氏刊”隸書木記。

《天禄琳琅書目》於著録諸本後，按語云：“合計此書共成（疑當作藏）十部，而作僞者居其九。其間變易之計，狡獪多端：或假爲汴京所傳，或託之南渡之末。雖由書賈謀利欺人，亦足見袁氏此書，摹印精良，實爲一時不易得之本。今登册府者至十部之多，且袁氏所藏宋槧原本，已入前宋版書中，七百餘年，後先輝映，猗歟盛矣！”

袁氏所翻廣都裴氏本，諸家書目，亦多著録，而以清宫所藏爲多，《天禄琳琅書目後編》卷十九，又著録袁氏本二部，亦有削去識語者。而欲見北宋廣都裴刻原本，則除朱氏跋文外，《天禄琳琅書目後編》著録兩部。《後編》書多不可靠，前人已論及之。其中一部亦有“河東裴氏考證”字樣，作僞之迹，與《前編》第（一）（五）兩種同。此外裴氏刊本無踪影，胡克家屬顧千里校《文選》，其所列六臣注本，亦唯以袁刻爲最早之本。其次所謂“茶陵本”，即宋元間陳仁子翻贛州本耳。

六臣注本，以裴刻盛行，故南宋時争相翻刻。最早翻刻者，則爲紹興中（1131 至 1162 年）明州州學；稍後則爲贛州州學。贛州本李注居前，五臣移後，亦不過顛倒裴刻之本，略或改竄，非别有所據也。尤袤淳熙辛丑（八年，1181）刊成李善注本跋云：“雖四明、贛上，各嘗刊勒，往往裁節語句，可恨。”是知明州、贛州二本，皆在尤本之前，而其特點爲“裁節語句”，尤氏以之爲恨。今日本汲古書院影印足利學校舊藏《文選》六臣注本，標題爲“足利學校遺迹圖書館後援會刊”，列爲“足利學校秘籍叢刊第三”，稱之曰“國寶”。長澤規矩也先生所撰《解説》，定爲明州本。此書即《天禄琳琅書目後編》卷七、張氏《愛日精廬藏書志》卷三十五所著録者（張氏本缺卷一、二、三、二十二、二十三、二十四，凡六卷爲抄補）。二本皆有紹興二十八年（1158）盧欽修補跋文，而足利本無之，非其刷印在紹興二十八年前，即當爲重刻之本也。贛州刊本則《經籍訪古志》卷六、《日本訪書志》卷十二（皆楓山文庫本）及《鐵琴銅劍樓藏書目録》卷二十三、《皕宋樓藏書志》卷一百十二皆著録之。稱全書每半葉九行，行十五、十四字。今《四部叢刊》影宋本，李注在前，五臣居後，然每半葉十行，行十七、十八字，頗不符合，然其出於贛州本，則可無疑。瞿氏《書目》又稱板心有刻工姓名，校對、校勘、覆對諸人，有州學司書蕭鵬、左迪功郎贛州石城縣尉主管學事權左司理蕭倬等。其他書目略同。《叢刊》本皆無之，蓋書坊翻刻時削去。《叢刊》本卷三十二至三十五皆係補鈔，補鈔亦出於影寫，故與原刻極似，可作原刻視之。計今所能見之明州本、贛州本，即指日本汲古書院所印足利學校藏本及商務印書館所印《四部叢刊》本。鄭騫先生跋五臣注本云："現存六臣本最早者亦刻印於紹興時。"蓋即指足利與《叢刊》二本，欲尋北宋末年之廣都裴氏本，實不可得矣。兩本皆有可能爲宋代書坊翻印，從兹可見六臣注本爲當時銷行極廣之本。

還有南宋刻李善注本是否皆從六臣注本摘出的問題，這裹略作簡單的説明。清乾隆間修《四庫全書》，對於李善注本，唯見毛晋汲古閣本。《四庫提要》卷一百八十六，謂毛本卷二十五有"向曰""濟曰""翰曰""銑曰"諸條，遂斷然稱毛本"殆因六臣之本，削去五臣，獨留善注，故刊除不盡，未必真見單行本也"。顧千里推之，謂尤刻本亦從六臣注本摘出。此種議論，以偏概全，頗不確切。不思世傳六臣注本删削太甚，李善注被全部删去之處不少。既已删去，何從摘録？此由於當時未見天聖七年李善注官本，故有此不確之論。今檢毛刻，其已見尤本，固可確定，至於天聖本毛氏曾見與否，則不可知。而尤刻出於天聖，無須辨解。至於曾參校四明、贛上諸本，尤跋已有明言，謂其遭六臣注竄亂則可，謂其出於六臣注本，删去五臣，獨留善注，則殊爲武斷！

《文選》的李善注本，經尤刻以後，頗爲流行，後來翻刻者不絶，元代張伯顔本，明代唐藩、晋藩及汪諒刊本，直至毛氏汲古閣本，皆以尤刻爲底本而翻印者也。

二

秀州州學刊本。

此本今有韓國古活字本，影印本標題爲《奎章閣所藏六臣注本文選》。我知道有此本，是讀了韓國東國大學副教授白承錫先生的《韓國〈文選〉研究的歷史和現況》一文[①]。白先生的文章衹介紹了珍藏於奎章閣的六臣注《文選》，並未提到出於宋代秀州州學本。承韓國友人閔庚三先生的盛情，饋贈我一部影印本。此書初版發行於一九八三年三月九日，閔先生所贈的已是一九九六年三月二十日發行的再版了。書分上下兩册，裝印精美，可以見到韓國的文化工藝水平。書末有文獻四種，可以知道這個版本的原委。

第一個文獻爲沈嚴的《五臣本後序》，其文云：

《文選》之行，其來舊矣。若夫變文之華實，匠意之工拙，梁昭明序之詳矣。製作之端倪，引用之典故，唐五臣注之審矣。可以垂吾徒之憲則，須時文之掎摭，是爲益也，不其博歟？雖有拉拾微缺，衒爲己能者（《兼明書》之類是也），所謂忘我大德，而修我小怨，君子之所不取焉。二川、兩浙，先有印本。模字大而部帙重，較本粗而舛脱夥。舛脱夥則轉迷豕亥，誤後生之記誦；部帙重則難寘巾箱，勞游學之負挈，斯爲用也，得盡善乎？今平昌孟氏，好事者也。訪精當之本，命博洽之士，極加考覈，彌用刊正。（舊本或遺一聯，或差一句，若成公綏《嘯賦》云："走胡馬之長嘶，迴寒風乎北朔。"又屈原《漁父》云："新沐者必彈冠。"如此之類，及文注中或脱誤一二字者，不可備舉。咸較史傳以續之。字有訛錯，不協今用者，皆考五經宋韻以正之。）小字楷書，深鏤濃印。俾其帙輕可以致遠，字明可以經久。其爲利也，良可多矣。且國家於國子監彫印書籍，周鬻天下，豈所以規錐刀之末，爲市井之事乎？盖以防傳寫之草率，懼儒學之因循耳。苟或書肆，悉如孟氏之用心，則五經子史，皆可得而流布，國家亦何所藉焉。孟氏之本新行，尚慮市之者未諒，請後序以誌之，庶讀者詳焉，則識僕之言不爲誣矣。時天聖四年九月二十七日，前進士沈嚴序。

此爲秀州本所據五臣本的後序，其本刻在天聖四年（1026），比天聖時所刻李注本之進呈早五年，雖晚於二川（當指五代時毋昭裔刻本）、兩浙（當指杭州開箋紙馬鋪鍾家刻本以前的刻本），但比紹興三十一年（1161）建陽陳八郎本（有臺北“中央圖書館”影印本）要早一百三十五年。是一種小字本，曾以昭明序注文（此序唯有五臣注，李善未注）比對，凡陳本誤者九處，此皆未誤，其本實優於陳本也。

第二個文獻爲天聖所刻李善注本的執事者銜名。今據原文録寫如下：

天聖三年校勘了畢。

校勘官將仕郎守許州司法參軍國學説書臣公孫覺；

校勘官將仕郎守常州晋陵縣主簿國學説書臣賈昌朝；

校勘官文林郎守宣州寧國縣主簿國學説書臣張逵；

校勘官承務郎守彭州録事參軍國學説書臣王式；

校勘官文林郎守泗州録事參軍國學説書臣王植；

校勘官將仕郎守信州寶溪縣令國學説書臣王畋；

校勘官宣德郎守饒州軍事判官國學説書臣黄鑑。

天聖七年十一月　日雕造了畢。

校勘印板承奉郎守大理寺丞充國子監直講兼北宅故河州觀察院教授臣公孫覺；

校勘印板朝奉郎祕書丞騎都尉臣黄鑑。

天聖九年　月　日進呈。

管勾雕造供備庫副使銀青光禄大夫檢校太子賓客兼御史大夫同管勾景靈宫公事并奉真殿兼同勾當三館祕閣公事翰林司上騎都尉中山縣開國子食邑五百户臣藍元用；

管勾雕造供備庫副使帶御器械銀青光禄大夫檢校工部尚書兼御史大夫同勾當三館祕閣公事等兼管勾起居院兵吏部官告院提舉國子監書籍庫兼同勾當御前忠佐軍頭引見司上輕車都尉保定郡開國侯食邑一千五百户

臣皇甫繼明；

金紫光禄大夫行尚書工部侍郎參知政事上護軍太原郡開國侯食邑一千六百户食實封四百户臣王曙；

朝（此字有缺脱）〔1〕奉大夫給事中參知政事柱國河東郡開國公食邑二千五百户食實封八百户賜紫金魚袋臣薛奎；

金紫光禄大夫行給事中參知政事柱國潁川郡開國公食邑二千五百户食實封一千户臣陳堯佐；

推忠協謀同德佐理功臣光禄大夫行尚書吏部侍郎同中書門下平章事昭文館大學士監修國史上柱國東平郡開國公食邑五千户食實封一千九百户臣吕夷簡。

這一連串的銜名，比之《宋會要·崇儒四》所記："（景德）四年八月，詔三館秘閣直館校理，分校《文苑英華》《李善文選》，摹印頒行。……《李善文選》校勘畢，先令刻板，又命官覆勘。未幾，宮城火，二書皆燼。至天聖中，監三館書籍劉崇超上言：《李善文選》，援引該贍，典故分明，欲集國子監官校定净本，送三館雕印。從之。天聖七年十一月，板成。又命直講黄鑑、公孫覺校對焉。"② 特爲詳細。《會要》但記雕成年月，未記始校時間及進呈年月。校勘人員公孫覺、黄鑑，悉相符合。而進呈官吕夷簡等，皆當時重臣，可以見天聖時刊印此書之嚴肅、慎重。又此書刊印進呈皆在天聖時，天聖九年（1031）以後，始改元明道（1032—1033），不能沿黄刻《國語》之稱，謂爲"天聖明道"本，此雖小事，亦正名之要務。宋時崇文院稱三館，三館秘閣所藏之書，習慣稱"閣本"，閣本、監本，皆可稱官本；官本頒行全國。景德刻本遭毁，雖不易得；而天聖本則流行甚廣，尤刻即出於此，其謂李善本皆摘自六臣者，非確論也。或稱此爲"北宋遞修本"，其實古代木刻書，每印一次，往往有修補，"遞修"二字，可以不用，直號之"天聖本"爲宜也。

〔1〕按，核韓國1996年再版奎章閣所藏六臣注《文選》，此字爲"正"，不作"朝"。

第三個文獻爲秀州州學牒文，云：

> 秀州州學今將監本《文選》逐段詮次，編入李善并五臣注，其引用經史及五家之書，並檢元本出處，對勘寫入。凡改正舛錯脱剩，約二萬餘處。二家注無詳略，文意稍不同者，皆備録無遺。其間文意重疊相同者，輒省去留一家。揔計六十卷。元祐九年二月　日。

這個文獻很重要。第一，它刻在北宋，不僅在明州、贛州刻本之前，甚至比廣都裴氏本的刻成要早十七年。廣都裴氏本刻成於政和元年（1111），它刻成於元祐九年（即紹聖元年，1094）。至於開始雕刻時間，文中未提，究竟在熙寧五年（1072）前，或在其後，不可得知。其時官刻，比私家鏤板或更快速。今可假定爲元祐年中，開始鏤板，故排在廣都裴氏之後。第二，此爲州學刻本，比之廣都書賈牟利者不同，故其校勘精審，且删節之處不多，在六臣注本中，爲最詳明精善者。依明州、贛州兩本之例，此本即宜稱秀州本。其精善之處，舉例明之。例如卷十二木玄虚《海賦》的作者名下，秀州本引“善曰：《今書七志》曰：木華字玄虚。《華集》曰：爲楊駿府主簿。傅亮《文章志》曰：廣川木玄虚爲《海賦》，文甚儁麗，足繼前良”。這段李注文字，與尤刻全同，並無節删。又引五臣注“銑曰：《今書七志》云：木華字玄虚，廣川人也，文章儁麗，爲楊駿府主簿”。這段文字與五臣注陳本（卷六）所載亦一字不差。[1] 這就體現了“二家注無詳略，文字稍不同者，皆備録無遺”的條例。明州本卷十二，此處載李善注，則但云：“傅亮《文章志》曰：廣川木玄虚爲《海賦》，文甚雋麗，足繼前良。”《今書七志》及《華集》（《木華集》即《木玄虚集》）凡一十九字（包括書名）皆被删去，而却引“銑曰：《今書七志》云：木華字玄虚，廣川人也，文章雋麗，爲楊駿府主簿”。（贛州本全同。）這個例子，不僅見到明州、贛州諸本李注遭删節之嚴重，而且也足見張銑注剿襲、竄亂李注之厲害。明州、贛州兩個六臣

---

〔1〕按，陳八郎本“廣川人也”誤作“廣州人也”。

本不僅删節了李注，而且爲五臣之剿襲，做了掩蓋真相的惡事。秀州本雖亦六臣注，其高出明州、贛州本遠甚。獨恨此善本不傳③，而舉世所傳者皆出於明州、贛州兩個删節之本。第三，此書元祐九年二月刻成，其年四月癸丑（十二日）即改元紹聖。此後，政局變化很大，一行紹述之政，凡元祐重臣文獻，皆在貶斥遭禁之列。至哲宗亦云：元祐亦有善政乎?④〔1〕且秀州曾歸杭州刺史管轄，而蘇軾元祐中任杭州刺史，凡與蘇軾有關詩文，禁之尤烈。秀州（慶元中，1195年升爲嘉興府）曾隸屬杭州刺史，故其書刻成，即遭禁錮，未得流行。第四，白承錫先生曾提出此書何時流入韓國問題。按《文選》在高麗流行，唐時固已大盛。然秀州六臣注本不行於中土，而得以入高麗，亦有綫索可尋。檢《宋史・哲宗紀》及《外國・高麗傳》，哲宗初立，高麗即有使來求《太平御覽》《開寶通禮》《文苑英華》等書，詔唯以《文苑英華》與之，其時《文苑英華》尚無印本也。元符二年（1099）復有使來，史雖未載求書之事，然高麗市買中土之書，屢有記載。其時六臣注《文選》爲《文選》訓釋之本最流行者，裴氏廣都之本尚未印出；而元祐秀州之本雖中土士人畏不敢買，而高麗之使無所顧忌，其書流入高麗，宜在此時。元祐遭禁，反爲此書增色，故高麗得之，藏諸秘閣（奎章閣），又隔三百餘年，始以活字印之，仍藏於奎章閣也。

第四個文獻，即朝鮮李氏王朝印此書時其臣僚卞季良的跋文，其文云：

> 鑄字之設，可印群書，以傳永世，誠爲無窮之利矣。然其始鑄字樣，有未盡善者，印書者病其功不易就。永樂庚子冬十有一月，我殿下發於宸衷，命工曹參判臣李蕆，新鑄字樣，極爲精緻；命知申事臣金益精、左代言，臣鄭招等監掌其事。七閲月而功訖。印者便之。而一日所印，多至二十餘紙矣。恭維我恭定大王作之於前，今我主上殿下述之於後，而條理之密，又有加焉者。由是而無書不印，無人不學，文教之興當日進，而世道之隆當益盛矣。視彼漢唐人主，規規於財利兵

〔1〕按，此句原文作"帝曰：'元祐亦有可取者乎?'"見於一百零九卷本《宋史紀事本末》之卷四十六《紹述》。

革以爲國家之先務者，不啻霄壤矣。實我朝鮮萬世無疆之福也。宣德三年閏四月　日，崇政大夫判右軍都揔制府事集賢殿大提學知經筵春秋館事兼成均大司成世子貳師臣卞季良拜手稽首敬跋。

此文記述朝鮮以活字板印秀州本六臣注《文選》，即白承錫先生説的朝鮮世宗二年（1420）用“庚子字”印行了六臣注本六十卷六十册珍藏於奎章閣的事。當時朝鮮奉明正朔⑤，公元一四二八年，亦即明宣宗宣德三年。所謂“庚子字”，即鑄造於世宗二年的活字，時爲公元一四二〇年，即明成祖永樂二年〔1〕，卞季良文中皆用明朝年號，世宗二年鑄字事，稱在“永樂庚子冬十月一日”。那時朝鮮爲屬國，故稱世宗爲“殿下”。這些都是歷史往事，我們非常感謝遼東鄰國爲我們保存了這部禁書，而且三百多年後，又以活字印行，我們今天得以見到這部《文選》六臣注最好的本子。此本一出，明州、贛州及袁氏所翻廣都裴氏本，皆不足以比擬。李善注和五臣注的優劣，更可以曉然無隱。在《文選》學史上，誠堪大書特書的一件事也。

三

《文選》的集注本，並不始於六臣注本，早在唐末（?），日本即有包括李善注、五臣注、公孫羅《鈔》《音决》、陸善經注的一百二十卷《集注》本，此書出於儒生編撰（當時尚無刻本），不比坊賈牟利，隨意删削。例如卷三十六（《集注》本在卷七十一）傅季友《爲宋公修張良廟教》文首“綱紀”二字下，李注云：“綱紀，謂主簿也。教，主簿宣之，故曰綱紀，猶今詔書稱門下也。”凡二十三字，尤本有之，而明州、贛州及袁本、茶陵本皆無。《集注》殘卷却有之。秀州本亦有。此李善釋義之文，五臣吕延濟注即襲之。明州等本以其同於五臣，故删了李注，則五臣誣李注“釋事忘義”又得證實，而李注此處釋義，竟爲吕延濟所剿襲，反受五臣之誣，不得《集

〔1〕按，公元1420年爲明成祖永樂十八年。

注》殘卷及秀州本，此又不白之冤案也。胡氏《考異》，稱此處爲尤見別本，其謂尤本皆出於六臣之説，自相矛盾，於此可知尤刻及《集注》殘卷（殘卷所據李注，猶無刻本，實在天聖之前）、秀州本皆出於天聖本也。所惜者這個殘卷，羅振玉在一九一八年所影寫石印者僅有十六卷，後來三十年代及四十年代，日本京都大學又以影印舊鈔本的名義，收入此書的金澤文庫本八卷，加上羅氏影印本除去重複總數也衹有二十三卷，比之一百二十卷，不過百分之十九而已。此外，俄羅斯於敦煌所得殘卷注本，既非李注，也非五臣注，日本狩直喜野曾寫文一篇，載在《支那學》第五卷。敦煌還發現一種《文選音》，不知何人所撰（或謂許淹，或謂蕭該，皆無確證），今亦有影印本，在《敦煌秘籍留真新編》中。此等音注殘卷，皆未收入日本《集注》本中。至於元明以下，任意評點之本，把《文選》比於時藝，其書充棟，高者遠不及鍾、劉，劣者猶在馬純上之下，更不勝收。後之爲“集注集評”者，宜以秀州、明州諸本論其優劣，作爲借鑒，庶乎《選》學不至糜濫也。

一九九七年八月一日，八十五歲叟跋。

（載《文學遺產》二〇〇〇年第一期。）

【注釋】

①見《鄭州大學學報》一九九三年第五期。

②新印本第二二三一至二二三二頁。

③據白承錫先生説：奎章閣藏本，今皆歸入漢城大學圖書館。

④見《宋史紀事本末》卷四十六。

⑤見《明史·外國一·朝鮮傳》。

關於北宋刻印李善注《文選》的問題

讀《文物》一九七六年第十一期程毅中、白化文兩同志的《略談李善注〈文選〉的尤刻本》一文，提到北宋刻印《文選》李善注的問題，據彭元瑞《知聖道齋讀書跋》卷二及北京圖書館所藏北宋遞修殘本，推定刊印時間約爲天聖、明道間（1023—1033）。今案北宋國子監校定、三館雕刻《文選》李善注事，具載《宋會要》第五十五册《崇儒四》（中華書局新印本第2231至2232頁），其文云：

> （景德）四年八月，詔三館秘閣直館校理，分校《文苑英華》《李善文選》，摹印頒行。……《李善文選》校勘畢，先令刻板，又命官覆勘。未幾，宫城火，二書皆燼。至天聖中，監三館書籍劉崇超上言："《李善文選》，援引該贍，典故分明，欲集國子監官校定净本，送三館雕印。"從之。天聖七年十一月，板成，又命直講黄鑑、公孫覺校對焉。

據此，則北宋初刻《文選》李善注實在真宗景德四年（1007），當時似未成書，即遭火災。仁宗時重刻，成於天聖七年（1029），尚未及明道時（明道元年爲1032年）。校對人國子監直講黄鑑，傳見《宋史》卷四百四十二《文苑四》，而雕印實由三館主之（三館屬秘書監）。有此記載，則李善注無單行本、尤本李注亦從六臣合併之本析出之説，不攻自破（爲胡克家校刊尤刻本之顧廣圻即主尤本從六臣析出之説，刻《文選》及《文選考異》兩序皆顧代胡作，見《思適齋集》卷十）。

（載《文物》一九七七年第七期。）

《昭明文選雜述及選講》自序

《文選》是我從小就喜歡讀的一部書。當時順手塗抹，亦僅僅知道隨俗評騭議論。三十年代中期入大學，從巴縣向宗魯（承周）先生遊，始知治《選》門徑。先生以手校日本古鈔本授我，因臨寫一過在胡刻本上。上虞羅氏所印金澤文庫舊藏《集注》殘卷及《古籍叢殘》中所傳敦煌寫本，亦從先生假得，參互比勘。當時霸縣高閬仙（步瀛）先生正陸續刊出《文選李注義疏》，頗望其迅速完成，管窺所及，或可爲千一之補。而高氏書方出八册，便已中止；宗魯先生亦於一九四一年逝去。四十年代，教書糊口，濫竽大學，即講述蕭《選》，妄有撰輯。忽忽已經四十多年了。一九七九年秋，中國古代文學專業碩士研究生入學，學位課程中國古代文學名著導讀中列有《文選》一目。因纂訂舊日講疏，上編講述“《選》學”常識，下編擇録舊講疏中所曾加校釋的李注本各體文章若干篇，作爲啓發學者治《選》途徑的教材。便給它取個名字，叫作《選學椎輪》。昭明太子（蕭統）的《文選序》説：“椎輪爲大輅之始，大輅寧有椎輪之質。”以“椎輪”名書，也仿佛與汪韓門（師韓）以“權輿”作爲他的書的名字意義相似。汪韓門作《文選理學權輿》，於今已二百一十五年（汪成書於 1768 年）。朱元晦（熹）的詩説：“舊學商量加邃密。”[①]“椎輪”比之“權輿”，却没有“邃密”多少，或許更爲粗淺，真正慚愧！現在爲了更能直接表達這一册書的内容，爰改題爲《昭明文選雜述及選講》。

《文選》是我國極可寶貴的文學古籍，它已成爲《四庫全書》中集部總集類的第一部書。隋唐以來，“《選》學”即成專門之學。它的影響，不僅止於進士舉子、詩人墨客，而且一千多年前就流傳到少數民族地區吐蕃，遠及鄰國日本。清代樸學家的研究領域中，“《選》學”也自成專門；李善注更被公認是校勘、輯佚的寶藏，非但玩華獵艷、衣被詞流而已。解放以來，淳熙原刻影印問世，爲承學之士創造了很好的條件；而且根據國務院批準的古籍整理出版規劃，殘存的北宋刊李注本二十一卷，也列入《古逸叢書》三編，將與讀者相見。但是"《選》學"的研究陣地上，却還比較冷落。我常想：六朝文學典籍，《文心雕龍》當然很重要，然而要理解這部書"選文以定篇"[②]的具體文學環境，没有像《文選》這樣文筆兼收的著作，恐怕是不易收功的罷。理論的根基是深植於創作實踐中的，批評的對象也離不開作家作品。《文選》與《文心雕龍》在研究古代（特别是六朝）文學思潮的重要性上，是否應該同等看待，這值得討論。寫點爲整理《文選》提供門徑探索的書，或者不算徒勞。衹可惜我的理論水平不高，學識有限，"不賢者識其小者"[③]，就以這樣的小書來湊數，讓"《選》學"這個尚不甚爲時賢所注意的學科，有個擁彗清塵的勤雜工罷。

這部小書因爲是"蒙求"之作，所以上編《雜述》，衹談了點初學應具的淺近的知識，下編《選講》，也衹揀擇了有限的幾篇，目的在讓求學者看看怎樣閱讀各類型的《文選》入選、李善加注的文章。全文引用前人著述較多，爲了形式統一，所以自己論證之處也採用了淺近的文言。整理、抄録工作，由羅焕章、常思春兩同志協助；他們對於這部小書的完成，心情比我更迫切。高情厚誼，實在可感。這算是初集，以後有條件，準備繼續編寫，預計以二三十萬字爲一集，每集仍分上、下編：上編收概論、專著之類；下編擴大選講篇目。但願能多出幾集，在"《選》學"陣地上，像一個無名小卒，作一點微薄貢獻。

一九八三年十二月，成都屈守元於四川師範學院中國古代文學研究所。

（載《昭明文選雜述及選講》，天津古籍出版社，一九八八年六月出版。）

【注釋】

①見《鵝湖寺和陸子壽》。

②見《文心雕龍・序志》。

③見《論語・子張》。

《昭明文選雜述及選講》跋

此書交稿後，讀到日本中文出版社一九八一年一月再版斯波六郎先生所編《文選索引》（上下册）。此書輯比字詞，允稱周密，尤適宜於國外學者精熟《文選》之用，亦今日以科學方法治《文選》學者之一途徑也。李乃揚先生所寫《出版緣起》，小尾先生所寫《文選索引再版序》，平岡武夫先生所寫《文選索引之編輯與出版》，斯波六郎先生遺作《文選索引序》，皆經細讀。斯波先生謂《四部叢刊》本"與贛州本同種"，與鄙見符合。至所稱"平安朝文人，藤原常嗣熟誦《文選》，馳名一世；藤原隆賴亦因諳記《文選》之四聲、切韵，推爲上座"。則《文選》有關中日文化交流，不啻爲拙書增一佐證。

又得見一九七四至一九七五年日本出版之所謂"國寶《文選》"（精裝六册），書係汲古書院製作（影印）發賣，題爲"足利學校遺迹圖書館後援會刊"，有長澤規矩也先生解説，稱爲"明州刊本六臣注《文選》"。此書五臣在前，善注居後，屬於明州刊本無疑。唯書末無紹興二十八年（1158）盧欽識語，與《天禄琳琅書目後編》卷七、《愛日精盧藏書志》卷二十五所著録者不同。是否紹興原刻，尚有待於詳究也。

右二書通覽之餘，特誌於此。

宋淳熙辛丑（八年，1181），尤袤（延之）跋貴池刊李注本云："李善淹貫該洽，號爲精詳，雖四明、贛上，各嘗刊勒，往往裁節語句，可恨。"今日本印本出，可以見四明之踪影；而《四部叢刊》本又略睹贛上之舊貌：延之跋語，從而得以驗證矣。

一九八五年九月二十三日，屈守元跋於四川師範大學中國古代文學研究所。

（載《昭明文選雜述及選講》，天津古籍出版社，一九八八年六月出版。）

“昭明太子十學士”説[1]

寫成於宋仁宗景祐二年（1035）的邵思《姓解》，在卷二《弓》部“張”字下提到“張纘、張率、張緬並爲梁昭明太子及蘭臺兩處十學士”，又《刀》部“劉”字下提到“劉孝綽爲昭明太子十學士”，“到”字下提到“到洽爲昭明太子十學士”，《阜》部“陸”字下提到“陸倕爲梁昭明太子十學士之一”，卷三《一》部“王”字下提到“王筠爲梁昭明太子十學士”。“昭明太子十學士”之稱，《姓解》反復出現，值得注意。所謂“十學士”，除了張纘、張率、張緬、劉孝綽、到洽、陸倕、王筠凡七人之外，還有哪三人呢？這個答案，可以在《南史·王錫傳》裏找到。

《王錫傳》附在《南史》卷二十三《王彧傳》之後（錫爲彧兄子份之孫）。《傳》稱錫“再遷太子洗馬，時昭明太子尚幼，武帝敕錫與祕書郎張纘，使入宫，不限日數，與太子遊狎，情兼師友；又敕陸倕、張率、謝舉、王規、王筠、劉孝綽、到洽、張緬爲學士，十人盡一時之選”。所謂“十學士”，原來除《姓解》所舉七人之外，還有王錫、謝舉、王規三人。

“十學士”是昭明太子年幼時梁武帝爲他選揀的師友，而昭明是蕭統死後的謚號，當時衹能稱“太子十學士”，所謂“昭明太子十學士”，當爲後來的追稱，那是不言而喻的。

“十學士”在《梁書》《南史》裏都有傳，而且都做過東宫官屬；除謝舉以外，他們的生卒年代又都可以弄清楚。

王錫字公嘏，琅邪臨沂人（這是史書記他的原籍，以下諸人並同）。父

---

〔1〕 按，此文與本書第二題《〈文選〉的編輯》（二）（三）節所論重複，然亦可見删改之迹，附此對照。

琳，尚武帝妹義興公主。錫算是蕭統的姑表兄。他七八歲時猶隨公主入宮。武帝嘉其聰敏，常爲朝士説之。後除太子洗馬。時統尚幼，未與臣僚相接，武帝敕統："太子洗馬王錫、祕書郎張纘，親表英華，朝中髦俊，可以師友事之。"以戚屬封永安侯。傳見《梁書》卷二十一（附《王份傳》）、《南史》卷二十三（附《王彧傳》）。

錫中大通六年（534）正月卒，年三十六。當生於齊東昏侯永元元年（499）。（生卒年代按我國古代習慣算法，以生年作一歲計，以下悉同。）

張纘字伯緒，范陽方城人，尚武帝第四女富陽公主。纘算是蕭統的姐夫。好學，兄緬有書萬卷，他晝夜披讀，幾乎不停手。遷太子舍人，轉洗馬、中舍人，並掌管書記，和王錫齊名。傳見《梁書》卷三十四（附《張緬傳》）、《南史》卷五十六（附《張弘策傳》）。

纘太清三年（549）爲岳陽王蕭詧所害，年五十一。亦當生於齊東昏侯永元元年（499），與王錫同庚。

陸倕字佐公，吴郡吴人。他少勤學，善寫文章。曾在宅内起兩間茅屋，謝絶和人往來，這樣搞了幾年。他讀書讀了一遍，便能誦於口。有一次借人《漢書》，丢失《五行志》四卷，於是默寫還給借主，幾乎没有脱誤。梁天監年間，制禮作樂，多出倕手。武帝愛倕才，敕撰《新刻漏銘》，其文甚美。遷太子中舍人，管東宫書記。又詔爲《石闕銘》，表上於朝廷（這兩篇文章都採入《文選》，載在卷五十六。《文選》卷第皆用李善注本，下同）。傳見《梁書》卷二十七、《南史》卷四十八。

倕普通七年（526）卒，年五十七。當生於宋明帝泰始六年（470）。在"十學士"中，年最長。

張率字士簡，吴郡吴人。與陸倕幼相友狎，曾經同車拜會沈約，適值任昉在座，約向昉介紹説："此二子後進才秀，皆南金也，卿可與定交。"由此他們和任昉亦相友善。除太子僕，遷太子家令，與中庶子陸倕、僕射劉孝綽對掌東宫管記。傳見《梁書》卷三十三、《南史》卷三十一（附《張裕傳》）。

率出爲新安太守，大通元年（527）卒，年五十三。當生於宋蒼梧王元徽三年（475）。率卒後，蕭統曾與弟晋安王綱（即後來的簡文帝）令云："近張新安又致故，其人才筆弘雅，亦足嗟惜。"

謝舉字言揚，陳郡陽夏人。中書令覽之弟。幼好學，能清言，與覽齊名。世人爲之語云："王有養、矩，謝有覽、舉。"養是王筠的小字，矩是王泰的小字。累遷太子舍人、庶子、家令，掌東宫管記，深爲蕭統賞接。傳見《梁書》卷三十七、《南史》卷二十（附《謝弘微傳》）。

舉於太清二年（548），侯景寇京師，卒於圍中。史不言其卒時歲數，因此不能確知其生年。然舉爲覽弟，據《梁書》卷十五《覽傳》（附《謝朏傳》）説，覽天監十二年（513）爲吴興太守，卒於官，年三十七，則當生於宋順帝昇明元年（477）。假定舉比覽小兩歲，則當生於齊高帝建元元年（479）。舉的生年，大約在這個時候[①]。

王規字威明，琅邪臨沂人。累遷太子舍人、洗馬、中舍人，與陳郡殷鈞、琅邪王錫、范陽張緬，同侍東宫，俱爲蕭統所禮。傳見《梁書》卷四十一、《南史》卷二十二（附《王曇首傳》）。

規大同二年（536）卒，年四十五。當生於齊武帝永明十年（492）。

王筠字元禮，一字德柔，琅邪臨沂人。尚書令沈約，當世詞宗，每見筠文，以爲不逮。約作《郊居賦》，構思了很多日子，還没有寫完，乃邀請筠來，出示未成之稿。筠讀至"雌霓（五激反，音鶂，入聲）連踡"，約撫掌欣抃，説："僕嘗恐人呼爲霓（五鷄反，音倪，平聲）。"又讀到"墜石磓星"及"冰懸埳而帶坻"，筠都擊節稱贊。約説："知音者稀，真賞殆絶。所以相要，政在此數句耳。"筠累遷太子洗馬、中舍人，並掌東宫管記。蕭統愛文學士，常與筠及劉孝綽、陸倕、到洽、殷芸等遊宴玄圃。統獨執筠袖，撫孝綽肩，説："所謂'左挹浮丘袖，右拍洪崖肩'[②]。"其見重如此。統死，梁武帝命筠爲《哀策文》[③]。傳見《梁書》卷三十三、《南史》卷二十二（附《王曇首傳》）。

筠太清三年（549）在蕭子雲宅驚墜井卒，年六十九，當生於齊高帝建元三年（481）。

劉孝綽本名冉，字孝綽，彭城人。幼聰敏，七歲能寫文章。他的舅父齊中書郎王融很稱賞他。他父親的朋友沈約、任昉、范雲聞其名，都特别坐車去會見他。累遷太子舍人、洗馬、太子僕，掌東宫管記。蕭統好士愛文，孝綽與陳郡殷芸、吴郡陸倕、琅邪王筠、彭城到洽等，同見賓禮。統修建樂賢堂，乃使畫工先畫孝綽的像。統文章繁富，衆學士都争取爲他編纂，統獨使孝綽收集而序之。傳見《梁書》卷三十三、《南史》卷三十九（附《劉勔傳》）。

孝綽大同五年（539）卒，年五十九。當亦生於齊高帝建元三年（481），與王筠同庚。

到洽字茂沿，彭城武原人。少知名，學行兼優。謝朓文章盛於一時，見洽深相稱賞，每日引與談論。累遷太子中舍人、中庶子，與庶子陸倕對掌東宫管記。傳見《梁書》卷二十七、《南史》卷二十五（附《到彦之傳》）。

洽大通元年（527）卒，年五十一。當生於宋順帝昇明元年（477）。洽卒後，蕭統與晋安王綱令説："明北兖（指明山賓）、到長史遂相係凋落，傷怛悲惋，不能已已。去歲陸太常（指陸倕）殂殁，今兹二賢長謝。陸生資忠履貞，冰清玉潔；文該四始，學遍九流；高情勝氣，貞然直上。明公儒學稽古，淳厚篤誠；立身行道，始終如一；儻值夫子，必升孔堂。到子風神開爽，文義可觀；當官莅事，介然無私。皆海内之俊乂，東序之祕寶。此之嗟惜，更復何論!"

張緬字元長，纘之兄也。累官太子舍人、洗馬、中舍人、中庶子。傳見《梁書》卷三十四、《南史》卷五十六（附《張弘策傳》）。

緬中大通三年（531）卒，年四十二。當生於齊武帝永明八年（490）。緬卒年，蕭統與纘書説："賢兄學業該通，莅事明敏。雖倚相之讀墳典，郄穀之敦詩書，惟今望古，蔑以斯過。自列宫朝，二紀將及，義惟僚屬，情實親友。文筵講席，朝遊夕宴，何曾不同兹勝賞，共此言寄？如何長謝，奄然不追！且年甫强仕，方申才力，摧苗落穎，彌可傷惋。"

上面是"十學士"的簡單介紹。

梁武帝爲蕭統置"十學士"應當在什麽時侯呢？

據《梁書》卷八、《南史》卷五十三的《昭明太子傳》（以下叙蕭統事，不特别注出處的，都據此兩處史傳），蕭統天監元年（502）十一月立爲皇太子，時年始二歲。五年（506）六月庚戌[④]，始出居東宫，時年六歲。八年（509）九月，釋奠於國學，時年九歲。據一般的推理，"十學士"的設置，這三個時間都有可能，但依史書的記載，却還在此後。

《南史·王錫傳》説，錫“十二爲國子生，十四舉清茂，除祕書郎，再遷太子洗馬”，然後説“時昭明太子尚幼”云云[5]。是“十學士”的設置，當在王錫十四歲，或這以後。王錫十四歲爲天監十一年（512），這時蕭統十二歲。“十學士”的設置，這一年的可能性最大。

這一年，陸倕四十三歲，年齡最大。

張率三十八歲。

到洽三十六歲。

謝舉若生於齊高帝建元元年（479），則當爲三十四歲。

王筠和劉孝綽都三十二歲。

張緬二十三歲。

王規二十一歲。

張纘和王錫都十四歲，年齡最小。

“十學士”的設置時間可以作如上推定。

蕭統平生最大的著述是編纂《文選》。“十學士”對於《文選》的編纂有什麼關係？這是值得探討的問題。

《文選》選文，不録存者。《郡齋讀書志》（衢州本）卷二十曾記載“竇常”有這樣的説明[6]。陸倕的《石闕銘》《新刻漏銘》已在《文選》中（見上文）。這表明，《文選》定稿時，陸倕已死。陸倕死在普通七年（526），《文選》的編纂當在這年以後。但是，蕭統卒於中大通三年（531）四月乙巳（初六日），《文選》的編纂，不能晚於此時。所以《文選》編纂時限，應當是526—531年這六年之間。這個時候，張率、到洽都已死了（二人皆歿於527年）。“十學士”中有三個人不可能參加《文選》的編纂工作。除這三人以外，其他七人是否全都參加，這是無法斷定的。但是劉孝綽參加這項工作，却似乎有踪迹可尋。劉孝綽平時最爲蕭統所推重；他和到溉有較大的怨隙[7]，劉峻的《廣絶交論》影射溉、洽兄弟對任昉忘恩，溉見此文投之於地，而孝綽《與諸弟書》特别稱賞此文[8]，今《文選》選入此文，亦可爲孝綽參與編纂的一個旁證。日本所傳的古鈔卷子本《文選》，蕭統的《文選序》有旁注云：“太子令劉孝綽作之云云。”這個話似乎並不指《梁書》《南史》孝綽本傳所載爲蕭統集作序的事，而是指《文選序》爲蕭統令孝綽代作。這個推斷如果可靠，則孝綽在《文選》編纂工作上的地位，真是太重要了！

談到《文選》的編纂，特别提出劉孝綽，還有一個材料。王應麟《玉海》卷五十四引南宋時代的《中興書目》説："《文選》，昭明太子蕭統集子夏、屈原、宋玉、李斯及漢迄梁文人才士所著賦、詩、騷、七、詔、册、令、教、表、書、啓、牋、記、檄、難、問、議論、序、頌、贊、銘、誄、碑、誌、行狀等爲三十卷。"原注："與何遜、劉孝綽等選集。"這裏提到劉孝綽，顯然是有依據的。查《文鏡秘府論》南卷《集論》中即有"梁昭明太子蕭統與劉孝綽等撰集《文選》"的記載。不過《玉海》同時提出何遜來，却又增加了一些麻煩。遜傳見《梁書》卷四十九、《南史》卷三十三（附《何承天傳》），他平生未做東宫官屬，史書也没有出現過他和蕭統往來關係的材料。他是不可能參預蕭統所主持的編纂群書的工作的，《文選》的編纂找不到任何何遜參加的踪迹。《梁書·何遜傳》説："遜文章與劉孝綽並見重於世，世謂之何、劉。"⑨是不是因此由劉孝綽而牽扯到何遜？

提到何遜和《文選》的關係，還有一個問題也需要辯證。上面所涉及的衢州本《郡齋讀書志》卷二十引"竇常"的話，還説："（蕭）統著《文選》，以何遜在世，不録其文。"這個話是不確切的。何遜生平，《梁書》《南史》所記甚略，且有牴牾。《梁書》説："除仁威廬陵王記室，復隨府江州，未幾卒。"《南史》則説："卒於仁威廬陵王記室。"考廬陵王蕭續曾兩次督江州諸軍事，一在天監十六年（517），一在大同元年（535）。若遜隨府江州，在大同元年，則蕭統編纂《文選》，遜猶在世；若爲天監十六年，則《文選》編纂的時侯，遜逝去已久。今案：《梁書》《南史》並稱遜卒後東海王僧孺集其文爲八卷。王僧孺卒於普通三年（522）⑩，則遜的逝世時間以天監十六七年爲是。《南史》又謂南平王蕭偉"聞遜卒，命迎其柩而殯藏焉"。偉卒於中大通四年（532）⑪，若遜大同元年以後方逝，偉怎麽能迎其柩？王僧孺又怎麽能集其文呢？《文選》編纂之時，何遜早已死去，他的文章不入選，並不因爲他在世。《郡齋讀書志》的話靠不住。同時也完全否定了何遜參加《文選》編纂工作的可能。

蕭統著述極爲豐富，除《文選》外，還有《正序》十卷，《古今詩苑英華》十九卷，《文章英華》三十卷⑫。這些書的編纂都在撰集《文選》之前。

統有《答湘東王求〈文集〉及〈詩苑英華〉書》説："往年因暇，搜採《英華》，上下數千（原誤十，今改正）年間，未易詳悉，猶有遺恨，而其書已傳。"[13]考湘東王蕭繹（即梁元帝），生於天監七年（508）；十三年（514）封湘東郡王；普通七年（526）出爲使持節都督荆湘郢益寧南梁六州諸軍事、西中郎將、荆州刺史[14]，這時他十九歲。向蕭統求《文集》及《詩苑英華》可能即在普通七年後。這正是蕭統編纂《文選》的時侯。對於《詩苑英華》等書，蕭統頗不滿意，這封信可以考見他爲什麽要重新編纂《文選》一書以取代前作的思想。蕭統短短的一生，衹有三十一歲，編輯了這麽多的書，没有"十學士"的協力幫助是不可能的。他們即使没有全部參加《文選》的編纂，然而《正序》《英華》等書，也可能有他們的勞動。但是《文選》晚成，遂爲傳世不朽之著，《正序》《英華》一類書都已亡佚了。編纂《文選》這一偉大業績，據現所能找到的綫索，劉孝綽當爲首選。

"十學士"協助蕭統完成了大量的著述工程，這值得記敘。但是協助蕭統著書的，恐怕也不限於"十學士"。當時做過東宫官屬的，如明山賓、殷鈞、殷芸等（均已見上），也都有可能在蕭統的著述事業上獻替可否，相助爲理。特别值得注意的是《文心雕龍》的作者劉勰。劉勰即曾兼東宫通事舍人，蕭統"深愛接之"[15]。《文心雕龍》"選文以定篇"[16]的思想，影響《文選》的選文標準，這確是一個值得研究的課題。

"十學士"對於《文選》的編纂以及關係蕭統的著述，可以作上述的探索。

按照梁代的官制，東宫官屬並無"學士"之名[17]。"學士"不過是文學之士或文學侍從之臣的一般習慣稱呼。早在蕭統的"十學士"之前，即有所謂"蘭臺十學士"。上文已經提到邵思《姓解》卷二《弓》部"張"字下説："張纉、張率、張緬並爲梁昭明太子及蘭臺兩處十學士。"又《刀》部"劉"字下説："（劉）孝綽與劉苞、劉顯、劉孺又爲蘭臺十學士。"又"到"字下説："梁有到溉爲蘭臺十學士。"《阜》部"陸"字下説："陸倕爲梁昭明太子十學士之一，又爲蘭臺十學士之一。"

"蘭臺十學士"是怎麽一回事呢？《南史》卷二十五《到溉傳》（附《到彦之傳》）説：溉"與兄沼、弟洽俱知名"；"梁天監初，（任）昉出守義興，要溉、洽之郡，爲山澤之遊。昉還爲御史中丞，後進皆宗之。時有彭城劉孝綽、劉苞、劉孺，吴郡陸倕、張率，陳郡殷芸，沛國劉顯及溉、洽，車軌日至，號曰蘭臺聚。陸倕贈昉詩云：‘和風雜美氣，下有真人遊。壯矣荀文若，賢哉陳太丘。今則蘭臺聚，萬古信爲儔。任君本達識，張子復清修。既有絶塵到，復見黄中劉。’時謂昉爲任君，比漢之三君。到則溉兄弟也。”從這段記載裏，我們知道“蘭臺十學士”即所謂“蘭臺聚”，它包括任昉在内，共十人。蘭臺是御史中丞衙署的代稱，任昉做御史中丞在天監三年（504）。（案：《梁書》卷十四《任昉傳》但云：“天監二年出爲義興太守”，“尋轉御史中丞”，“六年春出爲寧朔將軍、新安太守”。中間何時轉御史中丞，並無年月，《通鑑》卷一百四十五載御史中丞任昉奏彈曹景宗，係在天監三年，今以爲據。）那末“蘭臺十學士”要比蕭統“十學士”的設置早八年。蕭統置“十學士”的時候，任昉已死去了五年（任昉卒於天監七年，即508年）；而且六年前任昉出爲新安太守，“蘭臺聚”就已經不存在了。這是蕭統“十學士”之前的“蘭臺十學士”。

蕭統“十學士”後還有所謂“高齋十學士”。邵思《姓解》卷三《一》部“王”字下説：“王囿又爲高齋十學士。”又《丨》部“申”字下説：“《南史》高齋十學士申子悦。”

“高齋十學士”又是怎麽一回事呢?《南史》卷五十《庾易傳》記易子肩吾，在雍州（襄陽）被晋安王（蕭綱）“命與劉孝威、江伯摇、孔敬通、申子悦、徐防、徐摛、王囿、孔鑠、鮑至等十人抄撰衆集，豐其果饌，號‘高齋學士’”。根據這個記載，“高齋十學士”是蕭綱的寫作班子，本很明白。蕭綱爲雍州刺史、平西將軍、寧蠻校尉，都督雍梁南北秦四州、郢州之竟陵、司州之隨郡諸軍事，在普通四年（523）[18]。這時比蕭統“十學士”的設置後十一年，而且地方在雍州，人物也和蕭統的“十學士”完全不同。可是後代的地方志乘，竟把兩者糾纏在一起。《太平御覽》卷一百八十五引《襄沔記》説：“金城内刺史院有高齋，梁昭明太子於此齋造《文選》。鮑至云：簡文爲晋安王鎮襄陽日，又引劉孝威、庾肩吾、徐防、江伯操（當作摇）、孔敬通、惠（當作申）子悦、徐陵（當作摛）、王囿、孔鑠等於此齋綜覆詩集，于時鮑至亦在數，凡十人。資給豐厚，日設肴饌，于時號爲高齋學士。”

又引《雍州記》説："高齋，其泥色甚鮮净，故此名焉。南平世子恪（梁武帝弟南平王蕭偉之子）臨州，有甘露降此齋前竹林。昭明太子於齋營集道義，以時相繼。"這兩本地理書都有錯誤，主要是因爲蕭統出生在襄陽，它們遂把高齋附會爲蕭統造《文選》處或營道義處。其實蕭統雖生於襄陽，但是生後即隨梁武帝到建鄴（南京），從此在建鄴做太子，便没有到襄陽了，造《文選》、營道義都不可能在襄陽。然而通過這兩部書，却使我們知道高齋是襄陽城内的一個地名。《襄沔記》證明"高齋十學士"是簡文帝爲晋安王鎮襄陽時所置，《雍州記》衹説昭明在高齋營道義，而没有説編《文選》。這兩部書都還没有把"高齋十學士"和蕭統及其《文選》完全搞混。到了王象之的《輿地紀勝》，便胡編亂造，糾纏不清了。《輿地紀勝》卷八十二記京西南路襄陽府古迹有文選樓，引《舊［圖］經》説："梁昭明太子所立，以撰《文選》，聚才人賢士劉孝感（威之誤）、庾肩吾、徐防、江伯撰（摇之誤）、孔敬通、惠（申之誤）子悦、徐陵（摛之誤）、王囿、孔爍（鑠之誤）、鮑至等十餘人，號曰'高齋學士'。"這個《舊圖經》不知何書，真是謬誤百出。奇怪的是，楊慎反把它視爲珍聞，《升庵外集》卷五十二説："梁昭明太子統聚文士劉孝威、庾肩吾、徐防、江伯操（摇之誤）、孔敬通、惠（申之誤）子悦、徐陵（摛之誤）、王囿、孔爍（鑠之誤）、鮑至十人，謂之高齋十學士，集《文選》。今襄陽有文選樓，池州有文選臺，未知何地爲的。但十人姓名，人多不知，故特著之。"高步瀛《文選李注義疏》卷首指出了楊慎所據爲《輿地紀勝》，又引《南史·庾肩吾傳》[19]以糾其謬，説："此説（指楊慎因襲王象之引《舊圖經》説）乃傳聞之誤，昭明爲太子，當居建鄴，不應遠出襄陽。""高齋學士乃簡文置而非昭明置。""襄陽文選樓即果爲高齋學士集所，亦屬簡文遺迹，而無關昭明選文也。大抵地志所稱之文選樓，多不足信。揚州文選樓，在今江蘇江都縣東南，或云曹憲以教授生徒所居；池州文選閣，在今安徽貴池縣西，則後人因昭明太子祠而建者也[20]。升庵狃於俗説，不能據《南史》是正，而反詡十學士姓名人多不知，陋矣。”〔1〕這個駁正很重要，“高齋學士”選《文選》的俗説，影響很深，甚至通人如汪中，也在他的《自序》㉑裏稱《文選》爲“高齋學士之選”。如果把“昭明太子十學士”“蘭臺十學士”“高齋十學士”一一條理清楚，也就不會出現這種張冠李戴的錯誤了。

僅在梁武帝統治的前後二十年間（504—523）就出現三個“十學士”的稱號，恐怕並非偶然。遠徵古典，這或者是周武王説“予有亂臣十人”的仿效㉒。但更大的可能，當是一種如陳寅恪先生所指出的“格義”㉓。“竹林七賢”可以用“天竺七僧”作模式，難道這些“十學士”不可以在釋典裏找他們的影子麽？梁武帝是最崇信佛教的，當時舉國上下莫不受他的影響。釋典中，如《涅槃經》所提到的“十梵志”（即“十仙”），《陀羅尼集經》卷十二所提到的“十弟子”，甚至羅什三藏門下的“十哲”㉔：所有這些，很可能看到“十學士”設置的背景。直到唐代的“十八學士”仿效“十八羅漢”，都可以説明“格義”的支流，影響是頗爲顯著的。

“昭明太子十學士”幾乎成了六朝文學研究被遺忘的一個環節。不揣固陋，謹爲之説如此，很望得到同行高賢的指教。

一九八六年一月，於四川師範大學中國古代文學研究所。

（載《昭明文選研究論文集》，吉林文史出版社，一九八八年六月出版，此稿略有訂正。）

【注釋】

①《南史》卷二十《覽傳》（附《謝弘微傳》），不言覽卒時歲數，但謂梁武帝平建鄴，覽時年二十餘。平建鄴在齊和帝中興元年（501），若覽生於昇明元年（477），則此時二十五歲，亦相符合。

②用郭璞《遊仙詩》。

---

〔1〕按，中華書局1985年版《文選李注義疏》無“高齋學士乃簡文置而非昭明置”一句，且“襄陽文選樓即果爲高齋學士集所，亦屬簡文遺迹，而無關昭明選文也”作“是高齋學士乃簡文遺迹，而無關昭明選文也”。

③此文即載在《梁書》卷八《昭明太子傳》，又見《藝文類聚》卷十六。

④此據《通鑑》卷一百四十六；《梁書》《南史》皆誤爲五月庚戌，按此年五月乙丑朔，無庚戌；庚戌爲六月十七日。

⑤已見上文；參見《梁書·王錫傳》。

⑥竇常有《南薰集》，見《郡齋讀書志》卷二十，其言或出於此。又可能是"常寶鼎"之誤。《新唐書·藝文志》史部目録類有"常寶鼎《文選著作人名目》三卷"，《宋史·藝文志》集部總集類有"常寶鼎《文選名氏類目》十卷"：二者當即一書。"竇常"或是"常寶鼎"之誤。

⑦《梁書》《南史》的劉孝綽本傳都有記載。

⑧皆見《文選》卷五十五《廣絶交論》李善注引劉璠《梁典》。今本"孝綽"誤爲"孝標"，此據胡克家《考異》校正。

⑨《南史》本傳略同。

⑩見《梁書》卷三十三；《南史》卷五十九謂是普通二年。

⑪見《梁書》卷二十二；《南史》卷五十二謂卒於大通四年，大通無四年，當脱一"中"字。

⑫參看《隋書·經籍志》。

⑬《全梁文》卷二十。

⑭見《梁書》卷五《元帝紀》。

⑮《梁書》卷五十《文學傳》下，《南史》卷七十二《文學傳》略同。

⑯見《序志》。

⑰參看《隋書》卷二十六《百官志》上。

⑱見《梁書》卷四《簡文帝紀》。

⑲即《庾易傳》，肩吾事附於其父易傳後。

⑳蕭統以魚美名其水爲貴池，見《太平御覽》一百七十引《輿地志》，又見《元和郡縣圖志》卷二十八，後世地志皆襲之，這就是貴池有昭明太子祠的原因。

㉑見《述學·補遺》。

㉒周武王語見《論語·泰伯篇》，《集解》引馬融注謂十人爲周公旦、召公奭、太公望、畢公、榮公、太顛、閎夭、散宜生、南宫适、文母。《左

傳·昭公二十四年》引《泰誓》亦有此語。今僞孔本《尚書·泰誓》即襲《論語》及《左傳》。

㉓見《支愍度學説考》，載《金明館叢稿初編》。

㉔見《釋氏稽古録》卷二。

《文選序》疑義答問

【問一】《文選》的編輯是否出於劉孝綽？《文選序》是否也是劉孝綽作的？蕭統是否祇挂上一個名字？這部書是否也像明清時代帝王編書的敕撰？

【答】劉孝綽是蕭統東宫文士集團中的“十學士”之一，在“十學士”中，他最受蕭統敬重，這一點可以參看拙著《“昭明太子十學士”説》[①]；拙著《昭明文選雜述及選講》[②]及《文選導讀》[③]，論之尤詳。《文選》的編輯，他作爲蕭統東宫文士集團的重要成員，肯定是參加了的。這一點，《文鏡秘府論》和《玉海》也有所記載，但是《文選》的體例和入選篇目就不能説是全由他决定了。第一，蕭統門下的文士很多，資深望重、行輩較長的有陸倕、張緬等人；戚屬親近的有王錫、張纘等人，怎麽可能由劉孝綽獨斷呢？第二，蕭統早年編輯《正序》及《英華集》等，他對於總集自有定體、選材的經驗，怎麽會讓劉孝綽來指揮、利用，把他架空呢？蕭統不是明代的朱元璋、清代的胤禛那種不識字或識字不多的人，怎麽會祇是挂名、敕撰而已呢？至於《文選序》出於劉孝綽代作，這在日本所傳的古鈔無注三十卷卷子本的第一卷《文選序》中，確實有一條標注説：“太子令劉孝綽作之云云。”這條標注究竟是何時何人所加，訖今尚無法解决。據古鈔本的標注，它不但引用李注、五臣注、《音决》、《鈔》、陸善經諸種注釋，還有“今案”（這是編輯《集注》本的人加上的）等語，其出於《集注》本之後，是毫無問題的。古鈔本和它上面的標記、旁注，不出於一個時代。據初步估計，古鈔本可能出平安朝，向宗魯在所校古鈔本後的識語説：“《集注》引陸（善經）説，作者當在中唐以後；鈔本旁注引《集注》語，當更出其後矣。”古鈔本的第一卷（即載有《文選序》者），其標記、旁注的寫人者，據清水凱夫告訴我，懷疑是鐮倉幕府時代的人。這一點，他還要繼續考查。總之，其稱《文選序》是蕭統令劉孝綽代寫，並無甚麽依據；但也值得重視。即使劉孝綽代蕭統作《序》，但《序》中反映的文學思想，仍應當是蕭統的。不能以此《序》出於劉孝綽代筆，而輕易取消蕭統對這篇《序》授意的實際著作權，更不能因此而否定蕭統編輯《文選》，認爲他僅僅是挂名敕撰。

蕭統的生母丁貴嬪，出身微賤，曾受到蕭衍皇后郗氏的凌辱。後來丁貴嬪死後，爲了墓葬的問題，蕭統幾乎成爲梁代的“戾太子”。因此蕭衍、蕭統父子之間，不是那麽愉快的。劉孝標的《辯命論》，明目張膽地指斥蕭衍，如果是劉孝綽作主張，是絶對不敢冒昧地入選的。但這篇文章不僅入選，並且把劉孝標對於蕭衍旨意的駁斥，也按原文全部載入。除了蕭統以外，别人會這樣大膽嗎？蕭衍所不喜歡的人，如沈約、任昉等，他們的著作，入選不少。《天監三年策秀才文》，是任昉搞掉御史中丞職務的一個文件，蕭統也把它選載。如此等等，都足以説明《文選》選目的安排，衹有蕭統纔敢作出這些決定，劉孝綽是不可能代庖的。關於這些問題的資料，已寫入拙著《文選導讀》中，這裏毋須煩瑣羅縷。

【問二】《文選序》的中心思想，從清代阮元以來，即强調“事出於沉思，義歸乎翰藻”兩句，是否準確？應當怎樣來理解《文選序》的全部思想内容？

【答】王運熙《〈文選〉選録作品的範圍和標準》[④]指出，《文選序》所涉及的，有選録範圍和標準二者，這二者雖有一定的聯係，但畢竟不能等同起來。“事出於沉思，義歸乎翰藻”這兩句，把它説成《文選》的選録標準未嘗不可，但它並不概括《文選序》的全部思想内容。而且這兩句本衹是説史傳裏的論贊序述的，它原不是説《文選》全書的選録標準。把它説成《文選》的選録標準，不過假借引申而已。還有，《文選序》除了説選録標準而外，還有很大部分在説它的選拔範圍。《文選序》全文除涉及選録標準和範圍以外，還着重闡述了兩個重要問題：一個是“物既有之，文亦宜然”“照燭三才，暉麗萬有”的天文、地文與人文關係的自然論觀點。這與劉勰《文心雕龍·原道》及鍾嶸《詩品序》“氣之動物，物之感人”的指導思想並無二致。第二是《文選序》很明白地宣稱“踵其事而增華，變其本而加厲”的“隨時變改，難可詳悉”的文學發展觀點，是蕭統編輯《文選》、選録文章的依據原則。明乎此，纔能理解《文選》選録齊梁之文有一定數量的道理。要瞭解《文選序》所發揮的思想内容，必須全面地掌握這一切。不然就會出現偏見，阮元便是如此。

【問三】《文選序》中“姬公之籍”以下説明《文選》不選經書，“老莊之作”以下説明不選諸子，“記事之史”以下説明不選史傳：這些都能一目了然。何以説明不選諸子和不選史傳之間，插入“賢人之美辭”一段，專講謀夫、策士之言不選呢？它們不是“概見墳籍，旁出子史”嗎？已經聲明了不選子史，有甚麽必要要專寫這一段？能講出其特殊意義否？

【答】“賢人之美辭”一段很唐突地插入叙述諸子和史傳之間，在《文選序》的整個結構上，確實是一個值得研究的問題。而這樣的問題却歷來無人論及。我認爲《文選序》中的這段話是有爲而發的。有很大的可能，便是針對杜預的《善文》。章炳麟曾説，杜預《善文》早於摯虞《文章流别集》，應爲《總集》之首[⑤]。這個説法未必準確。杜預與摯虞同時，他們一起討論“諒陰”之制[⑥]，《善文》一書並不早於《文章流别集》。《隋書·經籍志》的總集類，兩書皆已著録，而謂《文章流别集》爲總集之首，撰《經籍志》者，並不是不知道有《善文》一書，他這樣安排，肯定是有依據的。《史記·李斯列傳》的《集解》引秦辯士《遺章邯書》，謂在《善文》中，《玉海》卷五十四已指明此事。《高祖本紀》的《索隱》還有同樣的引用。據此，則《善文》所收録的，並非集部之文，而是些讜言、史料。它既没有“自詩賦下各爲條貫”的特征，則不能代替《文章流别集》居集部總集之首，《隋志》的編纂者是有理由，經過考慮，而不是率爾爲之的。章炳麟要用《善文》取代《文章别流集》居總集之首的做法，是不妥當的。

我們從《善文》這個書名來想一想吧。想到《善文》，很容易聯繫到《説苑》的《善説》篇。《善文》在文章選本上也是頗有影響的。《説苑》有《正諫》篇。劉向編輯《説苑》，同時又編輯了一部《新序》。蕭統早年曾編輯《正序》，《正序》的名稱不是從這些書篇中産生出來的嗎？他後來認識到

《正序》的編輯不是總集的正途，又怕别人同他一様編纂總集誤走《善文》的路子，於是特寫了這一段，把不是文學作品的辯説之辭，摒諸總集之外。近世姚鼐《古文辭類篹》分出一個“書説類”，把蕭統屏棄了的東西又撿拾起來，歷史的循環，往往有這麽不可理解的現象。章炳麟還説：“蘇張陳説，度亦先有篇章。”⑦這完全出於推測，可以存而不論。

《文選序》的這段文章，即指斥了頗有影響的《善文》的錯誤，也對蕭統自己舊編《正序》之失，作了深刻的檢討。這段文章，不是一般無所謂的空論。在“總集之成法”⑧的形成過程中，是值得注意，很有作用的。

【問四】《文選序》説明不選經、子，而《文選》中却選有《尚書序》《毛詩序》《春秋序》，這不是經嗎？又有《過秦論》《典論·論文》，這不是子嗎？是否蕭統自己對於選文的範圍，不嚴格遵守，時時破例？

【答】“集”在典籍中成爲獨立的類目，出於建安以後。范曄《後漢書·文苑傳》，記載那些文士的作品，還稱某類作品若干篇，没有集名。范書的《文苑傳》，大體本之西晋張騭的《文士傳》，前人已有所論列。可見建安以後，許多文士的作品，仍以單篇形式流行。王運熙曾指出，《文選序》中的“篇章”“篇翰”“篇什”諸詞，所包含的意義，實與“集”同。這三個詞的“章”“翰”“什”三字，雖有文采、音律的藝術特徵，但都稱爲“篇”，可見並不是已編入“集”裏。這些有文學藝術特徵的作品，儘管以單篇形式流行，它與編入“集”裏的作品，並不兩様，所以總集採録，並無違反義例。

《文選》裏選入的《尚書序》、《毛詩序》和《春秋序》，絶不是採之經書。《春秋正義》的杜預《序》下疏云：“晋大尉劉寔，與杜同時人也。宋大學博士賀道養，去杜亦近。俱爲此序作注。”劉文淇《左傳舊疏考正》云：“注《春秋序》者，古皆單行。《隋經籍志》云：劉寔等《集解春秋序》一卷；《春秋序》一卷，賀道養注；《春秋左傳杜預序集解》一卷，劉炫注。”既是單行，即可稱之“篇章”“篇翰”“篇什”，與别集同流。推之《尚書序》《毛詩序》，蓋皆如此。《文選》不録經史諸子，其範圍確定，非此數篇爲例外。讀《文選》者，往往囿於文集一隅，不能博覽，動輒對蕭統肆意攻擊，皆所謂知二五而不知一十的寡聞之士也。即史部選論贊序述，亦不始於蕭統。《文心雕龍・頌贊篇》云：“紀傳後評，亦同其名。而仲洽《流別》，謬稱爲‘述’，失之遠矣。”顔師古《漢書・敘傳》注云：“後之學者，不曉此爲《漢書》叙目，見有‘述’字，因謂此文追述《漢書》之事，乃呼爲《漢書述》，失之遠也。摯虞尚有此惑，其餘曷足怪乎?”根據劉勰、顔師古所言，乃知摯虞《文章流别集》已選録史傳的序述。《文章流别集》固是總集，屬於集部。蕭統所選，安知不是採之《文章流别集》，而不是直選史傳乎?在選録範圍上，這些文章的入選，並無破例之失。而且建安以後别集出現，這些論贊序述，早已成爲“篇章”“篇翰”“篇什”，而收入諸家集中。班固、范曄、沈約諸人，固皆有集。蕭統所選序論，也可能録之諸家别集，而非採於史傳。但觀《文選》所載班、范、沈諸文，往往字句與現存《漢書》《後漢書》《宋書》不同，其故可以知矣。以此推之，賈誼《過秦論》，必非採自《新書》。左思《咏史詩》已有“著論準過秦”之語，可知其以單篇流播，蓋已久遠。《隋書・經籍志》著録有《賈誼集》，此文採之集部，有何超越範圍之失?《典論・論文》亦必採之《魏文帝集》，自與子書《典論》無關也。《文選》選録的作品，違反範圍義例的失誤，是完全不存在的。

至於《文選序》中所談到的選録標準，反映在全書所選的作品中，情況錯綜複雜，但是没有一篇違反義例，以蕭統一己感情用事塞入，更不能拉扯協助蕭統編書的劉孝綽了。此事將寫《文選李注疏義》，逐篇説明。最近出版的拙著《文選導讀》中，特别選入陸倕《新刻漏銘》、王巾《頭陀寺碑》等文，即有意回答這些疑義的。這篇論文力求簡短，不復羅縷。

（載香港中文大學中國語言文學系等編《魏晋南北朝文學論集》，文史哲出版社，一九九四年十一月出版。）

【注釋】

①《昭明文選研究論文集》，吉林文史出版社，一九八八年六月出版。

②天津古籍出版社，一九八八年六月出版；臺北貫雅文化事業有限公司重印。

③巴蜀書社，一九九三年九月出版。

④見《復旦學報》一九八八年第六期。

⑤見《太炎文録》卷一《文例雜論》。

⑥見《晋書・摯虞傳》。

⑦見章炳麟《國故論衡・文學總略》。

⑧章炳麟《國故論衡・文學總略》中語。

“新《文選》學”芻議

“新《文選》學”這個倡議，是日本神田喜一郎博士提出的。神田博士的著作，我未讀到。清水凱夫先生與神田博士這一倡議相呼應，對探索《文選》的本質，作了嘗試[①]。“先民有言，詢於芻蕘。”清水先生的“探索”反復於蕭統編撰《文選》問題，似有貢一“芻蕘”之議的必要。

清水先生一九九五年在鄭州“《文選》學國際討論會”上聲明：他的“新《文選》學”是對日本祇搞翻譯、編索引的“《文選》學”而言，並不與曹憲以來的“《文選》學”相干。這個主張，我無異議。

可是，一九九四年二月二十五日清水先生曾給我信說：“你惠賜的巴蜀書社出版的大著《文選導讀》已收到，深表感謝！我已迅速地拜讀完畢。對先生的高論，我大體上表示贊同之處很多；但是對《文選》研究的核心問題，即《文選》編纂之事，我與你的意見却相當的不一致。”清水先生還說：“可見從傳統的見解的束縛中脱出是一件至難之事。”從這封信中，我瞭解到清水先生所謂探索《文選》的本質，就是要否定蕭統編纂《文選》。此論恕我不敢苟同。我仔細閱讀了《六朝文學論文集》中清水先生一系列研究《文選》的論文，聊發八難，謹獻疑於清水先生。

一、清水先生全面否定蕭統編纂《文選》。他有一條最重要的理由，那就是説：“一般在史書中，即使有所謂帝、太子、王撰的記載，實際上也是帝、太子、王祇下達編輯的命令，而把編輯委任給臣下。”這個理由，清水先生把它作爲規律、原則，那就把歷史上“帝、太子、王”著書的可能全部否定了。我不禁要問清水先生：“三祖陳王，咸蓄盛藻。”[②]難道他們的作品，都是下達命令，由“徐、陳、應、劉”代爲完成？中國人還很有興趣於另外一個皇帝，那就是南唐後主李煜。難道他那些稱爲傑作之詞，都是下達命令，由馮延巳、徐鼎臣之輩所完成？清水先生如果承認這些“帝、太子、王”不爲他所訂的規律所限制，那末，蕭統就有理由應當特殊看待了。史稱蕭統“引納才學之士，賞愛無倦。恒自討論篇籍，或與學士商榷古今，閒則繼以文章著述，率以爲常。於時東宫有書幾三萬卷，名才並集，文學之盛，晋宋以來未之有也”[③]。蕭綱《昭明太子集序》，列舉蕭統有“十四德”，其十三、十四德云：“群玉名記，洛陽素簡，西周東觀之遺文，刑名墨儒之旨要，莫不殫兹聞見，竭彼綈緗，總括奇異，徵求遺逸。命謁者之使，置籯金之賞。惠子五車，方兹無以比；文終所收，形此不能匹。此十三德也。借書治本，遠紀齊攸；一見自書，聞之闞澤。事唯列國，義止通人。未有降貴紆尊，躬刊手掇，高明斯辨，己亥無違。有識□風，長正魚魯。此十四德也。”[④]張溥《百三名家集・昭明太子集題辭》云：“簡文叙其遺集，頌德十四。合之史傳，俱非虚美。”《藝文類聚》卷三十七引何胤《答皇太子啓》云：“猶復留神六經，降意百代。同仁博古，等物簉聞。闢承華而延儒雅，掃黄闥而列文學。嘉美聿宣，無思不勸。”若謂簡文之序已非虚言，則何胤高人，其言更宜徵信。豈有如此好學尚文之人，竟把著述大業，付與别人，聽其“感恩報怨”，而不聞不問者乎？依清水之言，蕭統竟似一無主見之貴遊子弟，能令人信服乎？這樣的太子，我對他主持編撰《文選》信之不疑，難道這就算是“束縛於傳統思想”麽？我情願受此“束縛”，自視爲濡染於傳統文化的人，有捍衛傳統文化的責任。記得在香港與清水先生相遇時，我曾坦白地告訴他，我對於蕭統是有感情的，便是這個意思。

二、對劉孝綽的論定，清水先生也不公平。劉孝綽的才智，是當時的名流，如范雲、沈約、任昉等，皆所推崇。就是皇帝蕭衍，也對他維護備至。蕭統、綱、繹兄弟，莫不稱許。史書衹説蕭統把自己文集編輯、撰序的任務交給劉孝綽，並未談他參與《文選》編纂工作之事。以理推之，蕭統一生最大的編書工程是《文選》，吸收劉孝綽參加，原屬可能。《文鏡秘府論・南集・集論》已云“至如梁昭明太子蕭統與劉孝綽等撰集《文選》”[⑤]。但是，必須注意：此舉《文選》撰集者，首云“昭明太子蕭統”，而在“劉孝綽”之後，又有一個“等”字，並未把《文選》編纂之事，寫在劉孝綽一人名下。又日本古鈔本《文選序》上標注有云“太子令劉孝綽作之云云”，這個材料本是我告知清水先生的。清水先生在臺北“故宫博物院”所藏楊守敬遺書中，覓得這個鈔本，並以複製本惠贈我一份。如果説我束縛於舊傳統，不願意見到這些新材料，則我可以直言不諱地説，我見到這個材料已有六十年了，於我並非新材料。我倒認爲，這個材料充分證明《文選》編纂的主持者是蕭統。“太子令劉孝綽作之云云”，説明劉孝綽不過承太子之命而寫文章，是在執行太子之命，在蕭統這個内行太子面前，劉孝綽是絶對不敢塞進私貨的。這句話，從語法結構上看，主詞是“太子”。何況清水先生也承認這句話的來歷尚待研究。拙著《文選導讀》對《文選》編纂問題的結論説：“劉孝綽是蕭統的得力助手，這樣説没有錯；但因此而把《文選》的主編權從蕭統手上奪取給劉孝綽，那就完全錯了!”這樣的結論，我至今仍堅持不變。清水先生認爲蕭統衹是挂空名，劉孝綽纔是實際編纂者。言之無據，我不能同意。清水先生更進一步認爲“《文選》選文，全憑劉孝綽的愛憎恩怨”，這種論調，全屬信口無據之談，連具有才智之名的劉孝綽也給全毁掉了，我實在不能接受。

三、清水先生爲了證明他的説法——《文選》的實際編纂者是劉孝綽，而劉孝綽編纂《文選》，既不顧蕭統所訂立的選録標準，也不分作品優劣，唯以感恩報怨作爲入選與否的原則。他特選了齊梁作品任昉的《劉先生夫人墓誌》、劉峻的《廣絶交論》、王巾的《頭陀寺碑文》三篇，作爲例證，費盡心思，千方羅織，定下劉孝綽在《文選》編纂中塞進私貨的罪名。今略舉數例，説明清水先生不顧事實，全憑臆斷之處。

清水先生認爲墓誌銘必須先叙世系、名字、爵里等等，是散文；然後纔是“辭曰”以下的押韵之文。今此墓誌銘衹有九十六字的韵語銘辭，這是“破例”，以“破例”之文入選，是劉孝綽别有用心。清水先生爲了羅織劉孝綽的罪名，真是不顧一切。墓誌銘之例，一般信奉的有黄宗羲的《金石要例》，未必清水先生連這樣普通流行的書也未見到?《金石要例》即有“單銘例”一項，説:“叙事即在韻語中。”並舉韓愈《房使君鄭夫人殯表》《大理評事胡君墓銘》《盧渾墓誌銘》爲例。怎麽説任昉此文衹有單銘爲“破例”呢?《全梁文》所載墓誌銘共有六十三篇，有序（即散文）者衹有四篇，四篇中徐勉的《永陽昭王墓誌銘》和《故永陽敬太妃墓誌銘》都是長文，不能埋在墓内，實爲碑文，並非墓誌。這些衹有銘辭的墓誌銘，包括蕭綱寫的《儀同徐勉墓誌銘》，蕭繹寫的《黄門侍郎劉孝綽墓誌銘》，足見梁代寫墓誌銘，以單銘爲正體，有序者翻爲“破例”。清水先生隨意指責任昉之文爲“破例”，不過欲羅織劉孝綽塞進私貨之罪名，竟置梁人寫墓誌銘常例於不顧，非主觀而何？且姚範《援鶉堂筆記》卷三十九、梁章鉅《文選旁證》卷四十六，皆謂“誌銘”本爲四言韵語，其前散文，乃是序。此文無序，即是正體，而清水先生乃謂之“破例”，翩其反矣。

至於這篇銘文入選，清水先生竟認爲是因劉瓛夫人王氏，籍屬琅邪，與劉孝綽母同宗，這也近於笑談。在六朝時代，琅邪之王，多於董澤之蒲、渤澥之鳥，劉孝綽之母爲琅邪王氏，有何證明其與王法施（劉瓛夫人之父）有瓜葛？且劉瓛之德，天下共仰。夫人王氏不得阿姑之意，不過爲琢壁落塵，比之蒸梨不熟，事更輕微。劉瓛之痛，過於曾參，而與焦仲卿相似。任昉此墓誌銘，開頭便説：“既稱萊婦，亦曰鴻妻。復有令德，一與之齊。”以劉瓛之令德，頌王氏之美行，文章得體，實爲佳製。安得謂此亦爲劉孝綽塞進私貨？文末云：“暫啓荒埏，長扃幽隴。”發冢合葬，墓誌銘已交代清楚。李善注云：“蕭子顯《齊書》曰：王氏被出，今云合葬，蓋瓛卒之後，王氏宗合之。”合葬之事，李注此銘辭，已解釋得很明白。清水先生竟謂本不合葬，不過任昉寫此辭爲王氏恢復名譽而已。隨意想象，竟乃如此！劉瓛有放翁禹迹之感、容甫溝水之嘆，而清水先生不爲彦昇此舉稱善，反欲爲焦母槌床之怒張目，但求羅織孝綽徇私之罪，何以不思，至於如此！

四、劉峻《廣絶交論》，亟嘆世途之艱，是一篇諷世雜文。李兆洛《駢體文鈔》卷二十評此文云：“以刻酷攄其憤懥，真足以狀難狀之情，《送窮》《乞巧》，皆其支流也。”劉峻此文選入《文選》，從來没有人説此爲選者挾嫌塞入之私貨。而清水先生爲了横加劉孝綽在《文選》編輯上專擅取捨之權，竟置此篇代表作品之優劣於不顧，謂此文入選，全出劉孝綽私意。我曾舉《辯命論》亦入選，那篇文章明言與蕭衍之論作對，難道劉孝綽竟敢專意選入這樣的文章，以攻擊蕭衍嗎？《梁書》（卷十四）、《南史》（卷五十九）的《任昉傳》，都載入這篇文章，難道姚思廉、李延壽也與到氏兄弟有讎，纔故意採入這篇文章嗎？清水先生抓住劉、到交惡這一點，把《文選》選此佳文，列爲私貨，能使人相信麽？

五、王巾《頭陀寺碑文》，本是《文選》碑文中出色之作，清水先生曲折迂迴，一定要把它説成是劉孝綽所塞入。南北朝時代，佛教遍及南北，爲佛寺撰文，莫不極精研思。而佛寺之碑，照例歌頌營建佛寺之人。庾信自南入北，獨稱温子昇《韓陵山寺碑》，謂“唯有韓陵山一片石堪共語”，“自餘驢鳴犬吠，聒耳而已”。[6]他對温碑作了這樣高的評價。今温子昇《寒陵山寺碑》載在《藝文類聚》卷七十七，我們猶可檢讀。這篇碑文幾乎全部都在歌頌建寺之人高歡（渤海王，即北齊神武皇帝），與王巾之碑文對劉暄衹提幾句者大不相同。清水先生竟勞神苦思，謂王巾此碑文，乃爲劉暄翻案。原文俱在，王巾此文，究竟有多少句提到劉暄建寺以外的政治上其他事狀？總得容許大家研究，拿來與《寒陵山寺碑》比較，優劣異同，毋庸多説。

更奇怪的是，清水先生竟把劉暄拉來與劉孝綽的父親劉繪成爲同宗同輩。他的依據是劉繪字士章，而劉暄字士穆。大家都知道：中國人論排行，是用名，與表德之字毫不相干。清水先生還列數劉孝綽的伯父劉悛字士操、叔父劉瑱字士温，認爲由此“可以推定是相當親近的同族”[7]。清水先生是熟悉魏晋南北朝文學的專家，難道從魏以來一般表德之字喜用“士”字都忘記了嗎？《三國志》中以“士”爲字的有十一人；《晋書》中以“士”爲字的有二十九人；南朝五史（《宋書》《齊書》《梁書》《陳書》《南史》）和北朝四史（《魏書》《北齊書》《北周書》《北史》）中，以“士”爲字的多至一百餘人；《世説新語》中以“士”爲字的有十六人。最近大家看電視劇《三國演義》，征蜀二將：鍾會字士季，鄧艾字士載；與卧龍齊名的鳳雛先生龐統字士元。這些都是家喻户曉的。清水先生竟置此民俗於不顧，一定要把劉暄字士穆，拉來與字士章的劉繪列爲同宗同輩，給劉孝綽定下塞私貨進《文選》的罪名，不知是何居心！

《頭陀寺碑文》是六朝有數的好文章，而清水先生竟用“文體冗長，過分講究修飾，大部分内容不值得一讀，没有個性”，這樣簡單粗暴的幾句話，把它否定了。《頭陀寺碑文》竟遭如此否定，齊梁還有什麽文章呢？梁章鉅、胡紹煐引《高僧傳》，本用以説明“簡棲於宗教究心已久，宜此作之精詣”。而在清水先生眼中，王巾乃成爲《高僧傳》所批評否定的人物了。昭明選王巾之文，其人其事，僅見於《姓氏英賢傳》，可知其並非顯貴之流。《姓氏英賢傳》出於姓氏專家賈執之手，其言可以信賴[8]。而清水先生又毫無依據地否定了李注所引。一有成見，遂致睁目不見丘山，清水先生何竟若此！

六、蕭統除編纂《英華》《正序》《文選》之外，還搜集、整理了《陶淵明集》。蕭梁敵國北齊宰相陽休之也因襲這個本子，加上《五孝傳》、《四八目》（即《聖賢群輔録》），成爲今傳《陶淵明集》的定本（陶澍輯注本名《靖節先生集》）。陽休之還作題記，明確地稱蕭統所編之本“編録有體，次第可尋”。這是清水先生也未敢否定的事實。試想：蕭統自己的文集，交付劉孝綽編輯、作序。此事他不隱晦。何以編《陶集》他又親自動手，並爲之作《序》、作《傳》？由此可以從側面證明：蕭統編纂《文選》，絶不會衹挂空名，讓劉孝綽作弊徇私。清水先生對於《文選》，便使用“帝、王、太子”編書衹下達命令的原則；而對蕭統編《陶淵明集》，却取消自己所訂的這個原則，是否明知有陽休之的鐵證，所訂的原則絶對行不通，便偷偷地把它取消了。如此矛盾自陷，衹能墮入主觀臆斷的實用主義之中，非科學研究之道。

七、蕭統編纂《文選》，不僅《梁書》《南史》本傳明白記載，而且《隋書·經籍志》以下史志及公私書目著録，莫不皆然。非特此也，尋治《文選》之學，最早爲《文選》作《音》的，即是蕭統的從父兄弟之子，他的侄兒蕭該。蕭該當爲追隨蕭繹在襄陽的蕭修之子[9]。是《文選》早已流傳到蕭繹那裏，爲蕭氏兄弟子侄所承認是蕭統之作。不然，蕭該何以把它尊奉來與《漢書》等齊，爲之作《音》。蕭繹是很佩服蕭統的文章學識的，這在蕭統生前，他便向蕭統索求《文集》及《詩苑英華》[10]，可以證明。所以《文選》成書，很快在蕭繹統治的襄陽地區流傳，這是很合乎情理的。《文選》得到蕭繹的尊重，有一個很重要的理由，就是因爲它是蕭統親自編纂的。蕭繹很厭惡那些貴族（即清水先生所説的“帝、太子、王”）挂名著書。他的《金樓子·自序》説：“常笑淮南之假手，每嗤不韋之託人。”但是他向蕭統求《英華》，並讓蕭該作《文選音》，這就充分證明：蕭統編纂之書，都是親自料理，不是衹挂空名。《英華》猶且如此，何况《文選》乎？蕭統卒後二百年（唐開元十九年，731 年），蕭統的第七代孫蕭嵩，在唐代做了中書令（即宰相），自稱《文選》“是先代舊業”，準備在集賢院組織班子，從事注釋[11]。這項工程雖没有完成，但是蕭嵩把《文選》看作“先代舊業”，充分説明《文選》確實出於蕭統編輯，二百年後，他的直系子孫，還没有放棄這個知識産業的繼承權呢！這些材料，可以徹底駁倒清水先生“衹挂空名”之説，不知清水先生考慮及此否？

八、清水先生據《顔氏家訓》的《文章篇》，謂劉孝綽撰《詩苑》，止取何遜兩篇，因此斷定《詩苑》即蕭統《古今詩苑英華》之省稱，以此證明蕭統編撰之書，皆衹挂空名。此又一毫無證據之臆説也。尋《南史》稱蕭統集五言詩之善者爲《英華集》三十卷，《梁書》則稱統撰《文章英華》三十卷。是《英華集》爲兩種，其省稱皆宜稱“英華”，不得云“詩苑”。蕭統《答湘東王求〈文集〉及〈詩苑英華〉書》，即云：“往年因暇，搜採《英華》。”未嘗以“詩苑”爲省稱，此説明劉孝綽集《詩苑》另是一書，不與蕭統《詩苑英華》相干。《隋志》著録孔逭輯有《文苑》，安知孝綽不效之而輯《詩苑》乎？清水先生之言，實無根據之附會也。

至於《文選》不選何遜之作，在今人言之，或可云漏略，然在蕭統當時，何遜並非必須入選之材。其文筆如《爲衡山侯與婦書》，後人選駢體文，以爲佳品（如《駢體文鈔》《六朝文絜》等）。然其文側艷，蕭統不選，實爲適宜。其詩雖不少，然風範不出謝朓。鍾嶸卒在何遜之後[12]，《詩品》無何遜之名，則何遜未爲當時推重，不僅《文選》不選其作而已。蕭統《答湘東王求〈文集〉及〈詩苑英華〉書》云：“上下數千年間，未易詳悉，猶有遺恨。”必於總集，求全求備，此脱離歷史條件，苛求於古人之爲也。《文選》不取何遜之作，古人言者多矣，然未聞有如清水先生所指，出於劉孝綽搗鬼之説也。

上發八難，聊示一隅。掎摭利病，佇聞良説。竊謂若以否定蕭統編纂《文選》爲“新《文選》學”核心，則蕭統此人選文徒挂空名，實爲不學，縱容劉孝綽，實爲昏憒。劉孝綽但知恩怨，不辨美惡，實乃小人之行，何得稱爲才士？《文選》乃尋隙報恩之書，惡同穢史，釁比謗書。一千四百年來所謂有“《文選》學”者，皆事異箴肓，行同濟惡。《文選》及一切《文選》學之書，衹宜付之嬴政一炬而已。

"《文選》學"之名本立自曹憲。蕭該、曹憲之書，以音義爲事。浮聲切響，通流調利，本爲《文選》選文之要害，蕭曹始建此學，即注意於斯，實爲碧海掣鯨之業。及傳之崇賢，兼釋事義，五臣、善經而後，又立意於通俗。及至宋元，雕板聿興，集注、續補之風，行於坊肆。明人比之墨卷，清儒通於樸學。凡此變遷，咸可謂之"新《文選》學"。然以朱明之憑臆衡量，比之李唐之識字正讀，其於《文選》，爲進步亦爲倒退，實猶當有待於評估。然則所謂"新"者，非必皆能超越前人也。今謂研究《文選》，所宜提倡者乃爲實事求是的科學精神，謂之"科學的《文選》學"，其名優於"新《文選》學"，姑較可知。

我先師向宗魯先生於《文選》一書，幾乎全能背誦，並有志於爬梳整理李注。拙著《文選導讀》自序中言："有生之年，必爲完成先師遺志盡力。"從事《文選》教學六十年來，計所整理李注，已有成稿二百餘篇。近與常君思春相約，即日動手編寫《文選李注疏義》。我們從校勘音訓入手，近將《文選》諸本（包括李注、五臣注、六臣注及唐寫《集注》和古鈔本標注旁注）之音，與陸法言、陸德明諸書比較。此千四百年前蕭、曹諸公之所爲，然後之治"《選》學"者竟無人過問，則此謂之"新《文選》學"可，謂之"傳統《文選》學"亦可，謂之"舊《文選》學"，亦所不辭也。

《文選》編撰問題，可以作爲"新《文選》學"一個討論題，若必謂否定蕭統編撰《文選》，始得爲"新《文選》學"，則我堅决不爲此"新《文選》學"，亦不承認此爲"新《文選》學"，此乃"標新立異"，意在毁滅《文選》之學也。

（載中國《文選》學研究會等編《文選學新論》，中州古籍出版社，一九九七年十月出版，略有文字修改。）

【注釋】

①見清水凱夫先生《六朝文學論文集》的《前言》，韓基國先生譯，重慶出版社出版。

②見《宋書・謝靈運傳論》。

③《梁書》《南史》本傳並同。

④此序見影宋淳熙本《昭明太子集》。《常州先哲叢書》所收《昭明太子集》即據此本，《全梁文》所鈔録，全與此同。

⑤此當據唐元兢《古今詩人秀句序》。

⑥《朝野僉載》卷六。

⑦《論文集》第二十二頁。

⑧見章宗源《隋經籍志考證》卷七、姚振宗《隋書經籍志考證》卷二十二。

⑨見拙著《文選導讀》第四十六頁。

⑩見拙著《文選導讀》第四十頁。

⑪見拙著《文選導讀》第七十六至七十七頁。

⑫鍾嶸之卒，據曹旭先生推定在天監十七年（518），比何遜卒年爲晚。

“《文選》理”説

杜甫的《宗武生日》詩説：“熟精《文選》理，休覓彩衣輕。”從這兩句詩對偶的形式來看，以“彩衣”對“文選”，可見他是從符采彪炳的内涵，來理解《文選》的“文”字的，並没有把《文選》衹簡單地理解爲一般的書名。

從來談杜詩的，總喜歡引用“精熟《文選》理”這句來闡述杜詩創作對八代的繼承；談《文選》的也喜歡引用這句詩來説明《文選》對唐詩的影響。可是都不免失之浮泛。爲了把“《文選》理”説實在點，輒敢略抒鄙見，以就正於杜學、《選》學專家。

什麽是“《文選》理”？鄙意以爲一定要從“《文選》學”的全面來考慮。《文選序》是瞭解《文選》編撰目的、選録標準的最重要文獻。談到《文選》選録標準，過去都把“事出於沉思，義歸乎翰藻”這十個字抓得很緊。自阮元以來，闡述這十個字的文章，可以説層出不窮，也不免重規叠矩。可是，依我看來，都重視“沉思”“翰藻”兩個詞，也不少對“事”“義”二字的討究；但似乎忽略了“出於”“歸乎”兩個介詞。“出於”是指文學作品創作過程中的立意和謀篇、佈局，所以用“沉思”二字來概括。“歸乎”纔是文學作品的形成、定型，那就必須具有很高的藝術形象的實實在在的語言，纔是“翰藻”。“歸乎”比之“出於”是捉摸得到的，是要難得多的。《文心雕龍·神思》説：“意翻空而易奇，言徵實而難巧。”所談的即是這樣的一種創作過程。“意”即“沉思”，“言”即“翰藻”，《文選》的選録標準，“翰藻”纔是實實在在的關鍵。不把“出於”“歸乎”兩個介詞在創作過程中的含義弄清楚，籠統地説這十個字是《文選》選録的標準，是不實在、不具體的。舉例來説，《神不滅論》和《辯命論》都是“出於沉思”的，但論“歸乎翰藻”，則顯然要取《辯命論》，而不能取《神不滅論》，這充分説明“歸乎”一詞，在選録標準中的重要性。有人説昭明太子評論文章的尺度是“文質彬彬”，而《文選序》的“歸乎翰藻”説法，重視美文，不符合昭明的評文標準，因此，斷定《文選》不是昭明太子所編撰①，這似乎把問題看得太簡單了。“文質彬彬”是孔子的話②，本來是用以對一個“君子”的品格和風範的要求的。昭明太子在《答湘東王求〈文集〉及〈詩苑英華〉書》中，借用來説明對文學作品的寫作要求。案其意義，實與《文選序》的“事出於沉思，義歸乎翰藻”並無二致。《論語》的舊注大都以文質相半訓解“彬彬”一詞。《文選》不能分一半爲“質選”，所以“彬彬”主要是形容含有一定求實内容的文學作品，“言之無文，行而不遠”③。不以翰藻作爲選録標準，又何以稱爲“《文選》”呢？被認爲是杜甫作爲他的詩的自序的《偶題》詩説：“文章千古事，得失寸心知。”凡在杜詩中“綺麗”“清詞麗句”等等和“文章”一樣，都是作爲肯定的詞語來稱道的。這就是文學作品必須美麗，無“翰藻”即談不上“文”。杜甫所説的“《文選》理”的含義，此其一。

《文選序》的中心思想，不能僅僅以“事出於沉思，義歸乎翰藻”來概括。它還有另外一個重要内容，那就是“踵其事而增華”“變其本而加厲”。昭明太子是十分重視文學的發展的。他在《文選》中選入前人没有見到的齊梁作品，像沈約、王融、任昉、劉峻、王巾、陸倕諸人的作品，也即是他那個時代的現代、當代作品。這一點，受到宋代主張“文以載道”、反對“玩物喪志”的理學家的强烈反對，真德秀的《文章正宗》、陳仁子的《文選補遺》即其代表。（清水凱夫先生有許多議論，即爲這種觀點所囿，可參看他的《六朝文學論文集》。）試問：不選任、沈以下作品，還要《文選》來做什麽？杜預的《善文》、摯虞的《文章流别集》，不是早完成了建安以上的文學作品選録任務嗎？可惜《文選》一出，這些書很自然地被歷史淘汰了。杜甫“不薄今人愛古人”④正是他對於“《文選》理”這方面的參悟。他把“王楊盧駱當時體”，也推尊爲“不廢江河萬古流”。⑤《偶題》似乎即是題《文選》的，詩中提出“後賢兼舊制，歷代各清規”“踵事增華，變本加厲”的文學發展觀點，這便是杜甫所追求的“《文選》理”之二。〔關於這一點，王運熙

和楊明兩先生著的《隋唐五代文學批評史》的第二篇第二章第四節《杜甫》(頁 261—300)中談得比較透徹，可以參閲。〕

《文選序》説："自姬漢以來，眇焉悠邈。時更七代，數逾千祀。詞人才子，則名溢於縹囊；飛文染翰，則卷盈乎緗帙。自非略其蕪穢，集其清英，蓋欲兼功，大半難矣!""略蕪穢""集清英"，即是我們常説的"去粗取精""去僞存真"工作，這就是《文選》撰集的目的。正像《新民主主義論》裏講的："如同我們對於食物一樣，必須經過自己的口腔咀嚼和胃腸運動，送進唾液、胃液、腸液，把它分解爲精華和糟粕兩部分，然後排泄其糟粕、吸收其精華，纔能對我們身體有益，决不能生吞活剥地毫無批判地吸收。"杜甫詩説："讀書破萬卷，下筆如有神。"⑥讀萬卷書並不稀奇，要有一個"破"字，纔體現分解爲精華和糟粕、批判地吸收的"《文選》理"精神。此其三。

杜甫詩："讀書難字過。"⑦舊説雖有種種，自以讀書須字字理解，不能輕易放過一個字爲正。杜甫少年生活地區，正是"《選》學"大師李善晚年傳授《文選》的"汴、鄭之間"。"李邕求識面"當即在此時。李善是"《文選》學"創始人曹憲的高足弟子。曹憲、蕭該創立"《選》學"，本是以音訓爲主。曹憲本人便是作《博雅音》的小學大師。杜甫降生的先天元年(712)，離李善去世的載初元年(689)，雖有二十三年，但李善的"《選》學"，當然還有很大的影響，杜甫少年治《文選》，屬於李善的"私淑諸人"，毫無問題。李邕要求識面，便是證明。李善傳曹憲之學，治《選》講求音讀訓詁，這就給杜甫"讀書難字過"奠定了治學基本途徑。他要自己的兒子"熟精"的"《文選》理"，這當然是一個内容。此其四。

順便提出一個問題，盛、中、晚唐著名詩人，"《文選》爛，秀才半"，他們都是要熟精《文選》的。他們治《選》，都遵循李善的途徑，讀李善注本。所以他們的詩歌創作，文學語言材料極爲豐富。白居易的詩説："《毛詩》三百篇後得，《文選》六十卷中無。"⑧可以證明他讀的是李善注本，衹有李注纔分《文選》爲六十卷，五臣注又改回爲三十卷(六臣注六十卷，但當時還没有六臣注本；六臣注的最早刻本始於宋熙寧五年，唐、五代時是没有的)。因此，凡爲唐、五代名家詩作注，引用五臣，恐非作者之意。李審言(詳)先生著《杜詩證選》《韓詩證選》，從唐代名家詩作所用語言材料入手，考論《文選》對唐詩的影響，頗有意義。

杜甫詩説："新詩改罷自長吟。"[9]又説："續兒誦《文選》。"[10]對於《文選》，必須吟誦，其所選録作品的浮聲切響、抑揚抗墜之美，不通過吟誦是不能够理會到作品的語言藝術特徵的。杜甫極喜好誦詩，而且他對於誦詩藝術的描寫，十分形象生動。《夜聽許十一誦詩愛而有作》，便是贊美吟誦藝術的一篇代表作。（舊作有《談古詩的吟咏》一文，載《星星》一九八四年第一期，可以參閲。）回憶先師向宗魯先生授我"《選》學"時，規定我每晨必須高聲吟誦《文選》中的作品，他在窗下親聽。吟誦是"熟精《文選》理"的一個重要内容。此其五。

上舉五項，未必能探討到"《文選》理"的内容，但比之浮泛之談，或者要實際一點。亟望行家指正。

（載《杜甫研究學刊》，一九九六年第一期。）

【注釋】

①見清水凱夫先生《文選撰者考》，《六朝文學論文集》第一至十八頁。

②見《論語・雍也篇》。

③《左傳・襄公二十五年》。

④《戲爲六絶句》之五。

⑤並在《戲爲六絶句》中。

⑥《奉贈韋左丞丈二十二韵》。

⑦《漫成二首》之二。

⑧《偶以拙詩數首寄呈裴少尹侍郎，蒙以盛製四篇一時酬和，重投長句美而謝之》。

⑨《解悶十二首》之七。

⑩《水閣朝霽奉簡嚴雲安》。